KB043822

# 마잉 테디베어

## My Teddy Bear

# 마이 테디베어

박민지 장편소설

가하

# 마이 테디베어(My Teddy Bear)

지은이 | 박민지
펴낸이 | 이형기
펴낸곳 | 도서출판 가하
기 획 | 박윤아
편 집 | 박윤아, 이승진
디자인 | 임은영
일러스트 | 이지연

초판인쇄 | 2009년 5월 12일
초판발행 | 2009년 5월 17일
출판등록 | 2008년 10월 15일 제318-2008-00100호

주 소 | 서울 영등포구 당산동5가 33-1 한강포스빌 1209호
전 화 | (02) 2631-2846
팩 스 | (02) 2631-1846
www.gahabooks.com

ISBN 978-89-962195-7-6 03810

값 9,000원

# My Teddy Bear

# Prologue

200X. 4. 22.

음, 무슨 말부터 써야 할지 모르겠다. 가슴이 두근두근거려서 막 기절할 것만 같다.

오늘은 나의 신혼 첫 번째 날. 하루를 너무 정신없이 보내고 인제 틈이 났다. 지형 씨가 씻으러 간 사이 깨끗한 이 일기장에 첫 글을 쓰는 참이다. (근데 이 일기장 내가 골랐지만 참 예쁘고 맘에 든다. 겉도 분홍색이고 안의 속지도 매끈매끈한 데다 예쁜 인형 캐릭터들이 가득~ ^^)

사실은 오늘이 첫 번째 날은 아니고, 경주로 신혼여행을 갔던 사흘 전이 신혼 첫 번째 날이긴 하지만 그때는 지형 씨가 너무 바빠서 거의 같이 지내지를 못했으니까, 그런 건 신혼여행이라고 부를 수가 없지 않나?

솔직히 지형 씨한테 말은 못 했지만 그 여행에는 나도 조금 불만이 있다. 처음 가본 무궁화 다섯 개의 특급 호텔은 멋있었고, 맛있는 것도 많이 먹었지만 신랑이 옆에 없었으니까. 직장 때문에 바빠서 그런 건 할 수 없긴 한데 우리는 첫날밤-_-;;도 못 치렀으니까, 안 그런 척했지만 서운했는데……, 이런 말 하면 지형 씨는 더 서운하려나?

그러고 보면 오늘도 혼자서 바쁘긴 했다. 새집에서 처음 보내는 하루였으니까, 방방마다 돌아보며 내가 처음 가져보는 침대(둘이서 같이 쓰는 거긴 하지만, 근데 음음, 좀 부끄럽다, 이 침대에서 계속 지형 씨와 같이 잔다니, 으으……;;)나 보기에도 비싸 보이는 붙박이장, 장식장, 소파, 탁자, 식탁(아일랜드식 식탁이라나 뭐라나, 하여간 그런 높은 식탁이 하나 더 있음), 의자, 대형 양문형 냉장고, 김치냉장고……(헥헥헥, 숨차다;;) 벽걸이 TV, 벽걸이만큼은 아니지만 그래도 대형인 평면 TV(이건 우리 방에 있다), 내 평생 내가 맘대로 만질 거라고는 꿈에도 생각지 못했던 홈시어터 세트, 설명서를 봐도 도저히 이해 못 할 엄청난 용량과 기능을 가졌다는 컴퓨터, 22인치 모니터, 5단짜리 책장들, 그 책장에 가득한 책들, 피아노……(생각해보니 머리아프다, 내가 살 집에 이렇게 많은 물건이 있다니) 그 외에도 기타 등등 기타 등등들을 보며 황홀…… 음, 황홀해서……

젠장, 황홀해하기만 했다면 얼마나 좋았겠어 =_=;;

그 많은 가구들 죄다 물걸레로 닦고 또다시 마른 걸레로 닦고 그릇들(그릇도 얼마나 많은지 일단은 우리 둘이 먹을 그릇 몇 개만 씻었다,) 꺼내 설거지하고 외숙모님께서 마련해주신 반찬통 다 새로 정리해서 담고 그러느라 죽을 뻔했다!

깨끗해 뵈긴 하지만 목욕탕 두 개도 대충 청소하고, 내가 해온 이불 말고는 침대 시트 같은 것도 다 한 번씩 빨아야 하는데 그건 언제 빨래하나, 일단 있는 시트랑 여분의 것 하나는 세탁기에 돌려서 건조해 다시 씌워놨다. 아우, 집도 크니 힘도 많이 든다. 과연 이런 게 상류층의 고통인지 내 이제야 알겠다.(라고 하면서 킬킬킬 웃는 나.^^; 사실 내 살림이라 생각하니 좋아서 입이 좀 벌어지긴 했다. 뭐니뭐니해도 '내 집'인걸.)

……근데 솔직히, 좀 부담된다. 지형 씨가 그럴 필요 없다고 말했지만 이 큰 집이며 가구며 다 우리가 일해서 갚아야 하는 거 아닌가 말이다. 아무리 외숙부님 댁이 부자고, 회사 사장님이시라지만 지형 씨는 그냥 그 회사에서 일하는 월급쟁이(;;)일 뿐인데, 열심히 일하면 나중에 작은 사업체 하나는 차려주실지 모른다고 지형 씨가 웃으며 농담을 하긴 했지만, 어쨌든 그 집도 자식들이 있고 그러니까 지형 씨가 그만큼 인정받고 하려면(지금도 물론 인정은 받고 있는 모양이지만) 얼마나 더 뼛골이 빠지게 일해야 하겠냐고, T^T

남들은 잘 먹고 잘사는 게 중요하다고 하지만, 음, 난 그냥 부부끼리 화목하고 애들 잘 낳고 길러서(아직 낳지도 않았는데 벌써부터 이런 생각을 하려니 부끄부끄, -//-;;) 서로 아끼면서 적당히 먹고사는 게 더 좋다. 물론 자식들에게 기본도 못 해줄 정도는 아니어야 하겠지만 지형 씨 성격으로 보면 절대 그럴 리는 없을 것 같고, (처음부터 인상이 좋긴 했지만, 지형 씨를 겪어볼수록 내가 남자 하나는 잘 만났지 싶다, 으헤헷!)

아무튼, 오늘 하루 너무 바쁘게 아파트 안을 돌아다녔더니 삭신이 막 쑤신다. 점심도 신랑 없으니까 짱깨 한 그릇 시켜먹고 그만뒀다, 하기야 자장면이 어디야? 결혼하기 전에는 바쁠 땐 무조

건 라면 고기였는데, 게다가 오늘은 그냥 자장도 아니고 간자장 먹었단 말씀! ^^

물론, 앞으로도 계속 내가 그렇게 먹겠다는 건 아니다. 신랑이 힘들게 벌어온 돈, 마누라가 뭉텅뭉텅 간식이며 외식비에 써버리면 쓰겠냐고! 앞으로는 꼬박꼬박 건강에도 좋은 밥을 해서 삼시 세 끼 잘 챙겨먹고, 감기 한번 안 걸리게 조심해서 열심히 돈 모을 거다. 지형 씨 외숙부님 댁이 아무리 잘산다 해도 절대 거기 손 벌리게는 안 할 거고, 든든하게 바깥에서 열심히 일 잘할 수 있도록 살림도 잘하고 애들도 잘 키워야지.

내가 양심이 있으니까 하는 말인데, 진짜 지형 씨 같은 사람을 만난 건 나 문희단의 복이다. 아무리 고아라고는 해도 그렇게 번듯한 인물에 좋은 학벌에, 직장도 든든하고 잘사는 친척까지 있는 사람을 내가 어떻게 만나 결혼까지 했나 싶다. 그렇다고 울 지형 씨가 환경만 좋으냐? 아니, 성격까지 좋다! 꼭 내 신랑이라서 하는 말이 아니고, 우리 친구들 다 결혼식장에서 지형 씨보고 너무 듬직하고 좋아 보인댔다. 나더러 그동안 고생 많이 했다고, 그래서 하늘이 복 주시는 거라고. ㅠㅠ

아, 그러고 보니 지금쯤 아버지랑 희경이는 뭘 하고 있을지 걱정된다. 도우미 아주머니께서 챙겨주신다던 죽이랑 반찬은 엄마한테 갖다드렸을까? 병원 반찬은 시원찮아서 아무래도 좀 그런데, 운동도 못 하시고 소화도 잘 안 되고 그러시니까 영양가 많고 소화 잘 되는 걸 드셔야 하는데 말이다. 아버지도 절대 부엌에는 안 들어가시는 양반이니 저녁이나 아침 한두 끼는 희경이가 차려드려야 되는데, 고시원에 벌써 돌아간 건 아닌지 모르겠다.

앗, 큰일 났다! 지금 내가 이러고 있을 때가 아닌데! 물소리가 그친 걸 보니 지형 씨가 샤워를 다 한 모양이다, 얼른 일어나○……,

'일어나야'의 마지막 이응까지 급히 쓰던 희단은 결국 화장대 의자에서 벌떡 일어났다. 재빨리 일기장을 덮고 급한 손길로 자물쇠를 잠갔다. 안방에 딸린 부부 욕실로 통하는 문에서 물소리가 멈춘 지도 벌써 1, 2분 지난 뒤다. 평소 아버지가 현관문 벨을 누르는 소리가 나면 후다닥 집 안을 정리하던 솜씨로 일기장을 얼른 화장대의 우측 아래 문을 열고 집어던졌다.

문 손잡이가 서서히 돌아가는 것을 보면서 화장대 문을 쾅 닫고 얼른 침대로 가서 털썩 주저앉았다. 뒤늦게야 친구들이 결혼 선물로 해준 잠옷 가운의 리본이 비뚤어지지 않았나 싶어서 고개를 숙여 급히 매무새를 매만지는데, 문이 천천히 열렸다.

"희단 씨 할 일 있으면 천천히 해요. 괜찮습니다."

언제 들어도 친절하고 상냥한 저음의 목소리. 두 달, 만 62일을 만나왔지만 좀처럼 화내는 것을 본 적이 없는 남자의 차분한 음성에 희단은 고개를 들었다. 그리고. 그녀는 눈을 크게 떴다.

"지형 씨, 그, 그게……?"

"……네?"

"푸, 픕! 지형 씨 잠옷이……. 풋, 푸하하하하핫!"

결국 희단은 커다랗게 웃어버리고 말았다. 남자의 옷차림 때문이었다. 185센티미터나 되는 거구의 남자는 참으로 어울리지 않게도 테디베어가 잔뜩 그려진 풍성한 하늘색 잠옷을 입고 있었던 것이다.

어깨도 크고 가슴도 튼실하고 팔다리도 굵직굵직한 남자는, 목 아래만 보면 꼭 커다란 곰 같았다. 아이들이 안고 자는 크고 북실북실한 털실 곰 말이다.

"아하하하…… 아, 저, 저기 죄송해요. 저는 그냥……."

2, 3분을 침대 위에 구르다시피 하며 웃던 희단은 남자가 무표정한 얼굴로 여전히 드레스룸의 문을 잡고 있는 것을 발견하고는 급하게 웃음을 멈췄다. 자신이 남편에게 상당히 무례한 짓을 했다는 생각이 들자 그녀는 몹시 미안해졌다. 부부 사이에도 예절이 있잖아. 내가 그런 걸 모르는 몰상식한 여자도 아닌데, 이 무슨 짓인지.

"음, 진짜 미안해요. 평소에 지형 씨가 입으시는 옷은 전혀 그런 스타일이 아니라서 생각도 못 했어요."

사실이었다. 체격이 당당한 남자는 늘 말끔한 고급 양복이나, 점퍼를 입더라도 막 다린 듯한 고가의 브랜드를 주로 입었으니까. 그렇게 어른스럽고 중후한 느낌의 남자가 이런 어린애 취향의 잠옷이라니, 정말 상상도 하지 못했다.

"그리고 여행 때 호텔에 가져간 짐에도 다른 잠옷만 있었고……."

남자의 무응답에 변명처럼 중얼거리던 희단의 얼굴이 점차 빨개졌다. 남자가 감정이 없는 얼굴로 그런 그녀를 가만히 지켜보고 있기만 하자 증상은 더욱 심해졌다.

"어, 어……. 저는요, 그러니까, 아니, 그, 잠옷이 어떻다는 게 아니고요, 사실 그 잠옷 귀여운데……."

그래도 남자는 여전히 무슨 생각을 하는지 알 수 없는 얼굴로 침묵하며 서 있었다. 원체 겉으로 표정이 잘 드러나지 않는 남자이긴 했지만, 그래도 평소 말하는 것이나 챙겨주는 것이나 참 다정한 사람이라고 느꼈기에 그와의 결혼을 결심했던 희단은 와락 겁이 났다.

아우, 어떡해. 몇 년을 사귀었어도 몰랐다가 결혼하자마자 나쁜 성질머리나 더러운 습관을 드러내는 남자도 많다는데. 고작 만난 지 한 달 만에 덜컥 결혼 약속을 해서는 또 한 달 만에 바로 결혼식장으로 걸어 들어갔으니 자신이 사람을 잘못 봤을 수도 있다는 생각이 들었다. 갑작스레 후회스러워져 희단은 입술을 깨물었다. 남자를 만난 이후 처음 든 느낌이었다. 그래서 더 당황스럽고 떨렸다.

"저, 저기…… 저도 그거랑 똑같은 잠옷 하나 살까 봐요. 핑크나 빨간색으로. 커플 잠옷으로 입으면 참 보기 좋을 것 같아요. 하하하하."

억지로 웃으면서 나름 애교를 떨어봤지만 남자는 여전히 묵묵부답이다. 그리고 약간 살벌하기조차 한 그 표정을 유지한 채 그는 한 걸음 한 걸음 침대로 걸어오기 시작했다. 그예 희단의 얼굴은 창백하게 굳어졌다. 아무리 긍정적으로 살려 하는 그녀일지라도 느껴지는 분위기가 참으로 이상했던 것이었다.

뭐, 뭐야? 왜 그러지? 저런 살벌한 표정을 짓고……. 서, 설마 저 점잖게 생긴 사람이 폭력 남편이라거나 아내를 때리면서 즐거움을 느끼는 변태는 아니겠지?

이윽고 침대까지 도착한 남자는, 여차하면 던지고 도망갈 생각으로 잔뜩 긴장하여 베개를 움켜쥔 희단을 한참이나 쏘아보았다. 그리고 천천히 허리를 숙였다. 남자의 가무잡잡하고 감정을 잘 드러내지 않는 얼굴이 옥박지를 듯 자신의 얼굴과 수평으로 놓이자 희단은 그만 무서워졌다.

무서움은 급기야 눈물까지 불러와, 코끝이 찡해진 희단은 훌쩍 하고 들이마셨다. 그러는 사이에 남자가 뭐라고 조그맣게 말하는 것이 들릴락말락 귓전을 스쳐간다. 뭐, 뭐야? 뭐라고 말한 거지?

깜짝 놀란 동시에 마음이 급해졌다. 말도 못 알아듣는다고 화내면 어쩌! 그녀는 몸을 일으키려는 그의 팔을 두 손으로 턱 잡아버렸다.

"모, 못 들었어요! 미안해요!"

그리고는 화들짝 놀라서 손을 뗐다. 남자의 표정이 조금 변했다. 굳어 있던 입가가 살짝 풀리는 것 같더니, 눈물이 그렁그렁해진 희단의 얼굴에 바싹 얼굴을 들이밀고 남편 민지형은 말했다.

"안 사도 돼요."

"예! 절대로 안 살게요! 지형 씨가 사지 말라면 어떤 물건도 사지 않을…… 엇? 지, 지금 뭐라고 하셨어요?"

얼뜨게 입을 벌리고 멍한 표정이 된 희단에게 지형이 손가락으로 자신의 잠옷을 가리키며 말했다.

"이런 잠옷 안 사도 돼요. 지금 입고 있는 잠옷도 충분히 예쁩니다. 아니, 섹시해요."

뭐, 뭣? 섹시? 내가? 겨우 160센티미터가 될까 말까 한 데다 상체 부실 하체탄탄의 전형적 한국 여인 스타일인 희단은 잘못 들은 것이 아닌가 싶어서 눈을 깜빡이다가, 침대에서 번쩍 들리는 바람에 정신을 차렸다.

"뭐, 뭐 하는 짓이에요?"

방금 전의 두려움도 잊고, 부친이 틈만 나면 강조하던 '남자는 하늘, 여자는 땅'의 가르침도 잊고, 결혼 뒤에는 정말 내조를 잘해서 남편을 잘 보필하리라 마음먹었던 것도 다 잊은 문희단은 빽 소리를 지르며 바둥거렸다. 그러나 커다란 손발과 통나무 같은 팔다리를 지닌 지형은 그저 미소만 지을 뿐이었다.

"신혼 첫날밤에는 다 이런 걸 한다면서요? 신혼여행 때 못 했으니,
지금 해주려고요."

"어에?"

어,도 아니고 예,도 아닌 어에에에 소리를 내는 희단을 안고 지형
은 집 안을 한 바퀴 돌았다. 기분이 야릇했다. 어린 시절에도 업히거
나 안기거나 들리거나 목말을 타거나, 하여튼 그 비슷한 호사라고는
한 번도 맛보지 못했던 희단은 종이 비행기를 타는 듯한 느낌이었
다. 무지 좋기는 하지만, 언제 떨어질지 모르는 이 불안감.

그러나 지형은 그녀를 안은 채 거실에서 몇 바퀴 뱅뱅 돌리기까지
하고는 안방으로 돌아와서 공주님을 모신 기사처럼 침대에 곱게 내
려놓았다. 아, 하는 한숨과 함께 되돌아온 행복감이 그녀를 가득 채
웠다.

지인짜 좋구나! 잘못 본 게 아냐. 난 역시 결혼을 잘했어. 흐뭇한
표정으로 그를 바라보자 침대 가에 걸터앉은 지형이 희단의 베개를
바로잡아주었다.

"말이죠, 아까는 좀 놀랐어요."

여전히 무표정하기는 하지만 지형의 입가가 살짝 올라가 있다. 병
약한 공주님 행세도 해봤겠다, 그의 기분도 좋은 것 같아서 안심한
희단도 웃으며 물었다.

"왜요?"

"희단 씨, 잘 웃고 성실하고 순수하면서도 또 심지가 강하고, 그래
서 결혼했는데 의외로 섹시하기까지 해요. 귀여운 줄은 알았는데
이건 또 다른 즐거움이네요."

음? 의외로 섹시? 이거 기분이 좋아야 하는 거야, 나빠야 하는 거야? 칭찬을 해줬으니 좋아야 하는데.

묘한 기분에 입술을 우물우물하면서 눈으로만 웃고 있자니, 지형이 베개 양쪽 옆으로 손을 턱 짚고 몸을 숙였다. 희단은 헉, 소리를 속으로 내면서 움찔했다. 안경을 벗으니 꽤 매서워 보이는 지형의 눈이 자신의 눈에서 5센티미터도 떨어지지 않은 곳에서 번쩍번쩍 빛나고 있었다.

"아까는 무서워하는 것 같았지만, 지금은 괜찮죠?"

여전히 상냥한 저음.

"뭐, 뭐가요?"

오늘 너무 의문문을 남발한다 싶다. 그치만 어쩌랴. 이 덩치 좋은 남자가 오늘 하는 일은 모를 일투성이인걸. 희단이 있는 눈 없는 눈을 다 모아 커다랗게 뜨자, 지형이 빙긋 웃었다.

"나, 희단 씨 갖고 싶어요."

"엑……?"

너무나 직접적인 말투에 희단은 자신도 모르게 턱을 툭 떨어뜨렸다. 그의 눈이 살풋 가늘어지며 묘한 빛을 띤다.

"이제 내 집이고, 내 아내니까."

곰이 꿀통을 앞에 둔 것 같은 목소리였다.

# 1

　그를, 지금의 남편인 민지형을 처음 만났던 날은 두 달 전. 겨울도 서서히 끝나갈 즈음이었다.

　생각해보면 그들의 첫 만남은 그렇게까지 극적인 것은 아니었지 싶다. 사소한 우연이 겹친 몇 번의 만남이 되풀이되면서 호감을 갖게 된 데다, 머물러 있던 버거운 상황에서 벗어나기 위해서는 상대와 결혼하는 것이 제일 나은 방법이었던 두 남녀가 자연스레 부부가 된 것이라고 희단은 지금도 생각하고 있으니까. '첫 만남으로부터 두 달 만의 결혼'이라는 결말은 그 과정에 비해서는 좀 극적으로 들리긴 하지만 말이다.

　지금에 와서는 왠지 좀 특별했다고 느껴지는 그날, 2월 둘째 주 일요일. 그러나 2월이라고는 해도 햇볕이 따슨 봄 햇살을 닮으려면 아직 먼 시점이었다. 이른 꽃샘추위니 뭐니 해서 갑자기 추워진 날씨는 뺨이 쓰린 된바람을 불러왔고, 한겨울 못지않게 매서운 그 바람 덕분에 거리는 꽁꽁 얼어 있었다. 그 전날 내린 눈이 여기저기 얼어붙어 있는 거리를 희단은 오래된 코트를 여미며 빠르게 걸어가는 중이었다. 친구의 결혼식이라 모처럼 차려입은 높은 굽의 구두와 무릎 길이의 치마 정장은 어색하기도 했고, 몹시 거치적거리기도 했다. 집에서 출발할 때부터 종종걸음을 치면서 그녀는 조바심이 났다. 늦어서 고운 드레스의 신부 모습을 못 보면 어쩌지. 요즘 들어서는 자주 만나지 못했지만 초등학교시절부터 친했던 친구였다. 정희 계집애, 입장하는 걸 못 봤다고 하면 나중에 구두굽으로 맞을지도 몰라.

하필 오늘따라 희경이 이 녀석이 느지막하게 일어날 건 뭐람! 그녀는 조금 투덜거렸다. 방학 끝자락의 며칠 동안만 집에 와 있는 동생은 듣기에도 예쁘장한 이름과는 달리 남자였다. 더구나 예민하고 세련되게 생긴 외모와는 다르게 천생 경상도 남자. 고추 달린 존재는 평생 부엌에 얼씬도 하지 말아야 한다는 아버지의 신조를 꼭 그대로 닮아 누나가 차려주지 않으면 밥도 굶는 애라서, 오늘 지각은 어쩔 수가 없었다. 그녀가 눈코 뜰 새 없는 고등학생일 때도 밥을 챙겨주었는데 1년에 겨우 며칠을 보는 지금에 컵라면 따위를 먹인다면 아버지부터 난리가 날 것이다.

워낙 급하게 걷던 발걸음이어서, 그리고 쌩쌩 불어오는 찬바람을 피하기 위해 코트 깃을 여미는 데 신경을 쓰느라 희단은 맞은편에서 걸어오는 키가 큰 남자를 미처 보지 못했다. 게다가 집에서 나올 때부터 약간 불안하던 낡은 구두가 말썽이었다.

"꺄악, 죄송해요!"

거의 부딪히다시피 하면서도 옆으로 피한다고 피했다. 하지만 서두르느라 그녀는 눈이 얼어붙어 있던 바닥을 알아채지 못했다. 더해서 다 닳아 거의 못만 남은 구두굽은 몹시 미끄러웠고. 희단은 보도블록 위에서 완전히 나동그라졌다. 그것도 사지를 뻗은 흉한 모습으로.

이런 망신살이! 희단은 얼굴이 새빨개졌다. 엉덩이가 아픈 것은 둘째 치고 부끄러워서 딱 죽고 싶을 지경이었다.

"괜찮습니까?"

저음의 부드러운 목소리와 함께 그녀 앞으로 커다란 손이 불쑥 내밀어졌다. 크기만 할 뿐 아니라 손에 두툼하니 살도 잘 잡혔고, 손가락의 뼈대도 굵어서 잘못 보려고 해도 잘못 볼 수 없는 남자의 손이다. 아픔과 부끄러움에 눈물이 찔끔 배어 나온 눈으로 희단은 놀라 그 손의 임자를 바라보았다.

자신과 살짝 부딪힌 사람임에 틀림없는 남자는 회색 코트를 입었고 몹시 체격이 컸다. 게다가 젊다. 서른이나 되었을까? 전체적으로 서글서글한 인상이지만 가는 안경테 안의 눈은 홑꺼풀에 기름한 것이 꽤 매섭게 보였다. 그 눈이 걱정스레 그녀의 얼굴을 바라보다가 시선이 마주치자 자연스럽게 아래로 향했다.

"다리, 다치지 않으셨습니까?"

묻던 남자가 뭔가를 발견한 듯 갑자기 눈썹을 치켜 올렸다. 의아한 마음에 희단도 그를 따라 눈길을 옮기자 거기에는 그녀가 방한용으로 즐겨 입는 빨간 스판 쫄내의가 얌전히 접혀 치마 아래로 살짝 고개를 내밀고 있었다.

"어머나!"

희단은 외마디소리를 지르며 벌떡 일어났다. 아니, 일어나려고 했다. 하지만 반쯤 몸을 일으켰나 싶자 또다시 그녀는 길바닥에 쫄딱 미끄러지고 있었다. 초등학교 운동장만 한 빙판 바닥의 넓이를 미처 확인하지 않은 탓이었다.

슬로 모션처럼 기울어지는 시야에 푸른 하늘이 눈에 꽉 차게 들어온다. 아이고, 바보 같은 것! 눈을 힘껏 감으며 희단은 자신에게 욕을 퍼부었다. 그러나 자신의 실수도 실수지만 하늘도 참 무심하시기도 하다 싶다. 아까는 찧은 곳이 그나마 탱탱한 엉덩이였는데 지금은 아예 뒤통수를 박을 모양이니까.

이러다 뇌진탕이라도 걸리면 어쩌나. 며칠 결근은 기본이겠고 집안에 밀린 빨래며 아버지와 동생의 밥 수발은, 또 병원에 있는 어머니 간병은…… 그녀가 없으면 절대 돌아가지 않을 태산 같은 일상사를 죽 나열해보다 마지막으로 오늘 급하게 나오느라 해놓지 않은 설거지거리를 떠올렸을 때, 기어코 뒷머리가 뭔가에 닿았다.

드디어 그녀도 스물다섯 평생 한 번도 해보지 않은 일—병원에 돈 보태주는 짓—을 하게 생겼다. 통렬한 아픔에 대비하며 희단은 눈을 더 질끈 감았다.

그런데 이상하다. 벼락같은 통증을 호소해야 할 뒤통수가 어째 이렇게 편안할까? 게다가 허공에서 위태위태해야 할 자신의 자세는 어찌 이리 안정적인지, 꼭 누군가의 품에 안긴 것마냥 푸근함까지 감도는 것이…….

거기까지 생각을 하다 희단은 눈을 퍼뜩 떴다. 아닌게아니라, 자신의 자세는 참으로 편안하고 안정적이었다. 회색 코트를 입은 거구의 남자가 허리를 45도 굽힌 자세로 젖혀진 자신의 어깨를 반쯤 감싸 안은 채 뒷머리를 오른손으로 감싸쥐고 있었으니 말이다. 한마디로, 영화에나 나올 법한 강렬한 포즈다.

"괜찮으십니까?"

심각한 충격에서 희단의 뇌와 두개골을 구해낸 친절한 남자가 정중한 목소리로 똑같은 질문을 또 했다.

"그, 그럼요!"

처음 보는 외간남자와 졸지에 탱고 스텝을 밟는 민망한 자세라니! 그것도 사람들의 시선이 집중된 지하철역 앞 네거리에서! 이건 전치 4주의 뇌진탕보다 더한 곤경이었다. 어쩜 망신살도 이렇게 쌍으로 올 수가 있나. 분명 전생에 자신은 왜놈 순사 노릇이라도 했었나 보다.

고개를 미친 듯이 숙이며 "죄송합니다! 감사합니다!"라는 소리를 열댓 번은 더 했을 것이다. 그동안 상대와 시선을 절대로 마주치지 못했음은 물론이다. 사과의 말을 무더기로 쏟아낸 다음, 희단은 그 자리에서 황급히 줄행랑을 쳤다. 제발 이 순간의 면구함이 어서 어서 사라지기를 기원하면서.


그러나 인생은 언제나 그 주인의 바람대로는 흘러가지 않는 법이다. 혹자는 그런 것에 또 사람 사는 묘미가 있다고는 하지만 말이다. 그래도 그 말에 절대로 찬성할 수 없는 상황과 당사자도 있는데, 바로 그날의 희단이 그랬다. 뒤늦게 피로연장인 뷔페의 입구에 들어서는 회색 코트의 남자를 본 순간, '인생의 묘미는 무슨 쥐뿔!'이라는 게 그녀의 솔직한 심정이었다.

결혼식 시작에는 다소 늦었지만 신부 입장을 볼 수 있었던 게 천만다행이었고, 오랜만에 만난 몇몇 친구들과도 무난히 인사를 나누었다. 처음 본 친구의 시부모님 되실 분들의 인품도 인자하신 것 같아 친구의 무난한 신혼 생활을 상상하며 한결 마음이 낙낙해지기 시작했는데 이 어인 운명의 행패란 말인가!

혼자 둔 동생도 염려되고, 곧 돌아오실 아버지의 저녁 준비도 해야 할 것 같아서 금방 돌아가려고 했건만 친구 몇 명이 매달려온 것이 문제였다. 신랑 측 남자 친구들이 훨씬 더 많으니 자리만 조금 더 지켜달라던 부탁이 아무리 간절했어도 뿌리쳐야 했는데, 아흑!

어어……? 게다가 저 남자, 하고 많은 자리를 놔두고 하필 앞자리로 올 것은 또 뭔가? 설마 날 알아보고 그러는 건 아니겠지?

하지만. 절대 아니라고 우기고 싶어도 그렇게 가까운 거리에서 살과 살을 맞대기까지 한 남자가 자신을 못 알아볼 것이라고 착각하고 눈을 돌려주는 센스는 천하의 고지식녀 문희단에게는 없었다. 더구나 희미하게 미소를 띤 남자가 자신의 앞에 앉아서 물끄러미 그녀의 얼굴을 한동안 바라봐주시는 자상함을 발휘해준 마당에야.

"아, 안녕하세요? 아깐 정말 감사했어요."

"별말씀을요."

가는 은테 안경을 낀 남자의 얼굴에 어려 있던 미소는 조금 더 커졌다. 그 사건 직후에는 정신이 없어서 몰랐는데 남자는 키나 체구가 클 뿐 아니라 얼굴도 상당히 중후하게 생겼다. 겉늙어 보이는 아저씨형의 남자를 좋게 표현하는 그런 뜻이 아니라 말 그대로 가볍지 않고 진중하고 품위 있어 보이는, 요즘 보기 드문 스타일의 남자였다. 남자의 얼굴이 시야에 메인으로 깔리니 그렇게 고급스럽지도 않은 서민형 한식 뷔페가 드라마의 배경인 별 다섯 개짜리 고급 호텔처럼 보였다.

"민지형입니다."

"으음. 저기, 무, 문희단이에요."

남자가 먼저 일어서서 식탁 너머로 손을 내밀자 희단도 마주 일어서서 그 손을 잡지 않을 수 없었다. 일부러 식탁 맨 끝에 앉았던 그녀가 일어서자 좌중의 시선이 모두 그들에게로 쏠렸다. 에? 그런데 표정들이 왜 저래? 특히나 남자들 표정은 모두 천지개벽이라도 앞에 둔 듯한……?

"와, 벌써 커플 탄생입니까? 하하하하……."

겨우 신랑의 친우 중 한 명이 웃음을 터뜨렸다. 흰 봉투를 받아 펄럭여 보이며 일행을 뷔페로 끌고 왔던 남자였다. 그러자 그 옆에 앉았던 사람도 놀람 반 어색한 웃음 반으로 말을 받았다.

"부반장 녀석, 학교 다닐 때는 전혀 여자들에게 관심 갖는 법도 없었는데 지금은 대놓고 들이대다니, 그쪽 분이 되게 맘에 든 모양입니다. 하긴 가만 있다가도 일단 마음만 먹으면 일사천리인 녀석이었죠."

그 말에 얌전하게 입을 닫고 있던 여자들도 눈을 크게 뜨며 "어머 어머"를 연발했다. 희단도 3분의 1쯤은 익숙한 얼굴인 그녀들은 호기심 반 부러움 반의 얼굴을 하고 "대단하다!" "희단인 좋겠네!" 등등의 말을 키득거림과 함께 쏟아내었다.

"그, 그런 거 아니에요!"

희단은 얼굴이 새빨개져서는 얼른 손을 놓고 자리에 앉았다. 기분 같아서는 '들이대다니, 이 사람과는 그냥 요 앞에서 한 번 만났던 것뿐이에요!'라고 비명 섞인 소리라도 지르고 싶은 심정이었지만, 그랬다가는 더 오해를 살 것이 뻔하다. 솔직히 저 남자가 내 뭘 보고 관심을 가지겠는가. 빙판길에서 넘어진 흉한 모습이 아니었더라도 그렇다. 척 보면 수준이 천지차이인데 뭘.

어느새 무심한 표정이 되어 코트를 벗어두고 음식을 가지러 자리를 떠난 남자의 뒷모습을 그녀는 슬쩍 훔쳐보았다. 170센티미터 중

반이 표준인 대한민국 남자라기에는 심히 키가 커서 사이즈를 찾기 쉽지 않을 텐데도 남자의 양복은 딱 떨어지는 재단을 은근히 자랑했다. 재단뿐 아니라 옷감이나 디자인 같은 부분도 고급스런 때깔이 줄줄 흐른다. 멋모르는 희단의 눈에도 그러하니 패션에 밝은 이의 눈에는 더하겠지. 목이 드러나도록 깔끔하게 정리한 뒷머리는 이미 염색이나 퍼머에 익숙한 또래 나이대의 남자들과는 달리 새까맣고 약간 곱슬기가 있어 보이는 흑발이었다.

더운 실내라 목이 다소 답답한지 남자는 중간에 접시를 내려놓고 넥타이를 약간 늦췄다. 보일 듯 말 듯한 스트라이프가 들어간 진청색 양복에 어울리는 그 넥타이는 은은한 무늬의 은빛 실크, 역시 상당히 가격대가 높은 브랜드일 듯싶고.

"정희 요것, 남편 친구 중에 저런 부잣집 아들이 있다는 소리는 안 했는데."

기가 죽은 희단은 약간 울적해져 포크를 들고 접시 위의 음식들을 건성으로 헤집었다. 쳇, 뭐 어떤가. 어차피 나도 연애할 생각 따윈 없다지! 그녀는 속으로 불퉁하게 혼자 종알거렸다. 사실은 생각이 없다기보다는 사정이 허락하지 않는다는 것이 더 맞는 말이었다.

군대 다녀와서 이제 겨우 3학년 올라가는 동생이 졸업하려면 앞으로 2년은 남았고, 입원과 퇴원을 반복하는 어머니의 병원비도 만만치 않았다. 남들은 취직 6년차면 결혼 자금을 쏠쏠히 모은다지만 자신은 데이트 자금은커녕 용돈도 모자랐다. 그런 경제 사정을 상대가 다 이해해준다고 해도, 결정적으로 어머니 병수발이며 혼자서는 라면도 못 끓여 드시는 아버지의 끼니를 챙겨드리자면 시간이 없었다.

현실을 생각하니 더 우울해졌다. 하지만 곧 희단은 모든 생각을 접었다. 이런저런 고민을 해봤자 달라지는 것도 하나 없잖아? 더구나 오늘은 친구의 결혼식인걸. 오랜만에 비슷한 또래 사람들과 외식을 하고 있는 참이니 즐거운 생각만 해도 모자랄 시간이야. 그녀는 애써 미소를 지으며 사방을 둘러보았다. 말끔하게 빼입은 젊은 남녀들이 활기찬 대화를 나누며 팝콘처럼 가볍고 풍성한 웃음을 터뜨리고 있었다.

그렇다. 자신은 아직 젊다. 어렸을 적부터 수재로 소문났던 동생은 곧 졸업해서 집안에 도움이 되어줄 것이고 어머니의 병도 꾸준한 물리치료로 많이 호전되었다. 조만간 자신에게도 연애감정이라는 것을 누려볼 만한 시간이 찾아오겠지. 희단은 깨작이던 접시 위의 음식들 중 평소에 좋아하던 초밥을 집어들고 입 안에 털어 넣었다. 그리고 씩씩하게 씹기 시작했다.

초밥은 맛있었다. 비록 단체 전문 뷔페의 저렴한 초밥이었지만. 또 하나를 입 안에 털어 넣으며 그녀는 쌔액 웃었다. 우울하거나 부정적인 사고는 역시 자신에게 어울리지 않는다. 원래 소문난 미모는 아니지만 웃는 모습 하나는 끝내주는 문희단인데 이러고 있어야 되겠……

"초밥이 그렇게 맛있어요?"

희단은 고개를 반짝 들었다. 민지형이라고 자신을 소개했던 남자가 접시를 내려놓으며 잠깐 멈칫했다가 곧 스스럼없이 냅킨을 무릎에 펼친다.

"몹시 즐거운 표정이라서요."

좋고 싫고가 드러나지 않는 무표정인데도 남자가 덧붙이는 말은 마음에 걸렸다. 이런 뷔페의 싼 초밥 따위를 먹으면서 기쁘게 웃는 여자가 저 사람에게는 어떻게 보일까.

"왜요? 밥 먹다가 웃는 게 이상한가요?"

말이 좀 신경질적으로 나간 것을 깨닫고 아차 했을 땐 이미 늦었다. 그러나 남자는 별로 개의치 않는 모양이었다. 오히려 칭찬 비슷한 말을 한다.

"아닙니다. 미소가 예뻐서요."

음? 이게 웬 상투적 느끼만땅의 건달 대사라니? 시골 읍내에서 백구두에 하와이안 셔츠를 입고 돌아다니는 날건달 같은 대사를 참으로 담담하게 날린 남자는 그녀의 놀란 시선을 받고서야 입가를 희미하게 풀었다.

"아, 그러니까 그, 얼굴이 반짝반짝 빛난다고 해야 할 것 같은데."

"예에?"

입 안에서 채 씹지 못해 덩어리로 굴러다니는 초밥은 잊어버린 채 희단은 입을 딱 벌렸다. 목 언저리까지 화악 달아올랐다. 그녀는 도대체 눈길을 어디다 둬야 할지 몰라서 눈동자를 뱅글뱅글 굴리다가 겨우 헛기침을 몇 번 하고서야 정신을 차렸다.

이 남자, 혹시 겉만 명품인 짜가 아닐까? 값비싸 보이는 저 양복도 뒤집어보면 '아로마니'나 '베르사치' 같은 상표가 붙어 있을지도 모른다. 의심스런 눈으로 그를 뚫어지게 노려보다가 지형이 다시 무표정해지는 것을 보고서야 희단은 황급히 시선을 수습했다.

"어, 그거 칭찬이시죠?"

"칭찬입니다."

남자의 대답은 단호했다. 결국 희단은 어깨를 으쓱하고 말았다. 욕도 아닌 칭찬이라고 몇 마디 해주는데 뭐라고 하겠는가. 그녀는 다시 접시에 시선을 고정했다. 우연히 두 번이나 마주치긴 했지만 이 자리를 떠나면 다시는 볼 일 없을 남자다. 신경 쓰지 말고 밥이나 팍팍 먹고 가야겠다 싶다. 어쨌든 잔치 음식인데 복스럽게 먹어줘야 하는 거다.

마음을 정하자 맞은편에 앉은 남자의 시선 따위는 그리 문제 되지가 않았다. 몇 차례 호기심 많은 인물들이 그녀와 남자 쪽을 흘깃거리긴 했으나, 그녀는 아무렇지도 않은 얼굴로 다른 사람들의 농담에 웃고 또 열심히 음식을 퍼 날랐다.

이 정도면 자리를 떠도 무방하겠다 싶은 시간이 흘렀다. 청춘 남녀들의 분위기도 나름대로 무르익어서 제법 안면 있는 사이들처럼 익숙하게 대화를 주고받게 되었을 때, 희단은 든든한 배를 어루만지며 코트를 들고 자리에서 일어섰다.

"일이 있어서 저 먼저 일어날게요. 죄송합니다."

인사를 했지만 대부분의 사람들은 별 관심이 없어 보였다. 연락을 주고받던 친구들 몇 명만 전화하자며 손을 흔들어주었을 뿐. 심지어 방금 들어온 신랑은 무슨 급한 용무인지 휴대전화를 붙잡고 얘기하느라 그녀를 쳐다보지도 않는다. 이런 일회용 자리, 게다가 남달리 빼어난 외모도 아니고 오히려 초라한 자신에 대한 반응이 다 그렇다는 건 알고 있지만 왠지 좀 서운했다. 희단은 조금 전부터 비어 있는 앞자리를 한 번 흘끔 쳐다보고는 뷔페를 총총히 걸어나왔다.

그저 우연일 따름이다. 민지형이란 남자가 자리를 비우건 말건 자신이 왜 신경을 써야 하는가. 코에 주름을 잡은 채 중얼거리며 엘리베이터 쪽으로 빠르게 걸어가는데 마침 때를 맞추기나 한 것처럼 땡, 하는 엘리베이터의 도착음이 들렸다. 십몇 층이나 되는 건물에 두 개밖에 없는 엘리베이터를 잡기 위해 그녀는 뛰었다.

"잠시만 기다려주세요! 어맛!"

"이런!"

이번에도 그놈의 구두가 말썽이었다. 모퉁이를 급히 돌아서다 반쯤 미끄러질 뻔한 희단은 속도를 조절하지 못한 채 누군가와 부딪쳤다. 코가 들이박은 것이 가슴 부위인 점이나 그 딱딱한 강도로 보니 이번에도 여자는 아니다. 찡하게 아파오는 콧잔등을 느끼며 희단은 이를 갈았다. 진짜 오늘 운세 참 너무하시지 말입니다!

거기다가 상대의 팔과 부딪힌 손은 달랑거리던 핸드백의 줄을 그만 놓쳐버렸다. 설상가상에 폭풍우까지 치는 격으로 바닥에 사정없이 부딪힌 핸드백의 뚜껑이 활짝 열렸다. 싸구려 소형 화장품들, 열쇠고리, 볼펜, 수첩, 낡은 휴대전화…… 달그락거리며 튀어나오는 물건들의 소리가 참으로 요란하다.

얼굴이 확 달아올랐다. 오래된 핸드백의 고리를 고친다 고친다 하면서도 수리점에 갈 시간이 없어 헐렁한 채로 방치한 것이 잘못이긴 했다. 그래도 역시 얄미운 가방에, 멱살을 잡고 짤짤 흔들어주고 싶은 오늘 운세다.

집에서 일찍 나오기만 했어도, 아니 동생 때문에 바쁘지만 않았어도, 아니 아니 아버지께서 병원만 자주 들여다봐 주셨더라도 이런 일은…… 아, 투덜거리는 건 그만. 화내봤자 다 무슨 소용이람. 희단은 습관처럼 숨을 크게 들이쉬었다.

그나마 아까처럼 발라당 나자빠지지 않은 것이 어디냐고 생각하며 그녀는 붉어진 얼굴로 재빨리 남자의 품에서 고개를 들었다.

"죄송합니다! 제가 앞을 안 보고 그만⋯⋯."

"괜찮습니다. 그런데 늘 그렇게 바쁘십니까?"

애써 미소를 짓던 희단의 얼굴은 그만 굳어버렸다. 눈앞에 있는 것은, 이제는 잊히지도 않을 것 같은 얼굴이었다. 왜 또 이 남자일까. 두 번이나 우연이 겹쳤으면 됐지 세 번씩이나 이럴 건 뭔가. 수치심을 넘어선 절망감이 다 타버린 생선구이의 연기처럼 모락모락 피어올랐다.

"소지품이 많으시군요."

얼이 빠진 희단을 대신해 남자가 먼저 허리를 굽혔다.

"엇! 제, 제가 주울게요! 아이고!"

버럭 소리를 지르며 허둥지둥 같이 허리를 굽히다 이번에는 남자의 머리를 쿵 찧었다. 미치겠다. 사람이 부끄러워서 미칠 수만 있다면.

"으으, 죄송해서 어떡해요?"

아파서 눈물이 핑 돌 정도인 것을 참고 남자에게 고개를 숙였지만 상대는 무심히 대답했다.

"이 정도로 미안해하실 필요 없습니다."

그렇게 말해주어서 다행이긴 하지만, 실수 연발도 정도껏이라 희단은 사과하는 것조차 염치없어 보였다. 그저 이 자리를 피하는 것만이 상책이다 싶었다. 정신없이 바닥의 물건을 긁어모으고는 다시 남자에게 재빠르게 허리를 숙인 뒤 마침 다시 도착한 엘리베이터 쪽으로 사정없이 뛰었다. 그다지 급하지도 않게 이름을 몇 번 부르는 남자를 돌아볼 마음은 절대, 요만큼도, 사흘 굶은 개미허리만큼도 없었다.

물론, 그 남자와 다시 만나고 싶은 마음은 사흘 굶은 위에 다시 백날 다이어트한 개미허리만큼도 없었고 말이다.

집 안은 폭탄을 맞은 것 같았다. 18평 아파트, 소파와 거실장을 빼면 돗자리 하나 깔면 딱 끝나는 좁은 거실은 만화책들과 비디오, 여러 개의 과자 봉지와 아이스크림 껍질로 마구 어질러져 있었다. 현관에서 신을 벗다 말고 희단은 입을 딱 벌렸다. 이게 다 뭐야?

"집안 꼴이 이게 뭐냐? 이러고 넌 어딜 싸돌아다녀?"

현관문 소리를 들었는지 안방 문이 열리더니, 방금 돌아온 듯한 부친 문경국이 외출복차림으로 걸어나왔다.

"어어, 제가 나갈 때까지만 해도 이렇지 않았는데. 희경이가 친구라도 불러서 놀았나 봐요."

짜증을 숨기지 않은 채 못마땅한 눈길로 노려보는 부친의 눈길에 가슴이 뜨끔하면서 희단은 급하게 집 근처 슈퍼에서 장을 봐온 봉지를 현관에 내려놓았다.

"아니, 명색이 누나라면서 오랜만에 온 동생 수발도 제대로 못 해서 집 안을 이 모양으로 만들어놔? 그리고 휴일이면 집안일 좀 돌볼 것이지 어디 그렇게 집을 오래 비워?"

아버지의 입에선 대뜸 불호령이 떨어졌다. 그리고 그녀의 옆에 놓인 검은 비닐 봉지 몇 개를 발견하자 그 불호령은 짜증 섞인 잔소리로 이어졌다.

"집에 또 반찬 떨어졌냐? 그러게 밑반찬은 제때에 해놓으라고 몇 번을 말했어?"

"그게요, 이번 주에는 야근이 많았거든요. 그리고 밑반찬 말고도 희경이 먹일 간식이며 다른 음식 하느라 바빠서…….”

“그럼 파는 반찬이라도 좀 사놓지! 점심도 굶은 아비더러 지금 반찬 해서 대체 언제 밥을 먹으라는 거냐?”

“아, 점심 안 드셨어요? 저는 점심은 밖에서 드시고 오실 줄 알았어요. 빨리 밥 차릴게요.”

더 이상의 군소리 없이 희단은 재빨리 주방으로 향했다. 뒤에서 “쓸모없는 것! 제 사내며 동생 복은 또 얼마나 잡아먹으려고!” 하는 해묵은 비난이 저주처럼 들려왔다. 정말정말 오래된 저주다. 그래도 들을 때마다 가슴이 독에 감염이라도 된 듯 저렸다. 그 말들에 서린 어둠이 발밑을 쫓아와, 희단은 외출복을 갈아입고 자시고 할 겨를이 없었다. 코트와 정장 상의를 벗어 식탁 의자에 걸쳐놓고 블라우스는 소매만 접어 올렸다.

식탁 위에는 그녀가 희경에게 차려줬던 반찬이 그대로 놓여 있다. 바닥에 붙은 밥풀이 말라가는 밥그릇과 반쯤 남은 국그릇, 뜨뜻해진 김칫국물에서 풍기는 음식 냄새가 코를 찔렀다. 희단은 자그맣게 한숨을 쉬었다. 올해로 스물세 살이 된 동생은 서울서 몇 년 자취를 해도 하나도 달라진 것이 없다.

돼지고기를 사왔으니 빨리 되는 김치찌개를 끓이기로 하고 싱크대로 돌아서니 또 거기는 거기대로 가관이다. 미처 설거지를 못 한 싱크대에는 뻘건 국물 위에 김치 쪼가리와 계란 덩어리가 둥둥 뜬 라면 냄비와 국그릇 몇 개가 널브러져 있다. 커피를 타 마셨는지 컵도 있는 대로 나와서 엎어져 있고 그릇들에는 밥알과 라면 부스러기, 커피 믹스 봉지가 범벅이 되어 있다.

잠자코 고무장갑을 끼고 그릇들을 한쪽으로 쌓았다. 설거지를 해야겠지만 지금은 아버지의 식사가 더 급하다. 밥통을 열어보니 다행스럽게 한 그릇 정도 밥이 남아 있었다. 식은 밥이라면 내심 미간을 찡그리는 부친이지만 지금은 할 수 없다고 생각하며 희단은 냄비를 불에 올리고 김치와 돼지고기를 볶은 다음 물을 부었다.

양파를 썰어놓고 찌개 국물이 끓는 동안 거실로 나가 어질러진 물건들을 정리하고 비질을 했다. 먼지가 날 것 같아 문을 열었더니 소파에 앉아서 TV를 켜놓고 신문을 보던 경국이 추운데 걸레질을 하지 않고 비질을 한다고 또 잔소리를 한다. 아무 소리도 하지 않고 주방으로 돌아와 밥을 푼 후 전자레인지에 데웠다. 끓는 냄비에 양파를 넣은 후 김을 굽고 계란을 부치고 사온 젓갈, 밑반찬 두엇과 함께 식탁에 차렸다.

"아버지, 식사하셔요."

부르는 소리를 듣자 경국이 이쪽을 힐끔 보고는 그예 자리에서 뭉그적거린다. 아마도 거실에서 TV를 보면서 식사를 했으면 하는 눈치지만, 그것까지 해주기에는 할 일이 너무 많았다.

"아버지, 찌개가 식어요. 어서 와서 드세요."

다시 부르자 그제야 할 수 없다는 듯 경국은 못마땅한 헛기침을 하면서 식탁에 와 앉았다. 그리고 수저를 들어 밥을 한 숟갈 입에 넣고 식탁을 둘러보더니 또 이마를 찌푸렸다.

"왜 이렇게 다 식어빠진 반찬뿐이야? 도통 먹을 만한 게 있어야지!"

아무래도 입맛 까다로운 아버지는 파는 밑반찬 운운했던 말을 다 잊어버리셨나 보다. 설거지를 하고 있던 희단은 고민스러웠다. 이번 주 중 나흘은 일이 많아 직장에서 8시 반이 간당간당하게 집에 돌아왔고, 하루는 아예 9시가 넘어 들어왔다는 것을 또다시 설명드려야 할까.

그 와중에도 희경이 때문에 그녀가 밤늦게 먼 할인점까지 나가서 재료를 바리바리 사날라 갈비찜이며 삼계탕이며 잡채며 땀을 뻘뻘 흘리며 해놓은 것을 두 부자가 잘 드신 것도 아마 잊어버리셨을 테지. 아니, 늘 집 밖에서 사온 반찬일랑은 젓가락 몇 번 대다가 말고 찬물에 훌훌 밥 말아 드시는 식성을 잠시 잊어버리려고 했던 자신이 잘못인지도 몰랐다.

희단이 등을 지고 돌아서서 그릇만 씻고 있자 경국은 무슨 생각을 했는지 잔소리를 멈추었다. 찌개를 덜그럭거리며 밥그릇에 퍼담는 소리, 무뚝뚝한 수저 소리를 듣고 있자니 절로 오늘 낮의 일이 떠올랐다.

화려한 꽃처럼 차려입고 웃던 여자들, 말끔한 양복차림의 준수하던 남자들. 문득 자신의 오래되고 무난하기 그지없는 블라우스 소매가 설거지물로 젖은 모습이 유독 눈에 박혔다.

"도대체 오늘 낮엔 어딜 간 거냐?"

꼭 그녀의 생각을 집어낸 것처럼 아버지가 물었다.

"친구 결혼식이 있었어요."

"친구 누구?"

"……정희라고, 중학교 동창이에요."

"걔는 뭐 하러 그렇게 빨리 시집을 갔어? 스물다섯이면 아직 어린데. 늦게 결혼하는 게 대세라던데 조신하게 신부수업도 더 하고 부모님께 키워주신 은혜도 좀 갚고 나서 결혼을 할 일이지. 하긴 그렇게 성급하게 결정들을 해대니 이혼율도 자꾸만 높아지는 거겠지. 하여간 요즘 젊은것들이라고는. 책임감도 없고, 전통적인 윤리의식도 다 갖다 내버리고……."

제 친구들은 그렇지 않아요, 하고 말하고 싶었다. 그러나 그래 봤자 어른 말씀에 대거리한다는 호통만 떨어질 것이다. 아버지와의 대화 방식은 일방통행을 걸은 지 이미 오래였다. 얼른 할 일을 마치고 어머니에게나 가봐야겠다. 희단은 잠자코 설거지를 끝낸 그릇들을 정리하고 싱크대의 찌꺼기 통을 비웠다.

손을 씻고 편한 옷으로 갈아입고 나니 조금 마음이 편해진 것 같았다. 어머니 몫으로 남겨놓은 반찬 몇 가지를 챙겨서 어서 병원에 가봐야지. 그녀는 입었던 블라우스와 스타킹을 손에 들고 안방으로 들어갔다. 옷걸이에 걸어놓은 옷들 중에 더러운 것을 골라내고, 작은방에도 가서 희경이 바닥에 어지럽게 벗어 던져놓은 옷을 주섬주섬 챙겼다. 다용도실에서 세탁기를 돌려놓고 셔츠며 블라우스를 손빨래하고 있는데 불쑥 아버지가 들어왔다.

"나 돈 좀 다오."

"예에?"

예상치 못한 요구에 희단은 당황했다. 이 달 용돈은 1주일 전에 벌써 드리지 않았던가. 2월에는 희경이가 내려오는 바람에 지출이 많았다. 용돈도 용돈이려니와 식료품 구입비도 더 들었고, 다음 주 중반이면 올라가는 애에게 등록금과 함께 새 옷이라도 몇 벌 들려 보내야 할 것이었다. 그렇지 않아도 봄 겉옷이 새로 필요하다고 희경이가 말했는데.

"……얼마나 필요하세요?"

"뭐?"

경국은 딸이 그렇게 물으리라고는 생각하지 못한 모양이었다. 희단은 재차 말했다.

"이 달에는 저도 돈이 좀 궁해요. 어머니 입원비도 있고, 희경이 때문에……."

"입원비야 매달 드는 그 돈 아니냐?"

"하지만 희경이 등록금도 이번에는 좀 올랐다고 하고요, 또 애들 공부 가르치던 것도 그만두고 학원엘 등록해야겠다고 하던걸요."

"아, 그거야 공부하는 학생이 돈 번다고 하던 게 애초부터 어불성설이었지!"

아버지의 얼굴에 은근한 노기가 서리기 시작했다. 긴장한 희단이 뭐라고 설명을 하기도 전에 결국 경국은 쨍쨍한 짜증을 쏟아내었다.

"대체 너는 살림을 어찌하는 게냐? 회사를 6년이나 다녔으면 여윳돈은 몰라도 비상금이라도 좀 들고 있어야지! 아비가 퇴직했다고 허구한 날 밖에서 아쉬운 소리나 하고 다녀야겠니?"

"아버지, 그런 게 아니에요. 진정하시고……."

말을 잇다 말고 희단은 한숨을 내쉬며 다용도실을 나가 의자 위에 코트와 함께 올려놓았던 백을 집어들었다.

"죄송해요, 아버지. 지금은 제가 가진 현금이 이것밖에 없어요."

친구들과 함께 부조금 대신 모아서 선물을 사려고 봉투에 넣어두었던 돈을 그녀는 아버지에게 내밀었다. 마침 선물 구입을 맡은 친구가 그냥 계좌로 부쳐달라고 하는 바람에 그냥 들고온 15만 원이었다. 경국은 그제야 구겨진 얼굴을 조금 펴면서 봉투를 그대로 주머니에 구겨 넣으며 현관으로 나갔다.

아, 이제 어떡하나. 희단은 까무룩 자리에 주저앉았다. 늦어도 내

일이나 모레까지는 입금해야 할 돈이었다. 현관문이 탕 닫히는 소리가 환청인 듯 멀리 들렸다. 하지만 평소 같지 않게 인사도 못 한 희단은 다시 천천히 일어서서 다용도실로 걸어 들어갔다. 고무장갑을 집어들었지만 아무런 생각이 안 난다. 설에 보너스를 받긴 했어도 희경의 등록금에 다 들어갔고, 어머니 입원비를 미룰 수도 없고. 자신의 잡비를 줄인다 해봤자 빤한 교통비에 밥값은 원래부터 10만 원 남짓이었다.

한참 비눗물을 뚝뚝 떨어뜨리며 망연히 서 있다가 보니 턱이 뜨끈하다. 아무 생각 없이 손을 들어 만져보니 뺨이 축축했다. 뭘까, 이건. 찬물에 빨래를 하던 참이라 차갑고 빨개진 손가락에 묻은 물기를 비벼보다 희단은 자신이 울고 있음을 깨달았다.

슬프다기보다 놀라서 그녀는 눈을 커다랗게 떴다. 참 이상하다. 더 힘든 일이 많았어도 최근에는 울어본 적이 없었는데. 중3 겨울에 어머니가 처음 쓰러지시고 나서는 자주 울었다. 생각해보면 그때는 정말 힘겨웠지. 희단의 젖은 입가에 희미하게 미소가 떠올랐다. 지금은 정말 많이 나아졌잖아.

아버지가 사채 보증을 잘못 선 탓에 짐도 제대로 못 싸고 야반도주를 하다시피 이사를 한 후였다. 어머니까지 덜컥 입원을 하시게 되자 겨울 코트 하나가 제대로 없어 동생 희경과 함께 후드 코트 하나를 돌려 입었더랬다. 누나인 희단과 그 무렵부터 부쩍 크기 시작한 희경은 키가 거의 비슷했고 사정을 모르는 이웃사람들은 쌍둥이 남매냐면서 똑같은 코트를 입고 다니는 게 귀엽다고들 했다.

사실 그 코트를 입은 어린 희경이 참 귀엽기는 했다. 희단의 미소가 조금 더 커졌다. 원래부터 자신과는 달리 아버지를 닮아 생김부터가 귀티가 나는 동생이었다. 까만색에 떡볶이 단추가 달렸던 중성적인 그 코트를 입으면……. 아, 코트!

희단은 장갑을 들고 있던 손으로 손뼉을 딱 쳤다. 마침 봄 코트 한 벌을 사려고 몇 달 동안 푼돈을 모아놨다가 사무실 동료에게 빌려준 일이 기억난 것이다.

"역시 사람이 곧 죽으란 법은 없구나! 에이, 하마터면 친한 친구 결혼에 부조도 못 할 뻔했네!"

그새 고민은 다 잊고 배시시 웃는 얼굴이 된 희단은 다시 쪼그려 앉았다. 고무장갑을 끼고 빨래판 위의 셔츠를 다시 집어들어 북북 문질렀다. 덜거덕거리며 돌아가는 오래된 세탁기의 리듬을 반주 삼아 나지막한 콧노래도 흥얼거렸다. 그녀의 턱에 매달려 있던 소금기 어린 물방울 하나가 똑, 하고 보얀 빨래 비누거품 위로 떨어졌다.


"그래, 넌 서 사장네 딸이 마음에 들지 않는단 말이냐?"

나이답지 않게 팽팽한 중년 여자의 목소리가 작은 아파트 평수는 너끈히 넘을 너른 거실을 쩽하게 울렸다.

"아니, 이 정도 처녀가 어디가 어때서 그러니?"

화려한 금갈색 가죽 소파에 마주 앉은 숙모 혜영의 말투는 그를 힐난하듯 날이 서 있었다. 지형은 원목을 조각한 묵직한 탁자 위에 놓인 사진을 묵묵히 내려다보기만 했다. 형식적으로 입술만 갖다댄 후 그대로인 찻잔 앞의 매끈한 인화지 안에는 묻어날 듯 하얀 살결의 젊은 여인이 햇살을 담뿍 받은 나무 아래서 화사하게 웃고 있었다.

"아들도 없이 달랑 딸 하나라 그 집에서는 오래전부터 좋은 사위 볼 욕심이 대단했다 그러더라. 그만큼 신경 써서 키운 딸인데 너한테 혼담이 왔다는 거야. 알아듣겠니?"

학업이 부진한 열등생에게 또박또박 일러주는 것 같은 목소리는, 그러나 한 치의 동정심이나 부드러움도 없었다. 그의 처지가 어떤지 똑똑히 자각하라는 의도겠지. 속으로는 찬웃음을 지었으나 여전히 지형은 무릎 위로 주먹 쥔 양손을 단정히 올려놓은 채 사진 속의 화사한 얼굴만을 무덤덤하게 바라볼 뿐이었다.

왜들 이러시나 싶었다. 어차피 그는 항상 이 집안의 자식이 아니었다. 이러다가 정 치받으면 평소대로 확 뒤집어엎고 나가면 그뿐이다. 매번 그랬는데, 저 여자는 왜 늘 똑같은 패턴을 밟는지 모를 일이다.

"얘, 사람이 말을 하면 뭐라고 대답을 해야 할 것 아니야? 최근엔 좀 조용하다 싶더니, 다시 반항기니?"

"어허, 여보. 너무 채근하지 말구려."

뾰족하게 가시가 솟아오른 숙모의 말을 받은 것은 느슨한 태도로 나란히 앉아 있던 숙부 민규식이었다.

"지형이도 이것저것 고려할 것이 많지 않겠소? 우리가 너무 갑자기 들이대는 면도 있고……."

"그래도 이 정도 혼처 고르기도 어렵다고요. 자그마한 중소기업이라지만 서 사장네가 연간 매출이 꽤 되는 알짜 기업이라는 거 당신도 알잖아요? 이 아가씨도 여대 다니면서 잠시 유학 갔다가 다시 들어와서 지금 대학원 다니는 참한 아가씨랍디다. 얘 처지로 어디 가서 이런 아가씨를……."

"거 참, 말 좀 골라 하시오!"

숙부는 짐짓 표정을 엄하게 굳혔다. 숙모가 움찔하더니 차가운 표정으로 고개를 싹 돌리며 투덜거린다.

"어머, 제가 뭐랬어요? 얘도 이젠 성인인데 그저 이러고 있으니 하는 얘기죠! 결혼은커녕 집안 체면치레도 할 생각이 없이 건성이니 다들 저더러 왜 가만 놔두냐고 떠들어대잖아요."

집안일에 코도 들이밀지 말라고 누차 경고한 건 당신이 아니었나. 지형은 냉소가 나오려는 것을 참았다. 상황이 빤한 '계약'을 혼담이라고 들고와 강요하다시피 하는 숙모 정혜영이나, 그녀를 나무라는 것 같으면서도 의뭉스런 뒷생각을 감추고 있는 숙부 민규식이나 둘 다 혐오스럽기는 마찬가지였다. 아니, 오래되다 보니 그 혐오감조차 엷어져 그저 무심히 틀어놓은 TV 속의 인물들이 떠드는 소리처럼 무가치하게 들릴 뿐이란 게 더 맞을까.

서 사장의 딸이라면 들은 적이 있다. 지형은 앞에 놓인 사진의 귀퉁이를 검지로 슬쩍 누르며 앞으로 밀었다. 그 집 외동딸이라면 3년 전에 재미 사업가라던 어떤 놈팡이랑 눈이 맞아 죽네사네하며 살림을 차렸다가 남자가 돈만 뜯어먹고 도망간 것을 미국까지 쫓아갔다는 여자다. 최소한 국내 석박사나 아이비리그 출신 아니면 상대로도 여기지 않는다며 콧대를 세우고 다니던 여자를 대학시절 한 번 본 기억이 있다. 그 깔보던 시선이란.

"대륙물산이라던가, 서 사장님 댁이 요즘 꽤 어렵다고 하던데요. 시점이 시점이라 세계적인 경기 불황으로 무역 업계는 다 어려운 시기 아닙니까."

여자 쪽을 들먹이기엔 치사해 보이기도 했고, 그도 여자 문제가 없을 뿐이지 행실에 있어서는 그다지 좋다고 말할 수 없는지라 재산 쪽을 슬쩍 언급했다. 그러자 숙모 쪽은 낯빛을 바꾸며 정색을 한다.

"얘는! 그것도 다 꾸리기 나름이지! 그리고 이런 기회 아니면 네가 나중에 어디 대표 한 자리 차지하기나 하겠어? 아니할 말로 그 집 바깥어른이 안 계시게 되면 그 재산은 다 너한테 가는 거야! 너희 할아버님 힘입을 필요도 없이 자수성가하는 거잖니?"

아하, 이제야 본심이 나오시는군. 지형은 입가를 미미하게 일그러 뜨렸다. 다 무너져가는 회사든 말든, 일단은 보기에 그럴싸한 핑계를 물려 내보내면 그만이란 말인가.

사실 이 혼담은 한쪽이 많이 기울었다. 지형의 조부 민경업으로 말하자면, 나라에서 몇 손가락 안의 거대 재벌은 못 되어도 고향에 서 대대로 내려온 땅 부자, 부동산 재벌에 현금 동원 능력은 또 억 소리 난단 말을 듣는 이였다. 옛적부터 정승판서를 몇 대나 했네 하 는 집안 자랑도 빠지지 않는 축이다. 순이익도 아닌 고작 매출 몇백 억 정도의 중소기업 사장을 데리고 와봤댔자 눈도 깜짝 안 할 조부 인데 자신은 명색이 그 맏손자가 아닌가.

하긴, 그럼에도 불구하고 지형에게 넙죽 혼담을 넣은 것을 보면 그 부모의 딸에 대한 사랑이야 사실일는지도 모르지만 말이다. 하지 만 그런 건 모두 '대외적인 측면'이지. 그는 만지작거리던 사진을 아 예 뒤집어놓았다.

진짜 속내를 짚어보자면 이런 거다. 출신도 모르는 여자의 자식, 공문서에만 숙부의 소생으로 올라 사생아나 다름없는 인간이 민지 형이란 것. 소문난 늙은 호랑이 민경업의 핏줄이라는 것만으로도 그 런 지형에게 딸을 주겠다고 한 걸 보면 대륙물산 사장께선 어쩌면 딸보다 회사를 더 소중히 여기는지도 몰랐다. 아니면 돈줄이 씨가 말랐거나.

"음? 뭐라고 했어?"

혼자서 쓰게 중얼거렸던 소리를 숙부가 들은 모양이다.

"사진은 왜 또 뒤집은 게냐?"

"어리광쟁이 공주님 아닙니까? 저한테 이런 여자가 어울릴 리가 없다고 생각하는데요."

"그거야 경영 수업 받고 자라는 경우가 아니면 다 그렇지. 그런데 그런 점이 더 좋지 않으냐? 네 숙모 말이 좀 과찬이긴 하다만 어쨌든 아가씨 하나는 참 해맑은 성품인 것 같더라. 서 사장 집에 몇 번 갔을 때 봤는데 구김살도 없고 아주 순진하고 명랑하더구나. 있는 집안에서 자란 티도 나고. 너도 알겠지만 사업가에게는 내조도 여간 중요한 게 아니지 않느냐."

웃기시네. 지형은 가라앉은 물처럼 낮은 음성으로 차게 응대했다.

"하지만 전에도 말씀드렸듯이 전 아직 결혼 생각이 별로 없습니다. 특별히 사업을 하려는 생각도 없고요. 그냥 월급쟁이 생활이 편합니다."

"어머, 얘는! 남들에겐 명색이 네가 큰손자야!"

짜증을 눈꼬리에 주렁주렁 달고 있던 혜영이 새된 소리로 그의 말을 가로막았다.

"지금 그 말을 누가 믿니? 아무리 네가 네 할아버님 밑에서 일 배우고 있는 수형이나 자기 사무실 꾸리고 있는 거형이만은 못하다 해도, 네 외가 친척 아래서 밥 벌어먹고 있다는 건 우리 집안만 우스운 꼴을 만드는 거야! 아무튼 생김새만 규찬 씨…… 흥, 대체 누굴 닮았는지!"

"커힘! 우스운 꼴은 무슨!"

숙부가 짐짓 헛기침을 한다. 정말 아내의 말이 못마땅해서인지, 슬쩍 그림자를 보이고 도망간 자기 형의 이름 때문인지 모를 일이라고, 지형은 생각했다.

"우리 집안이 언제 남의 눈 생각하면서 구차하게 살던 집안이오? 당신은 안살림 도맡아 하는 안주인씩이나 되어서는 그게 또 무슨 못난 소리요?"

표면상 꾸짖음, 실은 아내를 안주인이라 치켜세운 후 민규식은 지형을 향해서 부드러운 웃음을 보였다.

"워낙 곧이곧대로밖에 말 못 하는 사람이니 속 깊은 네가 이해해라. 네 숙모 말인즉 너도 수형이나 거형이처럼 어엿한 우리 집안 자손이니 맞는 자리가 있단 소리 아니겠니?"

대답이 없자, 숙부의 웃음이 한층 더 교묘해졌다.

"당장 회사를 맡는 게 버겁다 해도 잔잔한 일은 서 사장 아래서 배워보는 것도 좋을 게야. 어느 정도 네가 능력을 보이고 자리가 잡히면 아버님께서 어련히 널 안 돌아보시겠느냐. 일찍 돌아가신 형님을 생각해서라도 장손인 네게 어느 정도는……"

"마땅치 않습니다."

더 들을 것도 없었다. 지형은 자리에서 일어났다. 어떤 번지르르한 말로 바꿔말해도 숙부 내외의 뜻은 똑같다. 그는 정통의 자식이 아니니 집안 기둥뿌리에는 손을 대게 할 수 없다는 가식적인 명분, 그리고 그 아래 뿌리박힌 탐욕과 끊임없는 경계심. 이 집안에서 벗어나고 싶다고 30년이 다 되도록 지긋지긋하게 온갖 행동으로 보여주었어도 줄곧 질기게 불태우고 있는 그 집념에는 이가 갈리다 못해 허탈해질 지경이었다.

"아니, 이렇게 가면 또 언제 올라오려고? 내가 네 일 말고도 신경

쓸 게 한두 가지가 아니잖니? 그 아가씨가 마음에 안 들면 다른 혼처도 있으니 듣고 가!"

그를 따라 벌떡 일어서며 날카롭게 외치는 숙모를 그는 안경 너머 냉정한 눈길로 바라보았다.

"인륜지대사라면서요? 이렇게 한 시간 만에 서둘러 결정할 일인가요?"

농담처럼 웃고 있지만 싸늘한 감정을 드러내는 지형의 대답에 숙모가 흠칫했다.

"뭐?"

"끼니를 밥 먹듯 거르는 집에서 딸 팔아치우는 것도 아닌데 뭐 그리 급하십니까? 아니면, 정말 절 팔아치우고 싶으신 건가요?"

분노와 놀람으로 안색에서 핏기가 가시는 그녀와 그녀의 남편을 보고 지형은 이를 드러내며 희게 웃었다.

"제 일생, 여태까지처럼 제가 알아서 할 테니 신경 끄시죠. 수형이 거형이하고는 갈 길이 다르다는 거 아시지 않습니까?"

습관처럼 띤 비웃음이었지만 그가 말한 내용만은 마음에 들었는지, 숙모는 겨우 쨍한 낯빛을 되찾았다.

"······다음엔 부르면 좀 빨리빨리 올라오너라. 네 얼굴 한번 보려면 목이 빠지겠구나."

못마땅하게 중얼거리며 얼굴을 돌리는 숙모이자, 십수 년 동안 길러주었던—이라기보다는 그저 한 집 안에서 지내며 그를 명목상 사육해준—여자에게 지형은 놀리듯 허리를 정중하게 숙여 보였다.

거의 두 달 만에 온 곳인데도 그 담장을 빠져나오자 숨 쉬는 공기

마이 테디베어 43

가 달라진 것 같다. 부촌으로 알려진 고급 아파트촌을 나온 그는 운전대를 잡은 채 잠시 망설였다. 30여 분 거리에 있는 조부의 자택을 찾아갈까 말까.

젊은 시절의 모습이 지형을 꼭 닮았다는 조부 민경업은 근자에는 자택에서 칩거하고 있는 중이다. 소유 건물들의 대여 및 관리를 맡은 사무실은 사장이라고 불리는 숙부에게 거의 다 맡기고 뒤로 물러앉아 회장님이란 명패를 둘러찼다. 2년 전 미국에서 수술한 폐 쪽의 암은 경과가 좋긴 했지만, 그 이후로 건강을 위해 점점 일을 줄였다.

그러나 팔순이 넘은 나이치고 체격이 당당한 조부의 상태는 나쁘지 않았고, 집안에서 그가 가지는 영향력은 이루 말할 수 없는 것이었다. 사촌들에 비해 그리 뒤떨어지지 않는 능력을 지닌 지형이 홀대받고 있는 것도 결국은 가문의 어른이자 물주인 조부의 암묵적인 무관심이 있기 때문이니까.

민 회장을 생각하면 항시 떠오르는 불쾌함으로 잠시 고민하다가 그는 결국 조부의 자택으로 방향을 잡았다. 어쨌든 자신보다 일찍 죽을 영감, 얼굴 한번 더 보여준다고 크게 해 될 것은 없었다. 게다가 조부뿐 아니라 사랑하던 그 맏아들 역시 몹시 닮았다는 이 얼굴을 보는 것은 조부도 싫어할 테지. 비뚤어진 가학에 지형의 입가가 뒤틀렸다.

평범한 국산 중형차를 몰고 행인이 드문 도로를 익숙하게 지나갔다. 차조차 별로 다니는 일이 없는데도 반듯하게 닦인 길은 유서 깊은 고가(古家)를 위한 길이었다. 정작 자신은 살지 않으면서도 박물관처럼 유지하고 있는 몇십 칸짜리 기와집 앞을 거쳐서야 비로소 조부의 자택에 갈 수 있다. 본인은 와인잔을 들고 너른 뒤뜰에서 즐기는 바비큐가 취향이지만 오래된 종택(宗宅)을 소유하고 있는 것을 자랑하는 게 또 조부의 고약한 성미였다. 제 마음대로 팔십 평생을 살아온 인간. 입맛이 썼다.

이맛살을 찌푸리던 지형은 담배를 찾기 위해 한 손으로 콘솔박스를 뒤졌다. 매끄러운 직육면체의 담뱃갑과 함께 납작한 플라스틱 케이스 같은 것이 함께 손에 잡혔다. 이게 뭘까? 흡연의 욕구도 물리고 잠시 만지작거리던 그는 손에 잡힌 것이 휴대전화임을 곧 깨달았다. 동시에, 어제 처음 만났던 이 전화기의 주인이 생각났다.

초라하기 그지없는 옷차림에 볼 것 없는 얼굴과 몸매. 야무지게 다물었지만 갈라지고 튼 자욱이 보이는 입술이나 한 번 잡아본 작고 거친 손은 갈데없이 소녀가장이었다. 몇 분 전에 본 사진 속에서 화사하게 웃고 있던 여자와는 천양지차였던, 그러나 짝짝이가 진 쌍꺼풀 속에서 초롱초롱 빛나는 유난히 어려 뵈는 까만 눈동자가 기억에 남았던 여자 문희단.

이름조차 딱 소녀가장이었지. 계집애 희(姬)에 끝 단(端)이라니. 그녀에 대해 알게 된 계기인 종수의 여자친구—어제부로 아내가 되었지만—정희의 말들을 생각하며 지형은 문득 흐린 웃음을 머금었다. 니코틴의 힘을 빌어야 풀릴 것 같던 마음이 희단을 생각하자 조금씩 눅어든다.

착하게 생긴 여자였다. 저 사진 속의 허영심 가득한 여자나 숙모가 연달아 들고올 혼담의 여자들과는 아예 다른 인종 같은.

"걔는 가족밖에 몰라요. 결혼하면 내가 별로 챙겨주지도 못할 건데, 정말 걱정이에요."

정희의 한숨 같던 말이 귀에 감돌았다.

"좋은 남자 만나서 어서 결혼을 해야 해요. 안 그러면 쟤는 나이 들어서도 제 앞가림도 못 하고 식구들 뒤치다꺼리하다가 다 늙어버릴 거야."

대화라기에는 푸념에 가까운 소리를 내뱉다가 정희는 어머 뜨거라 싶은 얼굴로 곤란해했다. 겨우 두 번째 본 남편의 동창, 그것도 별로 절친하지도 않은 사이에 할 얘기가 아니긴 했다. 그러나 지형이 그 특유의 무표정한 얼굴로 고개만 몇 번 끄덕여주자 곧 얘기는 무난한 쪽으로 흘러갔었다.

결혼이라. 저 전화기의 임자도 결혼이 나름 급하단 말이지.

문득 어떤 생각이 떠올라, 지형의 얼굴에 맺혀 있던 웃음이 조금 더 진해졌다. 문희단이라는 여자와는 우연히 하루에 세 번 마주쳤다. 하지만 어쩌면 이 우연은 제대로 된 인연인 건지도 몰랐다. 적당히 어울리지 않는가. 가난하고 착한 여자와 부잣집의 버릇없는 사생아라니. 일단 기둥이 세워진 착상은 순식간에 머릿속에 서까래를 치고 벽을 만들었다.

시간이야 부족하지 않으니 일단 저질러볼까. 그는 피식 웃었다. 숙부 내외의 희망대로 모든 것이 흘러가게 내버려두지는 않을 것이다. 족쇄를 채우고 뒤통수를 후려갈기려 드는 결혼 시도는 더더욱. 전방에서 익숙한 기와와 화초 담벼락이 보이기 시작하자 지형은 차의 속도를 좀더 높였다.

## 2

"이게 어디 갔지?"

아직 자고 있는 아버지와 동생의 밥을 차려놓고 출근하기 위해 가방을 챙기던 중이었다. 희단은 미간을 찡그리며 다시 한 번 핸드백을 뒤졌다. 그 안에 있어야 할 물건 하나가 여전히 보이지 않았다. 낭패다.

"어제 결혼식 다녀온 후로는 쓴 적이 없는데?"

분명 그랬다. 오후에 반찬 챙겨서 어머니에게 갈 때는 저녁식사 시간에 쫓겨 서두르느라고 백 속에 있던 휴대전화를 챙겨가지 못했다. 그녀보다 일찍 돌아와 집 앞에 서 있던 희경에게 집 비우고 휴대전화도 없이 나갔었냐는 핀잔을 먹었기 때문에 확실히 기억하고 있었다. 그러니 지금 전화기는 낡은 핸드백 안에 얌전히 들어앉아 있어야 했다.

화장품 샘플, 휴대용 화장지, 작은 볼펜, 손바닥 크기의 수첩……. 뒤지다 못해 희단은 핸드백을 거꾸로 들어 툭툭 털었다. 바닥의 옷감에 묻혀 있던 단추 하나와 열쇠고리, 머리핀 하나가 어지러이 꺼내놓은 물건들 위로 투둑 떨어졌다.

그 모양을 보자 갑자기 희단의 머리에 떠오르는 것이 있었다. 인조 대리석 바닥 위로 마구 쏟아지며 튀어오르던 소지품들! 설마?

급하게 유선 전화기를 찾아 자신의 전화번호를 눌렀다. 하지만 집 안 어디에서도 익숙한 벨 소리가 나기는커녕 귓가에서 '지금은 본인의 전화기가 꺼져 있으니……' 하는 소리만 들려올 뿐이었다.

"어머, 어떡해!"

정말 거기서 흘린 건 아니겠지. 아유, 이 덜렁이!

희단은 긴장과 속상함에 등이 축축해지는 것을 느꼈다. 만약 그 뷔페 복도에 전화기를 흘렸다면 누군가 주웠을 것이다. 그리고 연락을 했겠지. 전화기 목록에 엄연히 '우리 집'이라는 이름으로 집 전화번호가 저장되어 있으니까.

제일 먼저 생각난 것은 '그 남자'였다. 그녀에게 유난히 호감을 보였던 민지형. 가끔 자체적으로 정신 줄을 놓아버리는 낡은 전화기를 그가 주웠을지도 모른다고 생각하니 순간 얼굴이 화끈 붉어졌다. 그러나 곧 희단은 고개를 저었다. 그렇다면 전화를 해줬겠지. 그 사람은 아닐 거야.

어쨌든 전화기를 잃어버린 건 확실하다. 급하게 발신 정지 신청을 해놓고 시간에 쫓겨 일단 집을 나섰다. 지하철을 타고, 환승하고, 다시 버스를 타고 가는 출근길은 늦지 않아도 늘 바빴다. 월요일인데다 늦게 출발한 오늘은 당연히 더 정신이 없었다.

주말 전에 받아놓은 업무관련 서류를 출력해 급한 결재를 받고, 업무회의 후 또 다른 지시사항을 듣고, 그러다 보니 오전 시간의 절반이 훌쩍 가버렸다. 그나마 시간이 나서 분실 신고를 하고 전화기의 위치 추적을 겨우 할 수 있게 된 것은 11시 반. 그러나 애석하게도 이동통신의 사이트에는 최후 발신지로 결혼식장과 뷔페가 있는 그 부근만 인식되어 있을 뿐이었다.

진짜 이렇게 나를 버릴 거니, 이것아! 입술을 삐죽 내밀고 힘주어 우물거리다가도 희단은 희망을 내던지지 못하고 분실 신고를 발신 금지로 바꾼 뒤 오후에도 계속 틈틈이 전화를 해봤다. 하지만 4년 넘게 정을 들였던 그녀의 오래된 전화기에서는 응답이 없었다.

정식 퇴근시간인 6시가 다가오자 거의 포기 반 절망 반인 심정이 되었다. 새 것을 구입할 형편이 아니니 임대 신청이라도 해야겠다는 생각이 들어 모니터를 보면서도 한숨을 푹푹 쉬는데 전화벨이 울렸다. 퇴근 준비를 하며 은근슬쩍 화장을 고치던 옆자리의 여직원 승하 씨가 들뜬 목소리로 전화를 받았다.

"네, 신화전자 경리과 양승하입니다!"

퇴근 후 남자친구와 좋은 시간 보낼 생각을 하니 그저 좋은가 보다. 희단은 입술을 오물거렸다. 참 부러웠다. 누군 하나뿐인 전화기도 이별하자고 품을 떠났지 않은가.

"아, 네에……. 그렇습니다만."

비눗방울처럼 발랄하던 목소리가 폭 사그라진다. 설마 데이트에 취소 딱지를 맞았나? 하긴 그런 사적인 용건은 휴대전화로 올 터이다. 그래도 어쩐지 기분이 나아져서 희단은 혼자서 배시시 웃었다. '심술쟁이 문희단'이라고 중얼거려보며.

"예, 그런데 무슨 용건이신지……?"

그러나 직장 동료의 음성은 여전히 새침함과 애교를 잃지 않고 있었다. 희단은 의아해졌다. 아마도 멋진 목소리를 가진 남자가 전화라도 한 모양이다. 거래처일까 싶어 고개를 갸웃했지만 그러기엔 퇴근 시간이 다 되었다.

궁금해서 참을 수가 없었다. 슬그머니 고개를 돌렸는데, 공교롭게도 이쪽을 훔쳐보는 동료의 눈길과 딱 마주쳤다.

"어머!"

"헉!"

양승하가 짤따랗게 비명을 지른 것과 희단이 숨을 흡 들이켠 것은 거의 동시였다. 눈이야 딱 5도밖에 안 돌렸는데 어떻게 낌새를 챘을까? 계면쩍음에 조금 웃어 보이자, 양승하의 미간에 힘이 팍 들어가더니 볼이 빨개졌다. 그러나 금세 새침데기 동료는 안색을 수습하고는 그녀에게 턱짓을 까딱 했다.

"전화받아요, 문희단 씨."

"제…… 전화요?"

희단은 생각지도 않은 상황에 반문했다. 그러나 동료는 냉정하게 얼굴을 돌리고는 여태까지 하지도 않던 일에 몹시 열중하는 척 모니터에 코를 박고 있었다. 할 수 없이 수화기를 집어들었다.

"네, 경리과 문희단입니다."

- 문희단 씨?

희경이나 아버지일 거라고 대충 생각했던 예상은 초장부터 싹둑 잘렸다. 수화기 너머로 들려오는 남자의 목소리는 쨍쨍하고 높은 편인 희경과도, 탁하고 거친 아버지와도 달랐다. 낮고, 약간 느리고, 무엇보다도 울림이 깊었다. 마치 아득히 밑을 알 수 없는 조용한 우물처럼.

- 저, 현관에 와 있습니다. 내려오실 수 있겠습니까?

희단이 아는 어느 남자와도 닮지 않은 목소리는 그러나 이상하게도 귀에 설지 않았다. 공손하지만 왠지 귓바퀴에 물처럼 서늘하게 감기는 목소리였다. 희단이 자신도 모르게 흠칫 몸을 떨었을 때, 상대가 말했다.

- 희단 씨의 소중한 물건을 제가 갖고 있어서요.

"……아."

그제야 남자가 누군지 알 것 같았다. 단음절의 답만을 했다는 것을 깨닫고 희단은 뒤늦게 덧붙였다.

"네, 민지형 씨…… 죠?"

- 기억하시는군요.

어조가 그다지 변하지 않았는데도 그녀는 어쩐지 남자의 목소리에 기쁨이 섞여 있다고 느꼈다. 크고 단정한 입술에 서린 미소가 갑자기 너무 선명하게 기억나 희단은 기분이 이상해졌다. 그래서 그녀는 서둘러 대답했다. 이상해진 기분을 지우개로 벅벅 지워내듯, 다소 과장된 반가움을 가득 담고.

"네, 그럼요! 감사합니다. 그렇지 않아도 혹시 제가 그 엘리베이터 앞에서 전화기를 떨어뜨린 게 아닌가 생각하고 있었어요. 금방 내려갈게요."

자리에서 벌떡 일어나자 옆자리의 양승하가 흥미 어린 눈초리로 빤히 쳐다보았다.

"누구예요? 남자친구는 아닌 것 같고."

"어, 남자친구 맞는데요."

장난스럽게 눈을 크게 뜨며 대답하자 양승하가 에이, 하면서 손을 저어댔다.

"혹시 잃어버린 전화기 찾아준 사람 아니에요? 그러고 보니 오늘 희단 씨가 그 고물 전화기 들고 있는 걸 한 번도 못 봤네."

눈치도 빠르다. 희단은 풋 웃었다.

"승하 씨가 용건이 뭔지 그 사람에게 직접 물어보는 것 같던데? 제 전화기 갖고 왔다고 그러던가요?"

양승하의 얼굴이 빨개졌다. 용건을 물어본 것을 들켜서인지, 자신의 통화를 희단이 듣고 있었다고 생각해선지 모를 일이다. 입술을 비죽거리며 양승하는 심술궂게 대답했다.

"그냥, 꼭 통화를 해야 할 중요한 사람이라고 하던데요."

"말 그대로네요. 중요한 사람."

충분히 오해할 수 있도록 생긋 웃어줬더니 승하는 고개를 찬바람이 나게 쌩 돌린다. 희단은 한결 즐거워져서 사무실을 나왔다.

그런데 유쾌했던 마음은 걸어갈수록 점점 옅어졌다. 하강 버튼을 누르고 엘리베이터를 기다리면서는 괜히 그런 농담을 했나 싶었고, 네모난 금속 상자 안에 혼자 서 있으면서 남자친구라고 했던 것을 심하게 후회하기 시작했으며, 1층에 도착해 현관으로 걸어가면서는 쓸데없는 짓을 한 자신에게 짜증이 나버렸다.

남자친구나 애인 따위, 갖고 싶지도 않았고 몇 년간은 가질 생각도 전혀 없으면서 무슨 짓을. 그리고 현관 한쪽에 놓인 방문자용의 소파에 앉아 있는, 누가 봐도 착각할 수 없는 체격의 건장한 남자를 발견하자 그런 생각은 곧 죄책감으로 변했다.

저 정도 나이에 저 정도 외모면 충분히 여자친구가 있을 법하다. 멀쩡한 남의 남자를 제 남자친구로 바꿔버리다니, 이런 메롱한 사태가 있나. 며칠만 지나면 승하의 입놀림에 의해 사무실엔 소문이 다

퍼질 텐데. 설마가 사람 잡는다고, 혹시 저 남자의 여자친구가 동료들 중 하나의 사촌여동생쯤 되면 어쩌려고 그랬을까.

원래부터 오지랖 넓고 오만가지 걱정을 다 싸 짊어지고 다닌다고 일컬어지던 희단이었다. 민지형이 자신을 알아보고 뚜벅뚜벅 다가오자 그녀는 기우라고 생각하면서도 마음 한구석이 심하게 켕기는 것을 어쩔 수가 없었다. 아아, 이 빌딩의 아는 누군가가 그들을 유심히 보고 지나가지나 않으면 좋겠는데.

어쨌거나 우선 인사부터 하기로 했다. 희단은 애써 입을 크게 벌리며 웃었다.

"아하하하하…… 안녕하셨어요?"


"전화만 주셔도 제가 찾으러 갈 텐데, 여기까지 일부러 와주셔서 정말 감사해요."

여자는 단순했다. 얼굴과 행동에 모든 것이 다 드러나는 성격이랄까. 일부러 둘러쓴 정중한 표정의 가면 아래 지형은 조금씩 웃음이 새어나오고 있었다. 지금도 그랬다. 반가운 척 명랑한 음성을 흘리면서도 엘리베이터와 현관 쪽에서 떨어진 구석으로 슬금슬금 그를 유도하는 모양새에서는 은근히 사람 눈을 피한다는 게 그대로 읽혔다.

수줍은 걸까, 아니면 남의 눈이 두려운 걸까. 하지만 요즘 같은 세상에 남자가 직장에 찾아온 정도로 타인의 시선을 두려워할 사람은 없다. 더구나 업무시간도 아닌데. 정희의 말을 들었을 때는 그럴 리가 없다고 생각했지만, 지금은 이 여자가 정말 남자친구를 한 번도 사귀어본 적이 없는지도 모른다는 생각이 들었다.

"아뇨, 근처에 올 일이 있었습니다. 오전에 전화를 했더니 동료분이 마침 여기 위치가 사상공단 쪽이라고 하시더군요. 참, 인사가 늦었습니다. 문희단 씨도 안녕하셨습니까?"

너무 들이댄다는 느낌을 주지 않도록 차분하게 인사를 건넸더니 동글동글한 눈이 크게 떠졌다가 곧 시원한 웃음이 눈가에 퍼졌다.

참 다르다. 지형은 물끄러미 그 웃음을 들여다보았다. 숙모가 내어 놓은 사진 속의 웃음과 절로 비교가 된다. 그쪽이 달디단 사과를 잘 갈아 과즙만을 크리스털 잔에 매끈하게 담아놓은 것이라면, 이쪽은 과수원에서 소매로 슥슥 닦아 한 입 깨무는 새콤한 사과 같은 느낌이다. 의외로 좀 신선하긴 했다.

가까운 거리에서 곧장 들여다보는 시선이 부담스러웠는지, 여자는 웃음을 지우고 눈을 옆으로 데구르르 굴리더니 흠흠 헛기침을 했다. 그리고는 앉으라며 소파를 손짓하다가 다시 화들짝 놀랐다.

"음, 저기, 요 옆에 가면 커피집이 있는데……."

커피집. 지형은 픽 하고 터질 뻔한 웃음을 슬쩍 깨물었다. 주차장에 들어가기 전에 스타벅스가 있는 것은 보았다. 하지만 그 스타벅스를 '별다방'도 아니고 그렇다고 무난한 '커피숍'도 아니고 무려 '커피집'이라니. 역시 생김새처럼 촌스런 여자다.

"퇴근 준비 되셨습니까?"

그렇게 물었더니 "아니오."라며 고개를 내젓는다. 그래서 지형이 "그럼 지금은 잠시 앉지요."라고 대답했더니 그것을 소파에서 잠깐 얘기하다 가겠다는 걸로 알아들었는지 여자는 무척 미안한 표정을 지었다.

"어제도 실수하는 꼴만 보여드렸는데 오늘도 모양새가 참 그러네요. 어쨌든 전화기를 덕분에 찾게 되어서 정말 다행이에요. 정들었던 거라 하루 종일 내내 고민했어요."

"제가 좀더 일찍 연락을 드릴걸 그랬군요."

그러자 여자가 얼른 말을 바꿨다.

"아니, 그 정도까지 마음 상해 있던 건 아니고요. 사실 오래된 거
라서 바꾸긴 해야 되겠다 싶었죠. 요새는 임대폰도 있고……."

그렇게 미안한 표정도 아니었지 싶은데 상대를 너무 생각해주는
여자였다. 이러니 그토록 가족들에게 다 내주면서 살았겠지. 하지만
지나치게 정을 주는 타입은 곤란하다. 지형이 원하는 건 수수하고
바라는 것이 많지 않되 어떤 환경이든 잘 버틸 수 있는 여자였다. 여
차하면 이혼을 해도 탈 없이 조용히 헤어져 줄 만한 여자가 필요했
다.

이런저런 생각을 하다 보니 지형은 이 어수룩하고 순진한 얼굴을
앞에 두고 말을 꾸며 늘어놓는 것이 갑자기 찜찜해졌다. 그런 자신
이 짜증스럽기도 했다. 어차피 세상은 강자들의 것이다. 약한 초식
짐승은 먹히는 게 당연한데 굳이 그쪽 사정까지 생각해줄 이유가
뭔가. 아마도 이런 찜찜한 기분 때문에 선수들은 처녀를 안 건드린
다고 하는가 보다. 하지만 현재로선 주변에 이 여자만 한 여자가 없
었다.

어이, 쇠뿔도 단김에 빼버리는 거야. 지형은 자신을 독려했다.

"실은 어제 집에 전화를 드렸습니다만 안 받으시기에 그냥 오늘
근무하시는 곳으로 온 겁니다."

"어머나, 제가 어제 외출한 사이에 전화하셨나 봐요. 그치만 밤에
는 집에 있었는데. 밤에 전화하시지 그러셨어요?"

여자는 아직 분위기를 못 알아채고 그저 상냥하고 미안하기만 한

표정이다. 지형은 손을 뻗어 희단의 손목을 붙잡았다. 그리고 자리에서 벌떡 일어섰다.

"나가지요. 희단 씨 말대로 커피집이든 스타벅스든 갔으면 합니다. 여기는 곤란하군요."

"아, 아니, 저기…… 왜, 왜 이러세요?"

영문을 모르는 작고 동그란 얼굴이 빨개졌다. 머루 알처럼 까맣고 맨질맨질한 눈동자가 혼란에 물들어 자신을 봤다가 바닥으로 곤두박질치기를 반복하는 것을 보고 그는 소리없이 웃었다. 그녀가 보기에는 틀림없이 친절하고 부드럽게 보이겠지만, 실은 매우 이기적인 만족감이 가득한 웃음을.

"왜냐하면, 삭막한 빌딩 현관의 비닐 소파에서 결혼 신청을 할 수는 없는 노릇이니까요."

"네에?"

여자의 별로 크지 않은 눈자위가 있는 대로 드러났다.

"겨, 겨, 결혼? 지, 지금 겨, 결혼 시, 신청이라고 하셨어요?"

말을 마구 더듬으며 가슴을 움켜잡는 모양이 흡사 심장병이나 고혈압에라도 걸린 사람 같다.

"어디 아픈 건 아니죠? 혹시 심장이 안 좋거나 천식이 있나요?"

그런 게 아닌 줄 알면서도 걱정스러운 표정으로 물어봐 주었더니 희단은 말도 못 한 채 얼굴이 새빨개졌다. 그리고 필사적으로 고개를 흔들었다.

"아, 아니에요!"

붉어진 얼굴은 그리 예쁘지 않았다. 전체적으로 동그란 얼굴은 좋게 보아서 귀여웠지만, 아직도 여드름이 중간 중간 나 있는 노란 피

부나 작은 키, 유행과는 상관없는 옷에 가려진 일자형 몸매 같은 것
은 평범의 선 아래다.

그런데도 문득, 지형은 자신이 재미있어하고 있다는 것을 깨달았
다. 그가 익히 알고 있는 여자들, 고급스런 분위기가 향수처럼 은은
히 감도는 여자들에 비하면 정말 초라하기 짝이 없는 이 여자는 사
실 좀 색달랐다. 주위에서 못 보던 여자라 그런가?

"아프신 곳이 없다니 다행입니다. 건강이 최고죠."

어쨌든 그는 좀 너그러워지기로 마음을 먹었다. 솔직하게 서로가
서로를 이용하기 위한 결혼을 하자고 하는 게 편하겠지만, 그럴 경
우 상대는 죄책감에서라도 거절할 여자 같다. 웬만하면 지금까지의
친절한 태도를 유지하는 게 낫다는 결론을 내린 지형은 그녀가 명문
의 규중에서 고이 자란 연약한 꽃이라도 되는 듯 공손하게 물었다.

"그럼 일단 제대로 된 프러포즈를 하고 싶습니다만. 왕자님 같은
청혼은 못 하겠지만 나중에라도 희단 씨에게 어설펐다고 야단을 맞
고 싶진 않으니까요."

"그, 그…… 농담이시죠?"

"네?"

"왜 저한테 갑자기 그런 말씀을……. 민지형 씨와 저는 만난 것도
딱 한 번밖에 없는데 갑자기 청혼이라뇨?"

희단의 목소리는 눈에 띄게 떨리고 있었다. 놀라 떨리는 목소리는
우스웠지만 그는 웃지 않았다. 연애라고 하는 과정은 이럴수록 진지
해야 한다고 들었다. 이왕 하는 것, 매뉴얼대로 해준다.

"첫눈에 반했다고 하면 대답이 될까요?"

물론 문희단이라는 여자에게 첫눈에 반한 건 아니다. 그가 반한

것은 그녀의 조건이었다. 희단의 성격과, 환경과, 볼품없는 생김새까지. 볼수록 자신이 원하는 결혼 생활에 딱 맞지 않나. 자신을 마음대로 자로 재고 휘두르려는 환경과, 그 환경에 뿌리박은 거만한 인간들에게는 이제 질렸다.

"물론 양가 어른들께 인사드리는 것은 좀 지나야 하겠지만, 저는 지금 희단 씨와 결혼을 전제로 사귀고 싶다는 겁니다. 그리고 결혼이 빠르면 빠를수록 더 좋겠고요. 청혼이란 말을 한 것은 그런 뜻입니다."

숙부가 내세운 여자들, 자신이 죽을 때까지 피를 빨려 할 거머리들과 달리 이 여자는 자신을 경멸하지도, 치사한 간섭과 방해를 하지도 않을 것이다. 좀 힘든 일이 있어도 참을 것이고 무엇보다 그를 생활의 중심으로 받들어주겠지. 대신 그는 희단의 기생충 같은 가족과 양말도 기워 신어야 할 가난에서 그녀를 구해줄 터였다. 마치 신데렐라를 구해준 동화 속 왕자처럼.

지형은 그 생각이 마음에 들었다. 그래, 이 여자로서도 이 결혼은 구원이 될 것이다. 순진한 여자에게 내가 사기 치는 건 아니지. 암.

"나갈까요? 참, 아예 가방을 가져오는 게 어떻겠습니까?"

"……놀리시는 거예요?"

놀리다니? 지형은 고개를 갸웃했다. 이 여자는 아무래도 너무 놀랍고 황송해서 그의 말뜻을 이해하지 못한 것 같다. 다시 또 낯간지러운 말을 해야 한다는 어색함과 짜증을 참고, 그는 다시 조용히 말했다.

"아뇨. 저는 그저 결혼 신청을 한 것뿐입니다만."

"예의 바르고 좋은 분이라고 생각했는데, 민지형 씨는 나쁜 사람이군요."

이게 무슨 소리야? 옮기던 발걸음을 멈추자 희단이 팔을 탁 뿌리쳤다. 의외의 사태에 그녀를 쳐다보고만 있자 희단이 입술을 깨물며 조그맣게 말했다.

"제가 만만하게 보이세요? 민지형 씨처럼 멋진 남자가 와서 결혼하자고 하면 얼씨구나 좋다고 따라나설 사람으로 보였어요? 제가 앤가요?"

희단을 비록 소녀가장처럼 생각하고 있긴 했지만 설마 자신이 유괴범이나 인신매매범과 동급으로 취급받을 줄은 몰랐다. 지형은 희미하게 얼굴을 찌푸렸다.

"진심으로 말씀드린 겁니다만."

"참 내, 영 못 알아들으시네요!"

갑자기 희단이 언성을 높였다.

"솔직히 그 청혼이란 말도 의심스럽긴 하지만 그게 다가 아니거든요! 저도 생각이 있는데 딱 한 번 만난 남자가 결혼하자고 하면 제가 뭘 보고 덜렁 그럽시다 하겠어요? 그리고 저는 말이에요, 앞으로 몇 년간은 결혼 생각도 없고 남자 사귈 생각도 없거든요! 왕자님 같은 청혼 어쩌고 하셨지만 저는 왕자가 아니라 영국 황태자가 와서 결혼하자고 해도 결혼 안 해요!"

상당히 기분이 상한 듯 와락 소리쳐놓고선, 아까부터 이쪽을 보고 있던 경비를 그제야 의식했는지 희단은 인주를 발라놓은 것처럼 얼굴이 시뻘게졌다.

"그럼 안녕히 가세요!"

대뜸 그렇게 또 소리지르고 허리를 90도 각도로 획 꺾은 희단은 탁탁탁 바닥을 울리며 뛰어가 버렸다. 그 뒷모습이 마치 나무 사이로 모습을 감추는 산토끼 같았다.

"잠깐만요, 희단 씨!"

미처 그녀를 잡지 못한 지형이 엉겁결에 손을 내밀었으나 그의 손에 떨어진 것은 낡고 뿌연 형광등 불빛뿐이었다. 지형은 자신의 빈손을 내려다보았다. 이렇게 놓치다니 당황스럽다 못해 어이가 없었다.

"설마, 예순이 넘은 찰스 황태자보다 내가 못하다는 거야?"

생각지도 못한 말이 무심코 그의 입에서 굴러 나왔다.


가슴이 두근두근했다. 청혼이라니! 청소도 아니고, 청국장도 아니고, 청구서도 아니다. 무려 청혼이다. 그것도 멋진 남자가 첫눈에 반했다고 하면서 손을 내미는. 그러나…….

"나쁜 놈! 친절하다고 생각했던 거 다 취소야!"

희단은 얼굴이 화끈거리고 손이 부들부들 떨려서 키보드를 제대로 두드릴 수가 없었다. 어떻게 그런 장난을 칠 수가 있어? 사람을 대체 어떻게 보고! 지난달 경비 내역 서식에 이번 달 것을 쳐넣다가 몇 번이나 실수를 했는지 모른다. 이 숫자가 저 숫자 같고 이 세목이 저 세목과 마구 헷갈렸다.

"희단 씨, 남자친구와 무슨 일 있었어요?"

오죽하면 퇴근하려는 듯 서둘러 립스틱을 칠하던 걸 멈추고 승하가 물었을까.

"아뇨, 무슨 일은요. 사실은 승하 씨 말대로 남자친구가 아니라 휴대전화 받아온 게 맞아요. 진짜 전화기만 받고 전혀 별볼일없었던걸요."

다짐 같은 말이었다. 맞아, 청혼이 문제가 아니고 지금 상황이 장난이 아닌걸.

울고 싶은 기분이었다. 청혼 따위 받아도 자신에겐 별볼일없는 거라는 사실을 희단은 너무 잘 알고 있다. 지금 같은 집안 사정에 청혼을 받아본들 어떻게 승낙을 하겠으며, 또 승낙을 한들 어느 세월에 결혼을 할 수 있을지 모를 일이다. 더구나 상대는 딱 한 번 만난, 정체 모를 남자다. 그건, 겉으로 봐서는 참으로 그럴싸해도 기실 그 속은 끓인 지 열흘 된 두부찌개처럼 푸욱 쉬어버렸을 수도 있는 남자란 뜻이다. 10년을 사귀어도 못 믿을 것이 사람 마음인데 대체 뭘 믿고.

그런데도 가슴은 콩닥콩닥 뛴다. 동지섣달 거센 바람에 코트 자락 날리듯 마음이 펄럭이고, 오뉴월 천둥번개에 뒤통수라도 맞은 듯 손가락 발가락까지 찌릿찌릿하다. 그리고 그것이 오히려 더 눈물겨웠다. 매친 것. 희단은 중얼거렸다. 너도 결혼할 나이가 된 처녀라고 허파에 바람이라도 든 거니?

"에이, 아까는 남친이라면서요? 왜 그렇게 말이 확 바뀌었어요? 아까 올라올 때 보니 얼굴이 새빨갛던데 혹시 일 빨리 끝내고 모텔이라도 가재요?"

"엑! 그, 그런 거 아니에요!"

놀라서 허둥대는 희단을 보며 승하는 잘 칠해진 빨간 입술로 대수롭지 않게 웃었다.

"뭘 그런 것 가지고 당황하고 그래요? 자고 싶을 정도로 좋으면 같이 누워보는 거고, 맘 안 내키는데 집적거리면 뺨이라도 한 대 갈겨주면 되지."

별 친하지도 않는 사이에 건너오는 화제는 참으로 낯뜨거웠다. 희단이 고개를 숙인 채 눈만 데굴데굴 굴리고 있으려니 맹랑한 동료는 립스틱을 집어넣다 말고 갑자기 깔깔대며 웃었다.

"아하하하하……. 희단 씨는 그런 짓 못 할 거야. 아무리 좋아도 결혼 전에 같이 자지도 못할 거고, 싫은 경우라면 뺨 갈기기보단 도망치기부터 할 건데."

"양승하 씨!"

얼굴을 붉히며 동료의 이름을 거칠게 불렀으나 백을 챙겨든 승하는 "어유, 속 터져. 하긴 내가 무슨 상관?" 어쩌고 하면서 재빨리 머리카락을 매만지며 밖으로 나가버렸다.

어이가 없어서 희단은 승하의 사라지는 뒷모습만 노려보았다. 기분이 나빴다. 하지만 끝까지 쫓아가서 대거리라도 하지 못하는 것은 마음속 깊은 곳에서 승하의 말이 거짓이 아님을 알고 있기 때문이리라. 남자와 그런 문제로 실랑이해본 경험은 전혀 없지만, 실제로 이 우유부단한 성격 때문에 가족들의 문제를 자신이 다 떠맡고 있는 거나 마찬가지니까.

자신도 알고 있다. 알고 있으니까 두 배로 쓰렸다. 민지형이 내놓은 생채기를 사무실 동료가 후벼놓은 꼴이었다.

"그래, 나 바보다. 그러니 어떡하라고? 그래도 나 같은 사람이 있으니까 세상이 굴러가는 거지, 너 같은 인간만 있으면 세상이 제대로 되겠니?"

눈을 부릅뜨며 힘껏 외쳐봤지만 뱃속에서 쓴 위액이 끓어오르는 것과도 같은 느낌은 희단을 계속 괴롭혔다. 그녀는 텅 빈 사무실에서 우두커니 책상을 등지고 한참을 앉아 있었다.

<u>뜨르르르르르. 뜨르르르르르르.</u>

갑작스런 전화벨 소리에 정신이 돌아왔다. 컴퓨터를 등에 진 책상들만 나란한 빈 공간에서 울리는 벨 소리를 몇 초나 듣고 있었을까. 곧 끊길 거라고 생각했던 전화는 의외로 끈질겼다. 결국 그 소리를 못 이긴 희단은 한숨을 쉬며 수화기를 집어들었다.

"여보세요, 경리과 문희단입니다."

- 너 또 전화기 꺼놨지? 전화를 열 번 넘게 했잖아! 짜증 나게!

다짜고짜 따지기부터 하는 상대는 동생 희경이었다. 상대가 누군지 깨달으니 두통까지 몰려오는 듯하다.

- 왜 아직 안 와? 나 배고파!

두 번째로 길게 한숨을 쉬고, 희단은 느릿하게 말했다.

"어제 말했잖아. 오늘 늦을 거야. 밥통에 밥 넉넉히 해놨고, 어젯밤에 찌개랑 반찬도 해뒀는데……."

- 명태찌개 쉬었어.

할 말이 없었다. 희경은 육류든 생선이든 있어야 밥을 먹고, 아버지는 국물이 있어야 식사를 하신다. 어젯밤 늦게 만들고 오늘 아침 다시 살짝 끓였으니 덜어먹었으면 상하진 않았을 텐데, 아마도 남자 둘이 그 양 많은 찌개를 냄비째 숟가락 푹푹 담가서 떠먹고 냉장고에도 넣지 않았나 보다.

"그냥 중국집에 뭐라도 시켜먹어."

웬만하면 그런 말이 나오지 않을 텐데 갑자기 모든 게 귀찮아졌다. 희경이 또 짜증을 부렸다.

- 중국집 음식은 서울서 하도 먹어서 이젠 물렸단 말야! 아버지도 면 종류 싫어하시잖아. 그리고 너, 휴대전화는 또 왜 안 돼? 또 전화기

집에 놔두고 갔니?

두 살 아래 남동생은 오냐오냐 키워버릇해서인지 희단을 자주 '너'라고 불렀다. 평소엔 예사로 듣는데 그것도 지금은 마음이 상했다.

정말 할 수 있다면 벗어나고 싶다. 목젖까지 그런 열망이 치솟는다. 그러나 뱃속에서는 아직 그 '저주'가 발목을 잡는다. 시커먼 그림자, 남동생에게는 뭐든지 할 수밖에 없는 유독한 주문은 일평생 유효하리라. 희단은 따갑도록 매워지는 목구멍을 꾹 누르고 천천히 또박또박 말했다.

"직장 전화번호 알잖아? 일 있음 지금처럼 전화하면 되지. 그리고 저녁은 싱크대 제일 왼쪽 아래 칸 분홍 고춧가루통 아래 비상금 5만 원 있으니까 맛있는 거 시켜먹어. 자장면 같은 거 먹지 말고."

- 정말? 그럼 나 깐풍기 먹는다!

"……그래라. 아버진……"

- 아버지는 해삼탕 시켜드리면 잘 드실걸.

채 말을 하기도 전에 달랑 끊어먹고선 혼자서 대답까지 마친 희경은 그대로 전화를 달칵 끊었다. 성급한 녀석. 희단은 조그맣게 중얼거렸지만 실은 하고 싶은 말은 따로 있었다. 못된 녀석, 이라는 말이 혀끝에서 맴돌았다. 그러나 그녀는 그 말을 할 수가 없었다. 대신 눈을 감고 책상에 고개를 파묻으며 희단은 속삭이듯 불렀다.

어머니……, 엄마.

지금 요양병원 다인실 병상에 누워 한 달에 백만 원씩 입원비를 쓰고 있는 어머니는, 집안이 풍비박산 나기 전에도 깐풍기나 해삼탕 같은 건 안 드셨다. 작지만 예쁜 정원이 있던 주택에서 도망치듯 이

사 나와 지하의 골방 같은 방 두 칸짜리로 전세를 살게 된 이후에는 자장면 한 그릇도 제대로 못 드셨고. 뇌졸중으로 쓰러졌던 그 아침에도 피곤에 찌든 어깨를 두드리며 나가면서도 머지않은 첫 월급 생각에 말갛게 웃으셨다.

보수적인 삼대독자 아버지에게 멀끔한 아들이라고는 하나밖에 못 낳아줬던 몸 약한 어머니는, 아버지의 역정과 분노어린 눈총 때문에 표시는 못 냈어도 자신을 아꼈음을 희단은 잘 알고 있었다. 동생 희경보다 옷가지 수는 적었어도 희단의 옷은 늘 깨끗하게 다림질이 되어 있었고, 소풍을 갈 때면 작은 도시락은 서너 종류의 김밥이 갖추갖추 들어 있었다. 중3까지의 열다섯 해가 행복했던 것은 그런 어머니 때문이었다.

문득 어머니의 손길이 가만가만 이마를 쓸어주는 것 같아 그녀는 희미하게 미소 지었다.

"엄마, 난 괜찮아. 이것보다 힘들 때도 많았던걸 뭐."

하지만…… 엄마가 다시 한 번 예전의 모습으로 돌아와 준다면, 한 번만 더 웃으면서 날 안아줄 수 있다면 정말 좋겠어. 목소리라도 들려줬으면 좋겠어.

차마 입 밖에 나오지 못한 바람은 갇힌 새처럼 가슴속을 빙빙 맴돌았다. 그리고 흡사 그런 그녀의 소원에 대답이라도 하듯, 다시 전화가 울렸다.


생각지도 않았던 패배에 잠시 망연하여 어두컴컴한 빌딩 로비의 낡은 소파에 앉아 있던 지형은 이윽고 몸을 일으켰다. 자존심이 상해서라도 이대로 물러날 수는 없지. 그는 눈을 가늘게 떴다.

유치원시절부터 20년이 넘는 세월 동안 수많은 이성에게서 대시를 받아왔어도 무감동하게 버텨온 그다. 그깟 잘난 것도 없는 여자에게서 첫 프러포즈를 거부당했다고 생각하니, 기분이 상하기에 앞서 있을 수 없는 일이 벌어진 것만 같아 용납이 되지 않았다. 아무리 순식간에 나온 발상이라도 이렇게 어이없이 무너진 것 역시 기분이 상했다.

마지막으로 자신의 결혼 상대로, 저 정도 사심이 없는 여자를 찾기도 힘들 것이다. 지형은 인정하지 않을 수가 없었다. 순진한 여자라고는 생각했지만 희단이 예상 외로 물욕이 없다는 것을. 당연한 말이지만 가난하고 말 잘 듣는 여자들이 모두 저렇지는 않을 테니 그가 희단을 발견한 것은 의외의 수확인 셈이었다.

다시 한 번 밀어붙여 볼 작정으로 승강기를 향해 걸었다. 때마침 내려온 엘리베이터 문이 코앞에서 열렸다. 일이 아귀가 맞아 돌아가려는지 마침 안에서 희단이 정신없이 뛰쳐나온다. 빙고! 그런데, 어째 이 여자는 만날 때마다 매번 이렇게 돌진하는 모습이야?

"어디를 가는 겁니까? 태워다 드릴까요?"

그래도 나름 반갑게 묻는데, 화장도 하지 않은 얼굴에 줄줄 흘러내리는 눈물이 번뜩 눈에 들어왔다. 반은 넋을 잃은 모습이다.

"엄마, 안 돼……. 안 돼……. 난 어떡하라고."

꾀죄죄하기 그지없는 모습인데도 그 눈물만은 맑고 투명하다. 어디를 보는지도 모를 까맣고 아득한 시선이 눈길을 사로잡아, 자신도 모르게 지형은 자신의 곁을 스쳐 달려가려는 희단의 팔을 퍼뜩 움켜쥐었다.

"무슨 일이죠?"

"놔요!"

그제야 눈앞에 있는 사람이 누구인지를 자각한 듯, 희단은 잡힌 팔을 뿌리치려 거세게 반항했다.

"나, 나 빨리 가야 해요! 당신 헛소리 따위 듣고 있을 시간 없단 말이야! 이러는 시간에도 엄마가……, 제발 놔줘!"

마구 내뱉는 말의 뒷부분은 거의 애원이다시피 했다. 희단의 모친이라면, 현재 몸이 불편해서 요양병원에 입원 중이라던…….

"상태가 안 좋아지셨군요. 갑시다!"

긴말 할 것 없이 팔을 잡아끌었다. 그런데 이 어리석은 여자는 이상한 데서 정신이 들었는지 어딜 가자는 거냐고 묻더니 그 다음에는 당신이 왜 우리 엄마한테 가느냐며 고집을 부린다. 바보 같은 그 행동에 지형은 냉정하게 팔을 탁 놓았다.

"그럼 혼자 가요. 퇴근시간이지만 어쩌면 택시도 잡을 수 있겠죠. 교통체증에 걸리면 한 시간? 아니면 두 시간 걸립니까?"

그 말만 던져놓고 몸을 싹 돌려 뚜벅뚜벅 현관을 향해 걸어갔다. 바보처럼 곧이곧대로인 저 여자의 성격은 문제지만 어머니를 생각하는 마음만큼만 융통성이 있기를 바랐다. 속으로 열을 셀 때까지 안 잡으면 진짜 가버릴 테다. 하나, 둘, 셋…… 아홉, 아홉 반, 아홉 반의 반, 아홉 반의 반의 반. 젠장. 한숨이 나왔다.

'젠장'과 '제기랄', '이런 바보 같은'을 번갈아 섞어가며 지형은 '반의 반의 반의 반'까지 셌다. 차갑던 머릿속에 슬슬 열기가 오른다. 내가 왜 이러나 싶고 이 상황이 바보 같아지기 시작하던 때였다.

"잠깐만요!"

잘 생각했다고 칭찬이라도 해주고 싶었다. 더 이상은 자신도 암산을 못 할 것 같았으니까. 피식 웃고 돌아선 지형은 딱딱하게 물었다.

"왜요?"

"태, 태워다주세요."

간절한 눈동자에 좀 흐뭇해진 것은 아까 상했던 자존심의 보상이리라. 그는 공손하지만 냉정하게 내뱉었다.

"공짜는 안 됩니다. 차비 받겠습니다."

파랗게 질린 얼굴로 희단이 얼른 고개를 끄덕이는 것을 보고 다시 되돌아서서 성큼성큼 걸었다. 건물 주차장이 안 보여서 바로 옆 지상 유료 주차장에 주차를 한 것이 오히려 다행이었다. 키를 돌려받으려 관리실 앞에 섰다가 지갑을 뒤지는 희단을 본 지형은 무뚝뚝하게 말했다.

"뭐 하는 겁니까?"

"아니, 저는 그냥…… 저 때문에 가시는 거니까."

"목돈으로 내세요."

안 될 말이었다. 누구 맘대로 푼돈에 그의 호의를 사려 든단 말인가. 딱 자른 대답에 희단은 일순 두려운 표정을 지었지만 어쨌든 보기 싫은 싸구려 지갑은 즉시 낡은 핸드백 속으로 들어갔다. 영 말을 못 알아듣는 건 아니다 싶어 기분이 나쁘지 않았다. 차를 탈 때에도 뒷좌석에 타려고 하기에 거기는 사모님 자리라고 농담삼아 일렀더니 화들짝 놀라며 붉어진 얼굴로 조수석에 탄 것도 마음에 들었다.

역시 이 여자와 결혼하면 두루두루 편할 것 같다. 좋은 게 좋은 거라고, 지형은 예비 약혼녀에게 몇 가지 더 하얀 거짓말을 해주기로 마음먹었다. 그는 신호에 걸린 틈을 타서 휴대전화의 이어폰을 귀에 꽂고 내비게이션을 작동시켰다.

"요양병원 이름 말하세요. 크게."

희단의 눈이 동그래진다.

"그건 왜요?"

"위치를 정확히 알아야죠. 음성 인식이 됩니다."

요양병원의 이름 따위야 벌써 알고 있지만 모르는 척 가장하며 내장형 내비게이션을 가리켰다. 희단은 눈을 깜빡깜빡 하더니 뒤늦게야 "아, 네." 하고 고개를 끄덕였다. 내비게이션 같은 문명의 이기를 한 번도 못 본 눈치라 조금 짜증이 났다. 여태까지 뭐 하고 살았기에?

그러나 다시 생각하니 남자가 운전하는 차에 한 번도 못 타봤다는 증거 같기도 하다. 새삼스레 그의 귀한 동정심 비슷한 것이 솟구치는 순간이었다. 정말 이 여자는 뭘 하고 살았던 걸까. 어쩌면 자신은 미확인 희귀 생물이라는 '남자 손 하나도 안 탄 처녀'를 진짜로 눈앞에 두고 있는지도 모른다.

희단은 그의 머릿속에서 오가는 생각을 전혀 짐작도 못 한 얼굴이다. 움직이기 시작하는 앞차들의 꼬리를 따라 차가 움직이는데도 반쯤 일어서다시피 해서 내비게이션에 얼굴을 들이대더니 떨리는 음성으로 "덕산요양병원." 하고 이름을 댄다. 요양병원의 위치를 검색하기 시작하는 것을 보고는 지형은 태연한 얼굴로 요양병원에 전화를 걸었다.

"덕산요양병원입니다." 하는 소리가 나오기가 바쁘게 그는 "하순이 환자 상태가 어떻습니까? 상태가 나빠졌다는데요." 하고 물었다. 저쪽에서 굳이 몇 호실 환자인지를 물어와 지형은 이미 조사원에게 들어 아는 몇 가지 사실을 모르는 척하기 위해 표정 연기를 해야 했다.

"네, 503호실. 맞습니다."

희단이 일러준 호수를 말하자 전화기에서는 급하게 수술 들어가야 하는데 왜 아직 보호자가 오지 않느냐고 쨍쨍거린다.

"동의서는 가는 대로 사인할 테니 지금 바로 수술해주십시오. ……네? 아들입니다만."

'하순이 환자'라는 말이 나왔을 때부터 크지도 않은 눈이 찢어질 것 같던 희단은 '수술'이라는 말을 듣자마자 눈물을 글썽거리더니 '아들'이라는 소리에는 흡, 하며 입을 막는다. 지형은 '괜찮죠?' 하고 입 모양으로 물었다. 물론 예의상 하는 말이었다. 하지만 희단은 감동한 눈빛이 되어 고개를 끄덕여주었다.

그러나 상대 쪽에서는 동의서 사인은 반드시 수술 전에 받는 것이 원칙이네 어쩌네, 입원비도 밀렸는데 수술비용이 어쩌고, 하면서 딴지를 걸어댔다. 지형은 조용히 전화를 끊었다. 그리고 애절한 눈빛으로 자신을 바라보는 희단에게 고개를 저어 보였다.

"의료 분쟁의 소지가 있어서 전화만 갖고는 수술이 안 된답니다."

"그, 그러면 어떡하죠?"

잠시 생각해보는 척하다가 그는 다시 전화기 버튼을 눌렀다.

"변호사 일을 하고 있는 분을 한 명 알고 있습니다."

말은 그랬지만 지형이 전화를 건 상대는 집안의 일을 봐주는 김 변호사였다. 지형은 신호가 떨어지자 다짜고짜 인사도 없이 말했다.

"아는 분이 병원에 있는데 수술을 해야 합니다."

물론 무례였지만, 옆에 있는 희단은 그걸 다급함으로 받아들인 모양으로 두 손을 꼭 모아쥐고 있다.

- ……지형 도련님이시군요.

일견 예의 바르게 들렸지만 짜증스러움이 배어 있는 목소리다. 조부에게야 물론이고 숙부, 숙모 그리고 사촌들에게까지 깍듯한 이 중년 남자의 지금 태도에 냉소가 절로 나왔다.

"가능하다면 빨리 수술을 해야 해서요. 지금 병원으로 가는 중인데, 좀 알아봐주셨으면 합니다만."

- 수술이라니요? 그동안 좀 잠잠하시다 했더니 또 무슨 일입니까? 경찰에는 연락이 된 상태입니까?

사고나 치고 다니던 예전 생각을 하고 있는 모양이다. 그는 쓴웃음을 머금었다. 이봐요, 아저씨. 그래도 수술까지 해야 할 정도로 사람 팬 적은 없다고.

"뇌혈관 관계 수술일 겁니다. 뇌졸중으로 쓰러진 적이 있으셨고 지금도 그것 때문에 요양병원에 입원하신 상태니까요."

- ……네? 뭐라고 하셨습니까?

귀찮음을 드러내던 목소리가 이젠 경멸의 분위기까지 풍긴다.

- 설마 병원에까지 들어가서 환자를 폭행하신 건 아니겠지요?

"그런 게 아닙니다. 받아적어 주십시오. 덕산요양병원 하순이 환자, 503호실에 입원해 있고, 보호자가 없는 채로 수술 들어가기가 곤란하다고 하는군요. 꼭 여기서 수술받아야 하는지도 알아봐주시면 고맙겠습니다만."

- ……누군지 모르고서는 절차를 밟기가 곤란합니다.

"친구의 어머니세요. 지금 병원으로 가고 있기는 한데, 한시가 급한 환자라서 그렇습니다."

- 허 참, 지형 도련님.

대번에 꼬장꼬장하고 거만하게 변한 목소리가 딱딱하게 지형을 불렀다.

－제가 지형 도련님에 대한 일을 몇 번 봐드린 것도 사실이고, 집안 전체의 법률적인 일들을 도맡아 하고 있는 것도 사실이지만 기본적으로 저는 회장님의 변호사입니다. 이런 식으로 낯모르는 사람들 주변까지 닦아주는 건……

"그렇군요. 알겠습니다. 어려우시다면 할 수 없지요."

그는 선뜻 대답했다. 사분사분한 대답에 놀랐는지 오히려 저쪽에서 잠시 말이 막힌 가운데, 지형은 가볍게 물었다.

"참, 얼마 전의 일이 그렇게 잘 되셨다지요? 깜빡했습니다. 부탁과는 별개로 좋은 일에는 축하를 빼먹지 말고 드려야 하는 건데."

－예? 축하라니요? 무슨 말이신지……?

"그 왜, 조카님이 사셨다가 파신 강원도 땅 말입니다. 조부님께서 2년 전에 매입해놓으셨던 그 주위 땅이었지요, 아마?"

성능 좋은 이어폰으로 상대가 숨을 헉 하고 들이키는 소리가 요란하게 들려 지형의 한쪽 입꼬리가 올라갔다. 매스컴에서 투기꾼들이 산업용 부지로 땅 투기를 했네 어쨌네 하면서 꽤나 시끄럽게 만들어서 정작 조부는 골치만 아픈 채 당분간 끌어안고 있어야 하는 땅이다. 김 변호사가 몰래 그 주변 땅을 샀다가 거대한 차액을 남기고 팔아치웠던 것을 알면 조부 입에서 좋은 소리는 안 나오겠지. 언론 쪽에 있는 김 변호사의 사촌 동생인가가 그 기사 내용을 미리 알려줘서 혼자만 홀라당 팔아치운 것을 알게 되면 더더욱 그럴 것이다.

－어, 어떻게 네가!

얼마나 놀랐는지 평소 속마음이 그대로 나온다. 지형은 핏, 웃었다. 이런저런 이야기들을 충분히 귀에 담고 있었지만 터뜨리지 않은 것은 견제의 시선을 받기 싫어서였다. 하지만 앞으로는 아예 집안과는 손을 끊을 테니 이번 일을 계기로 김 변호사하고는 좀 터놓고 지내보는 것도 좋겠지.

"그냥 이런저런 소식 끝에 들은 겁니다. 조부님께도 곧 소식 전해드릴게요."

— 뭐? 너, 아니 도련님! ……대체 지형 도련님이 원하는 게 뭡니까?

계산 빠른 변호사답게 전화기 반대편의 목소리는 이미 힘을 잃고 있었다.

"아, 이런! 고맙습니다. 따로 전문 병원까지 선을 대어주시면 물론 이쪽이야 좋지만, 이거 죄송해서 어쩌지요?"

— ……아까 말씀하신 건 말입니까?

"조용히 잘 처리해주신다니 믿고 기다리겠습니다. 시간 나면 곧 찾아뵙지요."

— 자, 잠깐! 지형 도ㄹ…….

이어폰 속에서 김 변호사가 어이없어하든 혹은 이를 갈든 상관없다. 그는 자신의 할 말만 하고 통화를 끊었다. 여태 통화를 듣고만 있던 희단이 이제 수술이 되는 건지를 조심스럽게 묻는다.

"예, 될 겁니다. 말씀드린 분이 능력이 있으시거든요."

번잡한 대로에서 벗어나 일방통행로로 접어들며 지형은 고개를 끄덕였다. 걱정으로 흐려져 있던 희단의 눈이 초롱초롱해졌다.

"고맙습니다, 정말! 그분께도 그렇지만, 어렵다고 하시는 걸 지형 씨께서 다시 말씀해주셔서……."

금방 그 눈에 눈물이 어룽어룽했다. 여자의 눈물 따위는 악어의 눈물만큼도 가치가 없다고 생각해왔지만 희단의 그 눈물만은 완전한 무장 해제의 표시 같아서 마음에 들었다. 그래, 내가 뭘 해줬는지 잊지 마. 나중에 잘 갚도록 하라고.

허름한 바지 위로 눈물방울을 똑똑 떨어뜨리는 그녀를 보며 지형은 표정을 감춘 채 액셀러레이터를 세게 밟았다.

## 3

　수술이 급하다며 보호자를 급히 오라던 요양병원에서는 수술을
할 수 없었다. 비록 병원 간판이 달려 있다지만 나이 든 환자 위주의
요양병원이었으니 당연한지도 몰랐다. 하지만 불행 중 다행으로 도
착하니 이미 그쪽 계통으로는 유명한 대형병원으로 이송된 후였고,
거기까지 희단은 지형의 차로 빠르게 이동할 수가 있었다.

　밤의 병원은 무섭고 을씨년스러웠다. 입구를 달리한 장례식장의
푸른 불빛을 봐서도 아니고, 정문을 빠져나가 마구 달려가는 불길
한 구급차의 사이렌 때문도 아니었다. 수십, 수백 개의 창마다 불이
밝혀져 있는데도 사람의 온기가 느껴지지 않는 그 느낌은 오랫동안
병원 출입을 해보지 않은 사람은 모를 것이다.

　주차하러 가기 전에 차에서 먼저 내려 마구 뛰어왔음에도 불구하
고, 어둠을 배경으로 하여 하얗게 드러난 거대한 건물 앞에서 희단
은 몸이 절로 움츠러드는 것을 느꼈다. 싫다. 무섭다.

　네 살 때 일은 기억이 잘 나지 않는다. 하지만 그 열여섯 살의 초겨
울은 잊지 못한다. 잊을 수 있을 리가 없다. 꼭 죽을 것만 같았던 파

리한 낮빛의 엄마가 실려 들어간 병원은 하얗고 고운 미소를 지닌 엄마를 돌려주지 못했다. 겨우 면회가 가능해졌다고 해서 들어간 입원실에서 얼굴이 돌아가고 수족이 마비되어 뒤틀어진 모습의 낯선 사람이 누워 있는 것을 발견했던 충격이 아직도 생생하다.

그래도 여기 자신의 엄마가 있다. 희단은 입술을 깨물었다. 어떤 모습을 해도 엄마는 엄마라는 것을, 간병을 하며 깨달았다. 15년이 넘게 자신을 건강하게 보듬어 키워주신 따뜻한 품은 지금은 쪼그라들고 메말라 한 줌도 안 되는데. 예전엔 그렇게 못 했어도 지금은 꼭 지켜드려야 했다. 또 눈물이 나려 해서, 그녀는 낡은 코트 소매로 눈가를 빠르게 문질렀다.

괜찮아. 큰 병원이고 수술 들어갔다니까 곧 괜찮아지실 거야. 얼른 가서 수술하고 나오시길 기다려야지. 주차를 하러 간 지형을 기다릴 여유가 없어 희단은 먼저 응급실 쪽 출입문으로 빠르게 걸어 들어갔다.

"혹시 방금 들어온 환자 수술 들어갔나요? 제가 보호자인데 늦게 도착해서요. 환자 이름이 하순이인데요. 방금 이송되었다고……."

눈에 보이는 간호사 하나에게 물었더니 주사기며 약병을 쟁반에 얹어 들고가던 간호사는 짜증스러운 반응을 보였다.

"여기는 한 시간에 환자 수십 명이 오는 데예요. 접수 쪽에 가서 물어보세요!"

대형병원, 그것도 밤의 응급실이 녹록한 곳이 아님은 몇 번의 경험으로 알고 있다. 하지만 접수계에 가서도 수술실의 상황은 알 수 없을 것이다. 희단은 다시 그 간호사에게 매달렸다.

"아니, 그래도 방금 오셨을 텐데. 오십 대 여자분이고요, 급히 수술을 해야 하는 환자거든요."

"이보세요! 글쎄 저는 잘 모르니까 저기 접수 쪽에 가보시……"

희단의 팔을 떨쳐내며 딱딱거리던 간호사의 말이 끊겼다. 희단은 자신과 간호사의 앞을 막아선 커다란 그림자를 올려다보았다.

"신경과 과장님, 그러니까 김정식 과장님께서 연락받으신 걸로 압니다. 현재 수술 중이신 거 아닙니까? 신…… 영희 간호사님?"

언제 주차를 하고 왔는지 지형은 숨조차도 전혀 흐트러지지 않았다. 그새 명찰까지 읽었나 보다. 손에 휴대전화를 들고 간호사의 가슴께, 정확히는 명찰에 날카로운 시선을 두었다가 다시 간호사를 바라보는 지형에게서 새삼 힘이 느껴졌다.

다행이었다. 이 사람이 따라와 줘서. 희단은 마음이 한결 든든해지는 것을 느꼈다. 생판 남이고 미안하기는 하지만 그녀로서는 천행이었다.

"신경과 김 과장님 말씀이세요? 지금 수술 들어가신 건 맞는데."

그의 키와 언뜻 차갑게 들리는 어조에 놀랐는지 간호사는 질린 표정을 지었다가 곧 아래위로 그를 힐끔거렸다. 단정한 슈트 차림, 값비싸 보이는 휴대전화와 시계 따위를 훑은 간호사는 한결 친절한 얼굴이 되었다. 그리고 키트 쟁반을 마침 곁을 지나가던 다른 간호사에게 넘기고는 알아봐 주겠다며 자리를 떠났다.

"좀 앉아요."

계속 통화 중인 듯한 휴대전화에 몇 마디 하더니 종료 버튼을 누르고선 지형은 그녀의 어깨를 복도 쪽으로 밀었다. 그냥 서 있겠다고 하려다가 희단은 문득 자신의 다리가 떨리고 있다는 것을 깨달았다. 묵묵히 그의 지시에 따라 복도에 놓인 플라스틱 의자 중 하나

에 엉덩이를 걸치자 급격히 몸 전체가 떨려온다. 히터가 들어올 텐데
도 단단한 초록색 플라스틱 의자는 싸늘했다.

"입어요."

양손으로 팔을 움켜쥐고 문지르는데 어깨 위로 두텁고 포근한 것
이 툭 떨어졌다. 검은색. 지형의 외투다. 놀라서 옆을 돌아보니 여전
히 선 채로 그가 내려다보며 물었다.

"단추를 잠글까요? 떨어지겠는데."

"아, 아뇨!"

얼굴까지 붉어지려 해서 희단은 급히 코트의 앞자락을 두 손으
로 잡아당겼다. 커다란 코트에 뺨까지 폭 파묻고 나니 옷에 스민 산
뜻한 향기가 코를 자극한다. 향수일까? 그녀는 눈을 뱅글 돌려 다른
곳을 보고 있는 지형을 훔쳐보았다. 붉은색과 초록색이 대담하게
배합된 세련된 니트 카디건에 연푸른 셔츠, 양복바지라는 클래식한
차림새. 그러나 소독약 냄새가 밴 병원 복도에 선 덩치 큰 남자는 위
험스러워 보였다.

가끔 복도를 지나는 다른 사람들도 그건 같은 생각인지 그를 흘
끔 쳐다보고는 조심스레 벽에 붙다시피 해서 걸어간다. 그렇지만 실
은 그게 아닌걸. 비록 아직 다리가 달달 떨리지만 희단의 입가에는
희미한 미소가 떠올랐다.

좋은 사람이야. 겨우 두 번째 보는 나를 위해서 병원까지 데려다
주고, 수술도 빨리 할 수 있게 도와주고, 또 지금 곁에 있어주기까지
해주잖아. 얼토당토않게 갑자기 청혼이니 뭐니 이상한 소리를 하긴
했지만 친절한 사람이다.

그가 했던 청혼을 떠올리자 갑자기 머리가 복잡해진다. 그녀를 좋

아한다는 말, 진짜였을까? 어쩌면 이상한 속셈이 있어서 지금 이렇게 잘해주는 건 아닐까? 고개를 푹 숙이며 희단은 열이 오르는 듯한 이마를 짚었다. 하지만 지금 엄마가 지금 위태로운 상황에서 수술을 받으셔야 하는데 저 남자가 무슨 속셈이 있다 해도 어쩔 수가 없다. 그런 복잡한 고민도 아까의 간호사가 나타남으로써 할 여유가 없어져버렸다.

"하순이 환자분, 현재 수술 들어가 계신 것 확인되었습니다. 제2관 3층에 수술실이 있고 옆에 보호자 대기실도 있는데 거기서 기다리시는 게 나을 거예요."

처음과는 확연하게 달라진 말투로 간호사는 동의서를 내밀었다. 사인을 하는 도중에도 집도하시는 과장님께서 이 방면에서는 오랜 경력을 자랑하시는 분이시니 너무 염려 마시란 말이며, 보통은 이렇게까지 해주시지는 않는다고 특별 케이스라는 소리까지 늘어놓았다. 불행 중 다행이라는 생각으로 희단은 그저 고맙게 고개를 끄덕였다. 하지만 지형은 생각이 다른지 간호사의 길어지는 말들을 싹둑 잘랐다.

"병실은 어떻게 됩니까?"

"예? 아, 수술이 끝나면 보통 중환자실로 옮겨지십니다만."

간호사가 당황하는 것이 눈에 뻔하게 보였다. 정신없는 와중에도 희단은 눈앞의 남자가 이럴 때는 참 인정머리 없어 뵌다는 생각을 잠깐 했다. 자신에게는 무뚝뚝한 듯 말해도 저런 태도는 아니었는데.

"그래도 일단 병실을 먼저 수배해주셨으면 합니다."

그러고 보니 병실 문제도 있었다. 하지만 이 정도 대형 병원이면 당장 침상 나기가 힘들다. 곤란해진 희단이 지형을 바라보자 그는 태연한 표정으로 "빈 곳이 있겠죠." 하고 말했다. 그 말이 맞았다. 다만 비싼 병실이어서 그렇지. 희단은 속으로만 한숨을 쉬었다.

그래도 수술을 하고 당장 다른 곳으로 갈 수는 없으니 우선은 2인실이나 3인실에 들었다가 나중에 다인실로 바꿔달라고 해야겠다. 지금은 수술이 잘 되기를 비는 것이 우선이었다. 그리고······.

희단은 억지로 입가에 미소를 지으며 걸치고 있던 지형의 코트를 벗었다. 그리고 그에게 다가가 코트를 건네주며 허리를 꾸벅 숙였다.

"여러 모로 감사했어요. 지형 씨도 할 일이 많으실 텐데 잡아둬서 정말 죄송합니다. 오늘 힘써주신 건 절대 잊지 않을게요."

그는 그녀를 무표정하게 쳐다보았다. 처음에는 희단도 그를 멀뚱히 바라보았지만 갈수록 뭔가 이상했다. 왜지? 인사가 모자랐나? 참, 남자는 차비를 받겠다고 했었다.

자신의 둔감함에 혀를 차면서 그녀는 급히 백을 집어들어 지갑을 꺼냈다. 복잡한 상황이니만큼 그런 건 나중에 따져줬으면 좋겠지만 사실 지형에겐 자신이 언제 다시 만날지도 모르는 남이니 할 수 없다고 이해했다.

"저, 이걸로는 그냥 기름 값 정도밖에 되지 않겠지만 그래도 받아주세요. 오늘은 힘들지만 다음에 사정이 허락할 때 꼭 연락을 드릴게요. 조촐하게 식사 대접이라도 하고 싶습니다."

얌전하게 접힌 만 원짜리 석 장을 내려다보는 지형의 얼굴은 여전히 변화가 없었다. 침묵하는 그 얼굴은 심하게 박력이 넘쳤다. 게다가 그의 한쪽 눈썹 끝이 파라락 떨리는 순간을 희단은 용케 포착했고, '앗, 돈이 너무 적나?' 하는 생각이 절로 떠올랐다.

하기야 있는 사람으로서는 3만 원이 돈으로 보이겠는가. 하지만 자신은 지금 가진 게 더 없는데 어쩌나. 참으로 곤란하다.

지형의 침묵에 주눅이 든 희단이 눈치를 보며 망설이는데 겨우 그가 입을 열었다.

"수술실에 가봐야 하는 것 아닙니까?"

그러더니, 내민 돈은 본체만체하고 옆에서 호기심 어린 표정을 하고 있는 간호사에게 제2관 건물의 위치를 묻는다. 받아든 코트는 그냥 손에 쥔 채 성큼성큼 걸음을 옮기는 지형을 뒤에서 멍하니 바라보다가 퍼뜩 제정신이 들어 그녀도 급히 발걸음을 뗐다.

9시도 넘은 수술대기실에는 당연하지만 아무도 없었다. 푸른 모니터 불빛만이 냉랭해 보이는 빈 공간을 채우고 있을 뿐. 문을 열고 비껴서 있는 지형의 곁을 지나가 대기실로 들어가던 희단은 일순간 숨이 막혔다.

이제 거의 만 10년, 다시 이런 곳에 설 줄이야. 완치는 안 되었지만 꾸준한 물리치료로 엄마의 상태가 많이 좋아졌다고 생각했다. 하지만 엄마의 머릿속의 혈관들은 여전히 튼튼하지 못했나 보다. 줄을 지어 늘어서 있는 시커먼 비닐 소파들이 육중한 무게로 그녀의 시선을 눌러왔다. 최초의 발작 후 너무나 힘들었던 1년이 주마등처럼 떠올랐다.

누워서 대소변을 받아내야 했던 엄마. 낮에는 이모가 봐주셨지만 하교한 후 다음날 아침까지의 간병은 모두 희단의 몫이었다. 시험 때도 병원에서 먹고 자면서 공부를 했고, 펼쳐놓은 책이며 노트에는 엄마가 먹다 흘린 음식물이며 그녀의 눈물이 페이지마다 배었다. 최대한 깨끗이 입으려 했지만 교복을 제대로 빨지 못해 지적당했을 때 담임은 눈살을 찌푸리며 뭐라 했던가.

"어머니께서 편찮은 건 이해하지만, 너만 조금 더 부지런하다면 이런 건 해결할 수 있지 않니?"

그 아픈 기억들이 바로 어제 같았다. 아니다, 이번에는 그때와는 같지 않을 거다! 희단은 작은 주먹을 불끈 쥐었다. 자신은 더 이상 열일곱 어린 여학생이 아니었다. 치료법에 대한 지식도 늘었고 돈도 벌고 있다. 그러니까.

"앉죠."

차갑고 딱딱한 목소리가 귀에 들어와 그녀는 순간 움찔했다. 이 사람을 잊고 있었다. 고맙지만 결국은 남인 사람. 더 이상 폐를 끼치진 말아야지 하는 생각이 났다. 기껏 청혼까지 해줬는데 최소한의 자존심을 발휘해서라도 나쁜 기억으로는 남을 수 없다. 뒤로 돌아서며 희단은 생긋 웃었다.

"정말로 감사했어요. 밤도 늦었는데 피곤하실 거고, 이제 남은 일은 제가 알아서 할 수 있을 것 같아요."

"그렇습니까?"

몹시도 냉랭한 목소리였다. 몇 번이나 생각한 거지만 이 사람은 참 오해하기 쉬운 얼굴과 목소리를 갖고 있다 싶다. 희단도 전혀 표정의 변화가 없는 그 얼굴을 계속 보고 있지 않았더라면 지형이 몹시 서운해하거나 화를 내는 줄 알았을 것이다. 하지만 그는 아무렇지도 않은 듯 천천히 코트를 걸치더니 "그럼 가보겠습니다."라며 짧게 고개를 까딱 했다. 그리고 방금 걸어들어온 복도를 다시 걸어나갔다. 어안이 벙벙해질 정도로 말끔한 퇴장이었다.

그의 뒷모습이 모퉁이를 돌아 사라졌다. 왠지 힘이 빠진 희단은 터덜터덜 실내로 들어와 소파에 털썩 주저앉았다. 정면에 붙은 진행 상황 모니터를 보니 수술이 끝나려면 한 시간은 넘게 걸릴 듯했다. 하릴없이 대기실의 이곳저곳을 둘러보았지만 불안과 초조감만 커질 뿐이다.

위잉, 하며 히터 돌아가는 소리가 적막했다. 검은 어둠만 비춰내는 창, 자신 외에 움직이는 것이라고는 모니터의 숫자뿐인 실내는 자신이 홀로임을 실감나게 했다. 시간은 느리게 흘렀다. 희단은 조금씩 불안해졌고 또 그만큼 외로워졌다.

"수술은 잘 되겠지? 잘 될 거야."

기운을 내야지. 희단은 소리 내어 중얼거려 보았다. 하지만 이렇게 혼자 말하는 것보다는 누군가 자신에게 잘 될 거라 말해주면 더 좋을 텐데. 예를 들면 의사나, 간호사 혹은…… 혹은 누구?

무릎 위의 낡은 핸드백 가장자리를 버릇처럼 만지작거리고 있노라니 방금 차가운 병원 복도를 걸어나간 남자가 생각났다. 솔직히, 가라고 했을 때 바로 가버릴 줄은 몰랐다.

섭섭했나? 자문해보고는 희단은 보일 듯 말 듯 고개를 끄덕였다. 어쩌면 잠깐, 아주 잠깐. 자신도 사람이니까 때로는 기댈 곳이 필요한 걸 거다. 타인이라고 해도 좋을 사람에게는 참으로 염치없는 마음이었지만, 제일 가까운 육친이라는 자신의 아버지나 철없는 남동생조차 기댈 곳이라고 말하기는 힘든 상황이었다.

왜 아직도 가족은 도착하지 않은 걸까. 그렇게 생각하는 순간, 바로 대기실 문이 왈칵 열리더니 남동생이 뛰어들어왔다.

"문희단!"

요양병원에서 떠나기 전 이 병원으로 오라고 전화를 넣었다. 이미 요양병원에서 전화를 받았다면서 그때까지 집에 눌러앉아 있었던 것도 답답했는데 한 시간 반은 너끈히 지난 후에 도착한 동생을 보니 자신도 모르게 미간에 힘이 들어갔다. 희단은 보기 드물게 동생에게 인상을 찡그리며 소리쳤다.

"너는 애가 왜 그렇게 소란스럽게 다니니? 여긴 병원이야!"

하지만 문간에 떡 버티고 선 그녀의 남동생 희경도 만만찮은 표정과 목소리로 응수했다.

"남이사! 그리고 문희단, 대체 너 무슨 짓을 하고 다니는 거야?"

"무슨 짓? 너 누나한테 그게 무슨 말버릇이니? 그리고 왜 이제야 와?"

"아이구, 말 돌리는 것 봐! 너 인제 아버지한테 죽었어! 내가 접수대에서 다 들었다고!"

"뭐? 뭘 들었는데? 너 대체 뭣 때문에 이러는 거야?"

제법 대차게 따져 물었지만 소용이 없었다. 희경은 누나가 평소답지 않게 이러는 것이 양심에 찔려서 그러는 것이라고 오히려 확고하게 믿음을 다진 모양이다.

"야, 너 그 남자 누구야? 누구기에 수술비랑 입원비랑 천만 원씩이나 예치금을 내주고 갔냐! 너 혹시 아버지랑 나 몰래 원조교제라도 해? 얼굴 어려 뵈는 거 하나 믿고 남자 속여서 등치는 거지? 너 정말 인생 그렇게 살면 안 된다!"

"너 제정신이니? 너야말로 뭐 잘못 안 거 아니야?"

동생이 하는 반 욕설에 가까운 비난보다 병원비가 해결되었다는 엄청난 사실에 놀라 희단은 입을 딱 벌리고 말았다. 그런 표정이 실감 났는지 희경이 고개를 갸우뚱거렸다.

"하긴 요새 쭉쭉빵빵한 애들이 얼마나 많은데 너 같은 뚱땡이 호박을…… 그럼 도대체 누구야?"

"혹시 다른 환자 보호자가 병원비를 실수로 잘못 낸 거 아냐? 아니면 병원 실수거나."

조심스레 물었지만 희경은 완강히 부인했다.

"아냐! 내가 똑똑히 물어봤다고! 분명 엄마 이름까지 확인하고 자기앞 수표로 결제했다던데. 혹시 이모가 사촌형을 보냈나? 아님 다른 친척들이라도."

"아닐걸. 이모 서울로 이사 간 후로는 소식 오간 지 한참 되었잖아. 그리고 이모도 그렇지만 우리한테 그래 줄 돈 많은 사람이 주변에 어디 있다고……. 아무래도 병원 실수일 거야."

점점 작아지는 자신의 목소리 사이로 희경이 "이상하다, 분명히 덩치 크고 옷 잘 입은 남자라던데." 하고 중얼거리는 것이 희단의 귀에 들어왔다. 자신도 모르게 그녀는 벌떡 일어섰다.

"너 방금 뭐라고 했어?"

"얘가 또 왜 이래? ……누구 생각난 사람 있어?"

"아이 씨, 진짜!"

민지형이 확실했다. 자신이 아는 돈 많고 덩치 크고 옷 잘 입는 남자가 그 말고 또 달리 있을 리가 없다. 남의 일에 웬 오지랖인가! 벌컥 화를 내면서 희단은 대기실을 뛰쳐나왔다. 그가 떠날 때의 섭섭함이 배가 되어 부끄러움과 분노로 돌아왔다.

"말도 없이 돈만 던져주고 가면 고맙다고 할 줄 아나? 어디서 돈지랄이냐! 누굴 거지로 알고!"

하지만 복도를 달리던 그녀는 도중에 우뚝 멈추어설 수밖에 없었다. 민지형이 지금 어디 있는 줄 알고 쫓아가 따진단 말인가? 그렇다고 자신이 그에 대해 뭘 아는 것도 아니다. 그저 정희 신랑의 친구라는 것 딱 하나밖에 모르는데, 그 신랑이라는 사람은 지금 새신부 정희와 함께 머나먼 이국의 푸른 하늘 아래서 나른하게 오수를 즐기고 있을 것이다. 반대로 민지형 쪽에서는 자신의 직장이며 집 전화번호며 다 알고 있다는 것에 더 화가 났다.

"으악, 짜증 나! 연락을 하든 말든 다 자기 마음대로라는 거 아냐!"

그러다 생각이 났다. 민지형이 그녀의 직장과 집 전화번호를 알게 된 것은 그가 휴대전화기를 주워갔기 때문이라는 것을. 그리고 희단은 그 전화기를 아직 돌려받지 못했다. 다시 말하자면 아직 그녀의 전화기는 그의 손에 있다는 것이다.

희단은 재빨리 뒤돌아서 대기실로 뛰어들어갔다. 그리고 동생에게 손을 내밀며 외쳤다.

"너 휴대전화 빨리 내놔!"


주차장의 차 안. 지형은 의자를 뒤로 젖힌 채 팔을 괴고 반쯤 누운 자세였다. 30분째 앉아 있는 중인 것치고는 꽤 느긋한 태도였으나 실은 그의 신경은 조수석과의 사이에 있는 콘솔박스의 휴대전화기에 온통 쏠려 있었다.

이제 곧 전화가 올 테지. 물론 안 올 수도 있다. 예치금 확인이야 늦게 할 수도 있고, 설혹 알았다손 치더라도 어머니가 아직 수술 중이니 연락 같은 건 신경 못 쓸 수도 있는 일이다. 하지만 남에게 돈 떼이는 것보다는 빚지는 걸 분명 더 무서워할 문희단이다. 입원비와 수술비를 그가 선지급하고 갔다는 사실을 알게 되는 즉시 연락을 하겠지. 그리고 연락할 방도는 아직 지형의 손에 있는 그녀의 휴대전화기뿐.

잠깐 감았던 눈을 뜨고 손목시계를 보니 벌써 시간이 10시 어름이다. 어쩌면 수술이 생각보다 길어지는지도 모른다고 생각하며 몸을 바로 하려는데 전화벨이 울렸다. 평범하기 짝이 없는 클래식 벨소리. 낡고 투박한 희단의 휴대전화에서였다.

"여보세요."

일부러 대여섯 번쯤 울린 다음에 전화를 받았다. 받자마자 또랑또랑하다 못해 빠닥빠닥하게 느껴지는 목소리가 왈칵 쏟아져나왔다.

– 저, 문희단입니다. 병원비 빌려주신 거 방금 알았어요. 감사하지만 꼭 돌려드리고 싶거든요. 내일 오전에 바로 입금해드릴 테니까 계좌번호 불러주세요.

흥분한 것이 그대로 드러난 어조에, 지형의 입가에는 웃음이 스윽 떠올랐다.

"빌려드리지 않았습니다."

– 예?

"병원비를 빌려드린 게 아니라고요."

단호한 대답에 수화기 저쪽에서 희단의 목소리가 점차 작아졌다.

– 그럴 리가……. 분명히 예치금 내고 간 사람의 인상착의가 민지형 씨랑 똑같았는데요.

"음, 수납한 건 제가 맞습니다."

– 뭐라고요? 방금 아니라고 하셨잖아요! 지금 놀리시는 거예요?

"아닙니다. 저는 정확히 희단 씨께 병원비를 '빌려'드리지 않았다고 했습니다만."

다시 팽팽하게 튀어 올라갔던 희단의 목소리는 일순 침묵했다. 드디어 뭔가 이상한 감을 잡았나 보다. 지형의 입가에 패인 미소가 짙어졌다. 한참 만에 그녀가 조그맣게 물었다.

- 무슨…… 뜻이에요?

틀림없이 까만 눈을 깜빡거리며 어쩔 줄 모르고 있겠지. 연약하고 순진한 초식동물이 고개를 갸웃갸웃하며 다가오는 게 보이는 것 같다. 기분이 좋아진 지형은 꽤나 길고 상냥하게 답을 해주었다.

"자세한 것은 만나서 말하죠. 내일 회사로, 아니 병원 로비가 낫겠군요. 7시쯤. 저녁은 먹지 말고 기다려요."

- 이보세요! 민지ㅎ…….

폴더를 닫고 아예 전원을 꺼버린 희단의 전화기를 조수석에 던지고는 지형은 차의 시동을 걸었다. 오늘 장거리를 뛰어준 탓인지 유난히 엔진음이 부드럽게 울리는 듯하다. 그의 입가엔 흡족한 미소가 떠올랐다.

병원을 나와 외곽으로 빠진 지형의 차는 어둠에 싸여 한적해진 고속도로를 빠르게 달렸다. 경북 본가까지 다녀오느라 빠진 근무 시간을 보충하기 위해서는 집에 가서 자고 내일 일찍 출근해야 했다. 퇴근이 일러질 테니 더 그랬다.

한 시간 정도의 거리인 지방 도시의 아파트에는 11시가 다 되어 도착했다. 번호를 누르고 현관문을 여니 보일러 타이머가 제어하는 집안은 훈기가 감돌았다. 목이 말라 냉장고의 문을 열다가 쌓인 반찬통을 보고서야 지형은 비로소 자신이 저녁을 굶었다는 사실을 깨달았다. 반찬통 중 하나를 꺼내고 즉석 밥을 전자레인지에 돌린 후 그는 식탁에 앉았다. 달랑 고기 장조림 하나로 플라스틱 용기에 담긴 밥 한 그릇을 해치우며, 그는 새삼스레 자신의 아파트를 둘러보았다.

40평이 조금 안 되는 아파트는 그가 혼자 쓰기에 적당했지만 솔직히 이런 밤에 혼자 있을 때는 썰렁해 보이긴 했다. 도우미가 모든 가사를 처리해주고 냉난방기로 온도가 쾌적하게 조절되며, 외숙모의 보살핌으로 냉장고에는 늘 그득히 음식물이 쌓여 있어도 역시 마찬가지였다.

결혼을 하면 어떻게 될까. 그는 잠시 상상해보았다. 그 조그마한 여자가 주방에 서 있는 모습을 떠올리니 어쩐지 속이 가려운 듯한 느낌이 들었다. 으음, 두 사람이 되면 이 집은 좁을까? 최근에 분양한 대단지 쪽으로 이사를 갈까? 가구나 가전제품들은…… 젠장, 내가 알 게 뭐야!

굵고 짙은 눈썹 사이에 주름이 잔뜩 잡혔다. 전혀 그런 쪽에 관심이 없었던 터라 이 집에 들어올 때는 모든 것을 외숙모가 알아서 사들였다. 이번에도 그렇게 해주시겠지. 어차피 결혼을 하게 되어도 몸만 데려올 거, 그 여자는 뭐가 마음에 안 든다고 쨍알거릴 주제가 못 되었다.

벌떡 일어선 지형은 반찬통 뚜껑을 닫아 냉장고에 넣었다. 그는 잠시 망설이다가 서재로 쓰고 있는 작은방으로 들어갔다. 그리고 책상 서랍 속 커다란 폴더를 꺼내 펼쳤다. 대학 동창이라고는 거의 유일하게 마음이 맞는 친구 재완이 보내준 것이다. 그 부친이 설립자인 유망 로펌에 다니고 있는 친구는 이 일뿐 아니라 지형 대신 자료들을 수집하고 사람을 찾아줄 사립 정보원을 소개해주기도 했다. 성인이 된 이래로 찾아낸 서류들—수십 년 된 낡고 찢어진 의료기록이며 최근에 작성된 인우증명, 유전자 감식 결과 확인서 따위—의 글씨를 비닐 위로 더듬어보던 지형의 얼굴이 일그러졌다.

이까짓 것, 그 불성실한 여자의 핏줄인 자신을 되새김질하는 증거가 될 뿐이다. 그 외에 더 무엇을 할 수 있을까!

그는 큰 서랍이 아닌 마지막 서랍을 열어 던지듯 폴더를 집어넣고 나서 그 밑의 외장하드를 힐끗 노려보았다. 착실히 자료를 더해가고 있는 저 서류들과 데이터가 쓰일 날이 있기나 한 걸까. 자신도 장담할 수가 없다. 거칠게 열쇠를 잠근 후 성큼성큼 욕실로 걸어가 샤워를 하고 옷을 세탁 바구니에 던져놓고 나니 벌써 자정이었다. 알람을 맞춰놓고 그리 따뜻하지 못한 침대 속을 파고들었다.

웃, 차가워. 그는 몸을 부르르 떨었다. 유달리 높은 체온에 시트가 더 차갑게 느껴졌다. 아무리 보일러를 틀어도 침대 시트 안까지는 데울 수 없는 노릇이다. 전기 매트 따위는 싫으니 역시 여자가 있어야겠군. 그는 다시 희단을 떠올렸다.

자그마하니 품속에 쏙 들어올 것 같은 여자. 그녀와의 섹스는 어떨까? 아마도 희단의 인상처럼 무난하고 평범할 거라고 생각되었다. 어쨌든 썰렁하지는 않겠지. 따끈할 체온을 상상하니 기분이 누그러지며 잠이 온다. 지형은 천천히 꿈도 없는 잠 속으로 가라앉았다.

다음날은 눈코 뜰 새 없이 바빴다. 반나절 자리를 비운 것이 만만치 않았다. 아침부터 연달아 회의 두 개를 치른 다음, 하반기부터 새로 시판하게 된 제품에 대해 브리핑할 초안을 짜야 했다. OEM[1]이 아닌 자가 브랜드로는 처음 생산하는 제품이라 외숙부와 다른 임원

---

1) original equipment manufacturer. 주문자 부착 상표 생산

진들도 참석하는 브리핑이기 때문에 신경이 쓰였다. 점심도 대충 때
우고 사무실에서 모니터를 들여다보고 있는 그의 책상에 누군가 커
피를 두고 갔다.

"아, 고맙습니다."

"뭘요, 쉬엄쉬엄하십시오."

고개를 드니 서글서글한 눈의 정 과장이 웃으며 자기 책상으로 간
다. 자기보다 한참이나 젊은 상관, 그것도 주관이 뚜렷한 사람을 모
시기가 쉽지 않은지 한참 어색해하더니 요즈음은 꽤 분위기가 좋다.
정 과장뿐 아니었다. 실무 경력을 3년 정도 쌓고 개발지원팀장으로
발탁되었으며 차기 연구실장으로 내정된 그에 대해 낙하산 인사니
뭐니 다들 말들이 많았지만, 명색이 대표이사인 외숙부가 회의에서
깐깐하게 쪼아대고 몇 번 호통을 치는 것을 본 뒤로는 눈들이 바뀌
었다.

더구나 연구실 내에서 유망한 팀과 그렇지 못한 팀을 철저히 가려
지원을 차별화하고, 기획한 제품에 정확한 전망을 내리는 데에 타의
추종을 불허함은 이미 몇 번이나 입증된 바다. 회장의 친인척이라는
점까지 고려하면 몇 년 안에 사업본부장 자리는 따놓은 당상이라는
소문이 사내에 벌써 파다했다.

오후 내내 다른 업무를 짬짬이 보면서 브리핑 준비를 얼추 마친
지형은 6시가 되자 자리에서 일어섰다.

"오늘도 일찍 가서 미안합니다. 다들 너무 무리하지 마시고 일찍
퇴근하십시오."

외투를 걸치며 그렇게 말하자 사무실 여기저기에서 인사와 함께
놀랍다는 시선이 쏟아진다. 원래 업무시간의 길고 짧음보다는 업무

시간 중의 집중도를 따지는 상관이어서 늦은 퇴근을 장려하는 분위기는 아니었지만 확실히 요즘 같은 경우는 드물었다. 월요일 오후에는 조퇴에다 그 다음날은 정시 퇴근이라니.

건넨 인사 중에는 요새 데이트하시나 봐요, 하는 농담도 섞여 있어서 그가 슬쩍 웃었더니 사무실이 조용해졌다. 닫고 나오는 사무실 문 뒤에서 어머나, 세상, 같은 여직원들의 한탄 섞인 한숨이 높게 흘러나왔지만 지형의 귀까지는 들리지 않았다. 시계를 보니 딱 한 시간밖에 남아 있지 않아서 퇴근시간의 정체로 고속도로 사정이 어떨지에 마음이 쏠렸기 때문이었다.

다행스럽게도 고속도로와 국도를 번갈아가며 달린 덕분에 병원에는 시간 내에 도착했다. 희단은 현관문을 열자마자 정면으로 보이는 노란 플라스틱 의자에 앉아 있었다. 고개를 숙이고 발장난을 치고 있는 모습이 아직 고등학생 같다. 지형의 입가에는 슬며시 웃음이 떠올랐다. 코앞까지 걸어갔는데도 무슨 생각을 하는지 그가 온 것을 알아채지 못하는 눈치다.

"희단 씨."

이름을 부르자 비로소 그녀의 눈길이 그의 구두를 발견했다. 구두에서 시작된 시선은 다리를 타고 코트 앞섶을 따라 올라오더니 지형의 얼굴까지 왔다가 다시 화들짝 떨어진다.

"아, 안녕하셨어요."

하루 만에 하는 인사치고는 공손하기도 하다.

"예, 희단 씨는 어때요? 어머님은요?"

부드러운 어조에 희단의 얼굴이 서서히 빨개진다.

"어, 저도 괜찮아요. 어머니 수술도 잘 되어서 지금은 일반 병실에 올라가셨어요."

"잘 됐네요. 병실이나 의사, 간호사는 어때요?"

일부러 1인용 특실을 부탁했다. 병원을 연결해준 김 변호사가 일을 대충 하진 않았을 테니 간호사들도 귀빈 대우를 해주고 있을 터였다.

"좋아요. 다들 친절하시고."

어쩔 줄 모르고 오락가락하던 시선은 결심한 듯 그의 셔츠 컬러에 고정되었다. 그리고 희단의 손은 꼭 쥐고 있던 핸드백을 꼬물거리며 열더니 안에서 봉투 하나를 꺼내 불쑥 내밀었다.

"이거, 받으세요."

수순이 너무 예상대로군. 그래도 기분이 좋을 리 없다. 그는 내용물이 빤히 짐작되는 그 봉투를 노려보았다.

"뭡니까?"

"병원비예요. 주신 것보다 액수가 좀 적지만 모자라는 돈은 곧……."

"식사하러 가시지요."

닥치고, 라는 앞말은 생략했다. 대뜸 희단의 손목을 움켜쥔 지형은 뒤도 안 돌아보고 성큼성큼 걷기 시작했다. 처음에는 낮게 비명을 지르며 버둥거리려던 희단은 곧 주변의 시선을 의식했는지 얌전히 따라오기 시작했다. 그러나 그러던 그녀도 주차장까지 들어서자 제법 날카롭게 항의를 했다.

"식사하러 간다면서요?"

"그렇습니다만."

"그런데 차는 왜 타야 하죠?"

"저는 아무 데서나 밥 못 먹습니다. 분명 어제 식사 대접해주시겠다고 하지 않으셨습니까?"

태연히, 그러나 충분히 차갑게 말하면서 뒤돌아보자 희단이 시선을 내리깔면서 몸을 움츠렸다. 그렇게 끽 소리도 못 할 거면서 왜 덤비시나. 오토 록을 해제한 후 눈을 부라리며 조수석의 문을 열어주었다. 희단이 부들부들 떨면서 차에 오르는 것을 본 지형은 기분이 이상해졌다. 분명 말을 잘 들으니 기분이 좋아야 할 텐데 그게 아니었다. 만족스럽기는 하지만 왠지 기분 나쁜 듯도 한 이 이중적인 심정은 뭐란 말인가.

"왜요?"

계속 문을 잡고 있던 지형을 희단이 의심스럽게 바라보았다.

"아무것도 아닙니다."

어제에 이어 연속 납치범이 된 듯한 기분에 지형은 운전석에 앉으며 거칠게 문을 쾅 닫았다. 정작 운전을 시작하고 보니 갈 만한 식당이 없다. 철이 들고는 계속 다른 지역에서 자랐고 지방 광역시인 이 도시에 살았던 것은 기껏 고3 때 1년 정도뿐이다. 만만한 호텔로 갔더니 또 그 입구에서 희단이 벌벌 떨면서 차에서 내리려 들지를 않는다.

이봐, 호텔은 잠만 자는 곳이 아니거든. 슬며시 짜증이 나려고 했다.

"내려요."

"왜 하필 이런 데서 식사를……."

"내겐 여자가 부족하지 않습니다. 아니면, 설마 희단 씨 매력이 남자의 이성을 완전히 눈멀게 할 정도라고 생각하시는 겁니까?"

그래도 나름 덤덤하게 말한다고 했는데 여자의 뺨은 확 타올라 검붉은 군고구마가 되었다.

"죄, 죄송해요. 저는 그런 게 아니고……."

고개를 푹 숙인 것이 또 눈에 거슬렸다. 쳇, 뭘 그 정도로 충격을 받나 그래. 그냥 여기가 마음에 안 들어 그런다는 궁색한 변명 정도는 할 수 있을 텐데. 그런 말도 못 하고 급하게 안전띠를 푸는 손이 갈피를 영 못 잡는다. 지형이 옆눈으로 흘깃 보니 까만 눈에 물기가 감돌고 있었다. 붉어진 뺨에 촉촉이 젖은 눈이 좀 안 되어 보였다. 불쑥 어릴 적 기르다 뺏긴 조그만 토끼 생각이 났다.

하굣길에 내버려진 것을 발견해 데려왔던 녀석이었다. 사육법을 찾기 위해 백과사전을 뒤지면서 얼마나 가슴이 두근거렸던지. 언젠가 집을 나가려고 한 푼도 쓰지 않고 모았던 통장의 돈을 찾아서 토끼장과 사육용품을 샀다. 하지만 정원 구석 상자에 숨어 있던 토끼는 1주일 만에 숙모에게 발견되어 쫓겨나갔다. 팔짱을 끼고 냉담한 눈초리로, 근본도 없는 애라 아무것이나 주워온다며 소리치던 숙모의 등 뒤로 낑낑거리며 끌려나가는 까만 눈이 어찌나 슬펐던지. 어린 그는 소리 내어 울지도 못하고 눈물을 뚝뚝 떨어뜨렸다.

그래서였다. 안전띠 버튼을 제대로 해제도 못 한 채 무작정 잡아당기는 손을 누르고 대신 띠를 풀어준 것은. 그의 손이 닿자마자 화들짝 놀란 그녀가 손을 확 잡아빼려 들었는데 순간 가슴이 뜨끔했다. 내가 치한이야?

홧김에 노려보자 또 금방 수그러든다. 그게 또 못마땅하다. 뭐랄까, 말은 잘 들었으면 좋겠는데 그렇다고 풀이 죽은 모습은 별로 보고 싶지 않다. 그답지 않은 일이었다. 하지만 자신이라고 동정심이 영 없지는 않으니까. 그는 변화 없는 딱딱한 표정 아래서 자위했다. 나이보다 서너 살은 어려 보이는 여자애가 가족을 떠맡고 있는 게 그저 불쌍한 거지. 게다가 지나치게 기죽은 상대를 대하면 힘이 빠지잖아.

다 타서 숯검댕이 된 것 같은 희단을 놔두고 아무렇지도 않게 먼저 내려서 조수석 문을 열어주었다. 기운이 빠져서 그런지 이번에는 얌전히 따라온다.

호텔 앞에서 실랑이를 벌인 것에 비해 식사는 무난했다. 원하는 메뉴를 묻자 희단은 같은 걸 달라는 평범한 주문을 했고, 여자들에겐 자신이 먹을 메뉴보다 나을 거라며 다른 것을 주문해주는 그의 결정에도 아무런 이견을 달지 않았다. 그 평화는 식사를 마치고 디저트를 먹을 때까지 유지되었다.

"저기, 이거……."

디저트 접시를 3분의 1쯤 비우자마자 희단은 다시 떨리는 손으로 봉투를 내밀었다. 당연한 일이지만 화가 확 치밀어올랐다.

"밥값입니까?"

조용했지만 분명한 빈정거림을 실었다. 그러나 희단은 꿋꿋했다.

"아까 말씀드렸듯이, 빌려주셨던 것과 금액이 꼭 맞지는 않아요. 하지만 며칠 안으로……"

"문희단 씨, 저는 결혼할 사이에 돈을 주고받지는 않습니다."

단도직입적으로 말하자 희단의 얼굴이 창백해졌다.

"그 얘기는 확실히 대답한 걸로 아는데요."

"제가 결혼 상대로 모자랍니까? 아니면,"

지형은 희단의 얼굴을 살폈다. 설마 이 초라한 여자가 사랑하는 상대가 아니면 결혼은 절대 못 한다는 꿈을 꾸고 있는 건 아니겠지?
어쩐지 조금 초조해졌다.

"따로 좋아하는 사람이 있습니까?"

"아뇨, 그런 얘기가 아니라……. 솔직히 장난이라고밖에 생각되지
않아요. 잘 알지도 못하는 사이인데다 언뜻 보기에도 민지형 씨는
제게 넘치는 사람이거든요."

아아, 그런 거였어? 지형은 등을 뒤로 느슨하게 기대었다.

"제가 조폭이나 건달이라도요?"

"예?"

저런. 크지도 않은 눈이 찢어질 것 같다. 좋은 말로 순진하고, 나쁜
말로 백치 같다. 이렇게 옷 잘 입고 친절한 조폭을 어디에서 본단 말
인가.

"농담입니다."

하지만 겁에 질린 희단의 표정은 바뀌지 않았다. 목을 움츠리고
의심스럽다는 듯 눈을 데굴데굴 굴리는 것이 굴속에서 코만 내민 산
토끼 같다. 하긴 결혼 신청까지 주고받은 사이치고는 정보가 너무
부족하긴 했다. 지형은 품속에서 지갑을 꺼내 그 속의 명함을 그녀
앞으로 밀어주었다.

"서른한 살. 한성대 공대 졸업했고, 현재 대진전자 LF사업부 지원
팀장입니다. 창원시에 살고요."

"예에."

식탁 밑에 감추고 있던 손이 꼬물꼬물 올라오더니 주저하면서 명
함을 집어든다. 구명줄이나 되는 것처럼 뚫어져라 명함을 쳐다보는
것이 좀 웃겼다. 하도 필사적인 눈길이라 지형은 조금 더 설명을 해

주었다.

"대진전자는 유명한 곳은 아니지만 꽤 알찬 중소기업입니다. 소형 가전이 주력품목인데 대기업 납품은 물론 자체 브랜드도 생산 중이고요. 국제적인 불황이 닥치기 전에는 중국이나 동남아에 해외 법인을 만들려고 계획 중이었습니다."

"아, 그렇군요. 몰랐어요."

한결 표정이 밝아지는 희단이었다. 지형은 자신도 모르게 얼굴이 굳어졌다. 조폭이라고 정말 믿었던 건 아니겠지? 속으로 애써 부인해보았지만 명함을 이리 돌려보고 저리 훑어보는 저 행동은 의심의 여지가 없었다. 그는 한숨을 내쉬었다. 어제부터 느끼고 있던 거지만 이 여자, 여러 모로 참 예사롭지 않다. 그러나 용기를 내자.

"이젠 고려해볼 수 있습니까?"

"뭐…… 뭐를요?"

"결혼을 전제로 한 만남."

또다시 여자의 얼굴이 확 어두워진다. 그녀는 우물쭈물하다가 한숨을 길게 내쉬고는 음울하게 중얼거렸다.

"저 같은 여자 어디가 그렇게 좋다고 그러시는지 아무래도 이해가 안 돼요. 부끄러운 일은 아니지만 저는 고졸이고, 또 집안 사정도 어려워요. 어머니께서 오래 병석에 누워 계신 건 아실 테고, 아버지께선 퇴직하신 데다 동생도 아직 학생이에요. 전혀 결혼할 사정이 못되지요. 거기에 비하면 민지형 씨는 명문대 졸업생에다 직업도 좋으시고, 또……"

"잠깐, 희단 씨가 모르는 것이 하나 있습니다."

지형은 그녀의 말을 잡아채고는 잠시 희단을 말없이 바라보았다.

자신의 생각이 맞는다면 아마 이 말을 듣고 나서 희단의 생각은 십 중팔구 바뀔 것이다. 희생정신 하나는 확실한 여자니까. 미리 준비 해온 상자가 주머니 속에서 결단을 기다리고 있었다. 희단도 긴장한 듯 침을 삼킨다. 얼굴 같지 않게 하얀 목울대가 연신 움직이는 것을 지켜보던 지형이 천천히 입을 열었다.

"저는 고아입니다."

"예?"

희단의 눈이 휘둥그레졌다.

# 4

"태어나기 전에 이미 아버지께서 돌아가셨고 어머니는 돌이 되기 전에 세상을 버리셨습니다. 그래서 친척집을 이리저리 떠돌며 자랐습니다. 결혼이 쉽지는 않더군요. 겉으로는 멀쩡해도 부모 없이 자란 천덕꾸러기는 다들 꺼리니까요."

"아…… . 하, 하지만."

그의 얼굴은 담담했다. 아니, 담담하다기보다는 마치 뉴스를 진행하는 앵커처럼 냉정하고 이성적으로 보여서, 거기에 휘몰린 희단은 하마터면 '그래도 민지형 씨 정도면 딸만 있는 집의 데릴사위로 충분히 들어갈 수 있을 텐데요.'라는 의견을 내놓을 뻔했다. 급히 그 말을 삼킨 희단은 고개를 숙이고 커피를 한 모금 마셨다. 데릴사위라는 말은 분명 싫을 것이다. 일부러 고아라는 점을 알려준다는 건 그 문제가 그에게는 매우 심각하다는 소리니까.

고아라고 하면 힘들 거란 생각은 있지만 자신은 사실 잘 모른다. 하지만 만약 엄마가 돌아가셨다면 그녀도 비슷한 처지에 처했겠지. 아버지의 성격으로 보아 자식들을 잘 건사하기는 힘들었을 테고, 어찌어찌해서 학창시절을 잘 견뎠다 하더라도 그녀는 지금보다 정신적으로 훨씬 힘들었을 것이다. 비록 병상에서, 그것도 한정된 시간 내에서지만 엄마의 뻣뻣한 다리를 주무르면서 어눌한 말투로 대화를 나누는 시간이 얼마나 소중한지.

수술 후 눈을 뜨고, "내가 죄가 많아 또 네게 짐만 만들었구나."라는 말을 어눌하게 뱉은 채 그녀의 손을 잡고 눈물을 뚝뚝 떨어뜨리던 엄마가 떠올랐다. 그렇지만 그렇게라도 살아주셔서 고마운걸.

생각만 해도 다시 눈물이 흐를 것 같아 희단은 입술을 꼭꼭 씹었다. 그래도 수술이 잘 끝난 것이 천만 다행이었다. 경과도 좋은 듯하니 한 달 정도만 있다가 다시 요양병원으로 돌아갈 수도 있을 듯싶었다. 그게 다 눈앞의 남자 덕택이다. 새삼 고맙고, 또 그만큼 고아라는 그의 고백이 남일 같지 않아 안타까워졌다.

"하지만 희단 씨는 그런 점에서 자유로울 것 같습니다."

이런저런 생각에 잠겨 있던 희단은 고개를 퍼뜩 들었다. 음? 뭐라고? 그, 그럼 내게 청혼하는 이유가 ……?

"제게 부모님은 안 계시지만 경제적으로 힘들진 않아요. 그런 점이 희단 씨에게는 도움이 될 겁니다."

얼른 할 말이 생각나지 않았다. 아하, 그러니까 결국 순수하게 내가 좋아서 그런 건 아니었단 말이지. 입맛이 씁쓸했다. 앞에 놓인 찻잔 속의 검은 커피가 유달리 탁하게 보인다. 하기야 허우대 멀쩡하고 학벌도 좋고 직업도 멀쩡한 이 남자가 자기처럼 단점이 많은 여자를 그저 좋다고 할 리가 없다.

아마 그녀의 좋지 않은 상황들과 그가 고아라는 점이 어느 정도 들어맞는다고 생각한 거겠지. 쳇, 거짓말쟁이 같으니! 첫눈에 반했다고 해놓고선.

자신이 마음을 상했다는 걸 깨닫고 희단은 당황했다. 어차피 장난
이라고 생각하지 않았던가. 장난이 아니고 오히려 진지했다는 증거
가 나온 참인데, 차라리 그게 더 좋은 것 아닌가?

"이제 서로의 입장은 다 나온 셈이군요. 그러니 생각해보십시오."

"저는…… 잘 모르겠어요."

우물거리며 눈치를 흘끔 보자 상대는 침묵을 지켰다. 여태까지 그
랬듯이 표정은 변화가 없지만, 어쩐지 희단은 그가 기분이 나쁜 것
같다는 생각을 했다. 기분이 나쁜 게 당연한지도 몰랐다. 어쨌든 자
신은 그의 잇단 프러포즈를 계속 거절하고만 있는 셈이니. 가진 것
도 없는 계집애가 튕기긴 되게 튕긴다고 생각하겠지. 그렇지만.

"으음, 물론 제가 여러 모로 어려운 상황에 있긴 해요. 그리고 지
형 씨도 부모님이 안 계신 걸 단점으로 생각하신다는 건 알았고요.
하지만 솔직히 저는 그런 게, 그러니까 서로 모자란 점을 보충해준
다는 점이 결혼에서 제일 중요하다고는 생각하지 않아요."

"그럼 뭐가 제일 중요합니까?"

애써 용기를 내어서 말한 건데 어쩐지 저 얼굴은 비웃는 것 같다.
설마. 자신의 자격지심 때문이겠지. 얼굴이 점점 붉어져오는 것을 느
끼며 희단은 소심하게 더듬거렸다.

"굳이 말하자면…… 결혼하려면 우선 서로에게 호감을 갖고……
조, 좋아해야겠죠."

"흐음."

콧소리로 긍정인지 부정인지 모를 대답을 하는 지형이 좀 얄미웠
다. 물론 자신보다 다섯 살이 많은 남자는 고아로 자라 세상의 쓴맛

을 한껏 봤을 것이다. 그녀를 물정 모른다 여겨도 할 수 없긴 했지만 억울한 심정은 금할 수 없었다.

이보세요, 나도 나름 힘들게 살아왔거든요! 희단은 눈을 부릅뜨며 애써 배에 힘을 주었다.

"어떤 사정이 있든 결혼한다고 하면 평생을 같이하자고 약속하는 거잖아요? 이런저런 어려운 일을 함께 겪게 될 건데, 좋아하는 사람과도 힘들 일들을 마음에 없는 사람과 함께 버틸 수 있다고는 절대 생각 안 해요!"

빨개진 얼굴로 역설하자 그의 입꼬리가 슬쩍 올라갔다. 아주 희미하게.

"좋아한다고 다 결혼합니까?"

"예?"

"저희 동네 편의점 남자 아르바이트생도 저는 꽤 좋아합니다만 결혼 생각은 안 들던걸요."

지형의 입가에 서린 미소를 희단은 멍하게 바라보았다. 남자는 보일 듯 말 듯한 미소 하나로 확 바뀌어 보였다. 은근하고 무엇을 감춘 것 같이 비밀스럽게.

"결혼 상대란 여러 가지를 같이하게 되니까요."

달싹이는 육감적인 입술이 눈에 들어오자마자 머릿속에 불이 확 켜지는 것 같았다. 그가 말한 의미를 알아차린 희단은 순식간에 귀까지 빨갛게 달아올랐다. 이 남자 의외로 과감, 아니 과격하잖아!

"아……. 그, 그거야 물론 결혼하려면 서로 이성으로도 끌려야 하지만."

"제가 남자로는 보이지 않는다는 뜻입니까?"

그의 웃음이 조금 더 짙어진 것 같았다. 선이 뚜렷하고 가무잡잡한 그 얼굴이 눈에 박힐 듯 들어와, 희단은 눈길을 어디다 두어야 할지를 몰랐다. 이래서 잘생긴 인간들은 위험하다니까!

"저는 처음부터 희단 씨가 여자로 보였습니다만."

"음, 저, 여자 맞는데요."

"그렇죠. 여자 맞습니다."

썰렁하기 짝이 없는 대답에 참으로 진지하게 대답한 지형은 깍지 낀 두 손을 식탁 위에 얹었다. 그리고는 가늘게 뜬 눈으로 그녀의 얼굴을 바라보기 시작한다.

이건 또 무슨 시추에이션인가. 희단은 그 진지한 시선에 묶여버렸다. 뭐라 한 것도 아닌데 입을 떼지도 손을 움직이지도 못하겠다. 유달리 입술과 목 언저리가 근질근질한 것이 벅벅 긁고 싶어서 미칠 지경이다. 분명 표정은 저리도 무심한데 내리깐 속눈썹에 가려진 시선이 자꾸 의미심장하게 느껴지는 건 왜일까? 점점 가빠지는 숨소리가 도통 제어가 되지 않는다.

묘한 침묵이었다. 1, 2분은 견뎠지만 그 이상 계속되자 희단은 소리라도 지르고 싶었다.

우잇, 제발 그러지 말라고요! 그쪽은 음흉한 기색도 없이 그냥 보고만 있는데 나만 쌕쌕거리고 있잖아요. 이거 원, 내가 지하철 출근길 변태도 아니고!

갑자기 그가 벌떡 일어섰다. 그리고 손을 짚고 희단 쪽으로 몸을 기울였다. 2인용이라기에는 많이 넓은 식탁이었지만 180이 충분히 넘을 기럭지는 그 넓이를 덮고도 남았다.

"어, 어, 어……"

다가오는 그림자를 뻔히 보고서도 어버버거리고 있던 희단은 입술로 느껴지는 부드러운 느낌 덕분에 뻣뻣이 굳어버렸다. 이, 이게 뭔가? 그, 그러니까 입술, 그 남자 입술이 맞는데……. 으, 으윽.

슬쩍 입술을 핥는 뜨끈한 느낌에 우거지상을 지었지만 희단의 기분은 나쁘지 않았다. 아니, 현재 그녀의 상태는 나쁘고 좋고를 따질 수준이 안 되었다. 머리가 하얗게 비어서 보기보다는 말랑말랑하다는 느낌만 그저 와 닿았을 뿐이다. 놀라 허둥대던 손이 엉겁결에 그의 어깨와 가슴께를 짚었지만, 그리고 손아래 느껴지는 단단한 근육의 느낌이 멋지긴 하지만 그 역시 참으로 생소하다. 공허한 머릿속 어딘가에서 남자와의 첫 입맞춤이 이렇게 아니 떨릴 수가 있나 하는 메아리가 들릴 정도다.

눈을 둥그렇게 뜨고 눈알만 데록데록 굴리고 있으려니 감고 있던 지형의 눈이 열렸다. 입맞춤을 하고 있다기에는 너무 덤덤한 그 눈은 그녀의 뎅그란 눈동자와 마주치자 슬쩍 웃었다.

어……? 웃을 줄도 아네, 이 남자? 비어 있는 머릿속에 그런 의문이 빨간 풍선처럼 둥실 떠올랐다.

웃는 걸 전혀 못 본 건 아니지만 이렇게 분명히 웃음을 담은 눈은 처음 보는 것 같다. 그 눈을 보느라 잠시 상황을 잊고 있던 참에 가만히 닿아만 있던 그의 입술이 가볍게 촉, 소리를 내고는 떨어져 나갔다. 멀쩡한 얼굴로 지형이 다시 의자에 앉는 것을 보고서야 희단은 주위를 의식했다.

어머나, 이걸 어째? 여기는 조명이 한여름 대낮만큼이나 밝은 호텔 양식당이 아니던가!

뒤늦게 머릿속에서 폭탄이 터졌다. 아악, 내가 미쳤지! 희단은 소리없이 울부짖었다. 아니, 미친 건 이 남자인가? 하지만 자신도 어째 자고 아무 소리도 않은 채 멀뚱히 그대로 당하고만 있었단 말인가. 길게 늘어진 테이블보 아래로 숨어들어 가고만 싶은 심정이 되었다. 사람들의 수군거림이 사방에서 들려오는 것은 물론이요, 그들의 테이블을 훔쳐보고 있는 시선들 때문에 뒤통수가 찌릿찌릿하다. 심지어 옆 테이블의 커플은 아예 대놓고 흘끔거리는 중이었다.

"이제 내가 남자로 보여요?"

너무 익어서 물러터진 순무 같은 얼굴을 한 채로 그녀는 지형을 바라보았다. 이해가 안 된다. 저런 소리를 하려고 이 많은 사람 앞에서 그런 짓을 했단 말인가. 너무도 태연한, 아니 태연하다 못해 무표정하게 보이는 저 남자가 이제는 무서울 지경이다. '도대체 당신은 어느 별에서 온 외계인이야!' 하고 외치고 싶다. 그런 자신의 얼굴에서 무엇을 읽었는지 지형이 고개를 끄덕끄덕한다.

"잘 됐네요."

주머니에 손을 넣은 그가 꺼내놓은 것은 까만 비단으로 겉을 싼 네모난 상자였다. 뚜껑을 열자 샹들리에 불빛을 받아서 반짝반짝하는 은빛 링이 모습을 드러냈다. 아무리 봐도 얼마 전 정희가 예물로 받았다며 자랑하던 그것보다 훨씬 굵직한 알의 보석이 '나 좀 멋지잖수?' 하고 몸을 외로 꼬고 있는, 사뭇 휘황찬란한 반지다. 얼이 빠져서 보고 있노라니 지형은 의향도 묻지 않고 반지를 꺼내 들고서는 식탁 옆에 무릎을 꿇었다.

"약혼식을 할 여유가 없어서 미안해요."

지형은 무릎 위에 놓여 있는 희단의 손을 제 것인 양 터억 잡더니 단번에 반지를 끼웠다. 사이즈를 어떻게 알았는지 조금 빡빡하게 들어간 탓에 잘 빠지지도 않을 것 같은 그 반지를 희단은 멍하니 내려다보았다. 무지 비쌀 것 같은 돌멩이다.

어머나, 세상에, 등등의 속삭임과 감탄사가 주위에서 터졌지만 그녀의 귀에는 제대로 들어오지 않았다. 입맞춤을 할 때는 눈살을 찌푸리던 사람들이 이제는 '참 좋을 때'라는 식의 다분히 호의 섞인 눈초리들을 보내고 있었다. 여전히 흘끔거리던 옆 테이블의 여자는 희단의 손에 끼워진 반지를 봤는지 마냥 부러운 한숨을 토해내고 있는 중이기도 했다.

"나랑 결혼해주십시오, 희단 씨."

드디어 지형의 입에서 저 말이 떨어졌다. 계속 결혼 신청이니 프러포즈니 말은 했지만 직접 말한 것은 처음이다. 옆 테이블에서 여자가 감동받은 얼굴로 박수를 짝짝짝 쳤다. 희단으로서도 꿈같은 일이었다. 멋지고 돈 많고 키 크고 몸짱에다 마무리로 잘생기기까지 한 남자가 호텔 레스토랑에서 무릎을 꿇고 반지를 바치며 하는 청혼이라니. 하지만.

"싫어요, 민지형 씨."

인생이 그리도 만만하다면 고해(苦海)라 할 리가 없지. 그리고 그말은, 같은 우주에 살지 않는 외계인에게 날벼락 청혼을 받은 자신에게만 해당되는 말이 아니었다.

"저는 이런 식으로, 이런 이유로 결혼을 결정하지는 않을 거예요. 가난하더라도 저를 아껴주는 사람과 서로 믿어주고 마음으로 의지하며 살고 싶거든요."

희단은 턱을 치켜들었다. 자신은 어쩌면 제정신이 아닌지도 모른다. 그렇지만 외계인 민지형, 당신도 인생은 만만하지 않은 거란 사실을 알아야 해.

"이것이! 누구 맘대로 결혼을 안 한다 한다 그래? 너 그렇게 멋대로 하라고 배웠냐?"

좌석과 가까운 입구 쪽에서 칼칼한 외침이 들려온 건 실은 예상한 일이었다. 서둘러 레스토랑의 종업원들이 달려가 기세등등한 초로의 사내를 가로막는 것을 지형은 냉담한 눈으로 바라보았다. 결국 나섰군. 용케 문 밖에서 듣고만 있다 싶었더니.

병원을 나설 때부터 따르는 시선이 있다는 것은 이미 알아채고 있었다. 택시까지 잡아타고 따라오기에 아마도 희단의 동생이 아닐까 하고 생각했지만 부친이라도 별 달라질 것은 없었다.

"아, 아버지!"

당황한 희단이 벌떡 일어서더니 어쩔 줄 모르는 얼굴로 자신의 눈치를 살폈다.

"아버님이시라고요?"

모르는 척 물었더니 입술을 깨물고 고개를 끄덕인다. 억울하게 야단맞은 아이처럼 슬프고 겁먹은 표정이다. 방금 전 의외의 눈길로 바라보게 만들었던 자존심이랄까, 뜻밖의 고집스런 긍지 비슷하던 것은 순식간에 허물어져 자취도 없다. 생각보다 심하다. 지형은 자신도 모르게 미간에 힘이 들어갔다.

"잘 됐군요. 어차피 말씀을 드려야 할 테니."

자리에서 일어서는데 저쪽에서는 벌써 테이블 가까이 다가온 후였다.

"손님, 이러시면 곤란합니다. 다른 손님께 방해가 되니까……"

"참 내, 이쪽과 일행이라고 하지 않았어요? 정 의심되면 물어보면 될 텐데 왜 그래요!"

아까는 보이지 않았던 젊은 남자가 희단의 부친 뒤에서 종업원과 작게 다투고 있었다. 아마도 희단의 남동생인 모양이다. 지형은 곤란한 얼굴로 그들을 만류하려던 종업원에게 고개를 끄덕여 보였다.

"일행 맞습니다. 사정이 안 되어서 못 오시는 줄 알았는데 지금 늦게 오신 겁니다."

"흥, 여기 서비스가 왜 이래?"

불만스러운 표정을 얼른 감추고 사라진 종업원을 향해 콧방귀를 끼는 젊은—젊다기보다는 어린 편에 가까웠지만—남자에게 지형은 시선을 줬다.

얼핏 봐서는 남매간으로 안 보였다. 가느다란 눈시울에 까맣고 동그란 눈동자나 도톰한 편인 입술에서 희단과 닮은 면이 희미하게 엿보이긴 했지만 동생 쪽이 키도 크고 인물도 훨씬 훌륭했다. 좋은 유전자는 동생 쪽에서 다 가져간 모양이다. 지형은 고개를 돌려 먼저 부친을 향해 고개를 숙였다.

"처음 뵙겠습니다. 민지형입니다."

"크흠. 반갑네, 민 군. 나는 희단이 애비 되는 사람일세."

뻣뻣이 뒷짐을 지고 그의 인사를 받는 나이 든 남자 역시 초라한 입성에 비하면 인물은 멀끔했다. 아들이 부친을 닮았나 보다. 채 자리를 권하기도 전에 당연하다는 듯 털썩 희단과 지형 사이의 의자에 앉아버리는 희단의 부친을 바라보다가 그는 고개를 돌렸다.

"이쪽은 희단 씨 동생인 것 같군요."

"아, 예. 제 동생이에요. 한강대 다니는데 지금 방학이라 집에 와 있어요. 희경아, 이분이 바로 입원비 빌려주셨던 분이야. 내 친구 정희 알지? 걔 남편의 친구 되셔."

"그 친구는 모르겠고, 아무튼 그렇게 해서 만난 사이라는 건 알아들었어. 안녕하세요? 문희경입니다."

희단의 설명이 끝나자 어깨에 힘을 팍 준 희경이 손을 먼저 척 내밀었다. 하, 이놈 봐라? 지형은 속으로 픽 웃으며 그 손을 잡았다. 이나라 최고 학벌이라는 녀석이 예절은 어디다 팔아먹었는지 모를 일이다. 게다가 희단의 부친은 그런 희경을 퍽이나 흐뭇한 표정으로 바라보고 있는 중이었다. 레스토랑 입구에서부터 딸에게 호통을 치던 태도와는 천양지차다.

가족들이 썩 바람직한 사람들은 아닐 거라는 예상은 고교 동창인 종수 커플에게 희단의 얘기를 들었을 때부터 이미 하고 있었다. 하지만 이렇게 들어맞으니 어째 기분이 그리 좋지는 않다. 20여 년동안 상대해온 인물들에 비하면야 감당 못 할 것도 아닌데 말이다.

희경까지 자리를 잡고 앉자 4인용 테이블은 꽉 찼다. 가족인 두 남자 사이에 끼인 희단은 어깨를 잔뜩 옹송거리고 있었다. 가끔씩 자신을 쳐다보다 재빨리 얼굴을 돌리는 것이, 난데없이 쳐들어온 두 사람에 때문에 심히 미안해하는 것 같았다. 아까의 배짱은 다 어디로 갔을까. 지형은 남몰래 혀를 차며 희단의 부친에게 얼굴을 돌렸다.

"조만간에 한번 찾아뵈려 했었습니다."

"그렇지 않아도 말하려고 했네. 자네가 잘못했어. 내 저 뒤에서 다 봤네만, 일이 이 정도로 진척되기 전에 마땅히 집안 어른들께 먼저 고했어야지."

지형의 기를 잡으려는 의도가 분명했다. 두 사람을 몰래 따라와 만남을 지켜봤다는 데 대한 미안함은 쏙 빼고 짐짓 점잖은 척 가르치려 드는 부친의 행태에 희단의 얼굴이 빨개졌다.

　"아버지, 지형 씨와는 처음 만난 것도 바로 며칠 전……"

　"됐다! 너는 나서는 게 아니야!"

　본인의 결혼에 본인이 나서지 않는다면 도대체 누가 나선단 말인가. 어처구니가 없었지만 지형은 일단 보고 있기로 했다.

　"그래, 자네 본관은 어디며 무슨 파 몇 대 손인가? 부친은 무얼 하시고?"

　"본은 여흥이고, 분파는 감찰공파, 33대입니다."

　"어허, 그래? 요즘 젊은이 같지 않게 잘 알고 있구만."

　선뜻 대답을 하자 오히려 질문한 사람이 놀라는 눈치였다. 어렸을 적부터 귀에 못이 박이게 들었던 소리인데 기억을 못 하면 그게 이상한 일이리라. 유서 깊은 우리 민씨 가문에 어떻게 저런 저급한 핏줄이 섞인 애가 있을 수 있느냐던 날카로운 쑥덕거림들. 쓴웃음이 나왔다.

　"그런데 여흥 민씨라면 민비의 친정 가문이 아닌가?"

　"명성황후 말씀입니까? 그쪽과는 파가 갈립니다만."

　"허허, 황후는 무슨. 암탉이 울면 집안 망한다고, 지아비 젖히고 나서서 설치다 나라 망하게 한 계집이. 본시 여자란 것이 집안에서 할 일이란 것은……"

　이제야 알 것 같았다. 집안을 먹여 살리다시피 한다는 희단이 왜 아버지와 남동생 앞에서 저런 기죽은 얼굴을 하고 있는지. 지형은 길어지려는 희단 부친의 여성론을 잘라 막았다.

"가문 얘기는 저와는 큰 상관이 없을 것 같습니다."

"어허, 왜?"

"조실부모해서 현재도 외숙부님 내외분 곁에 살고 친가와는 연락도 거의 없습니다."

"저런, 어려운 형편에서 컸구먼! 사고무친한 처지라니."

말이 막혔다는 불쾌감에 찌푸려졌던 얼굴이 순식간에 환해지면서 민경국이 새삼 지형의 아래위를 쓸어보았다. 고급스러운 옷차림이나 시계 등을 뜯어보는 눈빛이 무척이나 흡족한 것이, 흡사 손쉬운 먹잇감을 찾은 족제비다.

"그래도 이리 훌륭하게 자랐으니 저승에서라도 부모님께서 기뻐하시겠어."

"감사합니다. 외숙부님 덕분입니다."

"훌륭하신 분이시구먼."

"예. 조카를 아들처럼 키워주신 것도 감사하지만, 직장의 오너로서도 존경하는 훌륭한 분입니다."

본가의 재물에까지 탐을 내게 만들고 싶진 않지만 이 정도의 과시는 괜찮을 거라고 생각했다. 효과는 컸다. 문씨 일가 세 사람의 입이 떡 벌어지더니 동생 희경부터 식탁 한편에 놓여 있던 지형의 명함을 재빠르게 집어올렸다.

"대진전자라면 최근에 공기청정기 광고를 많이 하는 거기 말인가요?"

"그렇죠. 전부터 가습기, 청소기 등의 소형 가전을 주력으로 했는데 이번에 고가 품목으로 개발해 역점 추진하고 있는 것이 청정기 쪽이고."

희경의 질문에 시원스럽게 대답하자 이번에는 부친의 물음이 쏟아졌다.

"아이고, 그냥 조그만 회사가 아닌 듯한데 경영하시려면 외숙부님께서 힘드시겠구만. 본사하고 공장도 따로 있을 테고……. 자네는 그럼 본사에서 근무하나? 무슨 일을 맡아보고 있지? 지금도 외숙부님 댁에서 같이 살고 있는 건가?"

"1, 2공장이 따로 있으니 굳이 따지면 본사겠지만 대기업 정도는 아닙니다. 기획설계팀장을 맡고 있고요."

"어허, 그 정도면 큰 기업이지! 게다가 팀장이라. 그러면 과장급? 아니, 부장급인가?"

"부장이죠. 그리고 지금 있는 아파트는 숙부님 댁과 가깝기는 하지만 제 명의로 따로 나온 겁니다. 결혼하면 거기에서 시작하게 될 것 같습니다. 30평대라 두 사람 정도는 살기 괜찮을 거고요."

직급에 아파트 얘기를 하자 희단 부친의 눈에 번득임이 한결 더해졌다. 아버지가 딸에게 야멸치게 내뱉었다.

"굼벵이도 구르는 재주가 있다더니, 민 군처럼 훌륭한 젊은이를 네가 만나고 있을 줄은 몰랐다. 도대체 네가 무슨 배짱으로 튕기는지 모르겠구나. 그렇게 사람 보는 눈이 없어?"

"아버지……."

희단은 충격을 받았는지 차마 말도 못 잇고 입술을 파르르 떨었다. 내리까는 그 눈매가 참 서럽게도 보여서 지형은 좀 울컥했다. 왠지 희단의 감정이 손에 잡힐 듯 분명하게 알 수 있었다. 자신을 믿어주길 바라고 또 믿고 싶은 사람에게서 외면받는 그 기분. 사방이 암흑천지인 숲 속에서 필사적으로 하나뿐인 불빛을 찾아갔는데 아무리 피난처의 문을 두드려도 잠긴 문은 절대로 열리지 않는 것 같은 기분일 것이다.

하지만 그는 곧 어깨를 으쓱했다. 일이 쉬워졌으니 자신에겐 좋은 일이라 생각하려 했다. 그래도 뒷맛은 영 별로다. 모를 일이다. 지형의 한쪽 입귀가 희미하게 일그러졌다. 일이 너무 잘 굴러가도 그리 흥이 나지 않는다는 건 또 처음 알았다. 그러나 그런 마음 상태를 지워버리기라도 하듯 그는 정중히 고개를 숙였다.

"감사합니다. 그럼 결혼을 염두에 둔 희단 씨와의 교제를 허락하신 걸로 알겠습니다."

"여부가 있겠나."

"식을 되도록 빨리 올리고 싶으니, 곧 외숙부님께 말씀드리고 상견례 날짜를 잡아야 되겠군요."

"그래야겠지. 참, 예비 사돈어른께 인사 잘 좀 여쭈어주게. 허허허."

너무 좋아하는 것이 눈에 빤히 보인다. 정작 당사자인 희단은 말없이 입술만 씹고 앉았는데 말이다. 지형은 혀를 찼다. 안 그래도 부르튼 입술, 저러다 거덜나겠군. 단순한 형식이라고 생각했건만 반지란 게 참 묘하다. 그걸 끼워주고 나니 희단의 신체에까지 주인의식이 생기려고 한다. 쓸데없이.

"네. 그런데 외숙부님께서는 아직 희단 씨에 대해 모르십니다."

"응? 그런가?"

"저희가 만난 지 얼마 되질 않습니다."라고 덧붙였음에도 불구하고 희단 부친의 얼굴은 어색하게 굳어졌다. 뿐만 아니라 못 미더운 눈치로 그 딸을 힐끗 쳐다본다. 방금까지 입이 찢어져라 웃고 있던 것이 의심스럽도록 그 눈에는 짜증과 불안이 그대로 드러나 있었다.

"으흠, 저 부족한 것을 민 군의 숙부님께서 마음에 찬다 하실지 모르겠네."

태도로 보아서는 친딸이 아니라 의붓딸, 아니 업둥이라고 해도 믿겠군. 지형은 눈을 가늘게 떴다.

"희단 씨 같은 사람 요즘 드물지요. 처음부터 제가 좋아서 먼저 쫓아다녔습니다. 그리고 외숙부님께선 제 뜻을 항상 존중해주시는 분이시고요."

"그럼……?"

"제가 말씀만 제대로 드리면 쉽게 허락하실 거라 생각합니다."

지형의 그 말에 희단 부친의 주름졌던 얼굴이 심히 흡족한 듯 활짝 펴졌지만, 듣기만 좋으라고 한 말은 아니었다. 사실이 그랬다.

인척이라서 하는 말이 아니라, 지형의 외숙부는 객관적으로도 참으로 사리분별이 확실하고 공정한 사람이었다. 그것이 좀 지나쳐서, 회사인 대진도 온전히 자신의 것이라고 여기지 않을 정도였다. 며느리라고도 할 수 없는 젊은 여자를 떼어내는 조건으로 친가의 조부가 던져준 건 분명 푼돈이었을 것이다. 하지만 천막 치고 시작했던 초라한 기업을 당신이 손수 몇 배로 불려놓았음에도 불구하고 외숙은 불쌍한 누이로 인해 손에 떨어진 부(富)를 맡아 있는 거라고만 생각하는 것 같았다.

성적도 품행도 별로 좋지 않았던 지형을 본가에서 빼내와 사업에 참여시킨 것이나, 본인의 아들보다 지형을 훨씬 더 높이 대접해주면서 장래에 회사를 맡기고 싶다는 뜻까지 언뜻언뜻 내비치는 것도 그런 외숙부의 성격 때문이리라.

그런 외숙부가 희단과 희단의 가족을 본다면 뭐라고 말할까? 좀 더 나은 집안의, 조건도 좋은 여자를 권할까? 혹시 그가 친가의 친척들에게 반발하는 심리로 가난한 처녀를 사다시피 데려왔다는 사실을 알면? 곤란하다. 저도 모르게 눈살을 찌푸린 지형은 불쑥 내뱉었다.

"그럼, 희단 씨와 상의할 문제도 있고 하니 자리를 좀 옮겨주셨으면 합니다."

"음? 뭐라고 했나?"

흐뭇해 있던 희단 부친은 갑작스런 말에 깜짝 놀란 눈치였지만 그는 밀어붙였다.

"병원에도 가보셔야 하지 않겠습니까? 희단 씨는 제가 바로 집에 데려다 주겠습니다."

"아니, 나는 자네와 나눌 말이 좀더 있는데……."

은근히 역정이 나는 듯 희단 부친의 얼굴이 붉어지기 시작했다. 여태까지 듣고만 있던 희경도 거들었다.

"남자인 아버지나 저는 아무래도 여자 병실에서 수발들기도 불편하고요, 어머니도 누나를 더 편하게 여기시니까 누나와 얘기는 다음에 하시고 오늘은 아버지와 말씀을 좀 나눠보시죠."

"희경이 말이 맞아요. 저는 그만 병원에 가볼래요."

덩달아 희단도 불편한 얼굴로 자리에서 비죽비죽 일어선다. 지형은 기분이 나빠졌다. 이봐, 앞으로 계속 이런 식이면 곤란하지. 그는 눈을 가늘게 뜨고 희단에게 시선을 맞췄다. 당신은 무엇보다 나를 우선으로 해줘야 해. 다른 사람—그게 설사 가족이더라도—말에는 귀 기울일 필요도, 그럴 권리도 전혀 없단 말이야.

"시간이 없습니다. 4월에 결혼을 하려면 준비할 것이 많지 않겠습니까?"

"예? 4, 4월요? 올해 4월?"

크지도 않은 눈이 있는 대로 벌어져 까만 동자를 한껏 드러냈다.

"네. 4월 초요. 제 시간이 그때밖에 안 되니까요. 그러니 앉으세요."

그러나 희단은 "4월 초? 그, 그러면 두 달? 아니지, 지금이 2월 하순이니까 50일, 아니 40일?" 어쩌고 하면서 손가락을 세워 더듬거리느라 자신의 말은 전혀 들리지 않는 듯했다. 할 수 없군. 지형은 지갑을 꺼내 수표 몇 장을 탁자 위에 올려놓은 다음, 벌떡 일어서서 희단의 손목을 움켜잡았다.

"갑시다."

어리벙벙한 희단 부친에게 목례만 남기고 그는 자리를 떠났다. 그 손에는 40여 일 후 그의 신부가 될 여자의 손목이 단단히 잡혀 있다.


"도대체 이해를 못 하겠어요! 두 달도 안 되는 날짜 안에 당장 결혼이라니. 대체 왜 그러는 거죠?"

인적이 드문 주차장에 와서야 희단은 얌전히 잡혀 있던 손목을 홱 뿌리쳤다. 아니, 뿌리치려고 했다. 그러나 남자의 큼지막한 손에 갇힌 손목은 전혀 힘을 쓰지 못했다. 지형은 그런 그녀의 손목을 거의 어깨 위치까지 잡아끌어 올렸다. 그의 몸이 바싹 다가왔다.

"기왕 할 결혼, 빨리 하고 싶어서요."

말은 농담 조였지만 그의 기분을 확신할 수가 없었다. 남자의 눈은 무기질의 그것처럼 무감해 보였으니까. 그가 고개를 숙임에 따라 점점 가까워지는 지형의 눈동자를 바라보면서 희단은 어쩐지 무서워졌다. 여태까지는 별로 의식하지 못했던 그의 커다란 덩치와, 거기에 따른 강력한 힘이 갑자기 몸 전체로 느껴졌다.

맹수 같아. 불현듯 그녀는 뇌까렸다. 사자나 호랑이처럼 늘씬한 고양잇과 동물이 아니라 보기만 해도 위압감을 주는 거대한…… 그렇지, 보기에도 무거운 근육의 검은 곰 같은. 깔려죽지 않을까 싶게 무서운 건 서로의 신장이나 체중 차 때문은 아닐 것이다. 눈앞의 지형은 같은 남자라지만 아버지나 희경과는 완전히 이질적인 존재였다.

이렇게 마냥 밀리면 안 된다. 그녀는 애써 용기를 끌어올렸다. 여태까지 행동으로 보면 나쁜 짓 할 사람도 아니고, 여기는 비싼 호텔 주차장답게 불빛도 환하다.

"그, 그렇지만 그런 문제는 서로 의논해봐야 하는 게 아닌가요?"

겨우 몸을 떼어내며 미약하게나마 항의를 했다.

"아무리 아버지께서 선선히 승낙하셨더라도 이렇게 급하게는 어렵다 하실 거예요. 저희 집 사정이, 그러니까 어머니 병환이나 희경이 학교 문제도 있고……."

"결혼하려는 마음이 중요한 거죠. 다른 건 중요하지 않습니다."

지형은 다시 얼굴을 밀어붙여 왔다. 가뜩이나 이마를 맞대다시피 한 자세인데다 무거운 광채까지 발하는 그의 눈은 마주 보기가 참 어려웠다. 의견을 양보하는 정도가 아니라 아예 입을 떼기가 어려운 무시무시한 느낌이다. 이 남자, 지금도 이런데 화내면 진짜 무서울 것 같다. 희단은 떨리는 입술을 겨우 열었다.

"조, 좋아서 하는 결혼도 아닌데 그렇게 서두를 것까지야……"

"누가 아니랍니까?"

"예?"

"좋아서 하는 결혼, 맞습니다."

뭐가 좋아서 하는 결혼이냐고! 희단은 거칠게 항의하고 싶었다. 그의 마음에 든 건 자신이 아니라 트집 잡는 일이 없는 그런 처가이지 않냐고. 게다가 그녀도 잠깐은 솔깃했지만 그쪽 배경이 그렇게 버거운 줄 알았다면 그냥 도망갔을 거였다. 하지만 차마 소리를 치지 못한 것은 왜일까. 입술만 벙긋거리는 희단의 귓가로 지형의 체온이 느껴졌다.

"애초에 말했는데요. 반했다고."

덮치다시피 다가온 지형의 몸에 와락 밀린 희단의 등에 차가운 금속이 와 닿았다. 주차된 자동차와 남자 사이에 옴짝달싹도 못 하게 끼어버린 것이다. 엄마야 싶어서 눈을 휘둥그레 뜨고 연신 금붕어처럼 뻐끔댔건만, 기어코 남자의 입술이 희단의 입술을 덮었다.

맨 처음 느낀 것은 뜨끈한 온기였다. 그리고 촉촉하고 보드라운, 그러면서도 단단한 살갗의 미묘한 움직임. 곧 매끈하고 몰랑거리는 살점이 자신의 입술 사이를 핥자 희단은 마음속으로 놀란 비명을 올렸다.

으아아아아악! 이, 이게 뭐야!

그러자마자 꼭 답을 주는 것처럼 날렵한 혀가 날름 그녀의 입 안으로 들어왔다. 그것은 자신의 존재를 주장하듯이 재빠르게 그녀의 이를 더듬고, 잇몸을 쓰다듬고, 입천장의 도돌도돌한 돌기들을 어루만졌다. 뭐라고 말할 수 없는 떨림이 희단의 등골을 타고 흘렀다.

'흐악' 하는 소리가 입술을 비집고 나오려 했다. 간지러움에 몸을 뒤틀자 억센 손이 희단의 두 손목을 움켜쥐고 차에 밀어붙였다. 놀라서 헐떡이는 혀를 그의 혀가 휘감았다. 타래를 짓듯 얽혔던 혀는 순식간에 미끄러지며 떨어졌다가 다시 마찰하듯 몇 번이나 그녀의 혀를 스치고 지나갔다. 처음에는 낯선 이물감에 허둥대기만 하던 것이, 되풀이됨에 따라 기묘하게 바뀌었다. 어쩐지 안타깝기도 하고, 수줍기도 하고…… 마침내 희단은 막 울고 싶은 기분이 되었다.

아, 진짜…… 진짜 이게 뭐야…….

"키스하는 겁니다."

꼭 마음속의 말을 들은 것처럼 지형이 입을 떼고 속삭였다. 거의 다정하다고 말해도 좋을, 낮고 풍부한 울림이 좋은 목소리였다. 그녀는 목이 메어 꽉 잠긴 음성으로 더듬거렸다.

"하, 하고 싶지 않아요."

"그래요?"

반문하듯 물어본 것은 의미가 없는 행동이었나 보다. 다시금 혀가 쳐들어왔다. 이번에는 거의 입술이 먹히는 것 같은 느낌까지 들었다. 하지만 눈을 번쩍 뜬 채로 본 남자의 감은 눈꺼풀만은 숨이 막힐 듯 단정해 희단은 어지러워졌다. 점점 호흡이 가빠진다. 머릿속에서 커다란 북이 쾅쾅대며 고막까지 세차게 울리는 것 같다. 싫다는 비명이 꼭지 끝까지 차올랐다.

그러나 지형은 쉽게 놔주지 않았다. 경험이 새하얀 희단으로서는 전혀 몰랐지만, 연인의 경우라고 가정한다 해도 꽤 짙은 편인 입맞춤이었다. 기어이 그녀가 등 뒤의 차에 기대 길게 늘어질 즈음이 되어서야 그는 입술을 뗐다. 연신 할딱거리는 희단을 부축하며 지형은 그녀의 손을 잡고 뻐딱하게 끼워져 있는 반지를 큼직한 손으로 정돈

해주었다.

"의미 없는 약혼식보다는 이게 훨씬 낫군요."

분했다! 자신은 쌕쌕거리며 겨우 숨을 쉬고 있는데 이 남자는 어쩜 이렇게 여유작작이란 말인가! 희단은 눈동자만 간신히 돌려 그를 노려보았다. 원래부터 포커페이스였던 무표정한 얼굴은 그렇다 치더라도 목소리조차 떨림 한 점 없다. 잘생기고 돈 많고 경험까지 풍부해주시는 여유남이란 건가. 얼뜬 숫처녀 하나 농락하기는 참으로 손쉽구나 하는 생각이 머리를 스쳐 지나갔다.

"나…… 나는."

떨리는 음성에 반지를 들여다보고 있던 남자가 고개를 들었다.

"네."

계속 말하라는 뜻으로 턱을 한 번 끄덕여주는 지형의 얼굴은 또 믿을 수 없을 만큼 남자다운 선을 그리고 있어서, 희단은 화가 폭발했다.

"그래요! 고작 첫 키스 따위 아무것도 아니거든요! 원나이트도 흔한 이 시대에 무슨 촌스런 짓이람!"

자신도 상상할 수 없었던 힘으로 그를 확 밀어냈다. 땅을 차며 뛰듯이 급하게 걸었다. 낡은 구두가 덜거덕대며 발밑에서 비명을 질렀다. 그래도 정작 뛰어갈 수는 없었던 것은 마음속에 남은 자존심 때문이었다. 씩씩거리며 번쩍거리는 차 옆을 몇 대나 지났을까. 뭔가에 뒷굽이 걸리는 소리가 나더니 희단은 몸이 앞으로 휙 기울어지는 것을 느꼈다. 늘 불안하던 구두가 기어이 사고를 친 것이다.

퍽 소리가 나게 바닥에 주저앉았지만 다행히 이번에는 앞으로 넘어졌다. 바지를 입은 참이라 흉한 모습도 보이지 않았다. 비록 지하

주차장이라 관객은 없지만 말이다.

"그런데 이놈의 구두, 어째 저 남자하고 엮이는 순간에만 사고를 치냐? 내가 진짜, 24개월 할부로라도 이참에 정장 구두 하나 장만하고야 만다!"

화가 나서 뒤를 팩 돌아보니 역시 예상대로 남자의 모습은 머리카락 끝도 보이질 않았다. 희단의 아이처럼 둥근 얼굴이 일그러졌다. 최소한, 예의상으로라도 따라와 봐주긴 해야 하는 거 아닌가 싶지만 정작 그것을 상대에게 요구할 용기는 없었다.

힘이 빠져서 바닥에 풀썩 주저앉을 것만 같았다. 오늘 일진은 진짜 더럽다. 결혼 신청까지 받은 사람 앞에서 아버지한테 욕먹고, 좋아하지도 않는 남자한테서 첫 입술도 뺏기고.

눈가에 눈물이 절로 고였다. 겉치레라도 사랑받는 좋은 딸이란 모양새와, 아직 아무에게도 내주지 않은 부드러운 속살과 같은 여린 첫 키스의 꿈—사랑하는 사람과의 달콤한 순간—을 순식간에 잃어버렸다. 남들이 촌스럽다 하든 뭐라 그러든 그녀에게는 몇 안 되는 소중한 꿈이었다. 떨어뜨릴 것만 같은 핸드백의 끈을 꾹 틀어쥐고 그녀는 팔뚝으로 눈가를 벅벅 훔쳤다. 그 상황에서도 '이 외투는 짙은 색이라 얼룩 따위 남지 않을 거야, 그러니 드라이는 안 해도 돼.' 따위의 생각을 하는 자신이 밉고 싫다.

잘못해서 소맷자락이 입술을 스쳤다. 따갑고 쓰려서 다시 눈물이 찔끔 났다. 통통 부은 입술에 손을 대자 아직도 식지 않은 열기가 손가락에 스민다. 순간 길게 뻗은 그의 섬세한 속눈썹이 생각났다. 끅끅거리고 울던 심장이 덜컹, 하고 브레이크를 밟는다. 희단은 뜨끔했다. '미쳤나 봐' 소리가 절로 났다.

눈에 눈물이 고인 채로 열이 오른 뺨에 두 손바닥을 대고 고개를 도리도리 흔들다가, 어울리지 않는 짓이란 걸 깨닫고 재빨리 그만뒀다. 그 대신 그녀는 짧은 한숨을 훅 내쉰 후 입과 뺨에 힘을 팍 주며 눈을 부릅떴다. 잘난 남자는 키스도 잘했지만, 그녀와는 상관없는 일이다.

집에 가자. 희단은 결론을 내렸다. 머리가 복잡할 때는 그저 할 일을 하는 게 최고다. 집 안 정돈도 좀 해야 할 것이고 잠도 자야 내일 출근도 할 수 있다. 핸드백을 군인들 군장 메듯 다시 단단히 어깨에 걸치고 그녀는 주변을 살폈다. 그런데 아뿔싸, 이 주차장은 출구가 어딜까? 빽빽이 들어선 차들 사이엔 군데군데 구역을 알리는 영문자와 번호만 보일 뿐 출구 위치는 적혀 있지 않다. 차로 돌다 보면 금방 팻말을 찾을 수 있을 테지만 걸어서 출구까지 가기엔 참 모호해 보였다.

할 수 없이 저 멀리 보이는 바닥의 흰 화살표를 따라 걸었다. 한 10여 분 걸었을까. 벌써 다리에 힘이 없다. 평소에는 이렇게 약한 문희단이 아닌데. 아마도 엄마의 수술과 난데없는 청혼과 아버지의 맥빠지는 반응, 거기다 에로 영화 못지않은 강렬한 키스 신의 충격까지 겹치고 나니 일시에 심신이 허약해진 모양이다. 처음에는 '또각또각'이던 발걸음이 '터벅터벅'으로, 그 '터벅터벅'이 '터덜터덜'로 변하기까지는 오래 걸리지 않았다. 발밑의 구두가 꺼억꺼억 소리를 내며 울었다. 이놈의 구두 오늘은 작살나겠구나 싶다.

겨우 출구를 알리는 푸른 표지판이 보였다. 엘리베이터가 아니라 차 출입구지만 상관없다. 안도와 피곤이 범벅이 된 한숨을 내쉬고 나서 희단은 요철이 새겨진 오르막길을 오르기 시작했다.

빵빵. 뒤에서 경적이 울렸다. 쳇, 소리가 오토매틱으로 튀어나왔다. 애꿎은 남의 자동차에게 투덜거리며 몸을 움츠려 우측 벽에 달라붙었으나 어째 차가 지나가는 기척이 없다. 대신 헤드라이트 불빛이 이쪽을 향해 비치더니 달칵 문 여는 소리가 들렸다.

불안한 예감에 콘크리트 벽에 착 달라붙어 고개만 천천히 돌렸다. 아니나다를까, 아까 자신을 덮친 곰 같은 남자가 뚜벅뚜벅 걸어온다. 소리는 차마 내지 못하고 으으으, 울리지 않는 신음을 지르고 있으려니 지형이 다가와서 희단을 내려다보며 무표정하게 말했다.

"아까부터 따라오고 있었는데 전혀 모르더군요."

"……."

"사람도 별로 없는 주차장에서 그렇게 무신경하다니 위험한 거 아닌가요?"

추궁하는 표정은 아니지만, 아니 애초부터 별 표정이 없으니 알 수도 없었지만 아무튼 그 말의 내용은 불쾌했다. 애초에 사람을 혼자 가게 내버려둔 건 그였다! 그리고 말이야 바른 말이지, 위험한 것은 사람 없는 주차장보다 민지형이란 인간이 더하지 않았던가. 보고만 있어도 심장에 무리가 갈 것 같은 얼굴을 향해서 그녀는 빽 소리를 질렀다.

"잡지도 않았잖아요!"

"서운했나 보군요."

충동적으로 내뱉은 말에 스스로도 놀라 입을 가리는데, 저쪽에선 그렇게 대답하니 쥐구멍에라도 들어갈 수 있을 것 같았다. 얼굴이 벌게져 고개를 돌리는데 얼핏 그의 입꼬리가 미묘하게 올라간 것이 눈에 잡혔다.

"기쁩니다. 제 쪽에서만 관심 있는 줄 알았는데."

그럴듯한 말보다 더 주의가 쏠리는 건, 돌처럼 움직임이 없는 얼굴에서의 아주 작은 변화였다. 아무래도 웃고 있는 것 같지 않나? 열심히 입가를 주시하고 있으려니 그가 갑자기 헛기침을 하면서 손으로 입을 가렸다. 그리고 나머지 한 손을 뻗어 그녀의 턱을 감싼다.

"산토끼 같아…… 곤란합니다."

산토끼라니, 누구를 지칭하는 말인가 싶다. 희단은 턱을 잡혔다는 것도 잊고 눈을 끔벅거렸다. 설마 자신이겠냐 싶어서 멀뚱거렸는데 자신만 직시하는 상대의 눈길을 보니 그 설마가 사실인 것 같았다. 자신의 어디가 귀여운 산토끼 같단 말인가. 거짓말인 줄 알고 들어도 참으로 낯이 뜨겁다. 인정하긴 싫지만 이렇게 하체 비만이고 큰바위얼굴인 산토끼가 있을 리가 없다는 것쯤 그녀도 안다. 그러나 남자는 진지한 목소리로 말을 이었다.

"잡지 않은 건 미안해요. 방금 일은 나도 좀 의외라서요. 하지만 다음번에는 안 그럴 겁니다. 원래 '내 것'은 잘 안 만들지만 만들고 나면 절대 놓치거나 잃어버리거나 하진 않아요."

눈앞의 남자가 보기 드물게 긴 말을 하고 있는 건 진정이기 때문일까? 완전히 농담만은 아니란 것을 차츰 깨달으면서도 희단은 차마 믿을 수 없었다.

"왜 내가 그쪽 거죠? 그리고 사람을 내 것이니 네 것이니 할 수 있나요? 굳이 따지자면 내 몸은 내 거예요. 문희단 거!"

"아니요, 제 겁니다."

어린애들 같은 실랑이를 하면서 지형은 턱을 감싸고 있던 손의 엄지를 들어 그녀의 입술을 가만히 건드렸다.

"아까 도장 찍었잖아요."

이런 유치한 말을 하게 될 줄이야.

70년대 신파 영화처럼 '입술 도장을 찍었으니 너는 내 것' 운운하는 말을 하면서 지형은 어색해 죽을 지경이었다. 하지만 내심을 감추는 데 익숙한 얼굴은 그런 심정을 전혀 드러내지 않았다. 다행이었다. 이 상황에서 얼굴이라도 붉어지면 그 무슨 쪽팔림이냐.

"그, 그, 그, 그런……!"

그래도 유치한 말을 한 보람은 있었다. 앞에 선 이 여자가 말도 못하고 더듬거리며 그의 몫까지 얼굴을 붉히고 있잖은가. 그걸로 면피는 된 거다. 어차피 '내 것'이 될 것이니까 듣기 좋은 말 정도 해주는 건 어렵지 않다.

지형은 희단의 왼손을 흘끔 쳐다보았다. 약지에 빛나는 것은 아까 준 반지다. 빼지 않았군. 그의 입꼬리가 미세하게 위로 움직였다. 미인은 아니지만 얼굴을 저렇게 새색시처럼 붉히고 있으니 좀 사랑스럽게 보이기도 하는 것 같고.

"음?"

사랑스럽다? 이 여자가? 생뚱맞게 자신의 머리를 치고 지나간 생각에 지형은 흠칫 놀라 자신이 쥐고 있는 납작하고 동그란 얼굴을 내려다보았다. 아니다! 사랑스럽다니! 이 얼굴의 어디가?

물론 '내 것'에 대한 토로는 거짓이 아니었다. 외숙부 내외에게 연애에 빠져 결혼한다는 생각을 심어주려면 희단부터 설득해야 한다는 생각에서 시작한 키스고 반지였지만, 일단 그녀와 결혼만 하게 되면 당연히 잘해줄 것이다. 일부러 재벌가의 고집 센 공주들을 마다 하고 소박하고 말 잘 들을 여자를 골랐는데 못 아껴줄 이유는 없다. 하지만 그렇다고 희단을 사랑스러운 여자라고 우길 정도로 눈이 삘 수도 없지 않겠는가!

은근히 긴장해서 자세히 그녀를 살펴보았다. 역시 어디 한 점 빼어나게 예쁜 데가 없는, 평범이 넘쳐흘러 지루하기까지 한 얼굴이다. 지형은 스스로의 정신 상태가 정상이라는 데 대해 안도했다. 유치원 때부터 학창시절까지, 주위의 그 많던 아리따운 여자들에게 일절 관심을 두지 않았던 자신이다. 저런 여자가 사랑스럽다니 그럴 리가 없다. 잠깐 착각했던 게지.

뭐 사실, 원나이트가 어쩌고 하면서 울 것 같은 얼굴로 자신을 밀치고 뛰쳐나가 버렸을 때는 좀 신선한 충격이긴 했다. 분명 자신이 첫 키스를 받아낸 것 같은데. 그는 다시 희단의 살짝 부어 있는 입술에 시선을 주었다. 순결하게도, 그러나 마음을 홀리는 것 같이도 보이는 분홍빛이 여태 희단이 갖고 있는 이미지와는 다르게 묘하게 선정적이다. 그렇게 생각하자마자 돌연 지형은 희단이 못마땅해졌다.

뭐냐? 어쩌자고 이 여자는 나이 이십 대 중반이 넘도록 순수한, 아니 무지한 입술을 가지고 있었던 거지? 그리고 혼자 우두커니 주차장에 서서는 눈물을 눈동자에 가득 담은 채 고개를 갸웃갸웃하면서 혼잣말을 하는 것도 반칙이 아닌가. 로맨틱 드라마의 청초한 주인공 소녀도 아닌 주제에 그런 귀여운 짓을 하다니! 그나마 훌쩍거리며 울다가 소매로 눈가를 북북 문지르는 그 모습이 제일 이 여자다웠다고 그는 고집스레 생각했다.

하지만, 눈물을 닦던 희단을 떠올리노라니 어쩐지 마음이 또 아릿해졌다. 뭐라고 할까. 피가 나도록 넘어졌는데도 금방 벌떡 일어나

울음을 그치는 착한 어린애를 보는 기분?

"저기, 이것 좀 놔주세요."

너무 오래도록 턱을 붙잡고 있었는지 여자가 난감한 표정을 하고 자신을 바라보았다. 이런.

"미안합니다. 뺨에 홍조가 도니까 보기가 좋아서요."

"아…… 예. 으음."

뺨에 어린 홍조가 더 짙어졌다. 지형은 다시 기분이 좋아졌다. 그래, 말로는 그래도 내가 싫지는 않은 거다. 그러니까 결혼하자고. 그러면 고생 끝인데.

자신의 생각을 어필하느라 그는 몇 마디를 더했다.

"그동안 늘 지치고 힘든 표정만 본 것 같아요. 마음이 안 좋았습니다."

"지형 씨 눈에는 내가…… 그랬던가요?"

희단의 얼굴에 언뜻 그림자가 덮였다. 그러나 그 그림자는 이내 사라졌고, 그녀는 소리 내어 웃었다.

"에휴, 제가 또 능력이 많아서 부르는 데도 많죠. 다 관리하려니 바쁘긴 해요."

이번에는 애써 유쾌한 척하려는 저 미소가 마음에 걸린다. 괜한 소리를 한 것인가. 애초에 '착한 여자'와 결혼하려던 이유가 심신이 편하게 살려는 이유에서였음에도 불구하고 지형은 무안함을 넘어 살짝 화가 났다. 아, 젠장. 착한 여자도 좋지만 좀 너무하잖아. 이 여자는 늘, 어디서나, 누구에게나, 너무 아무렇지도 않은 척한다. 친절하고 상냥해지려고만 한다.

속에서 뭔가가 슬슬 끓어오르는 것 같다. 대체 그 너른 오지랖을 어디다 쓴단 말인가! 당신이 성녀나 자선사업가야? 반지까지 채운 이후이니 이 버릇은 반드시 사라져줘야 한다고 지형은 싸늘하게 마음을 굳혔다. 물론 자신에게는 제외다.

하지만 그런 것을 이 자리에서 따질 수는 없다. 그래서 그는 그 대신 희단의 손을 잡아끌었다.

"집까지 태워줄게요."

"안 그러셔도 돼요. 나가면 버스정류장도 있고 택시도 많아요."

택시 탈 주변머리가 있을 리가 없다. 코웃음을 치며 지형은 버티고 있는 희단의 손을 내려다보았다. 정확히는 반지를 낀 약지를. 그 눈길에 희단이 움찔했다.

"타요."

이번에는 순순히 손이 끌려왔다. 그의 것이라는 표시로 끼워준 반지가 제 구실을 하는 것 같아서 그나마 기분이 좀 나아졌다.

"이제는 나만 관리해요. 다른 사람은 말고."

차를 발진시키며 뚝뚝하게 잘라 말했다. 허를 찔린 듯 놀라 눈을 깜빡거리던 희단이 곧 커다랗게 웃음을 터뜨렸다.

"아하하하, 정말요? 하지만 아직 그럴 준비가 안 됐는데요."

"조만간 될 겁니다."

여전한 거절의 말에 자존심은 상했지만 지형은 덤덤하게 대답했다. 벌써 도장 찍고 고리도 채웠으니 꼼짝없이 문희단은 제 것이었다. 더구나 어떤 종류의 사업이라도 초기 투자는 필요한 법, 어찌 노력을 아끼랴. 전방의 깜빡이는 출차 신호등을 주시하며 그는 눈을 가늘게 떴다. 자고로 여자란 남자 하기 나름 아니겠는가.

그리고 그런 결심의 여파로, 지형은 희단과 헤어지고 난 후 며칠을 계속해서 바쁘게 지내야 했다. 간병인 단체에 문의를 넣어 희단 모친의 병실에 24시간 상주할 전문 간병인을 보내고, 병실에도 간간히 들르고, 희단의 집에 보낼 가사 도우미를 만나보고, 사람을 붙여 희단의 부친과 동생의 주위 사정을 자세히 알아보라 시켰다. 희단 부친 문경국을 만나 미리 지형이 사전작업을 해두었기 때문에 집 안이 깨끗해지고 밤에 병실에 가지 않게 되었어도 며칠간은 희단에게서 아무런 연락도 오지 않았다.

집안을 떠받치는 경제적, 정신적 책임이 그녀가 아니라 지형에게로 모두 넘어간 것을 희단이 알게 된 때는 이미 1주일이 지나 주말이 되어서였다. 그리고 공교롭게도 그날은, 희단의 모친이 첫 번째로 물리치료를 받으러 가던 날이었다.

"다, 단이 오, 와, 왔니?"

"엄마!"

답지 않게 1인용 병실의 문을 왈칵 열었던 희단은 침대에서 내려서는 어머니를 부축하여 휠체어에 앉히는 지형을 발견하고는 매우 당황한 표정을 지었다. 희단의 모친 하순이가 그런 딸의 표정을 본 모양이다.

"미, 민 군, 바, 반가…… 갑지?"

근육 일부가 뒤틀리고 굳어져서 표정을 다 알아보기는 힘들었지만 그 얼굴에 맺혀 있는 것은 분명 온화한 미소였다.

"아, 아버지가 너랑 겨, 결혼할 사람이라고……. 왜 진작 마, 말을 안 하고."

"아, 그건……. 말하려고 했는데, 어쩌다 보니."

씩씩거리던 희단이 말꼬리를 흐리며 애써 호흡을 눌러 참는 것을 보자 그의 입가에 은밀한 웃음이 스치고 지나갔다. 여기서 만나려고 며칠 동안 빼먹지 않고 병실에 들렀던 보람이 있었다.

"지금 막 물리치료실로 가려던 참입니다."

예사롭게 말하며 지형은 휠체어의 손잡이를 잡았다.

"같이 갈 겁니까?"

"당연하죠!"

희단은 버럭 소리를 치고는 이내 어머니의 눈치를 흘끔 보았다. 그러나 하순이는 그녀의 불퉁한 심사를 눈치 채지 못한 듯 그저 미소를 띤 채 지형이 몰아주는 휠체어에 얌전히 앉아 있었다. 병실 입구까지 휠체어를 끌고 가자 희단이 얼른 손잡이로 손을 뻗어왔다. 하지만 지형은 태연히 열린 문턱을 그냥 지나가버렸다. 이제야 휠체어 운전에 제법 익숙해졌는데 넘겨주다니 안 될 말이다.

등 뒤에서 어이없다는 듯 숨을 훅 들이키는 소리가 들렸다. 그러나 곧이곧대로 휠체어를 앞으로 밀고 가니 곧 탁탁거리며 쫓아오는 발소리가 뒤따라온다. 입술을 비죽거리는 희단의 얼굴이 금세 어깨 옆으로 남실거렸다.

"여기서 뭐 하는 거예요?"

희단의 작고 빠른 속삭임을 그 모친은 듣지 못한 것 같다. 하긴 마비로 인한 청각 장애가 있어서 큰 소리가 아니면 입 모양을 보고 대충 뜻을 짐작한다고 하니 등 뒤에서 하는 말이 들릴 리가 없다. 지형은 낮고 간단하게 대답했다.

"보는 대롭니다."

"간병인이 있다더니 이제 돌려보냈어요?"

"아뇨. 식사하러 갔습니다."

"그럼 돌아온 후에 사정을 말해야 되겠네요."

"뭘 말입니까?"

답지 않게 화내는 표정을 보는 것도 꽤 흥미로워 지형은 딴청을 부렸다. 그의 반응에 조그만 초식동물 같은 여자가 있을 리도 없는 발톱을 가장하며 날카로운 소리를 냈다.

"내일부터 그만 오시라고 해야죠! 집에 온 도우미 아줌마는 벌써 돌려보냈으니 그렇게 아세요."

"두 사람 다 석 달치 선지급했습니다. 계약 위반은 못 할 겁니다."

"뭐라고요? 아니, 대체 민지형 씨가 뭔데 이래요?"

홧김에 언성이 높아지자, 앉아 있던 희단의 어머니가 힘겹게 고개를 돌리려 했다.

"무…… 뭐…… 쓰, 싸우…… 니?"

"아무것도 아니에요, 엄마!"

급하게 마른 어깨를 도닥여준 희단이 그를 향해 입술을 한껏 깨문 이를 드러내었다.

"동정도 지나치면 모욕이에요! 돈이 많으면 다른 사람 자존심을 이렇게 뭉개도 되는 거예요?"

숨 가쁘게 쏘아대는 입술이 그의 턱 근처에 바싹 붙었다. 그것이 어쩐지 속삭임인 듯 달콤해, 지형은 입꼬리가 슬슬 올라가기 시작했다.

"다른 사람이 아니죠. 약혼자입니다. 그리고 지금 내 마음을 뭉개고 있는 건 희단 씨고요."

"예에? 대체 무슨 헛소리……!"

"왜 나한테만 늘 매몰차게 굽니까? 내가 희단 씨한테 그렇게 나쁜 사람이었습니까?"

일부러 목소리를 우울하게 만들 필요도 없었다. 시선만 아래로 약간 내리깔았을 뿐인데도 분함에 씩씩거리던 희단의 얼굴이 새빨개졌다.

"어, 나는, 그게……"

"돕고 싶은데 곁을 안 내어주는군요, 희단 씨는."

음성이 낮아질수록 희단의 고개는 수그러져 갔다. 스멀스멀 웃음이 새어나오려 하는 것을 지형은 지그시 눌렀다. 늘 포커페이스라서 좋은 건 바로 이런 점이다. 기분이 좋은지 아닌지, 진정인지 농담인지 상대가 알아차리기 힘들다는 것. 익숙지 않은 희롱질의 고수가 된 느낌인데 그것도 나쁘지 않다는 생각이 든다. 희단이 겨우 고개를 반쯤 들고 우물쭈물 말했다.

"그런 게 아니에요."

"뭐가요?"

"그러니까, 그게……."

더듬거리던 희단은 끝내 한숨을 내쉬었다.

"돈이 너무 많이 들었잖아요. 지형 씨가 내게 청혼을 했지만 아직 결정된 것도 아니고. 괜한 폐 끼치고 그런 거 싫어요."

"흐음, 내가 가난하다면 마음이 편해질 겁니까?"

그 소리에 희단이 눈을 댕그랗게 뜬다. 설마 그가 가진 돈을 깡그리 저 푸른 낙동강 물에 투척이라도 할까 봐? 문득 그런 의문이 떠올랐고, 망망한 대하 위에서 희단과 함께 쪽배를 타고 돈다발을 뿌리는 자신의 모습이 머릿속에 둥실 떠다녔다. 이 무슨 망상인가. 지형은 피식 터지려는 웃음을 억지로 깨물었다. 왜인지 이 여자 앞에서만 서면 자신도 좀 푼수가 되는 것 같다.

"변변한 직업도 없고 가난한 백수가 약혼자라면 희단 씨는 오히려 잘 돌봐주겠지요. 하지만 그건 이쪽에서 폐인데, 서로 폐 끼치기 시합을 할 수도 없고."

놀리듯 말하자 희단의 낯색이 화악 달아올랐다. 그는 한마디 더 툭 던졌다.

"실은 나 가난해요."

"놀려요?"

"마음이 가난한데."

희단이 주먹을 쥐고 부들부들 떨었다. 그를 한껏 흘겨보고는 휠체어 손잡이를 힘껏 움켜잡았지만 초식동물을 닮은 순한 눈매에 무슨 박력이 있을까.

"이제 내가 할게요! 물리치료 돕는 거 초보자는 쉽지 않다고요!"

어머니까지 들으라는 듯 큰 목소리였다. 그러나 손잡이를 놓는 대신 지형은 그녀의 손 위를 자신의 커다란 손으로 겹쳐 잡았다. 이 여자 앞에 서면 느끼는 건 또 있다. 바로 넉살이다.

"힘들 테니 같이 하죠."

"어머!"

그녀는 번개처럼 손을 빼갔다. 도톰한 손의 감촉이 사라진 것에 좀 아쉬운 감은 있었지만, 홍시처럼 붉어진 얼굴이 앞만 바라보고 걷는 모습을 보는 것도 은근히 즐거웠기 때문에 지형은 아무 말도 하지 않았다. 두 사람이 입을 닫자 오가는 사람이 없는 복도는 고요해졌다. 차르륵, 차르륵. 휠체어의 바퀴 굴러가는 소리가 규칙적으로 울렸다.

고층에 있는 특실 복도는 햇살이 잘 들었다. 봄이 다가오는 오후의 햇살은 신부의 베일처럼 보얗고 투명해 보인다. 그 속에서 떠다니는 희미한 먼지 알갱이들 덕에, 복도는 병원답지 않게 몽글몽글하니 부드럽고 따뜻한 공기로 가득 차 있는 것처럼 느껴졌다.

"차, 참 조, 좋네."

조용히 앞만 보고 있던 것 같던 하순이가 갑자기 입을 열었다. 이제나저제나 휠체어의 손잡이를 뺏을 틈만 노리고 있던 희단이 재빨리 엄마의 입가에 귀를 들이밀었다.

"뭐가요? 아하, 울 엄마 병실에만 계시다가 밖에 나오시니까 좋구나?"

"아, 아니……. 미, 민 군이."

어눌한 말투로 대답하는 어머니의 말을 듣고 희단의 고개가 확 돌아갔다.

"응? 민 군? 설마…… 민지형 씨? 저 사람이 좋다고?"

"그, 그럼 모, 못 써."

'그럴 리가!'라고 외치는 듯한 희단의 분위기에 하순이가 딸을 나무라는 눈빛으로 바라봤다. 하지만 그 나무람의 시선은 특별했다. 희단의 아버지 문경국의 탐욕스럽고 이기적인 시선과는 다르고, 타산적이고 질시에 가득 찬 숙모 혜영의 눈빛과도 달랐다.

"사, 사람 서, 성의를 무시하면."

"아우, 알았어요."

온화하기만 한 눈빛인데도 희단이 움찔하면서 금세 누그러들었다. 아무래도 이 여자에게 가장 막강한 약점은 어머니인가 보다. 하긴 서로에게 세상에서 제일 따뜻하게 살 부비는 이름들이었다. 어머니와 자식 사이란 건.

갑자기 울컥했다. 가슴이 낚싯줄에 죄인 생선처럼 펄떡여 지형은 미미하게 눈살을 찌푸렸다. 이건 무엇일까. 벌써 오래전에 잊어버린 줄 알았던, 낯설지 않은 감정이 핏줄을 타고 올라와 목구멍을 얼얼하게 만들었다. 모녀간. 모자간. 자식과 어머니. 그 여자는 어린 자식을 두고 떠날 때 무슨 생각을 했을까. 쇠 맛이 나는 갈망이 입 안을 깔깔하게 감돈다.

"몇 번 보셨다고 역성을 드세요?"

희단의 투덜대는 목소리가 물속을 투과한 빛처럼 흐리게 들려왔다. 이러면 안 된다. 다 쓸데없는 생각이었다. 멀리 가는 의식을 끌어오려고 애를 쓰며 지형은 억지로 입을 열었다. 덤덤한 목소리가 남의 것처럼 흘러나왔다.

"장모님께서 날 좀 좋아하십니다. 미남을 알아보신 거죠. 그래도 질투는 하지 마세요."

"뭐라고요?"

턱을 덜컥 떨어뜨리는 희단을 보고서도 하순이는 작게 웃음소리를 흘렸다.

"미, 민 군이 참 자, 잘생겼지."

"엄마! 무슨 그런 소릴!"

희단이 대놓고 뜨악해했지만 그녀의 반응과는 또 다르게 지형은 은근히 놀라는 중이었다. 자신의 앞에서 희단의 모친이 웃은 것은 지난 며칠 만에 처음이었다. 게다가 그와 딸을 번갈아 바라보는 시선의 부드러움을 지형은 금방 알아챘다. 지금까지는 아무리 부축이나 식사 시중을 받아도 그저 조심스럽고 감사해서 어쩔 줄 모르겠다는 분위기였는데 이건 또 달랐다. 자식과 함께 있어서 그런 것일까.

"참 드, 든든하기도 하고. 우리 딸이 사람 잘 만났네."

뭉그러져 알아듣기도 힘든 발음이지만, 이미 익숙해진 지형의 귀에는 아무렇지도 않게 들렸다. 하순이가 힘들게 고개를 틀어 그를 보며 또다시 눈을 부드럽게 휘었다.

"우리 사위, 내 딸 예뻐해줘야 해요."

분명 웃는 목소리인데도 참으로 간절하다. 자신의 무엇을 믿을 수 있게 된 것일까 하는 의아함이 들어 잠시 대답을 머뭇거렸다. 하순이가 조금 더 입을 열어 빙그레 웃었다.

"단이가 마음 놓고 투정부리는 걸 참 오래간만에 봤어요. 좋은 사람이에요, 민 군은."

칭찬인데, 오히려 부탁 같은 말이었다. 그 간단한 몇 마디에 깔린 깊은 소망과 가녀리지만 질긴 믿음이란. 이 여자의 어머니가 이런 사람이었구나 하는 깨달음이 불현듯 느껴졌다. 닮은 모녀간이었다. 얼굴이 아니라 마음이, 심장이 더 닮은 사람들.

그는 막혔던 목이 겨우 트이는 것을 느꼈다. 설사 앞으로 희단과 무슨 일이 있더라도 모친의 병원비는 책임져야겠다는 생각이 들었다.

"저도 사실 장모님이 제일 든든합니다."

"너무해요, 엄마! 어떻게 이럴 수가!"

멋모르는 희단이 약이 잔뜩 오른 듯 발을 동동 굴렀다. 입술을 삐죽거리며 그를 노려보는 눈길을 무시한 채 지형은 당당하게 휠체어 손잡이를 밀어 엘리베이터 앞에 갖다대었다.

초식동물 같은 여자들이다. 애초 목적은 편하게, 말없이 묵묵히 살아줄 여자를 구하는 거였지만 희단과 사는 것이 상상했던 것보다 훨씬 나을지도 모르겠다는 생각이 들기 시작했다. '토끼 같은 마누라'라는 말도 있지 않은가. 하지만 희단이라면 눈 빨갛고 하얗게 새치름한 집토끼가 아니라 천생 야생 산토끼겠지. 쭈뼛대는 까만 눈동자를 데굴거리다 놀라서 언제 재빨리 도망갈지 모르는. 그렇게 생각하던 지형의 눈썹이 살짝 일그러졌다. 왠지 좀 기분이 나빠졌다.

도착한 엘리베이터에서 '땡' 소리가 났다. 소리없이 문이 열리고 네모난 좁은 공간이 드러났다. 토끼장처럼 사방이 막힌 공간이다. 지형은 문 안을 노려보았다. 그제야 알 것 같았다.

"뭐, 집토끼가 따로 있나."

"네? 뭐라고 했어요?"

희단의 물음에 흘끔 뒤를 돌아본 지형은 아무 말 없이 열리는 문 안으로 휠체어를 천천히 몰고 들어갔다. 말똥말똥한 눈을 한 희단이 따라 들어와 물리치료실이 있는 층의 버튼을 누르는 것을 보며 그는 조용히 중얼거렸다.

산토끼도 잡아서 가두면 집토끼가 된다.


평소에는 물리치료를 받는 동안 옆에서 기다리며 시중을 들었지만, 오늘은 한사코 나가 있으라는 하순이에게 쫓겨난 두 사람은 물리치료실 옆 옥외 미니 공원으로 나갔다. 별관의 옥상 위에 나름 정취 있게 꾸며놓은 장소였다. 병원이라는 삭막한 공간에 그나마 초록색의 안정감을 주는 작은 나무며 분재들을 바라보며 걷다가 창문을 통해 희단의 모친이 물리치료를 받는 광경을 바라볼 수 있는 자리를 점찍어 멈춰 섰다.

"앉아요."

주머니에서 손수건을 꺼내주며 나무 벤치를 가리키자 희단이 고개를 흔들었다.

"저는 괜찮아요. 곧 들어가 봐야 할 테고……."

"여기 앉으면 잘 보여요."

창문을 눈짓하자 그제야 깨달은 듯 희단이 아, 소리를 냈다. 좀 놀란 듯 그를 한 번 쳐다본 그녀는 창문으로 시선을 옮겼다가 곧 다시 지형을 바라보았다. 그와 눈길이 마주치자 희단은 금세 눈을 내리깔았다. 병실에서와 달리 은근히 부끄러운 듯한 기색이라 그는 눈을 가늘게 접었다.

"고맙죠?"

"네? 아, 네."

"그럼 마실 것 사줘요."

"예에?"

난데없는 요구에 희단이 당황한 듯 벌떡 일어섰다. 허둥지둥 병원 복도로 통하는 입구로 향하는 희단의 손목을 잡았더니 또 화들짝 놀란다. 지형은 속으로 풉, 하고 웃었다.

"어디 가려고요?"

"저, 저기 매점에."

"자판기 있어요."

턱 끝으로 벤치 옆에 있는 커피 자판기를 가리켰다. 희단이 또 당황하더니 그걸로 되겠냐고 묻는다.

"쌀쌀한데 따뜻한 거 마시죠."

"하지만 지형 씨는 원두커피만 마실 것 같아서……."

사실 달달한 데다 합성 크리머가 듬뿍 든 자판기 커피는 그리 좋아하지 않는다. 하지만 직장인치고 자판기 커피 못 마시는 사람이 어딨냐고, 자주 마신다고 했더니 소심하게 눈치를 보던 희단의 얼굴이 활짝 펴졌다.

"이 병원 자판기 커피 되게 맛있어요!"

외치곤 당장 달려가서 냉큼 자판기 커피 두 잔을 빼온다. 종이컵을 내밀면서 어찌나 기분 좋은 표정으로 웃는지. 둥글게 접힌 눈시울 안에서 까만 눈동자가 반짝이며 웃는 것에 한참 눈을 뺏겼다가 컵을 받아들었다. 설탕물에 향만 살짝 가미한 것 같은 밍밍한 커피를 한 모금 마시고 내심 인상이 찌푸려졌지만 이 정도는 얼마든지 해줄 수 있다는 생각이 들었다. 산토끼를 잡는 덫에 커피맛 설탕물 몇 대접이면 그리 비싼 값은 아닌 것 같으니까.

"이 커피가 그렇게 좋아요?"

"아, 그게요."

어리둥절해하던 희단이 얼굴을 살짝 붉혔다. 앉아서 말하라는 뜻으로 먼저 벤치에 앉은 뒤 곁에 놓은 손수건 위를 톡톡 두드렸다. 잠시 망설였지만 결국은 얌전히 앉는 그녀의 태도가 마음에 썩 흡족했다.

"이런 말 하면 실례일지도 모르지만요, 민지형 씨는 주스도 금방 짠 생과일주스, 생수는 외국 수입 생수 같은 것만 먹을 사람 같았어요. 어쩌면 라면도 못 끓여봤을지도 모른다고 생각했는데."

"그렇지 않아요. 밥도 하고 간단한 국도 끓일 줄 아는데."

이런 말까지는 할 필요가 없는데 자신이 왜 이러는지는 모르겠지만, 아무튼 백 퍼센트 거짓말은 아니었다. 스카우트 생활을 하면서 배워서 캠핑가서만 해본 일이었지만 말이다. 희단이 "어머, 제 동생은 있는 밥도 잘 못 챙겨먹는데."라며 놀라는 것을 보니 이상하게 흐뭇해졌다. 대신, 얼굴만 밴들밴들한 장래의 처남에게는 괘씸죄가 더 매겨졌지만.

"보면 볼수록 민지형 씨는 생각과는 다른 모습이 많은 것 같아요."

"그래서 싫어요?"

"어머, 아니에요! 오늘 엄마가 얼마나 즐거워하셨는데요! 다 지형 씨 덕이에요."

이건 또 웬 복병인가 싶다. 희단의 눈길이 건너편 창문 너머, 그녀의 모친이 열심히 치료를 받고 있는 곳으로 붙박였다. 슬슬 도망가려고 꼼틀거리는 산토끼의 토실토실한 엉덩이가 눈에 보이는 것 같다. 도망간 그녀의 눈길을 찾아와야 했다. 지형은 컵을 내려놓고 손을 내밀어 희단의 손에 쥐어져 있던 종이컵을 빼앗았다.

"희단 씨는요?"

"예?"

"희단 씨 가족들도 중요하지만 나는 희단 씨도 즐거웠으면 좋겠어요."

그녀의 두 손을 자신의 두 손으로 감싸쥐자 희단이 어쩔 줄 모르고 고개를 숙였다.

"아, 저도, 무, 물론 저도 즐거웠어요."

"결혼도요."

"네?"

결혼 얘기가 나오자 희단이 고개를 반짝 들고 눈을 땡그랗게 떴다. 이건 어떨까. 지형은 승부수를 던졌다.

"희단 씨가 내키지 않으면 하지 말아요."

"……!"

"입원비가 마음에 걸린다면 차용증을 쓰고 빌려주는 걸로 하죠. 천천히 갚아요."

"예? 하지만 전에는……."

희단의 눈이 크게 열렸다. 믿지 못하겠다는 듯한 그 눈이 마음에 들지 않았다.

"내가 마음에 안 든다면 아버님 말씀이나 집안 형편 때문에 억지로 결혼하지 않아도 되니까."

"지금 말씀은 그러니까, 지형 씨에겐 내 의견이 더 중요하다는 뜻이에요? 뭐라고 하든 내 말을 들어주시겠다는 거죠? 아버지가 뭐라고 하시든 내 편이 되어줄 거예요?"

희단의 눈동자가 일순 생기를 뿜었다. 정말 결혼을 거부하겠다는 것일까. 가슴을 누가 망치로 때린 것처럼 충격이 왔다. 초식동물 주제에 반항이 너무 심하지 않나. 지형은 손에 저도 모르게 힘이 들어갔다.

"내가 그렇게 싫어요?"

"아니, 그런 게 아니고요."

손을 아프게 틀어 잡힌 희단이 꼼틀거렸지만 지형은 놓아주지 않았다. 도망가게 내버려두지 않겠어!

"나도 그 사람들만큼, 희단 씨 가족만큼 희단 씨가 필요해요."

"왜, 왜요?"

왜일까? 빨리 대답해야 하는데 말이 생각나지 않았다. 사랑하니까? 제일 쉽고도 편한 대답이었다. 그러나 지금까지도 몇 번이나 반했다고 속삭였음에도 불구하고 까맣게 물기 어린 두 눈동자 앞에서 그 말은 나오지 않았다. 그럼 뭐라고 해야 할까? '자신과 결혼하면 희단이 편안해질 테니까' 같은 건 얘기하지 않아도 희단도 충분히 알고 있을 것이다.

가사를 돌봐줄 사람이 필요해서? 결혼해서 안정적인 생활을 하고 싶으니까? 그 어느 것도 희단을 만족하게 해줄 수 있는 대답은 아니었다. 고아라서 불편해하는 처가는 싫다는 말도, 문희단이라는 여자를 굳이 구하는 이유가 될 수는 없었다. 그럼 왜? 사실 지금 이 순간 지형도 왜 이 토끼 같은 여자를 놓치고 싶지 않은지 알 수가 없었다.

지형은 그녀의 손을 잡고 있던 오른손을 올려 희단의 뺨에 갖다 대었다. 아직은 쌀쌀함이 가시지 않은 초봄이라 그런지 유독 온기가 느껴지는 살갗이었다.

"그냥…… 희단 씨가 마음에 들어요."

"네?"

"따뜻하고……."

지형의 엄지손가락이 희단의 눈 아래의 보드라운 피부를 쓸었다. 결코 매끈한 비단결 같지는 않은 이 얼굴은 분명히 사랑스러웠다.

"강한 사람이에요."

"아, 아닌데요?"

당황한, 의문이 가득한 깨끗한 눈동자가 그를 바라보았다. 관자놀이에 닿은 자신의 손가락 끝에서 그녀의 맥박이 두근두근 뛰었다. 건강하고 규칙적인 박자는 마치 마법의 주문 같았다. 홀린 듯 지형은 말을 이었다.

"맞아요, 강한 사람. 그래서 모두들 희단 씨에게 기대고 싶은 거예요."

"……지형 씨 같은 사람도요?"

"네. 나 같은 사람은 더더욱. 겉으로 가진 게 많아도 안으로는 가난한 사람이니까요."

"……."

"그러니까 앞으로도 주욱, 우리 같은 편 해요."

희단의 손을 잡고 있던 왼손을 풀어준 다음 대신 그녀의 어깨를 움켜쥐었다. 반쯤 품에 안은 것 같은 자세를 취하자 희단의 눈이 더욱 가까이 다가왔다. 드문드문 껍질이 일어나 말라 보이는 분홍빛 입술로 시선이 옮겨가려는 찰나, 당황이 한결 가신 희단의 눈이 뭔가를 생각하는 듯 두어 번 깜빡댔다.

"앞으로 주욱? 언제까지요?"

언제까지? 이번에는 지형이 조금 당황했다. '결혼'이라는 말이 불현듯 떠올랐다. 그는 비로소 대답할 수 있었다.

"죽을 때까지."

희단의 얼굴이 환해졌다. 까맣고 동글동글한 눈동자가 안 보일 정도로 눈을 접어 웃으며, 그녀가 말했다.

"좋아요. 우리 죽을 때까지 같은 편 해요."

해냈다. 안도의 한숨이 후욱 나왔다. 희단이 그의 어깨를 툭툭 두드렸다.

"내가 지형 씨의 든든한 아군이 될게요. 앞으로 주욱."

# 5

아, 진짜. 어떡하지? 뭐가 이래! 난 몰라. 돌겠네.

두 시간째 난파당한 머릿속에서는 이런 낱말들이 둥둥 떠다니며 힘들게 표류하고 있는 중이다. 희단은 머리를 싸쥐었다. 눈앞의 상황은 꿈의 궁전처럼 반짝거리고 화려한데, 어째서 자신만 이렇게 머리가 어지럽고 마음이 피곤해야 하나. 답은 뻔했다. 이야기 속에 나오는 아라비아의 왕비가 걸칠 만한 보석들이 사방에 그 자태를 뽐내며 아무리 유혹을 해대도 그녀는 조선 왕궁에서 물 긷는 무수리…… 까진 좀 심했고, 어쨌든 심약한 서민 출신이니까.

다시 한 번 눈동자만 도로록 굴려 사방을 훑어보았다. 우아하고 화사한 간접 조명. 바닥부터 천장까지 먼지 한 톨 없을 듯 매끄럽고 빛나는 공간들. 이 건물 안에 들어온 후 희단과 마주친 사람들은 종류는 달라도 모두 세련된 옷으로 전신을 휘감고 희미한 향수 냄새를 풍기고 다녔다. 그녀처럼 땀내를 풍기거나 촌스러운 차림을 한 사람은 아무도 없었다. 희단은 고개를 푹 숙였다.

오늘 날씨에는 다소 더운 두텁고 낡은 코트 자락 아래 군데군데

가죽이 긁히고 박음질한 실이 나풀나풀하는 갈색 단화 앞코가 보인다. 지형과의 만남에 일조했던 단 하나의 정장 구두는 결국 수선 집으로 갔기 때문에 끌고 나온 신발이다.

지금 살고 있는 아파트에 신접살림을 차릴 거니 혼수는 아무것도 필요 없지만 그래도 혹시 살림살이나 필요한 것이 있을지도 모르니 함께 사러 가자기에 덜렁 그러자고 한 것이 잘못이었다. 설마 백화점에 올 줄 알았나. 그것도 명품관일 거라고는 상상조차 못 하고 그냥 전자월드나 대형 할인점이나 돌아다닐 거란 생각에 발 편한 걸 신고 온 것이 죄다.

이럴 줄 알았으면 땡빚을 내서라도 새 신을 사신고 오는 거였는데. 아니, 저 남자가 한마디 언질이라도 줬으면 좋았을 텐데 말이다. 만약 지형이 백화점에 간다는 말을 했다면 쌍수를 바락바락 흔들며 거절했을 것이라는 생각은 미처 못 한 채 희단은 억울하고 후회스러워서 막 머리카락을 쥐어뜯고 싶었다.

이 보석 전문점에 오기 전에는 웨딩 컨설팅 사무실, 가전제품 전시장, 고급 가구 전시장까지 휘황찬란한 매장들을 돌아보았다. 애초에 컨설팅 측에서는 원하는 분위기만 말해주면 결혼식부터 신혼여행, 집 꾸미기까지 모든 걸 알아서 해준댔지만 그건 너무 엄청난 소리라 희단이 거절부터 하는 바람에, 지형이 직접 다니며 마음에 드는 것을 골라보라고 권하게 된 것이다.

다리도 아프고 목도 마르지만 무엇보다 문화적 충격이 컸다. 가격표 따위는 달려 있지도 않은 수많은 물품들 가운데서 언뜻 눈에 띄게 세일가라고 적어놓은 것들은 차마 그 물건을 만지기조차 어렵게 만들었다. 구매욕은커녕 현기증으로 정신상태가 모호해지는 상황을 겪은 희단은 집에 가구랑 가전제품 다 있다고 하지 않았냐고 반쯤 애원하다시피 지형을 끌고 나왔다. 그런데 마지막 도착한 곳이 알리바바와 40인의 도적에 나오는 동굴 뺨치는 바로 이곳이다.

결혼 전까지 이런 시간이 계속된다면 그녀는 지레 말라죽고 말리라. 희단은 손을 들어 지끈거리는 이마를 짚으며 옆에 앉은 남자의 옷깃을 살며시 잡아당겼다.

"이제 그만 하면 안 돼요?"

늘 그렇듯 반듯하게 차려입은 지형이 투명하게 반짝이는 쇼윈도 위를 내려다보다 말고 그녀를 돌아본다.

"피곤해요?"

"네, 조금."

왜 저 남자는 양복차림이 아니더라도 저렇게 차분해 보일까? 그를 따라 자신을 쳐다보는 매장 직원의 시선을 의식하며 희단은 이마를 누르던 손을 좀더 아래로 내렸다. 요즘 백화점 직원들은 손님 입성 따라 대접을 한다던데 과연 이래도 좋을지. 화사하고 빈틈없는 화장에 세련된 정장을 입은 직원과 시선을 마주치기가 그녀는 못내 두려웠다. 필시 화장도 제대로 못 한 자신의 얼굴은 누렇게 떴을 테고 싸구려 캐주얼을 입은 몸맵시는 형편없을 테니까.

"그럼 그냥 이걸로 할까요?"

지형이 들어 보이는 반지는 몇 개나 보여주었던 것들과 거의 비슷해 보였지만 그녀는 그냥 고개를 끄덕였다. 의견을 물었어도 대답을 못 했던 건 번쩍거리는 비싼 돌들의 압박 때문이었다.

저게 도대체 얼마나 할까? 떠올리기도 무서운 궁금증이었지만 넘어갈 수가 없다. 얼마 전에도 반지 하나를 받았는데 또 저런 걸 사도

무리가 안 갈까? 이 남자의 연봉이 얼마기에? 혹시 잘사는 외숙부님 댁에서 혼수비용을 다 대어주는 건가? 그럼 그녀 쪽에서는 예물을 얼마나, 어떻게 해야 하나? 등등. 고민거리가 홍수에 돼지떼 떠내려 오듯 밀려온다.

"음, 마음에 안 드는 것 같은데요?"

지형이 자신의 눈을 똑바로 쳐다보는 것이 두려워 희단은 시선을 아래로 깔았다. 신음 소리가 절로 났다. 정말 고문이다.

"저, 저는…… 유색 보석이 더 좋아요."

겨우 짜낸 것이 이 말이었다. 아무래도 다이아몬드보다는 싸겠지 싶어서였다.

"유색 보석?"

지형이 의외인 듯 물었다. 슬쩍 눈치를 보니 늘 하는 무표정이지만 눈매가 팽팽해진 것이 어쩌 좀 언짢은 것 같다. 왜 그러지? 당황하다가, 남자들이 유색 보석 반지를 끼고 다니는 것을 못 봤다는 데 신경이 미쳤다.

"아니, 제 거만요. 지형 씨는 본인 마음에 드는 거 하세요. 다들 다이아 한다던데."

얼른 덧붙이니 그가 속을 알 수 없는 눈으로 지그시 자신을 쳐다보았다.

"알겠어요. 그럼 유색 보석 어떤 거?"

"어, 음."

전에 양승하가 뭐랬던가? 희단은 유일하게 귀금속에 대해 전문가일 듯한 직장 동료를 떠올렸다. 남자친구가 해준 반지가 마음에 안 든다고 투덜거리던 기억을 열심히 더듬었다. 기왕이면 루비로 해주지 어쩌고 했던 말을 잊어버리지 않고 있었던 것이 다행이다.

"사, 사파이어요."

그 말에 왠지 다소곳이 대령하고 있던 직원이 피식 웃는 것 같은 느낌이 들었다. 기분이 나빠진 희단은 새침하게 덧붙였다.

"제가 파란색을 좀 좋아해요."

"그러지요."

지형이 순순히 고개를 끄덕인다. 가슴을 쓸어내리고 있으려니 추가 질문이 들어왔다.

"그럼 보석 종류는 희단 씨가 정했으니 나머지 조건은 내가 정하고 싶은데, 어때요?"

"아, 예. 그러세요."

어차피 남자 쪽에서 사주는 물건이고 결혼 예물로 받은 물건을 자주 걸고 나갈 일도 없지 싶었다. "저는 어차피 디자인 따지고 그럴 만큼 잘 알지도 못하고……"라며 작게 중얼거리고 있으려니 몸을 돌린 지형이 직원을 보고 몇 가지 질문을 던지기 시작했다. 희단의 사파이어 발언 이후 시답잖은 표정이던 직원의 얼굴에 점점 방글방글 윤기가 돈다. 멜레 다이아몬드니, 파베 세팅이니 알 수 없는 업계 용어들이 떠돌고 왕왕 티파니, 까르띠에 등 아는 낱말들도 튀어나왔다.

저런 명품 브랜드 이름이 왜 나올까. 어쩐지 좀 불안해진다. 마음을 안정시킬 주문이라도 필요한 기분이다.

"사파이어 정도면 세트로 해도 백만 원이면 떡을 친댔어."

사파이어 반지를 받고 분개하던 양승하의 말이 바로 그 주문이었다.

"음? 뭐라고 했어요?"

"아, 아니에요!"

지형이 뒤돌아보자 화들짝 놀란 희단은 급히 손을 내저었다. 가슴이 덜컹거리는 바람에 이번에는 눈까지 꼬옥 감은 채 그녀는 다시 조그맣게 주문을 중얼거렸다. 세트로 해도 백만 원이면 잔돈까지 남는다고. 믿어! 믿습니다!

이쪽이 백만 원치 예물을 받는데 저쪽도 백만 원 조금 넘게 들이면 되지 않을까 하는 어림짐작이었다. 그 정도면 희단도 어떻게 마련해볼 수 있다. 그래 봤자 국산 시계하고 3부 반지 정도겠지만 말이다.

그러나 너무 눈을 꼭 감고 열심히 마음을 다독거리느라 희단은 그 사이 지형이 직원과 무슨 말을 주고받는지, 그들이 어떤 세트들을 줄줄이 꺼내놓는지, 또 지형이 그 중 어떤 것들을 기다란 손가락으로 꼭 집어냈는지 알 기회를 놓치고 말았다. 지형의 입에서 "가요."라는 소리가 나와 일어선 후에야 직원이 화색이 도는 얼굴로 안녕히 가시라고, 정해준 날짜까지 꼭 세팅 맞춰놓고 기다리겠다고 연신 인사를 하는 것을 보고는 급작스레 후회가 되긴 했지만 어쩌겠는가. 그저 '백만 원이면 떡을 쳐' 주문만 외울 수밖에.

어색하고도 불안한 마음은 주차장에서 차를 다시 탄 순간 더 심해졌다. 지형이 품속에서 꺼내 든 지갑 속에서 까만 카드 한 장을 내밀었기 때문이었다. 어느 재벌 가문서 태어난 자식인지 반질반질 반짝반짝한 것이 별스럽게 귀타나는 녀석이다.

"이, 이게 뭐예요?"

"집에 가전제품이 대충 있어도 부족한 게 있을 겁니다."

'나도 돈 있다고!' 소리가 입 밖으로 튀어나올 뻔했다. 적금 깨서 예물 마련하면 현금은 없지만. 그래도 어제 알아봤던 '결혼자금 사내 대출'이 희단의 어깨에 힘을 북돋워주었다.

"이쪽에서 사도 되는데요. 게다가 원래 혼수는 여자가 해가는 거예요."

그녀가 눈에 힘을 주며 부릅떠도 지형은 표정 변화 없이 말을 이었다.

"냉장고, 오븐 같은 건 안 사도 됩니다. 청소기, 밥솥 그런 것도 있어요. 물론 새 걸 쓰고 싶다면 사도 돼요."

남자 혼자 살던 집에 오븐까지 있다는 말에 놀랐다. 그 다음 순으로는, 그 정도면 있을 건 다 있겠지 뭐가 없을까 싶어 의아해졌다. 그러다가 희단은 사무실에서 여자 직원들이 혼수품목으로 손꼽는 가전제품들을 떠올렸다.

거실 에어컨이 없나? 아니면 TV를 대형 디지털로 바꾸려는 건가? 그게 아니라면 남자 혼자 살았을 테니 세탁이나 요리 쪽이 취약할 가능성이 높다. 만약 드럼 세탁기하고 대형 김치냉장고 같은 걸 사오라면 어떡하나. 희단의 머릿속으로 고기능 고가격의 전자제품 카탈로그 한 편이 찬란하게 펼쳐지는 순간이었다.

"그런데 여자들이 생활하기에 편한 전자제품 같은 건 없습니다. 예를 들면……."

"다리미 같은 거요?"

"그건 있습니다. 필요하니까. 드럼 세탁기도 있고요."

역시 김치냉장고구나! 이를 어쩌나 싶어서 두 눈을 꼭 감는데 어쩐지 지형의 목소리 끝이 약간 떨리는 게 꼭 웃음을 참는 느낌이다.

한 눈만 슬며시 떠보니 익숙한 무표정이 그녀를 똑바로 쳐다보고 있었다. 그럼 그렇지. 희단은 속으로 중얼거렸다. 혼수를 결정하는 이 중차대한 순간에 저 남자가 웃긴 왜 웃겠는가.

"대신 헤어스타일링 하는 거, 그런 건 없죠. 화장품 냉장고 같은 것도요."

헤어스타일링이라면 고데기 같은 것 말일까. 평생 가족 공용의 드라이어만 써왔고 화장품 따위는 냉장고 한구석에도 넣어본 적 없던 희단은 익숙하지 않던 이름들을 들먹이자 얼떨떨해졌다. 그가 다시 손을 들이밀었다.

"어차피 결혼하면 생활비 써야 할 텐데, 미리 준다고 생각해요."

"어…… 하지만."

손바닥에 카드를 밀어 넣은 지형의 손은 그냥 물러가지 않았다.

"그냥 주는 거 아닌데."

"예?"

처음 들은 듯한 반말 조에 눈을 깜빡거리니, 지형의 손이 머리 위를 넘어 자동차 벽을 턱 짚었다. 꼼짝없이 팔과 의자 등받이 사이에 갇혀버린 희단의 눈이 더 커졌다. 이게 또 웬 건달기 있는 플레이보이 포즈인가. 존댓말과 무표정을 상시 휴대하는 당신에게는 이런 게 절대 절대 안 어울린다고 그녀는 필사적으로 외쳤다. 물론 마음속으로만.

그렇지만 일전의 첫 키스가 떠오르자 희단은 생각을 바꿨다. 생각해보니 이 남자, 낯도 한 번 안 변하고 능숙한 늑대의 기술을 구사하는 능력이 있었다.

"희단 씨를 보고 있으면 가끔 못 참겠어요. 너무……."

너무 어떻단 소리일까. 너무 답답하다? 너무 맹해 보인다? 아니면 너무…….

"너무 귀여워요."

오마나. 아까 그의 목소리가 떨렸던 건 아무래도 웃음 때문이 아니었나 보다. 지형의 눈빛이 형형하게 빛났다. 자신의 얼굴 쪽으로 다가오는 손을 보면서 희단은 가슴이 철렁 내려앉았다. 이젠 전혀 거리낌도 없다. 꼭 막다른 길에 몰린 통통한 토끼를 바라보는 호랑이 같…… 아니 덩치로 봐서는 곰이다.

얼굴을 내리자 그대로 닿아온 연한 색의 입술에선 달짝지근한 딸기 향이 났다. 늘 트실트실해 보인다 싶었더니 오늘은 립케어라도 발랐던 걸까. 아이들이 쪽쪽 빨아먹는 막대기 사탕과도 같은 분홍빛 향기에 끌려 지형은 도톰한 살갗을 이로 살짝 물어 당겼다. 립케어 특유의 끈끈한 느낌은 금세 사라지고 어린애 살 냄새처럼 단내가 나는 입술이 딸려온다.

"으…… 응."

아픈 건지 싫다는 건지, 한숨 같은 신음을 하면서 희단이 작게 도리질을 쳤다. 지난번 기억이 별로였던 걸까. 하기는 좀 과격하기는 했다. 지형은 잠시 동작을 멈추고 뺨을 맞대었다. 따끈한 뺨이 새근대는 것이 기분이 좋았다.

이 산토끼가 이제는 어느 정도 도망갈 생각이 없어졌을까. 그는 생각했다. 차근차근 덫을 잘 놓아오긴 했지만 이런 쪽으로는 어떨지. 키스의 경험이라고는 대여섯 번. 그것도 대부분 여자 쪽에서 적극적으로 매달려왔던 경우여서 상대를 달래가며 해야 한다는 생각을 희단과의 첫 키스 때는 하지 못했다.

살그머니 관자놀이 부근을 양손으로 감쌌다. 작게 소리를 내며 몇 번을 반복해서 키스하니 힘이 들어가 있던 턱이 스르르 풀린다. 벌어진 입술 사이로 보이는 작은 혀는 귀여웠다. 닿으면 시원하고 향긋해서, 박하사탕을 입에 문 것 같은 기분이 들었던 기억이 났다.

"예뻐요. 희단 씨."

속삭이는 자신의 목소리가 낮으면서도 허스키하게 들리는 것이 이상하다. 희단의 색색거리는 숨소리에 그의 빨라진 숨소리가 섞이고 있는 것이 비로소 의식되었다. 산머루처럼 까만 눈이 자신을 올려다본다. 피곤한지 한쪽 눈에만 쌍거풀이 진 눈이 묘하게 유혹적이면서도 천진스럽다.

손을 들어 그 눈을 감기며 키스했다. 입김과 그의 체온으로 녹아든 입술이 촉촉하다. 희단의 혀는 기억만큼, 아니 더욱 달콤했다. 같은 사람의 입 안인데도 이상스레 따뜻하고 말랑말랑한 구강과 민트 아이스크림처럼 달고 서늘한 혀를 가지고 있는 이 여자.

"저, 저기…… 이건…… 좀 놓으시면."

어물어물하며 희단이 몸을 한껏 조수석 문에 붙이는 자세를 취하고 나서야 지형은 자신이 그녀를 끌어안고 풀어헤친 외투 안까지 손을 들여놓고 있다는 것을 깨달았다. 그러나 그는 손을 놓는 대신 속삭였다.

"희단 씨를 안고 있으니 기분 좋군요."

"에……."

"이 정도 선은 무리인가요?"

평소엔 거의 무감정한 어투에 가끔 이렇게 감정을 실으면 희단이 부정적으로 대답할 수가 없다는 것을 지형은 알고 있었다. 예상대로 머뭇머뭇하며 "아뇨." 하고 작게 고개를 흔드는 그녀의 정수리가 보인다.

"희단 씨는 따뜻해요."

길게 숨을 내쉬며 손에 힘을 주어 그녀를 끌어당겼다.

"세상은 참 춥고."

여러 가지 의미를 담은 말이었고 또 여러 의미로 들어주기를 바란 말이었다. 그녀와 함께 있을 때면 그는 세상 누구보다 약하고 마음이 가난한 남자여야 했으니까. 사실 거짓말도 아니지 않은가. 딱히 비관해본 적이 없어서 그렇지 부잣집의 사생아 따위는 마음이 그리 풍족한 자리일 수가 없다.

그렇게 생각해서 그런지 품안의 온기가 좀, 아니 많이 사랑스러운 것 같다. 지형은 힘을 주어 좀더 바싹 그녀를 끌어안았다. 그의 말과 행동에서 무엇을 느꼈는지 희단은 그가 입술을 그녀의 목덜미에 묻었을 때도 흠칫 몸을 떨었을 뿐 급하게 밀치거나 하지는 않았다. 색색거리는 작은 숨소리를 내뱉던 희단이 한참 만에 물었다.

"지형 씨는 이런 내가…… 좋아요? 정말로?"

귀에 속삭이는 물음은 조심스러웠다. 지형은 조금 긴장했다. 그는 그녀의 목을 드문드문 깨물며 간결하게 답했다.

"그럼요."

희단을 사랑하진 않지만 충분히 사랑스럽기는 하다. 그걸로도 괜찮지? 괜찮을 거야. 혼자서 묻고 혼자서 답한 말들은 다소 공허하게 들려서 그는 다시 다짐하듯 그녀에게 속삭였다.

"착하고 예뻐요. 희단 씨는 보물 같은 사람이에요."

희단의 목덜미는 연하고 말랑말랑했다. 그리고 보드라운 냄새가 났다. 어린애의 살 냄새 같은, 순수의 향기. 입으로는 그녀에게 위로가 될 저 따위 말을 지껄이고 있었지만 지형은 그녀의 향기에 잠식당하는 기분이었다. 그 보드라운 살갗 위에 길게 입맞춤을 남기자 희단은 떨리는 한숨을 내쉬었다.

"내가 여러 모로 지형 씨에게 부족한 여자라는 거 알아요. 그래도 보탬이 되도록 힘껏 할게요."

어쩐지 목이 꾹 막히는 느낌이었다. 마른 목을 달래느라 지형의 목울대가 움찔거렸다.

"결혼하자고 말해줘서 정말 고맙게 생각해요. 지형 씨한테도, 내 운명한테도."

희단의 담담한 목소리가 살갗을 통해 울렸다. 작은 몸은 그의 커다란 몸에 착 달라붙어 하나의 몸인 양 따뜻하게 녹아드는 중이었다. 이 여자라면 이혼 같은 걸 염두에 두지 않아도 평생 큰 트러블 없이 잘 살 수 있지 않을까? 얼핏 든 생각에 지형은 고개를 흔들었다.

사람의 일 따윈 장담할 수 없다는 것을 너무나도 잘 알고 있다. 집안의 불 같은 반대를 무릅쓰고 결혼했던 많은 커플들조차 몇 년이 지나지 않아 싸늘하게 마음이 식어 돌아서는데 그들이라고 무엇이 다르랴. 그러나 그의 입에서는 전혀 다른 말이 흘러나왔다.

"아뇨, 내가 더 고맙죠."

그러면서 지형은 팔에 더 힘을 주어 그녀를 꼭 끌어안았다. 절대 아니라고, 내 마음이 어떤지 지형 씨는 모를 거라고 작게 중얼거리는 희단의 음성에는 얼핏 미소가 묻어났다. 조금 후 품속의 여자가 꼼틀거리더니 작은 손이 쏙 빠져나왔다. 자신의 어깨에 두 개의 손이 조심스레 얹히더니 곧 입술이 다가왔다. 수줍은 듯 재빨리 그의 입술을 훔치고 달아난 뒤 모른 척 창 밖을 멀뚱멀뚱 바라보는 그녀의 물든 뺨을 바라보면서 지형은 이제는 걱정할 것이 없다는 것을 깨달았다.

이 여자는 아무 말 없이 결혼식장에 순순히 들어설 것이다.


그날 이후로 결혼 준비는 일사천리로 진행되었다. 입원 중인 희단의 모친을 빼고 그녀의 부친과 지형의 외숙부 내외가 만나는 상견례 날짜도 잡았으며, 희단은 순순히 그의 카드를 받고 직장에도 사표를 썼다. 처음에 그녀는 직장 생활을 계속 하고 싶어했으나 어느 한쪽이든 왕복 두 시간 정도의 출퇴근시간을 감수하기는 힘들다는 말에 깨끗이 포기했다. 사실 한 달 남짓한 기간에는 결혼 준비만 해도 바빴을 것이다.

반지를 맞추고 1주일쯤 지난 날, 카드를 맡긴 이후로 무엇을 샀나 싶어 지형은 퇴근 후 카드 조회를 해보았다. 아니나다를까, 이 고지식한 여자는 주로 그에게 필요한 소소한 물품 몇 개만 더 사놓았다.

보기보다 손이 많이 가고 잔소리도 많이 필요한 토끼였다. 지형은 한숨을 쉬고 전화기를 들었다. 밤 10시 반. 지금쯤이면 가정적인 외숙부는 퇴근해 집에 있을 시간이다.

- 여보세요? 지형이냐?

전화기 속에서는 늘 활기찬 외숙부 윤석영의 목소리가 흘러나왔다.

"예, 숙부님. 접니다. 그동안 잘 계셨어요?"

- 나야 잘 있지. 그런데 웬일이냐? 모레면 볼 건데 전화를 다 하고. 혹시 이번에 만날 아가씨 때문이냐? 약속 잘 지키라고 확인 전화 하는 거야?

웃음이 가득한 목소리는 지형이 여자를 선보이고 싶다고 말한 것 덕분이리라. 지형은 혹시나 본가에 연락이라도 할지 모른다는 생각에 외숙부에게 상견례 사실 그대로를 알리지 않은 것에 약간 죄책감을 느꼈다.

"아니요, 그것도 물론 있습니다만. 실은 숙모님의 시간을 며칠만 빌려주십사 하고요."

- 그래? 네 외숙모야 특별한 일은 없으니 별 문제는 없을 거다. 잠깐만 있어봐라.

외숙모인 가경이 바로 옆에 있는지 잠시 뭐라고 대화하는 소리가 들린다.

- 괜찮다는구나. 시간과 날짜를 의논하자니까 곧 바꿔주마. 그런데 무슨 일이냐?

"별일은 아닙니다만, 집안 가구를 좀 바꿀까 해서요. 저는 잘 모르니까 숙모님께서 봐주셨으면 좋겠습니다만."

- 가구……?

그 말이 갑작스러운지 외숙부는 말을 줄였다. 가구나 인테리어에 관심이 없는 지형의 성격을 아는 탓이다. 더구나 지형이 현재 거주하고 있는 아파트의 가구는 그가 혼자 살기 시작한 2년 전에 모두 새로 들인 것이었다. 대답을 기다리고 있으니 반신반의하는 질문이 전화기에서 흘러나왔다.

- 너 설마, 이번에 만나보자는 아가씨 때문에……?

"죄송합니다. 미리 말씀드리지 못해서."

지형은 솔직하게 수긍했다. 외숙부는 이번에는 한숨을 길게 내쉬었다.

- 진행이 어느 정도 된 거냐? 본가에는 알렸니?

"그것 때문에 숙부님께 미리 말씀드리지 못한 겁니다. 저는 이번에 결혼을 꼭 할 생각이라서요."

- ……부유한 아가씨는 아닌가 보구나.

"마음이 부유합니다. 저하고는 반대지요."

지형은 소리 내어 웃었다. 수화기를 통해 들리는 웃음소리는 물론, 그와는 인연이 없는 도덕적인 미사여구까지 들먹이자 외숙부는 꽤나 놀란 모양이었다.

- 그 아가씨를 그 정도로 좋아하는 거냐? 사랑해?

그렇게 물어보시면 어떻게 대답해야 하는 건지 잘 모르겠다. 물론 결혼할 만큼은 좋아하지만, 외숙이 원하시는 건 그런 종류의 대답이 아닐 터였다. 지형은 입술에 힘을 주었다.

"어머니께서 아버지에게 품은 감정이 이런 걸까……, 그런 생각이 듭니다."

- 그렇구나.

그러고 나서 외숙부는 잠깐 말이 없었다.

- 이아는, 네 어머니는 말이다, 네 아버지를 만나서 정말 행복하다고 했었다.

당연히 그랬을 것이다. 누대를 쌓아온 집안의 재산과 토지의 대부분을 상속할 장남에다가 자신을 끔찍하게 사랑해준 남자와의 결혼이었으니까. 누이를 회상하는 석영의 목소리에는 물기가 묻어 있었지만 지형은 굳어진 입가를 풀지 않았다. 아니, 오히려 더 이를 악물었다.

- 자기 평생에 이런 사랑을 만날 줄 몰랐다고.

"예."

- 네 부친이 일찍 고인이 되고 얼마 지나지 않아 네 어머니까지 그렇게 된 다음이라 쉽게 부모에 대한 이야기를 하지 못했지만, 언젠가는 이 말을 네게 꼭 해줘야겠다고 마음먹었단다. 너도 이제 그런 사람을 만났다니 정말 다행이구나.

"저도 그렇게 생각합니다."

그의 목소리가 흔들리는 것을 외숙부는 부모에 대한 이야기 때문이라고 생각하는 것 같았다.

- 너도 이제 가정을 꾸릴 때가 다 되었으니 하는 말이다만 너희 부모님 때문에 너무 괴로워하지는 마라. 그분들은 짧게 사셨지만 절대로 불행하지는 않으셨어. 지금은 너도 이해할 수 있겠지?

"네."

오랫동안 하고 싶었던 말을 이제야 해줬다는 안도감 때문인지 과거의 기억이 힘들어서인지, 수화기 저편에서 다시 한숨 소리가 길게 들렸다.

- 본가에는 일단 이번 일에 대해 말은 않으마. 언제까지 막을 수 있을지는 모르겠지만.

"감사합니다. 그리고 숙부님, 모레 자리에는 아마 저쪽 부모님도 나오실 겁니다."

분명 놀랐을 테지만 석영은 거기에 대해 아무런 말도 하지 않았다. 외숙모 가경에게는 내일 오전에 전화를 따로 드리겠다고 하자 늦었으니 그만 쉬라는 말을 끝으로 외숙부는 전화를 끊었다.

종료 버튼을 누르고 나니 온몸에서 힘이 탁 풀린다. 지형은 그제야 턱이 아프도록 이를 악물고 있었다는 사실을 깨달았다. 아직도 켜져 있는 노트북의 전원을 꺼야 한다는 사실도 잊은 채 그는 멍하니 창 밖을 응시했다.

아버지, 어머니. 과연 당신들은 행복하셨는지요?

# 6

겨우 끝났다.

희단은 한 시간 남짓한 동안 내내 졸였던 가슴을 쓸어내렸다. 상견례 장소로 잡았던 호텔 식당 입구를 양가 가족들이 빠져나가는 것을 보는 마음은 몹시 불안정한 핵폭탄을 맡아 운반하다가 겨우 안전한 보관 창고에 들여놓은 기분이었다. 미션 임파서블을 성공적으로 수행한 공작원의 느낌을 비로소 이해할 것 같다.

가장 큰 걱정은 지형의 외숙부 내외가 자신을 어떻게 볼까 하는 것이었지만, 가족들의 행동에 대한 것도 적지 않았다. 아버지는 그렇다 치더라도, 어머니의 수술과 자신의 결혼을 빌미삼아 귀경을 미루고 덜렁 휴학을 해버린 희경까지 이 자리에 따라올 줄이야. 금방이라도 '야, 희단이 너' 운운하는 소리가 동생의 입에서 나올까 봐 등에서 식은땀이 흘렀다.

딸자식이고 누나니까 아버지나 동생에게서 받는 무시는 어느 정도 참을 수 있다. 어쨌든 같은 피를 타고난 가족이 아닌가. 하지만 난생 처음 보는 타인, 그것도 시댁 식구가 될지도 모르는 분들에게까지 그런 티를 낸다면…….

하지만 다행스럽게도 아무런 일도 없었다. 가끔 아버지가 "딸자식이라고 하나 둔 것이 좀 모자라서." 하고 말을 꺼내기라도 하면 지형의 외숙모 되시는 분이 "무슨 말씀을요. 희단 양이 요새 아가씨 같지 않게 참 조신하고 겸손한 것 같아서 저희는 정말 마음에 듭니다." 하고 솜씨 좋게 넘겨주었고, 한강대생이라며 소개하기가 바쁘게 "학교에 가면 워낙 경제적 사회적으로 잘나가는 집 애들이 많아서 힘들어요."라며 겸손인지 불평인지 모를 소리를 해대는 희경은 지형이 "힘들었겠어. 이제 가족인데 내가 신경 많이 쓰지."라며 받아주었다.

이건 뭔가 상황이 바뀐 게 아닌가 싶기도 했지만 어쨌든 편들어주는 사람, 그녀 대신 불만을 다독거려줄 사람이 있으니 좋았다. 저런 가족을 둔 지형이 부럽기도 했고 이제는 내 가족이려니 싶어 뿌듯하기도 했다.

그녀는 아버지와 머리를 숙이며 인사를 나누고 있는 지형의 외숙부 내외의 모습을 슬쩍 훔쳐보았다. 중간키보다 조금 큰 외숙부 쪽은 쾌활하고 다정한 인상이시고, 안경을 쓴 외숙모님께서는 지적인 미인 스타일이시다. 옷차림도 튀지 않으면서 세련되고 점잖아 보이는 것이 말 그대로 품위라는 게 뭔지 보여주는 사람들 같다. 얼굴이나 체형은 전혀 닮은 데가 없지만 분위기가 왠지 지형과 좀 닮았다. 고아라지만 저렇게 훌륭한 분들 밑에서 컸으니 지형이 좋은 사람으로 잘 자랐나 보다.

"지금 나랑 같이 좀 갔으면 하는데, 시간 되겠습니까?"

외숙부님 내외분 옆에서 뭔가 얘기를 하던 지형이 다가와 물었다. 시간이 없는 건 아니었지만 아버지가 뭐라고 할지 몰라서 희단은 이

마이 테디베어 163

쪽을 보고 있는 부친을 흘끔 살폈다. 그러자 지형이 덧붙인다.

"벌써 아버님께는 말씀드렸어요. 병원에는 저녁에 내가 데려다 줄게요."

그렇다면 별로 망설일 것은 없다. 희단은 인사만 하고 오겠다고 하고 부친과 동생에게 다가갔다.

"아버지, 지형 씨가 말씀드렸다는데……."

"혼수 때문에 간다는 말은 들었다. 어차피 그쪽 아파트에 들어가서 산다더니 뭐 또 살 것 남았냐? 무슨 돈을 그렇게 들여?"

자르듯이 차갑게 묻는 부친에게 희단은 제대로 대답을 못 했다. 무슨 살 것이 있는지 몰랐다. 아니, 애초에 혼수 때문에 가자고 하는 줄도 몰랐다. 하지만 '그 돈 아버지께서 주신 것도 아니잖아요.' 하는 소리는 울컥 목구멍에 걸려 나오지도, 들어가지도 않는다. "우와, 너그 사이에 직장 생활 해서 돈 좀 모았나 보다."라며 떠들고 있는 동생의 목소리도 귀에 거슬렸지만 역시 해줄 말이 생각나지 않았다.

입술만 깨물고 섰는데 차를 가지러 간 줄 알았던 지형이 옆에 와서 섰다. 왜 왔을까, 혹시 대화를 다 들은 건 아닐까 싶어 희단은 귓불이 화끈거렸다. 슬쩍 그의 눈치를 보았지만 늘 그렇듯이 무표정이다.

"아버님, 제가 잊어버린 게 있습니다."

그가 품속에서 하얀 봉투를 꺼냈다. 저것 때문에 돌아온 건가 보다.

"이게 뭔가?"

의아한 듯 물으면서도 경국은 선뜻 손을 내밀었다.

"예의가 아닌 줄 압니다만 워낙 시일이 촉박해서요. 옷 맞추시려면 가봉도 하셔야 할 테고."

"아이고, 벌써 이런 걸 뭘. 우리는 아직 준비도 못 했는데."

예단비인 줄 알아들은 경국의 입이 웃음으로 벌쭉 찢어졌다. 옆에 서 있는 희경의 얼굴에도 화색이 돌았다. 그런 그들을 키 큰 지형이 내려다보며 덤덤하게 말했다.

"어머님 한복은 조만간 병원에 가서 치수를 맞추도록 말해뒀습니다."

아. 희단의 입이 소리없이 벌어졌다. 한참을 고민했지만 포기했던 일이었는데 어쩌면 어머니도 식장에 오실 수 있는 것일까. 기대로 가슴이 두근거리기 시작했다.

"응? 그 사람 한복?"

부친이 놀란 눈으로 지형을 바라보았다. 그는 당연하다는 듯 대답했다.

"한복 매장까지는 힘드셔서 못 나오시지 않겠습니까. 결혼식 날에 야 휠체어를 준비해서라도 오셔야겠지만 말입니다."

"그, 그건 그렇지. 하지만……."

찡그린 얼굴로 무슨 말을 할 듯 말 듯 하는 경국을 내버려두고 지형은 희단에게로 눈을 돌렸다.

"차 빼올 테니까 정문 앞에서 기다려줘요."

다른 말씀 없으시면, 하고 다시 희단의 부친을 바라보았지만 그것 은 짧은 순간이었다. 꾸벅 고개를 숙여 보인 지형은 빠른 걸음으로 엘리베이터 쪽으로 걸어가 버렸다. 뒤늦게야 정신을 차린 경국이 미 간을 잔뜩 모으고 짜증을 냈다.

"아니, 몸 반쪽을 못 쓰는 여편네를 식장에 데리고 와서 어쩌겠다는 거야? 자기네 사람 아니라서 흉이 잡히든 말든 상관없다는 건가?"

"아버지!"

절로 입이 움직였다. 제법 큰 소리여서 역정을 내던 경국까지도 말을 멈추고 그녀를 쳐다보았다. 희경이 그녀의 옆구리를 팔꿈치로 쳤지만 희단은 부친에게서 눈을 돌리지 않았다. 말없이 쳐다만 보는 딸에게 경국은 눈을 흡떴다.

"왜?"

그 얼굴에는 어떤 미안함이나 주저함도 없는 시퍼런 이기심만 보여서 희단은 그만 입을 닫을 수밖에 없었다.

흉이라고 했나. 손 귀한 집에 애들 둘밖에 못 낳고 단산을 해서, 게다가 그중에 하나는 딸이라는 이유로 늘 말없이 조용한 미소만 짓던 엄마. 혈압이 높아도 약조차 못 먹고 새벽에 일을 나가다 쓰러진 엄마는 아버지에게는 그저 남의 눈에서 숨겨야 할 흉일 뿐인가. 그래도 아들인데 싶어 바라본 동생 역시 눈을 피하며 "구경거리 같잖아."라고 말을 흐렸다.

"벌써 제 서방이라고 싫은 소리는 듣고 싶지 않다는 게냐?"

그녀의 얼굴을 노려보던 경국은 곧 코웃음을 치고는 손에 든 봉투를 열고 눈을 가져다대었다. 그리고 숨을 헉 들이켰다.

"얼마나 들어 있는데 그러세요?"

곁에서 희경이 궁금한 얼굴을 하자 경국은 손가락 세 개를 세워 보였다.

"에? 3백만 원? 생각보다는 적네요. 엄마 한복은 자기가 처리한다고 그러나?"

"그 석 장이 아니라 더 큰 거."

3천만 원. 희단의 가슴이 덜컥 내려앉았다. 민지형, 이 사람이 대체 왜 이럴까. 결혼하기로 이미 마음먹었고, 그에게 필요한 여자가 되려고 작정한 뒤로는 그 호의도 그냥 받고 있었지만 빚이라고 생각되는 호의는 날로 늘어만 간다. 아무래도 이 일은 얘기를 좀 해야 할 것 같았다.

"와, 통 크네. 하긴 외삼촌이 돈 많으니까."라며 휘파람을 부는 희경을 한 번 째려봐주고는 그녀는 인사 후 그 자리를 서둘러 벗어났다. 저래서 딸년들은 키워봤자 소용없다고 혀를 끌끌 차는 부친을 뒤에 남겨놓고.


주차장에서 차를 꺼내 정문으로 몰아오니 희단은 벌써 나와 기다리고 있었다. 조금 떨어진 곳에 차를 대면서 지형은 흰색 상의와 까만 원피스를 입은 그녀를 물끄러미 바라보았다. 해변 근처에 있는 호텔의 위치 덕에 바닷바람이 제법 강하게 불어 희단의 플레어스커트 자락이 풍성하게 날린다.

처음에는 촌스럽다고만 생각했는데, 저렇게 깔끔하게 차려입으니 그다지 빠지는 인물이 아닌 것도 같다. 동그란 얼굴이 나름대로 귀엽고 나이보다 어려 뵈는 것이, 세상의 더러운 모습은 하나도 모를 것처럼 천진하다. 그는 기름한 눈매 안의 유난히 까맣고 또록또록한 눈동자를 떠올렸다. 이제 앞으로는 아무도 희단의 힘들었던 생활은 짐작하지 못할 것이다. 작은 어깨를 부서뜨릴 것 같은 무거운 짐이 되었던 그녀의 친정 식구들을 떠올리자 입 안 가득 쓴 물이 올라왔다.

쓸데없는 감상이다. 지형은 표정 없던 입귀를 희미하게 일그러뜨렸다. 어차피 싫은 여자는 아니었고 어려운 상황에서 구해줬으니 그걸로 된 것이다. 머리에 고인 쓴 생각을 털어내기라도 하듯 지형은 경적을 빠앙, 하고 울렸다. 뭔가 생각에 잠겨 있던 희단이 화들짝 놀라며 고개를 좌우로 돌리더니 그를 발견하고는 종종거리며 뛰어왔다.

"아아, 죄송해요. 딴생각을 좀 하느라 미처 못 봤어요."

쫓기듯 황급히 차를 탄 후 서둘러 문을 닫고 재빨리 안전띠를 맨다. 그러고 나서는 하는 말이 '죄송하다'였다. 그러지 않으려고 했음에도 불구하고 지형은 울컥했다. 도대체 이 여자를 아무 재촉 없이 순순히 기다려준 사람은 여태까지 없었던 것일까?

"죄송해하지 않아도 됩니다."

"예?"

딱딱한 얼굴로 기어를 바꾸고 액셀러레이터를 힘주어 밟자 몸이 앞으로 확 쏠리며 차가 튀어나갔다. 급히 조수석 손잡이를 잡고 몸을 지탱한 희단이 당황한 얼굴로 그를 바라보았다.

"화 안 났습니다. 그렇게 보지 말아요."

"하지만……."

"그깟 봉투나 사소한 예의에 일일이 죄송해하지 말고, 그냥 나한테 더 잘해요."

"예?"

희단의 목소리가 호수에 물수제비 뛰듯 튀어 올랐다. 봉투 운운하는 소리에 제 생각을 들킨 것 같아 놀란 모양이다. 얼굴을 보지 않아도 뻔했다. 까만 눈을 동글동글하게 뜨고, 작은 손은 백의 끈을 꼭 틀어쥐고 있겠지. 지형은 핸들을 돌리며 딱 잘라 말했다.

"나만 관리하라고 했잖아요. 여유가 많아서 그런 거 아닙니다. 오너는 숙부님이지 내가 아니니까. 하지만 난 투자해야 할 곳에는 투자해요."

"어…… 하지만."

"자기한테 그렇게 가치가 없다고 생각해요?"

상당히 쌀쌀맞게 들렸을 것이다. 분노인지, 싸늘함에 질려서인지 몰라도 희단이 파들파들 떨고 있는 것이 공기로 전해져왔다. 그러나 지형은 물러날 생각은 전혀 없었다.

"희단 씨를 좋아하지만, 열렬히 사랑해서 내가 청혼한 건 아니죠. 그건 알 겁니다. 난 좋은 아내가 필요했고 희단 씨는 그런 면에서 높은 가치가 있다고 생각했어요. 물건이나 사람이나 좋은 것에는 당연히 비용이 들어요. 희단 씨가 할 일은 그만한 가치를 내게 입증해주는 겁니다."

희단은 아무 말이 없었다. 알아들은 것일까? 좀더 상냥하게 말했어야 하는지도 모른다. 여태 이렇게 자신의 성격을 차게 드러낸 적은 없었으니까. 하지만 언젠가는 나올 말들이었다. 그는 스스로에게 고집을 부렸다. 지금 한다고 해도 상관없는 말들이다. 어차피 편하게 살려고 선택한 여자였다.

"미리 말해두지만, 난 결혼에 대해 기대하는 게 많습니다."

혹은 그 반대일지도 몰랐다. 모든 걸 알게 되면 희단은 어떤 쪽이라고 생각해줄까. 다시금 쓴맛이 입속을 감돌다 사라졌다.

"현모양처가 좋아요. 알아서 자기 일을 해내는 사람이 좋고. 길게 잔소리하는 것, 하게 만드는 것 둘 다 싫습니다."

시대착오적인 소린가. 여전히 묵묵부답인 걸 보면 지형이 그녀를 돈 주고 산 물건 취급을 한다고 생각하는지도 모른다. 서늘한 마음이 되어 입술을 꾹 다물고, 그는 산 쪽으로 차의 방향을 돌렸다. 시외로 나가 창원시로 가려면 터널을 지나고 도시고속도로를 타야 한다. 톨게이트가 보여서 서서히 속도를 줄였다.

여기는 아직 하이패스 이용이 되지 않았던 것을 기억해내고 동전통으로 손을 뻗는데, 손등에 뭔가가 와 닿았다. 본능적으로 손을 벌렸다. 그러자 손바닥에 쏟아지는 몇 개의 물체. 생각지도 않은 일이라 지형은 놀랐다. 더구나 각이 없는 동그란 금속들은 체온으로 따뜻했다. 얼마나 오래 쥐고 있었던 걸까.

"챙겨주는 거…… 이렇게 하면 되나요?"

한참 동안 그녀의 손 안에서 데워졌을 동전의 온기는, 주저하면서 물어오는 연약한 목소리만큼이나 그의 마음을 흔들었다.

"7백 원 맞아요?"

일부러 더 무심하게 물었다. 하지만 희단은 비로소 안심한 것처럼 소리 내어 웃었다.

"에이, 당연하죠. 몇 번이나 세었는데. 지형 씨도 날 믿어봐요. 내가 지형 씨를 믿는 것처럼."

믿는다고? 그를? 창을 열고 동전을 던지려던 지형은 흠칫했다. 고백과도 같은 수줍어하는 목소리가 귀에 흘러들어왔다.

"꼭 돈 문제가 아니라도 지형 씨가 나 챙겨주고 생각해주는 거 잘 알아요."

그물망에 동전을 던지고 천천히 돌아보자, 까만 눈동자가 순하게 자신을 바라보고 있었다. 가슴이 심하게 울렁거렸다. 아른아른한 어지럼증 같은 것이 지형의 머리를 가득 채웠다.

"그런데 아무래도 날 챙겨주는 사람이 생겼다는 게 빨리 익숙해지지가 않아서 자꾸 이것저것 재게 되나 봐요. 미안해요. 앞으로는 다른 생각 않고 죽 지형 씨 마음만 믿을게요."

기분이 이상했다. 자신을 믿는다니 분명 나쁘지는 않은데 오히려 자신이 믿기지가 않았다. 자칫하면 도망갈 기세라 기대게 해줄 사람이 필요하다고 했다. 그러면 희단의 성격상 당연히 응할 거라고는 생각했었다. 하지만 '지형 씨 마음을 믿는다'니. 이렇게 쉽게?

"왜 그렇게 보세요?"

"……아닙니다."

뒤에서 빵빵거리며 경적을 울리는 바람에 지형은 정신을 차리고 차를 출발시켰다. 좀, 이해할 수가 없었다. 호감을 사기 위해서 반했다느니 사랑스럽다느니 하는 말을 하고 친절하게도 대해주었다. 상대를 싫어하지 않으니 그 정도의 일은 그리 고역도 아니었고 또 함께 살 상대에 대해 그 정도 치레는 당연하다고 생각했다.

그런데, 그 결과로 만난 지 한 달 된 남자를 믿는단다. 뭘 보고? 단지 결혼할 상대니까? 뜨거워졌던 머릿속이 차차 식었다. 희단이 아무리 순진해도 그럴 리는 없다. 그녀의 '믿음'에는 다른 이유가 있겠지.

"희단 씨, 지금 어디에 가는지 압니까?"

그는 불쑥 물었다. 희단이 눈을 깜빡깜빡했다.

"어머, 그러고 보니 혼수 보러 간다고 하지 않았어요? 이 도로로 가면 시내 중심가에 갈 수도 있긴 하지만 좀 멀 텐데."

"우리 집에 가는 겁니다."

"예? 우리 집요?"

"집에 가봐야 뭐가 더 필요한지 희단 씨가 알 수 있을 것 같아서요."

"어, 그럼 지금 창원으로 가는 거예요?"

그는 액셀러레이터를 더 밟으며 고개를 끄덕였다. 아파트에 가게 되면 자신을 당황스럽게 만든 이 의문이 좀 풀릴 것이다. 빨리 가고 싶기도 하고 그렇지 않기도 한 미묘한 기분으로, 한 시간 가까이 지형은 차를 몰았다.

아파트에 도착한 시간은 4시가 다 되어서였다. 창원시에 도착해 시내를 가로지르는 큰길로 접어들자 희단은 눈을 크게 떴다.

"와, 길도 되게 넓고 거리가 참 깨끗해요!"

"아무래도 계획도시니까요."

지형은 짧게 긍정의 답을 했다. 광역시라도 오래된 도시인 부산과는 달리 산업도시지만 계획적으로 구성되고 관리되는 창원시는 길이 반듯반듯하게 넓고 가로수도 많으며 녹지공간도 눈에 자주 띈다. 산 아래 쪽의 아파트 단지로 접어들자 희단의 감탄은 더 잦아졌다.

"여긴 대단지 고층아파트라도 산이랑 가까워서 그런지 답답하지 않고 시원해 보여요!"

"새로 지은 곳이 되어서 조경에 신경을 썼다고 하더군요."

"저희 집 근처에도 새 아파트 있는데 이렇지 않던걸요? 좋은 아파트라 그런가 봐요."

'좋은 아파트'란 말이 가슴에 걸렸다. 예단비 봉투를 받고 희색을 감추지 못하던 희단 부친과 희경의 얼굴이 떠올랐다. 가족들과 그녀는 다르다고 생각했는데 그렇지도 않은 건가. 보일 듯 말 듯 익숙한 냉소가 지형의 입가에 자리 잡았다. 원래부터 말 잘 듣고 큰 욕심 없고 조용한 여자를 원했지, 착하고 양심적인 여자를 구한 건 아니었다는 생각이나, 애초에 결혼하면 고생 끝이라는 식으로 희단을 회유했던 일은 기억도 나지 않았다.

"근처에 상가 건물이 없어서 그런지 복잡하지도 않아요. 조용한 게 뭐랄까, 음, 분위기 있어 보여요."

"어머, 아파트 바로 뒤가 공원인가 봐요! 산책하기도 좋고 운동하기도 좋겠어요!"

재잘대는 말들은 귀에 유난히 따갑게 와 부딪혔다. 분명 그가 사는 곳에 대한 칭찬이건만 들을수록 점점 마음이 불편해졌다. 결국 "곧 희단 씨도 살게 될 곳인걸요." 하고 한마디 했더니 희단은 얼굴을 붉히며 "아, 그렇군요."라고 대답했다.

그 붉어진 얼굴마저 어쩐지 순진함을 가장하는 것 같다. 아니, 가장이 아닐 수도 있겠다. 재건축을 해도 벌써 했어야 할 20평 남짓한 낡은 아파트에 비하면 여긴 별세계일 테니까 말이다. 미래를 생각해 보면 마냥 좋겠지. 마음속의 냉소는 더욱 깊어졌다.

그래서 지하주차장의 엘리베이터 현관에서 카드키를 꺼내 들 때 희단이 멈칫했어도, 지형은 그리 신경 쓰고 싶은 마음이 없었다. 삐빅거리는 식별음이 나고 문이 열렸다. 자신이 몇 걸음 안으로 들어섰는데도 뒤따르는 기척이 없어 그가 돌아보자 그녀는 여전히 문 밖에 남아 있었다.

"왜 그러죠?"

차에 뭔가를 두고 내려서 돌아가야 하는 건가 싶었다. 약간 눈살을 찌푸리며 물으니 희단은 주변을 돌아보며 엉뚱한 대답을 했다.

"여기는 보안이 되게 철저한가 봐요."

"그런 편이죠. 희단 씨 말처럼 좋은 아파트니까."

그러자 "외부 사람은 절대 못 들어오겠네."라며 그녀가 조그맣게 중얼거렸다. 그는 웃었다. 다들 원하는 것이었다. 희단도 마찬가지일 테고 말이다.

"내 집처럼 생각해요. 한 달 안에 익숙해질 테니."

손을 내밀자 그 손을 마주 잡고 천천히 희단이 안으로 들어왔다. 작은 손은 평소와는 달리 차갑고 축축해서 이상한 기분이 들었다. 엘리베이터를 타고 고층에 있는 그의 집에 도착했을 때, 희단의 반응은 더 이상했다.

"어, 어…… 집이……."

이중 현관을 지나 거실에 들어선 후에는 희단은 더 이상 발걸음을 옮기지 않았다. 외숙모의 취향인 작은 현대회화 작품이 걸린 거실 정면과 단순한 디자인의 기다란 커피색 가죽 소파, AV 시스템 외에는 조금은 휑한 듯 보이는 거실을 둘러보는 그녀의 얼굴에는 어색하고 불안한 기색이 가득했다. 뭐가 불만인 것일까. 혹시 집이 기대에 못 미치는지도 모른다는 생각에 지형은 혀를 찼다.

"37평입니다. 혼자 살기에는 편해서 있었는데 더 큰 평수로 옮길까요? 결혼 날짜까지는 아직 좀 남았으니까."

"아, 아뇨! 아니에요! 그럴 필요 없어요! 저는 그냥……."

마구 손과 고개를 내흔드는 희단의 얼굴에는 당황이 가득했다. 너무 정곡을 찌른 것일까. 하지만 지형은 그녀의 속마음을 더 캐고 싶었다. 들으면 들을수록 실망할 텐데 이 무슨 아이러니인지.

"그냥? 뭐가 그냥입니까?"

"남자 혼자 사는 집이니까, 그냥…… 예상과는 달라서요."

"어떤 점에서요?"

"그게, 지, 지저분할 수도 있고, 냄새도 날 거 같…… 아, 죄송해
요."

지형에게 실례되는 말을 하고 있다고 생각했는지 그녀는 황급히
사과를 했다. 설마? 정말 그런 이유였을까? 못 믿을 소리였다. 지형
은 무뚝뚝하게 고개를 흔들었다.

"어차피 회사일이 바빠 집에 있는 시간이 많지도 않습니다. 그리
고 이틀마다 한 번씩 도우미가 오고 외숙모님께서도 한 달에 두세
번은 오시니까요. 물론 결혼 후에는 달라지겠지만."

"아, 그렇군요."

왠지 실망하는 눈치다. 외숙모에 한해서 너무 자주 오지 마시라고
했다는 얘긴데 희단은 도우미 얘기로 받아들였나 보다. 역시나 편하
게 지내고 싶었던 것인가. 절로 미간이 찌푸려졌지만 그간 집안일에
는 엄청나게 시달렸을 테니 그런 점은 이해를 해야 한다고 지형은
자신을 달랬다.

"도우미 아주머니는 계속 오시라고 할 겁니다."

다소 딱딱한 어조로 덧붙였더니 희단이 화들짝 놀랐다.

"어머, 아니에요! 저 집안일 잘해요! 청소도 잘하고 장도 잘 보고!
여기 오면서 지형 씨 옷 잘 다려서 입혀드리는 거랑 저녁에 상 봐서
같이 밥 먹는 거랑 몇 번이나 상상해봤던걸요!"

열렬히 외치는 소리에 지형은 놀랐다. 유난히 들떠 보였던 것이 설
마 그런 이유에서였다고? 빤히 쳐다보니 희단의 얼굴이 무척이나 새
빨갛다. 왈칵 소리를 치고 난 다음에야 자신이 무슨 소리를 했는지

깨달았나 보다. 그녀는 소심하게 웅얼거렸다.

"아니, 아니 그게 아니고…… 사실 지형 씨 마음에 들지는 모르겠어요. 생각보다는 집이 좀 많이 크고…… 물건들도 좋은 것들뿐이어서 깔끔하게 잘 관리할 수 있을지 모르겠고, 음식 하는 것도 저는 그냥 평범한 밑반찬 같은 것밖에 할 줄 모르는데……. 큰소리는 탕탕쳐놓고선."

"나 좀 웃기죠?"라며 억지로 웃는 희단의 눈가가 조금 젖어 있었다.

"지형 씨가 집에 있는 시간이 얼마 없다고 해도 실망해서는 안 되는 것도 아는데……."

그녀의 고개가 자꾸 아래로 떨어졌다. 그런 희단을 바라보고 있으려니 지형은 자신이 바보처럼 느껴졌다.

"솔직히 지형 씨가 말하는 가치가 나한테 있는지 자신이 없어요. 아까만 해도 지형 씨를 믿고 내 자신을 믿어야지 싶었는데, 이 집 와서 보니까……."

더듬거리다 울 것 같은 얼굴로 눈물을 글썽거리는 희단은 정말로 토끼 같았다. 꾸밀 줄 모르고, 겁 많고, 욕심 없이 풀만 먹는 작고 여린 동물.

그는 조용히 걸어가서 그녀의 어깨를 안았다. 품에 파묻힐 것처럼 쏘옥 들어오는 이 작은 몸의 여자에게 지형은 나직하게 속삭였다.

"괜찮아요. 뭘 해도 희단 씨는 예쁠 거예요."

이번에는 진심이었다.

# 7

저게 정말 문희단이 맞는 걸까?

희단은 미간을 잔뜩 찡그리며 거울을 노려보았다. 하얗게 분가루를 뒤집어쓴 얼굴, 동그랗게 말아서 귀 앞으로 붙인 머리카락. 파랗게 빛나는 사파이어와 다이아몬드가 어우러진 화관이며 그것과 세트처럼 어울리는 목걸이와 귀고리. 그리고 하얀 웨딩드레스에는 구름을 휘감은 것마냥 투명하고 몽실몽실한 프릴과 레이스가 풍성하게 흘러내렸다.

야외촬영 때도 그랬지만 웬 낮도깨비가 자신 대신 서 있는 것 같다. 금방이라도 펑, 소리가 나면서 치렁치렁 휘감은 저 여자는 어디로 사라지고, 낡고 검소한 옷차림의 낯익은 자신이 어색해하며 뺨을 긁고만 있을 것 같은 느낌이다. 손에 든 부케의 짙은 향마저도 왠지 비현실적이기만 했다.

"어머, 너 진짜 예쁘다!"

갑자기 신부대기실의 문이 벌컥 열리며 떠들썩한 목소리들이 쏟아졌다. 친구들이 요란스럽게 들이닥친 것이다. 제일 친한 정희는 겨우 두 달 전에 결혼했고, 나머지 소식 좀 오가는 정도의 친구들은 그 동안 너무 바빠 연락을 제대로 전하지 못했는데, 용케들 와주었다.

"희단이 너 맞니? 실감이 안 난다, 야."

"정말 가는구나! 너무 갑작스러워서 긴가민가했는데!"

죽이 잘 맞는 짝꿍인 미혜와 혜란이 들어서자마자 크게 소리를 친다. 개중 가장 활달한 소영이가 또 냉큼 그 말을 받았다.

"애는! 정희 얘기 못 들었니? 신랑이 정희 결혼식에 왔던 정희 남편 동창이라잖아. 키 크고 잘생기고 능력까지 좋다며?"

"응, 사실 그때 나도 보고 좀 멋있다고는 생각했는데."

혜란이 뭔가 아쉬운 듯한 목소리로 토로하자 미혜가 그 어깨를 탁 때렸다.

"야, 그럼 뭐 하냐? 희단이가 벌써 꽉 잡았는데. 생각 있었으면 그 때 대시를 했어야지."

"근데 인상이 좀 무서워서. 사람이 너무 무표정하더라고."

그러더니 둘은 "게다가 덩치도 크잖아. 성미 건드리면 무섭겠더라고." "말수도 적고 자기 친구들하고도 별로 안 친한 것 같았어."라며 소곤거린다. 희단은 조금 속이 상했다. 아니, 많이 안타까웠다. 금방이라도 친구들을 붙잡고 '너희들이 잘못 봤어. 지형 씬 그런 사람 아니야!'라며 그의 좋은 점을 하나하나 일러주고 싶다.

일껏 결혼식에 와준 친구들에 대한 고마움과 지형을 오해하는 데 대한 섭섭함이 가슴에서 줄다리기를 했다. 결국 희단이 두 친구들의 이름을 부르려는데 보다 못한 정희가 대신 잔소리를 했다.

"참 내, 너희들은 남의 신랑 갖고 무슨 상관이니? 급 연애하고 두 달 만에 결혼하는 열혈 커플인데, 둘만 좋으면 장땡이지!"

"아이고, 자기 신랑 친구라고 역성드는 것 좀 봐! 하긴 안 여사 당신이 중매선 거나 마찬가진데 어련히 신랑감은 잘 고르셨을까."

허물없이 입술을 비죽거리던 두 사람은 순순히 희단에게 미안함을 표시했다. 고작 한 번 본 우리가 뭘 알겠나, 보는 눈이 이 모양이니 여태 남자친구도 없는 거라며 자학성 한탄을 겸한 사과를 늘어놓는 친구들에게 희단은 심각하리만치 진지한 얼굴로 고개를 끄덕였다.

"응, 너희들이 잘못 본 거 맞아. 그것도 많이."

대기실 안에는 순간적인 어색함이 떠돌았다. 무슨 문제든 가볍게 웃고 넘어가던 희단을 기억하는 친구들이 어안이 벙벙한 얼굴로 그녀를 바라보았다.

"지형 씨가 말이지, 사실은 굉장히 세심하고 다정한 사람이거든. 게다가 좀 예민한 구석도 있어서 내 친구인 너희들이 그렇게 생각하는 걸 알면 상당히 속상해할 거야. 그러니까 지형 씨 앞에서는 절대 그런 표시 내면 안 돼. 부탁할게."

미혜가 믿기지 않는다는 듯 물었다.

"……니 신랑 성격이 진짜 그래?"

"응. 나보고도 마음이 따뜻해서 그게 좋대. 옆에서 다른 사람이 힘들어하는 걸 못 봐. 표시를 안 내서 그렇지 마음이 참 여린 사람이야."

친구들은 너 나 할 것 없이 입을 떡 벌렸다. 어색함을 지나 썰렁하기조차 한 공기가 신부대기실을 감돌았다. 하지만 정작 그런 분위기를 만든 당사자인 희단은 전혀 그런 감을 알아차리지 못했다. 다행히도 그 어색한 분위기는 곧 소영의 커다란 웃음소리로 해결되었다.

"아하하하하하……. 야, 희단이 너 완전 팔불출이다! 신랑이 그렇게 좋아? 그렇게 아끼고 싶냐? 아이고, 배 아파. 결혼식 끝나면 우리 전부 다 단체로 약국에 달려가야 되겠다! 아, 신랑 있는 정희는 빼고."

"아냐, 나도 배 아파. 우리 종수 씨는 그렇게 다정하지 않다고."

정희 역시 히죽대며 그렇게 받아줘서 대기실 안의 공기는 다시 화기애애하게 흘러갔다. 꽃 같은 스물다섯 처녀를 잡아간 신랑의 솜씨가 과연 대단하다느니, 원래 겉이 차가운 사람이 속은 불이라느니 떠들며 웃어대던 친구들은 잠시 뒤 식장에 자리를 잡아야겠다며 밖으로 나갔다.

안 그래도 멍하던 차에 친구들이 들어와서 일으킨 떠들썩함까지 겹치니 정신이 하나도 없다. 얼빠진 모습이지 않을까 걱정된 희단은 거울을 들여다보았다. 의외로 보기에는 멀쩡했지만 짙은 신부 화장 때문인지 이마에 땀이 송송 맺혔다. 화장대 위에 얹힌 티슈를 뽑아 조심스레 이마에 갖다대고 있는데 대기실의 문이 다시 빠끔히 열렸다.

"희단아, 괜찮아?"

식장에 가버린 줄 알았던 정희였다. 왜 다시 돌아온 걸까? 불현듯 조금 전 그리 좋지 않았던 친구의 안색이 뇌리를 스쳤다.

"왜? 뭐 잊어버리고 갔어?"

희단이 한 걸음 내딛자 정희는 그냥 있으라며 손을 내저었다. 그렇지 않아도 프릴과 레이스를 주체 못 하던 희단은 할 수 없이 주춤거리며 치맛자락을 정돈했다. 그러느라 친구의 모습을 살피지 못했는데, 고개를 들자 정희는 그녀를 응시하며 분홍빛으로 곱게 칠한 입술을 잘근잘근 씹고 있었다.

"왜? 나한테 할 말 있어? 아하, 아까 애들이 말한 것 때문에 신경이 쓰여서 그러는 거구나?"

"뭐 그런 것도 있고."

어쩐지 켕기는 듯한 얼굴을 하던 정희는 이윽고 한숨과 함께 걱정을 토해놓았다.

"실은, 우리 종수 씨가 그러던데……."

그렇게 시작된 친구의 말을 한마디로 줄이자면 '인간 민지형은 미스터리'라는 거였다. 도대체 무슨 소린가 했더니, 고등학교 동창이라고는 해도 종수와 지형이 같은 학교를 다닌 것은 3학년 한 해뿐이었단다. 학년 초에 대구 광역시에서—정확히는 창원시지만 그 전해 12월까지는 대구에서 학교를 다녔으므로—전학을 왔음에도 불구하고 부반장을 맡게 된 것은 지형이 상당한 존재감이 있었기 때문이지만, 반면에 말이 없고 날카로운 이미지 때문인지 학교 안에서는 그에 대해 온갖 소문이 다 돌았다고 했다.

생활기록부를 누가 직접 봤는데 먼저 학교에서 정학을 몇 번이나 먹을 만큼 사고를 친 후에 결국 수습이 안 되어서 전학을 온 거라는 소리나, 밤늦게 미모의 중년 여인과 호텔에 드나드는 것을 목격했다고 뒤에서 수군거렸다는 말을 들으니 기가 막혔다. 가정의 냄새가 풍기지 않는 분위기에 이상해서 물었더니 실제로 혼자서 고급 오피스텔에서 자취를 한다고 본인이 대답했던 적도 있어서, 고아인데 무시무시한 조폭 두목이 후견인으로 있다거나 호스트 아르바이트를 뛴다든가 심지어 모 재벌의 사생아라는 억측도 꽤나 돌아다녔다고 했다.

"그건 다 소문이었잖아? 지형 씨 그런 사람이면 내가 결혼을 하겠어?"

다독거리는 투로 얘기했지만 정희의 주름진 미간은 펴지지 않았다.

"하지만 그런 소문이 나돌 정도로 분위기가 수상쩍었다는 게 문제지. 게다가 우리 신혼여행 갔을 때 거기까지 전화해서 네 일 막 물어본 것도 걸리고. 생각해보니까 예전 동창들 만나는 자리에 나가서 인사할 때 흘러가는 얘기로 네 얘길 했었는데 이상하게 관심을 많이 보였던 것 같아서."

"얘는. 나 같은 사람한테 그래 봤자 무슨 득이 있다고."

"그래도 뭔가 숨기는 것 같은 분위기가 너무 많아. 이대로라면 우리 부부가 널 네 신랑한테 넘긴 것 같아서 기분이 영 찜찜해. 네가 어떻게 살았는지 아는데, 넌 꼭 잘 살아야 되는데……."

시댁에 물어본 결과 부조금도 그저 동창생이라기에는 분에 넘칠 정도로 했더라며 정희는 울상을 지었다. 얼마 전에는 신혼집에 에어컨까지 보내왔는데 이건 좀 심하지 않느냐며 묻는 친구의 이야기에 희단은 당황스러워졌다. 하지만 그것은 지형이 못 미더워져서가 아니었다. 왜 모두가 다들 지형을 이상하게만 보는지, 참 이해하기 어려웠다.

원래 남의 말을 하기는 쉬운 게 인지상정이긴 하지만 이 친구까지 이러니 어떡하나 싶다. 희단은 깊은 한숨을 내쉬었다. 지형 씨 성격으로는 폐를 끼친 게 미안해서 일부러 선물을 챙겨 보낸 것 같은데 그걸로 오해를 다 뒤집어쓰게 생겼으니. 그녀는 친구에게 무슨 말을 하면 좋을지 걱정하며 말을 골랐다.

"음, 일부러 밝힐 것은 없다고 생각해서 말은 안 했지만 지형 씨가 고아란 건 사실이야."

먼저 망설이긴 했지만, 이 정도 얘기는 해도 될 것 같았다.

"뭐? 정말? 어쩐지 입구에 서 계신 분들과는 안 닮았다 싶었더니."

"응. 그런데 재벌의 숨겨진 자식까지는 아니어도 시댁 쪽, 정확히 말하자면 지형 씨네 외숙부님네지만, 아무튼 그 댁이 좀 잘 사시는 것도 사실이거든. 지금 지형 씨가 다니는 회사 말이야, 그게 외숙부님네 회사래."

이번에야말로 정희는 정말 놀란 모양이었다. 그렇다면 고등학교 때 소문들이 다 진짜 아니냐고 심각하게 묻는 친구에게 희단은 강하게 고개를 흔들었다.

"아냐, 그런 거. 아까도 말했지만 얼마나 친절하고 세심한 사람이라고."

지형이 어렸을 때는 친척집을 돌아다니며 힘들게 컸다는 것, 그래서 외숙부 내외가 지금도 신경을 많이 써주신다는 것, 환경 때문에라도 주위의 눈을 무척 신경 쓰는 그가 문제아였다니 당치도 않다는 얘기를 주욱 했더니 정희는 그제야 좀 수긍하는 듯한 눈치를 보였다. 그 틈을 타서, 지형이 신혼여행에 전화한 것이나 부조금이나 에어컨 같은 것도 그가 세심한 탓이니 너무 이상하게 생각지 말라고 간곡히 부탁했다. 정희의 야무지게 다문 입가가 겨우 스르르 풀렸다.

"알았다, 알았어! 네가 그렇게까지 말하는 걸 보니 그런가 보지 뭐."

잘나고 다정한 신랑 만나서 다행이고, 이게 다 네가 여태껏 열심히 살아온 결과라며 등을 두드려준 친구는 제법 홀가분해진 얼굴로 대기실을 나갔다. 어찌나 신경이 쓰였던지 혼자 남자 맥이 탁 풀렸다. 희단은 정희가 들려준 말들을 한 번 곱씹어보다가 픽 웃어버렸다.

조폭에다 재벌집 사생아라니, 정말 웃겼다. 여자만 그런 게 아니라 남자도 잘나면 별별 소문이 다 도는 모양이다 싶었다. 한 번뿐인 결혼식인데도 불구하고 그녀의 소원을 존중해 이름도 별로 없는 작은 예식장에서 식을 치러주는 사람이다. 그런 천박할 정도로 화려한 이력에 지형이 어울리기나 한단 말인가.

험담에 가까운 뜬소문을 들었건만 오히려 기분은 나아졌다. 내 남자, 내가 더 잘 챙겨야지 하는 마음이 단단하게 굳어진 탓이다. 한숨을 돌리며 시계를 보니 이제 막 식이 시작될 즈음이었다. 밖에서 떠드는 소리가 좀 잦아든다 싶어서 귀를 기울여보니 신랑이 입장하는 모양으로 결혼행진곡이 울려 퍼진다. 고객이 적은 소규모 예식장이라 더 신경을 써주는 듯, 현악 4중주단이 직접 연주하는 아름다운 선율이었다.

좀 있으면 그녀도 하객들 사이를 걸어나가 지형의 옆에 서야 할 시간이다. 자신을 향해 손을 내밀 지형을 상상하니 뿌듯해졌다. 남들이 말하듯 열렬한 사랑은 아니지만 희단은 이것으로 충분하다고 생각했다. 그를 좋아하고 또 존경한다. 따뜻하게 보살펴주고 싶고, 그의 그늘 아래서는 편히 쉴 수 있다고 믿는다. 더 무엇이 필요할까.

다들 그렇게 말하지 않는가? 타오르는 불길 같은 사랑은 식기도 쉽다고. 화로 안의 은은한 숯불이 오히려 더 오랫동안 사람을 덥혀

주는 거라고.

희단은 자리에서 일어서서 드레스 자락을 매만지며 야외 식장으로 나갈 준비를 했다.


친지로 외숙부 일가가 모두 참석하고 아는 회사 사람들만 몇 명 지인으로 와준 결혼식은 그렇게 번다하지는 않았다. 사실 친가 쪽의 가세(家勢)를 생각한다면 터무니없을 정도로 단출한 결혼식이라 하겠다. 그러나 조부나 숙부 내외, 사촌들 중 그 어느 누구에게도 소식을 전하지 않은 탓에 4월의 작은 정원에서 이루어진 예식은 조촐하고 평화로웠다.

날은 맑고 햇빛은 유난히 따사로운 날이었다. 소규모 관현악단의 잔잔한 음악, 풍요한 햇볕을 듬뿍 받은 꽃들의 향기며 푸른 신록이 어우러진 식장은 모든 하객들의 얼굴에도 즐거운 미소가 떠오르게 만들었다.

야외 결혼식이라 확실히 화창한 날씨가 어울린다고, 주례 앞에 선 지형은 흰 장갑을 만지작거리며 생각했다. 물론 오늘이 잔뜩 흐린 날이라도 상관은 없었을 것이다. 아름다운 미래에의 기대나 예감 따위는 그와는 거리가 멀었으니까.

그럼에도 불구하고, 스무 살을 갓 넘은 듯 어린 얼굴을 한 신부가 떨리는 손으로 부케를 들고 그의 곁으로 걸어들어왔을 때는 지형도 무심함을 유지할 수만은 없었다. 하늘거리는 면사포와 드레스는 새끼 새의 솜털처럼 하늘하늘 보드라워 보이고, 그 면사포 아래로 내려다보이는 속눈썹은 갓 태어난 송아지의 그것처럼 아련하다. 이 여자가 바로 몇 분 후면 자신의 아내가 된다. 그것도 자신의 변덕스런 마음이 시발이 되어.

마음이 갑자기 불어온 바람을 맞아 올올이 일어나는 풀잎처럼 수선스러워졌다. 왜일까, 여름 볕처럼 따갑도록 홧홧하기도 하고 가을 물처럼 서늘해지기도 하는 이 마음은?

신랑 신부 소개와 맞절에 이은 혼인 서약의 물음에 희단이 문득 고개를 들어 그를 보았다. 잠시 생각에 잠긴 듯한 그 눈매에 왜 그렇게 긴장이 되는지 지형은 몰랐다. "네."라는 대답을 들었을 때, 일렁이던 마음이 돌연 뭔가에 콱 틀어막히는 것 같아서 잠시 숨을 가다듬어야 했다.

이런 것이 소위 결혼예식의 압박감인가 보다. 지형은 실소를 지으며 평소 같지 않은 자신을 가다듬으려 애썼다. 소심한 인간 같으면 스트레스가 한 다발이겠군. 이 짓을 몇 번이고 되풀이한 친가 친척들 몇은 어느 면으로는 참 대단하다 싶다.

정원에서 들여다보이는 형태의 폐백실에서 폐백을 마치자 피로연을 겸한 오찬이 시작되었다. 외숙부의 동창이자 오늘의 주례가 운영하는 고급 회원제 예식장은 다행스럽게도 별로 개방적이지 않은 곳이었다. 비싼 비용에 걸맞게 예식도 하루 내내 두 쌍 정도가 전부여서 식과 피로연을 한꺼번에 한 장소에서 해결할 수 있었다.

바비큐를 굽고 요리사들이 준비된 음식을 한쪽에서 서빙하는 사이에 하객들에게 인사하는 과정까지 끝낸 지형은 서둘러 예복을 갈아입고 출발할 준비를 마쳤다. 원래는 간단하게라도 식사를 마치고 떠날 예정이었으나 지금 상태로는 뭔가를 먹을 수 있을 것 같지가 않았다.

외사촌 동생인 하야가 미리 준비해둔 짐이 실린 자가용을 주차장에서 끌고 왔을 때, 지형은 손수 운전대를 잡았다. 외사촌들이나 희단의 친구들이 새신랑이 손수 운전해서 경주로 신혼여행을 가다니 신부가 울겠다며 농을 해서, 지형은 조금 찜찜해졌다. 여름에 따로 여행을 가기로 미리 다 계획이 잡혔고 희단도 양해를 하긴 했지만 정작 그녀가 어떻게 느끼고 있을지는 알지 못한다. 희미하게 조바심이 났다.

"상황이 그런데 뭘."

얼굴을 굳히며 그린 듯한 무표정으로 말을 툭 던지자 몰려들었던 우인(友人)들이 다들 좀 질린 표정으로 물러섰다. 바지와 티셔츠로 갈아입은 희단이 가방을 들고 나타나자 겨우 사람들은 다시 떠들썩한 기운을 되찾고 축하의 말과 짓궂은 희롱조의 말을 앞다투어 던졌다. 희단은 쑥스러운 듯 배시시 웃었고, 젊은 남자 하나가 무리에서 뛰어나와 조수석의 문을 열어주었다.

"어머, 대리님도 오셨어요?"

얌전히 차에 타려던 희단이 문을 열어준 사람의 얼굴을 알아보고 웃었다. 분명 자신은 모르는 얼굴이다. 지형은 룸미러로 남자의 얼굴을 슬쩍 훔쳐보았다. 대하는 품으로 봐서는 아마도 희단의 직장 동료 같은데, 그녀를 향해 어색한 웃음을 띠고 더듬더듬 축하의 말을 건네는 희멀건 얼굴이 왠지 마음에 안 든다.

고개를 돌려 안경알 너머로 싸늘하게 눈길을 주자 남자가 흠칫하며 얼른 차에서 떨어졌다. 눈치도 모르고 희단은 남자를 향해 일부러 와주셔서 감사하다며 치하를 한다. 또다시 낯선 성마름이 치밀어 올라 그는 재빨리 기어를 바꿨다.

희단이 창 밖의 남은 사람들을 향해 손을 흔들고 또 고개를 숙여

가며 인사를 하는 사이 차는 사납게 출발했다. 잠시 중심을 잡지 못한 그녀가 안전띠를 거머쥐며 놀란 눈으로 그를 바라보았다.

"미안해요. 발이 미끄러졌어요."

말도 안 되는 거짓말을 뻔뻔스레 하고선, 차가 사거리 정지 신호에 멈춰 서자 지형은 손을 뻗어 흘러내린 희단의 옆머리를 귀 뒤로 쓸어넘겨 주었다. 분명히 젤을 발라 빳빳할 정도로 모양을 잡은 머리카락인데도 놀랄 만큼 부드럽게 느껴지는 것이 신기했다. 이젠 이 머리카락도 동그란 얼굴도, 작고 마른 어깨도 모두 자신에게 속해 있다. 욕심에 가까운 어떤 감정이 지형의 속에서 불쑥 치솟았다.

그의 상상처럼 이제 이 여자는 토끼장에 갇힌 집토끼, 그만의 토끼가 되었다. 지형은 희단을 눈길로 옭아매기라도 하듯 뚫어지게 바라보았다. 장래는 모르지만, 지금 이 순간만큼은 그녀를 세상 어느 누구도 뺏어가지 못할 것이다. 희단은 그의 유일한 가족이 되었고 동거인이자 또한…… 또한 무엇이 되었을까?

덧붙일 말이 분명히 있었던 것 같은데 떠오르지가 않았다. 어쩐지 간질간질한 초조함을 느끼며 그는 짐짓 부드럽게 물었다.

"점심은? 배고프지 않게 먹었어요?"

아직도 동그란 눈동자가 그대로인 채로 희단은 눈을 깜빡거렸다. 급박하게 출발할 때의 놀람이 가시지 않은 모양이다.

"점심요? 아…… 네."

눈동자의 깜빡거림이 점차 느려지더니 급기야 희단은 고개를 툭 떨구었다. 아직도 올림머리 상태라 보송보송한 목덜미가 그대로 드러났다. 귓불에서 그 목덜미까지 온통 발갛게 물들어 있는 것을 보고 지형은 그녀가 놀란 것이 아니라 새신부다운 수줍음을 타고 있다는 것을 알았다. 왠지 참…… 흐뭇하다.

"안 먹은 거예요? 도중에 휴게소가 있긴 하지만……."

그런 곳의 음식은 아무래도 맛이 없어서, 라고 덧붙이자 희단이
고개를 반짝 들고 외쳤다.

"채, 챙겨 먹었어요! 별로 배고프지 않아요!"

그러더니 다시 고개를 푹 숙이고 들릴락말락 하게 "친구들이 과
일 바구니도 줬고."라고 중얼거린다. 아닌게아니라 룸미러로 보이는
뒷좌석에는 알록달록하게 장식된 덩실한 대바구니 하나가 자리를
차지하고 앉아 있었다. 여자친구들은 저런 것도 주고받는 것일까. 지
형은 노랗게 잘 익은 바나나와 달큼한 내가 흘러나오는 듯한 탐스러
운 감귤류, 씻어놓은 것 같이 촉촉해 뵈는 붉은 딸기들을 흘깃 쳐다
보았다.

"난 배가 좀 고픈데."

"어머나! 식사 못 하셨어요?"

화들짝 놀란 시선이 뺨에 와 닿았다. 지형은 무심한 얼굴로 당연
하다는 듯 고개를 끄덕였다.

"어쩌다 보니 밥 먹을 시간이 없었거든요."

거리낄 건 하나도 없다고 그는 생각했다. 식욕이 없어서 안 먹긴
했지만 이번에는 생판 거짓말도 아니니까.

"어떡해요, 저는 그런 것도 모르고 혼자서만."

안타까움과 미안함이 가득한 음성이 기묘한 포만감을 주었다. 그
는 턱짓으로 뒷좌석을 가리켰다.

"먹을 수 있는 거죠, 저것들?"

"당연하죠! 얼른 갖다드릴게요."

희단은 대뜸 안전띠를 풀더니 뒷좌석으로 몸을 내밀었다. 초록불이 들어왔고, 운행 중에는 위험한 짓이었지만 그는 아무 말도 하지 않았다. 다만 조심스레 차를 출발시켜 인도 쪽으로 바싹 붙여서 느린 속도로 운행했을 뿐. 그리고 그런 자신에게 변명했다. '사고가 나면 안 되니까.'라고.

바스락거리며 포장지를 푸는 소리가 나더니 친구들이 과도도 챙겨주었다며 희단이 기쁜 듯 혼잣말을 하는 것이 들렸다. 곧이어 그녀가 물었다.

"뭘 먼저 드시고 싶으세요? 멜론도 있고, 망고, 키위도 있어요. 친구들이 과일을 다 씻어줘서 그냥 깎아 먹어도 될 것 같아요."

운전대를 잡은 지형은 곁눈으로 희단을 슬쩍 보았다. 신부 화장을 지워낸 뽀송뽀송한 얼굴에서 도톰한 입술만이 빨갛게 윤이 나서 눈을 떼기가 힘들다. 뭘 바른 건지가 급격히 궁금해졌다. 보기로는 달콤새콤한 봄의 과일 향이 날 것만 같은데.

"······딸기."

붉고 통통한 과일이 예쁘게 담긴 일회용 그릇의 랩을 벗기면서 그녀는 순진하게 물었다.

"딸기 좋아하시나 봐요?"

"뭐, 그냥."

지형의 말은 짧았다. 자신이 먹을 딸기를 챙기는 여자, 그 여자의 딸기처럼 붉은 입술 때문에 속을 오래 비워둔 듯 배가 묵직하게 뜨끈뜨끈해지고 목은 칼칼하게 말라왔다.

"아, 하세요." 하는 말이 들리기가 무섭게 달콤한 향기를 풍기는 과일이 이쑤시개에 꽂힌 채 입술에 와 부딪혔다. 시선을 앞에 둔 채 입을 벌리자 딸기 향과 함께 말캉하게 씹히는 빨간 딸기가 밀려 들어왔다. 그는 급하고 사납게 딸기를 씹어 삼켰다.

4월의 붉은 딸기는 달았다. 참을 수 없이. 금방 입가에 또 다른 딸기가 냉큼 디밀어졌다. 지형은 그렇게 대여섯 개의 딸기를 받아먹었다.

"맛있으세요?"

희단의 목소리에서 미소가 감돌았다. 향긋한 과육이 입 안에서 느껴지는 것 같아 침이 마른다. 마침 톨게이트가 저쯤 보여서, 그는 갓길로 차를 몰아갔다.

"먹어봐요."

차를 세운 지형은 안전띠를 풀고 손수 이쑤시개에 딸기를 꽂아 내밀었다. 잠시 망설이던 희단이 부끄러운 듯 눈을 내리깔고 얼굴을 내밀었다. 벌어진 빨간 입술이 딸기를 삼키고, 오물오물 씹는다.

"어때요?"

"달아요."

생긋 웃으며 말하는 그 얼굴을 양손으로 감싸고 키스했다. 놀라 다물지 못하는 입술을 빨아당기며 혀로는 딸기 맛이 진하게 풍기는 입 안을 덮쳤다. 그 주인처럼 얌전하게 앉아 있던 희단의 혀는 붉고 향기롭던 과일보다 훨씬 달콤하고 사랑스러운 맛을 냈다.

보기에는 그다지 매끈하지 않던 그녀의 맨살도 마찬가지였다. 화장품의 향이 아닌 순수한 살 냄새, 시원한 비누 향과 아기의 분 냄새가 미묘하게 뒤섞인 듯한 향기가 지형을 순간적으로 아뜩하게 만들었다. 꽃이 가득 핀 소박한 시골 과수원의 주인이 된 기분이었다. 그녀의 동그란 턱선과 목선, 섬세한 쇄골을 쓰다듬는 손끝에서 꽃이

피듯 뜨거운 체온이 번져나가는 것을 느끼며 지형은 희단의 향기를 깊게 들이켰다.

스쳐가던 차 한 대가 빠앙, 하며 길게 경적을 울리고 지나간다. 할딱이던 희단이 드디어 못 견디겠다는 듯 그의 가슴을 밀어냈다. 지형은 순순히 물러났다. 가속도가 붙은 심장이 만족한 것 같지는 않았지만 시간은 많았다. 과일 바구니에 과일도 많았다.

"딸기, 맛있네요."

희단의 입가에 번진 과일 물을 엄지손가락으로 닦아주며 그가 조금 웃자 그녀의 얼굴이 새빨개졌다. 격한 키스를 하느라 흐트러진 머리카락을 다시 쓸어주려는데 희단은 재빨리 "제가 할게요."라며 몸을 뺐다. 순간 언짢을 뻔했지만, 가늘게 떨리는 손가락들이 방금 그가 만진 귓불과 목덜미 사이를 정신없이 오가는 것을 보고 지형은 다시 속으로 웃었다.

귀여워.

톨게이트를 지나 터널을 통과하고 나자 차는 본격적으로 고속도로에 올랐다. 도심을 벗어난 녹음과 교외 풍경이 창 밖으로 흘러갔고, 거기에 홀린 희단은 수줍음을 내팽개쳤다.

"어머! 세상이 온통 초록색이에요!"

창턱을 붙잡고 소리치는 그녀는 오래 기다리던 선물을 받은 어린애 같았다. 봄이 된 지 오래인데 여태 몰랐느냐고 물으려다가 지형은 멈칫했다.

정말로, 햇볕이 가득 쏟아지는 창 밖은 온통 초록색이었다. 나무에 풍성하게 달린 잎들이 푸르게 바람에 날리고, 어린 풀들은 한껏 손을 뻗어 태양을 향해 북돋움하며 까르륵 웃는다. 손에 닿을 듯 말

듯 아스라이 짧은 계절이 차창 밖에서 그를 향해 손짓하고 있었다. 여린 연두, 투명한 퍼머넌트그린. 찬연한 봄의 색깔.

"완전 반짝반짝하네요!"라며 희단이 웃는다. 그녀의 말 때문일까. 정말로 눈이 부시다. 눈을 가늘게 뜨고 희단을 바라보다 지형은 창을 조금 내렸다. 반쯤 열린 창 틈으로 들어오는 봄바람에 희단의 머리카락이 마구 헝클어진다. 창에 얼굴을 대고 깊이 숨을 들이쉬는 그녀의 입술이 기쁨으로 크게 벌어졌다.

문득 이 결혼이 그의 인생에서 몇 안 되는 '무척 잘한 일'에 해당되는 것일지도 모른다는 생각이 들었다. 최소한, 지금 우리―희단과 그―는 좋은 시간을 보내고 있으니까. 지형은 문득 묻고 싶어졌다.

"……행복해요?"

"네?"

창으로 가득 들어오는 바람과 푸른 풍경들에 홀려 있던 희단이 머리를 쓸며 되물었다.

"미안해요. 못 들었어요. 뭐라고 하셨죠?"

그는 갑자기 자신의 질문이 유치하다는 생각이 들었다. 뜬금없이 행복하냐니. 사랑해서 결혼한 것도 아니면서 왠 신파 영화 같은 대사인가. 속으로 실소를 흘리며 그는 덤덤하게 질문을 고쳤다.

"섭섭하지 않냐고요."

"왜요?"

까만 눈이 동그래졌다.

"경주에 가서요."

"경주가 왜요?"

"그래도 신혼여행이니까요."

"다 이야기했던 거잖아요, 뭘. 여름휴가 때는 멀리 놀러가자고 지형 씨가 말해줬으니 괜찮아요."

게다가 자신은 경주를 좋아한다며, 중학교 소풍 이후로는 처음 가보는 거라 석굴암에도 오르고 싶다고 희단은 소리 내어 하하하 웃었다. 오히려 지형이 어이없어질 정도였다.

"하지만 소풍이나 학생들 수학여행이 아닌데요. 유적지 관람이라니."

"어머, 지형 씨가 여행 중에도 출장 나가야 한대서 박물관이랑 안압지랑 가볼 곳을 잔뜩 찾아놓고 계획도 세워놓은걸요."

희단이 좀 의외라는 투로 말했다. 하긴 그녀의 차림이나 얼굴로는 호텔의 수영장에서 수영을 한다거나 정장차림으로 양식당에서 우아하게 나이프를 놀리는 모습보다는 스니커즈를 신고 자그마한 배낭이나 달랑달랑 맨 채로 관광지를 쏘다니는 모습이 연상되기는 한다. 그러나 그건 안 될 말이다.

명색이 결혼한 기혼녀인데, 어떻게 토끼장 뛰쳐나간 철모르는 집토끼 모양으로 뽈뽈거리며 관광지를 쏘다닌단 말인가! 수풀이 무성하게 우거지고 맹수들이 들끓는 숲 속을 초식동물이 혼자서 돌아다니는 것만큼 위험천만이었다. 저런 어리고 순진한 얼굴로는 더더욱!

"혼자서 말입니까?"

"어…… 안 되나요?"

도대체 새신부라는 자각은 있는 것일까. 조금 전의 키스로 얼굴을 붉히던 것은 다 잊어버린 채 금세 놀러온 어린애가 되어버린 희단이다.

"운전할 줄 알아요?"

"……아뇨."

"그럼 어떻게 그런 곳을 다 돌아다닐 참입니까?"

"버, 버스로요."

"힘들 텐데요."

"괜찮아요! 버스랑 지하철 같은 대중교통에 더 익숙한걸요. 게다가 경주까지 와서…… 아!"

중간에 뭔가를 알아챈 듯 말을 끊었던 희단이 샐끔 눈치를 보더니 "퇴근할 때까지는 와 있을게요. 빈 방에서 기다리게는 하지 않을 거예요."라고 변명을 하듯 중얼거렸다. 전혀 거기에 대한 생각은 없었건만, 왠지 지형은 얼굴이 달아오르는 느낌이 들었다. 혼자 있는 게 싫어서 그런다고 언제 한마디라도 했나? 그는 앞을 바라보며 입술을 씰룩거렸다. 괜한 심술기가 솟았다.

"그런 것보다는, 신부들은 신혼여행지에서 많이 못 걷는다던걸요."

"예? 왜요? 아, 다들 정장에 하이힐 같은 걸 신어서 그런가 봐요. 괜찮아요."

"운동화도 준비해왔거든요."라고 생긋 웃는 희단이 어쩐지 얄밉다. 당연히 못 알아듣고서 그러는 거겠지만 그래도 어쩌면 저렇게 뭘 모를 수가 있을까.

"신혼여행에서 신부가 너무 팔팔하면 신랑이 잘 못하는 거라던데요."

"예?"

"신부들은 말이죠, 아침에 늦잠자는 것도 좋아한답니다. 다들 그렇게 피곤해한다고 하더군요."

"헉!"

의아하다는 듯 갸우뚱 기울어지던 희단의 머리가 화들짝 놀라는 바람에 등받이에 세게 부딪혔다.

"저런, 아프지 않아요?"

제법 느끼한 눈길로 바라봐줬는데, 당황한 희단이 연신 다른 곳을 쳐다보는 척하느라고 눈을 맞추질 못했다. 빨개진 얼굴로 아하하하 웃으면서 그녀는 물었다.

"저, 저기…… 배고프지 않으세요? 아까 딸기 몇 개만 드셨잖아요? 과일뿐이지만, 뭘 좀더 드시는 게……."

"아, 그럼 바나나 먹겠습니다. 껍질 좀 벗겨주세요."

그 대답에 숨을 또 헉, 하고 들이키는 소리가 났다. 아무리 동안의 순진한 얼굴을 하고 있어도 몇 가지 성적인 농담 정도는 들어본 모양이다. 그는 모른 척 무표정한 얼굴을 하고 잠시 희단을 바라보았다.

"바나나에는 전분이 많아서 공복시에 포만감을 제일 많이 주는 과일 중 하나라고 하더군요. 먹기도 간편하고."

"그, 그렇지요."

떨리는 목소리로 "드, 드릴게요. 운전하세요, 운전." 하고 흔들리는 손을 들어 앞을 가리키는 모양새가 우습다. 더 말을 않고 전방을 향해 시선을 돌렸더니 뒷좌석에서 부스럭거리는 소리가 나는 걸로 봐서 바구니를 뒤지고 있나 보다. 그런데, 이상하게도 시간이 좀 걸린다. 흘깃 보니 좌석을 젖히고 뒤로 몸을 뻗친 희단이 웬 종이쪽지를 들고 부들부들 떨고 있었다.

"뭡니까, 그건?"

"아, 아무것도 아니에요!"

비명을 지르다시피 하며 후다닥 주머니에 집어넣는 게 수상하다. 갑자기 머리를 스친 건 아까 출발할 때 본 젊은 남자의 얼굴이었다. 그럴 리야 없겠지만, 생각조차 불쾌해서 지형은 보기 드물게 표정을 찡그리며 다시 물었다.

"누가 준 거죠?"

"친, 친구들이요. 근데 정말 아무것도 아니에요."

바구니에서 바나나를 챙겨들며 희단은 얼버무렸다. 그게 더 수상했다.

"뭐라고 쓴 겁니까?"

조용히 물었지만 이번에야말로 표정이 험악해졌나 보다. 희단이 울 것 같은 얼굴로, 조그맣게 중얼거렸다.

"나중에 신랑이 좋은지 바나나가 좋은지 꼭 얘기하라고……."

"……."

"계집애들이 바나나 위에다 스카치테이프로 커다랗게 붙여놨잖아요! 지형 씨가 보라고 그런 것 같아요. 아이 씨, 진짜 못됐어!"

처음에는 말을 잃고 있었지만 지형은 점차 숨이 가빠왔다. 생각지도 못한 대박이었다. 억지로 입을 다물고 냉정한 표정을 유지하려 했지만 참을 수가 없었다. 작은 큭, 소리로 시작된 지형의 웃음은 곧 폭소로 이어졌다. 그는 면허를 딴 이후로 한 번도 해보지 않은 일, 즉 고속도로에서 갓길에 차 대기를 최초로 시도하지 않을 수가 없었다.

"푸하하하하하하……! 이, 이건 정말 참, 뭐라고 해야 할지……."

"미안해요."

핸들에 이마를 대고 웃고 있자 희단이 풀이 죽어서 사과를 해왔다. 너무 웃어서 눈물이 날 지경이었지만 그는 애써 웃음을 참으며 고개를 들었다.

"희단 씨."

팔을 그녀의 어깨에 얹은 채 오른손으로 뺨을 만지자, 엷게 홍조를 띤 희단이 슬그머니 눈을 올려 그를 보았다.

"참 좋은 친구들이네요. 나중에 친구들에게 꼭 얘기해줘요."

"뭐라고…… 할까요?"

"우리 신랑이 바나나보다 훨씬 '낫다'고요."

"……."

"바나나보다 '좋다'고 하면 안 돼요. 꼭 '낫다'고 해야 됩니다. 알겠죠?"

희단은 대답을 못 하고 있었다. 그런데, 약간 얼빠진 듯 보이는 그 얼굴이 귀여웠다. 당황과 황당이 뒤섞여 동그랗게 뜬 그 눈이, 충격을 받은 듯 새근새근 소리가 나는 콧망울이, 살짝 벌어진 분홍빛 입술이, 얼마나 귀여웠는지 모른다. 지형은 충동적으로 뺨에 쪽 소리가 나도록 입을 맞춘 후 자그마한 조개껍데기 같은 귀에다 속삭였다.

"나중에…… 확인시켜줄게요."

## 8

　생각지도 못했던 야한 말로 그녀의 혼을 쏙 빼놓았던 남자는 그 뒤로는 참 무덤덤한 얼굴로 운전만 계속 했다.

　그래서 희단은 자신이 꿈을 꾸었나 싶었다. 사실은 지형 자신도 충동적으로 말해놓고 어색했던 게 아닐까. 늘 포커페이스를 하고 있는, 그 속을 잘 알 수 없는 남자를 보며 희단은 생각했다. 남자들은 분위기에 말려 실제로는 할 수 없는 이런저런 말도 한다고 하니까. 이 사람은 전혀 그렇게 보이진 않지만 말이다.

　희단은 발밑에 놓은 비닐봉지를 흘깃 쳐다보았다. 이런저런 쓰레기들을 모은 봉지였다. 지형이 먹어치운 바나나껍질이 그 안에 들어 있다. 생각만 해도 얼굴이 숯불을 피운 화로라도 된 듯 열이 올랐다. 아우, 바나나라니. 바나나보다 '낫다'라니! 도대체 무슨 마음으로 그런 소릴 한 걸까. 아무리 결혼한 사이라도 너무 심한 소리 같다.

　그런 생각을 하다 보니 희단은 비로소 실감했다. 그들은 이제 결혼한 '부부'다. 돌이켜볼 때 결혼식이란 건 그저 치러야 하는 거창한 의식에 지나지 않았다. 식장을 잡고, 예물을 준비하고, 사진도 찍고 당일은 새벽부터 일어나 온갖 준비를 했음에도 불구하고 결혼한다는 느낌은 그저 피부 위로 미끄러져 지나갔을 뿐이었다. 평소에는 그렇게 친절하지 않았던 아버지가 모처럼 상냥한 얼굴로 그녀를 데리고 식장에 들어갔을 때에도, 휠체어에 앉아 결혼식을 지켜보던 엄마가 눈물을 펑펑 쏟을 때에도 그랬다. 지형의 부모님을 대신한 외숙부님께 폐백을 드릴 때에도 마찬가지였다.

그런데 지금 지형에게서 남에게는 절대 듣지 못할, 들었다면 성희롱으로 고소를 해야만 할 그런 은밀한 농담을 듣고 나서야 실감이 난다. 이 남자가 내 남편이구나 하는. 그리고 오늘 밤 자신은 이 사람에게 25년 동안 그 누구도 몰랐던 어떤 부분을 허락해야 한다는.

어머나, 어떡해!

갑자기 희단은 얼굴이 새파래졌다. 다시 말하자면 이제는 매일 밤이 남자와 한 침대에 들어서야 한다는 것이다. 그리고 모름지기 부부 간에는 당연히 있어야 할 그 일, 그녀가 말로는 도저히 표현 못할 '그것'을 해야 한다는 뜻이었다.

옆자리에서 참으로 무뚝뚝한, 그러나 길거리에서 5백 미터 이상을 걸으며 찾아봐도 흔치 않을 잘생긴 얼굴로 운전을 하고 있는 남자를 한 번 쳐다보고는 희단은 공황 상태에 빠졌다.

이 남자가, 저 손으로, 그녀를 만지는 것이다! 이게 무슨 IMF 버금가는 최고 난이도 난관이란 말인가! 물론 아주 남도 아니고 키스는 해본 사이지만 이건 키스 정도와는 본질적으로 다른 문제였다. '어딜 만질까?'라는 의문이 떠오르자마자 인터넷 자동 검색처럼 답이 좌라락 떠올랐다. 머리, 어깨, 그리고 발, 무릎, 발…… 일 리가 없다. 이건 동요가 아니니까. 희단은 눈을 감으며 신음했다.

그녀의 온몸, 머리부터 발끝 사이의 모든 피부와 신체부위가 어물전의 가판대에 내놓은 생선처럼 낱낱이 까발려져서 민지형이란 남자 앞에 잡숴줍쇼, 하고 놓이는 것이다. 너무 갑작스런 심적 충격에 눈물이 날 것만 같았다. 그녀는 소리없이 울부짖었다. 목욕탕에 가서 등 밀어준다는 아줌마들도 다 거부했는데 하물며 남자라니, 남자의 손길이라니. 나는 못 해! 못 한다고!

　　그러나 희단이 하얘졌다 노래졌다 파래졌다의 사이클을 몇 차례나 반복하든, 속으로 얼마를 울부짖든 간에 차는 꾸준히 달려서 어느새 경주에 도착해버렸다. 경주 톨게이트를 지나 신록으로 덮인 도로를 거치고 호텔들이 즐비한 보문단지의 호수를 옆에 끼고 달려서 도착한 곳은 최근 개장했다는 한옥식 호텔이었다.

　　주차장에 차를 대고 내린 후 희단은 호텔을 바라보고 입을 떡 벌렸다. 호텔은 그녀의 첫날밤 공포증을 이겨낼 만큼 인상적이었다.

　　"마음에 안 들어요?"

　　옆에서 지형이 묻는 소리가 들렸지만 얼른 대답을 못 했다. 임금님이 살던 궁이 떠오르는 외관에 이름에까지 '궁(宮)'자가 들어가는 호텔은 참으로 품위 있고 아름다웠다. 하지만 그것과 희단의 망설임은 별개였다.

　　비싸겠다, 이를 어째.

　　잔뜩 얼어서 그렇게 생각했지만 곧이곧대로 입 밖에 내어놓을 수는 없었다. 애초에 지형이 숙박 장소를 어디로 할까 물었을 때 조용하고 가정적인 곳이 좋다며 얼버무린 것이 잘못이었다. 경주의 신혼여행이라면 분명히 특급 호텔들을 고를 텐데 싶어서 그렇게 대답했건만. 이러면 나중에 여름에는 어디 멀리 가자고 하기도 힘들겠다는 생각에 참 아쉽고 억울했다.

사실은 일생에 딱 한 번인 신혼여행으로는 무전여행이라도 꼭 해외를 가보고 싶었던지라 울상이 될 수밖에 없었다. 사무실의 양승하가 경주 무슨 팬션으로 남자친구와 1박을 하고 왔다면서, 남자가 1박에 이 정도는 써야지 쩨쩨하게 팬션이 뭐냐고 투덜거리며 보여주던 이 한옥 호텔의 인터넷 홈페이지가 뒤늦게 기억나서 더 그랬다. 여긴 진짜 비쌌다.

"다른 데로 갈까요?"

지형이 다시 물어왔다. 하지만 4월의 주말이니만큼 다른 호텔에서 방을 구하긴 힘들 것이다. 희단은 우물쭈물했다.

"아니 저는 그냥……. 지형 씨는 어때요?"

"나야 괜찮은데요. 아직 한 번도 못 와봐서 구경도 할 겸 예약한 거니까."

그러더니 지형은 무슨 생각인지 "보통 호텔 같지 않아 좀 거리껴질지 몰라도 안에 가보면 괜찮을 거예요."라며 트렁크에서 짐을 꺼냈다. 희단은 그를 따라 호텔 안으로 들어갈 수밖에 없었다.

복도에는 임금님의 곤룡포가 생각나는 자줏빛 카펫이 깔려 있었고, 한국적인 장식품과 고가구들이 곳곳에 놓여 있었다. TV에서 보던 일반 호텔들과는 전혀 다른 분위기였으나 창의 나무창살 하나에도 고전적인 미학이 배어 있다는 느낌이 들었다. 로비데스크로 다가가니 종업원이 고운 한복을 입은 채 공손히 응대한다. 지형이 본인의 이름을 대고 예약 확인을 부탁하자 종업원이 빙긋 웃으며 대답했다.

"예, 민지형 님 성함으로 마당형 로열스위트 한 채 예약되어 있으십니다."

이 비싼 곳에 그것도 로열스위트! 충격을 받아 어버버거리고 있으려니 지형이 물었다.

"난초, 솔잎, 연꽃 중에 뭐가 좋아요?"

"아, 저는 연꽃……. 그런데 지형 씨."

'로열스위트는 좀.'이라고 말을 꺼내기도 전에 슥슥 체크인을 해버린 지형이 무슨 일이냐는 눈빛으로 보았다. 게다가 그 사이 종업원 하나가 잽싸게 다가와 짐을 받아가는 바람에 희단은 꼼짝도 못 하고 앞서가는 종업원과 지형을 뒤따라야 했다. 그러니 그런 와중에 복도에 놓인 갖가지 화초며 아름다운 장식장들, 특이한 형태로 드리워진 매듭의 갓등들이 그녀의 눈에 들어올 리가 없었다.

하지만 그럼에도 불구하고 한옥의 대문을 닮은 객실의 문을 열고 들어가 다시 거실에 들어선 순간 희단은 숨을 멈추지 않을 수 없었다.

"여기 너무…… 너무 예뻐요!"

자줏빛과 금빛이 어우러진 보료와 쿠션이 얌전히 놓인 목제 소파는 왕이 머물던 처소를 연상케 했고, 반들반들한 마루는 정갈하게 닦여 한눈에 보기에도 시원스러웠다. 과연 비싼 곳이 다르기는 다르다. 예쁘다기보다는 단정한 기품이 느껴지는 공간이었지만 어쨌든 희단은 썩 마음에 들었다. 거실 전면의 문으로 내다보이는 작은 마당에는 함초롬한 작은 나무들과 화초들이 자라고 있었기에 그녀는 장지문을 열고 밖을 내다보았다.

마당에는 수도꼭지가 달린 작은 석제 연못 같은 것이 있었다. 희단은 고개를 갸웃했다. 왜 물이 없을까. 아쉬운 생각이 들었다. 혹시 여름에만 틀어놓는 건지도 몰랐다.

"오늘은 날씨도 따뜻한데 시원해 보이도록 물 좀 채워놓지."

서운해서 중얼거리는데, 안쪽으로 간 직원이 문을 열어 보이며 스위트의 구조에 대해 설명하는 것이 들렸다. 말을 끝낸 직원이 팁을 거절하고 웃는 얼굴로 인사 후 나가자 제법 널따란 거실에는 둘만 남았다. 닫힌 공간에 지형과 있다는 것을 의식하자 희단은 갑자기 긴장했다.

"저기 그러니까……."

입은 열었는데 할 말이 생각나지 않아 침만 꼴깍 삼켰다. 지형은 그런 그녀를 빤히 쳐다보더니 성큼성큼 다가와 바로 코앞에 섰다. 목 위로 피가 몰리고 호흡이 가빠졌지만 희단은 애써 그의 얼굴을 바라보지 않으려 했다. 머릿속에서 저절로 노오란 바나나가 둥실 떠올랐다.

설마…… 지금 그, 그걸 확인시켜주겠다는 건 아니겠지? 으…… 미치겠네! 왜 그런 소릴 해서는!

희단은 무서웠다. 눈앞의 남자도 무섭고, 자신도 무서웠다. 자기 스스로가 무섭다는 건 어이없지만 사실이었다. 아니, 실은 남자가 보여줄 어떤 것보다 홀랑 껍질이 벗겨진 자신이 얼마나 보기 흉할지, 지금은 그게 가장 두려웠다. 지형이 손을 잡아끌면 넘어갈 것 같으니 더 그랬다. 그녀는 이제 병원에 도착해 쉬고 있을 어머니에게 원망 어린 항의를 토했다.

왜 딸을 팔등신 미인으로 낳지 못하신 것일까. 얼굴은 그렇다 치고 몸매까지 구제불능 항아리형으로 낳으실 것까진 없지 않나 말이다!

"희단 씨."

"네? 아, 마, 말씀하세요."

"뭐부터 할래요?"

미성이라고는 해도 남자 목소리인데 왜 이렇게 달콤하게 들리는 거야! 새삼 희단은 그렇게 속으로 울부짖었다. 원래부터 좀 듣기 좋다고 생각하긴 했지만, 그래도 평소에는 무덤덤하던 지형의 목소리가 왜 이렇게 색기를 입고 귓속에 흘러들어오는 걸까. 별로 달라진 것도 없지 않은가. 조금 더 낮아지고 허스키해진 것도 같긴 하지만 그 정도야 자신의 착각일 가능성이 높았다.

"사람 좀 보고 말해요."

또다시 낮고 짙은 목소리가 요구했다. 싫어요, 싫어! 그녀는 눈을 감고 고개를 재빨리 흔들었다. 절대 안 봐! 못 봐!

목소리만으로도 마음이 이런데 얼굴까지 보아버리면 분명 자신은 뭐에든 말려들 것 같았다. 특히나 이런 분위기에선 더 그렇다. 갑자기 지형이 늘어뜨린 그녀의 손을 턱 잡았다.

"피곤해요?"

헉.

"아니에요!"

'피곤'이란 단어에서 즉각 '침대'라는 단어를 연상한 희단은 번쩍 눈을 뜨고 아까보다 더 빨리 고개를 흔들어댔다.

"낮이니 자긴 그렇고 저기 온천수를 사용한 욕조가 있는데, 쓸래요?"

지형이 마당 쪽을 턱짓했다. 욕조라니! 희단은 놀라는 것을 넘어서서 펄쩍 뛰었다. 아까 연못이라고 생각한 것이 욕조란 말인가! 게

다가 노천 목욕이라니, 늑대를 피해서 범 아가리에 머리를 집어넣으란 권유를 받은 것처럼 가슴이 벌렁댄다.

"아, 안 피곤해요! 절대로 피곤하지 않다고요!"

"피곤은 하지 않고, 그럼?"

웃음기 어린 목소리에 놀라 위를 쳐다봤더니 지형이 눈을 가느스름하게 뜨고 그런 그녀를 내려다보고 있었다. 분명 그 눈매에 가득한 것은 부드러운 미소였다. 희단은 더 놀라버렸다.

이렇게 잘생긴 남자였나. 무뚝뚝할 때는 그때대로 잘 벼린 육중한 장검 같은 분위기가 있었지만 그 눈매에 웃음이 감돌자 스무 살 꽃돌이가 안 부러웠다. 아니, 오히려 중후함이 더해져 매력 정도가 아니라 마력이 철철 넘쳤다.

그러다가 희단은 정신을 차렸다. 이러다가는 정말 여우에게 홀린 것마냥 몸은 물론이고 장기를 내달래도 다 내줄 것 같았다. 그녀는 필사적으로 할 말을 찾았다.

"피곤은 하지 않고 그러니까, 아, 맞다! 배고파요!"

"그래요? 그래도 일단 짐부터 풀어야……."

그의 시선이 온돌방과 그 뒤에 있다는 침실 쪽을 향하는 것을 보고 희단은 황급히 그의 팔을 잡아당겼다.

"아뇨, 저는 밥이 더 급해요! 여기 식당이 어디에 있나요? 호텔 안에? 아니면 밖에 있을까요? 아무래도 한옥 호텔이라 식당이 있어도 양식은 없겠죠? 저는 고기, 아니 스테이크 먹고 싶은데!"

"그래요? 그럼 나가야죠."

겨우 지형은 손을 놓고 몸을 돌렸다. 그제야 깜깜했던 눈앞이 좀 밝아지는 것 같아서 희단은 한숨을 휴우, 하고 내쉬었다. 앞서가서 문을 잡고 기다리던 지형이 "왜 그래요? 역시 어디가 안 좋은 겁니까?" 하고 물었다.

"아니에요! 배가 너무 고파서 그래요. 어서 가요!"

희단은 풀쩍 뛰어오르다시피 하며 문가로 내달렸다. 그러나 카드키를 뽑고 문을 닫은 후 시원한 회랑 형태의 복도로 나서면서 그녀는 좀 이상한 점을 발견했다.

그런데 왜 이렇게 허전한 기분이 들까? 조금 전만 해도 팽팽하게 부풀었던 갈비뼈 밑으로 어쩐지 설렁설렁한 바람이 드나드는 듯하다. 고기를 먹고프단 건 말뿐이었는데 사실은 그것이 진심이었던 걸까? 향긋한 목조 기둥이 나란한 포석 위를 터덜터덜 걸어가며 희단은 인체의 신비에 절로 고개를 갸웃거렸다.


식사하는 내내 희단의 동글동글한 얼굴은 무엇을 생각하는지 골똘한 표정이었다. 덕분에 식탁 위를 오가는 소리라고는 식기가 달그락거리는 것뿐이었지만 지형에게는 전혀 상관이 없었다. 재잘재잘 떠드는 희단을 보는 것도 좋았지만 나름대로 심각한 얼굴의 그녀도 귀여웠으니까.

무슨 생각을 하는 걸까? 아까 호텔에서는 너무 그녀의 머릿속이 빤히 보여서 웃음이 터질 뻔했다. 신혼부부가 마땅히 치러야 할 '그 일'에 대한 꽤나 농후한 암시를 주었기 때문에 둘만 남았을 때 희단은 꽤 곤란했던 모양이지만, 지형 자신도 곤란하기는 마찬가지였다.

차를 타고 오는 내내 그녀에게 닿고 싶었다. 정확히 이야기하면 이 여자를 안아서 확실하게 제 것으로 삼고 싶었다. 이미 '결혼'이라는 사회적 절차를 거친 후다. 이 말랑말랑하고 보드라운 여자를 이제 본능과 자연의 절차대로 맛보고 음미할 거란 기대와 상상만 머리에 가득했다.

그런데 남자와 여자란 확실히 다른 존재인가 보다. 둘만 있는 공간에서도 희단은 그 욕구를 터뜨리지 말아줬으면 하는 기색이 역력했으니 말이다. 조금 전 얼굴이 빨개졌다 샛노래졌다 하던 그녀의 표정이 절로 떠올라 지형의 입가에 다시 희미한 미소가 맺혔다.

응당 가져야 할 것을 거부당한 상황이라 평소 같으면 화가 났을 텐데 이번에는 그렇지 않았다. 희단의 반응을 모른 체하며 지켜보는 것은 의외로 즐거웠다. 여자애들을 놀리며 괜히 즐거워하는 사내아이들의 심정이 이해가 갈 정도로.

"맛있어요?"

"네."

거의 접시를 비워가는 것을 보고 묻자 짧은 대답이 돌아왔다. 자신의 몫을 조금 썰어서 덜어주자 아무 말도 하지 않고 쿡 찍어서 먹는다. 여자치고는 많이 먹는 셈이지만 저 멍한 얼굴을 보면 고기가 입으로 들어가는지 코로 들어가는지 알기는 하는 건가 싶다. 스테이크를 먹고 싶다고 그렇게 열렬히 외쳐놓고서는.

우습기도 했지만 생각보다는 첫날밤에 대한 중압감이 굉장히 심한 건지도 모른다는 생각에 조금 안되어 보이기도 했다. 며칠 여유를 줄까. 말도 안 되는 생각이라고 픽 웃었지만 그는 곧 그 말도 안 되는 생각을 말이 되게 하기 위해 노력하는 자신을 발견했다. 신혼여행의 첫 밤이라고 해서 다들 첫날밤을 꼭 치르는 건 아니지 않나 싶고, 한번 마음이 기울어지니 여러 가지 핑계가 동시 다발로 떠오른다.

부부 중 한쪽의 몸에 특별한 사정이 생기기도 하고, 지인들이 몰려와 술을 퍼먹여 인사불성을 만들기도 하던데. 심지어 골대가 어디인 줄도 몰라 헤매다가 골인에 실패하는 공격수도 있다고 들었다. 게다가 매사에 성실한 희단이다. 지금이야 좀 회피성 행동을 보인다 해도 곧 아내의 본분에도 충실하려 노력할 것이다.

맞은편의 희단을 물끄러미 쳐다보았다. 상대는 어차피 토끼장에 갇힌 집토끼다. 어디 도망가지도 못할 텐데 좀더 포실하게 살이 오른 상태로, 즉 감정적으로 조금 더 즐거운 상태로 관계를 가지면 둘 다에게 좋을 터이다. 첫날밤을 반 강간 판타지로 채우는 건 변태의 꿈이지 그의 꿈은 아니니까.

"뭐, 오늘만 날인가."

"예?"

희단이 눈을 치켜떴지만, 지형은 고개를 흔들었다.

"아니, 희단 씨가 식욕이 없는 것 같아서요."

"그, 그렇지 않아요! 열심히 먹고 있어요!"

마치 보여주려는 듯 거의 바닥을 비운 샐러드 접시까지 전투적으로 끌어당기는 희단을 보고 그는 또 속으로 웃었다. 영 실없는 사람이 된 기분이지만 그래도 별로 나쁘진 않았다. 자신은 몰인정하고 가학적인 인간이 아니라는 점, 본능에 지지 않고 이성적이고 감성적인 면을 유지하는 남편이라는 점이 은근히 자랑스럽고 뿌듯하기까지 했다. 일어서며 서빙하는 직원에게 적지 않은 팁을 줬을 정도였다.

하지만 뒷일을 그가 미리 알았더라면 그 순간 지형은 그렇게 속 편히 웃지 않았을 것이다.

일이 이상하게 돌아갈 조짐을 보인 것은 식사를 마치고 숙소로 돌아오던 길에서였다. 꺼놓으려고 하다가 혹시나 외숙부에게서 전화라도 올까 하여 켜놓았던 휴대전화기가 시끄럽게 울렸다. 그리고 그 전화는 외숙부 내외나 사촌들이 아니라 내일 가보기로 했던 김해시 협력 업체에서였다.

조모 상을 당한 데다가 삼대독자라는 담당자가 사정을 호소해왔다. 시골이라 가는 데만 해도 한참 시간이 걸리니 내일 일을 조금만 당겨서 해결해줄 수 없겠느냐고. 상대는 새신랑에게 전화한다고는 꿈에도 생각지 못하는 목소리였다. 짜증이 났지만 할 수 없는 일이다. 지형은 희단을 호텔로 데려다놓고 즉시 김해로 달려가야 했다.

휴일인데도 출근한 관련 업무자들이 함께 열심히 논의를 해서 평소보다 훨씬 단축된 시간 내에 결론을 도출해냈다. 하지만 이미 시간은 술집들도 하나둘씩 문을 닫기 시작할 즈음이었다. 새벽이라고 할 만한 시간에 돌아와 봤자 당연히 희단은 잠이 든 상태일밖에.

그래도 나름 새신부라고 예쁜 잠옷을 입은 채 침대에 앉아 있다가 모로 쓰러진 듯한 자세였다. 꼬부리고 새근새근 잠든 그녀를 본 지형의 피곤한 얼굴에는 느슨한 웃음이 떠올랐다. 굳이 깨울 필요까지는 없을 거라고 생각했다. 신혼여행은 아직 하룻밤과 이틀 낮이 남았으니까.

하지만 변고는 그 다음날에도 지형을 내버려두지 않았다. 이번에는 창원의 본사에서였다. 국내 대기업에 납품하던 제품 중 외장 부분에 문제가 생겨서 리콜을 당하게 생겼다는 전화가 아침식사 도중에 왔다. 관련된 부서의 인원 중 과장급 이상을 모두 모아 급하게 대책회의를 한다는 것이다. 단박에 짜증이 났지만 해당하는 물량을 고려해볼 때 회사로선 심히 난감한 일이었다.

오늘도 나가봐야 한다고 찡그린 얼굴로 얘기하자 희단은 선선한 얼굴로 그러라고 한다. 회사 문제가 급하긴 했지만 미안하지 않을 수 없다. 솔직히 미안하다고 하니 그녀는 놀란 얼굴을 했다.

"어머, 왜요? 처음부터 회사일 때문에 바쁠 거라고 얘기를 들었던 건데요, 뭘."

괜찮다며 밝게 웃는 희단의 얼굴은 어찌 보니 안도감조차 서려 있는 것 같아서 지형은 좀 삐딱해진 심사가 되었다.

"이제 정말 혼자서 문화관광을 할 수 있겠군요. 현금은 있겠지요?"

그랬더니 무슨 생각인지 희단은 생긋 웃기까지 하며 자신을 너무 걱정하지 말라고, 오랜만에 역사 공부도 하며 심심하지 않게 잘 지내겠다고 한다. 딱히 기대했던 바가 없는데도 그 대답은 실망스러웠다. 부모님이 어딜 가니 혼자서 재밌게 놀라는 소리를 들은 어린애도 아닌데 이런 표정이라니. 정말 결혼한 것을 자각하고 있는 것인지 의심스럽다. 내심으론 발발거리며 나다니지 말라고 야단이라도 치고 싶었지만 지형은 애써 참았다.

희단이 워낙 미인이라 남자라면 누구든 곁에 못 가게 하려고 안달해야 하는 것도 아니고, 질투하는 것 같은 모양새가 되면 우습잖은가. 게다가 자신은 홀로 있는 신부에게 호텔방에만 처박혀 있으라고 할 옹졸한 남자도 아니다. 다만, 그러니까 이것은 다만…… 어리바리한 순둥이 희단이 혼자 어디 가서 얕보이거나 험한 일이나 당하지 않을까, 그게 걱정일 따름인 거다. 아무렴. 그렇게 속삭이면서도 어쩐지 어정쩡하고 다소 불쾌한 심정으로 지형은 호텔을 떠나야 했다.

일이 안 되려고 하니 그런지 컴플레인 사태는 해결 방안을 찾는데 오래 걸렸다. 정작 책임자도 아닌 지형까지 포함해 연구실 사람들이 모두 서류를 뒤지고 전화를 걸고 해서, 사태의 일부는 외주를 준 금형 쪽에도 책임이 있음을 겨우 알아냈다. 급하게 연락을 해서 문제의 외장 부분만 금형을 다시 뜨고, 보낸 물품들을 되돌려받아 그 부분만 재작업에 들어가기로 했다. 하지만 그 와중에 이미 밤이 깊어 경주로 돌아가기에는 너무 늦어버렸다.

희단에게 돌아가지 못하니 그냥 이쪽 아파트에서 자겠다는 것을 알리려 전화를 했더니 그녀는 처음에는 걱정하는 목소리였지만 문제가 잘 해결될 듯하다는 말에 곧 명랑한 목소리로 바뀌었다.

- 그래도 불행 중 다행이에요. 제품을 전부 새로 만든다면 손해가 엄청나잖아요.

"뭐, 그렇죠. 그건 그렇고 희단 씨는 오늘 어땠어요?"

그랬더니 오늘 하루 동안 박물관에도 가고 석굴암도 갔단다. 10년 만에 본 불국사의 백운교 청운교가 아름답더라나? 밥도 한식 분식 골라가며 잘 챙겨 먹고 시간 잘 보냈다고, 자기 생각은 하지 않아도 된다고. 문단속도 잘하고 잘 테니 아무 염려 마시란다. 방금 전에는 혼자서 온천욕까지 잘 끝냈다고 알찬 보고를 해준다. 지형은 또다시 속이 불편해지기 시작했다.

"혹시 옆에 내가 없어서 불편한 점은 없었어요?"

- 아뇨. 전혀 없던걸요. 참, 참, 체크인할 때 지형 씨가 골라준 향료 고마웠어요. 진짜 잘 썼어요.

일껏 다정하게 물었더니 혼자서 한 야외 목욕이 무척이나 좋았다는 소리나 들려준다. 혼자서 별을 바라보며 향기나는 물에 잠겨 있으려니 어느 나라 공주가 부럽지 않더라는 말에, 처음의 미안하다 못해 좀 안타까운 마음까지 들었던 것도 지형은 다 취소하고 싶어졌다. 이 여자가 토끼과가 아니라 곰과였던가. 아니면 그를 열불이 나게 놀리려는 여우과였던가. 희단이 "그럼, 어서 퇴근해서 편안히 주무세요. 이불도 잘 덮고 주무셔야 해요!" 하고 상냥하게 말한 뒤 전화를 끊었을 때 그는 상당히 기분이 나쁜 상태였다.

어차피 사랑보다는 조건과 상황을 따져보고 결혼한 사이이긴 하다. 그래도 이건 좀 아닌 것 같았다. 자신들은 아직 신혼…… 그래, 새로 맞은 가족이지 않은가. 일반적인 연애결혼을 한 커플들처럼 다정스러운 말, 예를 들자면 무지 보고 싶었다든가 그립다든가 하는 종류의 말을 하기가 어려운 줄은 그도 당연히 안다. 그렇더라도 서로 친근감이나 유대감이 생길 만한 말 정도는 해주면 좋지 않은가. 석굴암 계단을 올라갈 때 좀 힘들더라, 그가 손을 잡아줬더라면 좀 덜 힘들었을 거다…… 뭐 이런 것들 말이다.

다음에 여행갈 때는 꼭 계단 많은 곳으로, 아니면 산이 높은 곳으로 예정을 잡아야겠다는 터무니없는 생각까지 들었다. 아니면 운동화는 절대 지참 금지, 꼭 7센티미터 하이힐만 신으라고 할까. 그러다가 지형은 인상을 팍 썼다. 아니, 이 여자는 왜 이렇게 사람을 유치하게 만드는 걸까! 이왕 같이 살게 된 거, 좀더 틈을 주면 좋으련만 너무 '혼자서도 잘해요'를 외치는 게 솔직히 좀 서운했다.

복도에서의 통화가 끝난 뒤 심기 사나운 표정으로 들어오는 지형을 보고 오해한 사람들이 너무 걱정하지 말라고, 그나마 빠듯하게라도 납기를 지킬 수 있을 것 같으니 다행이라고 입을 모았지만 미간에 굵게 잡힌 주름은 펴지지 않았다.

다음날 역시 사태의 마무리를 하기 위해서는 경주에 갈 수 없었다. 결국, 지형의 2박3일의 휴가는 그렇게 허망하게 날아가고 말았다. 그리고 졸지에 희단은 손수 두 사람의 짐을 꾸려 창원으로 돌아와야만 했다. 그나마 외숙부가 차와 사람을 보내준 것이 다행이었다.

사람의 온기가 없는 아파트에서 아침을 간단히 커피와 계란프라이 한 조각으로 때우고 나온 사흘째, 지형은 온종일 속이 쓰렸다. 그동안 휴일이나 휴가를 반납하는 것따위는 일도 아니었는데 어째 이번에는 상당히 피곤하고 신경에 거슬린다. 모두 다 희단의 탓이다. 아니, 자기 사람이 하나 생기면서 늘어난 그의 책임감 탓이다. 저쪽에서는 괜찮다고, 늘 걱정 말라고 하는데 어쩌면 이렇게 신경이 쓰이는지. 하긴 회사에서 아랫사람 하나만 더 들어와도 분위기가 달라지기 마련이니 이 정도는 각오해야 되는 것인가 싶기도 했다.

하루 종일 전화기에 손이 갔다 말았다 하던 지형은 퇴근 두어 시간 전에야 결심했다. 오늘은 퇴근시간에 맞춰 일찌감치 나가서 데이트 비슷한 것이라도 하면서 좀더 가까워져 봐야겠다. 희단이 지나치게 몸을 사린다 싶은 것도, 자신이 초조하리만치 신경을 쓰는 것도 가뜩이나 짧은 기간을 거쳐, 그것도 연애랄 것도 없이 결혼해서 그럴지도 모른다는 생각이 들어서였다.

그런데 퇴근시간을 5분 정도 남겨서 희단이 전화를 걸어왔다. 당연히 아파트에서 기다린다거나 아니면 밖에서 쇼핑 중이니 함께 들어가자고 전화한 건가 싶어 은근히 기분이 좋아져서 처가에 전화한 얘기, 주말에 가볍자는 얘기 등을 하고 어딘지를 물었더니 희단은 참으로 발랄하게 외숙부님 댁이라고 한다. 순간 머리가 띵해왔다.

다들 바쁜 와중이라 그답지 않게 눈치를 보면서 인터넷을 뒤지고 있는 참이었다. 몇 번의 경험으로 희단이 호텔 식당을 그리 좋아하지 않는다는 것을 알았지만 그 외에 젊은 여자가 좋아할 만한 곳을 지형은 잘 몰랐기 때문이다. 손님을 대접할 일이 있으면 대충 유명한 호텔이나 한정식집에서 식사를 했고, 특별한 일이 있으면 외숙부님 댁에서 외숙모가 준비한 음식만을 먹어왔으니까. 한식, 중식, 양식, 분식, 일식을 망라하여 폭풍처럼 사이트를 뒤지고 있는 자신이 어색하긴 했지만 집에 온 첫날이니만큼 환영식 대신이라고 중얼거리며 열심히 무마하던 중이다. 그런데.

- 오늘 저녁은 여기서 들라고 하시네요. 숙모님하고 저하고 이것저것 준비 좀 했거든요. 지형 씨가 쇠고기 찜 좋아한다면서요? 나 그것 만드는 법도 배웠어요!

연어 샐러드니 새우꿀마리네이드니 하면서 태연한, 아니 기쁨에 찬 것 같은 목소리로 희단이 요리 이름을 늘어놓으며 즐겁게 보고를 했다. 도대체 뭐라고 해야 할지 몰라서 그는 잠시 말을 고르며 전화기를 들고 있었다.

사실 이런 경우에 자신이 기분 상해야 할 아무런 이유가 없었다. 그래도 명색이 신혼여행을 다녀왔으니 집안 어른께 인사를 드리는 것은 당연한 일이었다. 혼자서라도 조카며느리 구실을 찾아 하고 있으니 기특하다고 해야 할 판인데, 못마땅함으로까지 번져가는 이 우울함은 웬일인가.

- 그리고 숙모님께서 오늘은 여기서 자고 가라고 하셔서 그러겠다고 했는데, 괜찮죠?

뭐? 잠까지 거기서 자? 누구 맘대로! 생각하다가, 지형은 아무래도 희단에게 다른 이유가 있는 것 같다는 생각이 들었다. 예를 들면…… 첫날밤 기피증 같은. 그는 작게 헛기침을 했다.

"으흠, 뭐든 희단 씨가 편한 대로 해요."

젠장. 마음하고는 딴판으로 노는 이놈의 혀를 잘라버리든가 해야지 싶다.

- 와, 그럼 저 오늘 숙부님 댁에서 잘래요! 퇴근하고 이쪽으로 오시는 거죠?

"그러죠. 그런데 옷도 그렇고, 방도 불편하지 않겠어요?"

뒤늦게 물었지만 희단은 옷가방을 이쪽으로 가져와서 괜찮다고, 방은 전에 지형이 썼던 방을 내주신다고 했다며 전화를 끊었다. 그 말에 지형은 더 우울해졌다. 자신이 썼던 방이라니, 사촌 동생과 발코니를 함께 쓰는 그 방 말인가?

종료 버튼을 누르고 고개를 드니 사무실 사람들은 다 퇴근 분위기인 듯 겉옷을 챙겨입고 있다.

"민 팀장님, 분위기가 이래서 다들 한잔하러 갈까 하는데 같이 가시겠습니까?"

책상에서 일어나던 정 과장이 그를 향해 외쳤다. 희단을 생각하며 어쩔까 하다가 지형은 미간에 힘을 팍 주었다. 자신이 왜 굳이 그 여자를 의식해야 한단 말인가? 게다가 직원 회식도 회사일의 연장이다. 법원에서 판결도 속속 내려주는 요즘이 아닌가.

"좋습니다. 갑시다!"

그런 그의 호쾌한 대답을 전혀 예상치 못한 듯 사방에서 "헉!" 하고 놀라는 소리가 연달아 터졌다. 여태껏 술자리를 같이하지 않은 것은 아니나 적극적으로 나서는 것을 본 적이 없는 다소 냉담한 분위기의 팀장이 이러는 것이 놀랍기도 하겠지. 하지만 그게 어때서? 지형은 입술을 삐딱하게 올렸다. 컴플레인에 시달린 팀원들을 다독거리는 것도 팀장의 의무다.

왠지 심술궂어 보이는 그의 얼굴을 힐끔 훔쳐보던 정 과장이 어린이날 선물이 없다고 들은 초등학생 아들의 심통 난 표정을 곧장 떠올린 것을 지형이 알 리가 없었다. 뒤로 돌아서며 웃음을 참지 못하던 정 과장과 다른 몇몇 사람들이, 저 무표정하던 민 팀장이 오늘은 어째 좀 사람 같다고 흥미로운 눈빛을 주고받은 것도 몰랐던 것은 물론이다.

# 9

지형의 외숙부님 댁은 창원시 외곽에 있는 산아래 고급 주택가에
있었다. 뜨락이 아름다운 이층집은 희단이 본 것 중에는 가장 크고
좋은 집이었지만 시외숙부가 회사의 오너라는 걸 생각하자면 그리
규모가 큰 것은 아니었다. 집에 비해 대지가 넓고 정원이 크긴 해도
흔히 보는 부잣집처럼 작은 골프장마냥 푸른 잔디를 좌악 깔아놓은
것이 아니라 작은 동산 같은 느낌이었다.

대문을 들어서고 보니 현관까지 연결되는 작은 오솔길은 적당한
키의 유실수와 정원수며 화초들, 덩굴들이 어우러진 사이를 걸어가
게 되어 있었다. 햇빛에 반짝이는 연못이며 소박한 돌 수반들도 있
을 만한 자리에 자연스레 놓여 있었고, 한쪽에는 조그만 텃밭과 장
독대까지 보였다.

화려하기만 한 부잣집 앞마당이 아니었다. 너르고 큰 집도 이렇게
편안하고 아늑한 느낌을 줄 수가 있구나 싶어 희단은 고개를 끄덕였
다. 여기서 태어나고 자라지 않은 사람이라도 바깥으로 밀어내지 않
고 마당 한구석에서 쉬어가게 해줄 것 같은 곳. 지형이 살던 곳이라

생각해서 그럴까. 시원한 그늘과 눈부신 양지가 골고루 자리를 잡은 이곳은 사철 어느 계절 어느 날씨에도 변함없이 아름다울 것 같았다.

또각또각 소리가 나는 동그란 디딤돌을 밟아 들어가 나무로 격자 모양 틀을 잡아 알록달록 색유리를 짜 넣은 특이한 모양의 현관에 도착하니 시외숙모 가경이 마중을 나와 있었다.

"신랑도 없는 신혼여행이라 적적했겠네. 그래도 집에 가면 좀더 쉴 수 있을 텐데 일껏 와줘서 고마워."

위로 겸 인사를 하는 가경의 등 뒤에서 맛있는 냄새가 흘러나왔다. 일부러 음식을 하시는 건가 싶어서 죄송해했더니 어차피 지금 시작하는 참이고 또 신혼집에 밑반찬도 좀 해갈 생각이었단다.

그래서 옷을 갈아입고 나온 희단은 시외숙모 가경과 도우미 아주머니 두 사람, 이렇게 넷이서 함께 앞치마를 두르고 주방에서 음식을 했다. 찌고 굽고 튀기는 냄새와 바쁜 움직임들이 널따란 주방에 가득했다. 친정에서보다 훨씬 가짓수도 많고 까다로운 음식들이었다. 하지만 편하게 놀다가 와서인지, 가경이 시키는 것만 해서인지 희단은 힘든 줄을 몰랐다. 서너 시간을 걸려 다 만든 음식들 중 일부를 보관 용기에 미리 담아두며 가경은 희단을 보고 웃었다.

"수고했어, 질부. 내가 해주려고 했는데 일만 시킨 셈이 되었지만."

"아니에요. 조금 거들기만 한걸요. 밑반찬까지 신경 써주셔서 감사합니다."

"아냐. 김치도 미리 싸놨고, 다른 것도 좀더 있으니까 내일 갈 때 가지고 가. 지형이도 자주 먹던 음식들이라 잘 먹을 거야."

아이, 어쩌면 좋아. 희단은 고맙기도 하고 죄송하기도 해서 얼굴을 발갛게 붉혔다. 신랑 복이 많다 싶었더니 시어른들까지 이렇게 좋으시네. 문득 오전에 엄마와 한 통화가 생각났다. 경주에서 돌아오기 전에 병원으로 전화를 했다. 여행이 어땠느냐 묻기에 세세한 얘기는 빼고 무척 행복하다는 그 말만 했다. 그러자 엄마가 그랬다.

— 네가 그동안 그렇게 부모 형제한테 잘하더니 이제야 그 복을 받나 보다. 엄마는 이제 마음이 놓여.

떠듬떠듬 기쁜 목소리로 말하다가 기어이 목이 잠기던 엄마. 말하지 않아도 그동안 엄마가 얼마나 자신이 잘 되기를 빌었을지 안다. 그래서 열여섯 어린 나이 이후로 겪은 일들을 모두 참을 수 있었다.

엄마, 고마워. 여기까지 데려다 줘서. 희단은 눈물이 핑글 돌았다. 낳아줘서 고마워. 잘 키워줘서 고맙고 지금 이 자리가 행복한 줄 알게 해줘서, 고맙다고 말할 수 있게 해줘서 정말 정말 고마워.

고개를 숙이며 얼른 눈가를 손가락으로 훔쳤더니 시외숙모는 그녀가 수줍어한다고 생각한 모양이었다.

"아하하하…… 뭘 그런 걸 갖고 그래? 가까이 사니까 맘 내키면 놀러 오고 그래. 내가 요즘 좀 심심하거든. 겨우 같이 사는 녀석은 하야 하나뿐인데 뭘 하는지 만날 바쁘다 그리고. 같이 놀 사람이 없어요, 아주."

나이보다 훨씬 젊은 얼굴과 행동의 가경이 희단의 어깨를 토닥거리며 깔깔 웃었다.

뒷마무리를 도우미 아주머니들이 하는 동안, 가경이 시키는 대로 몸을 씻고 옷도 갈아입었다. 또한 지형에게 전화를 걸어 자고 가도 된다는 허락을 얻었다. 기쁜 마음으로 저녁식탁을 차리는 사이에 시외숙모의 표현대로라면 '겨우 같이 사는 녀석 하나'인 지형의 외사촌 동생 하야가 돌아왔고, 시외숙부인 석영도 일부러 짬을 내어 일찍 귀가했다.

지형에게서 전화가 온 때는 지형까지 온 후에 같이 밥을 먹자는 석영의 말에 모두가 기다리던 중이었다. 회식이 있어 좀 늦을 것 같다는 전화 내용에 시외숙모는 좀 섭섭한 표정을 했다. 결혼한 후에 처음 같이 밥 먹는 건데 일찍 좀 오지, 그러면서.

"질부는 괜찮아? 신혼여행도 그렇게 갔다왔는데. 애가 워낙 직장 일에는 신경을 많이 써서."

"저는 괜찮아요. 지형 씨가 다 말해줬던걸요. 원래 바쁜 사람이고, 그래서 저한테 신경 쓰지 않게 알아서 잘해줬으면 한다고요."

희단의 말에 가족 세 사람은 좀 어이가 없는 눈치였다. 희단보다 한 살 많다는 하야는 "아이고, 형 성격은 알지만 좀 너무했다. 지금이 무슨 조선시대도 아니고." 하고 중얼거렸고 석영은 헛기침을 몇 번 했다.

"흠, 녀석 참. 뚝뚝하기는."

"그래도 지형이가 속정은 깊잖아요."

가경이 지형을 두둔했고 희단도 거기에 고개를 끄덕였다.

"네, 저한테도 굉장히 잘해줘요. 말은 많이 안 해도 참 세심하고 친절하고요. 알고 보면 아주 다정한 사람이에요."

그 말에 외숙부 내외와 하야가 동시에 머리를 들고 희단을 바라보았다. 하야가 먼저 입 모양으로 자신의 모친에게 "형 요새 진짜 그래요?" 물었고, 가경은 가만히 고개를 흔들었다. 진지한, 어떻게 보면 걱정스런 표정이 된 석영이 다시 한 번 희단을 물끄러미 훑어보았지만 그녀는 다른 생각에 잠겨 그 시선들을 알아차리지 못하고 있었다.

술 좋아한단 소리는 하지 않았는데, 그리고 인사도 드려야 하는데 회식에 간 걸 보면 정말 꼭 필요한 일이었나 보다 싶긴 하다. 하지만 자신에게도 못 온다고 전화 정도는 미리 해줬으면 좋았을 텐데.

저도 모르게 중얼거리고 나선 희단은 화들짝 놀랐다. 견물생심이라더니, 욕심이 점점 늘어만 가는 것 같다. 아까 통화도 했겠다, 바쁜 와중에도 이번 주말에는 같이 친정에도 가보자고 말해준 것은 물론, 병원이랑 집에 미리 안부 전화도 다 드렸다는 사려 깊은 사람이다. 더 요구가 많아서는 안 될 일이었다. 그녀는 고개를 흔들고서는 벌떡 일어서서 가경에게 물었다.

"저녁상 볼까요?"

비록 지형이 없었지만 그래도 네 사람이 모여앉은 식탁은 화기애애했다. 두어 번 본 게 전부인 사이라도 시외숙의 가족들은 격의가 없고 상냥한 사람들이었다. 희단보다 한 살 많으면서 공익근무요원인 하야가 입담 좋게 오늘 근무처에서 있었던 일을 늘어놓으며 활기찬 식사시간을 만들었고, 가경과 석영도 가끔 지형의 예전 얘기를 해주며 희단을 어색하지 않게 살펴주었다.

"이야, 오늘따라 쇠고기 찜 맛이 기가 막히네. 새 형수님 손을 타서 그런가? 참, 근데 지형이 형이 처음 우리 집에 와서는 우리 남매 이름 가지고 뭐라고 한 줄 알아요?"

입 안에 든 갈비찜을 씹어 꿀꺽 삼킨 하야가 일부러 인상을 잔뜩 찡그리면서 희단에게 물었다.

"글쎄요, 남매분들 성함이 참 특이하다는 생각은 했어요."

희단은 오늘 알게 되었던, 누가 들어도 잊기 힘든 3남매의 이름을 떠올렸다. 가야, 마야, 하야. 모르는 사람이 얼핏 들으면 둘째가 딸이라고 생각하겠지만 지형보다 한 살 많은 맏이 가야가 딸이라고 한다.

"원체가 말이 적고 분위기 막강한 사람이잖아요, 지형이 형이. 초면인 우리가 줄줄이 섰는데도 어색하다거나 기죽는 일도 없더라고요. 한 살 많고 여자인 가야 누나 앞에서도 눈 하나 깜짝 않고선 빳빳하게 섰다가 한참 만에 딱 세 자 내뱉잖아요."

"어머, 그 얘긴 처음 듣는다."

가경이 중간에 끼어들자 하야는 "처음엔 뒷말 같기도 하고 그래서 말 안 했죠. 지나간 다음엔 반은 까먹었고." 하고 뺨을 긁었다.

"아무튼 형이 그랬어요. 고등학생이면서도 어른보다 더 큰 덩치를 하고 눈초리 싸늘하게 내리깐 채로. 우리가 다 자기보다 키가 작았거든요."

"예에."

"만화냐?"

"……?"

"만화냐, 그렇게 말했다고요. 우리 이름이 만화책에 나오는 애들 같았나 봐. 그러더니 우리 앞을 쓰윽 지나쳐서 2층 계단을 척척 올라가 자기 방에 들어가 버리더라고요."

비로소 희단은 웃음이 작게 풋, 하고 새어나왔다. 어쩐지 그 장면이 지나칠 정도로 상상이 잘 되었다. 가경은 농담 조로 "이런, 지형이한테 섭하다 그래야겠네. 딴엔 신경 써서 지은 이름들인데. 새신랑 핑계 삼아 발바닥이라도 때려줄까 보다." 하고 말했고, 하야가 "형은 워낙 곰이라서 웬만해선 간지럼도 안 탈 거예요. 매우 침시다." 하고 장단을 맞췄다.

"수줍어서 그랬을 거예요."

불쑥 뱉은 말에 모친과 농담을 주고받던 하야가 돌아보았다.

"누가요?"

"그 사람…… 지형 씨요. 수줍기도 하고 잘 지내고는 싶은데 할 말이 생각나지 않아서 한 말일 거예요. 다정한 사람이라 다른 사람에게 잘해줄 마음은 가득해도 수줍어서 그걸 표현하기 힘들 때는 괜한 소리를 하거든요."

"에?"

설명을 해줘도 사촌 시동생은 에, 에, 소리만 연발했다. 외숙부 내외의 얼굴도 어처구니를 상실한 표정이었지만 희단은 그것까지는 알아채지 못했다.

"처음 봤을 때 저한테도 그랬거든요. 차도 태워주고 급할 때 많이 도와주고 하면서 정작 말은 쌀쌀맞게 하더라고요. 빚이다, 이거 다 갚아라, 일시불로 받을 거다, 뭐 그런 소리요. 하지만 다 괜히 쑥스러워서 한 소리였어요."

벌써 추억으로 자리 잡은 기억들에 생긋 웃으면서 말하자 이젠 시댁 식구가 된 세 사람의 얼굴이 난처하게 굳어졌다. 그제야 희단은 시댁 친지들 앞에서 지형에 대해 너무 잘 아는 척을 했다는 생각이 들었다. 그녀는 뒤늦게 부끄러움에 얼굴을 붉히며 고개를 숙였다. 그런 희단의 마음을 짐작한 듯, 시외숙모 가경이 아무렇지도 않게 의자를 밀며 자리에서 일어섰다.

"그래, 지형이가 좀 그런 면이 있지. 아, 난 이제 밥 다 먹었으니까 차 좀 준비해볼까? 하야 너도 어서 먹어라. 내가 과일 좀 깎아줄 테니 들고 올라가서 네 형수한테 지형이 앨범 보여주렴."

"아, 예. 그럴게요."

"여보, 당신은 어쩌실래요? 젊은 애들끼리 얘기하게 두고 나랑 차 한잔 안 드시겠어요?"

"……그럴까?"

재빨리 눈빛을 주고받은 가족들은 곧 식사를 마치고 식탁에서 일어났다. 희단도 한 숟갈 남은 밥을 마저 먹고 상을 치우려고 하니 가경이 말린다.

"질부가 손댈 필요 없어. 그냥 하야랑 2층에 올라가 봐."

도우미 중 한 분은 거의 입주하다시피 하는 분이라 부엌일은 굳이 할 필요가 없다는 건 알지만, 그래도 왠지 머쓱하다.

"그럼 차나 과일이라도……."

"아냐, 괜찮다니까. 올라가서 어여 놀아."

손까지 내저으며 만류하는 모습이 계속 고집을 부리는 것은 무례인 것 같을 정도다. 희단은 하는 수 없이 내어주시는 과일 접시를 들고 사촌 시동생과 2층으로 올라갔다. 예전 지형이 쓰던 방엘 들어서자 그동안 비워놓았다는 것이 실감이 안 날 정도로 깨끗하고 훤한 방이 그녀를 맞았다.

"어머, 정말 딱 지형 씨 방이네요."

청소나 가구들의 관리 상태에 감탄한 것도 잠시, 희단은 웃지 않을 수가 없었다. 그가 살던 아파트도 그랬지만 이 방 역시 책상과 침대, 책꽂이 등 꼭 필요한 물건들뿐이었다. 가구나 전자제품도 모두 단순한 무채색의 간결한 디자인들이다. 특이하다면 남자아이의 방치고는 책장이 크고, 음향시설이 좋아 보이는 AV 시스템이 있다는 것.

"예, 방이 형 닮았죠? 아주 살았던 건 고2 때 한 6개월 정도지만, 그래도 자주 자고 갔으니까 형 방이 필요하다고 어머니께서 아무것도 바꾸지 않으셨어요."

"그렇지 않아도 고3 때는 부산에서 혼자 살았다고 들었어요."

"그런 얘기도 하던가요?" 하고 하야가 의외인 듯 물어 희단은 조금 어색해졌다. 하긴 지척에 외가를 두고 애를 내보내서 혼자서 지내게 했다는 건 예민한 이야기일 수도 있었다.

"제 친구 남편이 지형 씨 고3 때 친구였어요. 그 커플 결혼식 때문에 만났거든요."

변명하듯 얘기하자 하야는 AV 시스템 앞의 작은 소파를 권하고는 책장 앞으로 가서 몇 권의 앨범을 꺼내왔다. 본인은 바닥에 그냥 털썩 앉더니 앨범을 펼쳐 보여주었다.

"얼마 되지 않죠? 형이 사진 찍는 걸 별로 좋아하지 않아서요."

그랬다. 학교 단계별로 졸업앨범과 학교에서 의무적으로 찍는 행사 사진 외에 다른 사진들은 거의 없었다. 그나마 고등학교 때인 듯 지금과 다르지 않은 체격과 얼굴로 친구들과 찍은 개인 사진이 몇 장. 그때도 또래들과는 달라 보이는 무게감은 여전했지만 눈에 튀는 복장이나 날선 표정이 낯설었다.

"지형 씨가 초등학교부터 고1 때까지는 대구에서 학교를 나왔나 봐요."

"아, 네. 정확히는 고2 여름방학 때 여길 왔죠. 저희가 어릴 땐 집이 별로 넉넉하지 않기도 했고, 또 형네 본가에서도 내보내고 싶지 않아 하셔서…… 아!"

무심코 대답하던 하야가 갑자기 말을 끊었다. 본가? 지형의 아버지 쪽 친척들 얘긴가? 희단은 귀가 솔깃해졌다.

지형이 별로 말하고 싶지 않아 했던 어릴 때 일이라 캐물을 생각까진 아니었는데. 애당초 말을 하지 않아서 거의 사람이 없거나 소식이 끊겼으리라고 짐작했던 친가 쪽 친척들이 두어 시간 거리에 살고 있을 줄이야. 그것만 해도 좀 놀랍지만, 어린 시절을 본가에서 보냈다니, 그럼 언젠가 지형이 들려주리라 생각했던 불행한 기억이 친가와 관련된 것이란 말인가.

더 얘기를 들을 수 있을까? 머리를 굴리면서 슬쩍 하야의 눈치를 보니 상당히 당황한 얼굴이다. 사촌 시동생은 은근히 그녀의 시선을 피하며 옆에 놓아두었던 포크를 들었다. 과일을 와삭와삭 씹던 하야는 손을 내밀어 사진 하나를 짚으며 일부러인 듯 하하하, 하고 크게 웃었다.

"이 사진 좀 보세요. 초등학생 때는 키가 작은 편이었는데 중학교 가서 갑자기 크더니 2학년 때 벌써 키가 170을 넘었대요. 그리고 3년 동안 꾸준히 6, 7센티미터씩 커서 고2 때는 180을 한참 넘겼다니 지형이 형 좀 너무하지 않아요?"

그러는 하야의 키도 작은 편은 아니다. 어차피 키 얘기를 하자고 그런 건 아닐 테지. 희단은 수긍하듯 고개를 끄덕이면서도 계속 사촌 시동생을 말끄러미 쳐다보았다. 급기야 하야는 빈 컵과 쟁반을 들고 벌떡 일어섰다.

"참, 형수님 피곤하실 텐데 제가 너무 오래 있는 것 같네요. 형도 늦는 것 같으니까 먼저 주무실 준비라도 하시는 게 낫지 않겠어요?"

역시 친가 얘길 듣긴 어려울 것 같다. 희단은 실망스런 한숨을 속으로 내쉬곤 하야를 따라 일어섰다.

"쟁반은 제가 갖다놓을게요. 하야 도련님도 쉬셔야죠."

"아니에요! 제가 가면 되는데……."

둘이 쟁반 하나를 들고 옥신각신하다가 결국은 자신을 손님이나 남이라 생각하시는 거냐며 우긴 희단이 이겼다. 하야가 바로 옆의 자기 방으로 들어간 후 희단은 조용히 복도를 지나 계단을 내려갔다. 컵 두 개를 씻어서 건조대에 포개놓고, 남은 과일은 랩을 씌워 냉장고에 넣었다. 그런 후 희단은 잠시 망설였다. 다시 2층에 올라가야 하나, 아니면 여기 아래층 거실에서 지형을 기다려야 할까. 차라리 지형에게 전화를 걸어보는 것이 나을지도 모른다. 고민하던 희단의 귀를 솔깃하게 한 것은 거실을 가로질러 들려온 시외숙 석영의 목소리였다.

"대체 이게 무슨……!"

약간 언성이 높아진 듯한 그 음성은 잘 들리지는 않았지만 분명히 은은한 노기를 머금고 있었다. 왜 저러시는 걸까? 소리는 안방에서 흘러나온 것 같았다. 혹시 두 분이 싸우시는 건 아니겠지 싶어 희단은 살짝 걱정이 되었다. 그녀는 조심조심 소리를 죽여 거실을 건너갔다.

"친척들…… 그렇다 해도…… 조부께…… 혼인신고는……."

혼인신고라니? 혹시 지형과 그녀의 얘긴가? 토막토막 들려오는 석영의 말 내용은 알아듣기가 힘들었다. 그 뒤에 누군가 대답을 하는 것 같았으나 그건 아예 들리지가 않는다. 희단은 안방 바로 앞까지 와서 조각이 된 두터운 나무문 앞에 섰다. 몰래 들으려는 의도는 없었다. 하지만 그렇다고 문을 열고 안으로 들어갈 수도 없는 일이다. 희단은 문 가까이 귀를 가져다 댔다. 가슴이 두 근 반 세 근 반이다.

"좋아서 한 결혼이라고 생각했는데 내 생각이 틀렸던 게로구나."

"그건 아닙니다."

노염이 서린 석영의 말에 대답한 것은 아직 돌아오지 않은 줄로만 알았던 지형의 목소리였다. 희단의 눈이 동그래졌다. 언제 왔을까? 왜 시외숙과 저러고 있는 거지?

"아니다? 그럼 정말 애정으로 결혼을 했단 말이냐?"

시외숙의 질문에 가슴이 덜컹 내려앉았다. 지형이 자신을 싫어하지는 않는다는 것을 희단은 알고 있었다. 표현을 안 해서 그렇지 몹시도 다정한 사람이다. 어떤 이유에서든 친정의 어려운 상황에서 힘겨워하던 자신을 건져줬고, 별 매력도 없는 자신이 귀엽고 사랑스럽다고 말해준 지형이 지금에 와서 그녀를 싫다고 할 리는 없었다.

하지만 지금 왜 자신의 마음은 이리 두근거릴까. 심장이 튀어나올 것 같아 희단은 가슴을 눌렀다. 이건 불안? 아니면…… 뭐지?

"희단 씨 같은 아내를 싫어할 남편이 있겠습니까. 귀엽고 착한…… 좋은 사람입니다."

질문의 형태이긴 했지만 명확한 답이었다. 다행이었다. 그는 자신을 좋아한다. 격하게 뛰던 가슴은 천천히 가라앉았다. 하지만 그 안도는 어쩐지 옅은 실망과 닮아 있어서 희단은 잠시 의아해졌다. 자신은 뭘 기대한 걸까? 콧잔등을 찡그리고 있던 그녀의 귀가 연이은 석영의 질문에 쫑긋 세워졌다.

"그럼 친가 얘기도 그렇고, 왜 저 애를 속이려는 거야?"

속여? 누굴? 저 애라고 하면…… 설마 자신일까? 희단은 자신도 모르게 침을 꿀꺽 삼켰다. 그녀를 속이다니 대체 뭘 속였단 말인가? 지형이 그럴 리가 있나.

"무슨 말씀을 하시는 건지 모르겠습니다."

"혼인신고는 어쩔 셈이냐? 그 아이 말로는 아직이라며? 너희 같은 경우라면 필히 서둘러야 할 게 아니냐."

아. 희단의 긴장된 얼굴이 스르르 펴졌다. 혼인신고라면 자신이 아는 문제였다. 요즘이야 애 낳고 신고하는 사람도 흔하다는데 무슨 걱정이신가 하고 희단은 해죽 웃었다.

"희단 씨에게 설명을 충분히 했습니다. 지금은 가족관계 문제가 모호하니 다 정리한 후에 신고를 하겠다고."

그렇다. 희단은 고개를 끄덕였다. 자신에게도 저렇게 말했다. 정확히는, 혼인신고를 하기 전에 아버지가 돌아가셨고 어머니도 출산 후유증으로 저세상으로 가셨기 때문에 서류상 지형은 출생신고도 늦게 되었고 부모님의 성함 역시 제대로 되어 있지 않다고 했다. 요즘이야 호적부가 없어져서 시가 친척과 줄줄이 엮이는 일은 없지만 그래도 시부모 이름이야 제대로 알아야 하지 않겠냐며 정리 후에 혼인신고를 하겠다는 얘기를 들었다. 증빙서류를 거의 모았다고, 잠시만 참아달라고.

"무슨 뜻이냐?"

"말 그대로입니다. 남처럼 지내는 사람들이 친부 친모라고 적혀 있는 처지에 새사람을 올려놓고 싶지 않습니다."

그 정도였나? 희단은 좀 놀랐다. 설명만 듣고서는 서류상에 그냥 혈혈단신으로 기록되어 있는 게 아닌가 했는데 의외로 복잡한 사정이 있는 모양이다. 그렇게 생각하니 그만 마음이 안 좋아졌다. 부모님 안 계신 것도 서러운데 그 부모님 자식이라고 말도 못 할 형편이 었다니. 어릴 적부터 학교며 어디며 부모님 성함을 써내라고 할 때마다 얼마나 외롭고 힘들었을까.

문 건너에서 시외숙은 그래도 그런 게 아니라며 엄하게 지형을 다그치시건만, 그녀는 코가 찡해져서 혼자 눈물을 글썽였다. 이놈의 눈물 콧물은 왜 제 맘대로 자꾸 흘러내리는 걸까. 아무리 본인의 일이라도 제대로 말하기 힘들 것 같은데 자신의 신랑은 참 침착하고 나지막하게 설명을 한다. 정말 대단한 사람이구나 싶다. 하나뿐인 마누라는 모자라기만 해서 쨍한 콧잔등 목구멍 하나 간수를 못 하고 울어 젖히느라 바쁜데 말이다.

감탄하던 끝에 주체치 못한 눈물 콧물의 혼합액이 콧망울에 맺혀 주룩 흐르는 것이 보였다. 그녀는 소매를 주욱 끌어당겨 코끝을 쓱쓱 닦았다. 좀 더럽지만 티슈 통은 너무 머니 어쩔 수가 없었다. 그러고도 채 닦이지 않고 남아서 훌쩍거리는 콧물 소리를 죽이느라 희단은 남편의 자분자분한 목소리 끝을 놓쳤다.

"……설령 그런 일이 벌어지더라도 본인은 이해를 할 거라고……."

"뭐야!"

갑자기 고함 소리가 터져 나왔다. 깜짝 놀라 희단은 울다 말고 눈을 희번덕거렸다. 점잖으신 시외숙부님께서 들입다 고함을 치실 일이 대체 무엇인지 알 수가 없다. 그녀는 다시 문에 귀를 바짝 대었다.

"너 그걸 말이라고 하니? 응? 멀쩡한 남의 집안 처녀를 데려다가, 뭐?"

"여보, 진정하세요!"

흥분한 석영을 말리는 가경의 목소리가 급하다. 여전히 차분한 지형의 목소리가 그 뒤를 따랐다.

"예전에도 힘들었던 여자입니다. 앞으로의 일은…… 제가 충분히 보상을 해줄 테고요."

안 그래도 눈물 때문에 뜨끈뜨끈하던 가슴이 뭉클했다. 어차피 부족한 집안에서 부족하게 크고 부족한 대접을 받아온 줄 안다. 하지만 그것을 자신 아닌 남이 알아줄 거라고는 여태 생각해본 일이 없다. 동정까지는 몰라도 그 부족한 대접을 메워주겠다고 나서는 사람을 기대하기에는 그녀 자신이 너무 세상을 잘 안다고 생각했다.

고마워요. 희단은 입술을 깨물면서 속삭였다. 또 눈물이 나려고 했다. 만난 후로 계속 그렇게 느껴왔지만, 지형은 정말 과분하도록 좋은 사람이었다. 자신이 비록 모자라지만 그에게만은 진짜 잘하고 싶다. 그녀는 양손바닥으로 거칠게 얼굴을 싹싹 비볐다.

지형은 엄마 말고는 세상 유일하게 '내 편'이 되어준 사람이다. 그러니까 절대 그를 외롭게 하지도 않을 거고 힘들게 하지도 않을 것이다. 그녀의 작은 주먹에 불끈 힘이 들어갔다.

"그 누구라도 당신을 괴롭히는 사람은 내가 맞서서 싸워줄 거야!"

두 눈을 부릅뜨고 주먹을 꼭 그러쥐고 희단은 안방 문을 똑똑, 두드렸다. 그리고 곧장 안방의 손잡이에 오른손을 가져다대었다. 그런 것으로 모든 게 해결될 줄 아느냐고 소리치고 있는 시외숙 석영을 말리기 위해서였다.


이 여자는, 참 이상하다.

지형은 발코니에서 담배를 피우고 들어왔다가 그대로 침대에 걸터앉은 참이었다. 침대 한편에는 희단이 그새 철없는 아기처럼 새근새근 잠들어 있다. 두통을 핑계로 안방에서의 일을 화제로 삼는 것을 피했더니, 약이나 꿀물 같은 게 필요하지 않느냐며 조금 전까지만 해도 계속 걱정을 하고 있더니만 발코니에 나간 사이에 잠들어버렸다. 그는 쓴웃음을 지었다.

　가슴까지 끌어올린 이불을 얌전히 덮고 두 손을 모아쥔 채 자는 희단은 그림책에서 나온 착하고 순진한 소녀 같다. 시어른 댁이란 것을 고려해서인지 잠옷조차 분홍색 면 파자마를 입고 있어서 더 그랬다. 그 얼굴을 가만히 들여다보자니 이해할 수 없는 의문이 몽글몽글 떠올랐다.

　도대체 어떻게 이런 여자가 세상에 있을까. 바람둥이로 이름난 녀석들도 여자란 이해할 수 없는 동물이란 소리를 대놓고 하는 일이 많다. 하지만 실제로 여자들을 보면서 그렇게 느낀 적은 없는데, 이 여자 문희단은 보면 볼수록 낯설다.

　"푸우…… 음냐음냐……. 응, 응. 그래요."

　옹알이하듯 입술을 쫑긋거리며 뭐라 중얼거리던 희단이 모로 돌아눕는 바람에 앞 머리카락이 콧잔등과 이마로 쏟아졌다. 거기에 닿은 살갗이 가려운 모양으로 그녀는 연한 눈썹 사이 미간을 찌푸렸다. 조심스레 지형이 머리카락을 걷어내 주자 이번에는 마치 그의 행동을 알기라도 하는 것처럼 방긋 웃는다.

　"옹…… 엄마. 좋아. 나…… 되게 좋아."

　"잠꼬대하는 버릇이 있는 줄은 몰랐군. 뭐가 그리 좋은 거지?"

　내뻗은 손을 거두지 않은 채 반은 혼잣말로 반은 묻는 듯이 그는 중얼거렸다. 정말 뭐가 좋은 걸까? 그 거머리 같은 아버지와 동생에게서 빼내주어서? 혹은 이제는 힘들게 하루하루를 걱정하지 않고 살게 되어서 그렇게 좋고 활기찬 걸까? 그래서 세상이 모두 단순하고 호의에 가득 찬 인간들뿐이라고 단박에 믿게 되어버린 걸까? 어려운 시어른들 앞에서 세상 그 누구보다 의지할 수 있는 이가 지형이라고 또박또박 말할 정도로.

동그랗게 튀어나온 이마는 넓지는 않지만 희고 깨끗하다. 그 이마를 닿을 듯 말듯 손가락으로 더듬으며 지형은 작게 속삭였다.

"이마가 예쁘면 초년 운이 좋다는데, 당신은 그렇게 좋은 부모를 만난 것도 아니잖아."

자신 같은 남자를 만난 걸 보면 그렇다고 남편 운이 있는 것도 아니다. 지형은 눈썹 위를 긋듯이 쓸다가 내려온 손가락으로 코와 뺨을 매만졌다. 미간도 넓고 약간 성긴 듯한 눈썹도 잘 보면 단정하다. 어디 하나 모나지 않은 둥근 얼굴이다. 이 얼굴 어디에 애정이 없는 결혼을 하고, 심지어 이혼을 당할지도 모른다는 얘기가 적혀 있을까.

차마 사정 내막을 말하지는 못해 더 괴로워 화를 내는 외숙 앞에서 순진한 눈망울로 남편을 믿는다고, 그러니 이 사람을 숙부님께서도 믿어달라고 하던 희단을 떠올리며 그는 쓸쓸하게 웃었다.

"바보잖아. 아무것도 모르고."

살짝 뺨을 꼬집었더니, 꼬집힌 당사자는 여전히 눈을 감은 채 오히려 벌쭉 웃음을 짓는다. 이가 드러날 정도로 헤실헤실 웃는 웃음이 어찌 보면 좀 모자라 보였다.

하나도 예쁘지 않아. 예쁘지 않은데…… 참 신경이 쓰인다. 자신 앞에서 제 주제도 모르고 나서서 감싸주는 따위의 인간은 하나도 없었는데, 약하디약한 이 여자가 오늘 그런 짓을 했다. '내 것'이라서 다른 사람들과 다르게 취급하고 있는 거라고만 생각해왔는데 어쩌면 이 여자는 원래부터 남다른 존재인지도 모른다. 어느 쪽일까.

반쯤 찡그린 얼굴로 지형은 손을 내려 웃음을 머금은 작은 입가를 만지작거렸다. 작고 통통한 희단의 입술이 뭔가를 말할 듯 말 듯 오물거린다. 자신도 모르게 눈이 끌려 시선을 움직일 수가 없다.

언제부터인가 이 여자의 이런 작은 움직임 하나하나가 묘하게 가슴을 간질간질하게 하고, 아랫배를 쿡쿡 쑤시게 한다. 입에서 목을 타고 내려오던 지형의 눈길이 이불의 끝, 바로 희단의 가슴을 덮고 있는 그 언저리를 맴돌았다. 피부가 아주 흰 편은 아니지만 브이넥으로 파인 잠옷 사이로 보이는 가슴골만은 참 뽀얗다. 불현듯, 아까 마신 술이 이제야 올라오는 것처럼 불콰해진다.

기분이 좀더 야릇해졌다. 약간은 애틋하고, 약간은 불쌍하기도 하고, 약간은 이해불가이던 감정이 훨씬 명확해진다. 갖고 싶다. '내 것'이라고 확인하고 싶다. 금세 뜨끈뜨끈해진 몸을 느끼곤 쳇, 하고 혀 차는 소리가 지형의 입에서 되는대로 흘러나왔다.

복잡하게 생각할 게 뭐가 있나. 따끈한 체온이 이리 가까운데. 결심하고 손을 내뻗는데 희단이 갑자기 획 돌아누웠다.

"아웅…… 뭐야아……."

도둑이 제 발 저린다고, 화들짝 놀란 지형은 저도 모르게 얼른 손을 치웠다. 그런 다음 곧 자신의 행동에 짜증이 났다. 어쨌든 결혼까지 한 부부다. 설령 희단이 깼다 해도 뭐가 문제인가. 지형은 다시 희단 쪽으로 몸을 기울여 돌아누운 그녀의 얼굴을 슬쩍 들여다보았다.

"지형 씨…… 헤헤헤."

희단이 또 헤실헤실 웃더니, 이제는 아예 이불을 안고 데굴데굴 굴러 침대 구석에 가서 처박혔다. 섹시한 것과는 백만 광년은 떨어진 모습이다. 하지만…… 지형은 순간적으로 입 안에 침이 말랐다. 어딘가 비음이 섞인 듯한 칭얼거림이 귀에 착 달라붙어 그는 자신도 모르게 혀를 내밀어 입술을 축였다. 정말 곤란하다. 애도 아니면서 대체 무슨 꿈을 꾸기에 실실 웃다가 입술까지 쪽쪽 빠는 거냐고.

다시 그의 눈길이 희단의 입술과 가슴을 오락가락했다. 흐트러진 앞자락 사이로 보이는 가슴은 마치 탐스러운 우유푸딩 같은 색이었다. 지형은 자동차 매연이라도 한껏 들이마신 것처럼 칼칼한 목을 흠흠, 하고 울렸다.

"저기…… 잡니까?"

"……후응."

"희단 씨, 자요?"

손을 펼쳐 희단의 눈앞에서 흔들어보았다. 이런 짓, 맨정신으로라면 상당히 부끄러웠을 것이다. 그러나 어째 지금은 아무렇지도 않다. 안경을 벗어 조심스럽게 팔을 뻗은 다음 침대 헤드에 올려놓았다. 그 자세 그대로 희단의 옆에 엎드린 지형은 숨을 죽이며 그녀의 귀 옆으로 얼굴을 붙였다.

"진짜 자죠?"

사실 희단이 자는 걸 원하는지 그 반대인지 모르겠다. 다만, 얼굴을 마주 보며 뭔가를 하기에는 어색한 건 맞다. 새근새근 그대로인 숨결을 확인한 후 그는 가만히 한 팔로 희단을 안고 그녀의 귓가에 거의 붙은 입술을 곰실곰실 움직여 귓불을 물었다.

한 모금 빨아당기자 달달한 맛이 입 안에 화악 퍼지는 것 같다. 연하고 말랑말랑한 것이, 귓불조차 그 주인을 닮았다고 지형은 생각했다. 왠지 모르게 연유 냄새와 비슷한 살 냄새를 맡고 있으려니 흐뭇함과 동시에 심장 고동이 빨라지는 게 느껴졌다. 몸 안에서 두 가지 감정이 휘몰아쳤다. 이대로 이 한없이 여리고 향긋한 향기와 감촉에 잠겨 있고 싶기도 하지만, 날카로운 이를 드러내어 사랑스러운 제물을 한입에 삼키고 싶기도 한 거친 충동이.

잠시 고민했지만 결국은 둘 다 마찬가지 결론이었다. 이 여자는 내 거다. 바보 같고 모자라고 오지랖 넓고 남 앞에 내놓고 자랑할 것 하나 없는 여자지만, 언제 내버릴 마음이 들지도 모르지만, 그래도 지금 이 순간 문희단은 자신의 것, 그의 여자였다. 어떤 소유물에 대해서보다도 자신 있게 말할 수 있었다.

보드랍고 따끈한 이 살 냄새도, 달콤하게 색색거리는 이 숨소리도, 연한 속눈썹이 푸른 그늘을 드리운 눈매와 동그랗게 망울지는 코와 그의 사나운 입술 아래 연약하게 드러내놓은 목덜미도 모두 다 자신, 민지형의 것이었다.

내 거야. 그렇게 생각하자 거칠어지던 숨결은 더욱 빨라졌다. 어쩐지 갑자기 서툴러진 듯한 동작으로 지형은 분홍빛 잠옷 앞섶의 단추를 바쁘게 끌렀다. 깨끗하고 단정한 빗장뼈가 보이고 크림빛 굴곡이 희게 드러나기 시작하자 조급한 마음은 강도를 더했다. 가슴을 다 드러내놓기도 전에 그는 거기에 얼굴을 묻었다.

돌연 머리가 핑 도는 것 같았다. 향수보다 훨씬 자연스럽고, 꽃향기보다 훨씬 더 연한, 하지만 참을 수 없는 미혹이 어린 향기가 그를 맞이했다. 어지러워. 얼굴을 차마 떼지 못하면서 지형은 머리를 살짝 흔들었다. 다시 한 번 '갖고 싶다'는 강렬한 충동이 그를 휩쓸었다. 이 살갗에 이를 박고 싶다. 그의 몸 안에서 그 향기를 맛보고 그의 몸을 이 안에 들이붓고 싶다. 그 충동은 당연히 이루어질 것이었다.

왜냐하면 이 모든 것은 그의 것이니까. 그만을 위한 것이니까.

뜯어내듯 잠옷의 단추를 풀어헤치고 그 아래의 속옷을 끌어올리면서 지형은 눈앞에 드러난 봉긋하고 뽀얀 살갗을 물었다. 달다. 조금 전 물어본 귓불도 달았지만 이 살갗은 더 단 것 같았다. 그는 흐린 눈으로 옷 사이로 모양을 드러낸 연한 다홍빛 정점을 바라보았다. 우윳빛 가슴 위 제일 높은 지점에서 도도록해진 그것은 아이스크림 위에 얹힌 가장 예쁘고도 유혹적인 장식 같았다. 아마도 저것은 더더욱 달겠지.

그런 생각을 하면서 입 안에 들어온 달큼한 살을 빨았다. 무슨 느낌이라도 있는지 희단이 낮게 끙얼거리며 몸을 뒤챘다. 묵직한 체중을 차마 얹지 못하고 팔로 버티고 있던 참이지만 달아오른 몸 아래에서 뒤척이는 따뜻한 육체는 더할 수 없는 흥분제였다. 눈앞에서 별이 튀었고, 아까부터 반쯤 일어서 있던 다리 사이가 직립했다.

"으으응……."

순간적으로 이에 힘이 들어갔나 보다. 희단이 찡그리며 몸을 돌렸다. 그 바람에 지형의 입술은 물고 있던 먹이를 놓쳤다. 하얀 가슴 언저리에 딸기빛으로 새빨갛게 물든 얼룩이 생겼다.

마치 낙인 같군. 지형은 홀린 듯 그 자국을 바라보았다. 뜨겁고도 만족스러운 기운이 심장에서 일더니 아랫배로 곧장 내달렸다. 온몸이 지끈거렸다. 그녀의 마지막 속옷에 손을 대면서 뇌수까지 충혈되는 기분에 그는 이맛살을 찌푸렸다.

다들 이런 건가. 알 수 없었다. 자신이 특이한 경우인지, 아니면 섹스는 다 이렇게 흥분되고 참을 수가 없는 것인지. 그러나 그런 생각도 속옷 안에 손을 넣어 희단의 통통한 엉덩이를 손에 쥐는 순간 모두 다 날아갔다.

뭐냐, 이건.

묻어나올 것 같이 뜨겁고 매끄러운 살갗.

큼직한 지형의 손에 딱 알맞은 크기의 동그랗게 부푼 엉덩이를 잡고, 잠시 그는 넋을 잃었다. 말할 수 없이 보드라운 것 같은, 아니 단단한 것 같기도 하고…… 그러면서도 몹시 촉촉한…….

똑똑똑.

그 순간 누군가 문을 두드렸다. 방문이 아닌, 커튼이 드리워진 발코니 밖의 유리문을.

"형, 지형이 형, 자?"

하야였다. 지형은 눈을 부릅떴다. 젠장! 저 도움 안 되는 녀석이!


하야가 방문도 아니고 발코니의 문을 두드린 이유는 희단과의 대화 중 있었던 '말실수' 때문이었다. 지형이 방으로 들어온 기척을 들은 이후로 계속 발코니에서 희단이 잠들기만을 기다렸다는 하야는 지형과 발코니로 나가 담배를 같이 한 대씩 피워문 다음에도 심히 걱정스런 표정을 하고 있었다.

"미안해. 내가 형 친가 얘기를 해버려서……. 괜찮을까?"

"됐어. 어차피 언젠가 나올 얘기였으니까."

사촌 동생을 보고 뭐라고 할 수는 없었다. 나름 알아야 할 중요한 내용이기도 했고, 발코니에 놓아두는 재떨이에 몇 개나 있는 꽁초만 봐도 얼마나 걱정을 했는지 알 수 있었으니까.

그래도 하야는 안심이 되지 않는 모양이었다. 형 안색이 그게 아니라고 계속 매달려오는 바람에 그는 동생을 하마터면 몇 대 쥐어박을 뻔했다. 예전에 사촌 남매들이 왠지 거슬렸던 즈음에도 손 한 번 대지 않았는데 말이다. 제법 또랑또랑해 보이던 사촌 동생이 이렇게 도 눈치 없는 녀석인 줄은 처음 알았다.

"그만 해둬! 진짜 화낸다!"

"어어, 알았어. 그만 할게. 어쨌든 미안해. 잘 자."

역정을 낸 다음에야 겨우 하야는 슬금슬금 자신의 방으로 물러 갔다. 그러나 지형은 그 이후에도 발코니에 서서 다시 새 담배를 꺼 내 불을 붙였다. 연기 사이로 밤하늘의 별이 그를 놀리는 듯 반짝거 렸다.

"젠장, 다 들렸단 말이지."

그는 세모꼴이 된 눈을 돌려 은은한 스탠드만 켜져 있는 자신의 방—이라기에는 거기서 보낸 세월이 참 적은—을 노려보았다. 이제 첫날밤은 물 건너간 얘기다. 모르고는 해도, 기척이 다 들린다는 걸 알고도 뭘 할 수는 없지 않나.

"그래서 예전에도 이 방이 싫었다니까!"

지형은 담배를 쥔 손으로 머리를 마구 파헤쳤다. 재가 손가락 사 이로 부슬부슬 흘러내렸지만 안중에도 없었다. 이 방뿐 아니라 이 집 자체가 문제였다. 도대체가 사생활 보장이 하나도 안 된다. 고3 무 렵에 나가 산 이유는 꼭 그런 것만은 아니었지만. 지형은 필터만 남 은 불 꺼진 담배를 질겅질겅 씹었다.

물론, 하야나 그 남매들은 한 방을 쓴대도 불편하지 않을 좋은 녀 석들이다. 자신에게 일일이 신경을 쓰시는 자상한 외숙부 내외분도, 그런 가족들이 있는 푸근한 느낌의 이 집도 결코 싫어하진 않는다. 다만…… 어색할 뿐이다. 내 것이 아닌 그 가까운 거리가.

역시 '자신의 것'이 좋다. 씁쓸한 기분을 느끼는 가운데 거의 처음으로 지형은 삭막하기조차 한 그의 아파트를 기껍게 떠올렸다. 내집, 아니 우리 집. 돌아가고 싶었다. 돌아가도 이제는 혼자가 아니다. 내일 밤 퇴근하면, 아니 앞으로의 수많은 밤에도 퇴근해 아파트 현관을 들어서면 그녀─아내가 자신을 반겨 맞아줄 것이다. 동그란 얼굴, 동그란 웃음을 가진 희단이. 다정한 손길과 향긋한 체온이 피곤한 자신을 안아주는 것을 그는 현실처럼 느낄 수 있었다. 따뜻한 집안, 따뜻한 식탁, 그리고…… 따뜻한 침대. 그러고 보면 결혼이란 생각 외로 좋은 것일지도 모른다.

띠리리리리 띠리리리리.

날카로운 휴대전화의 울림에 문득 정신이 들었다. 자신은 입가가 풀린 채 유리문에 드리워진 커튼을 눈으로 흐뭇하게 더듬는 중이었다. 다시금 전화기가 시끄럽게 우는 소리에 반사적으로 주머니 어름을 더듬었지만 입고 있는 것은 잠옷이다. 휴대전화를 방 안 협탁에 놓아둔 것을 기억해낸 지형은 희단이 깰 것이 염려되었다. 얼른 들어가 액정도 보지 못하고 통화 버튼을 누른 채 서둘러 밖으로 나왔다.

"여보세요?"

소곤거리듯 물으며 발코니의 문을 닫는데 상대 쪽에서는 대뜸 신랄한 목소리로 받는다.

─ 너 지금 어디니? 이 시간에 왜 집에 없어? 게다가 며칠째 응답기에 말을 하게 만들고 전화 한 통 없는 건 무슨 버릇이야?

서른이 넘는 남자 조카를 꼭 열일곱 먹은 바람난 딸 다루듯 하는 것은 숙모 혜영의 목소리다. 낙낙하게 부드러워졌던 지형의 턱선이 차갑게 굳었다.

"저, 직장인입니다."

- 그래서?

"사나흘 바쁜 일이 있었고 집에도 잘 못 들어갔습니다."

절대 휴대전화로 전화를 걸지 않는 몇몇 친가 쪽 인물들을 위해 응답기를 설치해뒀지만 최근 1주일 정도는 확인하지 못했다. 아마도 그 사이에 그쪽에서 용건이 생긴 모양이다.

- 직장인이 무슨 대수냐! 그리고 그 쬐끄만 회사서 웬 할 일이 그렇게 많다니?

"목소리 좀 낮춰주십시오. 지금 그 조그만 회사를 운영하시는 분의 댁입니다만."

- 하! 집까지 늘 찾아가고 어지간히 충성이로구나.

코웃음을 치는 숙모에게 "그럼 제가 퇴사하고 다시 대구로 올라갈까요?" 하고 냉랭하게 묻자 그제야 숙모는 조금 목소리를 낮추며 "너희 외숙부란 양반은 왜 그리 다 큰 조카를 끼고 돈다니?"라고 딱딱거렸다.

"밤늦게 무슨 일이십니까?"

- 혹시 너 여자 생겼니?

순간 가슴이 철렁 내려앉았다. 외숙에게도 부탁했고, 회사에서도 말이 샐까 봐 사정을 아는 경영진 몇 사람만 빼놓고는 결혼 사실을 거의 알리지 않았다. 어디서 알았을까. 잠시 말을 잇지 못하다가 그는 숙모 혜경이 했던 말에 신경이 미쳤다. 여자가 생겼느냐고 물었지 결혼에 대해서는 일언반구도 없었다. 조카의 여자에 대해 캐물어볼 법도 한데 그런 것도 아니었다.

"말씀드리지 않았습니까. 몹시 바쁘다고."

긍정도 부정도 아닌 말을 사무적으로 내뱉으니 숙모가 냉큼 미끼를 물었다.

- 그래서 여자는 없다?

"제가 여자를 사귈 만한 여유가 있다고 생각하시나 보죠?"

물음으로 답하자, 전화기 저편에서 깔깔거리는 웃음소리가 들렸다.

- 하기야 그렇겠지. 언제 여유가 생기기나 할지 모르겠네. 그래도 조심은 해야지. 민씨 집안 내력을 풍문으로라도 들었다면 집안 돈 보고 달려들 여자는 많을 텐데. 예전의 누구처럼 말야. 어쨌든 겉으론 네 녀석이 장손이잖니.

가슴 깊숙한 곳을 파헤쳐 쑤시는 소리였다. 지형의 눈이 싸늘하게 가라앉았다.

"민씨 집안 내력을 들은 여자라면 제가 어떤 위치에 있는지도 이미 잘 알 텐데요. 돈에 꼬이는 여자라면 저도 진저리납니다."

숙모 혜경이 늘 경멸하던 그 여자는 물론, 말하는 당사자인 숙모까지도 포함해서다.

- 그래도 하나뿐인 아들이 총각으로 늙어죽는다면 규찬 씨가 저승에서 슬퍼할걸.

태연자약하게 거짓을 섞어 죽은 부친의 이름을 입에 올리는 숙모란 여자에게 다시금 지긋지긋하도록 정나미가 떨어진다.

"그런 걱정까지 하십니까?"

- 아무렴. 그래서 요즘 마땅한 여자애들을 알아보고 있다고 했잖니. 너한테 맡겨놓으면 평생이 걸릴지도 모르고 또 자칫하면 어디서 이상

한 애들이 들러붙을지도 모르니까. 그 피가 어디 가는 것도 아니잖니.

십몇 년을 줄곧 들어오던 소리를 숙모는 비웃으며 또 들이대었다. 더러운 피. 싸구려 핏줄. 어린것이 말도 않고 음침한 것은 독한 어미를 닮아서 그렇다는 얘기들.

언제나 제 것이라고는 하나 없이 사촌들이 쓰던 쓰레기만 받아썼고, 그 쓰레기마저도 그가 소중하게 여길라치면 여지없이 거지 같은 취향이라고 뺏겨야 했다. 어릴 적에는 몸이 작아 늘 사촌들에게 맞고 다니는데도 조카를 방치하는 것으로 모자라 울지도 않는 독한 것이라 치를 떨던 숙부 내외는 중학생이 된 이후로 쑥쑥 자라는 그를 보다 못해 결국 외숙에게 넘겼다. 학교에서 사고뭉치로 유명한 문제라는 낙인과 함께.

몇 번이나 찾아왔다가 수포로 돌아갔는데도 끈질기게 매달려 기어이 그를 데려오게 된 외숙의 기쁜 얼굴이 지금도 생생하다. 이래서야 도대체 양친 중 어느 쪽의 피가 더 나쁜 것인지 의문스럽지 않나. 지형의 입가가 비뚤게 치켜 올라갔다.

"제 피야 제가 알아서 하겠습니다. 숙모님께선 수형이, 거형이 씨내림이나 신경 쓰십시오."

- 뭐라고? 네 녀석이 지금 누구더러……!

소리치는 숙모의 목소리를 종료 버튼을 눌러 잘라버렸다. 이제는 화도 나지 않는다. 차가운 무기질의 싸하고 떨떠름한 맛만 입 안에서 감돌 뿐. 분노하거나 자학을 하기도 했던 것은 그들을 가족이라고 생각했던 예전의 일이다.

"나한테 가족이라는 게 어디 있,"

'어디 있나.'라고 말하려던 지형이 주춤했다. 그의 시선이 아직 따뜻한 불빛이 새어나오는 유리문 안에 가서 부딪혔다. 자신이 틀렸다는 걸 지형은 불현듯 깨달았다. 그의 가족은 아직 하나 남았다. 아니, 바로 얼마 전에 새로이 생겼다. 돋아나는 새순처럼 맹랑하고 귀여운, 여리지만 씩씩한 여자 문희단이 이제 그의 가족이었다.

문득 지형은 경주로 가던 그 고속도로에서 보았던 연둣빛 보드라운 싹들이 기억났다. 어느 글에서 말했던가? 흐드러지게 만개한 꽃보다 오히려 아름다운 것이 봄의 새싹들이라고.

까만 밤하늘을 바라보았다. 따뜻한 봄바람 속에서 별들이 그를 보고 웃었다. 김지하 시인의 표현처럼 지금은 외로움이 외로움과 손잡는 계절이라고 별들이 조곤조곤 일러주는 것 같았다. 겨울잠에서 갓 깨어난 산토끼 같은 여자와 살기 시작하기엔 지금이 참 알맞은 때인지도 몰랐다.

어느새 그의 입가는 슬슬 풀려가고 있었다. 늘 무표정에 가깝던 얼굴이 조금씩 웃고 있다는 것을 느끼고 지형은 어색하게 자신의 볼을 매만졌다. 조금 전과는 달리 기분이 훨씬 나아졌다. 내일은 집으로 돌아간다. 보금자리에서의 첫 밤이니 새신부에게 제대로 된 대접을 해줘야겠다는 생각이 떠올랐다.

새싹 같은 신부의 첫날밤이라. 어떤 대접이 어울릴까. 꽃 같은 것을 사줄까 생각하니 그것만으로는 모자랄 것 같았다. 선물을 한다면 뭐가 좋을까? 어렵다. 연인 사이라면 좀더 자연스럽게 이것저것 떠올랐을 텐데.

"차라리 원하는 걸 사라고 돈을 줄까? 카드도 있지만 그걸 쓰지는 않을 테고."

선물이라 해봤자 옷이나 보석, 가방 같은 것 말고는 떠오르지 않았지만 희단이 그런 것을 원하지는 않을 것 같다. 지형은 다시금 자신이 여자에 대해 무지하다는 것을 깨달았다. 억지로 사준대도 희단이 어떤 색을 좋아하는지, 어떤 취향인지도 잘 모른다는 점까지 생각하자 절로 인상이 써졌다. 뭔가 상당히 무능력해진 듯한 기분이 들었다. 그러다 문득 이상해졌다.

외식 건도 그렇고 자신이 왜 이런 일로 고민을 하는 걸까? 애초부터 결혼하면 잘해주겠다고 한 건 희단 쪽이었다. 그녀를 어려운 상황에서 구해주었으니 그것만으로도 감사를 받을 만했다. 하지만 이제 와선 그런 생각이 왠지 양심에 꺼림칙하다. 왜지?

"내…… 가족이니까?"

기대어 서 있던 발코니의 난간을 톡톡 두드리다가 그는 한숨을 쉬었다. 이렇게 따지는 것 자체가 난감하고 피곤한 일이었다. 그냥 남들처럼, 평범하게 애정을 주고받는 부부들처럼만 하면 되지 않을까. 지형은 물고 있던 필터를 재떨이에 버린 후 빈 손으로 얼굴을 문질렀다.

발코니의 유리문을 열고 들어온 그는 이미 잠옷을 갈아입고 있던 터라 그대로 침대에 누우려다가 멈칫했다. 얼굴을 만질 때 손에서 짙은 담배 냄새를 맡았던 것이 떠올랐다. 미간을 찌푸리고 다시 한번 손을 뒤집어가며 냄새를 맡아본 그는 좌우로 고개를 흔들고는 방에 딸린 화장실에 들어갔다. 비누로 깨끗이 손을 씻고 다시 한번 이를 닦았다.

침대 곁으로 돌아온 그는 옹송거리고 자고 있는 희단을 바라보았다. 뒹굴며 자느라 다 차 던진 이불이 눈에 걸렸다. 망설이다가 지형은 희단의 가슴께까지 이불자락을 끌어올려 주었다.

"이 정도야 뭐, 남들도 다 할걸."

변명하듯 중얼거리고 보니 이번에는 또 스탠드가 신경 쓰였다. 지형은 잠시 생각한 뒤 조도를 좀더 줄였다. 자신이라면 도중에 잠깐 깨어나더라도 방 안의 구조에 익숙하니 괜찮겠지만 희단의 경우 불빛이 아예 없으면 곤란할 것이다. 그런 다음에야 그는 침대에 누웠다.

"이거야 원, 완전히 어린애 돌보는 거네."

한숨을 깊이 쉬고 다리를 길게 뻗다가 지형은 다시 움찔했다. 뭔가 보들보들한 게 닿은 것이다. 희단의 맨발이었다. 가슴이 철렁 내려앉았다. 그는 재빨리 발을 잡아당겨 궁색하게 구부린 자세를 취했다.

자신이 왜 이러는 걸까. 아까만 해도 서슴없이 그녀의 몸에 손을 대지 않았던가. 넓디넓은 침대, 장신인 그에게도 전혀 작지 않고 두 사람이 누워도 절대 비좁지 않을 크기의 침대에서 지형은 태어난 후 처음으로 취해보는 불편한 자세로 누워서 눈을 끔벅거렸다.

그러다가, 그는 한쪽 다리를 조금 뻗었다. 닿을락말락 하는 희단의 발이 느껴졌다. 망설이던 지형은 조금 더 발을 내밀었다. 몽실몽실한 작은 발이 닿았다. 마디가 생기고 굳은살이 박인 그녀의 손과는 달리 희단의 발은 여린 살 그대로였다. 이불을 걷어차고 자서 그런지 그 작고 보드라운 발은 차가웠다. 발가락을 꾸물꾸물 움직여서 자신의 큼지막한 발로 그녀의 발을 감싸자 문득 희단이 잠 속에서도 만족스러운 듯 한숨을 쉬었다. 불현듯 가슴이 따끈따끈해졌다.

내일은 꼭 일찍 일어나야겠다. 이런 꼴을 다른 사람, 특히 희단에게 보일 수는 없으니까. 투덜대면서도 그는 자신도 모르게 미소를 흘렸다. 편안하게 색색거리는 희단의 숨소리가 유난히 커다랗게 들려왔다.

# 10

  희단은 새벽 일찍 잠이 깼다. 드물게 안온하고 평화로운 기분으로 눈을 떴을 때 제일 먼저 보인 것은 낯선 천장이었다. 여기가 어딜까? 어리둥절해서 고개를 돌리다가 맞닥뜨린 것은 푸른색 줄무늬의 잠옷 앞섶과 그 옷깃 사이로 보이는 가무잡잡한 살갗이었다.

  살갗? 가무잡잡한?

  그녀는 눈을 크게 떴다. 거기다 잘 살피니 그 가무잡잡한 살갗에는 고불고불한 털까지 몇 가닥 보인다.

  "으…… 으아아악!"

  누, 누구야? 내, 내 이불 속에 남자가 있어!

  "우…… 좀…… 조용히…… 시끄러……."

  쉰 듯한 저음이 머리 위에서 드문드문 들려왔다. 동시에 나무둥치 같은 건장한 팔이 쑥 올라와 그녀의 머리와 목을 동시에 끌어안으며 자기 쪽으로 잡아당겼다. 얼결에 머리가 두툽고 단단한 가슴에 푹 파묻혔다.

  "치, 치한이야……!"

소리를 지르다 말고 희단은 급하게 제 입을 틀어막았다. 겨우 생각이 났다. 자신은 결혼을 했고, 신혼여행을 마치고 시외숙부님 댁에 들른 참이다. 그러니까 지금 자신을 안고 있는 이 튼튼한 팔은 남편 지형의 것이겠다. 그것을 깨닫자 희단의 얼굴은 새빨갛게 달아올랐다.

눈을 도로록 굴려 사방을 살피니 주위는 어슴푸레한 푸름으로 가득하다. 6시가 좀 안 된 시간 같았다. 방 안의 공기는 기분 좋을 만큼 서늘했고, 반면에 이불에 덮인 가슴 아래는 또 은근히 따뜻한 것이 일어나기가 싫었다. 하지만 일어나고 싶더라도 지금은 그럴 수 없다. 결혼 전이라면 벌떡 일어나 밥을 했겠지만.

당신이 일어나시는 시간은 빨라도 6시 반이니 그전에 내려오지 말고 방에서 쉬다가 천천히 7시쯤 되면 내려오라고 했던 시외숙모 가경의 말이 있기도 했고, 자신의 목덜미를 강하게 팔로 감고 있는 지형도 걸렸다. 조금이라도 움직이면 그가 깰지 모른다. 안 그래도 어제 피곤한 것 같던데. 희단은 숨소리마저 죽이고 꼼짝도 하지 않았다.

사실은, 참 많이 떨려서 더 움직일 수가 없었다. 남자랑 이렇게 절친한 자세로 붙어 있어보기는 처음이다. 게다가 한쪽 볼과 코와 입술이 맨가슴에 밀어붙여진 이 묘한 체위라니!

"뭐…… 간지르…… 마……."

잠든 것 같던 지형이 알아들을 수 없는 소리로 중얼거리더니 저음의 낮은 소리로 웃는다. 반쯤 잠긴 듯한 섹시한 목소리에 희단은 가슴이 덜컹 내려앉았다. 어떡하나. 목소리가 완전 죽음이었다.

데굴데굴 굴리던 눈동자가 저절로 코앞의 맨가슴으로 향했다. 가무잡잡한 살갗은 남자 피부 같지 않게 무척 매끈매끈해 보였고, 실제로 볼이 닿은 부분은 보드라우면서도 탄력이 느껴졌다. 솔직히, 만져보고 싶었다. 그리고 저 가슴 털. 평소에는 가슴에 털 난 남자는 짐승처럼 생각되었는데 잠옷 바깥으로 수줍게 고개를 내민 조놈의 몇 가닥 고불고불한 털은 참 귀여웠다.

"음음, 한 번만 잡아당겨 보면 안 될까?"

헉, 미치겠네! 순간적으로 든 생각을 입 밖으로 내어놓은 뒤 희단은 침대 바닥을 퍽퍽 파낸 후 기어들어가고 싶었다. 이 무슨 중년 변태 아줌마 같은 생각이란 말인가! 머릿속을 들여다볼 사람도 없건만 창피해서 미칠 것만 같았다. 하지만 그럼에도 불구하고 난생 처음 깨닫게 된 욕구는 좀처럼 사라지질 않는다. 틀림없이 형편없도록 울긋불긋할 얼굴에 더욱 열이 올랐다. 차라리 눈을 감는 게 나을 것 같아서 희단은 눈꺼풀에 질끈 힘을 주었다.

억지로 떨리는 숨을 가다듬고 있으려니 이번에는 코가 예민해졌다. 찌그러질 정도로 지형의 가슴에 눌린 코는 당치않게도 최대치의 능력을 발휘하는 중인지, 희미하지만 아주 시원하고 서늘한 향기를 맡아내었다. 이 상큼하고도 남자다운 향기는 뭘까? 화장품 냄새 같진 않은데. 아아, 좋구나.

자신도 모르게 조금 더 얼굴을 지형에게 밀어붙였다. 그러자 지형도 잠결에 그녀를 더 바싹 안으면서 한쪽 다리를 희단의 몸 위에 천천히 걸쳤다. 이제 완전히 지형의 몸에 폭 싸이게 된 희단은 순식간에 얼굴이 새빨갛게 달아올랐다. 포옹을 처음 하는 건 아니지만 장소가 침대라는 점에 여태까지와 사뭇 다른 야릇한 기분이 든다.

처음에는 부끄러우면서도 마냥 좋았다. 자신의 생애 언제 한 번이라도 이렇게 몸도 좋고, 얼굴도 잘났고, 목소리와 냄새와 감촉마저 좋은 남자와 한 침대에 누워 찌인한 포옹을 해볼 수 있으리라 상상이라도 해봤겠는가.

으흐흐흐. 이 남자가 진짜 내 남편이란 말이지. 이렇게 하고 있어도 세상 누구도 날 욕할 사람도 없단 말이지.

비록 심장이 쿵쾅거리고 숨은 지독스럽게 가쁘지만, 입이 귀에 걸릴 정도로 좋았다. 세상에 대고 만세를 부르며 천지신명에게 절이라도 하고 싶은 심정이었다.

그러나 희단은 곧 괴로움에 사로잡히게 되었다. 이 남자 좀, 아니 상당히 무겁다. 잠옷 자락이 감겨 있지만 척 보기에도 굵직해 보이는 이 허벅지는 거짓말 좀 보태서 오래된 사찰의 큰 기둥으로 쓰는 통나무 크기는 될 것 같다. 더구나 탄탄한 것이, 완전 근육질이라 더 무거운 느낌이다. 그게 허리와 골반에 척 걸쳐져 있으니 몸을 움직일 수가 없었다.

끙끙거리며 어떻게든 지형이 깨지 않게 하려고 조심조심 안간힘을 썼다. 그러나 뒤로 물러나려는 희단의 노력에도 불구하고 지형은 오히려 다리와 팔에 힘을 주어 그녀를 점점 더 앞으로 잡아당겼다. 결국 참지 못한 희단이 손으로 그의 다리를 들어내려 했을 때였다. 지형은 뭐라 중얼거리며 인상을 쓰더니 휙 몸을 굴려 희단을 깔아버렸다.

"헉!"

온몸을 짓누르는 무게에 희단은 순간적으로 숨을 쉴 수가 없었다. 그야말로 '아이구야, 나 죽네'다. 죽을힘을 다해 꼼질거려서 겨우 지형의 어깨와 목 사이로 고개만 빼끔 빼냈다. 호흡 곤란으로 마구 숨을 몰아쉬고 있는데 좀…… 느낌이 이상하다. 아랫배가, 아니 그 더 밑이…… 뭔가 쿡쿡 찌르는 듯한…….

엄마야, 이게 뭐냐. 이게…… 그러니까 바로…… 전설처럼 말로만 듣던…….

아침 텐트.

약 1분 전에야 난생 처음 남자를 만지작거리고 싶은 욕구를 느낀 숫처녀 희단은 또다시 난생 처음 접한 사태에 사색이 되었다.

이걸 어째. 난 몰라. 으앙.


삐비비비빅. 삐비비비빅.

정해진 시간에 알람을 맞춰놓았던 휴대전화가 울리자 지형은 눈을 번쩍 떴다. 늘 보던 천장이 아니다. 하지만 눈에 들어온 방의 생김새는 꽤나 익숙했다. 간결한 무채색의 가구들. 연한 회색과 푸른색의 이불과 침대 시트. 외숙부 댁의 자신이 쓰던 방이다.

자신이 있는 장소를 의식하자마자 어젯밤의 일이 곧장 떠올랐다. 그는 반사적으로 자세를 가다듬는 동시에 고개를 돌려 옆자리를 쳐다보았다. 비어 있다. 하지만 누군가 지형과 함께 침대를 사용했다는 증거로 나란히 놓여 있는 베개 한가운데가 동그랗게 옴폭 패어 있었다.

"일찍 일어난 모양이군."

안도인지 아쉬움인지 모를 한숨을 내쉬며 그는 베개를 살그머니 손으로 쓸어보았다. 베개에는 아직도 온기가 남아 있는 것이, 희단의 체온이 묻어 있는 듯하다. 자신도 모르게 뺨을 가까이 대어보았다. 달짝지근한 향기가 폴폴 흘러나온다. 그의 입가가 슬그머니 허물어졌다.

짐작하지 못한 건 아니지만 그의 아내는 아침형의 부지런한 사람인 모양이다. 집으로 돌아가면 매일 같이 아침 운동이라도 하자고 해볼까 하는 생각이 들었다. 하지만 왜 깨우지 않고 먼저 내려갔을까? 아침 인사라도 하고 가지. 그 점이 좀 서운했다. 설마 못 보일 꼴을 보인 건 아니겠지. 새삼 단정하기만 한 잠옷차림을 뜯어보며 지형은 약간 인상을 썼다.

세수를 한 후 그가 없더라도 외숙모가 옷장 안에 늘 준비해놓는 깨끗한 와이셔츠와 여벌 양복으로 갈아입었다. 넥타이와 어젯밤 들고왔던 서류 가방을 들고 아래층으로 내려가자 계단 입구에서부터 향긋한 국 냄새가 풍겨왔다.

아침은 냉이국이군. 지형은 보일 듯 말듯 미소를 지었다. 연하게 국물을 푼 토장국은 숙취 해소에도 좋았다. 처음 술잔을 든 고교시절 이후로 만취한 적은 한 번도 없었지만 이곳을 떠나 살던 고3 시절과 대학시절, 가끔 주말에 술을 꽤 먹고 들를 때면 외숙모 가경은 아침 해장국으로 된장국 종류를 잘 끓여주었다.

가방을 거실의 소파 위에 던져놓고 식당으로 들어가자 마침 외숙모와 희단이 아침식탁을 차리고 있는 참이었다.

"혹시 깨우러 가야 하는 건가 생각했는데 혼자서도 잘 일어났네. 지형인 여전하구나."

가경이 웃으면서 인사 겸 말을 건넨다. 지형 역시 대답 겸 아침인사로 안녕히 주무셨느냐고 고개를 숙였다. 그러면서 반찬을 담은 그릇을 챙기고 있는 희단을 흘긋 쳐다보았더니, 어쩐지 당황한 얼굴로 시선을 피하는 눈치다. 왜 저러는 걸까? 얼굴이 좀 붉은 것으로 보면 쑥스러워하는 것도 같고.

처음 침대를 같이 썼으니 쑥스러울 수도 있겠지. 그는 속으로 고개를 끄덕였다. 그러나 곧, 그것만이라고 생각하기에는 희단이 좀 지나치게 몸을 사린다는 느낌이 들었다. 외숙부와 하야가 다 나와서 같이 아침을 먹는 중에도, 다른 사람의 질문에는 곧잘 대꾸를 하면서 자신에게는 전혀 아니올시다였다. 심지어 물컵이나 간장 종지를 당겨줄 때에도 손끝이라도 닿을까 봐 잔뜩 몸을 움츠리다시피 한다.

여러 번 그런 일이 반복되니 좀, 아니 많이 불쾌했다. 생각 같아서는 식사고 뭐고 다 그만두고 희단의 손목을 잡아채 이유를 따져 묻고 싶었다. 그러나 둘만 있는 자리가 아니니 그럴 수도 없다. 외숙모가 특별히 준비한 듯 식탁 위에는 그가 선호하는 반찬들이 많았지만 모두 맛을 알 수가 없었다. 그 특유의 무표정한 얼굴로 국그릇과 밥그릇을 깨끗이 비워냈어도 지형의 기분은 점점 저기압으로 치닫고 있었다.

왜일까? 도대체 사람을 벌레 보듯 하는 이유가 뭐지? 하지만 그 의문은 출근을 위해 차에 오를 때까지도 풀리지 않았다. 해결을 위해 노력하지 않은 것이 아니다. 밥 먹는 동안이야 외숙부와 이번 클레임 문제로 대화가 좀 바빴다 치더라도, 식후 과일을 잠깐 먹고 이를 닦고 넥타이를 매는 등의 시간에 희단의 시선을 끌어보려는 시도는 번번이 실패했다.

도대체 눈이라도 마주쳐야 뭘 하지! 눈길이 부딪혔다 싶으면 얼굴이 벌겋게 일그러지며 다른 사람들 뒤로 몸을 숨기기에 바빴던 희단은, 참다못한 지형이 "희단 씨!" 하고 단호히 불렀어도 그의 얼굴도 보지 않은 채 울먹이는 목소리로 "저기, 부엌일이 바빠서……."라고 말하며 얼른 꽁무니를 뺐던 것이다. 아니 남편이 무슨 치한이라도 되나? 자기를 잡아먹는 맹수야?

외숙모 가경이 강요에 가까운 권유를 해줘서야 대문간에서 희단의 배웅 인사를 받을 수 있는 상황이 되자, 지형의 분노는 맥시멈에 달했다. 이게 대체 무슨 일이란 말인가! 먼저 출발한 외숙의 차가 멀어지는 뒷모습을 한참 바라보며 숨을 몰아쉬다가 부들부들 떨리는 손으로 간신히 기어를 잡고 출발을 했다. 소방도로를 다 빠져나와서 큰길과 맞물리는 사거리에서는 하마터면 신호를 못 보고 지나칠 뻔해서, 급정거를 하느라 찢어지는 것 같은 브레이크 소음을 냈다.

"이거야 완전히 돈에 팔려와서 벌벌 떠는 처녀 제물 행세잖아! 지금 와서 왜 이래? 언제 나 혼자만 자기한테 결혼하자고 괴롭히면서 주야장천 매달렸나? 아니면 결혼한 후로 내내 못살게 굴면서 푸대접을 했어?"

애꿎은 핸들을 내리치며 버럭 소리를 지르다가 그는 깨달았다. 이 결혼, 자신이 주야장천 매달려서 한 것이 맞다. 솔직히 돈에 사오다시피 해서 결혼한 것도 맞다. 혹시, 결혼한 이후로 푸대접…… 했나?

"젠장……."

욕설에 가까운 감탄사가 지형의 입에서 씁쓸하게 새어나왔다. 같이 있는 시간이 얼마 안 되었으니 푸대접이고 큰 대접이고 말할 건수조차 없다. 신혼여행을 홀로 보내다시피 하게 만들어놓고 돌아오자마자 첫날부터 술 타작이었으니 말이다.

하지만 인정하기 싫었다. 아무리 그래도 이건 희단의 잘못이다. 최소한 자신은 고민도 하고 신경도 쓰려고 하지 않았던가! 그는 이를 부드득 갈았다. 부부 관계는 하지 않았다 하더라도 같이 침대를 쓴 첫 밤인데 아침에 그렇게 남편 꼴도 보기 싫다는 식으로 굴면 안 되는 것이다. 더구나 결혼하면 잘할 거라고 몇 번이나 말해놓고선!

도로를 어찌 달렸는지 기억도 나지 않는 채로 사무실에 도착했다. 그런데 기분이 그래서 그런지, 어째 직원들도 다들 굳은 얼굴들이다. 눈이 마주치기가 무섭게 서로 피하는 사람들 때문에 사무실은 쥐 죽은 듯 조용했다. 심지어 다른 팀 직원들조차도 복도에서 인사는커녕 몸을 슬슬 숨긴다.

책상에 앉은 뒤 불과 몇 분 사이에 전화벨이 울렸다. 잘 알지 못하는 번호가 휴대전화의 액정에 뜬 것을 본 지형의 미간에 주름이 잡혔다. 재완이 소개해주었던 민간 정보원의 전화였다. 굳이 이 시간에 온 걸로 봐서 급한 일인가 보다 싶어서 받았다.

하지만 복도에까지 나가서 받은 전화는 특별한 건 아니었다. 그간 시간을 끌어왔던 일이 예상대로 결론이 났던 것뿐이다. 조부의 오랜 친구였고 긴 투병 중이던 노(老) 의학 박사가 결국은 어젯밤에 확인서를 써줬으며 방금 공증을 받고 등기로 부쳤다는 소식에 지형은 의뢰비 잔액을 곧 송금해주겠다는 말을 하고 끊었지만 어쩐지 기분은 전혀 개운하지 않았다. 차곡차곡 해오던 준비는 이로써 마침표를 찍었지만 과연 무엇을 위한 준비였는지도 잘 모르겠다는 생각이 들었다. 이 일을 말끔히 끝내면, 자신은 그 여자를 용서할 수 있을까.

버튼에 긁히는 소리가 나도록 통화 종료 버튼을 누르고 돌아오니 다들 안색이 허옇게 떴다. 뚜벅뚜벅 걸어 자신의 책상 앞에 앉으니 들리는 건 따닥거리는 키보드 소리뿐이었다. 그것조차 지형은 못마땅하다 못해 머리가 지글지글 끓었다. 사무실 분위기가 이게 뭔가. 아무리 컴플레인 건 때문에 고생을 했다손 치더라도 그렇지, 아침부터 활기라고는 토끼 먹이통에 고기쪼가리만큼도 없다니!

담배라도 피우러 나가고 싶은 심정을 억지로 참으며 모니터를 들여다보고 있는데, 팀 내 애굣덩어리인 송다영이 조그만 캔 하나를 들고 정 과장의 책상으로 다가가는 게 모니터 너머로 보인다. 둘이서 뭐라뭐라 속삭이더니 주저하는 기색의 정 과장 팔뚝을 꾹꾹 찔러주고는 다영은 제자리로 돌아갔다.

뭐 하는 건지 모르겠다. 스무 살 가까이 차이 나는 두 사람이 연애라도 하는 건 아닐 테고. 게다가 정 과장은 몹시 가정적인 사람이다. 미간을 잠시 모았다가 지형은 다시 모니터를 노려보았다. 둘의 개인적인 상황이야 자신이 알 바 아니었다. 내일은 사업본부장 주재로 미팅이 있다. 발표자는 연구실장이지만, 실제로 도표와 자료를 만들고 결재를 받는 것은 지원팀장인 지형의 일이었다.

발표 시 쓰일 도표는 간단하면서도 방대한 자료의 핵심을 잘 나타내야 했다. 자료와 도표를 비교하고 있는데 정 과장의 목소리가 바로 옆, 10시 방향에서 들렸다.

"저…… 팀장님."

"왜 그러십니까?"

고개를 돌리니 좀 전 송다영이 들고 있었음직한 파란색 캔이 송알송알 물방울을 머금고 자신의 책상 한옆에 올라와 있다. 그것을 갖다놓았을 정 과장은 상당히 머쓱한 얼굴로 머리를 긁으며 서 있었다.

"어제 모처럼 달리셨는데 혹시 숙취가 있지 않으실까 해서요. 제가 산 건 아니고 여직원들이 사온 모양입니다."

숙취? 그리고 보니 책상 위의 캔은 일반 음료수가 아니라 숙취해

소제다. 좀 어이가 없었다. 송다영과 둘이서 속닥거린 게 아마 지형의 이야기였나 보다. 하지만 자신의 어딜 봐서 숙취에 빠진 것 같은가? 그렇게 부실한 인간으로 보였나 싶으니 더 기분이 나빠진다.

"숙취 아닙니다."

"예? 그, 그러면……."

그렇지 않아도 어색하던 정 과장의 얼굴이 당황으로 누렇게 되었다. 너무 딱 잘라서 말했나 싶어서 지형은 파란색 캔을 집어들어 탭을 땄다.

"그래도 먹어두면 몸에는 좋겠지요. 아무튼 고맙습니다."

"아우, 다행입니다."

지형이 긴장된 입가를 약간 누그러뜨린 것만으로 안심이 되었는지 정 과장이 미소를 지었다.

"송다영 씨가, 회식 다음날에 분위기 험악한 남자는 숙취 아니면 부부싸움이라고 아주 장담을 하지 뭡니까. 미혼이신 팀장님이야 부부싸움일 리가 없으니 이게 해답이라고……."

"……쿨럭!"

지형은 잘 마시던 음료수를 책상 위로 뿜어내고야 말았다. 정 과장이 급하게 휴지를 찾았고, 지형 자신도 서랍에서 휴대용 화장지를 꺼내어 파편이 튄 책상이며 옷을 닦아냈다. 그러면서도 그는 이쪽을 보고 있는 놀란 표정의 몇몇 여직원, 특히 그 중에서도 송다영의 얼굴을 새삼스럽게 쳐다보았다.

의외로 젊은 여자들은 날카로운 감이 있나 보다. 늘 얼굴에 '아무것도 몰라요.'라고 써 붙여놓은 것 같은 희단도 실은 여러 가지를 짐작하고 있는 게 아닐까. 책상을 닦던 지형의 손길이 점점 느려졌다.

희단에게 말실수를 했다는 하야의 고백이 지금에 와서야 마음속에서 무게를 더해간다. 어젯밤에는 그냥 지나쳤다 해도 아침이 되니 친가 얘기라고는 전혀 않는 그가 새삼 이상했을지도 모르지. 그래서 화가 나기라도 한 걸까.

어쩐지 마음이 기우뚱한다. 마치 아차 실수로 잘못 건드린, 물 담긴 유리잔처럼 위태하게. 왜 이럴까. 꿀리는 것 따위는 아무것도 없는데. 본가의 일을 숨긴 것도, 제법 떵떵거리는 집안의 손자라는 자리 따위는 그에게는 아무런 가치가 없는 거니까 당연히 희단에게도 상관이 없어야 한다고 생각했기 때문이었다. 그래서 재산 같은 건 탐내지 않을 만한 여자를 일부러 골랐고, 만약 희단이 다른 마음을 먹는다면 용서하지 않을 작정이었다.

하지만 그 여자는 그러지 않을 거다. 말을 하지 않아도 마음을 읽어주고, 세심하게 그의 행동에 귀를 기울여줄 거였다. 지형은 손에 들고 있던 휴지를 자신도 모르게 움켜쥐었다. 착한 여자니까, 잘해준다고 했으니까 누구처럼 배신 같은 건 하지 않을 거였다. 그래도…… 일부러 숨긴 사실을 알게 된다면 역시 기분이 좋지는 않겠지?

지형은 고개를 돌려 모니터 윗부분의 얼룩을 닦고 있는 정 과장을 다시 바라보았다. 금슬이 좋기로 사무실에서 소문난 사람이었다. 부인이 아무리 화를 내도 이틀을 못 간다고 들은 적이 있는 것 같다. 지난밤의 다짐이 떠올랐다. 남들처럼만 하면 되지 않을까 하던. 그는 생각에 잠겨 입을 열었다.

"죄송합니다. 흉한 꼴을 보여서."

"아닙니다. 잠깐 사레가 들리신 모양이죠 뭐."

자신과 나이 차이가 꽤 나는 남자는 선한 얼굴로 고개를 흔들었다. 지형은 그런 그를 빤히 쳐다보았다.

　"예, 그건 그런데……, 음, 정 과장님께 도움 말씀을 좀 구하고 싶습니다만."

　직장 사람들과도 굳이 친하게 지내진 않지만 이 정도야 괜찮을 것 같았다. 정 과장은 은근히 놀란 모양이다.

　"아, 예! 말씀하십시오."

　"무슨 일 때문에 부인이 은근히 화가 나 있다, 하지만 그 일에 직접적으로 사과를 하거나 언급할 수는 없다……. 대충 그런 경우에 어떻게 하시겠습니까?"

　"예?"

　어설프게 웃고 있던 정 과장의 눈동자가 휘둥그레졌다. 지형은 대답을 못 하고 있는 남자에게 덧붙였다.

　"정 과장님께서 부인과 아주 잘 지내신다고 들었습니다. 특별한 노하우라도 있으신가 해서요."

　"어어, 이런. 팀장님, 역시 사귀는 여자분이 있으셨군요!"

　정 과장의 얼굴에 화색이 돌았다. 왜 저럴까? 의아했지만 굳이 정 과장이 틀린 짐작을 한 것은 아니어서 지형은 침묵했다. 미혼과 기혼시절을 합쳐 한 여자와의 연애 경력이 15년이 넘는다고 늘 자랑하던 정 과장은 자신 있는 얼굴로 장담했다.

　"그런 거엔 선물이나 이벤트가 제일이죠!"

　"선물이나 이벤트…… 라고 하면, 반지를 컵에 빠뜨려서 준다거나 차 트렁크에 풍선 같은 거 싣고가서 날려보내는 그런 것 말입니까?"

　못 할 건 없지만 그런 일까지야 좀 지나치지 않은가. 지형이 미미하게 눈살을 찌푸리자 정 과장은 황급히 손을 내저었다.

"아니 아니, 그런 거창한 건 필요 없을 겁니다. 굳이 화려한 걸 좋아하는 여성분이라면 몰라도……. 하지만 팀장님 여자친구분이 그런 성격은 아닐 것 같습니다만."

"예, 그렇지는 않습니다."

희단에 대해서 잘은 모르지만 화려한 걸 좋아하지는 않을 것이다. 그러자 정 과장은 신나는 얼굴로 자신만의 소소한 이벤트에 대한 여러 가지 방법을 털어놓기 시작했다. 일단 무조건 잘해줘야 한다. 하루만이라도 머슴처럼 몸 바쳐 공주 대접을 해줘라. 여자들은 자신이 소중히 대접받는다는 걸 실감하면 무조건 넘어간다 등등. 하지만 그것 역시 좀 껄끄러웠다. 공주처럼 사는 여자들이 싫어서 한 결혼인데 희단에게 공주 대접을 해주라니.

"그게 어렵다면 팀장님 같은 경우는 평소와는 다른 색다른 모습을 보여주는 것도 좋습니다. 모성애를 불러일으킨다거나 하는."

줄줄줄 잘 말해놓고선 정 과장은 순간 어색한 표정이 되었다. 눈앞에 앉아 있는 커다란 덩치에 서늘한 인상을 지닌 남자와 모성애란 단어의 괴리를 알아차린 모양이다. 잠시 우물거리던 정 과장은 목소리를 작게 줄였다.

"저기, 다른 효과적인 방법도 있긴 합니다만."

"뭔가요?"

"오해는 하지 않으시겠죠?"

왠지 애매모호하게 웃기부터 한 정 과장은 "두 분이 아주 가까울 경우에 해당되는 방법이지만……" 하고 길게 서두를 뺀 후, 아주 짧게 말했다.

"애정이란 건 몸으로 보여주는 게 최곱니다."

"음?"

그게 무슨 소린가 싶어서 다시 물어보려는데, 정 과장은 다시 "정말 오해하지 마십시오. 어차피 팀장님께서도 연세가 있으시니 이해하실 것 같고, 또 워낙 많이 고민하시는 것 같아서 드린 말씀입니다." 하더니 꾸벅 인사를 하고는 홀가분한 얼굴로 자기 자리로 가버린다.

몸으로 보여주다니. 대체 뭘 몸으로 보여주란……, 아!

뒤늦게 정 과장의 말뜻을 알아차린 지형은 자신도 모르게 한 손으로 턱을 감쌌다. 그, 그런 게 진짜 효과가 있으려나? 강풍과 부부싸움은 밤이 되면 잦아든다는 속담도 있긴 하지만. 어쩐지 얼굴에 열이 좀 오르는 것 같아서 그는 남아 있던 숙취해소제를 벌컥벌컥 들이켰다.

하지만 결론을 내기는 어렵지 않았다. 뭐, 한번 노력해보지. 힘든 일도 아니고. 그리고 나니 몇 시간 동안 희단을 공주 대접 해주는 것도 별로 곤란한 일은 아닌 것 같았다. 원체 대접을 못 받고 살던 여자라 조금만 잘해주면 금세 감동하지 않을까? '색다른 모습으로 모성애 자극'이란 조건은 좀 힘들겠지만.

오전 내내 무겁던 머리가 한결 맑아지는 듯했다. 희단이 자신을 피했던 정확한 이유는 모르겠지만 어쨌든 이런 식으로 잘해주면 괜찮아질 것도 같다. 그런데 몸으로 보여주는 애정이라면 과연 어떤 식이어야 하나? 참 모호한 일이다. 나름대로 몇 가지 예시를 떠올리며 생각에 잠겼던 지형은 몇 분 후 턱을 감싸고 있던 손을 슬슬 움직여 입가를 가렸다.

그리고 그 순간, 아까부터 책상 몇 개쯤은 쉽게 관통하는 비상한 시력으로 그를 주시하고 있던 몇몇 직원들은 자신들의 눈을 믿을 수 없어 아연실색했다. 정 과장이 팀장과 담소를 나눈 후 돌아와 회사에 특별히 문제되는 상황은 전혀 없으니 안심해도 좋다고 확실히 말한 후 몇 분 만의 일이었다. 기어코 젊은 여직원 두 명이 자리에서 일어나 정수기 앞으로 가서 컵을 집어들고 차를 타는 척하더니 머리를 맞대고 숙덕거리기 시작했다.

"미정 씨, 지금 팀장님 얼굴 좀 이상하지 않아?"

"그러게! 우리 팀장님만 아니라면 틀림없이 웃는 얼굴이라고 할 텐데."

"평소에 좀 웃었으면 이런 일로 헷갈리진 않을 텐데. 근데 말야, 저렇게 슬쩍 허물어진 모습 보니까 우리 팀장님 참 잘생기지 않았어? 좀 귀여워 보이기도 하고."

"어머, 다영 씨 간도 크다! 팀장님이 귀엽다니! ……좀 잘생겼긴 하네."

"아냐, 잘 봐. 진짜 귀엽다니까! 아이, 아무래도 저거 웃는 표정 맞는 것 같은데."

그리고 그녀들의 말대로, 턱을 감싸던 제 손이 둘로 늘어나 자꾸만 뺨을 비비고 이마를 문지르는 것도 의식하지 못한 채 지형은 슬며시 웃고 있는 중이었다.

오늘은 꼭 정시에 퇴근하리라고 굳게 마음먹으며.

# 11

 침이 마른다. 참으로 점잖지 못한 행동이었지만 지형은 눈을 동그 랗게 뜬 희단을 보며 침만 꼴깍꼴깍 삼키고 있는 참이었다. 어쩔 수 가 없었다. 필시 그 바나나 쪽지를 썼을 친구들에게 선물받은 듯한 분홍 가운을 입고 시트만 바꾼 자신의 침대에 동그마니 앉은 희단 은 너무 예뻤다.

 아니, 예쁘다기보다는 탐스럽고 유혹적이었다. 마치 산길을 헤매 다 우연히 발견한 비밀스런 수풀 속의 깨끗한 산딸기처럼. 대체 저 여자가 왜 촌스럽고 평범한 얼굴이라고 생각했는지 모를 일이다. 어 쨌거나 다시는 아침처럼 자신에게 얼굴을 돌린다거나 하는 태도를 허락하지 않을 것이다. 그 따위 것들은 절대 그들 사이에서는 있어 서 안 되는 일이라고 지형은 새삼 다짐했다.

 현재 상황은 좋아 보였다. 비록 희단이 그가 한 말에 놀란 것처럼 은 보였지만 그래도 외면한다거나 하지는 않고 있다. 아까는 웃기까 지 했으니 상황이 나빠지진 않을 것이다. 이 우스꽝스러운 잠옷을 사고, 분위기 회복을 위해 노력한 보람이 뿌듯하게 느껴졌다.

"괜찮겠죠, 희단 씨를 안아도?"

다시 한 번 물었다. 희단이 빨리 대답을 하지 않는 바람에 지형은 더욱 조급해졌다. 이러면 안 된다. 이 시간만큼은 공주님처럼, 아니 여왕처럼 대접해주기로 했으니까. 그는 애써 마음을 달랬다.

"아직도 긴장돼요?"

애써 미소를 지으면서 희단의 어깨로 조심스레 손을 뻗었다. 매끄러운 감촉의 천이 손에 닿자, 그 안에 감춰진 어깨가 흠칫 떨렸다. 바들바들 떠는 것이 어린 새마냥 귀엽다고 생각하며 지형은 그녀를 가만히 안았다. 160이 될까 말까 하는 작은 몸집은 그의 품 안에 쏙 들어오고도 남는다.

"키스…… 해도 되죠?"

엄지손가락으로 희단의 턱과 아랫입술을 문지르며 묻자 비로소 쥐꼬리만 한 목소리로 투덜댄다.

"……그, 그런 거 일일이 묻지 말아요."

"무서워하는 것 같아서."

"내가 뭐, 뭐를 무서워해요? 여긴 우, 우리 집인데! 우리 집에 우리 침대고, 또…….."

"또?"

더듬으면서도 또박또박 할 말은 다 하는 것이 우습고도 사랑스럽다. 입술 대신 동그란 이마에 입맞춤을 하면서 말을 재촉했더니 기어들어가는 목소리로 대답한다.

"지형 씬 내…… 내 남편인데."

내 남편. 순간적으로 지형은 호흡을 멈추었다. 불이 붙은 화살이 날아와 가슴에 꽂히는 것 같았다. 맞는 말이었다. 지형은 그녀의 남편, 그녀는 지형의 아내다. 그러니까 무서워하지 않는다고 희단은 말하고 있었다. 수수하고도 거친, 유부녀스럽기 그지없는 단어가 이렇게 뜨거울 줄은 몰라서 그는 아닌 밤중에 급습을 당한 심정이 되었다.

희단의 이런 믿음이 처음은 아니지만 만날 때마다 당혹스럽다. 갑자기 불에 덴 것처럼 놀랍고도 강렬하다. 그런 감정을 애써 감추려고 지형은 덤덤하게 말했다.

"나는 희단 씨 남편 아닌데요."

"에?"

희단의 음성이 트램펄린을 타고 노는 아이처럼 풀쩍 튀어 올랐다.

"남편이 아니라 지금은 여왕님을 모시는 신하예요."

"음?"

희단은 제대로 된 대답을 못 하고 그저 단음절로 감탄사만 발했다. "아예 노예라고 할까요?"라며 웃었더니 얼굴이 붉어져 시선을 어디 둘지 모른다. 어쩐지 이 여자 앞에서는 헛말이 많아진다. 그렇지만 지형은 그 사실이 불쾌하지 않았다. 웬만한 여자라면 코웃음을 칠 만한 입에 발린 달짝지근한 소리에 어쩔 줄 모르는 희단이, 어리석고 모자라 보이기보다는 오히려 애연하다. 애연하고도 달콤했다.

그래서였을 것이다. 그녀의 등 뒤로 문득 눈에 띈 작은 발을 만지고 싶어진 것은. 어깨를 안고 있던 왼손을 내려 희단의 발 한쪽을 더듬어 손에 쥐었다.

"어머! 안 돼요!"

부끄러움에 바동거리는 희단을 지형은 손쉽게 침대 위에 쓰러뜨려 몸으로 눌렀다. 잡고 있던 그녀의 오른발을 들어 올려 가만히 들여다보았다.

"이렇게 예쁜 발을 왜 안 보여주려고 해요?"

"예쁘지 않아요. 예쁠 리가 없는걸요."

희단이 반은 부끄럽게, 반은 뾰로통하게 중얼거린다. 그녀의 말대로였다. 간밤에는 여리고 보드랍게만 느껴지던 발은 크기만 작지, 빈말로라도 예쁘지 않았다. 흉터 자국인지 거뭇거뭇하게 변색된 부분도 몇 군데. 유난히 오그라진 가운뎃발가락이 두드러지는 것은 맞춤 신발 같은 건 신지 못했던 탓이리라.

"착한 발이에요. 희단 씨를 닮아서 착하고 예쁜 발."

그냥 충동이었다. 터무니없는 소리와 함께 들고 있던 못생긴, 그러나 청결해 보이는 발에 입술을 가져다댄 이유는. 하지만 보드랍고 말랑말랑한 발의 감촉을 느끼고 나서 동글동글한 발가락 끝까지 살짝 깨물었던 것은 분명 반쯤 의도적인 것이었다.

"으악! 무, 무슨 짓이에요! 더러운데!"

차마 발길질을 할 수는 없고, 대신 미친 듯 다리를 잡아당기려고 노력하는 희단에게 지형은 오히려 웃어 보였다.

"뭐가 더러워요? 깨끗한데. 혹시 발 안 씻었어요?"

"그런 얘기가 아니잖아요!"

"그럼 무슨 얘기?"

"어떻게 발을 입에다가 넣어요! 갓난아기 발도 아니고!"

"아까 한 말 못 들었어요? 신하랬는데. 아니 노예라고 했던가? 어쨌든 발에 키스하는 것 정도는 약과죠."

"약과라고요?"

동그랗게 뜬 희단의 눈은 '그럼 무슨 짓을 여기서 더 하려고?'라고 묻고 있는 것 같았다. 지형은 또다시 웃음이 비죽비죽 새어나왔다.

"그럼요. 희단 씨 말에 따르면 그 더러운 발에 키스한 입술로 이런 것도 하고,"

그의 입술이 재빨리 희단의 입술을 훔쳤다.

"이런 것도 하고,"

두 번째로는 목의 보드라운 살에 대고 입술을 눌렀다. 희단이 지닌 특유의 달콤한 향기에 홀려 살갗을 빨아들이느라 시간이 조금 더 걸렸다.

"이런 것도 할 건데."

가운의 앞자락을 여민 리본의 바로 위, 가슴 골짜기에 닿을 듯 말 듯 입술을 대었다 뗀 지형은 이번에는 허락을 구하는 것처럼 희단을 올려다보았다. 상기된 뺨으로 색색거리며 숨을 몰아쉬고 있던 희단은 홀린 것처럼 그를 바라보다가 이윽고 가만히 눈꺼풀을 떨어뜨렸다. 그 무언의 허락이 초야의 시작이었다.

조바심을 누르며 애써 천천히 희단이 몸에 걸친 것들을 벗겨나갔다. 스물다섯의 신부는 어울리지 않게도 레이스의 분홍 가운 아래에 하얗기만 한 면 속옷을 입고 있었다. 그런데 전혀 우스꽝스럽지가 않다. 고집스럽게 입은 파자마 하의도, 불 좀 꺼달라는 들릴 듯 말 듯한 부탁의 말도 모두가 사랑스럽기만 했다.

방의 불을 다 꺼도 바깥에서 새어들어온 불빛 덕분에 방은 컴컴할 정도는 아니었다. 그 덕분에 동글동글한 뺨이며 이마가 유난히 어둠 속에서 도드라진다. 작은 어깨도, 또 가슴의 둔덕도, 그 둔덕에서 아래로 미끄러져 내려오는 허리의 선도, 보드랍게 빛나는 아랫배의 선도 모두 둥근 곡선이었다.

한없이 동그랗고 작고 여린 여자. 어떻게 당신이 내 눈에 띄었을까. 희단의 허리와 골반을 스치듯 매만지는 지형의 머릿속에 그런 생각이 떠올랐다.

"음, 지형 씨."

떨리는 목소리로 그녀가 그를 불렀다.

"네."

"나 아까 하나도 안 두렵다고 했는데, 이제 보니 그거 거짓말이었나 봐요."

"무서워요?"

"아니, 지형 씨가 무서운 건 아니고……. 네, 사실 조금요."

억지로 웃는 음성은 한없이 연약하게 들린다. 하긴 입맞춤도 그가 처음이었던 여자였다. 지형은 더운 한숨을 길게 내쉬었다. 염려와 초조, 기쁨과 욕망이 뒤섞인 한숨이었다.

"키스해줄게요."

오래도록 입을 맞추었다. 호흡을 나눠주듯이, 탐닉하듯이. 입술이 뒤섞였다. 그것만이 아니었다. 둘의 숨결이, 타액이, 체온이 섞이고 나뉘었다. 그의 혀가 욕심껏 희단의 혀를 훔쳐내어 맛보는 동안 지형의 손은 희단의 손을 쥐고 자신에게로 끌어당겼다.

"소신에게도 탈의를 허락해주시지요, 마마."

잠시 입맞춤을 멈춘 동안 그렇게 속삭였더니 긴장한 웃음이 터졌다. 가슴에 얹어놓은 작은 손이 꼼지락거리며 잠옷의 단추를 서툴게 풀어낸다. 지형은 상체를 반쯤 일으키고 옷을 벗기기 쉽게 양쪽 팔을 번갈아 구부렸다. 파자마 하의를 끌어내리는 손이 바들바들 떨리는 것이 느껴졌다. 영하 20도는 넘는 추위에 맨몸으로 나선 사람 같다. 그런데도 용케 맨 마지막 속옷에까지 손길이 와 닿는다. 참 애쓰는군. 그는 슬며시 웃으며 희단의 양손을 잡았다.

"이건 좀 있다가요."

그 손을 그대로 자신의 목에 두르게 해놓고서 지형은 다시 희단의 입술로 돌아갔다. 좀전의 키스로 통통하게 부풀어오른 입술은 촉촉하고도 따끈따끈했다. 하지만 이번에는 오래 머물지 않고, 긴장한 희단의 몸이 풀리는 것을 느끼자마자 아래로 내려왔다.

그녀의 맥박이 토닥이는 목덜미와 옴폭 팬 빗장뼈, 빨라진 호흡이 도톰하게 풀무질해놓은 가슴 언저리. 그 어느 곳도 빼놓지 않고 차례로 입맞추었다. 여물어가는 과일마냥 풍기는 달콤한 향기가 짙어져 가는 살결이 점점 숨을 달아오르게 만들었다. 아랫도리에 불길이 치밀고 가둬놓은 그의 일부가 답답한 듯 몸을 뒤채며 해방을 호소하는 것을 감지하고 지형은 입술을 깨물었다. 아직 아냐. 조금만 더 천천히.

크지 않은 가슴은 의외로 모양이 예쁘게 잡혀 지형의 손에 딱 맞아떨어졌다. 그 중앙, 희미한 불빛에 짙은 색으로 빛나는 것은 앙증맞고도 탐스러운 유실이다. 목에 갈증이 이는 것을 참아가며 일단 지형은 조심스럽게 받쳐 든 가슴을 간지러울 정도로 가볍게 쓸었다. 몽롱한 애무에 풀려가던 희단의 몸이 굳어진 것은 그가 가슴의 유실을 삼켰을 때였다.

"아, 안 돼요!"

"쉬잇, 괜찮아요."

짧은 신음을 뱉어내며 바르작거리는 상체를 부드럽지만 단호하게 침대에 밀어 눕혔다. 달래는 것처럼 상냥하게 혀로 어루만지자 더없이 보드랍고 몽글몽글하던 열매는 입 속에서 단단하게 붉어졌다. 원하는 것을 차지하고 나면 서늘해질 것 같던 목구멍이 오히려 불이붙을 것 같이 말라와 침을 삼키자, 희단이 입술을 깨물고 마구 도리질을 친다. 그는 옆구리와 아랫배를 느릿하고도 농밀하게 쓰다듬던 손을 들어 그녀의 입술을 살짝 눌렀다.

"그러지 말고 그냥 소리 내요. 아무도 안 들어."

잠시 틈을 내어 젖은 입술로 귓불을 빨며 속삭이자 희단이 몸을 부르르 떨었다.

"하, 하지만 지형 씨가……."

"내가, 뭘?"

"지형 씨가 들으니까…… 아!"

뜨거운 숨을 불어넣으며 허리 아래를 바짝 붙였더니 그녀가 진저리를 쳤다. 붙어 있다시피 한 뺨의 온도가 급격히 올라간 것을 느낄수가 있었다. 이렇게 불이 붙은 것처럼 느껴지는 것은, 희단뿐 아니라 자신의 뺨 또한 꽤나 온도가 높다는 뜻일 터였다.

"아직도 무서워요?"

"모, 모르겠어요."

"불쾌하진 않죠?"

"그것도 모르…… 흡!"

다시 희단의 입술을 입에 물었다. 그런 다음 가볍게 맞닿아 있는 하체에 무게를 싣지 않으려고 노력하며, 하지만 충분히 의도를 느낄수 있을 만큼은 힘을 가하며 그는 천천히 허리를 움직였다. 천 두 장만을 사이에 둔 몸이 서로 미끄러지며 뜨거운 열을 내뿜었다.

아아. 그의 입술에 갇힌 그녀의 입술이 울 것 같이 일그러졌다. 반쯤 감긴 눈매의 꼬리 쪽 역시 촉촉이 젖어든 것 같기도 하다. 괴로운 듯한 표정이 미칠 듯이 사랑스럽다. 이 얼굴이 흐느끼는 것을 보고 싶다. 몸부림치면서 매달리는 육체를 느끼고 싶다.

그렇게 생각해서 그런지 아래쪽에서 습기가 느껴지는 것 같기도 하다. 조심스럽게 손을 내려 슬쩍 스쳐보니 아니나다를까, 젖어 있는 속옷을 확인하고 나자 정말로 참을 수 없을 것 같은 기분이 들어 지형은 마지막 남은 옷을 벗어던졌다.

"희단 씨, 엉덩이 들어요."

그녀의 속옷을 잡아내리는 손길은 조심스러웠지만, 목에서 새어 나온 음성은 거칠기 그지없었다. 그러나 비처럼 퍼붓는 키스를 받은 희단은 지금 자신이 어떤 행동을 하는지도 모르는 것 같았다. 지형은 그런 그녀를 서둘러 몸으로 덮고 두 다리를 무릎으로 갈랐다. 살짝 더듬어 촉촉이 젖어 준비된 것을 확인한 후 급히 허리를 내리려다가 그는 멈칫했다. 이런.

"희단 씨."

"헤에……."

'예'도 아니고 아주 한숨도 아닌, 그 중간쯤 되는 발음으로 희단이 웅얼거렸다. 빨개진 얼굴과 가쁜 호흡으로 색색거리는 그녀를 지형은 매우 사랑스럽게, 그러나 좀 곤란한 듯 내려다보았다.

"고백할 게 있어요. 사실 큰 문제는 아닐 수도 있지만……."

"……뭔데요?"

열에 취한 희단이 겨우 눈을 반쯤 뜨고 물었다.

"그러니까, 그게…… 많이 아플지도 몰라요. 힘들게 만들지도 모르니까 미안하다는 말부터 하고 싶어서."

걱정스런 어조에 희단의 눈이 좀더 맑아졌다. 그녀는 치솟는 열기를 다스리려는 것처럼 길게 숨을 들이쉬었다.

"후우, 나도 알아요. 하지만 그렇지 않은 경우도 많대요. 게다가 지형 씨가 잘 알아서 해주실 테니까……."

"으흠, 실은 그 점이 문제예요."

"예?"

가만히 누워 있던 희단이 반사적으로 하체를 움직이는 바람에 서로의 몸이 스쳤다. 그렇지 않아도 벌겋게 달아올라 있던 곳이 매끄럽고 촉촉한 감촉을 만나자 통증에 가까운 쾌감이 지형의 허리를 때렸다. 더 이상 참을 수 없었다.

"처음이거든요, 나도."

장렬한 고백과 함께 지형의 허리가 아래로 내리꽂혔다.


"어흑……!"

아래에 깔린 작은 몸이 뒤틀렸다. 긴장과 흥분에 거의 이성을 잃다시피 하던 지형은 정신이 번쩍 들었다. 얼굴을 잔뜩 찌푸린 희단이 스스로의 손등을 깨물고 있는 중이었다. 눈가에 조롱조롱 매달린 눈물방울이 어둠 속에서 반짝 빛난다. 고통스러운가. 더 이상 진행시키지 못하는 괴로움에 덜덜 떨리는 하체를 꾸욱 참으며, 그는 한 손으로 그녀의 눈시울을 만지작거렸다.

"많이 아파요?"

"아…… 아뇨. 괜, 찮아요."

저절로 힘이 들어가 악물린 턱에도 불구하고 희단은 억지로 웃었다. 보기만 해도 그 아픔이 전해져오는 것 같았다. 자동적으로 미간에 힘이 들어가는 것을 느끼며 지형은 그런 자신이 의아했다. 타인의 고통에 이렇게 공감한 적이 없는데. 참 낯설고도 이상한 기분이었다.

애초부터 예민하거나 비폭력적인 성격이었다면 중고등학교시절, 아무리 집안에 보라는 듯 고의적이었더라도 그토록 날뛰고 다니는 않았을 것이다. 1주일에 한 번일 때도, 반년에 한 번일 때도 있을 만큼 불규칙하게 주어지던 용돈은 그의 덩치가 웬만한 성인만큼 커지자 한 달 단위로 통장에 들어오기 시작했지만 때때로 이체가 되어 있지 않은 경우가 있었고—실수인지 일부러인지 그런 일들은 꽤 자주 있었다—그러면 착한 녀석이든 못된 녀석이든 가리지 않고 예사로 삥을 뜯었다. 돈이 이유가 아니더라도 학교에서나 거리에서나 귀찮게 나불대고 시비를 거는 놈이 있으면 망설이지 않고 밟았다. 거구와 무심하도록 냉정한 얼굴, 사정 보지 않는 손속 때문에 대구학교에서의 지형의 별명은 '얼음곰'이었다.

그런데, 지금 이 조그만 여자가 눈가에 눈물을 좀 매달고 있다고 해서 이렇게 신경이 쓰이다 못해 마음이 몹시 상한다. 왜일까? 스스로에게 질문을 던지던 지형은 문득 아직도 자신의 목에 희단의 한쪽 팔이 걸려 있다는 것을 깨달았다. 그리고 그 팔에 힘이 실리고 있다는 것도.

"멈추지 말아요. 나, 지형 씨가 내 남편이라는 거…… 느끼고 싶어요."

작게 떨리며 속삭이는 음성은, 그러나 매우 분명했다. 지형은 이번에는 다른 쪽으로 정신이 번쩍 들었다. 내 남편…… 내 여자. 그렇다.

이 여자는 자신의 것이었다. 다른 누구와 공유하는 것이 아닌, 그만의 것. 그러니까 이렇게 마음이 쓰이고 그 아픔이 몹시나 거슬리는 거지.

그리고 그런 자각은 희단을 더 생생하게 느끼게 만들었다. 지형은 눈으로 보는 것처럼 또렷하게 느꼈다. 자신의 목에 감긴 그녀의 가녀리면서도 단단한 팔을. 자신의 가슴을 간질이고 있는 그녀의 몽실몽실한 가슴을. 땀이 배어 그의 배와 붙어버린 것 같은 그녀의 부드러운 배의 살갗을. 그리고 그 아래, 자신의 분신을 뜨겁게 끌어당겨 조이고 있는 그녀의 좁디좁은 내부를. 갑자기 아랫도리가 더욱 달아올랐다.

"아……!"

무엇을 느꼈는지 신음을 토하며 본능적으로 허리를 뒤로 잡아빼는 희단의 어깨를 꼭 틀어쥐었다.

"조금만 참아요. 조금만……."

목쉰 소리로 달래며 천천히, 아주 느리게 허리를 붙여갔다. 달궈진 쇳덩이처럼 열기가 느껴지는 몸을 매끄럽지만 빡빡하기 그지없는 희단의 속으로 호흡을 참아가며 한 치 한 치 밀어 넣는 것은 고문 같은 일이었다. 달콤하고도, 미칠 것 같은 고문.

분신을 겨우 다 희단의 몸 안에 묻고 나자 지형의 입에서는 저절로 긴 한숨이 새어나왔다. 그녀의 어깨에 이마를 대고 쉬는데, 그제야 희단이 칭얼거렸다.

"아파요……."

"응, 알아요."

"참으려고 했는데, 그래도 아파요……."

"……."

"미안해요. 흑."

이제는 아예 훌쩍거리며 눈물을 닦아내는 희단이었다. 젠장, 어쩌라고.

"……그럼, 빨리 끝낼게요."

그런데 이게 웬일. 일이 좀 이상하게 되어 돌아갔다. 몸이 머리보다 더 빨리 반응해버린 것이다. 뒤로 허리를 뺐다가 다시 앞으로 조심스럽게 움직임을 시도하는 도중이었다. 문득 희단의 내부가 그를 세게 움켜쥔다 싶었을 때, 지형은 몸에서 뭔가가 울컥 새어나오는 것을 느꼈다. 이럴 수가. 그는 사색이 되었다.

이게 뭔가. 아무리 총각들이 첫 경험에서 쉽게…… 쉽게 그걸 해버린다지만 이건 아니었다.

학창시절에 싫다고 해도 열심히 따라붙던 쓰레기 같은 자식들도, 한 시간은 못 될지언정 최소 30분은 했다고 떠벌였다. 나중에는 경험 많은 여대생 누나들이 '오, 마이 갓!'을 외치며 질질 눈물까지 흘리고선 달라붙더라는 소리에 솔직히 그는 비웃었다. '그까짓 걸 누가 30분을 못 하나. 늬들이 논다니한테 홀랑 빠져서 그렇지, 냉정하게 컨트롤만 하면 한 시간, 두 시간도 할 수 있을걸.'이라는 것이 솔직한 그때의 심사였다.

그러던 그가, 이 민지형이, 겨우 1분? 조루도 아닐 텐데, 1분? 간혹 또래 녀석들과 사우나라도 갈라치면 모두들 부러운 눈초리로 흘깃 흘깃 자신의 아랫도리를 훔쳐보는 것을 느끼면서 그것조차 비웃던 자신이 아닌가.

"……고마워요."

남편이 패닉 상태에 사로잡혀 파랗게 질린 줄은 모르고, 희단은 그저 그가 그녀를 배려해서 일찍 끝낸 줄로만 아는 모양이다. 그나마 다행이었다.

"저기, 나 좀 일어나고 싶은데……."

희단이 눈을 내리깔고 수줍은 음성으로 말했다. 물론 자세가 불편할 테니 비켜줘야 할 것이다. 또한 샤워는 못 시켜줄지언정 수건으로 닦아주는 정도는 해야 한다고 머리는 명령을 내렸으나 지형은 여전히 움직일 수가 없었다.

그의 주의를 환기시킬 생각이었는지 아니면 불편한 자세만 좀 고칠 작정이었는지 모른다. 아무튼 굳어 있는 지형의 몸 아래에서 희단이 조금씩 꼼틀거리기 시작했다. 좀 무리할 정도로 벌어진 다리를 구부렸다 폈다 하더니 여전히 그의 어깨에 올라가 있던 손으로 등을 달래듯 살살 어루만진다. 엉덩이를 조금 들어 열린 허벅지를 오므리기도 했다. 그 흔들림을 감지한 지형의 얼굴이 천천히 모로 기울어졌다. 어……?

허리에 열기가 돌아오고 있었다.

"으음, 희단 씨."

"네. 말씀 하세…… 응?"

순순히 대답을 하던 희단의 말끝이 통, 튀어 올랐다. 그녀 역시 뭔가를 느꼈음이 분명했다. 아마도 눈을 동그랗게 뜨고 있을 그녀의 얼굴을 지형은 땀이 밴 두 손으로 감싸쥐었다.

"아직도 많이 아파요?"

"그…… 그게."

희단의 음성에는 이러지도 저러지도 못하는 난처함이 가득했다.

지형은 반쯤은 회복된 자존심 때문에, 반쯤은 미안한 마음 때문에 슬쩍 웃었다.

"노력했는데, 역시 나도 남자라서 어쩔 수가 없어요. 희단 씨가 너무 예뻐서 그런걸."

상당히 뻔뻔스러운 거짓말을, 그러나 어조만은 다정하게 읊조리며 손가락으로 그녀의 얼굴을 더듬었다. 그답지 않게 응석을 부리듯 조르는 말투로 묻기도 했다.

"아프지 않게 할게요. 응?"

"하, 하지만."

울상이 된 희단의 대답에도 불구하고 이미 지형의 일부는 점점 부풀어서 그녀의 안에서 부피를 한껏 더해가고 있었다. 우물쭈물하는 그녀의 입술과 귓가에 달콤한 키스를 퍼부으며 지형은 계속해서 긍정의 답을 재촉했다.

"네, 라고 해줘요. 이번에는 기쁘게 해줄게요."

"어…… 아무래도 힘들 것 같은데……."

"아니에요. 처음에도 오르가즘을 느낄 수 있었다는 여자들이 꽤 많아요. 10퍼센트가 넘어요."

낯뜨거운 확률까지 들이대는 그의 태도에 희단이 두 눈을 꼭 감으며 얼굴을 돌렸다. 그 덕분에 드러난 목덜미에 입술을 파묻었다. 맥이 파득파득 뛴다. 어린 동물을 사냥하는 맹수가 된 기분이었다. 살짝 땀이 밴 연한 목덜미의 살에선 희단이 늘 풍기는 그녀만의 향기가 평소보다 더 강하게 났다.

달다. 어쩌면 이렇게 달콤할 수가 있을까. 어쩌면 이렇게 사랑스러울 수가 있을까. 자신의 품에 갇힌 작고 갸날픈 몸뚱이에 대해 굶주린 상태의 식욕과도 같은 그 무엇이 강렬하게 지형의 머리와 하체를 뒤덮었다.

갖고 싶다. 아랫도리에 피가 확 쏠려 꼿꼿이 일어선다. 허락해줘. 당신을 모두 가질 수 있게. 열망을 담아 지형은 희단의 가슴을 부드럽게 쓸었다. 몽우리가 꼿꼿하게 일어섰다. 갓 핀 꽃송이보다 더 예쁘게 느껴지는 그것을 사랑스럽게 훑으며 그는 나름 애절하게 물었다.

"내가 이러는 게 싫어요?"

모성애를 자극 어쩌고 하던 정 과장의 말이 생각나서는 절대, 절대 아니었다. 그냥 왠지, 그러면 그녀가 말을 들어줄 것 같은 동물적 직감이랄까. 희단이 움찔하는 게 느껴졌다. 지형은 벌겋게 달아오른 가운데서도 회심의 미소를 지었다.

"……정말이에요?"

결국, 그녀가 웅얼거리듯 물었다.

"뭐가요?"

"정말 그거…… 느끼는 여자들이 그렇게나 많아요?"

"그럼요."

당연하다는 듯 말하는 지형의 손길은 이제 희단의 허리를 살짝살짝 긁으며 간질이고 있었다. 실은 저 통계가 사실인지 장담할 수는 없지만, 아니라 해도 상관없다. 지금 자신의 말을 희단이 믿는다는 것이 중요할 뿐.

"나 믿죠?"

이렇게 상투적인 늑대들의 언어를 속삭이게 될 줄이야. 하지만 효과는 있었다. 대답은 없었지만 희단이 반신반의의 차원을 이미 넘어섰다는 것이 느껴졌다. 딱딱하게 긴장되어 있던 몸이 느슨해지고, 자신의 분신을 감싸고 있는 희단의 내부가 차츰 더 농밀해지는 것이 느껴졌다. 신음이 나오려는 것을 애써 참으며 그는 그녀의 귓바퀴를 물고 속삭였다.

"희단 씨 그거 알아요? 여기, 정말 보드라워요."

손가락이 골반을 따라 아래로 흘러내리며 의미심장한 선을 긋자, 탄력 있는 살결이 그의 손가락 아래서 파르르 떤다. 희단이 급하게 숨을 삼켰다. 지형이 약하게 허리를 움직이기 시작한 순간 희단의 숨결은 격한 풍랑이 되었다.

매끄럽다. 매끄럽고 뜨겁다. 한없이 빠져들 것 같은 기분. 깊게 또는 얕게 내리꽂히는 허리의 움직임에 따라 출렁이고, 빨아들이고, 아프도록 조이는 그녀의 몸. 머릿속이 새하얗게 바랬다. 온몸의 신경 끝이 탁탁 타들어가며 백색의 불꽃을 내뿜는다. 그의 이마에서 땀이 방울져 떨어졌다. 그 땀방울이 희단의 가슴골로 흘러내리는 것을 멍하니 바라보다가 지형은 혀를 내밀어 그것을 길게 핥아내었다. 그러자 귓가에 그녀의 신음과 한숨이 섞여 끈적끈적하게 달라붙었다.

인내심을 끝까지 끌어올려 느리게 움직이고 있는데도 쾌감은 소름끼칠 정도로 강렬했다. 몸을 섞는다는 건 원래 이런 것일까? 아니면…… 상대가 이 여자라서?

지형은 반쯤 눈을 감은 채 가쁜 숨을 내쉬고 있는 희단을 흐릿하게 내려다보았다. 첫인상은 초라하기 그지없던 이 여자가 지금은 그를 이토록 황홀하게 만들고 있었다. 홍조 띤 뺨이, 쾌감에 잔뜩 잠겨서도 그를 똑바로 바라보고 있는 검은 눈동자가, 침대 위에 흐트러진 채 일렁이는 까만 머리카락이 온통 미치도록 어여쁘다.

당신도 내가 좋을까? 지형은 묻고 싶었다. 돈으로 보쌈을 해오듯 데려왔지만 그래도 날 싫어하지 않지? 날…… 좋아하지? 그래서 이 몸도 이렇게 뜨거운 거지?

하지만 그 순간 지형의 입에서 나온 것은, 비슷하지만 전혀 다른 말이었다.

"기분, 좋아요?"

헐떡이면서 그는 물었다. 뭔가를 가득 참듯 입술을 깨물고 있는 희단은 대답을 하지 않았다. 왜지? 핏줄 속에 흐르는 쾌감과 함께 이상스런 불안감이 지형을 안달하게 만들었다. 그는 다물린 그녀의 입술을 물고 다시 재촉했다.

"이제…… 아프지 않죠?"

"예에……. 괜, 괜찮아요."

그의 입술 아래에서 힘들게 대답하는 목소리는 한숨 같기도 하고, 열에 들끓어 앓는 소리 같기도 했다. 지형은 간신히 안심이 되었다.

"착해요. 무지 예뻐."

잠시 동작을 멈추고 희단의 땀 밴 이마를 쓸어주는 지형의 팔을 희단의 작은 손이 움켜쥐었다. 그녀는 흐느끼듯 고백했다.

"사실은…… 조, 좋아요. 지형 씨, 좋아요. 너무 좋아……."

그 순간, 몸 안에서 폭발이 일어난 것 같았다. 본능처럼 지형은 허리를 들어 강하게 그녀를 꿰뚫었다. 희단이 작게 비명을 질렀다. 그 입을 입술로 틀어막았다. 몸과 몸이 마찰하고, 맞붙은 부분이 젖어 들다 못해 뭔가로 넘쳐흐르는 기분이었다. 그는 그녀를 팔로 숨이 막힐 만큼 끌어안아 조이고, 그녀는 그를 몸으로 끌어안아 조였다. 신음과 헐떡임이, 고통에 가까울 정도의 쾌락이 뒤섞였다.

그리고 그 끝에, 지형은 두 번째로 사정했다.

## 12

눈을 떴다. 그러자마자 느낀 것은 온몸을 뻐근하게 눌러오는 통증. 그 다음에는 이불과 함께 자신을 따끈하게 품어주고 있는 체온이었다. 두툼한 팔이 어깨를 단단히 감고 있는 것을 느끼자 희단은 수줍기도 했지만 내심 참 흐뭇했다. 지난밤에 그녀는 이 팔에 매달려서…… 생각하기만 해도 아찔하다.

지금이 조선시대가 아니니 여러 가지로 정보는 숱하게 얻어들었지만 실제 체험을 얼마나 잘해낼 수 있을까에 대해서는 솔직히 자신이 없었는데. 희단은 붉어진 뺨을 하면서도 혀를 낼름 내물어 배시시 웃었다. 남들에게 말하기는 민망하지만 좀 자랑스러워해도 좋지 않을까. 숫총각이라고 고백한 새신랑이 그토록 분발을 해줬으니 말이다.

숫총각, 이란 부분에서 어쩔 수 없이 얼굴이 새빨개져 버린 희단은 슬쩍 옆눈질을 했다. 간밤에 이어 새벽까지 여러 차례 수고를 해주신 낭군님은 아직 곤하게 잠들어 있었다. 이 사람이 서른이 넘었어도 무경험이라는 그런 희귀 종족일 줄이야 짐작이나 했겠는가. 겉

보기로 봐서는 여자 십수 명은 후렸을 것 같은 카리스마의 소유자이거늘.

희단은 슬쩍 손을 뻗어 하늘색 바탕에 갈색 테디베어들이 줄줄이 뛰놀고 있는 잠옷을 만지작거렸다. 대한민국에서 다 멸종이 된 줄로만 알았던 천연기념물의 임자가 될 거라곤 언감생심 꿈도 꾸지 않았는데, 되어보니 그 기분은 참 '찢어지게' 좋았다.

"흐흐, 그러니까 우리 낭군님은 겉으로 봐서는 포효하는 반달곰, 아니 냉기 촬촬 흐르는 북극곰 님이시지만 그 속은 성실하고 순결하기 그지없는 상냥한 곰, 즉 푸나 테디베어 쪽이시란 말이지."

희단은 헤벌쭉 웃었다.

어떻게 이런 행운이 올 수가 있을까? 어린 시절, 생일이나 어린이날, 크리스마스 같은 시기에 선물 받기를 늘 고대했지만 결코 받지 못했던 커다란 곰 인형의 보답인 걸까. 너무나 좋아 입이 찢어져라 헤죽헤죽 웃던 희단은 내려진 커튼 사이로 아까부터 이 신혼부부의 침상을 빼꼼 들여다보던 햇살에 겨우 신경이 미쳤다.

45도가 훨씬 넘는 듯한 저 각도는 아무리 봐도 이상하다. 초등학교 이후로 이부자리에서는 한 번도 본 적이 없는 때깔로 내리쬐는 햇살이 생글거리며 그녀의 머리카락을 갖고 장난을 친다. 뭔가 심상치 않은 이 느낌. 희단은 등골이 써늘해졌다.

혹시나 지형이 깰까 하여 조심조심 눈동자만 굴려 벽시계를 바라보니, 어머 웬일! 벌써 시간은 8시를 향해 굴러가고 있다. 크, 큰일이다! 써늘하던 등골의 얼음이 순식간에 척추를 타고 머리를 꽝꽝 얼려버렸다.

제때 깨우지 않아 등교 시간이 간당간당할 것 같으면 있는 신경질

없는 신경질을 다 부리던 동생과, 밥이 늦어 아침을 못 먹고 갈 때면 호령을 넘어 살벌해지던 아버지의 모습이 얼이 빠진 눈앞을 왔다갔 다한다. 알아서 잘하라던 지형의 냉정한 말투도 귀에서 왕왕거렸다. 여태 느끼던 달콤한 사탕과자 같은 행복감이 금세 빠각거리며 깨어 져 내린다.

급하게 이불을 들치고 지형의 품속을 빠져나오다가, 희단은 "억!" 하는 신음 소리를 내었다. 팔이고 어깨고 등줄기고 어디 안 아픈 데 가 없지만, 특히 아픈 곳은 말하기조차 민망한 어떤 부위다. 첫날밤 다음에 걷기가 힘든 신부도 있다 들었지만 설마 침대 밖으로 다리 뻗는 일까지 힘겨울 정도일 줄이야. 눈물이 찔끔 난다.

하지만 지금은 긴급사태다. 절대 이대로 뻗으면 안 된다. 더구나 오늘은 실질적인 주부 생활 첫날인데 남편을 지각시켜서야! 희단은 다시 다리에 힘을 주며 벌떡 일어섰다. 아니 일어서려 했다. 한 걸음 앞으로 힘차게 내딛다 말고 침대에 털썩 주저앉는 불상사만 없었다 면. 거기에 남편의 한 팔을 깔고 앉는 일도 없었다면 더 좋았을 것이 고 말이다.

"……누구야."

"헉."

이걸 어째. 희단은 파랗게 질려 재빨리 일어섰다. 많이 아팠을까. 방금 잠에서 깬 것 같지 않게 서늘한 목소리는 굉장히 화가 난 것 같다. 침착해서 더 소름 돋는 말투는 어째 지형 같지 않아서 돌아보 기가 무서웠다.

"저, 저기 지형 씨, 추, 출근시간이 넘었는데……."

온몸이 쑤시는 것 따위는 금세 잊고 그녀는 더듬거렸다. 뒤에서 침구가 부스럭거리는 소리가 나더니 낮은 신음 소리가 들렸다.

"끄응……. 몇 시예요?"

에? 희단은 눈동자를 동그랗게 굴렸다. 아까와는 달리 들려온 질문에 화는 하나도 묻어 있지 않았다. 아니, 오히려 상냥하기조차 한 것 같기도…….

"7시 45분이에요."

대답하면서 자신도 모르게 얼굴을 돌렸다. 정통으로 마주친, 사내답게 잘생긴 얼굴이 흘깃 벽시계를 곁눈질하더니 싸늘하게 굳어지는 것이 보였다. 완전 지각인가 보다. 희단은 울상이 되었다. 이래서야 '알아서 잘하는 마누라'는 초장부터 실격이다.

"죄송해요! 제가 알람을 맞춰났는데 못 들었나 봐요. 그래도 빨리 옷만 입고 출발하면……."

허둥지둥 침실을 걸어나가는데 걸음이 영 뒤뚱거린다. 잘못해서 문턱에라도 걸리면 퍽 엎어질 듯한 불안한 자세다.

에잇, 가진 것 중에 제일 쓸 만한 게 몸뚱이라고 믿었는데! 이게 감히 배신을 때려? 이런 순간에 말도 안 듣고 마구 퍼지려는 제 몸을 두고 희단이 마구 자책을 퍼붓고 있는데, 뒤에서 쑥 뻗어온 팔이 그녀를 끌어안고 당겼다.

"더 쉬어요. 회사엔 전화하면 돼요."

소리도 없이 그녀를 쫓아온 남자의 약간 쉰 듯한 음성이 달짝지근하게 귓바퀴 뒤에서 속삭인다. 아까는 너무 놀라 의식하지 못했는데 평소보다 한 톤이 낮아진 목소리다. 방금 자고 일어난 아침이라 그럴까. 상당히 관능적인 느낌을 풍기는 음성에 볼이 절로 붉어져 대답도 못 하는 동안, 힘도 좋은 남편은 희단을 달랑 들어 침대에다 얹어놓았다.

"조금만 기다려요. 피곤하면 눕고."

다정하게 이마를 쓸어준 남자는 늘 그렇듯 무표정했지만 분명 꽤 기분이 좋은 눈치였다. 희단은 눈이 둥그레졌다. 왜 이러지? 분명 지각할 처지인데. 비록 일을 하긴 했지만 어쨌든 신혼여행 때문에 며칠 휴가도 냈고, 직장은 큰일이 터진 상태라는데 지각까지 해서야 좋은 소리는 못 들을 터였다. 지금이라도 어서 챙겨입고 출발하면 그나마 8시 조금 넘어 도착할 수 있을 것이다 싶으니 더 초조하다.

하지만 안달이 난 희단을 침대에 앉혀둔 지형은 출근을 위해 급히 옷을 갈아입기는커녕 느긋한 태도로 침대 옆의 전화기를 집어들었다. 그 모습을 초조하게 주시하다가 그녀는 자신도 모르게 침을 꼴깍 삼켰다. 얇은 잠옷 아래로 움직이는 등 근육이 참으로 훌륭하다. 지난밤에 자신은 저 등에 매달려…… 에비!

희단은 급하게 고개를 흔들었다. 지금은 그런 생각을 할 때가 아니다. 늦은 출근이지만 조금이라도 더 빨리 회사에 보내고, 시간은 부족하지만 뭔가 먹여야 하지 않나 하는 걸 더 고민하는 게 착한 아내의 의무니까.

"여보세요? ……저 민지형입니다. 오늘 오전에 반차를 냈으면 해서요. ……예, 좀. ……예, 혼자서 갈 정도는 됩니다. 걱정하지 마시고, 그만 끊겠습니다. ……예, 부탁드리겠습니다."

그러고 보니 반차 같은 방법도 있긴 했다. 왜 그걸 진작 생각 못 했을까. 일단 희단은 안도의 한숨을 내쉬었다. 자주 써먹긴 힘들지만 어쨌든 오늘 일은 해결이 되었다. 그런데 통화 내용이 좀 이상하다. 혼자서 갈 수 있다니? 어디를 말인가? 게다가 걱정하지 마시라는 말은 무슨 뜻일까? 가슴이 덜컹 내려앉았다. 참 뭐한 생각이지만, 설마 간밤에 너무 무리를……

"혹시 어디 안 좋은 거예요? 병원에 가야 해요?"

"전혀 아니에요. 걱정 안 해도 돼요."

그는 산뜻하게 부정했지만, 희단은 그래도 염려가 되었다. 어느 정도 알기 시작한 지형의 성격을 감안하면 아무리 생각해도 약간 지각한 정도로 휴가를 쓰지는 않을 것 같다. 더구나 어제 아침 시외숙모인 가경이 뭐라 했던가? 지형은 아무리 피곤해도 칼같이 기상시간을 지키기 때문에 한 번도 일부러 깨워준 적이 없다 하지 않았던가.

역시 아픈 게 맞나 보다. 그녀는 우울해져서 한숨을 쉬었다. 남편이 피곤하고 아파서 자는 줄도 모르고 혼자 야한 생각이나 하면서 좋아하고 있었다니, 자신은 참 나쁜 여자였다.

"병원에 갈 정도로 심각하지도 않은데 회사에 안 가요? 지형 씨가?"

"……."

"사무실이 바쁘다고 했는데 아프지도 않으면서 휴가 낼 사람이 아니잖아요? 오늘 아침에도 늦게 일어났고. 그러니까 얼른……"

"알겠습니다!"

뭘 알겠단 걸까? 같이 병원에 가자고 하려던 희단은 얼떨떨했다. 아까와는 달리 사뭇 얼음장이 된 지형이 눈을 부릅뜨고 그녀를 노려보았다. 알아서 혼자 병원에 가겠다는 뜻일까? 차마 손을 끌고 병원에 가자고 나서지도 못해 그녀는 눈만 크게 뜨고 남편을 바라보았다. 갑자기 지형은 등을 홱 돌리더니 훌렁훌렁 잠옷을 벗어 침대에 집어던졌다. 그리고 거친 동작으로 안경을 집어 꼈다.

"희단 씨가 저보다 더 회사 걱정을 해주는군요. 지금 출근하죠."

"어, 왜요? 아픈 거 아니에요?"

붙박이장이 있는 옷 방으로 성큼성큼 걸어가는 지형을 따라가노라니 희단은 진땀이 났다. 허벅지가 아프기도 아팠지만 그것보다는 저 남자의 멋진 반라 말고 어디에 눈을 둘까 싶어서.

"몸 하나는 튼튼합니다."

그건 맞나 보다. 저 꿈틀거리는 어깨 근육이랑 탄탄한 허벅지를 보면. 희단은 몰래 감탄 섞인 한숨을 작게 쉬었다. 하룻밤에 만리장성이라더니 과연 밤 한번 지샌 게 참 크긴 큰가 보다. 아무리 뒤태라고는 해도, 전에는 감히 눈길 한번 못 던지던 남자의 몸을 보고 침을 꼴깍꼴깍 삼키고 있으니.

"거기서 뭐 합니까? 신경 쓰입니다!"

남들은 소화하기도 힘든 연자줏빛 셔츠를 꺼내 걸치던 남편은 돌연 희단을 쳐다보며 삭막하게 물었다. 아무래도 짜증이 난 것 같다. 화들짝 놀란 희단은 무엇 때문일까 생각하다가 곧 자신의 잘못을 깨달았다.

"앗, 죄송해요!"

친정에서는 제일 일찍 나가면서도 아침을 차려뒀었는데 며칠 편하게 지냈다고 그새 무뎌진 모양이다. 그녀는 얼른 주방으로 뛰어갈 태세를 취했다.

"지금 밥은 못 드실 테니까 토스트라도 구울게요!"

"……후우."

허리띠의 버클을 채우던 남자가 손을 멈추고 한숨을 쉬었다. 또 뭘 잘못했나 싶어 겁먹은 표정으로 바라보자, 지형은 기운 빠진 음성으로 덧붙였다.

"우유 한 컵이면 돼요."

우유 한 컵. 너무 쉬운 주문이다. 아직도 부들부들 떨리는 다리에 힘을 주며 뛰다시피 바쁘게 주방으로 걸어가는데 뒤에서 지형이 소리친다.

"데우지 말아요! 그냥 작은 팩만 냉장고에서 꺼내다 줘요! 아니, 내가……."

왠지 지형답지 않은 다급한 말투여서 희단은 좀 이상하게 생각했다. 데운 우유를 그렇게 싫어하나 하는 생각이 먼저, 그리고 그런 그의 취향을 기억해둬야겠다는 생각이 뒤이어 떠올랐다. 그래도 우유 팩째 갖다주는 건 너무한 것 같아서 유리컵에 부은 다음 쟁반을 받쳐 찰랑거리는 우유를 조심스레, 그리고 본의 아니게 아장거리며 가져다주었다.

"고마워요."

그새 담담한 얼굴로 돌아간 지형은 잔을 물끄러미 내려다본다. 저건 또 왜 저럴까 싶어서 희단은 같이 우유 잔을 내려다보았다. 혹시 잔이 더러운지도 몰랐다. 그게 아니면 먼지라도 있든지. 그러나 잔도, 우유도 하얗고 깨끗한 그대로다.

왜 그런지 물어볼까 망설이는 사이, 지형이 잔을 집어들더니 단번에 깨끗이 비워버렸다. 훌륭한 원샷. 꿀꺽꿀꺽 움직이는 목젖이 참으로 섹시하시다. 단 하룻밤 사이에 쌓은 만리장성의 여파로 순식간에 성(性)에 눈 밝아진 희단은 또다시 감탄의 눈으로 남편을 바라보았다.

"왜 그렇게 봅니까, 아까부터?"

지형이 컵을 딱, 소리가 나게 서랍장 위에 내려놓았다. 희단은 흠
칫했다. 다시 얼음곰 버전으로 돌아간 걸까. 컵에서 풀지 않은 손가
락들이 어쩐지 부들부들 떨리는 것 같은 건 제발 눈의 착각이었으면
하고 그녀는 간절하게 바랐다. 저도 몰래 희단의 말투가 어눌해졌다.

"아니, 그, 그냥……. 호, 혹시라도 아직 몸이 불편한 거라면 약이
라도 가져올까 해서요."

"안 불편하다니까요."

"그래도 반차를 냈는데……."

앗, 또 실수다. 딴 게 생각나지 않아 또 나온 게 휴가 얘기였는데,
안경 속 남편의 눈이 가느다래졌다.

"어쩌다 한 번 냈더니! 그놈의 반차, 이제 다시는 안 냅니다. 됐습
니까?"

왜 저렇게 화가 났나? 늦게 깨웠다고 그런 것도 아닌 것 같고, 우
유 한 잔으로 참아준 걸 봐서 아침 못 차려준 것도 이유가 아니다.
아무래도 휴가를 언급할 때마다 기분이 안 좋은 것 같은데. 그렇게
생각하자 살포시 떠오르는 의문 하나. 혹시? 희단은 고개를 들어 그
의 눈치를 살폈다. 설마 그럴 리가.

"어, 혹시 사무실에 거짓말…… 했어요?"

"거짓말이라뇨! 내가 거짓말로 휴가 내고 놀고 다닐 사람으로 보
입니까?"

"아, 아뇨. 저는 그냥."

혹시나 싶어 물어본 말에 저렇게 눈에 불을 켜고 대답을 하니 매
우 무안하다. 그게 거무스름한 뺨에 붉은 기가 돌 정도로 화가 날 일
일까. 반차 정도야 가끔 거짓말을 하고 노는 데 써줄 수도 있다고 생

각한 희단은 시무룩해졌다.

자신이 독립군에게 특급 임무를 포기하고 후방에서 군자금으로 놀아나라고 유혹이라도 했나, 쳇. 사실을 말하자면, 그래도 신혼 첫날밤을 보낸 후이니 같이 반나절 정도 시간을 보내주면 얼마나 좋을까 잠깐 상상을 하긴 했지만.

고개를 숙이고 있으려니 지형은 다시 옷장 앞으로 가서 옷을 챙겨입기 시작했다. 이러면 안 된다고 생각은 하면서도 좀체 다시 뭔가를 물어보거나 할 마음이 안 들었다. 그녀는 스스로를 달랬다.

문희단, 좀 전만 해도 너 무지무지 행복하다고 생각했잖아. 왜 그래? 이 사람한테 잘해야지. 입술을 잘근잘근 깨물며 이야깃거리를 찾는데 그녀보다 먼저 지형의 무뚝뚝한 설명이 뒤통수에 툭 떨어진다.

"……몸이 좀 안 좋아요. 그래도 병원에는 안 가도 됩니다."

"약은요?"

"약도 안 먹어도 돼요. 시간이 지나면 괜찮아질 거니까."

언뜻 '약 먹어서 나을 병도 아니고'라는 중얼거림을 들은 것 같긴 했지만, 확실하지 않아서 넘어갔다.

"그래도, 병원에는 안 가도 약이라도 먹어야죠."

"무슨 약을 먹어야 할지 희단 씨가 압니까?"

저건 분명히 꼬인 말투다. 그의 의중이야 여전히 오리무중이지만 기분 정도는 이제 대충 짚어낼 수 있는 능력을 갖추게 되었으니 말인데, 희단이 보기엔 지금 분명 지형의 기상 전선은 참 좋지 않았다. 예의 바른 'ㅂ니다'가 그의 입에서 연신 튀어나오고 있는 것은 물론이고 잘생긴 미간에 희미하게 잡힌 저 주름들을 보라. 몸이 아파서 기분이 나쁜 것일까, 기분이 나빠서 몸 상태가 더 악화된 것일까.

어쨌든 뭐가 안 좋긴 안 좋은 거다. 역시 출근을 말려야 하나 어쩌나. 우물쭈물하는 사이 남편은 척척 옷을 갖춰 입더니 "다녀오겠습니다." 하고 짤막하게 내뱉고는 서류 가방과 차 열쇠를 들고 현관문을 나가버렸다.

철제 현관문이 쾅 닫히는 소리가 났다. 가슴이 퉁, 하고 내려앉는다. 현관 키가 삐비빅 하고 잠기는 소리도 났다. 예민해진 신경 줄을 더 깔끄럽게 건드리는 소리다. 복도를 구둣발이 저벅대고 멀어져가는 소리에는 한없이 기분이 저조해진다. 엘리베이터가 땡 하고 열리는 소리가 나고 다시 닫히는 소리가 아득히 들려온다. 그 다음은 정적.

너무나 고요한 분위기에 왠지 눈물이 날 것 같다. 자신이 왜 이럴까. 어차피 크게 바라는 것 없이 이 집에 왔는데. 희단은 입술에서 비어져 나오는 습기 어린 흐느낌을 집어넣으려 애를 썼다.

죽고 못 살 것 같이 사랑해서 결혼한 사람들도 다투고 싸우고 그렇게 산다. 지형이 큰 소리 한 번 낸 것도 아니고 그냥 기분이 좀 나빠진 건데, 그걸로 이렇게 가라앉아서야 되겠는가. 아무것도 필요 없이 자기 한 사람 마음에 들어 결혼하자고 한 사람이었다. 앞으로 계속 잘해주고 싶다고, 볼 것 없는 그녀를 늘 예쁘고 사랑스럽다고 해준 사람이다. 그러니 자신 쪽에서 더 애써야지. 힘을 내야지.

그런데 참 이상한 일이었다. 10년 가까이 남동생이나 아버지의 어떤 성질이나 모진 소리도 귓등으로 흘리고 받아주면서 살아왔는데, 만난 지 몇 달 안 되는 저 남자의 싸늘한 분위기는 왜 이렇게 견디기가 힘들까. 유독 다정하게 대해주어서 그런 걸까. 마음이 참…… 아프다. 많이 아프다.

천천히 일어나서 지형이 마신 컵을 개수대에 들고가서 씻어놓았다. 이제 또 뭘 하지? 그러자 그가 잠옷을 던져놓은 것이 생각나 희단은 침실로 걸어갔다. 침대 위의 잠옷을 집어드니 밝은 바탕 위에 짙은 갈색의 곰들이 유난히 눈에 띄었다. 지형의 피부색을 닮았다. 게다가 그의 냄새도 난다. 어제 새벽, 지형의 가슴에서 맡았던, 푸르게 시원한 향기다. 어젯밤 내내 뜨겁게 안아주던 그의 살갗에서 나던 향기이기도 하다.

순간 울컥해졌다. 코가 찡하더니 눈물 콧물이 한꺼번에 주르륵 쏟아진다.

"아이 씨, 뭐 이래!"

쿨쩍이면서 화장지를 찾았지만 금방 눈에 띄지 않았다. 얼핏 눈에 들어온 것은 손에 들린 푸른 옷 뭉치다.

"칫, 몰라!"

팽 소리가 나게 잠옷 자락에 코를 풀어버렸다. 끈적끈적한 이물질이 깨끗한 천에 묻어나는 것을 확인하자 양심이 콕콕 찔려왔지만 입을 딱 다물고 고개를 살래살래 흔들었다. 이까짓 거 빨면 된다. 깨끗하게 빨래해서 다림질까지 해놓으면 콧물이든 눈물이든 묻었던 줄 하나도 모를 텐데 뭘.

그렇게 생각하니 또 마음이 상했다. 남편이란 남자는 그녀가 자기 잠옷을 들고 눈물 콧물 흘린 것도 모를 거고, 이런 소심한 복수를 한 것도 모를 거니까. 그리고 그런 생각을 하는 자신에게 희단은 두 배로, 아니 세 배 네 배 열 배로 마음이 상했다. 대체 왜 이러는 거냐. 성격 좋은 거 빼면 시체인 문희단이.

"이봐 너, 지금 진짜 쫀쫀한 거 알아?"

그녀는 침대 앞 방바닥에 철푸덕 주저앉아서 자신에게 잔소리를 시작했다.

"아무리 만리장성을 쌓은 사이라 해도 상대에게 요런 시시콜콜한 것까지 이해해주길 바라는 거 아니야, 이 바보야! 그렇게 바랄 수 있는 사이가 천하에 널린 줄 아니? 그건 말야, 정말 정말 사이좋은 부모 자식 간에나, 천정배필로 태어난 부부 사이나, 하여간 그렇게 서로 진심으로 사랑하고 사랑받는 사이에나 가능한 거…… 어머나."

자기가 하던 말에 제풀에 놀라 희단은 손으로 입을 턱 막았다. 맹세코, 감히 꿈도 꾸지 않았던 말들이 입에서 나와버렸다. 사랑이라니, 사랑하고 사랑받는다니. 그럴 리가. 동글동글한 얼굴에서 핏기가 스르르 가셨다.

처음 만난 이후로 지형은 한 번도 사랑한다는 말을 한 적이 없었다. 그저 좋아한다, 반했다, 예쁘다 그런 말뿐. 결혼 신청을 하면서도 그랬고 초야였던 어젯밤 역시나 마찬가지였다. 사랑한다는 말을 들을 수 있을 거라고 기대한 적도 없었다. 그냥 좋은 사람이라는 말 한마디로도 족하다 생각했다. 어쩌면 평생 좋아한단 말만 듣고 살지도 모르지만, 그건 다 알고 각오했던 바였다.

아, 그런데…… 마음이 아프다. 진짜 아프다. 왜? 왜 아프지? 조금 전보다 백만 배는 더 아픈 가슴을 쥐고 희단은 넋 없이 중얼거렸다.

"에이, 뭐야? 다친 데도 없는데 속이 쿡쿡 아리네. 뭐가 이래? 발목 삐었을 때보다 백만 스물아홉 배는 더 아프잖아……. 씨이……. 급식비 못 내서 세 끼 연속으로 굶었을 때도 이렇진 않았는데."

눈가가 따끔거렸다. 종이 장판을 바른 반질반질한 바닥에 눈물이 툭툭 떨어진다. 지형을 제대로 알고부터는 한 번도 흘려본 적 없는 눈물이 참으로 어색하다. 낯설고 어색해서, 그만 그 눈물 위로 다른 눈물 친구들을 마구마구 보태어주고 싶을 정도로.

애들아. 나 그 사람 좋아하나 봐. 아니, 많이 사랑하나 봐.

희단은 떨어진 눈물방울들 위를 손가락으로 휘휘 저었다. 사실 생각해보면 이건 나쁜 일도 아니었다.

나 정말 바본가? 내 남편을 내가 사랑한다는데, 사랑하는 남자랑 결혼도 했으니 잘 살면 되는데, 왜 이렇게 눈물이 나지? 좋은 일인데 말야. 내가 많이 모자라고 부족해도 그 사람은 날 좋아하니까, 그리고 내 남편이니까 오래오래 같이 살다보면 언젠가는 그 사람도 나를 사랑해줄 날이 오지 않겠어?

중얼거리면서, 토독토독 따로 떨어지는 눈물방울들을 한 줄로 연결해놓으면서 희단은 잠시 울었다. 울다가 또 콧물이 나와서 옆에 던져두었던 잠옷을 집어들고 코를 팽 풀기도 했다. 사랑하는 이의 잠옷에 연거푸 코를 풀어도 될까 하는 의문이 중간에 떠올랐으나 어차피 버린 옷, 한 번 푼 거에 몇 번 더 푼다고 해도 그게 그거지 싶다. 한 번 빨래할 옷이 두 번 빨래해야 할 것으로 바뀌는 것도 아니지 않나 생각하고는 빨개진 눈과 코를 속 시원히 닦았다. 치사하지만 그런 생각도 나름 위로가 된다.

그러다, 들었다. 희미한 엘리베이터 신호 소리를. 가슴이 두근, 했다. 혹시 잘못 들었나 해서 쫑긋 귀를 세워보니 확실히 이 층이 맞다. 두 번 울렸으니 엘리베이터의 문은 이미 열리고 그런 다음 닫혔을 것이다. 얼른 시계를 보니 지형이 나간 지 불과 10분. 뭔가 잊어버리고 나갔다가 돌아오기에 딱 좋은 시간이었다. 어쩌면 지형일지도 몰랐다.

놀란 것보다는 반가운 마음이 컸다. 다시 와줘서 다행이다, 정말. 이것저것 자꾸 따져 물어서 미안하다고 해야지. 걱정이 되어서 그랬다고, 그리고 사실은 반나절이라도 같이 있고 싶었다고 말하면 화가 풀어지려나?

급하게 일어났다가, 발치에 뒹굴고 있는 축축한 잠옷을 발견하고는 얼른 주워들었다. 아직도 불안정한 걸음걸이로 뒤뚱뒤뚱 서둘러 걸어가 뒤 발코니 세탁기 안에 부리나케 집어던지고는 돌아서는데 초인종이 울렸다. 이상하다. 설마 지형이 현관 번호를 까먹었을까?

고개를 갸웃하면서도 현관 개폐기의 단추를 눌렀다. 삑삑거리며 현관 자물쇠가 풀리는 소리가 났다. 곧장 문이 거세게 열리는 듯하더니, 낯설지 않은 목소리가 크게 집 안을 울렸다.

"얘, 단아! 아비 왔다!"

어머나, 이런.

울어서 얼룩덜룩하던 희단의 얼굴이 사색이 되었다.


모르는 번호로부터 문자가 온 것은 9시 반쯤 되어서였다.

반차를 내었으니 어차피 출근은 점심시간 이후로 해도 무방하지만 딱히 갈 곳도 없었던 지형은 회사로 차를 몰아왔다. 그러나 몸이 좋지 않다고 멀쩡한 거짓말을 한 사무실에 들어갈 마음이 내킬 리 없다. 그는 대충 주차장에 차만 대어놓고 회사를 빠져나와 근처 밥집에 들어갔다. 잘 먹지도 못하는 찬 우유를 들이킨 빈속이 울렁거렸기 때문이었다.

크고 작은 기업체들이 가득 들어찬 산업단지 한 귀퉁이에 자리

잡은 찌개 전문의 24시간 식당은 거인들 사이에 낀 난쟁이처럼 초라해 보이긴 했지만 나름 맛집으로 이름이 나 있었다. 얼큰한 김치찌개 백반으로 주문을 해놓고 나서 그는 담배 한 대를 피워물었다.

아무것도 아닌 일 때문에 고등학교 이후로는 인연이 멀어진 땡땡이를 다 쳐본다. 연회색 연기가 흘러나오는 지형의 입매가 마냥 삐뚤어졌다. 얌전하고 말 잘 듣는 여자라고 마음 편하게 먹고 있었더니 상황이 매우 맹랑하게 돌아가고 있다.

같이 있어주겠다는데 굳이 출근하라고 등 떠미는 심보는 대체 뭔지. 그는 신경질적으로 재떨이에 털던 담배를 앞니로 물고 질겅질겅 씹어댔다. 몸이 불편한 것이 빤하게 보여 일껏 보살펴줄 마음을 먹었더니만.

"혹시 사무실에 거짓말했어요?"

깜빡이는 눈꺼풀 안에서 말갛게 드러나던 눈동자가 눈에 선하다. 설마 자신의 속을 다 짐작하고 놀려먹는 건 아니겠지 하는 의심이 든다.

"귀엽다 예쁘다 해주니 손쉽게 보였던 건가, 이 민지형이?"

상당히 불쾌했다. 희단보다도, 그녀의 빤히 쳐다보던 눈초리에 어쩔 줄 모르던 자신의 마음이. 편하려고 데리고 살 작정을 한 여자였다. 말을 안 들으면 듣게 만들고, 그것도 힘들면 아예 없는 것처럼, 집 안 가구인 양 무시해버리면 그만이라고 생각했었다.

그런데 어째 머릿속으론 충분히 알고 있는 것이 실천이 안 된다. 어째서? 만리장성을 쌓은 사이라서? 담배를 물고 있던 입술에서 픽, 하고 헛웃음이 새어나왔다.

어찌하다 보니 동정(童貞)을 주긴 했지만 몸 한번 섞은 것이 뭐 그리 대단한 일이란 말인가. 자연스레 생각이 지난밤으로 더듬어갔다. 연약하게 자신의 몸 아래서 떨리던 육체, 그와 반대로 한없이 지형을 끌어당기던 희단의 일부.

이런. 그의 얼굴이 화끈 달아올랐다. 얼굴뿐 아니라 마음속 어느 부분인가가 따끈따끈해지고 눅진눅진해지는 기분을 깨닫고 지형은 혀를 찼다. 그리고 그 여자는 그런 자신의 마음을 알고 있을지 모른다는 생각에 정말로 기분이 나빠졌다.

"그 여자 따위가 뭐라고!"

나직하게 뇌까리며 탁자를 손바닥으로 거세게 치자, 금속제 쟁반에 반찬들을 얹고 다가오던 중년의 아주머니가 끔쩍 놀랐다.

"아이구머니나!"

"……죄송합니다."

정신을 차리고 조용히 사과를 하자 아주머니는 어색한 웃음을 지으며 플라스틱 그릇을 탁자 위에 주섬주섬 올려놓았다. 마지막으로 찌그러진 찌개 냄비가 탁자 가운데 올라왔다. "맛있게 드세요." 하는 말을 남기자마자 바쁘게 부엌으로 돌아가 버리는 아주머니의 등을 잠시 바라보다가 지형은 숟가락을 찌개 냄비에 푹 담갔다. 한 숟갈 입에 넣고 나니 그의 팽팽했던 이마가 한결 느슨해졌다. 매우면서도 얼큰한 뒷맛이 느끼하고 차가운 우유로 코팅된 위를 싹 씻어내려 주는 듯했다. 더불어 복잡한 그의 심경도 함께 어느 정도 사그라지는 것 같았다.

기름기 두툼한 돼지고기로 맛을 낸 국물을 한 번 더 떠먹고 그는 밥공기에다 벌건 찌개 국물을 듬뿍 떠넣어 비볐다. 그리고 김치건더기와 함께 밥을 푹푹 퍼서 먹기 시작했다. '뭐든, 누구든 내겐 아무것도 아냐. 절대 아무 의미도 되지 않을 거라고.' 하고 내심 중얼거리면서.

땀방울을 코에 송송 매달면서 열심히 밥을 먹는 그를, 식당 내 두세 팀 정도 앉아 있던 손님들이 모두 쳐다본다. 별로 의식하지는 않았지만 지형은 왠지 쓴웃음이 나왔다. 그들이 자신을 쳐다보는 이유를 알 것 같아서다. 깔끔하고 고급스러운 양복차림, 잘 벼린 칼처럼 날카로운 분위기에 이런 게걸스러운 식욕은 어울리지 않는다는 거겠지. 고상하시던 본가 숙모의 새된 질책이 불쑥 떠오른다.

"너 제발 그 싸구려 버릇은 좀 버리지 못하겠니! 찌개 따위를 좋아하는 입맛도 그렇고, 하여간 천박해서 원……!"

어린 시절, 주워왔던 토끼가 내버려진 지 며칠 뒤 길고양이에게 몰래몰래 먹이를 주던 것을 들킨 때였다. 그 여자가 질색을 할 만도 했지. 어느새 숟가락질을 멈춘 그의 입술이 냉소로 비틀렸다. 이제 결혼 사실이 알려지면 버릇이나 입맛뿐 아니라 여자 취향도 싸구려라 지탄받을 것이다. 하긴 자신의 취향이 싸구려인 게 어디 하루 이틀 사이의 일이던가.

"하긴 생부도 여자 취향은 마찬가지였으니까. 그것도 유전되는 건가."

더더욱 입맛이 떨어졌다. 사진으로만 봐서 얼굴조차 희미한 아버지와 그 아내였다는 여자는……. 지형은 거칠게 수저를 내려놓았다. 3분의 2쯤만 비운 밥그릇을 두고서도 주저 없이 일어서는 중에 휴대전화의 벨이 울렸다. 화면에 떠오른 것은 아무런 이름이 붙어 있지 않을 뿐 아니라 기억에도 전혀 없는 전화번호였다. 끈질기게 벨이 울렸지만 굳이 받을 이유가 없어 무시하고 일어나 계산을 하려는데,

이번에는 문자 도착 알림 벨이 연신 울렸다.

　귀찮음에 찡그리며 한 손으로 지갑을 펼치면서 다른 손으로 휴대 전화를 꺼냈다. 손을 닦으며 다가오는 아주머니에게 만 원짜리 한 장을 건네던 지형의 손이 일순 정지했다. 예상했던 것처럼 스팸이나 광고 문자가 아니었던 것이다.


　자형, 아버지와 함께 누나 보러 왔어요. 누나가 해주는 밥 먹고 저녁까지 놀고 갈 테니 나중에 봐요.


　어이가 없었다. 휴일도 아니고 평일이다. 그것도 꽤 이르다고 할 수 있는 오전. 자가 운전을 해서 오지는 않았을 테니 그 부자는 최소한 8시 이전에 집을 출발했다는 말이다. 무슨 속셈인지는 몰라도 작정 하고 왔다는 생각이 들었다. 입맛이 쓰다. 아니, 더럽다.

　고작 그 여자 하나 때문에 이런 인간들을 봐야 한단 말이지. 지형 의 입매가 흐릿하게 뒤틀렸다. 김치찌개의 매운맛 덕분에 좀 가라앉 았던 속이 역하게 끓어오른다. 뒤에 적힌 '집 정말 좋네요~ 컴 좀 쓸 게요.ㅎㅎㅎ'라고 적힌 것 따위는 눈에 들어오지도 않았다. 그는 곧 장 통화 버튼을 눌렀다.

　"어, 처남이야?"

　"여보세요?"라는 말이 흘러나오기 무섭게 지형은 말했다. "나 지 금 집에 가."라고. 상대는 좀 당황한 것 같더니 곧장 묘한 웃음을 흘 렸다.

　- 하하하…… . 바쁘실 텐데 일부러 오실 것까지야 없어요. 저녁에 보 면 되는데.

무슨 칙사 대접이라도 받는 기분인 모양이다. 지형의 입매 한쪽 끝이 좀더 올라갔다. 지금 좀 기분이 더러워서 그러는 것을 상대는 상당히 오해하고 있었다.

"가서 보지."

통화를 끊고 나자 아주머니가 눈치를 살피며 거스름돈을 내밀었으나 지형은 손을 내저으며 서둘러 식당을 나왔다. 주차장에 세워둔 차에 올라탄 즉시 액셀러레이터를 힘주어 밟아 아파트에 다시 도착한 것은 10시 5분 전. 집에서 나간 지 채 두 시간도 되지 않은 시간이었다.

힘주어 현관 키 번호를 꾹꾹 누르고 있으려니 안에서 먼저 잠금장치를 해제하는 소리가 들렸다. 다급하게 문이 열리고 희단의 황망한 얼굴이 나타났다. 그를 본 까만 눈동자가 순간 반짝였다.

"아, 지형 씨!"

줄칼로 갈아놓은 듯 날이 섰던 지형의 마음이 순간 누그러들었다. 하지만 금세 희단은 어두운 표정으로 전과 십몇 범의 죄인이라도 된 것마냥 고개를 숙였다.

"어, 음…… 이 시간에 웬일로 집에 들르신 거예요?"

지형의 기분도 곧장 곤두박질쳤다. 혈색이 가신 그 얼굴에, 더듬거리는 말투에 화가 난다. 머릿속의 신경들이 올올이 곤두섰지만 그는 신발을 벗으며 심상하게 물었다.

"처남이 장인어른 모시고 왔다면서요?"

희단의 낯빛이 좀 전보다 더 핼쑥해졌다.

"그걸 어떻게……?"

그 질문에 대답한 것은 지형이 아니라 그녀의 동생이었다. 뭘 하다 나왔는지 빙글빙글 웃는 얼굴인 희경이 현관 중문 앞에 섰다.

"내가 자형한테 문자 보냈어."

"아, 처남. 그동안 잘 지냈어?"

오셨냐는 말도 없이 지형에게 "와, 컴 사양이 죽이던데요." 하고 뺄소리로 대답하는 동생을 희단이 새파랗게 질려서 책망했다.

"나중에…… 오후에 연락해도 되는 걸 왜 바쁜 사람에게 그랬어? 그렇지 않아도 요즘 회사에 일이 많다는데."

"알리는 거야 언제 하든, 올 사람이 사정 알아서 오는 거지 그게 무슨 잘못이야?"

대뜸 불퉁해진 희경이 누나의 말을 받아치는 것을 지형은 싸늘한 눈초리로 바라보았다. 겨우 좀 일찍 연락한 것 때문에 희단이 저렇게 떠는 걸 보니 어쨌든 무슨 일이 있기는 있는 모양이었다. 겉만 멀쩡한 처남의 얄팍한 낯짝이 참으로 거슬렸다.

"괜찮아요, 희단 씨. 마침 시간이 되어서 온 거니까 너무 신경 쓰지 말아요."

말은 그랬지만 정작 눈길은 희경에게 고정하고 씨익 웃었다. 희경의 얼굴이 설핏 굳어졌다.

"거, 현관에서 뭐가 그리 시끄러워? 민 서방이 왔나 본데 어서 들어오지 그래."

장인인 경국의 목소리가 거실에서 커다랗게 들려왔다. 들어가 보니 경국은 소파 등에 팔을 떡하니 걸친 편한 자세로 앉아 텔레비전을 보고 있었다. 한 손에 주스 잔을 든 채 TV를 보며 웃던 경국이 눈을 흘긋 들어 그를 바라보았다.

"오셨습니까?"

입가에는 엷은 미소를 띠고 있지만 눈은 전혀 웃고 있지 않은 지형을 면대한 경국이 조금 자세를 고쳐앉았다.

"어, 왔나? 일부러 회사에서 나올 것까지는 없었는데 그랬네. 나야 희단이가 잘 챙겨주니 여기서 편하게 쉬고 있으면 되는걸 뭘. 쟤가 또 아비한테는 끔찍하게 하는 소문난 효녀잖나."

듣기야 그럴 듯하다. 하지만 문제는 그 '효녀'라는 말이 예의상 하는 정도가 아니고 너무 현실적인 요구라는 거였다. 그는 차게 웃었다. 장인이 자랑하는 효녀 딸은 지금 자신의 지붕 안에 있으니 지지든 볶든 그의 맘이다. 이미 소유권은 넘어왔는데 아무리 장인이라도 자기 것이 아닌 것에 욕심을 내면 안 되지 않는가.

"집사람에게 맡겨둘 수만은 있나요? 마땅히 저희 부부 둘이 맞아 드려야지요."

"저기, 아버지. 사실 미…… 민 서방이 몸이 안 좋아요."

불쑥 희단이 옆에서 끼어들었다. 아무 말도 못 하고 국으로만 있을 줄 알았는데 의외다. 턱에 힘을 바싹 준 얼굴이 발간 것이 눈에 들어왔다. 아버지와 남동생 앞에서 죄나 지은 듯한 언행에 끓어올랐던 화가 슬며시 가라앉으려 한다. 지형의 눈길을 느꼈는지 희단은 고개를 숙이고 입을 오물오물하다가 급하게 스툴을 끌어다주었다.

"힘들 텐데 서 있지 말고 앉아요."

여전히 비뚤어진 웃음을 머금고 있긴 했지만 마음이 어쩐지 흔들거린다. 아침에 출근을 안 하려다가 일이 워낙 바쁘니 나간 거라고 희단이 경국에게 작게 설명하는 것을 듣고 있으려니 더 그렇다.

한결 낯색이 나아진 건 좋은데 '민 서방'에서 자꾸 더듬은 건 또 뭐람. 말투는 제법 또박또박하지만 뭐랄까, 승냥이에게 이를 드러내며 덤비는 토끼를 보는 것 같아 좀 웃긴다. 계속 쳐다보고 있었더니 시선이 부담스러웠던지 희단이 갑자기 그를 바라보며 물었다.

"지형 씨도 주스 가져다 드릴까요? 아니면 차가운 우유?"

"우유는…… 아무거나 갖다줘요."

우유는 이제 됐다고 말하려다가 희단이 굳이 '차가운' 우유를 권하는 이유를 깨닫고 지형은 적당히 대답했다. 아침에 그냥 팩째로 달라고 한 것을 굳이 기억하고 있는 모양이다. 자신의 취향이라고 생각하나 보다 싶으니 조금 더 마음이 녹여졌다.

바쁘게, 그러나 아직도 흔들거리는 걸음새를 하고 주방으로 갔던 희단은 "우유가 없네."라고 중얼거리며 지갑을 쥐고 다시 나타났다. 아파트 내 상가에 잠깐 다녀오겠다는 그녀를 지형은 굳이 말리지 않았다. 그리고 희단이 사라지자 지형은 곧장 경국에게로 고개를 돌렸다.

"아침 일찍 나서셨겠습니다."

"뭐 그렇지. 시외버스 시간 맞추기가 까다롭더구먼."

왜 이리 일찍 왔느냐는 말을 우회적으로 했더니 헛기침을 하며 눈을 피하는 것이, 뭔가 찔리는 것이 있거나 지형의 눈빛이 심하게 거북하거나 둘 중에 하나였다. 그러나 경국은 곧 느물거리는 웃음으로 물어왔다.

"아까 연락은 내가 희경이한테 하라 시켰는데. 잘못한 건 아니지, 민 서방?"

"물론입니다. 희단 씨가 처남에게 괜한 소리를 해서 장인어른이나 처남이 도리어 기분이 상하지나 않았는지 모르겠습니다."

"아니, 무슨 소린가! 나도 그렇고 희경이도 전혀 신경 쓰지 않네.

근데 애가 어디 갔나? 젊은 사람들끼리 얘기 좀 하지 않고선. 아까 저 방에 있는 컴퓨터를 보고 무척 마음에 들어 하더니만 거기에 매달려 있나? 하긴 그럴 만도 해. 애가 컴퓨터가 필요하다고 늘 말했는데 도통 형편이 되어야 사주지. 거 참. 희경아! 희경아! 여기 와서 너희 자형이랑 얘기 좀 해!"

수다스럽기까지 한 장인의 설레발을 보고 있자니 비웃음이 절로 났다. 고작 컴퓨터 한 대 사달라고 여기까지 온 것은 아닐 터였다. 뭘 원할까? 결혼식 준비를 하던 중에 희경이 운전면허를 땄다는 소리를 들었으니, 소형차라도 한 대 뽑아달라고 하려나? 새삼 그들 부자의 통이 궁금해졌다.

"희단 씨에게 뭐라고 하셨습니까?"

비굴함과 뻔뻔함이 뒤범벅된 요구를 이리저리 돌려 길고 길게 듣는 건 권위적인 명령을 듣는 것만큼이나 질색이다. 대뜸 찌르고 들어오는 지형의 질문에 경국의 얼굴이 당황으로 일그러졌다.

"거, 내가 걔한테 무슨 소리를 하겠나? 그저 남편 잘 받들고 시댁 어른들에게 잘하라는 소리밖에. ……뭐, 쟤가 없으니 제 엄마가 좀 힘이 빠진 것 같다는 소리야 했지. 나나 희경이도 그렇고."

침묵을 고수하며 장인의 얼굴을 계속 쳐다보자, 굳어지던 얼굴이 무슨 생각을 했는지 문득 유들유들한 기색을 되찾는다.

"결혼 전에 우리 집에서 희단이 쟤가 좀 잘했어야 말이지. 애 엄마가 해야 할 일을 다 하면서 집안 돌보고, 직장 다니면서 제 동생 학비 대고 내 용돈도 챙겨주고, 제 엄마 간병하고……. 그러던 애가 없어지니까 아무래도 집안에 구멍이 숭숭 나더라고."

분명 번지르르할 정도로 희단을 칭찬하는 말인데, 어째 말하는

투는 성능 좋은 청소기나 세탁기가 고장 나 아쉽다고 말하는 것 같다. 절로 기분이 나빠졌다. 저런 가족의 요구에 10년 가깝게 치여 살아왔다면 희단이 늘 불쌍하고 소심한 얼굴만을 하고 있는 것도, 눈치만 살피면서 어떻게든 상대의 마음을 읽으려고 하는 것도 어쩌면 당연하다는 생각이 들려 한다.

"가사 도우미가 이틀마다 한 번씩은 가고, 간병인도 24시간 장모님 곁에 붙어 있는 걸로 압니다만."

"어허, 그래도 그게 그런 게 아니지. 파출부야 주부가 하는 것만큼 꼼꼼히 챙겨주는 것도 아니고……, 안 그래도 낡고 좁아터진 집을 생판 남이 희단이만큼 깔끔하고 알뜰하게 꾸려나가겠나."

낡고 좁아터진 집, 이라.

"생활비 3백이 적으십니까?"

"아니 아니, 내 얘기는 그런 게 아니고……. 사실 사위한테서 생활비에 아들자식 학비까지 받는 게 떳떳한 처지도 아닌 줄 알고 내가 가진 게 쥐뿔만큼도 없는 것도 아니네만, 이번에 큰일 치르다 보니 손님이 생각보다 좀 많이 오더라고. 희경이도 곧 짝이 생길 거라는 생각도 들고 해서 말일세."

"이사하시게요?"

이번에는 냉담하던 얼굴에 분명한 비웃음을 담고 쳐다봐주었다. 노골적인 시선에 순간 얼굴이 시뻘겋게 달아올랐던 경국은, 금방 미소를 회복했다.

"자네에게 그렇게 많이 바라는 건 아니네. 작지만 지금 가진 집이 있으니까 그걸 팔고 대출 약간만 받으면 근처에 적당한 크기의 아파트 한 채는 구할 수 있을 듯하이. 그러면 집사람도 퇴원시켜서 집에서 정양할 수 있고. 다만 우리 형편에 은행 대출은 힘들 것 같아서⋯⋯. 그저 은행 이자 정도로 적당히 돈 놓는 곳을 알면 소개 좀 해주게."

그런 곳이 있을 리 없다. 결국 대신 대출을 받아주거나 돈을 좀 빌려달라는 소리다.

"언제까지 갚으실 수 있는지에 따라 이자가 달라질 겁니다만."

어떻게 나오나 싶어서 그렇게 말했더니 대번에 경국은 안색이 나빠졌다. 그러나 대답만은 쉽게 한다.

"그거야 희경이가 취직만 하면 금방 갚지. 자네도 알다시피 쟤가 학벌은 좀 좋은가."

정확한 날짜도 없이 아직 학생인 아들의 미래의 급여를 담보로 잡겠단다. 이런 인간을 희단이 아버지라고 모시고 살았다니. 짐작은 하고 있었지만 기가 막힌다. 침묵하는 지형이 답답하다는 듯 경국은 얼굴을 찌푸리며 협박인지 애걸인지 모를 어투로 손을 비벼댔다.

"희단이도 새 집 사려고 적금 붓다가 자네랑 결혼하는 바람에 해약하고 그걸로 밑천 삼아 시집갔다네. 개도 계속 이대로라면 친정이 신경 쓰이고 안타깝지 않겠나. 남자 둘만 있는 것도 그런데 애 엄마도 아픈 몸을 병원에서 남의 손에 맡겨놓은 상태고 그러니까."

"장모님, 이 근처 병원을 알아보겠습니다."

"응?"

경국이 눈을 뒤룩거렸다. 당신 딸, 엄마를 미끼로 그만 낚으라는 소리인 줄 도통 못 알아듣은 눈치다.

"장모님을 저희가 모셔오겠다는 얘깁니다. 생활비는 대신 2백으로 줄이겠습니다. 처남도 휴학 중에 놀지만 말고 아르바이트라도 하라고 하십시오. 좋은 머리 썩혀서 뭐 하겠습니까. 장인어른께서도 아직 정정하시니 하실 일이 충분히 있으실 것 같습니다만."

"자네, 뭐라고 했나?"

비로소 사태를 이해한 경국은 눈을 사뭇 부릅떴다. 하지만 지형은 우습지도 않았다.

"아니면, 결혼 1주일도 안 돼서 딸이 이혼하는 꼴 보고 싶으십니까?"

얼음 같은 표정을 한 채 입가에만 미소를 머금고 그는 말했다.

"희단 씨는 물론 착한 여자입니다만 그 정도 학벌에 가난한 친정을 가진 처지로 이런 결혼 하기는 거의 불가능했다는 걸 아실 텐데요. 제가 아무리 고아라도 그렇습니다. 설마 사랑에 눈이 멀어서 당신 사위가 더 나은 혼처를 발로 차고 희단 씨를 택했다고 생각하진 않으시겠지요? 정말로 그렇게 믿고 계셔서, 제가 처가에 뭐든 퍼부어줄 것 같았습니까? 아니면 차라리 이혼을 시켜서 소문난 효녀 딸 계속 쥐어짜고 싶으신 겁니까?"

결혼 전에야 큰 소리가 나는 것을 피해왔지만 지금은 굳이 그럴 필요가 없다. 푼돈이지만 이런 인간들에게 얕보여가며 계속 뜯어먹힌다는 인상을 주기도 싫었고, 무엇보다도 칙칙하게 기어오르는 그 꼴을 참을 수가 없었다. 보호하는 것은 희단에 한해서다.

"이…… 이 자식이!"

벌떡 일어선 경국은 그의 멱살이라도 잡으려는 듯 손을 휘둘렀으나 지형이 먼저였다. 장인의 손목을 거센 손으로 움켜잡은 그는 자신보다 머리 하나는 작은 경국을 싸늘하게 내려다보았다.

"사위 자식도 자식이지만 장인어른께 그리 불리니 유쾌하지는 않군요. 불쾌한 게 더 심해지면 의절까지도 할 수 있을 것 같습니다만."

"희단인 내 딸이야!"

"그리고 제 아내이기도 하죠. 왜, 결혼하면 출가외인이라 하지 않던가요? 본(本) 따지시고 분파 따지시던 분이 그런 생각은 못 하셨나 봅니다."

무표정하게, 그러나 놀리듯 "희단 씨에게 이혼해서 다시 아버님 곁으로 돌아가기를 원하는지 물어볼까요? 물론 위자료 따위는 없겠지요." 하고 묻자 경국은 분노로 파랗게 질렸다. 물론 실천에 옮길 생각은 없었다. 상대의 반응을 기다릴 뿐. 그리고 그의 예상대로, 금방이라도 꼴딱 넘어갈 것 같은 장인은 자신의 패배를 아들이 들을까 두려운지 목소리를 죽인 채 헐떡거렸다.

"좀 산다고 하는 놈이 생각하는 게 그 따위뿐이구나."

"생활비 2백만 원. 그리고 처남의 등록금 정도는 대겠습니다. 그것도 받기 싫으시다면 희단 씨에게 한번 난동을 부려보시든지요."

"……."

"당장 결정을 못 하시겠다면 처남과 의논이라도 해보실 시간을 드리겠습니다."

지형은 자리에서 일어나 현관으로 걸어나왔다. 안주머니를 더듬어 담배와 라이터를 확인하고는 엘리베이터를 탄 후 아파트 뒤쪽의 놀이터로 향했다. 일단 이걸로 해결이 될 것임을 의심치는 않지만 더러운 기분은 가시질 않는다. 저 정도쯤이야 쉽게 예상할 수 있는 일이었는데 왜 그런지 모르겠다.

놀이터는 텅 비어 있었다. 키 작은 여자 하나가 앉아 까딱거리며 의미 없이 발장난을 하고 있는 그네만 빼고는. 고급 아파트 단지답게 어린애들은 유치원과 학원에 모두 틀어박혀 있는 모양이라고 그는 생각했다. 담배를 입에 물고 불을 붙인 후, 지형은 희단이 앉아 있는 그네 곁으로 천천히 걸어갔다. 그녀는 금방이라도 울 것 같은 눈을 하고 자신을 올려다보았다.

"우유는 샀습니까?"

대답 대신 눈이 푹 팬 때꾼한 시선이 돌아왔다.

"왜…… 친정에 생활비 부쳐주고 있다고 이야길 안 했어요? 그것도 매달 3백만 원씩이나."

원망하는 듯한 어조다. 알고 지내기도 싫었던 인간들에게 그나마 돈을 준 것은 이 여자 때문인데, 보태주고 이런 소릴 듣다니 좀 어이가 없다. 자존심이 상했다는 건가.

"그게 무슨 문제가 됩니까?"

"지형 씨에게…… 짐이 되고 싶지 않아요."

일껏 신경 써줬더니 하는 소리가 또 이렇다. 아파트 현관에서 화산처럼 솟구쳤던 분기는 상당히 가라앉긴 했지만 완전히 사라진 건 아니었다. 나 돈 많은 거 모르고 결혼했냐고, 보태주는 것도 잘못이냐고 지형은 소리라도 버럭 지르고 싶었다. 돈 받는 것이 당연하다고 생각하고 몰염치하게 구는 것도 짜증 나지만 별일 아닌 일에 울고불고하는 것 역시 사양이다. 그냥 솔직히 고맙다고 하면 안 되나?

그러나 지형은 그 모든 말을 쏟아놓는 대신 담배만 빨았다. 희단이 살짝 건드려도 픽 쓰러질 것 같은 낯빛을 하고 있었기 때문이다. 제길, 힘센 놈이 참아야지.

"나, 결혼하기 전에 친정에 퇴직금을 몽땅 주고 왔어요. 그래서 예단 같은 건 하나도 챙기지 못했지만 마지막으로 해드리는 거라고 생각해서 부끄럽지는 않았어요. 이제 나는 완전히 지형 씨 사람이니까. 앞으로 지형 씨만을 위해서 살 거니까 괜찮다고 생각했어요."

"그럼 계속 그렇게 생각하면 될 거 아닙니까?"

"하지만 지형 씨에게 짐이 되고 있잖아요? 그런 큰돈을, 내가 지형 씨한테 뭘 해줬다고 친정에 줬나요? 내가 그렇게 가치 있는 사람도 아니고……."

목소리가 잦아들면서 마른 어깨가 바르르 떨렸다. 설움과 안타까움을 가득 담은 눈으로 희단이 자신을 바라본다.

"그……."

입을 열다가 지형은 고개를 흔들었다. 희단이 가치 없는 사람이라고? 해준 것도 하나도 없다고? 결코 그렇지 않다. 그깟 3백만 원이 그녀보다 더 중요하다고 생각해본 적은 한 번도 없다. 돈이 문제라거나 뭔가 받길 바라는 것이 있었다면 애초부터 그녀와 결혼도 하지 않았을 것이다.

아니, 아니다. 사실은 희단에게 받고 싶은 것이 있었다. 처음에는 요구가 없이 자신을 옭아매지 않을 여자를 갖고 싶었다. 조용하고 순종적인 여자를. 그래서 희단에게 청혼을 했는데 지금은 그게 다가 아니다. 그녀의 침묵보다는 귀엽게 종알거리는 것이 보고 싶었고, 체념 어린 한숨 소리보다는 발랄하게 튀어오르는 듯한 웃음이 듣고 싶었다. 그냥 자신의 뜻을 그림자처럼 받아들이는 게 아니라 이렇게 해달라, 저것이 갖고 싶다 하며 원해줬으면 좋겠다. 그러면 눈앞에 펼쳐진 세상이 힘든 짐이 아니라 활짝 열린 선물상자란 것을 그녀에게 알려줄 수 있을 텐데.

"희단 씨. 나는······."

이게 뭔가. 무슨 생각인가. 얼른 저 여자의 오해를 풀어줘야 할 텐데 당최 말이 머릿속에서 만들어지지가 않는다. 자신은 좀, 아니 많이 이상했다. 지형은 저도 모르게 물고 있던 담배를 손으로 옮겼다. 노여움에 갑갑했던 가슴이 일시에 녹아내린다. 대신에 달콤하고도 먹먹한 느낌이 몸과 마음을 가득 채워 지형은 할 말을 잃었다. 저 간절한 눈매에 뭐든 대답을 해야겠는데 뭐라고 해야 할지를 도무지 모르겠다. 이 마음을, 이 감정을 뭐라고 설명해야 하나.

"가진 게 없다는 사실이 슬퍼본 적은 처음이에요. 힘들고 괴롭다는 생각은 해봤지만. 근데 지금은 지형 씨한테 줄 것 하나 없어서 정말 슬퍼요. 나는······."

희단의 눈이 이윽고 젖어들기 시작했다. 눈물이 툭툭 떨어진다. 머릿속이 새까매졌다. 손에 힘이 풀려서 들려 있던 담배가 바닥으로 툭 떨어지는 것도 몰랐다. 말간 눈물이 희단의 까만 눈동자와 흰자위를 적시고 그녀의 뺨이 온통 젖도록 지형은 침묵을 지켰다. 하지만 속은 벌겋게 타들어가고 있었다. 뭐든 말해야 하는데, 그래서 저 방울방울 떨어지는 눈물을 멈춰야 하는데.

"······장인어른 아파트."

"아버지가 그 얘기까지 하셨어요?"

소리없이 울던 얼굴이 반짝 들린 것까지는 좋았으나 오히려 역효과였다. 곧이어 더 많은 눈물이 눈에서 펑펑 쏟아졌다. 당황스럽다. 아니, 이 사태를 어째야 하나 싶어서 무섭기까지 하다. 이제는 훌쩍훌쩍 소리까지 내어가며 손등으로 얼굴을 훔치는 희단 앞에 그는 어쩔 줄을 모르고 쪼그리고 앉았다. 대학 입시 때도, 해병대에 자원

했을 때에도 태연했던 심장이 너무나 격하게 뛰고 있었다.

"울지 말아요."

애써 침착하게, 작은 소리로 말했더니 오히려 우왕, 하고 큰 소리로 울어버린다. 매우 난감하다. 사람이 없는 놀이터라서 다행이지 만약 근처에 행인이라도 다녔다면 분명 이상한 눈초리로 쳐다봤을 것이다.

"울지 말라니까."

좀더 크고 단호하게 얘기를 했더니 히끅, 하는 소리와 함께 잠시 울음이 멎었다가 다시 조그맣게 흑흑거리기 시작했다. 크기는 작아졌지만 듣기 싫은 건 마찬가지다. 가슴을 콕콕 찌르는 듯한 그 울음소리를 막기 위해 지형은 희단의 작은 어깨를 그러잡았다.

"젠장, 우는 소리는 듣기 싫단 말이야!"

놀라 고개를 드는 그녀를 왈칵 안았다. 턱을 받쳐 들고 입술을 겹쳤다. 크기도 작아 한입에 들어오는 작은 입술을 삼키고, 단숨에 입 안을 점령해서 혀를 휘저었다.

눈물에 젖은 뺨이 그의 뺨에 부딪힌다. 봄인데도 여자의 여린 뺨은 차가웠다. 그것이 마음에 안 들었다. 얼굴을 감싸들고 뺨을 마구 부볐다. 마찰로 인해 따끈따끈해진 뺨에서 습기가 천천히 거두어지자 비로소 마음이 놓인다. 그래도 할 일이 남았다. 지형은 다시 거칠게 희단의 입술을 열어 설육을 빨고, 입 안의 모든 부분을 샅샅이 훑었다. 숨이 막힐 듯한 입맞춤에 희단이 그의 어깨를 두드렸지만 그만두지 않았다. 이렇게 해서라도 그녀의 입 안에 고여 있을 울음을 모두 닦아내고 싶었다.

"아, 아파요."

물기 어린 목소리, 그러나 거기에는 이제 슬픔의 기색은 없다. 지형은 한결 만족스러워졌다.

"달아요."

대답 아닌 대답을 내뱉고는 다시 입을 맞추었다. 이번에는 좀더 다정하게, 할딱이는 그녀의 숨을 조금씩 빼앗으며 입술과 뺨을 번갈아 훔쳤다. 이제 울지 마, 제발. 입맞춤을 하는 틈틈이 아이에게 하는 것처럼 반복해서 달래자 희단이 이윽고 기운이 몽땅 빠진 듯 그의 어깨에 머리를 기대왔다. 지형은 키스를 그만두고 그네에서 흔들리는 그녀의 몸을 받아 안았다.

"괜찮아요?"

나직한 목소리로 속삭이자 희단이 고개를 끄덕끄덕한다. 그 목덜미에 코를 묻자 눈물 때문에 더 짙어진 어린애 같은 체향이 확 풍겼다. 은근히 마음에 들었던 향기였지만 지금은 그것이 값비싼 향수나 화장품 냄새가 아닌 것이 어쩐지 가슴 아프다. 이 어리고 어린 여자가 어떻게 가진 것도 없이 여태까지 살아왔는지 모르겠다고, 그는 되뇌었다. 어떤 식으로 힘들게 견디고 아프게 살아남아서 자신에게까지 흘러왔는지, 그러고서도 자신에게 줄 것이 없어 슬프다고 하냥 우는지.

아무것도 안 줘도 돼. 당신 하나로도 족해. 세상에서 당신 같은 여자는 단 하나뿐이니까.

그렇게 혼잣말을 하며 그녀를 꼭 끌어안는 순간, 지형은 알았다. 가슴에 가득한 이 감정이 무엇인지. 많은 사람들은 사랑이라 부르는 것. 그러나 그는 그렇게 부르고 싶지 않은 것. 모르겠다. 오랫동안 그리워하던 것을 찾은 듯 이렇게 애틋하여 어쩔 줄 모르는 이 느낌이 그냥 타인들의 '사랑'과 같은 것일까. 아버지가 가난한 어머니에게 첫눈에 빠졌다는, 아니 홀렸다고 하던 그 사랑.

"지형 씨…… 그러고 있지 말아요. 옷이 흙 때문에 더러워져요."

희단이 힘없이 웅얼거렸다. 이 와중에도 그런 걱정을 하는 것이 어쩐지 희단다워서 지형은 희미한 웃음을 머금었다.

"그런 걱정은 안 해도 돼요."

말은 그랬지만, 그래도 재빨리 무릎을 일으켜 세운 후 희단의 어깨를 감싸고 무릎 아래를 받쳐 달랑 들었다. 놀란 희단이 어깨를 두드리며 항의했지만 기어이 그런 자세로 근처의 벤치까지 걸어가 앉았다. 다른 사람들이 보면 작은 여자를 무릎에 앉힌 채 벤치에서 속닥거리고 있는 것에 욕을 할지도 모르겠지만, 자그마한 몸이 꼭 붙어 밀착된 것이 무척 흐뭇했다. 자세를 고쳐 희단이 그의 가슴에 편하게 기대게 만든 다음 그는 나름 엄하게 말했다.

"앞으로는 무슨 일이든 고민이 생기면 내게 말해야 해요. 알겠죠?"

"……네."

"처가일도 마찬가지예요. 곤란하다고 입 다물면 정말 화낼 겁니다."

"하지만."

"결혼 전에 약속했죠? 뭐든 내가 원하는 대로 하겠다고."

품 안의 작은 몸이 흠칫했다가 다시 긴장을 풀었다.

"알았어요. 앞으론 뭐든 말할게요."

"좋아요. 그리고 오늘 일은 내가 알아서 할 거니까 더 아무 말 말고."

고개만 끄덕끄덕하는 모습이 어찌나 사랑스러운지. 상대에 대한 감정을 깨닫는다는 건 사람을 팔불출로 만드는 것일까. 헝클어져 목덜미에 온통 달라붙은 머리카락도, 꼬질꼬질 눈물자국이 남은 뺨도 그저 홀딱 삼키고 싶을 정도로 귀엽다.

"힘들 테니 여기서 잠시만 쉬었다가 집에 들어가죠."

가슴에서 느껴지는 두근두근하는 심장 소리가 희단의 것과 합쳐져서 들렸다. 두 개의 심장이 이렇게 화음을 이룰 수 있다는 것이 참 놀라웠다. '생명의 신비' 어쩌고 하는 다큐멘터리 프로그램보다도 훨씬 감동적인 느낌이었다. 이런 사소한 것에도 황홀해하는 자신에게 어처구니없어하면서도 서툰 몸놀림으로 희단의 어깨며 등을 도닥이고 매무새를 가다듬어주던 지형의 시선이 문득 희단의 입술에서 멈췄다.

조금 전의 입맞춤으로 빨갛게 부푼 입술은, 아직도 젖어서 매끄럽게 반짝이고 있었다. 왠지 그곳에서 도무지 눈을 떼지 못하겠다고 그는 생각했다. 그러고 보니 전에도 그런 일이 있었다. 신혼여행 갈 때의 일이었나. 지난 일을 기억하며 어깨와 머리카락을 매만지던 손길은 어째 자꾸 느려지고 농후해진다. 어깨에서 쇄골로 넘어간 손가락이 느릿느릿 그 언저리를 맴돌다 부들부들 떨리는 것을 느끼고는 지형은 벌떡 일어서고야 말았다.

섹시하지도 않은 이 여자는 어째서 매번 입술만으로도 자신을 곤란하게 만드는지 모르겠다!

"집에 들어가게요?"

"그건 아니고…… 잠깐만요."

급히 호주머니에서 휴대전화기를 꺼낸 그는 짧은 문장 두 개를 날렸다. 발신인은 최종 통화자인 희경이었다.


 지금 즉시 돌아가 주기 바람. 다음 생활비 이체는 2주 후 금요일.


 잠시 기다렸더니 2, 3분 뒤에 아파트 건물 사이로 경국이 서둘러 지나가는 것이 보였다. 마침 반대쪽에 통행로가 있었던 것이 다행이었다. 몇 미터 뒤에 불만스런 태도의 희경도 그 뒤를 따라 터덜터덜 걸어 입구 쪽으로 나가는 것까지 확인하고 나서, 지형은 의미심장한 미소를 지으며 말했다.
 "자, 이제 가죠. 들어가면 희단 씨는 좀 씻어야겠어요. 얼굴이 엉망입니다."

## 13

　왜 이 사람은 내게 이렇게 다정한 걸까.

　희단은 아직도 눈물이 날 것만 같은 걸 억지로 참느라 눈 주위를 꾹꾹 누르며 생각했다. 이러면 정말 불리한 게임이잖아, 하고. 원망스러운 시선을 들어 바라보니 여전히 잘생기고 눈부셔서 무슨 하늘의 대천사장 같은 남자는 자신을 부축한 채 열심히 엘리베이터의 전광판을 바라보고 있다.

　미간에 희미한 주름이 잡힌 것도 같지만 그것이 지형의 매력을 떨어뜨리지는 못했다. 저 남자가 언제부터 저런 초절정 미남이었을까. 후광이 그의 머리를 떠돌고 있는 것 같아서 희단은 빨개진 눈을 다시 비볐다. 눈물이 또 찔끔 나왔다. 아버지가 터뜨린 핵폭탄급 발언은 어느새 잊어버렸는데도 여전히 상황은 절망적이다.

　어차피 짝사랑인 건 아니까 너무 많은 걸 바라지 않은 채 그의 곁에 머무르면서 긴 시간을 기다리겠다는 결심을 했다. 사랑받고 싶은 욕심을 참고 참다 보면 아무리 잘난 지형이라도 안된 마음에 몇 번쯤은 비루한 자신을 바라봐줄지도 모른다.

그런데, 이 속 모르는 남자는 너무나 친절하고 너무나 상냥하다. 친정 식구가 전화도 않고 이른 시간에 불시에 쳐들어와도 담담하고, 적지 않은 생활비를 주고 있는데 더해서 집까지 키워달라는 뻔뻔스런 요구를 들어도 아무렇지도 않은 얼굴을 한다. 그 사실에 부끄럽고 억울해서 펑펑 울어 젖히는 꼴을 보였는데도 신경질을 내기는커녕, 부족하기만 한 마누라를 달래주고는 앞으로는 고민 같은 건 절대 혼자 끼고 있지 말라고 위로해주었다.

참 견디기가 어렵다. 희단은 깊은 한숨을 쉬었다. 땅, 소리가 나기가 바쁘게 자신을 엘리베이터 안으로 곱게 모시던 남자가 그녀의 한숨 소리에 가만히 얼굴을 들여다보았다. 희단은 억지로 웃으며 고개를 흔들어 보였다. 괜찮아요, 라고 작게 속삭였지만 절대 괜찮지 않았다. 사실은 속이 썩어들어간다. 지형이 자신을 친절하게 대할수록 그런 건 겉껍질일 뿐, 타인이라 더 예의 바르게 대하는 것에 지나지 않는다는 생각이 들어서다. 그저 마음 한구석에 곁방 한 칸 차지하고 있는 손님인 그녀에게 지형은 결혼 생활에 크게 지장이 없는 이상은 계속 이렇듯 친절할 터였다.

속을 보여주지 않는 이 남자의 이 상냥함은 그러나 희단의 마음자리의 안방을 차지하고서는 자꾸만 자꾸만 영토를 더 넓혀간다. 이제 안방이고 건넌방이고 곁방이고 간에 지형은 그녀의 마음속 전체를 차지한 주인인데 그의 마음속에서는 자신은 아직도 곁방 신세다. 그것이 너무나 서럽다. 이 서러움을 멈춰야 하는데, 그래야 그의 곁에서 견딜 수가 있는데 그게 마음대로 되지가 않는다.

미치겠다. 왜 자기 마음인데 제 마음대로 되지 않는 걸까. 이번에는 지형이 눈치 못 채도록 입을 동그랗게 해서 호, 하고 한숨을 쉬었다. 엘리베이터의 거울이 부옇게 흐려졌다. 희단은 그 위에 손가락으로 글자를 썼다. 문희단 바보. 진짜 바보.

남들이 들으면 호강에 겨워서 요강에 똥 싸고 앉았다고 할 것이다. 오만 가지 사정 다 봐주고, 쓴소리 한마디 없는 남편인데 무엇이 부족해서 더 욕심을 내느냐고. 제 사정만 아니면 스스로도 그렇게 생각할 것이라는 점이 더 억울했다.

혼자 생각에 빠졌다가 엘리베이터 도착 벨 소리에 정신이 번쩍 들었다. 문이 열리는 걸 보고는 얼른 거울에서 돌아서는데, 어쩐지 지형이 문 밖으로 나가지 않고 자신을 물끄러미 보고 있었다. 늘 그렇듯 표정 변화는 별로 없지만 안경알 속 눈매가 가느스름해진 것으로 봐서 웃고 있거나 주의 깊게 이쪽을 살피고 있거나 둘 중 하나일 터였다. 그녀의 속마음을 알 리 없을 텐데도 희단은 왠지 찜찜해졌다.

"장인어른과 처남은 돌아갔어요."

그가 불쑥 꺼낸 말에 희단은 좀 놀랐다.

"아…… 언제요?"

"조금 아까, 처남이 문자 보냈더라고요."

아까 휴대전화기를 껐던 것이 그래서였던가 보다.

"왜 저한텐 아무 말씀도 않고……?"

"그런 얘기 이후라 아무래도 민망하셨나 보죠."

지형은 아무렇지도 않게 대답했지만 희단은 의아스러웠다. 아버지나 동생이나 뭔가 요구하고 받아내는 데 민망해하는 사람들은 아니었으니까. 차라리 나가서 돌아오지 않는 자신에게 화가 나서 그런다면 몰라도. 그런데 그 일은 그렇다 치고, 참 어지간하게도 빤히 쳐다보는 눈길이다.

"어음, 제 얼굴이 많이 흉해요?"

놀이터에서 했던 말을 핑계 삼아 물어보니 지형이 대뜸 고개를 끄덕였다.

"들어가면 바로 씻어야 되겠어요. 그러니까…… 여기가 이렇게 부었어요."

굳이 설명까진 할 필요가 없는데 지형은 검지를 들어 그의 눈 주위를 둥글게 그렸다.

"울어서 그런지 땀도 좀 흘린 것 같고."

덧붙인 말에 얼굴이 화끈 달아올랐다. 어머나. 이를 어쩌. 아까 안고 토닥거려줄 때 땀 냄새를 맡았나 보다. 변명을 할 겨를도 없이 희단은 뺨을 감싼 채 열린 문 밖을 향해 바로 뛰어나갔다. 정신없이 현관문의 비밀번호를 누르고 욕실로 직행해서는 목덜미를 문질러보니 과연 땀이 배어 진득하다. 수치심에 입고 있던 면 원피스를 홀렁 벗어던지고서는 샤워기부터 집어들었다.

물을 뒤집어쓰고 비누질을 박박 하고 나서야 좀 얄밉다는 마음이 들었다. 아무리 그래도 그렇지, 너무 직설적인 말이었다. 그냥 더울 테니 시원하게 씻으라고나 하지. 이제 지형의 앞에서 땀 흘리는 일을 하기에는 다 글렀다는 데까지 생각이 미치자 또 울고 싶었다. 진짜, 반한 게 무슨 죄라고!

그러나 재수 없는 놈은 엎어져도 코가 깨지고, 깨진 코에 놀라다 다시 자빠져 뇌진탕까지 걸리는 법. 갈아입을 옷을 하나도 가져오지 않았다는 사실이 떠오른 것은 불과 12시간 전에 감았던 머리에 엄청난 샴푸거품을 만들고 있을 때였다.

아뿔싸, 내가 뭔 짓을 한 거야? 머리에서 줄줄 흘러내리는 거품 때문에 있는 대로 미간을 찡그리고 두피를 박박 문지르던 희단은 자신도 모르게 눈을 번쩍 떴다.

"악! 따가워!"

"무슨 일입니까?"

기다렸다는 듯 욕실 문이 벌컥 열렸다. 완전히 닫히지 않은 샤워 커튼 사이로 그녀의 것임이 분명한 분홍빛 천 뭉치들을 손에 들고 문 안으로 발을 들이미는 지형이 눈에 들어왔다. 커튼을 다급히 잡아당기며 희단은 반사적으로 비명을 질렀다.

"꺄악! 끄악! 아악! 어, 어디를 들어와요!"

그러다가 발이 미끄러졌다. 욕조 밑바닥에는 샴푸와 비누거품이 흥건하고 자신은 날려고 기를 쓰는 오리 새끼처럼 푸드득댔으니 어쩌면 당연한 일이었는지도 몰랐다. 하지만 손에 움켜쥐었던 샤워커튼을 필사적으로 잡고 늘어지다가 커튼 봉까지 떨어져 내린 것은 결코, 결코 당연한 일이 아니었다. 기다란 커튼 봉이 욕조 옆 벽을 할퀴며 떨어져 내리다 겨우 선반에 걸려 지지대 구실을 해주는 바람에 바닥에 머리를 부딪거나 머리에서 피를 보는 일을 면했다손 치더라도 말이다.

거의 쓰러지다시피 한 자세에서 부들부들 떨리는 손을 벽에 짚어 간신히 균형을 잡고 섰다. 눈에 보이는 욕실의 참상은 이루 말할 수가 없는 지경이었다. 커튼 봉은 커튼까지 휘감은 채 반쯤 벽에 걸쳐져 있고, 선반에 세워두었던 각종 목욕용품들은 수류탄이나 투포환마냥 투척당해 욕조며 바닥에 산산이 흩어져 있었다. 그리고 그보다 더 끔찍한 것은…… 맙소사! 희단은 번개같이 가슴을 가리며 그 자리에 쪼그려앉았다.

"희, 희단 씨…… 그, 괘, 괜찮습니까?"

보기 드물게 지형이 말을 더듬었다. 늘 무표정에 가깝던 가무잡잡한 얼굴의 덩치 큰 남자가 제법 얼굴을 붉힌 채 어쩔 줄 모르고 커다랗게 뜬 눈을 천장으로 향하고 있었다. 처음 보는 진풍경이었다.

오오, 하는 감탄사가 절로 나왔다. 저 남자가 저런 표정도 지을 줄 안단 말이지? 순간적으로 자신의 처지도 망각한 희단은 욕조 턱 위로 얼굴만 내민 채 흥미롭게 그를 쳐다보았다.

평소에는 약간 컬이 져 있는 정도이던 머리카락이 젖어서 제법 구불거리는 걸 보면 이미 머리를 감은 것 같았다. 어쩐지 더 윤기 있어 보이는 목덜미며 브이넥 위로 드러난 가슴도 씻은 티가 났다. 희단의 시선이 점점 아래로 내려갔다. 그러고 보니 입고 있는 옷이 욕의…… 응?

다리가…… 털이 숭숭한 게…… 맨다리다.

순간적으로 숨을 크게 삼키는 소리를 낸 것이 잘못인지도 모르겠다. 하지만 어떡하겠는가. 연한 옥색 욕의 밑으로 드러난 맨살을 봐버린 이상, 어젯밤 어둠 속에서 느꼈던 그의 몸을 상상하지 않을 수가 없는 것을. 대체 저 옷 아래에 뭘 입고 있는 걸까. 희단은 몸을 부르르 떨었다.

히끅, 하는 딸꾹질 비슷한 소리를 들은 남자는 욕실 천장을 뚫어져라 보고 있던 시선을 내려 곧장 희단을 향했다. 무섭다. 희단은 자신도 모르게 다시 침을 꼴딱 삼켰다.

지형의 눈에서 눈길을 떼고 싶은데 안경을 벗은 그 기름한 눈매에 순간접착제라도 발랐는지 도무지 그럴 수가 없다. 남편인 저 남자의 눈은 자꾸자꾸 온도가 올라가는데, 이제는 막 뜨거워서 견딜 수가 없을 것 같은데도 손가락 하나 까딱할 수가 없는 것이다. 숯불이라도 된 것처럼 숫제 이글이글 타오르는 두 눈 앞에서 그녀는 잘 구워지고 있는 삼겹살이라도 된 기분이었다.

"토끼……."

그가 중얼거렸다. 삼겹살이 아니라 토끼 구이인가. 생각하다가, 희단은 흠칫했다. 자신이 잘못 들었겠지. 이 상황에 무슨…….

"저, 뭐라고 하셨어요?"

물정 없이 묻다가 문득 자신의 처지를 깨달은 그녀는 경악했다. 바보다. 엘리베이터 거울에 썼듯이 자신은 엄청난 바보였다. 이런 경우엔 당장 나가달라고 하는 게 정상이지, 뜬금없이 '뭐라고 하셨어요'라니!

그러나 후회란 언제 해도 늦은 법이다. 지형은 그 체구에 걸맞은 커다란 걸음걸이로 성큼성큼 걸어 단 두 걸음 만에 욕조 앞에 도착했다. 그리고 길게 늘어뜨려진 샤워기를 잡더니 물을 틀어 수압을 조절했다.

"눈 감아요."

방금 전의 뜨거운 눈길은 꿈이기라도 한 양 덤덤하기 이를 데 없는 목소리다. 어쩌자는 것인가. 뒤늦게 자신이 샴푸거품을 뒤집어쓰고 있다는 것을 깨달은 희단은 홍당무처럼 붉어졌다. 엉거주춤하게 한 팔을 들어 샤워기를 달라는 몸짓을 취했지만 지형은 가볍게 무시했다.

"뜨거우면 말해요."

그리곤 곧장 머리 위로 떨어져 내리는 온화한 물줄기. 아이고, 모르겠다 싶어진 그녀는 무릎을 두 팔로 끌어안고 눈을 꼭 감았다. 뭐랄까, 참 많이 부끄럽다. 그렇지만 기분이 나쁘지도 않았다. 아니, 솔직하게 말하자면 매우 기분이 좋다. 커다랗고 힘센 손이 머리카락을 세심하게 비벼주고 슥슥 헹궈내는 것은 감탄의 한숨이 나올 정도로 시원하고 상쾌했다.

린스까지 바르고 머리카락을 씻어내던 손이 잠시 멈추더니 등에 샤워타월이 와 닿았다. 어머낫, 설마 몸도 씻어주려고?

"그만 됐는데……!"

화들짝 놀라서 눈을 번쩍 떴다. 지형의 팔을 급히 잡던 그녀의 눈길이 본의 아니게 그의 욕의 속에 가닿았다. 코앞에 닿을 듯 보이는 건 나무둥치처럼 탄탄한 허벅지요, 그 허벅지에 도드라진 건 매끈하면서도 섬세한 근육이라. 생각지도 않은 광경에 끔쩍 놀라면서도 목구멍에서는 다시 침이 꼴깍 넘어갔다.

"그 얼굴은…… 의도적인 겁니까?"

홀린 듯 남편의 멋진 다리를 훔쳐보다가 머리에 벼락이 떨어졌다. 의도적인 얼굴이라니? 대체 자신이 어떤 얼굴을 하고 있었기에?

"아니에요!"

뭐든지 보기 좋은 얼굴은 아니었으리라는 생각에 우선 부인부터 하고 보았다. 설마 침이라도 흘린 건 아닌가 의심스러웠지만 그런 걸 따져볼 계재가 아닌 것이다. 게다가 이건 자신의 잘못도 아니다. 모두 다 민지형이란 남자가 너무 섹시한 다리를 가진 탓이지! 자신의 변명이 어째 밤거리에서 여자를 몰래 따라간 변태 스토커랑 흡사하다는 생각을 하면서도 희단은 필사적으로 고개를 마구 흔들었다.

"난 그냥, 비누칠은 아까 했다고…… 등까지는 안 씻어줘도, 그, 그러니까 이제 나가도 된다고……."

"나간다고요? 누가?"

그거야 당연히 당신이지! 속으로는 울부짖었으나 현실은 달랐다. 희단은 목을 꼬고 소심하게 중얼거렸다.

"지, 지형 씨요."

"희단 씨는 안 나가고요?"

안 나가긴 왜 안 나가? 나보고 평생 욕실에 갇혀 살라고?

"저도 당연히 나가야죠……."

"옷은요?"

엥? '그건 조금 전에 당신이 들고 들어왔…….'이라고 생각하던 희단의 시선이 바닥에 철퍼덕 내팽개쳐진 자신의 속옷과 잠옷 등등에 가닿았다. 엄마나, 저게 왜 저 꼴일까. 그녀의 얼굴이 일그러졌다. 아까 오도방정을 떨면서 넘어진 탓에 놀란 지형이 들고 있던 옷을 그만 떨어뜨렸나 보다.

물을 듬뿍 빨아들인 분홍 일색의 옷가지들은 유난히 강렬하게 눈을 찔렀다. 그 중에 패드가 두껍게 들어간 브래지어까지 섞여서 캡을 뒤집고 발랑 누워 있는 것을 보고서는 희단은 아예 사색이 되었다. 저걸 대체 이 사람은 어떻게 찾아낸 걸까? 이래서 속옷은 제일 아래 서랍에 깊숙이 꽁꽁 넣어두었건만.

"기껏 샤워했는데 저걸 입을 수는 없겠죠?"

남자의 목소리에 웃음이 실려 있다는 것을 겨우 깨달았다. 희단은 눈을 부릅떴다. 목욕탕에서 쫄딱 넘어지고 이렇게 망가진 모습이니 우습게 보이나? 그러나 아쉬운 것은 자신이라는 것을 곧 생각해낸 그녀는 속을 꾹꾹 누르며 꽤나 다소곳하게 물었다.

"미안하지만 제 옷 좀 다시 갖다주시겠어요? 다른 것 다 필요 없고 그냥 집에서 입는 면 원피스 하나만요."

"싫은데요."

뭔가 좀…… 이상하다. 친절한 저 남자가 옷 갖다주는 정도의 일을 거절할 리가. 의심스러워하다가 그녀는 다시 말해보았다.

"그럼 먼저 나가세요. 수건 두르고 나갈 거예요."

"것도 싫은데요."

'빠직!' 하는 소리가 머릿속에서 메아리쳤다. 이 남자의 음성은 그저 덤덤하게만 들렸지만, 이제 희단은 보이는 게 다가 아니라는 걸 알았다. 지금 이건 '이상'의 수준을 넘어서 '괘씸'한 지경이다.

"그럼 돌아서세요! 저 젖은 옷이라도 입을 거예요!"

"그건 절대 안 되죠. 감기라도 걸리려고요?"

그럼 어쩌라고? 희단은 다시 한 번 울부짖었다. 이 곰탱이, 변신술을 쓰는 게냐! 이 남자가 방금 자신의 머리를 부드럽게 감겨주고, 또 그전에는 울던 자신을 받아 안고 다정하게 달래주던 그 남자가 정말 맞나 싶었다.

"그렇게 꼭 옷을 입고 싶어요? 어차피 볼 거 다 본 사이에."

귀를 의심했다. 이 점잖은 남자가, 다정하고 친절한 남자가, 학생 시절에도 새벽마다 꼬박꼬박 제 시간에 깨어 절대 외숙모님을 피곤하게 만들지도 않고 음식 투정도 절대 하지 않았던 어른스런 남자가 이런 저질스런 말투를……!

순간 넋을 잃었던 희단의 머릿속에 스쳐간 것은 신혼여행을 가던 차 안에서의 일이었다. 그러고 보면, 그때 이 남자는 속삭였었다.

'바나나보다 내가 더 낫다.'라고. 으윽.

"나, 나는 아니에요! 그렇게 못 해요! 뭘 볼 걸 다 봤다고……!"

공황 상태가 되어 욕실이 떠나가라 소리지른 희단은, 그러나 그 다음에는 비명도 지르지 못한 채 얼어붙었다. 지형이 너무나 침착하고 대범한 얼굴로 이렇게 말했기 때문이었다.

"그럼 지금 보면 되겠네요."

그리고 그는 목욕가운을 훌렁 벗었다.

"이러면 되죠. 희단 씨는 옷을 입고 싶으니까 이걸 입고, 나는 우리가 '볼 거 다 본 사이'라고 생각하니까 그냥 있고."

심상하게 말하며 벗어낸 목욕가운을 그녀의 어깨에 걸쳐주자, 혼백이 나간 듯한 표정을 하고 있던 희단이 움찔 떨었다. 허리끈을 묶어주며 지형은 빙긋 웃었다. 그러자 못 볼 것을 봤다는 듯 우왕좌왕하던 시선이 아래로 뚝 떨어졌다가 단박에 다시 올라온다. 빨개진 얼굴. 천장과 바닥과 벽을 쉴새없이 왕래하는 눈동자. 연신 입술을 짓씹고 있는 이. 그러면서도 연방 꼴깍꼴깍 침을 삼키고 있는 목울대.

귀엽다. 참을 수 없이. 지형의 눈꼬리에 어쩔 수 없는 웃음이 대롱대롱 매달렸다. 이 귀여운 여자가 자신의 여자다. 마음이 모닥불에 달군 조약돌처럼 따끈따끈해졌다.

천천히 그녀를 끌어안으며 허리에 한 팔을 둘렀다. 나머지 팔을 양무릎 뒤로 넣으려니까 희단이 버둥댄다.

"왜, 왜 이래요?"

"침대로 데려가려고요."

"……!"

"아니면 여기가 더 좋아요?"

귓가에 한껏 은밀한 어조로 속삭인다고 했는데도 온몸을 뻣뻣하게 굳히는 바람에 조금 마음이 상했다. 자신이 싫은가? 아침의 일도 그렇고……. 지형은 미간을 꿈틀댔다. 어쩌면 간밤에 그가 서툴렀기 때문에 그러는지도 모른다는 생각이 들었다.

"아침에는 불편해 보이던데 혹시 몸이 안 좋은 곳 있어요?"

살짝 비틀대던 걸음걸이가 떠올라 혹시나 해서 물어보니 희미하게 고개를 흔든다. 그럼 무슨 이유일까? 역시 잠자리가 문제인 건가? 아까 자신의 다리를 홀린 듯이 바라보기에 분명 마음이 혹한 거라고 생각했는데. 의기양양하던 한편 잔뜩 달아올랐던 가슴이 갑자기 써늘해졌다.

여자들은, 특히 경험이 없는 여자들은 섹스 그 자체보다는 애정의 정도가 잠자리에 영향을 많이 미친다고 들었다. 이 여자는 자신에게 애정을 느끼고 있을까? 희단을 내려다보던 지형의 관자놀이가 희미하게 물들었다.

희단이 자신을 싫어하지는 않는 것 같지만 딱히 좋아한다고 장담할 수도 없다. 착한 여자니까 어려운 상황에서 건져준 자신에게 인간적으로 고마워할 거라는 짐작은 된다. 하지만 그건 그것대로 기분 나쁜 얘기다. 설마 남자로서 자신을 맨송맨송하게 생각하고 있는 건 아니겠지. 혹은, 외모는 마음에 들지만 직접 살을 맞대는 것은 별로였다고 하면? 지형은 불안해졌다.

그에게 성적인 매력이 있다면 그녀가 죽자고 몸을 숨길 리가 없다는 생각이 퍼뜩 들었다. 아니겠지. 아닐 거야. 그렇게 중얼거리던 지형은 이상한 느낌에 아래를 흘끔 내려다보곤 눈앞이 캄캄해졌다. 가운을 벗기 전부터 부풀어 있던 녀석이 삽시간에 풀이 죽어버린 것이다. 최근 15년 안에는 결코 맛본 적이 없던 패배감이 그를 덮쳤다. 이럴 수가.

할 말을 잃은 지형이 이상했던지 가슴에 얼굴을 묻고 있던 희단이 고개를 들어 그를 바라보았다.

"저기, 몸은 괜찮아요."

"다행이군요."

"그렇죠, 저도 다행이라고 생각해요."

"……."

"그러니까, 나 괜찮다고요. 아프지 않아요."

안 아픈데 그래서 어쩌라는 건지.

"저기, 나 안 아픈데…… 괜찮은데……."

아무 말도 하지 않고 있으려니 똑같은 말만 반복하던 희단의 고개가 슬며시 내려간다. 기분 나빠한다고 생각해서 그런 말로 위로라도 해주겠다는 심사였나.

어색한 침묵이 욕실을 감돌았다. 아닌 말로, 참 기분이 엿 같았다. 볼품없는 여자지만 그냥 한번 데리고 살아보겠다고 했다가 결국 그 여자에게 빠진 걸 알게 됐는데, 정작 여자는 그저 자신을 고맙게 여기고 잘 대해줘야겠다는 생각만 하고 있었다니. 인과응보, 자승자박, 사필귀정……. 상황에는 걸맞지만 상당히 기분이 나쁜 낱말들이 머릿속을 둥둥 떠다녔다.

여전히 끌어안고 있던 여린 육체가 조그맣게 꼼틀거린다. 그 체온이 참 따뜻해서 놓기 싫다. 겨우 조금 전에 깨달은 감정은 급작스러워도 그만큼 애틋하기만 한데, 이제 어쩐다? 지형은 그만 가슴 밑바닥이 부글부글 끓어 입술을 꾹꾹 씹었다.

그러나 그는 곧 눈을 사납게 빛냈다. 어쩌긴 어쩐단 말인가. 전에
도 다짐하지 않았나. 산토끼도 길들이면 집토끼가 된다. 달아나지 못
하게 토끼장의 문을 꽁꽁 채워놓고 안락하고 포근한 우리와 좋은
먹이로 길들이자. 밖은 절대 나갈 만한 곳이 아니라고, 자신의 품이
세상에서 제일 흐뭇하고 안전한 곳이라 생각하게 만들면 그만이다.

일단 친정 따위는 절대 돌아가지 못하게 만들어두고, 살살 달래서
최소한 몸이라도 익숙하게 만들어야지. 동그란 머리통을 내려다보
는 지형의 입가에서 음침한 미소가 흘렀다.

그나저나 현재 상황은 어떻게 처리할까? 자신의 밥이라고 딱 찍어
놓은 요 토끼 같은 여자가 품 안에서 자신의 눈치를 흘끔흘끔 살피
는 것이, 싫다는 표시가 너무 빤하다. 절로 한숨이 나려 했지만 꾸욱
삼켰다. 지금은 참고 이따 밤에 와인이라도 같이 한잔 하면서 에로
틱한 영화를 볼까. 희단의 속옷까지 찾아 챙겨들고 욕실 문 앞에서
왔다갔다하던 노력이 무산되어버린 건 아쉬웠지만 어쩔 수 없겠다
고 생각하며 막 희단의 허리를 감싸 안은 팔에 힘을 풀려던 차였다.

"우음, 마…… 만져도 돼요?"

지형의 손에 비하면 3분의 2밖에 안 될 것 같은 작은 손이 쑥 올
라왔다. 떨리는 목소리와는 달리 그 손은 대답도 기다리지 않은 채
욕의 사이로 드러난 그의 가슴팍에 착 달라붙었다. 지형은 숨을 헉,
들이켰다.

"야, 의외다. 남자 피부가 이렇게 매끄러울 줄은 몰랐어요."

신기한 듯 말하는 음성에 심장이 있는 그 어느 부위가 확 불이 붙
은 것 같다. 아니, 불붙은 것은 아랫배 쪽인가. 어떻든지 간에 그의

몸 안에서 무엇인가가 팍 터졌다. 굳건하게 심신을 제어하고 있던 둑이 일시에 무너졌고 불길은 삽시간에 몸 전체로 퍼져 나가 정신마저 아득하게 만들었다. 숨이 가쁘다. 꼬물거리며 기어다니고 있는 손을 거머쥐고 지형은 칼칼한 목소리로 속삭였다.

"희단 씨는 요물이군요."

"……?"

"아까 날 보던 그 얼굴도, 아무 생각 없이 그랬던 겁니까?"

"……?"

"나 못 참습니다. 이렇게 만들어놨으니 책임져요."

손을 붙잡아 허리 아래에 갖다댔더니 순식간에 놀라 도망쳤다. 굳이 다시 사로잡을 생각을 하는 대신에 지형은 눈을 둥그렇게 뜬 희단을 벽 쪽으로 밀어붙였다. 헐렁한 가운을 묶은 채 치렁치렁하게 늘어져 있던 허리끈이 둘의 발에 마구 밟히다가 결국 흘러내렸다.

"어, 어, 어……."

'어' 소리밖에 못 하는 얄미운 입술을 덮쳤다. 상쾌한 치약 냄새가 확 퍼지는 말랑말랑한 혀를 자신의 혀와 섞고 가볍게 빨아당기자 머뭇거리던 희단의 혀는 이윽고 수줍게 끌려왔다. 지형은 양손바닥으로 목덜미를 감쌌다가 천천히 바깥쪽으로 밀어내며 가운을 떨어뜨렸다. 샴푸 냄새와 비누 냄새로 가득한 작은 나신은 향수 상자 같았다. 여윈 어깨에 입술을 찍었더니 화장품 냄새와 비슷한 비누 냄새가 살갗에서 풍긴다. 벌써 코에 익어버린 그녀의 향기가 아쉬워서 이를 드러내 깨물었더니 비로소 희미한 희단만의 체취가 입 안을 맴돌았다.

연한 살을 빨아올리니 희단의 급하게 숨을 들이쉬며 신음을 감춘

다. 마음에 들지 않았지만 더 급한 일이 있었다. 그대로 입술을 아래로 내려 가슴 꼭대기에 키스하자 희단이 몸을 뒤로 빼려 하면서 사뭇 떨었다.

"내가 싫어요?"

급한 마음에 양팔을 틀어쥐고 물었다. 희단이 눈을 회동그래 떴다.

"아니에요! 그럴 리가."

"그럼 나랑 하는 게 싫어요?"

적나라한 질문에 그녀는 얼어붙었다. 희단이 부정도 긍정도 하지 않자 지형의 얼굴도 차츰 굳어져 갔다.

"왜 하기 싫습니까? 내가 싫은 것도 아니라면서. 아까는 사람을 홀리는 얼굴로 쳐다보더니!"

성적인 긴장감이 지나쳐 지형의 말투는 사나워져 있었다. 따지듯이 묻는 바람에 희단이 화들짝 놀랐다.

"내, 내가 언제……!"

"거짓말하면 화낼 겁니다. 솔직히 말해요. 내가 섹스에 서툴러요? 내 어떤 점이 마음에 들지 않았어요?"

"그런 거 아니에요!"

차라리 사랑하지 않아서 마음이 내키지 않는다든가 잠자리가 불편하다든가 하는 말을 듣는 편이 나을 것 같다. 계속 아니라는 말만 연발하는 것에 더 화가 났다.

"아니긴 뭐가 아니에요? 사랑하는 사이도 아닌데 결혼부터 덜컥해서 어떻게 첫날밤은 치렀지만, 계속하는 건 내키지 않는다는 겁니까?"

"정말 그런 거 아니라니까요!"

"아니라고만 하면 믿어야 합니까?"

몰아붙이는 말에 얼굴이 새빨개진 희단은 눈가에 눈물마저 글썽거리고 있었지만 지형은 가혹했다. 그렇지 않으면 속에서 끓어오르는 세찬 욕구와 높아가는 불안감에 자칫 돌아버릴 것만 같았다. 희단이 애원하듯 그의 팔에 매달렸다.

"사실은, 무서웠어요."

"뭐가요? ……내가?"

"아뇨. 무서운 건 나예요. 지형 씨랑…… 처, 처음인데, 딱 한 번뿐이었는데…… 그래도, 그게, 치, 침대에 있다 보면 너무 좋아서…… 내가 무슨 소릴 하는지도 모르겠고, 무슨 짓을 하는지도 모르겠으니까 그게 무서워서."

상상도 하지 못했던 대답에 지형은 자신의 귀를 의심했다.

"뭐라고…… 했어요?"

"그게, 그러니까, 지형 씨가 너무…… 너무 좋고 자, 잘하는 것 같다고요."

직격탄이었다. 척추에서 스파크가 튀는 느낌. 지형은 희단을 와락 끌어안았다. 입맞춤을 퍼붓고, 동그란 얼굴부터 발끝까지 정신없이 어루만졌다. 홀딱 삼키고 싶을 정도로 사랑스러웠다. 그녀로서는 무척 곤란했을 대답을 하느라 홍당무처럼 붉게 물든 얼굴, 기어들어가는 목소리, 촉촉이 젖은 눈가…… 희단의 모든 것이.

몸의 일부가 아플 만큼 팽창한 것을 이를 악물고 참다가, 그녀가 준비가 된 것을 확인하자마자 몸을 겹쳤다. 보드랍고 따뜻하면서도 강하게 그를 죄어오는 느낌에 지형은 낮게 신음했다.

"예뻐, 너무 예뻐요."

정신없이 속삭이며 팔을 잡아 목에 감게 하고 희단을 안아 들자 떨어지면 죽을 것처럼 꽈악 매달려온다. 등을 감아드는 두 손이, 어깨에 올려놓은 작은 턱이, 허리를 감아 조이는 두 다리가 애처롭고도 사랑스럽다. 그는 눈을 질끈 감았다. 뜨겁고도 연약한 이 여린 여자의 온몸을 사납게 물어뜯고 싶은 욕구를 참아내느라.

"지형 씨, 지형 씨, 지형 씨…… 아웃."

아직 젖어 있는 머리카락에서 떨어지는 물방울들이 그녀의 눈물들 같다. 습기 차고 어지러운 공간은 금방 그와 그녀의 신음 소리로 가득 찼다. 희단의 가슴께에서 땀과 물기가 섞인 미묘한 맛을 핥으면서 지형은 그녀의 도톰한 엉덩이를 움직였다.

"좋아요, 희단 씨. 좋아해요, 너무, 아…… 너무 조여요."

아무것도 생각이 나지 않는다. 그저 자신이 안고 있는 이 몸을 절대 놓을 수 없을 것 같다는 느낌뿐. 온몸이 열기로 불타오르고, 그 열기보다 더 뜨겁고 매끄러운 그녀가 그를 빨아들이고 있었다. 달콤하면서도 순수한 그녀의 체향으로 코 안이 꽉 찼다. 그의 단단한 가슴팍과 그녀의 부드러운 가슴이, 모나고 튼튼한 골반과 작고 둥근 골반이 맞닿아 연신 부딪혔다. 살과 살이 마찰하여 미끄러지는 소리가 욕실에 가득했다.

땀이 흘러 흥건한 손을 다시 고쳐잡으며 지형은 다른 한 손으로 희단의 이마를 훔쳤다. 열에 들뜬, 그러나 여전히 깨끗하기 그지없는 까만 눈동자를 들여다보며 그는 속삭였다.

"내가, 좋아요? 마음에, 들어요? 나랑 하고, 있는 거, 싫지, 않죠?"

허리를 움직이는 리듬 때문에 지형의 낮은 음성이 턱턱 끊어졌다.

그렇지 않아도 볼그레하던 희단의 뺨이 금세 벌겋게 달아올랐다.

"아, 아까 말했…… 으읏."

"한 번 더 말해요, 정확하게. 듣고 싶어."

지형의 엄지가 희단의 가슴 꼭대기를 지분거렸다. 도도록하게 솟아오른 유두를 문지르다 멈추고 그는 다시 물었다.

"좋아요?"

"으…… 그게."

희단의 동그란 이마에 주름이 잔뜩 생겼다. 원하던 대답이 얼른 나오지 않자 답답했다. 그는 고개를 숙여 그녀의 가슴을 냉큼 물었다.

"이래도?"

"아읏, 그, 그러지 마……!"

"좋죠?"

"앗…… 조, 좋아요!"

끈질기게 묻던 대답이 나왔으나 어째 만족스럽지가 않다. 왜 꼭 고문을 해야 답이 나온단 말인가. 아까는 붉어진 얼굴로도 그렇게 예쁜 소리를 해놓고서는. 다시 허리를 힘껏 추켜올리며 지형은 재우쳐 물었다.

"얼마만큼?"

"읏, 그, 그런 거…… 어떻게……."

그런데 어째, 할딱할딱 넘어가는 희단을 보고 있으려니 이것도 나름 구미가 당긴다. 아니, 정확히는 허리 아래에 자꾸 힘이 더 들어간다는 게 맞을 것이다. 한결 여유가 생긴, 그리고 그만큼 심술도 더 생긴 지형은 비딱하게 웃었다.

"말 안 하면 나, 오늘 오후도 회사 안 갑니다!"

결국은 지형은 그날 하루를 몽땅 쉬었다. 욕실에서 침대로 장소를 옮겼고, 두어 시간 후 둘은 지친 나머지 그대로 잠이 들고 말았던 것이다.

희단이 적당할 정도의 따뜻한 침대에서 깨어보니 혼자였다. 섭섭한 것 같기도 하고 다행인 것 같기도 한 묘한 기분에 사로잡혀 있다가 그녀는 주위를 둘러보고 깜짝 놀랐다. 방 안이 깨끗하다. 물을 뚝뚝 흘리고 걸어왔고 수건도 마구 어질러져 있었는데. 심지어 침대 시트도 뽀송뽀송한 새 것으로 갈아져 있었다.

이럴 수가. 시계를 보니 두세 시간 정도가 흐른 것 같다. 이 정도면 자신이 쿨쿨 자는 동안에 지형은 거의 쉬지 못했을 터였다. 희단은 매우 미안해졌다가, 모종의 일로 땀이 배었던 몸이 전혀 끈적거리지 않은 것을 깨닫고는 흠칫했다.

"에…… 설마. 아니겠지?"

약간 부은 듯한 얼굴에 열이 확 올랐다. 그가 챙겨놓은 것이 분명한 침대 옆의 면 원피스를 얼른 둘러쓰며 희단은 연신 떠오르는 이런저런 상상들을 마구 쫓았다. 절대 아닐 거야. 신혼 첫날밤에 신부를 위해 물수건을 준비해주는 신랑이 있다지만, 설마 지형 씨가 잠든 나를 이리저리 굴려가며…… 으윽.

생각만 해도 끔찍했다. 이 나이에, 기저귀 갈아주는 아기도 아니고. 더불어 욕실에서의 지형이 했던 언행이 떠올라 그녀는 더더욱 민망해졌다. 겉은 표준 규격 제품처럼 보이더니만 속은 음흉하기가 짝이 없다. 아니면…… 그런 것도 매너일까? 서비스 같은 거?

희단은 겸손하게 손을 앞으로 모아 잡고 호스트처럼 미끈한 웃음을 짓고 있는 지형을 상상하다가 자신도 모르게 고개를 획획 내저었다. 꿈에 볼까 무서웠다. 그나저나 민망한 장면조차 세세한 것까지 다 떠오르는 이 튼튼한 기억력을 가지고 앞으로 어떻게 그의 얼굴을 대할까.

"으아, 도망가고 싶어."

그런 말이 입에서 저절로 튀어나왔다. 좋아하는 남자와 이런 짓, 저런 짓, 요런 짓, 온갖 민망한 짓을 다 해봤으니 기분이 찢어져야 하는 건데 현실은 그렇지 못했다. 아마 몸만 말을 잘 들어주었더라도 정말 도망갔을 거였다. 그게 설사 동네 수퍼나 반찬가게가 될지라도. 그러나 아침보다 더 뻑뻑해진 다리며 허리에 온몸이 다 아파왔다. 원피스 하나 입는 데도 얼마나 끙끙댔는지. 사흘 밤낮을 자갈 짐 지고 공사장에서 구른 기분이었다. 겨우 옷을 걸치고 침대에 걸터앉는데 문이 벌컥 열렸다.

"배고프죠?"

이미 샤워를 마친 것처럼 보이는 지형이 트레이에 반찬과 밥을 얹어 들고 들어왔다. 순간 이불 속으로 뛰어들고 싶었지만 희단은 무심하려 애를 썼다.

"어, 뭘 이런 것까지……. 청소하는 것도 힘들었을 텐데요."

아까는 몰랐던 갈린 듯한 목소리에 제풀에 놀라는데, 지형은 오히려 눈꼬리가 접힌다.

"좋은 일의 대가라면 뭐든 다 감내가 되죠."

트레이를 침대 위에 올려놓는 남자의 태연한 말투 속의 '좋은 일'이 몽땅 떠올라 희단은 풀쩍 뛰어오를 뻔했다.

앗, 기억하지 마. 절대 기억하지 마! 지금 얼굴이라도 붉힌다면 지는 거다. 욕실에서 미끄러진 뒤로는 나는 기억을 잃은 거라고. 레드 썬!

살짝 숙인 목덜미가 오뉴월 볕에 익은 듯 뜨끈뜨끈해 와도 희단은 필사적으로 안 그런 척했다. 역시 침대에 걸터앉아서 밥을 먹는 몹시 멀쩡한 그의 태도가 아니었다면 정말 어색했을 것이다. 줄곧 잤던 처지에 침대서 밥까지 받아먹다니 참 면목이 없는 노릇이었지만 입만 열면 괴이한 비명이 튀어나올 것 같아서 희단은 잠자코 꾸역꾸역 밥만 먹었다.

"맛있어요?"

매우 배가 고픈 듯 이것저것 먹고만 있던 지형이 결국 말을 건네왔다. 순간 입 안에 들었던 음식이 꾹 막혔다. 절대 뱉으면 안 된다는 각오로 간신히 고개만 끄덕이는 그녀에게 그는 흘러내린 머리카락을 자상하게 쓸어올려 주었다.

"많이 먹어요. 희단 씨는 너무 말랐어요. 품에 쏙 들어오는 건 좋은데, 맨살을 만지다 보면 뼈가 드러난 데가 많아서 안타까워요."

이 남자가! 밥상머리에서 못 하는 말이 없어!

"아 할 앙하(나 살 많아)……웃, 푸엑!"

이를 어째! 그 사이를 못 참고 소리치려던 바람에 끝내 입 안에 고여 있는 음식물들이 분사되고 말았다. 잘생긴 그의 얼굴에 덕지덕지 달라붙은 밥알이며 반찬 조각들을 망연히 바라보고 있다가 희단은 퍼뜩 정신이 들었다.

"앗, 정말 미안해요! 얼른 닦아줄……."

"괜찮아요. 앉아 있어요."

일어서려던 희단의 팔을 잡아 앉힌 지형은 티슈를 뽑아와 아무렇지도 않게 자신의 얼굴을 슥슥 닦았다. 그리고는 다시 깨끗한 티슈에 컵의 물을 조금 부어 들고 말했다.

"얼굴 내밀어봐요."

"네?"

그가 한 손으로 자신의 턱을 잡아당긴 다음 볼이며 입가를 닦기 시작해서야 희단은 그녀의 얼굴에도 파편들이 묻어 있을 거란 생각이 떠올랐다. 속상해서 급하게 얼굴을 물리려 했지만, 지형은 손에서 힘을 풀지 않은 채 끝까지 꼼꼼히 닦아준 후 짧게 그녀의 입술을 쪼옥 빨아들이기까지 했다.

"이제 깨끗해요. 밥 먹읍시다."

그러더니, 밥 한 술을 푹 뜨고는 혼잣말처럼 "반찬이 맛있네. 간도 짭짤하니 잘 되어 있고."라고 하더니 그녀의 입술을 뚫어지게 쳐다본다. 안경테 속의 눈이 번득이며 입맛을 다시는데 그 기세가 예사가 아니라 희단은 그만 숟가락을 뚝 떨어뜨렸다.

진짜 미치겠다. 자꾸 자신이 속은 게 아닌가 싶어진다. 이건 매너도 아니고 친절도 아니다! 어째 사람이 하루하루가 다른지, 눈앞의 곰은 초야 치르기 전의 곰돌이 푸나 테디베어 수준과는 천양지차였다. 웅녀가 허물을 벗고 사람이 되었다더니 이놈의 곰족들은 변신이 기본 소양인가 보다. 아니, 변신이 아니라 변태지! 이 변태 곰!

속으로 뜨겁게 울분을 토하느라 바쁜데, 입술가로 숟가락이 쑥 들이밀어졌다.

"배고플 텐데 얼른 먹어요."

연방 입술을 툭툭 건드리는 숟가락에 어쩔 수 없이 입을 벌리고 받아먹었더니 그윽이 바라보는 눈매가 어째 집에서 키우는 닭이나 토끼가 토실토실해지는 상상을 하고 있는 듯하다. 희단은 필사적으로 입 안에 든 두부완자와 밥을 꾹꾹 씹어 삼켰다. 그러지 않으면 '살찌워서 홀랑 잡아먹으려고요?' 하는 질문이 속에서 막 튀어나올 것 같아서.

몇 차례 다시 들이미는 숟가락을 겨우 마다하고 밥을 다 먹고 나자 지형이 당연한 듯 트레이를 들고 일어섰다. 그리고 예사롭게 말했다.

"이제 뭐 하고 싶어요? 참, 저녁에는 나가서 맛있는 거 먹죠."

"외식하게요? 집에 반찬도 많은데. 엇, 지형 씨 회사는 안 가고요?"

묻다가, 아차 하며 입을 막았다. 회사일에 대해 이런저런 잔소리하는 것 싫어했지. 그러나 의외로 지형은 별 내색 않고 답했다.

"어차피 늦었고 지금 나가봐야 별로 일도 못 해요. 그보다, 밖에 나갈 정도는 되죠?"

그의 눈이 은근슬쩍 자신의 몸을 훑었다.

"힘들지 않아요?"

"괜찮아요. 그렇게……."

무심결에 입에 붙은 대답을 하다가, 번쩍이는 눈을 보고는 희단은 대번에 소리쳤다.

"너무 힘들어요!"

'무지무지 쉬고 싶어요! 제발!'이라는 애원을 얼굴에 깔았을 뿐만 아니라 이불을 움켜쥐고 그걸로 슬금슬금 몸을 가리려는 시도까지 하는 그녀를 본 지형이 입술 양쪽을 슬쩍 잡아당겼다. 웃음인지 한숨인지 해석 불가인 표정을 지은 그는 트레이를 들고 방을 나가며 말했다.

"자요. 나중에도 뭘 좀 하려면."

나중에? 뭘 하는데? 상상만 해도 두려운 말이었다. 나가려다 말고 지형은 망연하게 앉아 있는 희단을 보고는 눈썹을 슬쩍 치올렸다.

"잠 안 와요?"

"잘 거예요! 그전에 이 닦아야죠!"

벌떡 일어서려다가 발을 헛디뎌 쿠당탕 넘어졌다. 악 소리가 나도록 아픈 것도 아픈 거지만 개구리마냥 사지를 뻗고 엎어진 것이 부끄러워 죽겠다. 차마 몸을 일으키지 못하고 있는데 지형이 얼른 트레이를 내려놓고 다가와 손을 잡아줬다.

"다치지 않았어요?"

"……다쳤어요, 체면이."

겨우 일어나 앉아 부딪혀 빨개진 무릎을 부루퉁하게 문지르고 있노라니 지형이 와서 흐트러진 이마의 머리칼을 매만져주었다.

"으음, 이러면 안 되는데. 희단 씨는 넘어지는 것도 귀여워요."

목소리가…… 죽음이다. 하긴 언제는 안 그랬나 싶지만, 지금은 말로만 듣던 양단 공단 호박단이 귀 안까지 마구 문질러지는 호사를 치르는 것 같다. 말만 들으면 완전히 상대에게 폭 빠진 남자 아닌가. 그녀는 얼이 반쯤 빠진 얼굴로 지형을 멀거니 쳐다보았다.

이 사람, 정말 왜 이럴까. 그녀더러 말랐다는 소리까지 하더니. 진지하게 '눈에 뭐가 들어갔거나 눈병 초긴가 봐요.' 하고 충고하고 싶었지만 그러기에는 지형의 눈에 어린 저 은근한 웃음이 마음에 걸렸다. 사실은 이 남자가 자신을 좋아하는 게 아닌가 싶기도 하고, 두 번 자고 나니 저러는 걸로 봐서 내게 하늘을 찌르는 색기가 숨겨져 있었던 건가 싶어 으하하하 미친 듯 웃고 싶기도 하고.

둘 다 턱도 없는 망상이지. 그렇게 생각하면서도 희단은 심장이 막 뛰었다. 남자의 무표정한 얼굴 이면을 조금 읽을 수 있게 되니 이런 점이 참, 좋은 건지 나쁜 건지. 그래도 너무 기대는 하지 말자고 그녀는 자신에게 몇 번이고 다짐했다.

"그런 아부 하기에는 지형 씨 표정이 너무 엄숙해요."

새침하게 튕겨주고는 한 번에 발딱 일어서는 데 성공했다. 나름대로 위엄을 갖추고 거만스레 걸어간다고는 했는데, 뒤에서 엉뚱한 말이 들린다.

"희단 씨는 뒤태도 예뻐요. 엉덩이가 그렇게 동글동글하고 탐스러운 줄은 나만 알겠죠?"

아이고머니나. 하마터면 앞으로 고꾸라질 뻔했다. 이거 성희롱이겠지? 희단은 눈에 불을 켜고 뒤를 번뜩 돌아보았다.

"지형 씨!"

"네."

너무나 순순히, 그리고 자연스럽게 답하는 모습에 할 말을 잃었다. 마누라라고 해도 그렇게 희롱하는 거 아니라고 따지려던 말이 쏙 들어갔다.

"희단 씨의 모든 걸 나만 다 알았으면 좋겠어요. 예쁜 것도 슬픈 것도 모두."

희단은 놀랐다. 아깐 표정이 엄숙하다고 놀렸는데, 지금 이건 뭐 눈이 이글이글하니 숯불 같다. 그녀는 침을 꼴깍 삼켰다. 저 표정에 저 대사……. 혹시 저 남자도 자신을?

생각해보니 여러 가지가 의심스럽다. 아무리 신혼이라지만 콩깍지가 씐 연애도 하지 않고 결혼한 처지에는 지나치게 잘해주는 것 같은 것도 그렇고, 미모와는 거리가 먼 자신을 늘 귀엽다 예쁘다 그러고. 무감해 보이는 남자가 상황만 갖춰지면 갑자기 색남으로 변하는 것도 실은 자신이 너무 좋아서?

언감생심, 상상인 줄 안다. 그러나 그만큼 마음은 간질간질해왔다. 혹시 당신, 내가 좋은 거예요? 친절해서 그런 게 아니라 날…… 사랑하는 건가요?

좁디좁은 가슴 안에서 희망이 콩콩 떡방아를 찧었다. 물어보고 싶은데. 물어봐도 될까? 물어도 싫어하지 않을까? 물어보면 대답해줄까?

그러나 소심한 마음은 사실을 확인하기를 주저했다. 아까 욕실에서 희미하게 들렸던 말이 불현듯 떠올라 희단은 속으로 한숨을 쉬었다. 자신은 토끼가 맞나 보다. 엉덩이에 삼겹살이 푸짐한 토끼. 하늘과 땅만큼 차이가 나는 다른 종족을 짝사랑하는 분별없고 마음 약한 동물이었다. 자신을 자각한 그녀는 커다란 잡식동물 앞에 선 조그만 초식동물답게 우회로를 택했다.

"당연하죠. 우린 결혼한 사이잖아요. 뭐든 다 지형 씨에게 말하기로 약속도 했고요."

입으로 손을 가리며 희단은 수줍은 척 호호 웃었다.

"근데 혹시 지형 씨는 나한테 뭐 숨기거나 말하고 싶은 거 있나요? 그래서 그런 말 하는 거예요?"

농담처럼 태연하게 물었지만 속으로는 지형이 무슨 말을 할지 엄청나게 긴장이 되었다. 그런데 그는 잠시 말이 없었다. 참 답답했다.

좋으면 말을 하라고, 말을!

눈을 부릅뜨고 기다렸건만 1, 2분이나 시간이 흐른 다음에 남자가 꺼내놓은 말은 엉뚱한 것이었다.

"그렇죠. 결혼한 사이라……. 나한테는 세상을 통틀어 딱 하나뿐인 관계군요."

눈물이 나도록 실망스러웠다. 반면에 눈물이 나도록 고마운 말이기도 했다. 자신이 세상에 하나밖에 없는 존재, 그의 아내라는 걸 지형이 인정해주었으니. 괜찮다. 희단은 안쪽 입술을 깨물었다.

사랑해주지 않아도 괜찮아. 사랑받지 못해도 내가 사랑하니까. 원래 사랑이란 건 둘이 만드는 거라는데 어차피 둘이 합해서 만들 거, 내가 더 많이 사랑해서 이 사람이 못 해주는 사랑까지 채우면 되지 뭐. 그리고 사랑이 별건가. 이 남자가 나한테 얼마나 잘해주는데.

그런데 눈물이 났다. 입을 움찔거리다 결국 얼굴을 일그러뜨리자 지형이 벌떡 일어나 다가왔다.

"왜 웁니까?"

"어, 엄마 생각이 나서요. 진짜예요. 우리 엄마, 아니 친정어머니는……."

눈물이 나도록 고마운 것과 진짜 눈물이 나는 것과는 다른 건데 왜 이런지 모르겠다. 희단은 연거푸 눈가를 비볐다.

"아버지한테서 한 번도 그런 말 못 들어봤을 거예요. 여자랑 옷은 갈아입으면 되는 거라고 자주 그러셨거든요."

"나는, 그런 말은 안 할 겁니다. 절대로."

친정아버지의 이야기를 해서 그런지 지형의 표정은 굳어 있었다. 그녀는 슬그머니 고개를 돌렸다.

"고마워요."

하지만 당신은 내가 듣고 싶어하는 다른 말도 해주진 않을 거잖아요. 따라나오려던 마음속 혼잣말들을 희단은 꾹 삼켰다. 하지만 원래 잘 안 넘어가는 것을 억지로 삼키려면 튀어나오기 마련인 법이다. 혼자서 먹는 초라한 밥상의, 차게 식은 밥 덩어리들처럼.

"지형 씨, 근데……."

식도로 꾹꾹 채워넣었던 감정들이 쓴물과 함께 울컥울컥 넘어왔다. 견디지 못해 그녀는 두 손으로 얼굴을 감쌌다. 목이 타는 듯 아프다. 도저히 못 견디겠어. 그녀는 어엉, 소리를 내면서 크게 울어버렸다.

"희단 씨!"

"어, 엄마가 보고 싶어요. 우리 엄마…… 나는 이렇게 행복한데."

울음이 펑펑 터졌다. 그의 팔이 망설이지 않고 다가와 힘껏 희단을 안아주었다. 정말이지 행복하다. 이렇게 목놓아 울어본 적이 있었던가. 늘 아픈 엄마 몰래, 싸늘한 아버지와 남동생 몰래 울음소리를 죽이며 화장실이나 뒤쪽 발코니에서 울어야 했다. 이제는 염려해주는 튼튼한 팔 안에서 마구마구 울 수 있다니 정말 문희단 팔자 폈다. 어흑흑.

그녀는 "엄마는 지금도 병실에서 혼자 힘드실 거 아니에요."라는 둥, "원래 여자는 결혼하면 친정엄마가 제일 보고 싶대요."라는 둥 횡설수설을 하는 도중에도 콧물을 그의 팔에 묻혀가며 실컷 울었다. 울기 시작한 것은 다른 이유에서였지만 울다 보니 정말 엄마가 보고 싶기도 했다.

엄마는 바보였다. 이 남자를 사윗감으로 흡족해하던 엄마의 생각이 틀렸으니까. 이 사람은 자신을 사랑하지 않는다. 그런데도 이렇게 친절하다. 아무래도 자신의 맘을 찢어놓으려고 그러나 보다. 나쁜 인간.

"희단 씨, 그렇게 울지 말아요. 내가…… 뭘 해줄까요?"

희단은 자신의 어딘가가 찢어지긴 찢어진 모양이라고 생각했다. 지형의 목소리가 몹시 슬프게 들리니 말이다. 목소리 하나는 죽이게 좋은 남자지만 그가 깊은 감정을 담아 얘기하는 걸 들은 적은 없는데.

"내일이라도 어머님 모셔오도록 해요. 근처 병원으로. 언제든 가서 뵐 수 있게."

"정말요?"

희단은 울다 말고 눈을 번쩍 떴다. 울음이 뚝 끊어지니 좀 부끄럽다. 속셈이 있었던 건 아닌데 꼭 이러려고 운 것 같았다. 그래도 좋았다. 눈물이 그렁그렁한 눈과 금세라도 다시 일그러질 것 같은 입술에 힘을 파팍 주며 그녀는 생각했다. 엄마만 오면 보자. 이 남자 욕을 실컷 해줄 테다.

"그럼요. 그런 생각은 전부터 했지만 말을 안 한 건 혹시 희단 씨가 힘들어지지 않을까 해서예요. 또다시 부모님의 여러 가지 문제를 희단 씨가 짊어질 것 같고."

머리를 감싸고 있던 그의 굵은 손가락들이 가만가만 머리카락을 빗어주었다. 마음 한구석이 은근히 찔리려고 했다. 변신이나 하고, 괜히 희망 고문하는 바보 곰탱이라고 막 일러줄 속셈이었는데.

"힘들지 않아요. 지형 씨한테 미안해서 그렇지."

"음, 희단 씨는 어머님이 그렇게 좋아요?"

지형이 머뭇거리며 물었다. 당연한 말을 왜 물을까 싶다가, 희단은 오랜 병구완에 효자 없다는 말을 떠올렸다. 그의 가슴팍에 기대어 그녀는 가느다란 한숨을 흘렸다.

"우리 어머닌걸요. 날 낳고 키우고, 뭐 이런 것도 중요하지만······ 무엇보다 엄마는 세상에서 유일하게 날 알아주는, 내 편이었어요."

"세상에서 유일한······ 내 편?"

그가 혼잣말하듯이 중얼거렸다. 머리를 쓰다듬던 손가락들이 움직임을 멈추고 제자리를 맴돌았다. 마치 갈 길을 잃은 아이처럼. 그게 왠지 마음에 안되었다.

"그래요. 두 모녀가 늘 큰소리 하나 못 내고 숨죽이고 살았지만 그래도 엄마랑 있으면 참 좋았어요. 장을 보든, 집안일을 하든 언제나 둘이었으니까. 그런데 병이 나 아프다고 해서 엄마가 내 편이 아닌 건 아니잖아요. 혼자서 움직이지도 못하는 사람, 간병하는 게 힘들고 괴롭지 않았다면 거짓말이에요. 하지만 엄마는 우리 엄마니까. 내 엄마니까."

"희단 씨."

그가 희단을 불렀다. 이상하게도 가슴을 죄어오는, 묵직하고도 간절한 목소리로.

"네?"

"이제 희단 씨 편이 하나 더 생겼네요. 난 영원히 희단 씨 남자니까. 그거 잊지 말아요."

"네에······."

"잊으면 안 돼요."

커다란 손이 힘주어 그녀의 뒤통수를 끌어당겼다. 뺨이 두툼한 어깨에 밀착되어 그의 어깻죽지가 남아 있던 눈물로 축축이 젖었다. 그래도 체온이 잘 느껴져 참 따뜻하고 좋다고 희단은 멍하게 생각했다. 쿵쿵거리는 지형의 심장 소리가 규칙적으로 울렸다. 몸과 마음을 흔드는 그 고동소리에 섞여 낮은 목소리가 웅얼웅얼 들려왔다.

"그런데 만약, 만약 말이죠……. 장모님이 나쁜 어머니였으면, 그래도 희단 씨는 장모님에게 잘했을까요?"

# 14

"일찍 출근하셨군요!"

사무실 문을 들어서던 정 과장이 이미 자리에 앉아 있던 지형에게 반갑게 인사를 건넸다. 지형은 들어 올린 책상 유리 아래로 밀어 넣고 있던 오른손을 얼른 잡아뺐다. 그리고 재빨리 회사 정보망이 떠 있는 모니터를 보고 있던 척했다.

"어제 결근했으니까요. 정 과장님도 일찍 오셨군요."

지형이 천천히 고개를 돌리며 미소를 짓자 정 과장은 얼떨떨한 표정이 되었다. 뭔가 못 볼 걸 본 얼굴이다. 예를 들면 대낮의 허깨비 같은.

"아, 예. 몸은 어떻게, 완전히 회복되신 모양입니다."

"죄송합니다. 일이 바빴을 텐데."

사과라고는 해도 일상적인 인사에 불과하다. 그런데도 책상 앞에 앉던 정 과장은 이상한 말을 들은 양 조심스레 지형의 얼굴을 살폈다. 그리고 그런 정 과장의 태도는, 지형이 직접 커피를 두 잔 타서 그 한 잔을 책상에 놓아주자 한층 더 놀란 것으로 변했다. 입을 멍하게 벌리고 자신을 바라보는 정 과장에게 지형은 물었다.

"혹시 녹차 취향이셨던가요? 아니면 아직 빈속이시라든가."

"아, 아뇨! 그렇지 않습니다. 감사합니다."

뒤늦게 종이컵을 급히 집어든 정 과장은 커피를 한 모금 마시고 나서야 정상적인 낯빛으로 되돌아왔다.

"이야, 팀장님께서 타주신 커피 마셨다고 오늘 자랑해야겠습니다."

"제가 그렇게 황제암 말기 환자처럼 굴었습니까?"

정말 궁금해서 물어본 건데, 정 과장은 마시던 커피를 쿨럭, 하고 다시 종이컵에 뱉어냈다.

"쿽!"

실로 난감한 기색이 드러나 있는 선량한 얼굴이 왠지 그가 잘 알고 있는 여자의 동그란 얼굴과 겹쳐져 보였다. 그는 조금 즐거워졌다. 어쩌면 세상에는 의외로 토끼족들이 많은지도 모르겠다는 생각이 들었다. 사레가 들렸는지 컵을 내려놓고 기침을 하고 있는 정 과장의 눈을 피해 지형은 컵을 자신의 것과 슬쩍 바꿔놓았다. 사람이 소도 아닌데 되새김질을 하는 건 안 좋다. 그리고 자신은 커피를 그렇게 좋아하는 것도 아니었다.

"아니, 제가 그런 뜻으로 말씀드린 건 아니고."

곤란한 얼굴로 변명하는 정 과장을 향해 지형은 손을 내저었다.

"괜찮습니다. 그런 뜻이면 또 어떻습니까. 편하게 커피 드세요."

"권위적이진 않으신데요. 손수 커피를 타주시는 게 좀 황송한 느낌이 들어서……."

"무슨 황송씩이나요. 실은 제가 궁금한 것이 있어서 뇌물 겸 타드린 겁니다."

"예? 뇌물이요? 하하하하…… 팀장님 오늘 기분 좋으신가 봅니다. 농담도 잘하시고."

흔치 않은 지형의 농담 때문인지 아니면 부드러운 분위기 때문인지 정 과장은 한결 안심하는 눈치로 웃으며 다시 컵을 기울였다. 역시 컵을 바꿔놓기를 잘했다는 생각이 든다. 그는 한결 가벼운 마음으로 물었다.

"그런데 혼인신고는 어디서, 어떻게 하는 겁니까?"

"호, 혼인신고요?!"

정 과장은 마셨던 그 커피를 또다시 울컥 토해냈다. 이번에는 책상 위에다가. 좋은 사람이긴 하지만 이제 같이 커피는 못 마실 것 같다는 생각이 들었다. 급하게 파일과 몇 가지 서류를 치우면서 연신 "죄송합니다."를 연발하던 정 과장은 책상 위에서 갈색 얼룩이 지워졌을 무렵에야 이마를 손등으로 닦으며 얼굴을 들었다.

"아, 전에 사귀신다는 그 여자분과 혼인신고부터 하기로 결정하셨나 봅니다. 조만간에 저희 팀원들 국수 먹겠군요. 축하 말씀 드립니다."

신고부터 한다는 말은 사실과는 달랐지만, 지형은 "감사합니다."라고 말했다. 결혼식에는 초대를 못 했지만 조만간 집들이를 겸해서 뷔페 같은 곳을 예약하는 것도 좋겠다는 생각도 잠시 떠올랐다.

"생각보다는 간단합니다. 서류만 제출하면 되는걸요. 일단 필요한 서류가 신고서. 이건 관공서에 가서 서식을 구하시고, 음……"

"그리고 두 사람의 신분증. 아, 그리고 양쪽의 본관과 본적지—이건 요즘은 등록기준지라고 하더군요—를 알아가야 할 거고요." 하고 중얼거리며 메모지에 내용을 쓰고 나서 정 과장이 팔락거리는 종이를 내밀었다.

"다들 놀라기도 하겠지만 많이 섭섭해하겠는걸요. 특히 여직원들이. 그나저나 식은 언제쯤 예정이십니까?"

이제 싱글벙글 웃는 얼굴이 되어 묻는 정 과장에게 '식은 벌써 올렸습니다.' 하고 말할 수는 없는 일이라 그는 잠자코 종이만 받아들었다. 간단하다는 설명에 걸맞게 신고에 필요한 준비물 역시 간단했다. 혼인신고서, 양쪽의 신분증, 도장.

"서류 제출 후에 처리 기간이 얼마나 될까요?"

"그거야 업무 처리 속도에 달린 거겠지만 요즘은 기본적으로 전산 처리를 하니까 며칠 안 걸릴 겁니다."

그 정도라면 즉시나 마찬가지였다. 그는 종이를 톡톡 두드렸다. 이대로라면 역시 파양에 관한 얘기를 먼저 시작해야 할 듯싶었다. 잠시라도 희단을 남이나 마찬가지인 숙부와 하나의 서류에 오르게 두고 싶지는 않다. 재완의 언급으로, 자신이 숙부의 친자로 신고가 되었더라도 판례를 따진다면 법률상 양자가 되니 파양 절차가 필요하다는 사실을 그는 알고 있었다. 저쪽을 압박해 협의 파양이 가능하다면 좋겠지만 그렇지 않을 경우 추악한 과거사를 뒤집어야 한다.

지형의 미간이 미미하게 찡그려졌다. 진흙탕 속을 헤엄치기는 싫지만 얼마나 치열하게 덤비느냐에 따라 기간이 터무니없이 길어질 수도, 반대로 아주 짧아질 수도 있을 것이다.

"날짜만 알려주시면 빠지는 사람 없이 다들 참석할 겁니다."

잔뜩 흥미를 담은 눈으로 대답을 기다리는 정 과장을 지형은 덤덤한 표정으로 바라보았다.

"식은 좀더 있어야 할 것 같습니다. 집안 어른들께 알리는 게 먼저라서요."

정 과장의 눈이 둥그레졌다. "어어, 그럼 여태 어르신들은……."이라며 말을 더듬는 부하 직원에게 그는 태연하게 말했다.

"먼저 사고를 쳤거든요. 그래서 신고부터 해놔야 할 상황이 됐습니다."

"사고요? 팀장님께서요?"

정 과장이 못 믿겠다는 표정이 되어 입을 딱 벌렸다.

"사랑은 몸으로 보여주라면서요? 정 과장님께서요."

반 농담으로 말했더니 정 과장의 얼굴이 해쓱해졌다.

"아, 아니 그건 그런 뜻으로 드린 말씀이 아닌데……."

"그래도 도움이 되었습니다."

가볍게 고개를 숙이고는 다시 제자리로 돌아가는 지형의 뒤에서, "어휴, 집안 어른들께서 화 많이 내시겠는데요……."라고 맥없이 중얼거리는 정 과장의 목소리가 들렸다. 정 과장이 생각하는 집안 어른이란 사주(社主)인 외숙을 뜻하는 것이겠지만 어쩐지 상황과 맞아떨어지는 소리 같아서 지형은 픽 웃었다.

모르긴 몰라도, 이 사실이 전해지면 숙부와 숙모는 가만 있지 않을 것이다. 전화기는 불이 날 테고, 그것은 자신의 전화뿐만 아니라 외숙부님 댁도 마찬가지일 것이다. 외숙부님께야 무척 죄송하지만 어느 정도는 버텨주시겠지 싶었다. 그분들이야말로 희단을 제외하자면 유일한 자신의 가족이니까.

"가족……?"

자신이 방금 떠올린 단어를 깨닫고 지형은 조금 놀랐다. 며칠 전까지는 전혀 인정하지 못했던 감정이다. 그러나 곧 그 입가에는 희미한 미소가 떠올랐다. 그랬다. 부모가 곁에 있지 않더라도 자신에게는 또 다른 가족이 있다. 왜 지금껏 몰랐을까. 꼭 낳고 기르고 오랫동안 함께 살아야만 가족이 아닌 것을.

그것을 알게 해준 것은 희단이다. 그는 가만히 왼쪽 가슴께에 손을 올려보았다. 겹겹이 입은 양복의 질감 위로 심장의 맥박이 느껴지는 듯했다. 고마워. 내 차가운 갈비뼈 아래 더운 피가 흐르게 해줘서. 제대로 싸울 용기를 줘서.

그러니까, 이제 허울만 좋은 거짓 가족들은 마음에서 몰아내 버려도 좋을 때였다. 자신도, 희단도. 자리로 돌아간 지형은 몇 군데 전화를 한 다음 얻어낸 한 번호를 눌렀다.

"여보세요, 거기 명일 유학원입니까?"

행동은 빠르면 빠를수록 좋다.

"유학 과정을 좀 알아보려고 합니다만. ……아뇨, 고등학생은 아니고 이미 성인입니다. ……네. 건너갈 사람은 두 사람이고요. 그중 한 사람만 유학 목적이에요. ……그렇죠."

유학원에 이어 동창 재완에게도 전화를 걸었다. 이제는 모은 서류들을 써먹어야 할 때가 온 것 같다고 하자 친구는 한숨을 내쉬었다. 걱정스러운, 그러나 그만큼의 각오에 약간의 안도감마저 어린 한숨이었다. 조만간 서울에 한번 올라와야 하지 않겠느냐는 재완의 물음에 그는 그렇지 않아도 소개해줄 사람이 있다는 말로 긍정의 대답을 대신했다.

연이은 통화를 마치고 나서 이번에는 사는 주소지의 동사무소 번호를 눌렀다. 여태 끝내지 않았던 희단의 주민등록 이전을 위해서였다. 애초에는 희단의 거주지를 외숙의 집으로 해놓을 생각이었지만 지금은 생각이 바뀌었다. 아직 혼인신고를 하지 않았으니 예전 외숙의 집에 머무를 때의 그 자신처럼 그녀는 지형과 '법적으로는 타인' 이겠지만, 그래도 같은 주소의 같은 집에서 살고 있다는 것을 명확히 하고 싶었다. 그들은 이미 가족이었으니까.

동사무소의 직원에게서 희단의 주민등록증과 도장이 필요하다는 사실을 확인하고, 그는 잠깐 점심시간에 짬을 내어 가보기로 했다. 종료 버튼을 누르고 휴대전화를 안주머니 속에 집어넣으면서 지형은 차게 눈을 빛냈다.

이 일은 반쯤은 선전포고와도 같았다. 오래된 고가(古家)를 성벽처럼 두르고 고향에 눌러앉아 있는 저 늙었지만 흉포한 호랑이가 떠올랐다. 그 영감은 어떻게 반응할까? 주위의 어떤 사람도, 사소한 물건 하나마저도 자신이 원하는 위치에 있지 않으면 용서가 안 되는 민 회장임을 누구보다도 잘 알고 있는 지형은 한동안 숨을 멈추고 마음을 가다듬었다.

그래도 한다. 해야 했다. 너무 오래 묵어 독이 된 몸속의 증오심을 내려놓고 제대로 된 삶을 살기 위해, 사랑하는 여자와 제대로 된 가족을 이루고 살기 위해서. 지형은 다부지게 다문 입술에 꾸욱 힘을 주었다. 자신은 결코 어머니라고 불러야 했을 어떤 여자처럼 지켜야 할 것을 버리지는 않을 거였다.

"저기, 팀장님! 죄송하지만 어제 결재 못 하신 건 중에 연구실장님 출장 건은 좀 급하게 봐주셔야겠습니다만."

"아 예, 대충 다 봤습니다."

정 과장의 요청에 버릇처럼 마우스로 향하던 오른손이 책상의

한 지점에서 문득 멈추었다. 오늘 아침 출근하자마자 키보드 밑 책상 유리 아래에 깔아놓은 희단의 사진이 그 손끝에 닿아 있었다. 그녀의 동그란 얼굴 윤곽과 까만 눈동자를 손가락으로 따라 그려보며 그는 가만히 중얼거렸다.

"우리 토끼 마나님, 벌써 보고 싶어 퇴근시간까지 어쩌지."


희단은 마지막으로 다림질을 하던 와이셔츠의 소맷단을 다리미로 꼼꼼히 누르고 난 후 코드를 뽑았다. 그런 다음 다리미판에 손수건을 몇 장 올려놓았다. 식지 않은 다리미의 남은 열로 손수건을 다리려는 것이다.

"그런데 만약, 만약 말이죠……. 장모님이 나쁜 어머니였으면, 그래도 희단 씨는 장모님에게 잘했을까요?"

좌우로 팔을 움직이는 기계적인 동작을 반복하면서 그녀는 어제 했던 지형의 발언을 다시금 떠올려보았다. 벌써 연 이틀째 같은 생각만 하고 있었지만, 그래도 여전히 머리는 복잡하다. 저때 자신은 뭐라고 물었던가.

"나쁜 어머니라뇨? 밥 안 주고 힘든 일만 시키며 구박하는, 팥쥐 엄마 같은 사람요?"

지금 생각해도 참 어린애 같은 반문이었지만 그걸 듣는 지형의 얼굴은 전혀 그렇지 않았다. 어색한 마음에 안겨 있던 팔을 풀자, 보는 사람이 당황할 정도로 쓸쓸한 표정을 하고서 그는 말했다.

"아뇨. 그런 사람들보다 더 나쁜 어머니요. 자식을 버리는 사람들."


"자식을 버리는…… 엄마요?"

그 말을 듣자 지형이 뭔가를 알고 하는 말만 같아서 가슴이 덜컹했다. 설마 아버지가 그런 일까지 말했을까. 아니 어쩌면 아버지라서 손쉽게 입밖에 내었을지도 모른다. 술을 드셨을 때는 안주 삼아 종종 씹으시던 얘기니까. 하지만 그건 그냥…… 사고였잖아. 나는 아무것도 모르던 어린애였는데.

입술을 씹으며 고민하던 것도 잠시, 희단은 사실을 말하기로 마음먹었다. 어차피 그에게는 아무것도 숨기지 않기로 약속했지 않은가. 아니, 다 핑계였다. 정말은 그가 실망할까 봐 두려웠다. 지금은 그저 친아버지나 친동생에게도 대접 못 받는 불쌍하고 초라한 여자였지만, 나중에 아버지의 입에서 자세한 얘기를 듣게 될 때 자신이 그에게조차 불길하고 기분 나쁜 여자가 될까 봐 조금이라도 변명을 하고 싶었다.

그래서 희단은 말했다. 아버지가 남달리 그녀와 어머니를 차갑게 대한 이유를. 자신 때문에 두 번째 남동생이 죽었다는 것을.

그것은 그녀가 갓 네 살이 되었을 때의 일이었다. 문제의 발단은 희단과 희경 남매가 쑥쑥 잘 크는 아이가 아니고 제법 성격이 까다롭기까지 하다는 데서 시작되었다. 두 살 차이라 해도 해 끝에 태어난 희단과 연초에 태어난 희경은 연년생이나 마찬가지였는데, 아직 아기 티가 나는 두 남매를 몸이 약한 어머니가 한꺼번에 돌보기에는 몹시 힘이 부쳤던 것이다. 게다가 새로 임신까지 한 이후로는 더욱 그랬다.

그러던 차에 먼 친척이 되는 집에서 희단을 데려가 키우고 싶다는 청이 들어왔다. 그쪽도 손이 귀한 집안이었고 내외가 마흔이 넘도록 아이가 없었는데, 위로 누나가 있어야 아이가 태어난다는 점괘를 받았다는 것이었다. 퇴근해도 늘 난장판이 되어 있는 집안과 부실한 식탁, 피곤에 찌든 아내에 못내 짜증을 내던 희단의 부친은 쉽사리 어린 그녀를 시골로 보내기로 결정했다. 남달리 첫아들을 바라던 아버지의 소망에도 불구하고 첫딸을 낳아 아버지를 실망시켰던 어머니는 그 어떤 이견도 말할 수가 없었다.

"그때 나는 굉장히 성격이 나빴대요. 어린 게 장난 아니게 화가 났었나 봐요. 동생은 집에 부모님들과 함께 있는데 나만 버려졌다는 생각도 들었을 거고. 그래서 내내 울고 밥도 안 먹고, 그 소식을 들어서 넉 달 만에 기차 타고 버스 타고도 또 20리 길을 걸어 아버지 몰래 시골로 찾아온 엄마에게 막 덤벼들었다네요."

희단은 쓸쓸하게 중얼거렸다. 그런 일 지금은 하나도 기억 안 나는데, 하고. 어머니는 임신 7개월이었는데도 그녀를 안아 들다가 몸부림치는 희단의 발길질에 배를 차였다. 충격은 심하지 않았지만 중심을 잃은 탓에 비틀거리다 넘어지는 바람에 하혈을 했다. 20년도 더 전의, 119도 없고 지금처럼 집집마다 차가 있는 시절도 아니었던 시골에서는 밤늦게 일어난 사고에 택시를 기다리는 수밖에 없었다고 했다. 그리고 석 달이나 빨리 태어난 남동생은 결국 울음 한 번 터뜨리지 못한 채 그대로 묻혔다.

"하지만 사흘 만에 퇴원한 엄마는 바로 나를 데리러 왔대요. 그렇지 않아도 그 집 부인이 태기가 있어서 그런 짓을 한 나를 꺼리기도 했고, 무엇보다 엄마가 애를 남의 집에 버린 죄로 자식 하나를 잃었는데 또 하나를 잃을 수는 없다고 고집을 부리셨다고 했어요. 그것 때문에 나는 생때같은 남동생 죽이고 그 자리 꿰어찬 나쁜 계집애가 되었고, 엄마는 쓸데없는 짓 하다가 아들자식 죽인 모진 여자가 되어버렸지만……"

"그래도 우리 엄만 무지무지 착한 딸 새로 얻은 셈이니까, 또 나는 늘 나한테 미안해하고 편들어주는 엄마를 갖게 되었으니까 그리 모자란 셈속은 아니지요." 하고 희단은 조금 웃었다.

　그러자 지형은 이해할 수 없다는 듯, 먹먹한 그런 표정을 지었다. 희단은 그가 친정엄마에 대해 나쁜 인상을 받았을지도 모른다는 생각이 퍼뜩 들었다. 어떡해. 그녀는 순식간에 울상이 되었다. 생각이 바뀌었으니 엄마를 못 모시고 오겠다고 하면…….

　"저기, 사실 엄마가 나를 내버리고 싶어서 그랬던 것도 아니고 너무 힘들었던 건데. 지형 씨도 아시다시피 친정아버지 성격도 장난이 아니시잖아요."

　"그러니까…… 그때 힘든 상황 때문에 장모님도 희단 씨를 버렸다고 말하는 건가요?"

　"아뇨! 그건 아니죠! 말했잖아요? 엄마는 엄마대로 사정이 있었던 거라고! 몸도 안 좋고, 무엇보다 가장인 아버지가 날 보내자고 하니까……."

　황급히 대답한 말에 어쩐지 지형의 얼굴이 사뭇 차가워진다.

　"그래도 어머니 아닙니까? 열 달 동안 배에 넣고 있다가 다만 얼마간이라도 키운 자식인데, 어머니라면 낳고 기른 자기 자식을 어떻게든 책임져야 하는 것 아니에요?"

　"엄마도 사람이에요! 그리고 우리 엄마가 자기 살자고 날 버린 건 아니잖아요!"

　그녀는 부르짖었다.

　"희단 씨가 굳이 장모님의 일을 변명할 필요는 없습니다."

　"알았어요!"

　끝까지 냉랭한 얼굴로 엄마를 공격하는 지형을 보고 희단은 화가 머리 끝까지 치솟았다. 순전히 그래서였다. 턱도 아닌 말을 새파랗게 쏘아댄 건.

"나도 그럴게요! 지형 씨 말대로 할 거예요! 애가 하나가 아니라 둘이 들어서서 배는 천근만근에다 다리에 시퍼렇게 임신 독이 오르고, 피골이 상접해서 죽을 둥 살 둥 해도 절대 내 애는 다른 사람한테 안 맡길게요! 엄마는, 애 가진 여자는 사람이 아니라 부처님 반 토막이라도 되어야 하니까!"

"난 그런 얘기를 하는 게 아니라……."

"뭐가 아니에요? 아무리 힘들어도 애는 엄마 손에서 커야 한다면서요? 형편이 좋아지면 곧 찾아올 거라고 아무리 굳게 마음먹어도 그건 다 자기 살자고 하는 변명이잖아요, 그렇죠? 지형 씨도 그렇게 말할 거죠? 걸어가다가 폭삭 고꾸라지는 한이 있어도 애 손은 놓지 말아야 한다고!"

"내가 어머니를…… 그런 식으로 생각한 건 아닌데."

지형의 얼굴에서 핏기가 가셨다. 그가 희게 질려가는 얼굴을 두 손으로 덮고 문질렀지만 흥분한 희단은 알아차리지 못했다.

"네가 길바닥에서 고꾸라져도 애 손은 잡고 와야 해!"

그건 아버지에게 들은 소리였다. 아홉 살, 열이 있어 조퇴한 그녀에게 유치원에서 돌아오는 희경을 마중해오라며 아버지는 그렇게 소리쳤다. "네 동생인데 그럼 누가 돌봐!"라고. 비록 줄줄 울면서 다녀오긴 했지만 그때는 마땅히 누나로서 해야 하는 일이라고 생각했고 그 이후로도 말씀이 너무 심했다는 생각만 했는데, 어째 지금은 그 아버지의 명령이 아주 잘못된 것만 같았다.

왜 나만, 엄마만 그래야 해? 왜 항상 다른 사람을 책임지고, 돌봐주고 희생해야 해? 착한 딸이니까? 애초부터 얌전하고 다소곳해야 할 여자로 태어났으니까?

지형이 그런 뜻으로 말한 것이 아니라는 것을 알고 있었다. 그렇지만 화가 났다. 아무리 노력하고 노력해도 끝이 없는 삶. 주고 또 주어도 더 내어달라고 벌리는 손들. 뜨끈한 눈물이 다시 뺨 위로 흘러내렸다.

나도, 나도 주저앉아 쉬고 싶고, 나도 무거운 어깨를 기대고 싶어!

희단은 아주 오래전부터 자신의 마음속 한구석에서 그렇게 외치고 있었다는 것을 깨달았다.

"희단 씨……."

훌쩍거리는 자신의 울음소리 사이로 지형이 조용히 불렀다. 그 목소리를 들으면서 희단은 눈물이 울컥울컥 솟아나는 중에도 생각이란 걸 했다.

당신도 그럴까? 난 당신을 사랑하는데 당신은 날 사랑하지 않으니 언젠가는 내게 잔인한 요구만을 들이댈까? 당신한테는 내가 한낱 가정부나 같이 사는 잠자리 상대, 그리고 애를 낳고 키워주는 그런 사람에 지나지 않는 걸까?

"그런 거 아니에요."

마치 그녀의 질문을 알아들은 것처럼 손이 뻗어왔다.

"정말 아닙니다."

그녀의 얼굴을 따뜻한 두 손이 감싸고, 조용한 음성이 머리 위에서 속삭였다.

"그래요, 모르는 상황에 대해서는 그 누구도 매도해서는 안 되는 거지요. 그게 가족의 경우라면 더더욱. 내가 잘못 생각했어요. 미안해요."

이마에 부드럽고 촉촉한 온기가 와 닿았다.

"약속할게요. 희단 씨에게 힘들고 불행한 상황을 만들거나 탓을 하는 일은 절대 없을 거예요. 설사 우리에게 그런 일이 생긴다 하더라도 혼자서 짐을 짊어지라고 하지는 않습니다. 전부 다 나랑 같이 하면 돼요. 그러기 위해서 희단 씨하고 결혼한 거니까. 누구보다도, 세상의 다른 어떤 사람보다도 희단 씨가 소중해요. 지금도, 앞으로도 주욱."

입술을 그녀의 이마에 묻은 채 지형은 희단의 머리를 쓰다듬어주었다. 그 세심한 손길에 들끓던 가슴이 천천히 잦아들었다.

"그런 말 들으니까 되게 쑥스럽네요."

콧물을 훌쩍이며 그녀는 작게 중얼거렸다. 사실은 부끄럽다. 진짜 부끄러웠다. 지형 씨는 아버지와는 전혀 다른 사람인데 왜 그랬을까. 커서는 착해졌다고 생각하고 있었지만 아무래도 이 성급하고 못된 성질머리는 자신 속에 그대로 잠자고 있었던 모양이다.

"정말 미안해요. 울려서 미안하고, 내 위주로만 생각해서 미안하고, 또…… 아무튼 여러 가지로."

진지한 어조는 꽤나 자책감이 어려 있어서 희단은 가슴이 절로 뭉클했다. 그녀는 부러 부루퉁하게 중얼거렸다. 딱히 잘못한 것도 없구먼 뭘 그리 심각하담. 울면서 어린 시절의 죄과를 고백했더니 남편이란 남자는 미안하단 소리나 하고, 이거 완전 오늘 '고백과 회개의 장'이 열린 거야? 손 모아 잡고 찬송가라도 불러야 해?

입을 비죽거리다 말고 희단은 두 손을 올렸다. "내가 앞으로 잘할게요, 틀린 건 다 고치고. 희단 씨 절대 울리지도 않을 거예요."라고 되풀이해 말하는 이 귀여운 곰탱이 남편의 귀를 재빨리 잡아당겨 내린 그녀는 작게 속삭였다.

"말로만요?"


아윽, 내가 그때 잠시 미쳤었지 정말!

그 뒤로 자연스럽게 이어졌던 일련의 행동들을 떠올리면서 희단은 얼굴이 새빨개졌다. 욕실에서는 지형의 페이스에 넘어가서 그랬다 치더라도 그땐 또 도대체 무슨 정신으로 저녁까지 굶고 침대에서…… 아이, 몰라!

자신도 모르게 허둥거리다 하마터면 아직도 식지 않은 다리미에 손을 댈 뻔했다. 그러나 희단은 곧 정신을 차렸다. 굳이 그제의 일을 회상하고 있었던 것은 그 떠올리기도 민망한 장면들 때문에 그런 게 아니었다. 그때는 별 생각이 없었지만 뒤에 가서 돌이켜보니 아무래도 지형의 발언이 수상했던 거다. 장모님이 나쁜 어머니였으면 어떻게 했겠느냐니. 게다가 그 나쁜 어머니란 게 '자식을 버리는 어머니'라는 뜻이라고?

반듯하게 편 손수건들을 착착 개면서 그녀는 연신 고개를 갸웃거렸다. 위태롭게 기운 불안감이 머리를 스치고 지나갔다. 지형이 언급한 건 그녀와 친정엄마의 얘기가 아닐지도 몰랐다. 어쩌면…….

삐리리리릿. 삐리리리리릿.

희단의 복잡한 심경을 찌르기라도 하듯 날카로운 전화벨 소리가 울렸다. 한 손에 손수건, 다른 손에는 와이셔츠가 걸린 옷걸이를 가득 들고 일어서던 희단은 서둘러 벽장이 있는 방으로 뛰어들어갔다. 급하게 옷걸이들을 대충 걸어놓고 다시 헐레벌떡 거실로 돌아오니 전화는 그녀를 기다리기라도 한 양 끈질기게 몸을 울려대고 있었다.

"으응?"

수화기로 손을 내밀던 희단은 잠시 머뭇거렸다. 액정에 뜬 번호는 낯선 것이었다. 분명한 건 휴대전화라는 것뿐인데 이걸 받아도 될까 하는 의심이 들었다. 사기 전화나 보이스피싱 같은 건 아닐까.

몇 초를 주춤거리는 사이 전화는 끊어져 버렸다. 어쩐지 오히려 다행이다 싶은 기분이 들었다. 가벼워진 마음으로 다리미와 다리미판을 정리하는데 그녀의 등 뒤에서 다시 벨이 울렸다. 역시 같은 번호였다.

"여보세요?"

안 받고 버티기도 뭣해서 들어 올린 수화기에서는 침묵만 흘렀다. 희단은 삽시간에 기분이 나빠졌다.

"여보세요? 여보세요? 뭐야, 장난 전환가?"

일부러 커다랗게 얘기하며 끊으려는 순간, 저쪽에서 말을 건네 왔다.

- 아가씨가 문희단이란 사람인가요? 지형이랑 사는?

"누구…… 시죠?"

희단의 얼굴이 창백해졌다. 상대가 쓰는 말투의 무례함보다 더 짙게 깔린 어떤 불길함 때문에.


부산시에서 창원시로의 퇴, 입원 수속은 양쪽 병원에 미리 대충의 절차를 밟아놓은 터라 그리 시간이 걸리지 않았다. 희단의 모친은 병원을 옮기는 데 대해 처음에는 다소 의아해하는 눈치였으나 희단이 늘 가까이서 모시고 싶어한다고, 아내에게 깜짝 선물을 해주려 그런다는 지형의 말에 도리어 만면에 고마운 빛을 띠었다.

그러고 나자마자 오후에 바로 전화가 왔다.

- 자네 지금 어딘가? 아니, 그건 둘째 치고, 희단 에미를 대체 어디로 데리고 간 게야?

노여움으로 떨리는 경국의 목소리에 지형은 웬일로 장인이 장모의 퇴원을 즉각 알아차렸나 싶었다. 저번에 쫓겨나듯 그의 집에서 물러난 이후 촉각이라도 곤두세우고 있었나 보다. 늦은 점심을 먹고 업무에 바쁘던 때여서, 그리고 별로 친절히 받을 이유도 없는 전화라 지형은 냉랭하게 응했다.

"근처 병원으로 옮긴 겁니다. 희단 씨가 장모님을 곁에서 돌보고 싶어해서요. 장인어른이나 처남에게도 그게 더 편할 텐데요."

— 아무리 그래도 우리한테 아무런 말도 없이 이러는 법이 어디 있나! 내 안사람이고 희경이 엄마야! 출가외인인 딸자식보다는 우리가 훨씬 가까운 피붙이건만!

그래서 그 피붙이의 병실에 지금껏 몇 번이나 찾아가보셨습니까. 지형은 혀를 가볍게 한 번 차고서는 말을 돌렸다.

"그래도 보통 어머니 생각은 딸자식들이 더하니까요. 그건 그렇고, 처남은 가을에는 복학한다던가요?"

희경의 얘기를 하자 금세 말투가 수그러든다.

— 글쎄…… 그것이, 학비며 생활비도 수월찮게 들고. 아무래도 집에 희단이가 없으니까 말일세. 반찬 같은 것도 변변히 못 부쳐줄 테니 자취 말고 하숙으로 옮겨야 할 것 같은데 그러자면 또 가욋돈이…….

"처남, 미국으로 유학 보내는 건 어떠십니까?"

단도직입적으로 묻자 수화기 저쪽에서는 잠시 침묵이 흘렀다. 놀란 나머지 말을 잃은 것 같았다.

— 어, 그, 그러면 우리야 좋지만 학비가 만만치 않을 텐데…….

한참 만에 나온 대답은 떨렸지만 기쁨에 차 있었다.

"국내 학비도 마찬가지입니다. 처남 재주도 아깝고요. 학비야 아주 풍족하지는 못해도 제가 어느 정도는 부담할 수 있습니다."

- 하하하…… 고마운 말이네. 하기야 희경이가 외국 어디에 나가도 꿀릴 애는 아니지. 그렇지만 정말 그래도 괜찮을까? 아는 사람 하나 없는 타지에 혼자 보내는 것도 마음이 쓰여서…….

"혼자 보내다뇨? 그건 아닙니다."

장인이 입에 발린 치레로 사양하는 척하는 말꼬리를 지형은 재빨리 낚아챘다.

"장인어른께서 같이 가셔야죠."

- 아니, 나까지 뭐 하러……. 희경이 혼자면 기숙사 같은 데 들어갈 수도 있을 텐데 나까지 가면 집이 따로 있어야잖나. 또 먹는 입이 둘이면 식비도 많이 들 테고.

말이야 그렇지만 진심이 담겼는지 아닌지는 쉽게 알 수 있었다. 그러나 지형은 "장인어른도 이 기회에 외국 생활도 해보셔야죠."라며 가볍게 넘겼다. 유학원 전화번호까지 알려주며 일단 수속을 밟고 있다고 했더니 좋아서 어쩔 줄 모르는 눈치였다. 그래도 전화 말미에는 끝까지 "하나뿐인 처남이 잘 되는 게 자네도 잘 되는 길인 건 맞지."라며 턱도 아닌 소리를 늘어놓는다.

전화를 끊고 나서 지형은 굳어 있던 입가를 느슨하게 풀었다. 일단 내보내는 것은 별 문제가 없을 듯하다. 혹시 약간이라도 의심하지 않을까 했는데 전혀 아니었다. 실제로 입학한다고 해도 올 가을 학기부터지만, 그전에 말이라도 좀더 익히라는 핑계를 대서 일찌감치 보내버릴 생각이었다. 그러면 이제 남은 건…….

본가의 얼굴들을 떠올리니 미간에 힘이 들어갔다. 희단의 주소를 옮긴 것이 어제이니 숙부 내외라면 며칠 안에 알게 될 것이다. 늘 눈에 가시 같던 조카가 더 망가져서 여자와 그렇고 그런 동거에라도 들어갔다고 생각해주면 두어 달이라도 버는 것인데. 하지만 거기에 대해 상상을 하다 보니 은근히 기분이 나빠졌다.

희단은, '그렇고 그런 상대'가 아니다. 결혼을 처음 마음먹었을 때와는 달리 지금은 잠시라도 그런 시각에 그녀를 노출시키기 싫었다. 아니, 누군가 희단을 그렇게 상상한다는 것만으로도 분노가 치밀었다. 그러면 역시 정면으로 부딪치는 게 나으려나? 그 와중에서 얼마나 희단을 보호할 수 있을까? 지형은 곰곰이 생각에 잠겼다.

주민등록에 여자가 올라 있다는 사실을 알고 본가 쪽에서 수상하다고 여기게 되면 얼마 전의 비밀 결혼을 추적해내는 건 금세였다. 신랑 쪽 하객은 거의 없다시피 했고 나름대로 모두에게 입단속을 부탁했지만…….

삐리리리리리.

휴대전화의 벨 소리가 그의 상념을 방해했다. 혹시 재완이거나 재판과 관련해 전화가 온 것이 아닌가 싶어 수화기를 얼른 집어들던 지형의 눈에 '토끼가 사는 집'라는 글자가 액정에 뜬 것이 들어왔다. 무슨 일일까? 근무시간에는 거의 전화를 하지 않는 희단의 습관을 떠올리니 어쩐지 불안한 생각이 들었다. 그는 통화 버튼을 누르며 복도로 나갔다.

"여보세요? 희단 씨인가요?"

- 예, 지형 씨. 저예요.

"뭐 해요? 점심은 맛있는 것 먹었어요?"

분명 무슨 용무가 있는 전화였지만 짐짓 그런 것부터 묻고 보았다. 그런데 웬일로 희단은 지형의 질문에는 답도 없이 다른 말을 불쑥 꺼내었다. 그녀답지 않은 일이었다.

- 지금 집에 손님이 오셨어요. 그런데…….

"손님? 일찍 들어가 봐야겠군요. 누구신데요?"

한층 더해가는 불안감을 누르며 평이하게 묻자 갑자기 조그맣고 빠른, 그리고 몹시 흥분해 있는 속삭임이 쏟아져나왔다.

- 지형 씨 숙모님이랑 사촌분이요. 대구에서 오셨다는데요…… 저기, 그분들이 집안 얘길 하시거든요. 본가에 제사가 얼마고 조선시대 집이 아흔아홉 칸인데, 그리고 땅이니 재개발 아파트니 백화점이니…… 그런데 저는 무슨 말인지 통……. 아니, 그러니까 무슨 말인지는 알겠는데 지형 씨 본가 분들이 맞나 하는 생각도 들고요. 지형 씨 얘기를 익숙하게 하시는 걸로 봐서는 친척분이 맞는 것 같기도 하지만 지형 씨는 도통 본가 분들 얘기는 하지 않았으니까…… 아니 아니, 그것보다는…….

이런, 제기랄. 먼저 욕설이 머리에 떠올랐다. 그리고 뒤이어 온 것은 낭패감. 저쪽에서 이렇게 빨리, 그것도 바로 아파트로 들이닥치리라고는 전혀 생각하지 못했다.

"지금 집으로 갈게요. 조금만 기다려줘요."

서둘러 사무실 안으로 들어가는데 막 통화 종료 버튼을 누르려던 휴대전화 안에서 희단이 그를 불렀다.

- 지형 씨.

"네."

- 말해줘요. 이분들, 지형 씨 숙모님과 사촌 동생분이신 거죠?

조금 전과는 딴판인, 차분하고 조용한 목소리였다. 사무실 옷걸이에서 겉옷을 빼내 들던 지형의 손이 그대로 멈췄다.

- 일부러 나한테 말하지 않은 거 알겠어요. 그래도 이젠 알아야겠어요.

희단이 말했다. 속인 거죠? 조용해서 두려운 목소리로 머릿속에서 그녀가 다시 묻는다. 지형 씨는 날 속였어요. 왜 그랬죠? 뭐가 필요해서?

자신의 남다른 행동을 이상하게 바라보는 사무실 사람들의 시선도 의식하지 못한 채 지형은 얼어붙었다. 뭐라도 말해야 한다. 무슨 변명이든. 지형은 억지로 입술을 열었다. 하지만 굳은 입술에서는 도무지 소리라고는 나오질 않았다.

─ 그리고 이분들 말씀처럼 지형 씨가 엄청난 재산을 지닌 집안의 장손이라는 것도 사실이고요. 그렇죠?

몰라서 물어보는 것이 아니었다. 이미 기정사실을 확인하는, 설령 그가 아니라 대답해도 믿지 않을 듯한 강한 확신이 그 말 안에는 있었다. 등골이 써늘해졌다. 그가 늘 사랑스럽게 바라보던 작은 입술이 아프게 일그러지는 것이 보이는 것 같았다.

"그건……"

─ 아니란 말은 하지 않네요. 후우…… 설마 했는데, 정말 재벌가의 왕자님이었군요. 하긴 우리가 처음 만났을 때부터 지형 씨는 왕자님처럼 굴었으니까.

"……희단 씨."

─ 그래, 재투성이 신데렐라를 구해주고 함께 살아보니 어떻던가요? 재미있었어요?

냉랭하리만큼 차분한 목소리. 평소의 희단이 아니었다. 처음 보는 타인에게조차 이렇게 쌀쌀맞게 말할 여자가 아닌데. 심상치 않다. 뻣뻣하게 굳었던 지형의 입술이 다급하게 움직였다.

"그런 거 아닙니다! 무슨 소리를 들었는지 몰라도 그 사람들이 했을 말의 절반 이상은 사실이 아니에요! 절대 믿지 말아요!"

하지만 그의 황급한 외침에도 희단은 전혀 귀를 기울이지 않았다.

– 무슨 말이 사실이 아니라는 건지 난 잘 모르겠어요. 아, 숙모님께서 부르시네요. 가봐야겠어요.

"희단 씨! 잠깐만……!"

애타는 부름이 무색하게 통화는 단호히 끊겨버렸다. 급히 전화기를 주머니에 집어넣고 웃옷을 손에 움켜쥔 채로 그는 사무실 바깥으로 곧장 뛰어나갔다. 뒤에서 정 과장이 급하게 뛰어나오면서 그를 연거푸 부르는 소리도 전혀 들리지 않았다. 귀에는 그녀답지 않게 차가우리만큼 식어버린 희단의 음성만 가득할 뿐.

저 여자는 다칠 거다. 아니 이미 다쳤을 거다. 그에 대한 불신과 새로운 사실에 대한 비참함 때문에. 때로는 미소를 담고 때로는 울음을 담았지만 늘 오롯이 그를 바라보던 까만 눈동자가 실망으로 흐려지는 것이 눈에 뵈는 듯했다. 간신히 손에 넣었는데, 이제야 자신의 가슴에서 부끄러운 듯 웃게도 되었는데 그런 그녀를 잃어버릴지도 모른다. 그 생각에 가슴이 찢어질 듯 고동쳤다.

지형은 정신없이 달려서 주차장으로 뛰어나가 차에 키를 꽂았다. 그동안에도 그의 머릿속에는 숙모가 지껄였을 소리가, 극약이나 다름없을 시퍼런 독설들이 줄줄이 떠올랐다.

어디서 굴러먹다 온 건지도 모를 하층민 출신. 어떻게 감히 우리 집안을 넘보고 꼬리를 칠 수 있나. 더러운 피가 섞이는 건 못 참으니 피임은 꼭 했어야 한다. 일시적인 기분풀이 상대. 실수의 결과. 푼돈 정도라면 줄 수 있으니 웬만큼 먹고 떨어져야지…….

그 모두가 자신이 어렸을 때부터 숱하게 듣고 커온 말이었다. 지형

에게, 혹은 지형의 어머니에게 쏟아지던 이유 없는 비난. 그리고 그
런 여자에게 홀린 그의 부친야말로 천하에 불쌍하고 어리석은 사람
이라는 턱없는 동정까지. 죽은 사람에게까지 모욕을 주고 발기발기
찢어야만 시원해하던 숙모라는 여자가 희단처럼 싱싱하고 여린 먹잇
감을 앞에 두고서는 얼마나 눈을 번득일지 보지 않아도 명확했다.

문희단, 아니야. 당신은 그런 사람이 아니야! 액셀러레이터를 밟고
몇 번이나 차선 변경을 해가며 속도를 올리는 중에도 그는 몇 번이
나 되뇌었다. 심심풀이로 씹다가 버리는 껌 같은 존재도 아니고, 급
한 욕망의 뒤처리가 끝나면 꾸깃꾸깃해져 휴지통으로 들어가는 일
회용 휴지 같은 존재는 더욱 아니었다. 그녀는 정말 소중한 사람이
었다. 자신의 가슴에 집을 지어서 영원히 가두고 싶을 정도로. 그의
안에서만, 그의 손에서만 생생히 피어나는 향기 그윽한 꽃처럼 만들
어주고 싶었다. 그러니까, 그러니까 제발……

가지 마. 날 기다려줘. 내가 지켜줄게. 난 절대로 아버지처럼 먼저
당신 곁에서 떠나지 않을 거니까 가지 마. 가면 안 돼. 날 내버려두고
떠나지 마. 내…… 어머니처럼.

시속 백 킬로미터에 가깝게 차를 몰았지만 신호위반은 하지 않았
다. 그가 알기로 아버지의 교통사고는 신호를 위반한 채 좌회전을
하던 차와 직진하던 버스가 충돌한 탓이었으니까. 다른 사람은 모두
경상이었고 중상인 몇몇도 생명에는 전혀 지장이 없었는데, 초라한
시골 버스 운전석 뒷줄 두 번째 자리에 앉았던 지형의 부친만 유일
하게 사망한 사고였다.

처음에는 지방 신문에 실리기도 했던 그 사건은 묻기를 바랐던 조
부의 빠른 일처리로 곧 쉬쉬하면서 사람들의 관심에서 깔끔히 파

묻혔다. 심지어 본가에서 치러진 조촐한 장례식에서조차 아무도 우는 사람은 없었다고 했다. 병원에 강제 입원된 임신 7개월의 동거녀만 빼고는. 아니, 실은 그 동거녀의 눈물도 그녀 자신을 위한 것이었다고 다들 수군거렸다. 사랑에 눈이 멀어 가출했던 부잣집의 귀공자 애인이 졸지에 비명횡사했으니 팔자 고칠 방법은 다 글러버린 가난한 여자가 울 일밖에 뭐가 있겠느냐고.

"하지만, 당신은 울게 만들지 않을 거야. 내가 이미 약속했으니까!"

지형은 이를 악물고 운전대를 돌렸다. 보호해줄 사람 하나 없이 희단을 혼자 이 험난한 세상에 내버려두지도 않을 거고, 누구에게든 험한 말을 듣는 것을 용서하지도 않을 거고, 또한 누구에게든 비렁뱅이 취급을 받는 것도 용서하지 않을 것이다. 더욱이 그 모욕이 애초부터 달갑지도 않았던 집안의 재산 다툼 따위 때문이라면 얼마든지 확실히 걷어차 버릴 수도 있었다.

그러니까, 내 곁에 있어줘.

멀리서 삐죽이 솟은 아파트의 숲이 가까워지고 있었다.

# 15

"……만 원짜리 뭉치 같은 건, 쓰레받기로 퍼담아서 지하실 박스에 보관해. 천덕꾸러기 고아 자식이긴 하지만 민지형이란 인간도 우리 집안 씨거든. 그러니 욕심을 접어. 넌 지형이가 몇 번 놀다 버릴 상대에 지나지 않으니까. 알겠어?"

근사한 정장을 입은 사내가 그렇게 비웃으며 을러대었다. 언뜻 보기에는 훤하게 잘생긴, 지형의 이목구비와 좀 닮은 듯도 한 사내였다. 하지만 희단은 고개를 들지 않았다. 계속 머리를 숙이고 있는 그녀를 저 사람들이 어떻게 생각하든 말든 상관없었다.

나쁜 곰돌이를 닮은 더 나쁜 짜가 곰돌이 따위 보고 싶지 않다고! 희단은 인상을 쓰며 중얼거렸다. 하지만 그건 허세였다. 실은 조금이라도 아픈 기색을 보이고 싶지 않았다. 지형이 그녀를 속였다. 도대체 왜?

"긴말 할 것 뭐 있니?"

거실 소파에 마지못한 듯 걸터앉아 있던 중년의 우아한 귀부인이 일어서며 사내를 향해 가볍게 손사래를 쳐 보였다.

"집안 어른들에게도 알리지 않은 아이인데. 그래도 어떻게 생겼나 보러왔더니 이건 뭐 괜히 발만 아팠다 싶구나."

"그러게요. 보아하니 이 성냥갑같이 좁아터진 아파트에서 사는 것도 언감생심이었겠네 뭐. 집 취향도 싸구려고, 여자도 싸구려야. 아무리 놀다 버릴 여자라도 그렇지."

가볍게 툭툭 내뱉는 말은 연신 가슴을 찌른다. 지금껏 들은 말들이 모두 저랬는데도 여전히 심장은 쑤시며 아팠다. 지형의 사촌이라던 젊은 사내가 몸을 돌리다 말고 품속에 손을 넣었다. 희단이 앉아있는 1인용 소파 발치에 하얀 봉투 하나가 휙 날아왔다.

"너, 나중에 시끄럽게 하지 말고 미리미리 알아서 하는 게 신상에 편할 거야."

희단은 그 흰 봉투를 뚫어져라 쳐다보았다. 쳇, 저거 왠지 익숙한 봉투잖아. 이거 완전 드라마네. 그녀는 힘없이 중얼거렸다.

놀랍고 두려운 것이 지나치면 머리가 비나 보다. 지형의 숙모인데 근처에 왔다는 말을 듣고 놀라 집으로 오시란 말을 한 지 30여 분. 양복을 입은 어떤 남자—지형의 숙모가 김 비서라 부른—가 현관 인터폰을 누른 그 시간으로부터는 겨우 20여 분이 흘렀을 뿐이다. 그런데 이제는 모멸감도 수치심도 느껴지지 않는다. 그저 멍한 둔통 속에서, 봉투가 두툼한 것이 제법 많은 내용물이 들어 있는 것 같다는 생각을 했을 뿐.

저 안에 가득 든 건 대체 뭘까? 시퍼런 빛을 발하는 빳빳한 만 원권? 생각해보니 봉투 크기로는 지폐 백 장도 다 못 들어갈 텐데 그게 이 사람들에게 과자 값이라도 될까 싶다. 아마 연분홍 고운 수표들이라도 가득 든 모양이다. 그녀는 천천히 허리를 숙여 그 봉투를 집어들었다.

"혹시나 해서 하는 말이지만, 애라도 하나 낳아 큰 몫 챙길 생각이면 그만두는 게 좋아. 우리 집안에선 두 번이나 그런 꼴 또 못 보니까."

핸드백을 집어들며 차갑게 내뱉는 지형의 숙모 뒤에서 그 사촌 동생이 또 비웃었다.

"그 녀석도 머리가 달렸다면 생각은 있겠지. 저 같은 애를 또 만들기도 싫을 거고. 하긴 애를 만들 만큼 정이나 생겼겠어? 경우야 비슷하다고 해도 그 여자에 비하면 뭐 하나 볼 만한 데도 없는데."

그 여자? 현재 상태를 고려하면 놀랍도록 빨리 희단은 그 말이 지형의 모친을 가리킨다는 걸 알아차렸다. 미인이셨나 보다. 하긴 외숙부님댁 사람들도 다 잘생기긴 했었다. 그녀는 봉투를 유리 탁자에 느릿느릿 올려놓았다. 이런 것, 받고 싶은 생각은 전혀 없다. 차라리 그냥 헤어지면 모르지만.

"분명 제가 여러 모로 모자란 건 맞지만……."

칼칼한 목에서 흘러나오는 목소리는 들리지 않을 만큼 잠겨 있어서, 희단은 작게 기침을 몇 번 했다.

"이 봉투는 필요하지 않을 것 같아요."

"하."

중년이라도 나이를 짐작할 수 없는 귀부인의 모양 좋은 눈썹이 살짝 올라갔다가 내려갔다. 그러나 그뿐, 지형의 숙모는 아무런 감정을 드러내지 않은 채 현관으로 다시 발걸음을 옮겼다. 사촌이라는 사내만 질 나쁘게 웃었다.

"그냥 받아놓는 게 좋을 거야. 그나마 불쌍해서 주는 돈이니까.

이런 소꿉놀이도 할아버님께서 아시고 한마디 하시면 그날로 끝이야. 지형이 놈은 너 같은 애 지켜줄 힘도, 그럴 생각도 없어. 사고 치는 것도 한두 번이 아니고. 중고등학교 때부터 늘 시끄러웠던 녀석인데 그때마다 뒤처리하는 우리 어머니만 신경 쓰이지."

사내는 어깨를 으쓱하고 뒤돌아섰다. 뇌 대신 솜뭉치가 가득 든 것처럼 멍하던 머릿속이 갑자기 찌릿했다. 거슬린다. 무엇이? 뭐가 뱃속이 꿈틀할 정도로 기분이 나빴던 걸까? 불쌍하다는 말? 아니면 지형이 자신을 지켜줄 힘도 그럴 생각도 없다고 하는 말인가.

사내가 했던 말을 다시 한 번 따져보다가 희단은 깨달았다. 정확한 나이는 모르지만 분명 지형보다 손아래인 것 같은데 사내는 '지형이 놈'이라고 했다. 그러고 보니 아까도 '그 녀석'이라고 불렀다. 그녀는 자신도 모르게 이마를 찡그렸다. 이거 뭐야? 그런 사소한 게 왜 마음에 걸려?

지형이 한 짓을 생각하면 욕을 먹든 말든 상관을 말아야 했다. 이게 무슨 사기 결혼도 아니고, 왜 자기가 부잣집 도련님이라는 걸 숨겨? 무슨 범죄자도 아니면서! 나쁜 마음을 먹은 게 아니라면 왜 그랬겠는가 말이다!

다시 한 번 울컥했다가 희단은 고개를 힘없이 내저었다. 지형이 속였기 때문에 그와 결혼한 건 인정해야 했다. 솔직히 며칠 전까지도 지형이 버거웠는데 거기에 더해 엄청난 재산을 가진 집안의 자손이라는 걸 알았다면 감히 결혼할 마음을 내지 못했을 것이다. 그렇지만…… 역시 거짓말은 거짓말이었다. 아주 큰 거짓말. 아무것도 모르고 있다가 날벼락 맞은 이 경우에는 더욱 용서하기 힘든.

그래도, 그가 나쁜 것과는 또 별개로 이 사람들도 나빴다. 돈 좀 많고 대단한 집안 자식은 자기 어머니 앞에서 자기 사촌형을 그렇게 불러도 되는 건가. 그러고 보니 지형의 숙모라는 사람도 지형의 모친을 '지형이 낳아준 여자'라고 불렀다. 분명 동서지간에다 지형의 모친 쪽이 오히려 더 손위일 텐데 존칭을 써야 하는 것 아닌가? 그렇게 막돼먹은 사람들이니까 자신한테 와서도 이 행패를 부리는 것이다.

그녀는 습기가 배어 나오려는 눈을 애써 부릅뜨며 눈앞의 사람들을 몰래 흘겨보았다. 물론 자신의 생각이 억지인 줄은 안다. 배신을 당한 것은 지형에게서였다. 더 미워해야 하는 대상도 그였다. 그렇지만.

"……안 되는걸."

자신이 듣기에도 초라하고 불쌍한 목소리다. 아무리 미워하려고 해도, 자신을 장난감처럼 여기고 갖고 놀았다고 분노하려 해도 그게 안 된다. 반한 쪽이 죄라고. 그녀는 씁쓸히 웃었다. 이 독한 사람들에게 당하고 살았을 어리고 외로운 지형이 절로 떠오르고, 돈이 얼마나 많든지 간에 힘겹고 고통스러웠을 거라는 그런 생각만 난다. 왜 자신은 늘 손해 보는 짓만 할까. 드라마에서처럼 저 흰 봉투를 잘 갖고 있다가 멋지게 지형의 얼굴에 날려줘야 하는데, 도저히 그렇게는 못하겠다. 아마도 그 사람 말대로 소심한 바보 토끼라서 그런가 보다.

그렇게 생각하니 좀 억울하다. 화도 난다. 그 화는 다시 눈앞에 있는 사람들에게로 향했다. 어차피 지형의 옆에서 오래 못 있는다면서 왜 쳐들어와서 설레발인가 말이다. 희단은 불쑥 입을 열었다.

"돈을 못 받는 것도 못 받는 거지만, 아이 문제 같은 건 숙모님께서 간섭하실 일이 아니라고 생각해요."

"뭐?"

비로소 까만 스타킹을 신은 날씬한 다리가 멈추었다. 자신이 무슨 소리를 했던 건가? 희단은 제풀에 놀라 입을 가렸지만 이미 늦었다. 싸늘하게 굳은 얼굴이 뒤를 돌아보며 그녀를 노려본다.

"지금 뭐랬니?"

"아이 문제는 지형 씨와 의논해서 정할 거라고 말씀드렸어요."

이판사판이다 싶어 입술을 깨물며 야무지게 대답하자 움직인 건 지형의 숙모가 아니라 사촌 동생이었다.

"하하, 이 계집애 눈 똑바로 뜬 것 좀 봐. 누구 면전이라고! 뭘 믿고 까부냐? 이 정도로는 모자란단 거야?"

탁자 위에 놓인 봉투를 집어든 사내는 대뜸 그것을 희단을 향해 던졌다. 머리를 세게 맞고 튕겨나간 봉투가 열리면서 삐져나온 수표들이 펄펄 날렸다. "보기보다 통이 큰데? 응?" 하고 입꼬리를 올린 사내가 다가서며 한 손을 번쩍 들었다.

어떡해! 때리려나 봐! 본능적으로 눈을 꼭 감고 움츠린 그녀를 구해준 것은 지형의 숙모였다.

"경거망동하지 마라. 손 더러워져."

그 말에 희단은 속으로 발끈했다. '이보세요, 더러워질 뻔한 건 제 머리통이거든요!' 하고 받아치고 싶은 마음이 굴뚝같다. 하지만 입 밖으로 내지는 않았다. 눈앞의 인간들은 곰탱이의 친족들답게 거구에 팔다리도 길쭉길쭉했다. 저 앞발에 맞으면 적어도 전치 3주는 넘을 것이다. 덩치발 곰 패거리들 앞에서는 토끼는 좀 비겁해도 된다는 게 그녀의 생각이었다.

"넌 차에 가 있어라. 도와줄 사람은 문 밖의 김 비서로 족해."

시숙모가 지형의 사촌을 향해서 명령했다. 얼굴을 찌푸렸지만 어머니의 말에 거부는 할 수 없었는지 사내는 희단을 한 번 노려보고는 현관으로 나갔다.

"네가 지형일 믿고 큰소리를 치나 본데. 하긴 걔 취향이 저질이긴 해. 이따위 아파트에서 서민 흉내나 내는 꼬락서니라니."

경멸스러운 듯 사방을 둘러보던 여자는 다시 천천히 걸어와 희단의 앞에 멈췄다.

"하지만 아까 말했듯이 지형인 약혼자가 있어. 유학 갔다가 얼마 전에 돌아온 대학원생이고 꽤 알찬 회사 사장 딸이야. 내가 편드는 건 아니지만 애가 좀 예뻐. 키도 크고."

머리를 들지 않아도 자신의 아래위를 훑는 시선을 느낄 수 있었다. 짧고 통통한 맨다리며 짱구인 커다란 머리, 홈웨어라고 입은 주름진 면 원피스를 찡그리며 바라보고 있다는 것도.

"지형이를 낳은 여자도 얼굴은 반반했지. 규찬 씨와 나란히 서 있으면 그림은 됐으니까."

규찬 씨? 그건 또 누구일까? 지형 씨를 낳은 여자와 나란히 서 있다면…… 아마 지형 씨 아버님인가 보다. 그럼 이 여자에게는 시아주버님인데 왜 이름을 부를까? 희단은 뜨악해졌다. 그러거나 말거나 시숙모라는 여자는 오만한 태도로 말을 줄줄 늘어놓았다.

"민씨 집안 남자들 옆에 서려면 예쁜 것만으로는 턱없이 부족한 건 상식이지. 얼굴과 꽤 괜찮은 대학에 다닌다는 것 말고는 그 여자는 장점이 하나도 없었어. 오빠 말고는 사고무친인 고아에, 학비는커녕 아르바이트로 벌어먹고 살기도 빠듯했지. 시아버님이 후원하던 장학금이 아니었다면 학교도 못 다녔을 거야. 그런데 넌……."

그 뒷말을 듣지 않아도 무슨 말을 하려는지 알 수 있었다. 넌 더 모자라. 고졸 출신에, 도움은커녕 폐가 안 되면 다행인 가족들. 용모라도 뛰어나냐 하면 그것도 아니잖아.

비참한 기분이 들지 않았다면 거짓말이다. 이게 다 그 나쁜 곰탱이 때문이야! 희단은 이를 악물며 부들부들 떨었다.

내가 언제 자기더러 결혼하자고 했어? 내가 좋다고, 결혼하자고 그쪽이 쫓아다녔다고! 순 거짓말쟁이! 처음에는 반했다고 하더니, 그 다음에는 성실해서 좋다고, 자기는 고아라고 한껏 불쌍한 척을 해놓고선 나중에는 예쁘다 귀엽다 아부를 해대면서 사람을 꼬셨잖아!

이 시점에 오니 시숙모란 여자의 말처럼 결혼의 진실성이 무척 의심스러웠다. 좀 모자란 애 놀리는 재미로 잠깐 데리고 살아주려는 생각이 정말 아니었을까. 결혼식을 올렸으니 혼인빙자는 아니지만 이런 상황에 무얼 믿을 수 있을까. 또 막 눈물이 날 것만 같아서 그녀는 자신의 허벅지를 세게 꼬집었다. 이 여자 앞에서는 울 수 없었다. 절대 안 울 테다.

그러고 보면 지형이 해준 것이라고는 상냥한 태도로 달짝지근한 말들을 들려준 것뿐이다. 그런 걸로 사람 마음을 뺏다니 정말 나쁜 남자다. 불현듯 그가 자신을 안고 속삭이던 말들이 생각났다. 미쳤나 보다. 반사작용처럼 붉어지는 얼굴을 의식하며 그녀는 다시 허벅지를 꼬집었다. 그 남자가 달달하게 안아주던 기억은 왜 떠오를까.

그런데 생각은 지워지지 않고 계속 몽글몽글 피어오른다. 그 달달하게 안아주던 남자 품에서 펑펑 울었는데. 왜 울었던가? 아버지와 남동생 때문에 부끄럽고 속이 상해서 울었다. 지형이 엄마의 치료비

외에도 가족들에게 생활비를 다달이 몇백이나 보낸 것을 알아서.

희단의 붉어진 얼굴이 조금 더 붉어졌다. 그 남자는 달달한 말과 달달한 포옹만 준 게 아니라 돈도 조금, 아니 많이 썼다. 그녀는 억지로 고개를 흔들었다. 돈 많은 남자니까 돈이 재활용도 안 되는 폐지처럼 보였나 보지 뭐.

그런데 또 생각해보면…… 그냥 재미삼아 놀아준 여자 상대치고는 좀 많이 친절하지 않았나 싶기도 하다. 표준에 못 미치는 자신더러 늘 예쁘다, 사랑스럽다는 말을 달고 살았을 뿐 아니라 하루에도 몇 번씩 귀여워죽겠다는 시선으로 바라봐줬는데, 이건 지형이 아무 여자나 골라잡을 수 있는 재력가의 손자라는 점을 감안하면 대단한 일 같았다. 다 거짓말이라고 하면 끝이지만 그렇게 보기엔 스킨십이 좀…….

희단의 얼굴은 더욱더 붉어졌다. "흥, 남자들의 스킨십 따위!"라고 중얼거려봐도, 자신이 아직 스킨십이라고는 지형과의 경험이 다인 초짜이니 그렇게 가슴에 남는 거라고 우겨봐도 단순히 그런 것만은 아니었다. 그토록 다정스럽고 열기 어린 눈길이며 정성어린 손길이 그저 욕구만으로 이루어지는 건 아니라는 걸 자신인들 왜 모를까. 게다가 그 사람, 여태 총각이었다고 했다. 설마 그런 것에 거짓말을 했을 리는 없고.

그렇게 따지고 보니 이건 좀 심각하다. 희단은 초조하게 입술을 잘강잘강 씹기 시작했다. 결과적으로 지형은 자신에게 해준 게 너무 많지 않은가! 신파조로 표현하자면 '돈 대주고 순결도 주고 마음…… 은 몰라도 최소한 다정함은 줬는데 자신은? 평소에 빚지고는 못 산다던 문희단은 뭘 해줬단 말인가! 더구나 남의 말을 믿고 의

심까지 하고 있으니. 이러면 진짜 나쁜 건 그녀 쪽인 것 같았다.

"얘! 너, 내 말은 듣고 있니?!"

희단의 점점 붉어지기만 하는 얼굴과 골똘한 표정을 참다못한 시숙모 혜영이 소리를 질렀지만, 희단은 뻗어가는 생각 중에 기어코 기억해내고야 말았다.

"난 영원히 희단 씨 남자니까. 그거 잊지 말아요. 잊으면 안 돼요."

걱정스러운 듯, 위로하는 듯 속삭이던 목소리. 몇 번이나 당부하던 다정한 음성.

번개 같은 후회가 작지도 않은 머리통을 내리쳤다. 잊으면 안 된다고 몇 번이나 말했는데 왜 잊었을까. 왜 자기 남자를 싫어하고 미워하는 사람들 말만 믿고 혼자서 지형 씨를 나무라고 있었는지. 희단은 두 주먹을 꼭 틀어쥐고 입술에 힘을 주었다. 자신이 천년만년 살을 맞대고 같이 살 사람은 이 사람들이 아니었다.

"그래도 지형 씨는 저와 결혼했어요. 그 약혼녀라는 분에게는 죄송하지만요, 다시 결혼하면 중혼죄예요. 그리고 외가댁 분들과 지인들 앞에서 식을 올릴 정도면 지형 씨는 이런 모자란 저라도 자기 옆에 있어주길 바란 거 아닌가요? 결혼식에 친척분들을 다 모시지 못한 건 물론 안타깝지만……"

"결혼식?"

시숙모의 눈동자가 일순 휘둥그레졌다가, 다음 순간 표독스럽게 구겨졌다.

"그 녀석이 무슨 장난이었는지는 모르겠지만, 그딴 우습지도 않은 식 따윈 언제든 안 한 거나 마찬가지로 만들 수 있어! 혼인신고를 한 것도 아니잖아!"

맞는 말일 것이다. 그쪽에는 힘과 돈이 있으니. 하지만 희단은 짧은 시간이나마 상대의 얼굴에서 곤혹스런 표정을 분명히 읽었다. 결혼식까지 올린 줄은 몰랐나 보다. 그리고 지형이 그럴 거라고 예상도 못 했겠지. 그녀는 좀더 힘을 얻었다.

"요즘은 늦게 하는 사람 많아요. 그리고 지형 씨는 가족 관계 서류부터 제대로 정리하고 싶댔어요. 그런 다음에 저를 처로 올리고 싶다고."

"서류 정리? 그놈이? 미쳤어! 그게 무슨 뜻인 줄 알고! 그 여자 이름을 들여놔서 집안 전체를 우스갯거리로 만들 셈이라던?"

고상하기만 했던 '사모님'의 단정한 입술에서 비명 소리가 났다. 이글이글 타는 눈으로 시숙모는 희단을 노려보았다.

"그럴 리가 없어. 겨우 네깟 것 때문에 여태껏 그냥 뒀던 일을 손댄다고? 거짓말이야."

무심코 한 말의 파장이 너무 컸다. 희단은 시숙모의 태도에 더 놀랐다. 가족 관계를 정리한다는 사실이 뜻하는 게 대체 뭐기에?

"지형 씨 부모님, 그러니까 제 시부모님 되시는 분들께서 혼인신고 전에 돌아가셔서 지형 씨가 다른 사람의 호적에 올랐던 것 자체가 잘못된 일이었잖아요. 자식이 제대로 된 부모 이름을 되찾고 싶어하는 건 당연한……"

"닥쳐!"

짜악! 거친 타격음이 희단의 뺨 위에서 작렬했다. 아픔도 아픔이거니와 황당함에 상대를 올려다보자 시숙모가 희단의 머리채를 움켜쥐었다. 공들여 손질을 한 손톱이 머리가죽을 세게 긁는 느낌에 소름이 끼쳤다.

"건방진 것! 그놈이 너한테 무슨 소릴 지껄였는지는 몰라도 모든 걸 아는 척 까불지 마! 어떻게 그놈을 꼬셨는지 몰라도 오래갈 것 같아?"

소파에서 끌어내려져 바닥에 내팽개쳐진 희단에게 시숙모는 악다구니를 썼다.

"너 따위 천한 것들에게 또다시 뒤통수를 맞을까 봐? 지형이 그놈이 널 퍽이나 아끼는 줄 알고 거드름을 떠는데, 그놈 마음에 너 같은 건 못 들여! 너같이 가진 것도 없이 덤비는 것들을 못 믿거든. 절대로!"

"당신이 어떻게 알아요? 지형 씬 안 그래!"

늘 다정했지만 사랑한다거나 믿는다는 말은 한 번도 하지 않았던 지형이 떠올랐다. 희단은 애써 도리질치며 마주 고함쳤다.

"그 사람은 날 좋아해요! 내가 세상에서 제일 소중하댔어요! 나도 그래. 재산 따위 상관없어요! 그 사람의 돈이나 집안 때문에 사랑하는 게 아니니까요!"

"호호호호…… 그놈이 네 말을 믿을까?"

갑자기 미친 듯이 웃음을 터뜨렸던 여자는 또 그만큼 갑자기 웃음을 뚝 멈췄다.

"그놈이 여태껏 변변한 연애 한 번 안 했던 건, 여자를 못 믿기 때문이야. 그놈 에미가 푼돈과 남자 때문에 자길 내버린 줄 알거든!"

"그런……! 두 분이 함께 사고로 돌아가셨다고 들었는데."

생각해보니 같이 돌아가셨다는 말은 없었다. 그럼 혹시 아직 어머니 쪽은 살아계신 건가? 놀라 두 눈을 크게 뜬 희단에게 시숙모는 의기양양하게 털어놓았다.

"아, 그놈이 그러던가? 꼴에 자존심은 있어서 제가 아는 대로 말하긴 싫었나 보지. 뭐, 사실 그년이 죽기는 했지. 벌써 오래됐네. 아까운 남자 잡아먹은 주제에 그래도 에미라고 자식이랑 떼어놨더니 몇 달 시름시름 앓다가 저세상으로 갔어. 하지만 그놈은 모를걸. 안 그래도 할아버지를 무서워하던 네 엄마란 여자는 돈 좀 쥐여주니까 다른 남자 좇아 집에서 도망갔다가 사고로 죽었다고 말귀 알아먹을 나이가 됐을 때부터 누누이 말해줬으니까."

"뭐라고요?"

너무하다. 차라리 말을 말지. 아직 어렸을 텐데, 엄마 품이 그리워서 밤마다 울 나이였을 텐데. 어쩌면 그렇게 악의에 차서.

희단은 눈물이 날 것만 같았다. 그래서였나. 지형이 친절하고 상냥하기는 해도 결코 사랑한다는 말을 하지는 않았던 것이. 자신을 버린 엄마, 아버지가 죽자마자 냉큼 그 사랑을 지워버리고 다른 사랑을 좇아 날아간 가벼운 여자의 마음을 믿을 수가 없어서. 그녀는 눈가를 비비며 나직하게 중얼거렸다.

"그래도 괜찮아요."

"뭐라고?"

"지형 씨가 날 사랑하지 않아도 괜찮다고요. 실은 벌써부터 알고 있었어요. 그래도 내가 더 좋아하면 되니까 상관없어요. 아무리 못 믿겠다고 해도 오래도록 옆에서 지켜주고 사랑해줄 거니까."

"하! 너나 그년이나 돈독이 올랐구나!"

차가웠지만 나름대로의 품위로 단정하게 정리되어 있던 시숙모의 얼굴이 지금은 비이성적이고 기묘한 웃음으로 흉하게 일그러졌다.

"하긴 없는 것들이 재산이나 가문 보고 덤벼들면서 사랑 타령으로 범벅을 하는 건 똑같지. 차라리 집안과 집안과의 결합이면 튼튼하기라도 할 텐데. 예쁜 얼굴과 사근사근한 목소리 따위에 홀려서 집안이 맺은 약혼을 깨다니, 미친 짓 아냐?"

이죽거리며 비린 웃음을 흘리고 있는 중년 여자를 보고 있으려니 처음에는 화가 나다 못해 어이가 없었다. 그러나 희단은 점차 뭔가 이상하다는 생각이 들었다. 처음에는 약혼을 깼다는 게 지형의 얘기 줄 알았다. 하지만 가만 생각해보니 자신은 '예쁜 얼굴과 사근사근한 목소리'에 전혀 해당되지 않는다. 그렇다면 이건 지형의 부모님 얘긴데, 그의 아버님도 약혼을 깬 적이 있다는 건가? 그렇다고는 해도 거기에 왜 시숙모가 저렇게 분노하지?

가만, 분명 아까 이 여자는 지형의 부친을 이름으로 불렀다. '규찬 씨'라고. 그럼 혹시……? 희단은 눈을 크게 떴다.

그리고 거기에 대한 대답은 현관 문 쪽에서 들려왔다.

"그래서 숙모님께서 제게 그런 거짓말을 하셨군요. 자신을 버린 예전 약혼자를 용서할 수가 없어서."

"지형 씨!"

희단은 벌떡 일어나 거실 문 앞에 있는 남자에게 달려갔다.


화다닥 달려와서 자신에게 손을 내미는 여자를 받아 안고 지형은 팔에 힘을 주었다. 품속의 작은 몸은 황홀하도록 부드럽고 따뜻했다. 추운 겨울날 난롯불 앞에 앉은 듯한 온기가 그를 감쌌다. 이 여자가 자신을 사랑한다. 그가 좋아하지 않아도 괜찮다고, 자기 쪽에서 더 사랑하면 되니 그를 반드시 지켜주겠단다.

"어떻게 이렇게 빨리 왔어요?"

볼록 나온 이마가 젖혀지더니 까만 눈이 또렷하게 그를 직시했다. 사랑스럽다. 미칠 것 같이.

"내 처지가 걱정되어서요."

"네?"

대답을 않고 희단의 어깨에 고개를 묻었다. 가쁘게 달려온 자신의 숨소리와 그녀의 작게 새근거리는 숨소리가 뒤엉켜 들린다. 그것이 그렇게 좋을 수가 없었다. 손가락에 감기는 여리고 보드라운 감촉도, 목덜미에서 풍기는 달큼한 살 냄새도, 동글동글한 뒤통수까지 그 모두가.

"어른을 앞에 두고 이 무슨 수치도 모르는 짓이야!"

숙모 혜영의 분노한 부르짖음이 날아왔다. 지형은 천천히 고개를 들었다. 수치? 과연 수치를 모르는 쪽이 누구일까. 새파랗게 차가운 노여움이 전신에서 들끓었다.

"수치라는 말을 들먹일 만한 자격이 있는 분이던가요, 숙모님이?"

눈앞의 여자는 이미 죽기까지 한 어머니와 그를 떼어놓고, 거기에 더하여 이 나이가 되기까지 제대로 된 사랑조차 알지 못하게 만들었다. 희단을 만나지 못했더라면, 아니 오늘 그녀의 고백을 듣지 못했더라면. 가정만 해봐도 정신이 아찔했다. 30년 가까이 어머니를 원망했던 것처럼 희단과도 시선을 비껴가며 서로를 바라봤을지도 모르는 일이다.

"네, 네까짓 게 감히 어디다 대고!"

"네, 그런 비루한 조카를 위해서 숙모님도 오시고, 귀한 사촌까지 왔으니 몹시 죄송하군요. 아래 차에 있는 게 제 사촌 동생 수형이 맞죠? 반갑긴 하던데 그래도 조부님 일을 거들고 있을 바쁜 몸이 어떻게 여기까지 왔나 하는 게 더 궁금합니다. 요즘 지방의 사(私)금융과 조직 폭력배들의 연결 관계 때문에 신문이 좀 시끄럽던데, 이니셜로라도 매스컴까지 탔으니 더 바빠지지 않았나요?"

비릿하게 한 번 웃어주었더니 혜영은 주춤했다가 곧 한 단계 낮아진 목소리로 비난을 퍼부었다.

"하, 그건 사고였어! 그리고 걔가 무슨 실수를 하든 너처럼 부끄러움도 모르는 애만 할까. 어디서 아무것도 모르는 모자란 년을 끌고 와서는. 천한 피가 흐른다고 아주 세상에 광고를 하지 그러니!"

품속의 작은 몸이 움찔한 것을 느낀 지형은 그녀를 안고 있던 팔에 더욱 힘을 주었다.

"안 그래도 그럴 참입니다. 이렇게 예쁘고 사랑스런 아내라 소리 소문 내고 싶지 않았는데, 아무래도 그냥 두면 동티가 날 것 같아서요. 데리고 다니면서 사방팔방에 알려야겠죠."

"아주 미쳤구나! 어쩌면 네 아버지와 그렇게 똑같아?"

비명 섞인 소리는 발악과도 같았다. 그 발악을 얼마나, 언제까지 할 수 있나 보자 싶은 심정이 되었다.

"듣던 중 반가운 소리로군요. 감사합니다. 아버지는 늘 이야기 속의 사람이기만 했는데 동질감을 느끼게 해주셔서."

"너, 네가 아무리 규찬 씨를 흉내 내봤자야! 민씨 집안 재산은 못 줘! 그 여자 아들인 네게 그것까지 뺏길 것 같아?"

파르르 떨면서 손가락질을 해대는 모습은 평소의 냉랭하고 고상 떠는 숙모 혜경의 모습으로는 상상도 하기 힘든 것이었다.

"애초부터 욕심을 내지도 않았습니다."

"그랬더라면 제가 여기에 내려와 있지도 않았겠지요."라고 덧붙이는 그를 무시무시한 눈으로 노려보던 혜경은 결국 "제 능력이 모자란 것을, 핑계도 좋구나." 하고 으르렁대며 가방을 들고 일어섰다. 고집스레 고개를 뻣뻣이 들고 자신의 곁을 거쳐 현관으로 향하는 것을 싸늘하게 바라보다가 지형은 결정적인 몇 마디를 던졌다.

"저와는 다르게 능력 좋은 수형이가 관리하던 거래 계좌 말입니다만, 이중 장부가 있는 것, 조부님이 알고 계십니까? 수형이 외삼촌이나 이모들 명의로 전국에 마련한 땅들이 꽤 있다던데요."

정통으로 목표물을 맞힌 모양이었다. 아무 말도 못 하는 숙모 방혜영 여사의 입술이 파랗게 질리며 바르르 떨렸다. 그럴 만도 했다. 지형이 들먹인 땅에 들어간 조부 쪽 돈만 해도 엄청난 금액인데다가 조직과 연결된 사채까지 융통해 써왔으니 말이다. 최근 부동산 하락으로 인해 거의 자금 운용을 못 하고 있으니 더 문제였다.

어느 날 수형이 무심결에 흘린 말을 실마리로 삼아 그와 관련된 자료를 몇 년에 걸쳐 입수해온 지형은 냉랭한 웃음을 흘렸다. 입술만 달싹달싹하는 숙모의 앞에서 그는 한 술 더 떴다.

"그리고 거형이가 차려놓은 그 회사, 해외 명품 생산 업체들을 직접 뚫어서 국내에 런칭해보겠다던 의욕은 여전합니까? 강원도 가서 카지노에 돈 부은 것 만회 못 해 중국서 SA급 키치 제품 공장 돌리는 거 아니고요?"

"네, 네가 어떻게 그걸⋯⋯."

"어쩌다 보니 알게 되더군요. 어쨌든 저는 곧 재판부터 시작할 거라서 그쪽에 신경을 더 쓸지 어쩔지는 차후에 결정할 일입니다. 파양 문제가 재판으로 들어가면 진흙탕 싸움이 된다고 해서 좀 걱정입니다만. 사법부 쪽에 아시는 분 많은 줄 아니까 숙모님께서 절 좀 도와주시죠."

"이 비열한 놈……."

숙모의 얼굴이 처참하게 구겨지는 것을 보면서 지형은 고개를 짧게 까딱였다.

"이 사람이 몸이 안 좋아서 배웅은 못 하겠습니다. 살펴가십시오."

인사라기보다는 축객령에 가까운 지형의 몸짓에 모욕감으로 파랗게 질린 혜영은 홱 돌아서서 현관을 박차고 나갔다. 밖에서 기다리고 있던 애먼 김 비서에게 소리를 지르며 화풀이를 하는 소리가 들려왔다. 눈을 치뜨고 현관문을 노려보던 그는 품안에서 떨고 있던 희단을 끌어당겼다.

"안에 들어가서 쉬어요. 놀랐을 텐데."

머리를 쓰다듬다 보니 손가락에 뭔가 진득한 느낌이 와 닿았다. 설마……? 들여다본 손에 묻어난 흐린 핏기와 뽑힌 머리카락에 지형의 얼굴이 핼쑥해졌다.

"누가 이랬어요?"

"아, 아무것도 아니에요! 아까 비틀거리다 넘어져서……."

"가만두지 않겠어!"

내 것을 누가 이렇게 망쳐놓은 거냐고 으르렁대고 싶었다. 가끔 보이는 어눌하고 순진한 표정과는 또 다르게 불안하고 주눅 든 얼굴로 희단이 자신을 바라본다. 저 얼굴을 만든 사람이 누구든 용서할수가 없을 것 같았다. 사납게 현관 중문을 열어젖히는 지형의 허리를 희단이 필사적으로 감싸 안았다.

"안 돼요! 가지 말아요!"

"그 여자가 희단 씨를 때렸잖습니까!"

"그게 중요한 게 아니에요!"

"그럼 뭐가 중요합니까?"

"그건…… 아, 나한테 해명부터 해야죠! 왜 나한테 거짓말했어요?"

몸이 굳고 말문이 막혔다. 대충 살다가 안 되면 이혼하려고 했으니까? 아니, 그런 말은 할 수 없었다. 그럼 뭐라고 하나. 그냥? 그는 가장 진실처럼 들릴 말을 재빨리 추론해냈다.

"말하면 결혼해주지 않을 것 같아서요."

"……."

"그리고 이젠 결혼했으니까, 절대 헤어질 순 없어요."

"……당연하죠. 나는, 내가……."

까맣게 윤기나는 눈동자가 그를 올려다보았다. 뭔가 말하고 싶어하는 그 표정에, 그는 굳었던 얼굴의 살기를 풀고 재빨리 입매를 누그러뜨렸다. 자신의 거짓에 벌써 한 번 실망했을 그녀다. 오래 곁에서 지켜주겠다는 말을 들은 걸로 긴장을 늦추어선 안 된다. 은근히 분위기를 살피며 지형은 한껏 상냥하게 속삭였다.

"말해봐요."

"나빠요! 내가 얼마나 놀랐는지 알기나 해요? 낯모르는 사람들이 갑자기 들이닥쳐서…… 숙모님이시라는데, 지형 씨는 엄청 돈 많은 집 아들이라 나랑은, 저, 절대 안 된다고…… 흐윽."

입술을 깨물며 고개를 숙이더니, 뜨끈한 물방울들이 토닥토닥 앞가슴에 떨어졌다.

"내가 정말 지형 씨한텐 장난감이에요? 아니죠? 숙모님이란 그분

말, 다 거짓말이죠?"

조약돌 같은 작은 주먹이 슈트 옷깃을 필사적으로 움켜잡더니 가슴팍을 마구 두들긴다. 불에 지진 듯 오른쪽 가슴께가 아파와서 지형은 얼른 그 손을 잡고 정신없이 입술에 부비었다.

"네, 네, 거짓말입니다. 그럴 리가 있어요? 그런 나쁜 말은 믿지 말아요. 절대로."

"정말이죠? 나 버릴 거 아니죠?"

엉엉 울면서 묻는 말이, 온통 울음 범벅인 그 얼굴이 얼마나 사랑스러운지. 이마부터 콧잔등으로 연거푸 입을 맞추며 그는 속삭였다.

"희단 씨나 나 버리지 말아요. 전화받고 얼마나 걱정했는지 모릅니다."

"거짓말. 지형 씨처럼 잘난 사람이 무슨."

짭쪼름한 미간이며 뺨이 온통 지형의 입맞춤으로 뒤덮이고서야 희단은 찡그리며 히끅거리는 울음을 멈췄다.

"잘생기고 직장도 좋고 학벌도 좋은 남자가 이젠 만 원짜리를 셀 때 쓰레받기에 쓸어담고 박스로 쌓아놓을 정도의 부잣집 자손이라면서요. 지형 씨 같은 남자를 누가 버린다고 걱정을 해요? 말도 안 돼."

"급하게 온 거 보면 몰라요?"

그는 재빨리 말을 잡아챘다.

"네?"

"아까 말했잖아요? 내 처지가 걱정돼서 빨리 왔다고. 주제 파악은 잘하고 있어요. 화가 난 희단 씨가 멀리 달아나기라도 할까 봐, 그래서 버림받을 것 같아서 무척 걱정했거든요."

그건 좀 일리가 있었던 모양이다. 희단이 받아치질 못하는 걸 보니. 여차하면 요 토깽이가 보따리 싸들고 가출이라도 할 생각이었다는 것을 새삼 깨닫고 그는 아찔해졌다.

"절대 어디 가면 안 돼요. 가려면 날 가방 속에 넣어서 데려가요."

고개를 숙여 희단의 귓불에 코를 비비며 그는 다정하게 속삭였다. 약한 척, 소심한 척 매달려야 했다. 치사해도 좋다. 이 귀여운 여자를 절대 안 놓는다. 못 놓는다.

"저주를 풀어준 공주님을 겨우 만났는데. 이제 난 혼자서는 못 자요."

"어…… 고, 공주라뇨. 내가 무슨."

뺨이 갑자기 뜨겁게 느껴지는 걸로 봐서 희단은 또 새빨갛게 얼굴을 붉히고 있는 게 분명했다. 더듬거리는 그녀의 귀에 가만히 입맞추며 지형은 다시 속삭였다.

"그럼 용감한 여기사님? 항상 날 지켜줄 거니까."

솜털이 뽀송뽀송한 토끼가 두레박 같은 투구를 쓰고 어울리지도 않을 무거운 칼을 들고 선 모습을 상상하자 웃음이 나왔지만, 지형은 웃지 않았다.

"고맙고 기뻤어요. 날 사랑해준대서, 평생 내 곁에서 지켜준대서. 희단 씨만 믿을게요."

"그걸 들었어요? 언제부터?"

놀라서 몸을 비틀며 빠져나가려고 하는 희단을 더욱 꼭 끌어안았다.

"내 숙모라는 여자가 날 속였다는 데부터요. 바로 나서지 못해서 미안해요. 희단 씨 고백 때문에 너무 놀라서요."

"못됐어! 그런 말 몰래 듣고 있으니 좋았어요? 다 장난이었죠? 나 같은 하찮은 여자더러 버리지 말라는 말도 다 그냥 해본 말……읍!"

"사랑해요."

자꾸 위협적인 말을 재잘대는 입술을 가로막고서 지형은 그녀의 입술 위에서 고백했다.

"절대 하찮게 여긴 적 없습니다. 애초에 하찮은 여자와 결혼을 할 마음을 먹을 리가 없잖습니까. 날 믿어준 것도, 날 믿게 해준 여자도 희단 씨가 유일했어요. 너무나 사랑스럽고 소중해서 사랑한다는 말을 할 수가 없었습니다. 희단 씨가 내 가슴을 찢어놓을까 봐 무서웠어요."

물론, 이 모든 것을 깨닫고 느낀 것이 최근의 일이라는 건 말하지 않았다. 처음에 청혼할 때의 흑심 같은 건 희단이 알아봤자 복잡해지기만 할 뿐이다. 흑심은커녕 그 흑심의 꼬랑지 털 하나라도 절대 토해내지 말아야지. 한평생 비밀로 지킬 테다.

"정말이에요? 날…… 사랑해요?"

입술을 비끼며 믿을 수 없다는 말투로 묻는 것을 다시 지형의 입술이 쫓아갔다.

"정말입니다."

그래도 믿지 못하는 듯 꼬물거리며 고개를 숙이는 여자가 안타까워, 그는 서둘러 토로했다.

"아까 들었죠? 재판할 거라고. 지금 수속 중입니다. 끝나면 곧 서류 정리 하려고요. 어머니…… 용서하기로 했거든요. 저번에 희단 씨가 한 말 듣고 어머니에게도 나름의 사정이 있을 거라고 생각했어요. 어린 나이에 버거운 상대와 사귀고, 결혼도 못 한 상태에서 유복자를 가진 미혼모 신세가 되었으니까. 그리고 설령 어머니를 이해하지 못한다 해도 희단 씨를 법적인 내 아내로 만들지 않고 내버려둘 수는 없었어요. 아버지처럼 자기 여자를 힘들게 만드는 사람이 되고 싶지 않았습니다."

"……지형 씨."

눈물이 그렁그렁한 채 말없이 자신에게 기대오는 희단을 그는 포옥 끌어안았다. 그녀가 양복 앞섶을 잡고 손가락으로 깔작거렸다.

"그래도…… 지형 씨가 그냥 돈이 조금만 많은 집 사람이었으면, 아니 그냥 평범한 회사원이었으면 좋겠어요. 나한테는 너무 버거워요."

이런 말을 들을 줄은 몰랐다. 보통은 돈이 썩을 만큼 많다는 건 장점이 아니던가? 그는 피식 웃었다. 요 간 작은 토깽이 같으니라고.

"그래도 싫어하지 않잖습니까? 나, 좋아하죠? 내 키스도 좋아하고?"

자잘한 입맞춤을 뿌리며 그렇게 묻자, 희단이 눈을 가늘게 뜨고는 입을 일그러뜨렸다.

"근데 지형 씨, 어쩐지 생각 외로 영악한 사람 같아요. 아까도 숙모님한테 한 집안 사촌들 얘기도……."

"그 여자 얘기는 그만둬요. 좋은 이야기만 하고 살아도 평생이 모자라."

"그건 그렇지만."

까만 뒤통수를 품 안에 꾸욱 누르자 잠시 수그러들었던 고개가 또 반딱 들렸다.

"엇, 또 어물쩍 넘어가려고 그러죠? 평소에는 안 그러다가 이럴 때만…… 아니지, 평소에도 좀 그랬어. 인상만 보면 뚱할 정도로 점잖은 것 같은데 가끔씩 하는 말이 놀랄 정도로 매끄러운 게. 어째 자꾸 내가 속는…… 어멋! 뭐예요!"

종알종알하는 게 귀엽긴 하지만 자꾸 뻗어가는 말의 방향이 위험하다. 혀를 차던 지형은 희단을 단숨에 안아 올려 침실 쪽으로 뱅글 몸을 돌렸다.

"내가 말하는 게 맘에 안 든다니 그럼 대화는 그만두고 좋은 일이나 하러 가죠."

"이런 법이 어딨어요! 반칙이에요!"

소리높인 희단의 항의는 들은 척 만 척, 지형은 "희단 씨 좋고 나좋은 일에 반칙이란 말을 써선 안 되죠."라고 진지하게 말해 그녀의 말문을 막았다. 희단을 침대에 내려놓은 후 곧장 셔츠를 벗어 바닥에 떨어뜨리며 바지에도 손을 댔다. 그녀 쪽을 흘긋 보니 꽤나 황당한 표정이다. 그러나 이미 꽃물이 귓불까지 번진 것을 봤으니 걱정은 안 한다.

시간을 보아하니 또 저녁을 거르게 생겼지만 전혀 불쾌하지 않다. 허리띠를 푼 바지마저 떨구며 지형은 사심 가득히 웃었다. 어디 사람이 밥만 먹고 사나. 훗.

## 16

조부 민 회장에게서 호출이 온 것은 생각보다 빨랐다. 긴 시간 동안 민 회장의 눈과 귀를 피할 수 있을 거라곤 믿지 않았지만, 사촌들의 일을 들어 숙모 혜경을 압박해두기도 했고 일단은 숙부 내외가 자기네들의 손 아래서 일을 먼저 처리해보려 할 거라고 예상했는데 의외였다.

요즘 날씨가 좋으니 뜰에서 바비큐와 함께 와인이나 한잔 하자는 말이었다. 원래는 위스키나 코냑 같은 독한 술을 좋아하지만 의외로 소탈한 구석이 있어 와인은 꼭 유럽의 것을 고집하지 않는 민 회장이다. 특히 상쾌한 맛의 남미산 와인을 즐겨 봄이면 꽃을 보며 정원에서 마시는 걸 좋아했다고 기억한다. 조부의 전언을 무감정하게, 그러나 전과는 다르게 다소 조심스러운 구석이 있는 목소리로 전해온 김 변호사는 통화의 말미에 물었다.

- 예약해둔 좌석이 두 개인데, 같이 오시겠습니까?

예약을 두 장 해뒀다는 것은 민 회장이 희단을 데리고 오라고 명령했다는 뜻에 다름 아니다. 하지만 김 변호사가 굳이 저렇게 물음으로 표현한 것은 자신이 거부할 수도 있다는 의미. 두 달도 전에 한 번 올러댄 것을 갖고 김 변호사가 저렇게 조심스럽지는 않을 것이고, 아마도 숙모 혜경에게 한 이야기라든지 다른 소문들을 더 들었을 것이라 지형은 추측했다.

농담처럼 "늙고 한 김이 빠졌어도 호랑이는 호랑이죠. 그 앞에 토끼 같은 사람을 던져놓는 건 망설여지는군요."라고 웃음을 흘리고는 전화를 끊었다. 통화 종료 버튼을 누른 지형의 입가에 머문 웃음은 곧 비웃음으로 변했다.

평소 손자 대접도 제대로 않던 그에게 둘이서 와인 대작이라. 우스웠다. 그 여자, 어머니의 이름을 손자의 어머니로 공적인 서류에 올리는 것이 그렇게나 대단한 수치인가. 고작해야 자신의 생모로 조그맣게 이름 석 자를 기재할 뿐인데도.

재완이 이틀 전 파양에 관한 서류들을 발송했다고 들었다. 숙부가 합의해준다면 그는 공적인 서류에 있어서는 민씨 일가와 상관없는 사람이 된다. 아버지가 사망한 지 오래되었으므로 친자 관계를 밝힐 수가 없기 때문이다. 따라서 어머니도 서류상으로는 생부와 연결될 수 없다. 조부나 민씨 일문이 잃을 거라고는 별로 없는 셈이다. 재산 문제만 해도 그렇다. 남의 눈에 부끄러움을 가릴 만큼만 겨우 떼어줄 생각이겠지만 지형은 그것도 거부할 참이니 얼마라도 건지는 게 아닌가. 자신은 '윤이아'라는 이름을 생모라 밝히기 위해서 모든 법률적, 재정적인 이익을 버리고 다만 성과 본관을 지키는 것이 고작인데도 저쪽은 버리는 것 하나 없이 그저 지키려고만 한다.

설마 가족 사업에 참여도 못 시키는 모자란 천출(賤出)이 법률적 관계를 끊는다고 해서 그게 충격이란 건 아니겠지. 어쩌면 그 광대한 자존심이 상해서 그러는지도.

가장 해답에 근접할 듯한 답을 내며 체크를 해보았더니 기차 출발 시간은 오후 5시 조금 넘어서였다. 집으로 전화를 해서 오늘은 오후 출장을 가게 됐으니 일찍 자라는 말을 이르고, 늦은 밤이라도 돌아올 예정으로 기차 편을 예매했다.

조퇴 삼아 이른 퇴근을 하기로 정하고 나니 최근 조퇴나 지각이 매우 잦았다는 생각이 들었다. 한 팀을 이끄는 장으로서 자제해야 하는데. 그는 속으로 한숨을 쉬었다. 하긴 앞으로 이 업무를 유지할 수 없을지도 모른다.

원래 재정적인 기반이 없던 30여 년 전의 대진전자에 토대가 되어 준 것은 결국 조부의 자금이었다. 연구실만 덜렁 있어 다른 기업의 만년 협력 업체 정도이던 것을 공장까지 갖춘 실질적인 기업으로 끌어올렸으니까. 지금은 주식 형태이던 부채를 거의 다 갚은 걸로 알지만, 그래도 이사진이라든지 부장급 경영진에 어느 정도는 조부의 손길이 남아 있다. 외가와 친가 사이에 분란이 일면 회사도 시끄러워질 터, 그런 것을 감수할 정도로 자신이 대진에 가치 있는 인물이라고는 생각되지 않았다. 적잖이 미안한 감을 느끼며 지형은 외숙부의 직통 전화 번호를 눌렀다.

- 네가 이 번호로 전화를 하다니, 웬일이냐?

지형의 전화번호를 알아본 외숙부가 용건부터 묻자 그도 곧장 본론으로 들어갔다.

"민 회장님으로부터 호출이 왔습니다."

- ……무슨 말씀을 드렸기에?

"말씀드린 건 없고, 얼마 전부터 재판을 준비하고는 있었습니다.

본가에서 숙모와 사촌도 한 차례 다녀갔고요."

- 네 숙모님께서 다녀가셨다고?

"예."

그 정도로도 모든 것을 짐작했는지 외숙부는 잠시 침묵했다. 그러나 곧 심상한 목소리로 말했다.

- 재판은 전부터 네가 말해온 그것이겠고, 이제 본가에서는 네 안사람 일도 다 아셨겠구나. 민 회장님께서는 겸사겸사 해서 부르신 걸 테지.

"예, 뭐."

- 보아하니 이제 네가 뭘 할지, 앞으로 어떡하고 살지 결심이 선 것 같구나. 그렇지?

아무렇지도 않게 물었지만 어딘가 한시름 놓은 듯한, 조금은 기쁘고 조금은 아쉬운 듯한 어조였다. 지형은 또다시 "예, 뭐 그렇죠."라고 다소 어눌한 대답을 했다. 뭘 하고 살지는 아직 정하지 못했지만, 누구와 어떤 시간들을 보내고 싶은지는 결정을 했으니까. 외숙부의 말이 이어졌다.

- 회사 일…… 대진에 대해서 네가 복잡한 생각할 필요는 없다. 늘 말해왔지만 회사가 내 것이라든가 자식들에게 물려줘야 할 재산이라고 생각해본 적 없으니까. 애들도 다 자기 일을 하고 있고. 굳이 준다면 네게 줘야 할 텐데, 이번 기회에 그 처리도 잘 생각해보고 회장님께 말씀드려라.

"생각해보겠습니다."라는 대답을 하고 나자 외숙부 회영은 조심해서 잘 다녀오라는 말을 끝으로 전화를 끊었다. 예상했던 답을 들어 마음의 짐이 좀 가벼워졌다. 나름대로 조부가 꺼림칙할 만한 쪽을 캐내어 오긴 했지만 도박은 도박이다. 외숙부가 평생을 바친 기업체가 그 도박의 제물이 되는 것은 원하는 바가 아니었으니, 이왕 이렇게 된 것 이겨야겠다고 지형은 이를 악물었다.

오후에는 기존 업무 외에도 그간 보아오던 업무 정리와 최근에는 늘 들고 다니던 외장 하드의 자료를 출력하느라 바쁘게 보냈다. 이미 끝낸 프로젝트 몇 가지의 자료를 부탁했더니 정 과장이나 몇몇 직원들은 이상한 낌새를 느꼈는지 이쪽을 가끔씩 흘끔거리기도 했다. 그 동안 정들었던 직원들이라 그런지 마음이 좀 수상하다. 낯선 기분. 지형은 수염이 까칠해지기 시작한 턱을 쓸었다.

전에는 직장 동료들에게 이런 적이 없었는데. 집에 있는 토끼 아씨의 성격이 옮았나 보다. 하지만 기분이 나쁘지는 않았다. 인생의 몇 십 분의 일이라도 함께 시간과 공간을 공유했던 사람들을 걱정해주는 것이 인간됨이라는 걸 이제라도 알게 된 것은 다행이었다. 만약의 경우에라도 이 직원들은 괜찮을 거야. 그는 자신에게 속삭였다. 대진은 자기 자본률도 꽤 높고, 기술 투자나 특허 면에서도 강하다. 아무리 조부라도 멀쩡한 회사를 종이 쓰레기로 만들지는 않을 것이다.

계획대로 4시경 출발했다. 대구역에 내려서는 근처 호텔에 들러 씻고 가져온 옷을 갈아입었다. 시간은 충분하니 본가에서 샤워를 하든지 옷을 갈아입든지 해도 좋을 테지만 그 집에서 시간을 조금이라도 더 보내긴 싫었다.

그런데 사우나의 탈의실에서 나오자 문자가 와 있었다. 기차 안에서 휴대전화를 꺼놨던 것을 깜빡했는데 역에 차가 마중나와 있었던 모양이다. 여태껏 한 번도 없었던 상황에 지형은 실소가 나왔다. 천출 사생아에게 이 무슨 어울리지 않는 후대인가. 나이 들어 기운 빠진 호랑이에게 측은지심이라도 생긴 걸까.

굳이 물릴 것까진 없다 싶어 보내준 차를 타고 넥타이까지 단정히 맨 정장차림으로 본가에 도착한 것은 7시 반. 반드시 고택을 가로지르게 되어 있는 방문 코스가 싫어서 주차장에서 빙 둘러 자택의 정원으로 올라가니 벌써 구워지는 고기 냄새가 사방으로 향기롭게 풍기고 있었다.

"늦었구나."

어스름이 깔리기 시작하는 정원 한쪽에서 하얀 탁자를 앞에 둔 민 회장이 튤립 모양의 검붉은 와인잔을 들며 말했다. 가까이 다가가며 아무 말 없이 고개를 숙인 지형이 그 앞에 앉자 접시가 곧 날라져 왔다. 민 회장이 비서가 채우는 와인잔을 턱으로 가리켰다.

"목부터 축이지 그래?"

"편하게 와서 그리 목이 타지 않습니다."

나이프에 손을 가져가면서 지형은 자신을 꼭 닮은, 몇십 년 뒤의 자신이 저럴까 싶은 얼굴을 바라보았다. 큰 키에 선이 굵고 피부가 거무스레한 모습은 풍채가 썩 보기 좋아 불과 1년 전에 큰 수술을 한 사람이라고는 믿기 힘들었다. 희고 풍성한 눈썹 아래 아직도 형형한 눈빛이 그를 마주 쏘아보았다.

"사내자식이 깐깐하게 구는 거 아니다. 한잔해라."

"사내자식이라서 깐깐하게 굴어야 할 때도 따로 있다고 생각합니다만. 하긴 와인이 무슨 상관이겠습니까."

달큰한 육즙이 새어나오는 고기를 적당히 썰어 썹어 삼키고는 잔을 들어 입에 갖다대었다. 쌉쌀하면서도 농후한 향기를 지닌 붉은 와인이 입 안을 맴돌고 사라졌다.

"여전히 최상급의 것만 가려서 드시는군요."

지형의 눈이 민 회장의 잔에 와인을 따르기 위해 병을 기울이고 있는 구 비서를 바라보았다.

"최상급의 사람만 거느리시고."

비서라기보다는 현대적인 집사나 시종이라 해야 할 개인 비서인 구 비서는 머리가 희끗희끗한 나이지만 여전히 자세가 꼿꼿했다. 태권도 유단자에 무사고 운전 경력 30년이 가까우며 나이에 어울리지 않게 컴퓨터까지 제법 익숙하게 다루는 구 비서는 민 회장을 위해 소믈리에 자격증도 땄다. 구 비서만이 아니다. 민 회장 주위의 사람들이 모두 그랬다. 아랫사람은 물론 자식들이나 손자들도 겉보기에는 최고급의 스펙을 갖추어야 했다. 능력이 안 되면 연줄로, 연줄이 안 되면 돈으로 틀어막아서라도.

"사내라면 그래야 마땅하지."

피처럼 붉은 와인을 삼키는 목울대가 꿈틀, 움직였다. 얼굴은 나이보다 훨씬 젊어 보였지만 주름진 목만은 나이를 숨길 수 없어 늙은 뱀의 허물처럼 쭈글쭈글하다.

"그럼 제 아버지, 그러니까 회장님의 맏아들은 사내가 아니었던 모양입니다. 회장님의 가르침을 따르지 못하고 턱도 없이 모자란 여자를 택했으니까요."

겉만 살짝 익힌 연한 살점을 포크로 찍어 입으로 가져가던 조부의 손이 멈칫했다. 둔탁한 금속질의 광택을 지닌 눈이 주름진 눈꺼풀 속에서 그를 강렬하게 쏘아보았다.

"그래서 제 명에 못 갔지. 못난 놈!"

지형의 어머니와 살기 위해 집을 나가기 전에는 몹시도 아꼈다는 큰아들을 민 회장은 화난 얼굴로 논평했다.

　"헛똑똑이라 계집질에 눈이 팔려서."

　"뭐 어쨌든, 그 못난 놈의 아들인 저는 아버지의 못난 짓 덕분에 회장님처럼 고급스럽게 살지 않아도 되어서 다행입니다. 목에 뻣뻣이 힘주면서 살기에는 제 힘이 좀 부쳐서요. 취향도 싸구려라 굳이 이런 최고급 쇠고기 따위만 먹을 필요도 없고."

　우호적인 분위기를 가장할 필요도, 이야기를 더 길게 끌 필요도 없다 싶었다. 지형은 손에 들었던 포크와 나이프를 놓았다. 접시를 한쪽으로 밀어내자 민 회장은 눈을 가늘게 뜨고 그를 바라보았다. 그 눈에 담긴 감정은 의외로 멸시나 비난이 아니어서 지형은 의아해 졌다. 이 음험한 호랑이가 무슨 꿍꿍이인가.

　"네가 여기서 나간 후로 어떻게 살았는지는 대충 다 알고 있다."

　"살펴봐 주셔서 감사하다고 말씀드려야 합니까? 회장님의 관심 유무에 상관없이 보고서야 늘 올라왔을 텐데요."

　그 열심히 살았던 10여 년이 조부 당신을 위해서는 아니었다. 비웃음을 입가에 문 지형의 비딱한 반응에도 조부는 화를 내지 않았다.

　"대진에서 최근에 내놨던 성공적인 프로젝트들에 네가 깊이 관여한 것도 들었다. 공학을 전공했어도 연구 쪽에 전념하지 않은 것도 알고. 그만하면 됐으니 이만 돌아오너라."

　"돌아오라니요?"

　"백화점 같은 유통 말고 생산적인 기업도 하나 운영해보고 싶어졌다. 네가 맡아라."

　"농담이 지나치십니다."

놀라지도 않고 딱 잘라 말했더니 민 회장은 와인잔을 내려놓고 그를 뚫어질 듯한 시선으로 바라보았다. 어쩐지 그 시선에 설핏 어른거리는 것이 아쉬움 같아서 지형은 자신이 잠깐 잘못 본 것이 아닐까 했다.

"네놈은 나를 닮았다. 외모도, 거침없는 제멋대로의 성격도. 규찬이 놈이 날 닮았다고 사람들이 떠들어대긴 했지만 그래도 아들 두놈이나 손자 녀석들 중에서 너 같은 녀석은 없었어."

어처구니가 없었다. 난데없는 아버지 얘기도 그렇고, 이제 와서 '사랑받는 손자와 할아버지' 흉내라도 내고 싶다는 말인가.

"무슨 상관입니까. 유전의 힘에 고마워해본 적은 전혀 없습니다만."

"그래도 네놈은 민씨 성을 가진 장손이다. 아무리 파양이니 뭐니해도 그건 어쩔 수가 없어."

씹어뱉듯이 내놓은 대답에도 조부의 시선에서는 힘이 가시지 않았다. 숙부가 파양 얘기까지 벌써 다 한 모양이다. 놀라기보다는 황당할 따름이었다. 이런 식으로 할 거라면 그동안의 그 태도들은 다뭐란 말인가?

"하……, 참. 수형이나 거형인 어쩌시고요?"

"그 녀석들에 대해서는 너도 잘 알 것 아니냐. 조그만 가게 몇 개는 몰라도 나 죽은 뒤를 맡길 순 없다. 그 정도 정보는 모았을 거라고 보는데."

"그래서, 그 모자란 사촌 동생들 덕에 절 낙점하시겠단 겁니까?"

서서히 분노가 치올라왔다. 그동안 사람 취급도 안 하더니, 죽을 날이 다 되어오니 곁에 사람이 없는 게 겨우 눈에 들어온 건가?

"초고리[2]라고 믿고 싶었는데 병아리도 못 되는 것들이라서 그냥 장끼라도 틀어잡자 싶으시던가요? 하지만 저는 그냥 풀더미에서 벌레나 잡아먹고 사는 게 좋습니다."

"너는 내가 널 내버려뒀다고 생각했겠지만 그건 사실이 아니다. 사자도 제 새끼를 낭떠러지에서 밀어내 키우는 법이야."

"문제는 낭떠러지에서 떨어진 게 저뿐이라는 거죠. 아, 이런 말은 엄살 어린 불평 같으니 그만두겠습니다. 어쨌든 저는 싫습니다. 민 회장님의 손자 노릇도, 재산이나 수백 년 묵은 가문도요. 아주 지긋지긋합니다."

거듭된 거부에 민 회장의 미간이 서서히 일그러지기 시작했다. 조부는 탁자를 거칠게 두드리며 소리쳤다.

"네놈이 감히 내 말을 거역해? 규찬이한테도 전부를 내줄 마음은 없었던 집안이고 재물이야! 그걸 네놈에게 주겠다는데 무슨 잔말이 많아!"

"파양 얘기가 나왔는데 모르시겠습니까? 아예 인연 끊을 생각도 하고 있습니다만."

민 회장의 얼굴이 사정없이 구겨졌다.

"네 어미 때문에 그러느냐? 어리석은 놈! 여태껏 그걸 마음에 담아둔 게야?"

"아뇨. 제 어머니를 못 잊는 사람들은 오히려 회장님과 본가의 다른 친척들이 아닙니까. 저를 볼 때마다 제 출생을 생각하시니."

퍼렇게 빛나는 안광 아래서도 지형은 태연했다. 자신이 한 말이

2) 어린 매

사실이었기 때문이다. 그는 이미 어머니의 그림자에서 벗어났다. 그렇기 때문에 오히려 숙부의 자식이 아님을 세상에 떳떳이 밝힐 수가 있는 것이다.

"그런 놈이 재판까지 하려 들어? 규식이 호적 밑에서 굳이 몸을 빼려는 이유가 뭐냐! 집안에 분란을 만들고 세상 사람들의 우스갯거리가 되고 싶어?"

"집안의 분란이나 세상 평판을 제가 왜 두려워해야 합니까?"

건방지기 짝이 없는 반문에 민 회장의 가무잡잡한 얼굴이 시퍼레졌다.

"에잉……! 그 계집애 때문이구나! 네놈에게 새로 들러붙었다는 그 볼품없는 것이 저랑 같은 처지인 네 어미가 불쌍하다 속살거리던? 고약한 것!"

기어이 삿대질을 하는 민 회장의 손가락이 부들부들 떨렸다. 식탁 위의 와인잔을 왈칵 집어든 조부는 와인이 든 그대로 지형을 향해 던졌다. 광대뼈에 단단한 파카 글라스가 날아와 세차게 부딪혔고, 피처럼 붉은 와인이 그의 얼굴을 적셨다. 위엄도 잊은 채 민 회장이 고래고래 고함을 질렀다.

"씨 도둑질은 못 한다더니, 애비나 자식이나 천한 계집들에게 홀랑 빠져서는……!"

얼굴색 하나 변하지 않은 구 비서가 다가오더니 호주머니에서 손수건을 꺼내어 지형에게 건넸다. 그는 말없이 손수건을 받아들어 뺨을 훔쳤다.

"상처가 나지 않아 다행입니다."

무표정하게 구 비서가 말했지만 그다지 다행이라는 생각은 들지 않았다. 얼얼한 것이 멍 하나는 확실하게 자리 잡을 것 같았고, 그 통증보다 더 날카로운 분노가 가슴속에서 더 사납게 부풀고 있었기 때문이었다. 어차피 자신이야 이런 대접에 익숙하다. 그러나 희단은…… 본가 사람들, 특히 민 회장에게 그녀가 어떻게 보일지 익히 알고는 있었으나 직접 듣는 것은 또 달랐다. 제발 좀 내버려두라고!

씩씩대던 민 회장은 약을 가지러 들어가는 구 비서를 노려보고 있다가 악문 이 사이로 숨을 크게 내뱉었다.

"좋다! 영웅호색이니 격이 좀 처지는 첩실 정도야 큰 문제는 아니지. 정 그 계집애가 맘에 든다면 헤어지지 않아도 괜찮아. 지방에 두는 게 낫겠지만 네 곁에 두고 싶다면 대구로 데리고 와서 적당한 거처나 마련해주고 카드나 손에 쥐여줘라. 나머진 네 숙모가 챙겨줄 게다."

"……."

"대신 대륙물산 딸과의 결혼을 서둘러! 그 집이 크게 가진 건 없다만 조카뻘 되는 이가 이번에 이쪽 지역구 여당 공천을 받을 거다. 이 기회에 잘 손을 써두면 앞으로 발판이 되어주겠지."

하, 그러니까 숙모가 물고왔던 그 혼담 뒤에 그런 조부의 의도가 숨어 있었단 말이지? 절로 실소가 흘러나왔다. 혜경이야 몰랐겠지만, 민 회장이 저렇게 말할 정도면 그 정치인은 당선이 확실했다.

"아무리 회장님이라도 그렇게 하찮게 말씀하실 수 있는 여자는 아닙니다."

"뭐야?"

"회장님 맏손자며느리가 되는 여자, 물론 저를 맏손자라고 생각하시는 한에서입니다만, 꽤 가치가 있는 여자일걸요."

지형은 들고왔던 가방 속에서 제법 묵직한 종이봉투를 꺼내 던지듯 식탁 위에 올려놓았다. 민 회장 쪽으로 그것을 밀어 보내면서 그는 싸늘한 미소를 지었다. 봉투 속 여러 권의 파일에는 사촌들의 비리나 탈세뿐 아니라 민 회장 대까지 거슬러 올라가는 집안 사업의 치부가 세세히 망라되어 있었다. 세금 포탈, 명의는 다른 기업으로 되어 있는 백화점과 부동산 투자사 사이의 불법 지원, 분식 회계, 정치인과의 뒷거래, 뇌물, 이중 장부. 돈 좀 있다 하는 이들이 흔히들 저지르는 악행이기는 하나 민 회장의 지나온 세월이 긴 만큼 그 시커먼 덩어리도 컸다.

"……이게 뭐냐?"

"그 안에 제 여자의 가치가 들어 있습니다."

뭐라고 말을 하려다 말고 봉투를 잡아당겨 그 안의 파일들을 꺼내 펼쳐보던 민 회장의 낯빛이 점차 변해갔다.

"이것들은……!"

눈을 부릅뜨고 지형을 노려보던 민 회장이 갑자기 웃음을 터뜨렸다.

"푸하하하하! 그래, 이 정도 정보는 모을 수 있어야지 내 손자라고 할 수 있지! 역시 내가 잘못 보지는 않았어!"

"저를 어떻게 보셨는지는 제 알 바 아닙니다. 다만 그 문서들이 컴퓨터 파일 상태로 해외 서버에 저장되어 있다는 건 알아주셨으면 좋겠습니다."

"뭐…… 라고?"

"제 전화 한 통이면, 혹은 정기적으로 가게 되어 있는 연락이 없을 경우엔 제 지인이 무조건 그 파일을 검찰과 경찰, 그리고 세무서와 신문사 몇 곳에 전송하게 되어 있습니다."

"네놈이…… 미친 게로구나."

삽시간에 민 회장의 얼굴은 허옇다 못해 퍼렇게 탈색되었다. 그러나 그 얼굴은 금세 노기로 피가 올랐다.

"이 가문이 어떤 곳인데 네가 감히! 너희 증조부님이 집안의 가풍까지 버리시고 작은 가게로 창업한 것을 내가 다시 일평생을 바쳐 쌓아올린 곳이다. 지금 직원 수만 해도 천여 명이 넘어! 거기에 딸린 입들까지, 내 덕택에 먹고사는 입이 몇인데? 여기까지 기울인 그 피땀 어린 노력을 너 같은 애송이가 알기나 해?"

식탁 위에 올려놓은 주먹을 파르르 떠는 품이 여차하면 식탁을 엎어뜨리기라도 할 거친 기세였다. 왕년에 민 회장 앞에 서면 배짱 좋고 난다긴다하던 조폭들도 꼼짝달싹 못 한다던 소리가 거짓말이 아니었겠다 싶었다. 그러나 머리끝까지 차가운 분노로 가득 찬 지형에게는 그 모든 것이 전혀 눈에 들어오지 않았다.

"그래서, 여자 하나의 일생쯤은 쉽게 뭉개도 된다는 겁니까?"

"하! 여자도 여자 나름이다! 돈이나 몇 푼 쥐여주면 될 그런 천한 인생 따위……!"

"참 편하게 생각하시는군요. 사업이든 제 여자에 대해서든."

그는 딱 잘라 말했다. 말 그대로의 심정이었다. 몇천 명을 먹여 살리는 것 따위 알 게 뭐냐. 원하지도 않는 그런 걸 왜 주려고 해? 당신이 만든 거니 당신이 무덤까지 쓸어담아 지고 가든지!

"하지만 전 제 생각이 더 중요해서요. 저한테 그 여자는 이 서류들만큼, 아니 거기에 제 남은 인생을 더할 만큼 가치가 있거든요. 아, 그리고 혹시나 해서 드리는 말씀인데, 강제든 아니든 그 여자를 본가나 다른 곳에 초대하실 생각은 절대 마십시오. 그렇게 되면 제가 한 시간마다 이 서류들을 순서대로 주요 신문과 각종 방송매체에 먼저 발송하겠습니다. 어쩌시렵니까?"

"어쩌긴 뭘 어째? 이 미친놈이!"

"저랑 제 여자, 순순히 놓아주십시오. 초식동물처럼 풀만 먹고도 살 여잡니다. 저도 그냥 한 미혼모의 별볼일없는 자식으로, 조그만 중소기업의 부장으로 사는 게 좋습니다."

"흐윽." 하는, 탄식보다는 목 졸려서 내는 신음에 가까운 소리를 민 회장이 내뱉었다.

"도대체 제정신이냐? 네놈은, 너란 놈은 야망도 없어? 사내자식이 되어서 제 앞에 놓인 수천 명을 호령할 수도 있는데 그걸 여자 하나 때문에 망치겠단 말이냐!"

"글쎄요, 아마 전 사내자식이 아닌 모양이죠. 아버지처럼."

"씨 도둑질은 못 한다면서요?"라고 그가 비웃듯 중얼거리자 민 회장의 얼굴은 참혹하게 굳어졌다. 지형은 손을 뻗어 와인잔을 집어들었다. 상황은 거의 결판이 난 듯싶었다. 생각보다는 너무 간단해서 어쩐지 싱겁다.

"회장님의 취향 중 거의 유일하게 마음에 드는 게 와인 쪽입니다. 의외로 종류나 이름, 가격에 거리낌 없이 소탈하게 원하는 걸 고르시거든요."

한 모금씩 천천히 두세 모금을 마시자 와인잔의 바닥이 보였다. "잔이 비었으니 그만 가렵니다." 하고는 그는 자리에서 일어섰다. 서류 가방을 들고 나가려던 지형은 뭔가 생각이 난 듯, 파랗게 굳어 있는 민 회장 쪽으로 허리를 숙였다.

"그리고 회장님, 제가 중소기업 부장으로 계속 먹고살려면 지금 다니는 곳이 무너져서는 안 되겠지요. 참고로 말씀드리는 거지만, 뭐 좋을 대로 하십시오. 그게 어찌 되든 그 오너께선 전혀 괘념치 않겠다고 하셨으니까요. 후계자 따위는 키우지도 않으셨고 사후에 재산이라도 좀 남아 있다면 사회 환원을 하겠다는 양반이시라서."

"……네 외숙부가 그러더냐? 하긴 그 조그만 회사야 무너지고 말고 할 게 뭐 있다고!"

그 말로 마지막 남은 체면의 조각이라도 그러모으겠다는 듯, 얼핏 경멸의 기색이 조부의 입술을 옅게 스치고 지나갔다. 지형도 그 얼굴을 마주 보고 옅게 웃었다.

"예, 그렇죠. 그래서 그 조그만 회사, 안 무너지면 그냥 저 준다고 하시더군요. 누이 목숨 값이라고. 일부러 자식들은 다 미리 딴 길 보냈다던데요. 어느 분과는 비슷하면서도 실은 전혀 다른 소리 아닙니까?"

외숙부는 창업할 때 조부에게서 도움을 받은 것이나 현재의 일부 임원들이 조부의 사람인 것을 용납하는 것도 필시 지형과 본가와의 연결을 지속하는 방편으로 생각하고 있을 터였다. 빈정거림이 역력한 말투에 조부의 얼굴이 확 붉어졌다.

"이놈 자식이! 너 내가 욕심 많다고 욕하는 거냐? 응?"

"알아서 들으십시오."

옆눈에 구 비서가 돌아오는 것이 보여 지형은 그만 허리를 펴고 지체없이 몸을 돌렸다. 어차피 조부로 여긴 적은 없는 노인네지만, 민 회장은 지는 모습 따위 누구에게든 보여준 적이 없을 터였다. 손자에게 협박당하는 꼴을 아랫사람에게 보여준다면 충격으로 쓰러질지도 모른다.

성큼성큼 걸어서 축구장 같은 뜰을 걸어나오자니 뒤에서 몇 번이고 부르는 소리가 들렸지만 신경은 쓰지 않았다. 이따위 유물로 가득 찬 진시황의 무덤 같은 집, 다시는 발들이고 싶지도 않았으니까.

## 17

뒤쪽 발코니에서 거품이 이는 셔츠를 열심히 북북 문지르고 있던 희단은 희미한 전화벨 소리를 들었다.

세탁기를 돌려놓고선 지형의 와이셔츠만 따로 빨고 있던 참이었다. 누굴까, 바쁜 때에? 지형은 아니다. 그는 늘 점심시간에 맞춰 전화를 했으니까. 김을 푹푹 내뿜고 있는 빨래솥을 흘깃 한 번 쳐다본 그녀는 비눗물이 뚝뚝 흐르는 고무장갑을 내팽개치고는 거실로 달려갔다. 벨 소리는 그 사이 한 번 끊어졌다가 금방 다시 시끄럽게 울려대고 있었다. '어서 받아! 빨리 받지 못할까!' 하고 소리라도 치는 것처럼.

"여보세요?"

- 네가 희단이란 아이냐?

수화기에서 흘러나온 칼칼한 남자의 목소리를 들었을 때 희단은 기시감을 느꼈다. 아뜩한 불안감이 겹치듯 뒤덮여, 그녀는 생각했다.

"이번엔 또 누구야?"

- 뭐?

상대 쪽에서 그 말을 들어버렸나 보다. 아뿔싸, 희단은 자세를 고치곤 어느새 땀이 배어 나온 손으로 수화기를 다시 잡았다.

"예, 제가 문희단입니다만. 실례지만 누구신지요?"

- 지형이 할애비라고 하면, 네가 알겠냐?

"예, 안녕하셨……, 어헉!"

빈정대는 것이 역력한 말에도 반사적으로 대답하다가 신음 소리가 절로 터졌다. 지형의 할아버지라면…… 설마 전에 봤던 그 시숙모의 시아버지? 지형이 항상 '회장님'이라고만 부르던 그 사람 말인가? 나이 들어 뵈는 목소리를 들었을 때부터 친가 쪽 어른이 아닌가 싶어 공손히 대답은 했다. 하지만 시조부가 직접 전화를 걸어오리라고는 상상도 못 한 일이었다. 온몸이 부들부들 떨린다.

- 안녕 못 하다.

"네에?"

잘못 들었나 싶어 말꼬리를 길게 늘여 물었지만, 상대는 더욱 딱딱해진 음성으로 커다랗게 소리쳤다.

- 안녕 못 하다고! 손자 녀석이 할 소리 못 할 소리 들이대며 협박을 하고 갔는데, 안녕할 수가 있겠어? 너 같으면 안녕하겠니?

"그, 그게…… 무, 물론 안녕 못 하지요. 아니, 이게 아니고."

두렵고 놀란 마음에 떠버리처럼 대답을 하다가 희단은 소스라쳤다. 협박이라니? 지형이 친조부에게 협박을 해? 그녀의 눈이 휘둥그레졌다.

이해할 수 없는 소리였다. 늘 바쁜 지형이라 신혼인 요즘도 늘 이른 아침 출근에 늦은 저녁 퇴근을 하고 있다. 휴일은 늘 그녀와 지냈고. 따로 할아버지를 만났다는 소리는 손톱만큼이라도 들은 적도 없다. 게다가 민 회장은 지형의 조부다. 조부에게 손자가 협박을 할리도 없고, 또 설사 협박을 했다 하더라도 그건 민 회장이 평범한 노인인 경우에 해당되는 말이었다. 거짓말이다. 희단은 그렇게 생각했다. 그녀가 마음에 안 든 민 회장이 손자와 희단을 갈라놓기 위해 거짓말을 하고 있다고.

머릿속에서 두려움이 천천히 가시더니 분기가 그 빈자리를 차지하기 시작했다. 동그란 미간에 오종종한 주름이 잔뜩 졌다. 숙모에서 사촌, 이번엔 할아버지까지! 완전히 거짓말 공갈 가족들이다. 원래 부자들은 이렇게 거짓말을 잘하는 사람들인가. 그녀는 입술을 깨물며 뻣뻣하게 물었다.

"저기, 협박이라니요?"

— 지형이가 나한테 와서 그랬다. 저랑 너랑 가만히 살게 두지 않으면 집안 폭삭 무너지게 만들 거라고! 그 못난 놈이, 너 하나 때문에 재산이며 회사를 통째로 다 물려준대도 발로 뻥뻥 걷어찼단 말이다, 알겠냐!

듣다가 말고 희단은 한숨을 포옥 쉬었다. 도대체 말이 되는 소리를 하셔야지.

"죄송하지만, 정말 민경업 회장님 맞으셔요?"

— 뭐?

"대구에 사시고, 백화점하고 부동산 체인 갖고 계시는 민 회장님 맞으시냐고요. 장난 전화 하시는 거 아니시죠?"

— 뭐, 뭐야?

"아니, 생각을 해보셔요. 일단 지형 씨 성격에 협박한다는 소리도 이상하고, 그 상대가 민 회장님이란 소리는 상식적으로 정말 말이 안 되거든요. 제 나…… 으흠, 나, 남편이라서 하는 소리가 아니고요, 지형 씨는 정말 예의 바른 사람이에요. 회장님이라면 그 사람이 얼마나 반듯한지 잘 알고 계실 텐데. 친조부님을 상대로 협박 같은 걸 할 리가 없지 않나요? 더구나 집안 전체를 망하게 한다니, 지형 씨는 절대 그런 모진 사람 아니에요. 또 이상한 게, 그렇게 재산도 많으시고 아는 사람도 많으실 회장님을 상대로 협박을 한다는 게 사실 웃기잖아요? 협박을 한다면 오히려 힘있는 민 회장님께서 하셨다는 게 더 이치에 맞지 지형 씨처럼 지방에서 조그마한, 아니 그러니까 진짜 작다는 게 아니고 큰 재벌 회사에 비하자면 그렇단 얘긴데, 어쨌든 작은 회사에서 팀장 정도 하는 사람이 뭐가 있어서 회장님께 협박을 하겠어요? 지나가는 사람 열을 붙잡고 얘기를 해도 열이면 열 모두 회장님께서 이상한 소리를 하고 계신다고 말할 거……"

- 시끄러워!

우레 같은 소리가 고막을 쩌렁 울렸다. 워낙 어이가 없었던 데다가 상대편에서 말이 없자 하고 싶은 말들이 마구 솟구쳐 연신 조잘대던 희단은 움찔 놀랐다. 민 회장의 목소리 크기도 크기지만, 자신이 무슨 배포로 여태껏 주절주절 늘어놓았나 싶어서.

- 너는 대체 어찌 된 애냐? 남자가, 정식으로 혼인은 하지 않았다고 해도 어찌 됐든 네 남편이란 사람이 재산과 명예가 보장되는 자리를 물렸다고 하면 응당 되찾아줘야 되겠다, 이런 생각은 하지 않고서!

"예?"

흐리멍덩한 소리로 묻고 나서야 비로소 희단은 아까 들었던 말의 후반부가 기억이 났다. 분명 재산이며 회사를 통째로 준대도 발로 찼다고 했던 것 같다. '협박'의 울림이 너무 커서 뒷말은 대충 넘겼는데 떠올리고 나니 이것도 예삿일이 아니었다. 외숙모님께 언뜻 듣기로는 그냥 보통 부잣집이 아니라던데 그 재산을 다 물려주다니 과연 정말일까? 가슴이 두근두근한다. 그런데 민 회장의 말 중 좀, 아니 상당히 마음에 걸리는 말들이 있었다.

- 맹한 것!

수화기 안에서 민 회장이 혀를 쯧쯧 찼다. "이렇게 맹한 걸 보니 이것저것 다 따지고 들러붙은 여우는 아니로구나." 어쩌고 하는 혼잣말 소리가 흘러나왔는데, 희단은 그 역시 제대로 듣지 못했다. 본격적으로 기분이 나빠지기 시작한 참이었다.

"저, 회장님."

- 그래! 네가 뭘 잘못하고 있는지는 알겠니? 당장 지형이더러……

"저희들 정식으로 결혼했어요."

- 뭐?

아무리 돈이 많아도 역시 나이는 못 속이는 법이다. 그래서 이렇게 말귀를 못 알아들으시는 거야. 그렇게 이죽이다가 눈에 힘을 팍 준 희단은 한 음절씩 딱딱 끊어서 발음했다.

"혼인신고는 아직 못 했지만 결혼은 정, 식, 으, 로, 했, 다, 고, 요! 신고는 가족관계등록부 고치고 바, 로, 할 거고요."

- 이 맹랑한 것이!

흘러나온 고함 소리가 너무 커서, 희단은 귀에서 전화기를 조금 떼놓으며 코를 찡그렸다. 거짓말 좀 보태서 무슨 화룡이 울부짖는 것 같다. 수화기 구멍에서 불꽃이랑 연기가 마구 솟아나와도 놀랍지 않을 것 같았다.

"흥, 그러다가 목 다 쉬시겠네요."

그녀는 송화기 저쪽에 들리지 않을 정도로 중얼거리며 입술을 비죽였다. 하지만 솔직히 전화 통화라서 다행이란 생각도 들었다. 도무지 현실감이 들지 않아서 그런지, 평소 같으면 말 꺼낼 엄두도 안 날 상대지만 겁도 별로 나지 않는다.

어쨌든 성격도 성격이려니와 저렇게 분노하는 걸 보니 상대가 지형의 조부가 아니라는 생각은 일단 접어야 할 듯싶었다. 그리고 조부와 지형이 만났고, 그가 뭔가 민 회장의 제안을 거절한 것도 사실인 것 같았다. 진짜 회장님이 아니라 비서나 누가 대신 전화한 게 아닐까 하는 생각이 좀 있었는데 말이다. 이 각박한 현실 사회에서 본인이 아니면 누가 저렇게 신경을 쓰고 열을 받으랴.

- 너 정말 내가 하는 얘기는 제대로 들은 게야?

"예, 잘 듣고 있어요. 그래서 민 회장님 말씀에 알겠다는 대답을 드리기가 더 힘드네요."

- 그건 또 뭔 소리야!

"저희들 정식 결혼한 부부 맞고요, 그러니까 저는 제 남편인 지형 씨 의견을 무척 존중해주고 싶다는 뜻이죠. 지형 씨가 회장님 만나러 갔다는 얘길 저한테 안 한 걸 보면 알리고 싶지 않았던 거고, 또 제가 이러저러한 간섭을 하는 걸 원하지 않았다는 얘긴데 제가 굳이 그이 결정에 뭐라고 토를 달고 싶지 않습니다."

- 이놈들이 정말!

민 회장이 또 버럭 소리를 질렀다. 거친 숨소리가 한참을 씩씩대더니 뭔가를 쿵쿵 두드리는 소리와 다른 사람들의 두런대는 소리, 그리고 유리가 맞부딪히며 달각대는 소리에 잇달아 낡은 수도관에서 물이 꿀렁거리는 듯한 소리가 차례로 들려왔다. 청심 어쩌고 하는 소리도 들렸는데, 무슨 일인지 모르겠다.

잠시의 휴지(休止) 뒤에 약간 침착해진 목소리로 민 회장이 물었다.

― 그럼 넌 네 남자가 부자나 재벌이 되는 게 싫단 말이냐?

"아니 뭐, 싫다 좋다기보다는, 그냥 지형 씨가 하고 싶은 대로 하라고 말하고 싶어요."

― 너는? 너는 어떠냐? 고대광실 부잣집 안주인 자리…… 탐나지 않아?

민 회장의 목소리는 은근히 낮아져 있었다. 거의 다정하게 들리는 그 달착지근한 목소리에, 희단은 '에? 정말 지형 씨 할아버님 맞나봐. 목소리 되게 닮았다! 지형 씨가 나이 먹으면 이런 목소리가 되려나 봐.' 하고 속으로 감탄했다. 그런데, 좀…… 느끼하긴 했다. 꼭 애니메이션에서 빨간 모자를 홀리는 늑대 목소리 같았다.

"아뇨, 저는 지금이 좋아요."

― 네가 잘 몰라서 그러는가 본데…….

목소리가 좀더 기름기를 입으며 보들보들해졌다. 빠다 만땅이다. 희단은 "으으." 하고 신음 소리를 내며 몸을 부르르 떨었다. 지형이 암만 나이 들어도 이 정도까지 되면 곤란할 것 같다. 그럼 온몸을 세탁비누로 빡빡 손빨래를 해주고 싶어질 것이다.

― 여기 한번 와보면 알 거다. 대대로 내려오는 아흔아홉 칸 고택이 얼마나 으리으리한지. 지방 문화재로도 등록이 되어 있는 집이지. 명절만 되면 시의원, 도의원은 물론 지역 국회의원까지 인사하러 오는 사람들이 줄을 선단다. 그 사람들이 다 네 발밑에 있는 거나 마찬가지야. 네 코끝 하나로 부릴 수가 있어.

"손도 아니고 코로 사람 부리고 싶지 않아요. 게다가 그런 높은 자리, 아랫사람에게 신경도 써야 하고 마음도 써야 하는 자리 아닌가요?"

- 크흠. 그렇긴 하다만. 그래도 네가 원하는 건 불로초 말고는 다 구할 수도 있을 건데? 그래, 네 동생도 앞길이 창창해질 거고 모친도 훨씬 좋은 곳에서, 미국이나 구라파에서 치료받을 수 있을 게다.

이건 좀 구미가 당긴다. 희단은 잠시 고민에 빠졌다. 그러나 생각은 길지 않았다.

"아뇨, 지형 씨에게 미안해서 안 되겠어요. 지금도 엄청 미안한데 여기서 어떻게 더 폐를 끼쳐요?"

- 폐라니! 그게 무슨 소리야! 그 정도로 폐라는 소리를 하면 네가 우리 가문을 깔보는 거지!

"아무튼 싫습니다. 조선왕조 5백 년도 처가 때문에 결국 망한 거래요. 지형 씨가 그러고 싶다면 몰라도 제 욕심으로 그이에게 뭘 하라 말라 하고 싶지는 않아요. 어디 가서 저 밥 굶길 사람도 아니고…… 또 밥이야 좀 굶으면 어때요? 아직 젊은데."

그러고 나서 쑥스러워진 희단은 "에헤헤헤." 하고 웃었다.

"으음, 지형 씨가 워낙 잘해줘서요, 사실 저는 별 필요한 것도 없고 부러운 사람도 없어요. 그냥 그 사람만 곁에 있으면 다 좋아요. 뭐랄까, 손만 잡고 있어도 배가 부른 기분?"

수화기 저쪽에서 침묵이 흘렀다. '뚜뚜뚜' 하는 통화 종료음이 들리진 않았지만 너무 조용해서 희단은 송화기를 붙들고 물었다.

"여보세요, 여보세요? 회장님? 끊으셨어요?"

- ……바보는 아무리 명의라도 못 고친다는데.

무슨 바닷가 동굴을 통해서 불어오는 바람 소리 같은 깊은 한숨 소리가 수화기를 통해서 응응 울려왔다.

"네?"

- 덜 떨어진 것, 좋기도 하겠다. 허허. 바보에다 장님을, 그것도 쌍으로 어떻게 고치겠누.

기가 막혔는지 민 회장이 헛웃음을 토했다. 수화기 속에서 또 조그맣게 "…… 초식동물 같은 마누라라 그러고…… 멍청하게 손만 잡고 있어도 배가…… 둘이서 풀만 뜯어먹다가 죽지…… 난 모르겠다. 똑같은 것들이 만나서는…… 토끼들도 아니고…….." 어쩌고 하는 소리가 희미하게 들렸다. 내용은 잘 모르겠고 비웃는 어조긴 해도 어째 아까처럼 펄펄 끓는 용암 냄새 나는 건 아니다. 더 이상 화는 안 내시겠구나 싶어 희단도 마음이 한결 좋아졌다.

"에헤헤헤……. 저기, 그런데 정말 지형 씨가 회장님께 협박, 아니 하여간 심하게 말을 안 듣던가요? 그이 성격으론 상상이 안 되어서요."

- 흥, 네가 뭘 잘 모르는구나. 하긴 그놈이 자기 관리를 잘하긴 하지. 심하게 이중적인 놈이야.

뭔가 욕 같기도 하고 칭찬 같기도 한 말에 희단은 고개를 갸우뚱했다. 가끔 보면 지형에게 남달리 치밀한 구석이 보이긴 하지만 이중적이라고 할 것까지야 있을까. 그러다 곧 이해가 갔다. 이 집안 사람들은 원래 말을 좀 심하게 했다. 게다가 지형을 다들 별로 안 좋아하니까 자신이 알아서 가감해 들어야겠다는 생각이 들었다.

- 너 말이다, 지형이 그놈이 애초에 왜 널 점찍었는지는 모르겠는데 순수한 목적은 아니었을 거다. 순수가 다 뭐냐. 콩만 할 때부터 머릿

속에서 온갖 생각이 돌아가도 얼굴에 표시 하나 안 내던 놈인데. 그건 알고 있어라.

이건 또 무슨 중상모략인가. 아무리 친조부님이라고는 해도 너무 심하신 것 같다. 오만상을 찌푸리면서도 희단은 시어른의 심기를 거스르지 않기 위해 조심스럽게 물었다.

"어, 그럼 회장님 말씀은 지형 씨가 저를 전혀 안 좋아하는데 무슨 목적 때문에 억지로 결혼 생활을 하고 있다는 말씀이세요?"

- 아니, 뭐 꼭 그런 건 아니고.

"그렇죠? 회장님 눈에도 지형 씨가 그런 것까지 거짓말하게는 안 보이죠? 제가 그래도 사람은 좀 볼 줄 아는데, 지형 씨가 생각은 많긴 해도 본심은 참 상냥하고 좋은 사람이거든요. 약속한 것도 꼭 지키고요."

- 허! 그놈이 평생 널 행복하게 해주겠노라고 허튼 약속이라도 했나 보군.

"……어머."

절로 얼굴이 확 붉어졌다. 어떻게 아신 걸까? 그러자 수화기에서는 그녀의 볼그레해진 얼굴을 보기라도 한 양 대뜸 언짢은 목소리가 흘러나왔다.

- 아, 그걸 믿어?!

"예."

- 진짜로?

"예."

진지한 믿음의 대답으로는 너무 짧았던 것 같아 "남편을 안 믿으면 누굴 믿어요?" 하고 변명처럼 중얼거리자 민 회장은 또다시 실소를 터뜨렸다.

- 만난 지 두어 달밖에 안 되었다더니만, 그새 그놈을 그렇게 믿다니 정말 바보 아니면…… 제기랄.

'부럽군.'이라고 말하는 음성을 들은 것 같아서 희단은 자신도 모르게 "뭐라고 하셨어요?" 하고 물었다. 그러나 민 회장은 혼자서 중얼거릴 따름이었다.

- 별일이야. 이 나이 되고 보니 바보들이 더 필요하다는 생각이 들다니.

"회장님, 그래도 바보보다는 학벌 좋고 똑똑한 사람들이 나을 텐데요."

- 그런 게 있어! 어른 말씀에 토 달 거야?

버럭 화를 낸 민 회장은 이번에는 내가 분명히 지형이 할애비라고 밝혔는데 왜 넌 계속 회장님이라고 부르느냐고 난데없는 짜증을 부렸다. 지형 씨가 늘 회장님이라고 불러서 습관이 됐나 봐요, 하고 어설프게 대답하자 이번에는 힘이 팍 실린 목소리로 명령을 하신다.

- 그놈은 그놈이고! 지형이 그놈이 뭐라든 너는 다르게 불러!

"예? 어, 어떻게요?"

- 아, 그걸 몰라? 너 고등학교는 제대로 나온 거 맞니? 촌수도 못 따져?

촌수를 따질 것도 없이 원래대로라면 '할아버님'이라고 불러드려야 맞다. 하지만 망설임이 없을 수가 없다. 희단은 몇 번이고 눈을 깜빡거렸다. 그러자 어여 제대로 불러보지 못하느냐고 재촉이 마구 쏟아진다. 지금, 정말 그렇게 부르라고 하시는 걸까?

"음…… 하, 할아버님?"

- 어허, 허허허허…… 그, 그렇지. 큼큼.

웃음도 아니고 울음도 아닌 이상한 소리를 낸 지방 유지이자 나름 소문난 자산가인 민경업 회장님은 왠지 힘이 다 빠진 목소리로 "그래, 이런 게 세상사지. 어쩌겠어." 하고 뚱하니 혼잣말처럼 말씀하셨다. 그리곤 다시 물으신다.

- 그런데 너, 건강하지?

"예? 아, 예. 그럼요."

- 혹시 너도 날씬하자고 밥 안 먹고 그러는 족속이냐?

"아, 아니에요."

쬐끔 찔렸지만, 사실은 사실이었다. 날씬해지고 싶어서 밥을 안 먹으려고 마음먹은 적은 있어도 실천해본 적은 한 번도 없으니까.

- 잘 먹어라. 요새 대한민국 출산율이 떨어지는 거, 그거 심각한 사회문제다.

이게 무슨 소린가? 희단이 알 듯 모를 듯한 그 말에 눈을 뒤룩거리고 있노라니, 꼭 그 얼굴을 보기라도 한 양 민 회장은 "다른 생각 말고, 앞으로는 전화 오면 늑장 부리지 말고 제꺽제꺽 잘 받아! 알겠지?"라는 말을 협박조로 남기시곤 긴 통화를 끝내셨다.

수화기를 내려놓고 나니 어쩐지 큰일이라도 한 듯 온몸이 뻐근하다. 그러나 역시 큰일을 치러낸 뒤의 뿌듯한 만족감도 느껴져서, 희단은 이상하다고 생각했다. 전화 한 통화 한 건데 무슨 일을 했다고. 그러다가 민 회장의 '명절이면 손님이 줄을 서서' 운운했던 발언을 기억해내곤, 그렇게 바쁘고 높으신 분과 통화를 한 거니까 큰일은 큰일인가 싶은 생각이 들어 그녀는 고개를 끄덕였다.

나중에 지형 씨에게 할아버님께 안부 전화가 왔었다고 말은 전해야겠다. 따지자면 안부 전화는 아니었지만 맨 나중에 건강하냐는 말은 물으셨으니까.

"그런데 이게 무슨 냄새지?"

얼핏 이상한 냄새가 코를 스쳤다. 뒤늦게 빨래를 불에 올려놓았다는 게 기억났다.

"아이고, 어떡하나! 귀중한 서방님의 속옷이 다 타겠네!"

하던 생각은 다 접고 희단은 급하게 발코니로 달려갔다.

# 18

　모처럼 지형이 일찍 퇴근해서 흐뭇한 저녁상을 받고 있던 초여름의 금요일 밤이었다. 6월이 되니 날도 늦게 저문다. 원래 계획으로는 외식을 하고 근처 공원에 산책이라도 갈까 했으나 집에서 식사를 하자는 희단 때문에 포기했다. 대신 지형은 식사 후 그녀와 심야영화나 보러 가려고 예매를 해두었다. 집에도 홈시어터 시스템이 있기는 했으나 희단은 영화관을 좋아했다.

　원래 지형은 사람들이 많고 번거로운 영화관을 그리 좋아하지 않았다. 주말 밤에는 둘이서 오붓하게 성인들만의 영화를 보면서 부부간의 진한 애정을 쌓으면 좀 좋으련만, 이 철없는 마누라는 커다란 팝콘 통을 들고 싸구려 탄산 음료수나 쭉쭉 빨면서 스크린 보기를 더 선호하니 은근히 마음이 상했던 거다.

　자신의 매력이나 애정표시가 설마 7천 원이면 만날 수 있는 대중영화관보다 못하단 말이냐! 초기에는 그런 자격지심이 지형의 속에서 부글부글 끓었다. 그렇지 않아도 요즘 이상하게 몸을 사리는 토깽이 때문에 한동안 회복했던 남자로서의 자존심에 금이 갈락말락

하고 있던 차였다.

하지만 그가 누구던가. 지형은 곧 새로운 흥밋거리를 찾아냈다. 반드시 미성년자 관람불가 영화에 구석의 커플석을 예매하되, 희단을 벽 쪽으로 앉혀서 대중의 시선에서 차단한 다음 이런저런 스킨십을 시도하는 것이 그것이었다.

노출증이 있는 변태가 아니라서, 그리고 눈에 넣어도 안 아플 아내를 욕 듣게 하기는 싫어서 그리 과감한 짓까지는 하지 못했다. 그저 가벼운 입맞춤이나 포옹, 간질이기 정도가 전부였지만 그 정도로도 쉽사리 빨개져서 안절부절못하는 희단을 보며 즐거워하기에는 충분했다. 좀 있으면 영화관에 가자는 소리가 쑥 줄어들 거라고 생각하며 지형은 빙긋이 웃었다.

"많이 먹어요. 요즘 더워서 그런지 볼에 살이 좀 빠진 것 같아요."

젓가락으로 장어구이—남자뿐만 아니라 여자에게도 어울리는 스태미너 음식—를 집어 밥그릇에 놓아주자, "괜찮아요. 반찬은 제가 집어먹어도……."라면서도 달게 숟가락질을 하던 희단이 갑자기 눈을 들었다.

"어, 혹시 오늘 예매한 영화가……?"

물론 오늘도 성인 영화를 예매해놓았다. 하지만 지형은 딴청을 피웠다.

"요즘 인기 있는 로맨틱 스릴러물이라던데요? 상영작 중에 제일 유명한 걸로 골랐어요."

"……설마 '추적의 본능'? 그건 아니죠?"

허걱, 하는 인터넷 용어가 얼굴에 적힌 것 같은 얼굴로 희단이 물었다. '어허, 아니긴 왜 아니겠소.' 하고 조선 선비 투로 대답하고 싶은 것을 참고 지형은 그저 웃었다. 희단은 울상이 되었다.

"아니, 요즘 예매하는 영화는 모두 왜 그래요?"

"그게 어때서요?"

무심히 반문하며 허공에 떠 있는 희단의 밥숟갈에 부추무침—봄 부추는 인삼을 능가하는 강정제라고 했다—을 올려놓자 역시 그녀는 무심결에 숟가락을 입으로 가져간다.

"심야 영화관에 그런 영화 보러 가면 괜히 기분이 야…… 아니, 주위가 죄다 커플들이라서 좀 그래요. 2주 전에도, 또 그 전주에도 우리 19금 영화만 봤잖아요?"

"그때 예매 1순위가 다 그런 영화라서 그렇죠."

우물우물 씹는 입가로 부추잎이 몇 개 살짝 빠져나와 있어 검지로 그것을 쓸어 넣어주었다. 또 아무 생각 없이 희단이 혀를 내밀어 할짝거리며 부추를 받아먹는다.

"그애오, 다으 여하도…… 음, 이이잉 여하도…… 이뜨플 거잉데."

손가락 끝에 와 닿는 진분홍빛 말캉한 혀의 감촉이 뭐라 말할 수 없이 보드랍고도 따뜻하다. 으음.

"1위 보기도 바쁜데 언제 2위를 봐요? 시간 아깝게."

정말 시간이 아깝다. 하고 싶은 것만 하고 살아도 모자란 시간에 영화 따위라니. 입술 속으로 금방 사라진 혀를 따라 손가락을 밀어 넣고 싶은 욕구를 겨우 참으며 지형은 양념이 묻은 그녀의 입술을 주의 깊게 천천히 문질렀다.

"고춧가루 묻었네요."

"고, 고추…… 많이 무어어요?"

둔한 신경에도 뭔가 이상한 느낌이 드는지 볼을 발그레하게 붉히면서 묻는 희단이 너무 귀엽다. 아니, 이제 고춧가루는 안 묻었어. 그 대신 당신에겐 다른 걸 묻히고 싶어. 그 장면을 상상하다 말고 그는 속으로 신음을 흘렸다. 으윽, 섰다.

"밥, 다 먹어가죠?"

갑자기 그가 자리에서 벌떡 일어서자 희단이 당황스런 얼굴을 했다.

"지형 씨는 아직 많이 남았잖아요. 입맛이 없어요? 아니면 반찬이 입에 안 맞아요?"

답 대신 지형은 뜨거운 눈길로 희단의 동그란 두 눈을 강렬하게 쳐다보았다.

'이봐요, 부인. 어디 사람이 밥만 먹고 사는 줄 아시오? 더구나 우리는 밥 먹다가도 눈 마주치면 밥상을 뒤엎는다는 신혼이 아니오!'

그러나 희단은 그 눈빛을 이해하고 같이 벌떡 일어서기는커녕, 멀뚱멀뚱한 얼굴로 손을 들어 뺨을 더듬었다.

"어? 내 얼굴에 또 뭐가 더 묻었어요? 밥풀인가?"

참…… 토끼가 밥풀 뜯어먹는 소리였다. 지형은 차마 희단을 노려보지는 못하고 대신 두터운 원목 식탁을 노려보기로 했다. 젠장, 밥상 대신 식탁을 한번 뒤엎어봐? 그러나 그의 사랑스러운 토끼 부인은 또 여지없이 그 눈길을 곡해했다.

"반찬이 맘에 들지 않는다고 진작 얘기하지 그랬어요? 지금이라도 다른 반찬 해드려요? 지형 씨 좋아하는 김치찌개나……"

이젠 정말 못 참겠다! 틀림없이 벌게졌을 눈을 들이대면서 희단에게로 한 발짝 다가섰다. 그녀의 목소리가 점점 작아졌다.

"정 식욕 없다면 기, 김밥……."

"……."

"라, 라면이라도."

라면, 라면이라고? 송충이처럼 짙은 눈썹 끝이 날개를 펴고 이마 끝으로 날아오르려 했다.

"내가 지금 딱 먹고 싶은 라면이 있긴 해요. 뭔지 알겠어요?"

"……아뇨."

"식탁이 침대라면."

"네?"

눈을 커다랗게 뜨고 지형을 바라보던 희단이 돌연 손바닥으로 입을 막았다. 푸흡, 하는 웃음이 그 손바닥 안에서 작게 터지더니 곧 커다랗게 폭발했다.

"푸하하하하! 지, 지형 씨, 어쩌면 그렇게 썰렁한 유머를! 안 어울려요! 너무 진지하다고요! 우흐흐흐흣……!"

썰렁하고 안 어울린다면서 웃긴 왜 웃나. 사실 자신은 참 진지하건만. 지형은 섭섭하다 못해 무표정해진 얼굴로 쟁반을 가져왔다. 그리고 식탁 위의 그릇을 겹쳐 올려 모두 한꺼번에 싱크대 위로 옮겨놓았다.

"준비 끝."

조용히 중얼거리자, 희단은 그때야 사태의 심각성을 알아차린 모양이었다.

"무슨 준비요?"

"면 먹을 준비."

"엑? 진짜요?"

놀란 그녀의 시선이 식탁 위로 떨어졌다가 화들짝 솟아올랐다. 한 걸음 더 다가가자 희단이 벌떡 자리에서 일어났다.

"지, 지형 씨, 이럴 게 아니라 아, 안방으로……"

그는 대번에 고개를 저었다. 새치름하게 달아오른 얼굴이 너무 예뻐서, 몇 걸음도 참을 수 없을 것 같았다. 목이 홧홧하게 달아오른 기분이 들어 마른침을 삼키며 지형은 희단을 단숨에 안아 올렸다.

"희단 씨가 음식이…… 라면,"

"……"

"평생 먹어도 질리지 않을 밥이 아니면,"

"……"

"늘 달고 시원한 물이겠죠. 사흘 만에 죽는다는데, 물 못 먹으면."

슬그머니 희단의 팔이 그의 어깨에 올라왔다. 웃음으로 초롱초롱 반짝이는 눈이, 발개진 볼이 그를 마주 본다.

"아부가 많이 심한 거 아닌가요?"

"아닌데."

코로 따끈따끈한 뺨을 비비며 희단의 귀를 지그시 물었다.

"지금 나 목말라죽을 것 같거든요……"

긴 숨을 귓바퀴 안에 달콤하게 불어넣자 그녀의 몸이 미세하게 떨렸다. 희단의 엉덩이를 식탁 끝에 살짝 내려놓고 턱 끝이며 목덜미에 차례로 입을 맞추고선 지형은 요구했다.

"벗겨줘요."

단숨에 희단의 낯빛이 연분홍에서 진홍색으로 변했다. 어쩔 줄 모르는 그녀를 보고 그는 낮게 쿡쿡거렸다.

"안경 말입니다."

"못됐어! 놀리다니 나빠요!"

작은 주먹이 어깨를 콩콩 두드렸다. 지형은 그 손을 잡아 자신의 뺨에 갖다대었다. 주방세제와 핸드로션의 향이 섞여 연하게 풍기는 그 작고 짤막한 손이 너무나 사랑스럽다.

"정확히 말하자면 안경'부터'예요. 그러지 않으면 희단 씨 연한 살갗에 자국이 많이 남을 테니까."

이번에는 진홍색의 얼굴이 심홍으로 바뀌었지만 희단은 아무 말도 하지 않았다. 그의 안경을 벗기고 셔츠의 단추를 푸는 손이 가늘게 떨린다. 그런 그녀를 보니 참…… 숨이 가쁜 것도 가쁜 것이지만 그것보다는 흐뭇하기가 이루 말할 수가 없다. 허리띠를 풀고 바지를 내리기 직전에, 문득 뭔가가 생각난 그는 바지 호주머니에서 어떤 물건을 한 주먹 꺼냈다. 오늘 낮에 사무실 여직원에게서 얻었던 사탕이었다. 그것 중 하나의 포장지를 찢고 입에 넣은 지형이 말했다.

"아, 해요."

희단이 눈을 감고 입을 벌렸다. 윤기가 도는 분홍빛 혀를 보고 그는 침을 꼴깍 넘겼다. 아마 사탕을 주리라고 기대하는 모양인데 천만의 말씀. 설핏 웃은 지형은 그녀의 입술을 막고 냉큼 그 혀를 삼켰다. 새콤한 맛의 사탕이 그의 입에서 그녀의 입으로 굴러 들어갔다. 놀란 희단의 입술이 잠시 굳었으나 곧 말랑하게 풀렸다.

"맛있어요?"

"네…… 맛있어요……."

바로 대답이 나오는 걸 보니 그동안 열심히 가르친 보람이 느껴져 그는 또 속으로 웃었다. 몇 번 사탕이 오가는 사이에 희단의 눈은 몽롱하게 풀려갔다. 그 사이 얼른 남은 옷가지들을 털어내고 그녀를 끌어안았다.

"아, 내 옷!"

"괜찮아요."

헐렁한 원피스 따위가 장벽이 되다니, 어림없다. 불타는 신혼이 아니던가! 이까짓 얇은 여름옷쯤, 이글대는 체온으로 태울 수도 있겠다! 그렇게 장담하며 치마를 획 젖혔는데. 어럽쇼? 안에 이건 뭐야?

"희단 씨, 이거…….'

"아, 속치마요?"

"아니, 속치마 말고요. 이거요."

"속바진데요."

"뭐 이런 걸."

레이스 달린 매끈매끈한 천을 잡아당기니 다행히도 쭉 미끄러져 내려온다. 희단이 얼굴을 붉히며 엉덩이를 살짝 들어 도와주었다. 등 뒤로 획 집어던지며 '집 안에선 이딴 거 입지 말아요!'라고 강력하게 말하려다가 그는 곧 말을 고쳤다. 택배사 직원이나 마트 배달원을 떠올렸기 때문이었다.

"나하고 있을 때는 이런 거 입지 말아요. 알겠죠!"

금방 '예'라고 대답할 줄 알았는데 희단은 어쩐지 망설였다. 몇 번이고 "안 입는 거죠? 응? 응? 응?" 하고 밀어붙여서 겨우 긍정의 답을 들은 지형은 만족스럽게 그녀의 무릎 위를 만지작거리다 흠칫 놀랐다. 아니 또 이건 뭐래?

그의 눈치를 읽은 희단이 재빨리 말했다.

"블루머라고 짧은 속옷이에요."

속옷인 줄은 알겠다. 이름까지는 몰랐지만. 그런데 구태여 그 이름을 알 필요가 있나? 이름은 고사하고 애초에 그 존재를 알 필요가 있는 물건이 아니지 않나! 성난 망아지처럼 푸르르 뜨거운 콧김이 나올 것 같은 얼굴로 지형은 이를 갈았다.

"속옷 서랍을, 불태워버릴 겁니다."

"이놈의 옷들은 몽땅 찢어버리고!"라는 말을 곁들인 그는 다급한 손길로 그녀를 무장해제시켰다. 하의뿐 아니라 위의 옷도 어찌나 꽁 꽁 싸매어 입었는지 이건 뭐, 지금이 오뉴월이 아니라 무슨 동지선 달인 줄 알 정도였다. 덕분에 흰자위에까지 피가 올라 시뻘게진 얼굴 이 되어서야 지형은 겨우 목표한 상태에 이를 수가 있었다.

하아, 하고 긴 숨을 내쉰 그는 그녀의 허리를 힘껏 끌어당겼다. 다 소 거친 진입에 미간을 찌푸리며 "으응." 하고 작게 신음 소리를 내 뱉은 희단이 그의 목덜미에 얼굴을 묻고 속삭였다.

"사, 살살…… 부드럽게 해줘요."

윽. 지형은 급하게 숨을 멈췄다. 호흡곤란이라도 올 것처럼 심장 이 격하게 뛴다. 아, 젠장. 이런 말을 듣고 정말 부드럽게 할 수 있으 면 그게 사내자식이겠는가! 탄산음료라도 마신 듯 콧잔등까지 욱신 거렸다. 필사적으로 욕구를 참으며 머릿속으로 S, L, O, W를 차례로 떠올렸다. 천천히, 천천히. 춤을 추듯이. 리듬감 있게, 슬로우, 슬로 우…… 퀵…… 맙소사! 이게 아니지!

희단의 엉덩이와 허리를 감싸 안은 손바닥이 금세 땀에 젖어 미끈 거렸다. 그녀의 호흡이 부딪히는 어깨는 불이 붙은 듯 뜨겁다. 통짜 원목으로 된 식탁이 삐걱거렸다. 한쪽에 얹어놓은 꽃병이 흔들거리 며 꽃다발들이 짙은 향내를 퍼뜨린다. 등골을 타고 흐르는 저릿한 쾌감이 끝을 향해가는 것을 느끼며 지형은 뜨겁게 토로했다.

"희단 씨, 나, 내 아이를…… 낳아줘요."

438

말이 끝나는 순간 눈앞이 하얗게 흐려진다. 눈을 감으며 희단의 어깨에 기대는 지형의 이마에서 땀이 뚝뚝 떨어졌다. 품 안의 따뜻한 몸을 한 치의 빈틈도 없이 끌어안고 한동안 숨을 골랐다. 그리 넓지 않은 주방 겸 식당의 공간이 두 사람의 점점 느려지는 숨소리로 가득 찬 느낌이다.

약간의 여유를 되찾은 뒤, 지형은 역시 땀이 밴 희단의 이마에 입술을 살짝 눌렀다. 우리 예쁜 마나님, 하고 중얼거리자 갑자기 희단이 킥, 하고 웃었다.

"왜 웃어요?"

늘어진 머리카락을 쓸어올려 주며 묻자 그녀는 둥글게 눈을 접으며 대답했다.

"음, 지형 씨도 경상도 남자구나 싶어요."

"……?"

"왜, 그런 개그 있었잖아요. '내 아를 낳아도!' 하는 거."

"아아."

고개를 끄덕이고 나니 어쩐지 좀 쑥스러웠다. 왜 하필 그때 그런 말이 생각났을까? 잠시 그 느낌을 더듬어보다가 지형은 곧 수긍했다. 희단을 온전히 자신의 것으로 하고 싶었다. 임신한 희단의 모습이나 아이를 안고 있는 모습을 상상해보니 뭐라 말할 수 없는 뿌듯함이 가슴을 꽉 메워오지 않는가. 원시시대부터 내려오는 남자의 본능이란 자기 여자가 자기의 자식을 낳는 것으로 충족되는지도 몰랐다.

"지금도 좋지만, 가족이 더 있으면 더 좋겠죠. 희단 씨와 나만의 가족. 우리가 만드는 가족이."

코를 그녀의 뺨에 부비며 말하자 희단이 미소 지었다.

"그 소원, 어쩌면 조금만 있으면 이뤄질지도 몰라요."

"응? 지금 뭐라고 했습니까?"

깜짝 놀라 그녀의 어깨를 잡고 부르짖자 희단은 눈을 아래로 내리깔았지만, 그 입가의 수줍은 듯한 미소는 좀더 짙어졌다.

"두 번 말 안 할래요."

"그, 그런…… 병원에 가봤어요? 얼마나 된 거죠? 혹시 어디 불편한 곳은 없어요? 아니, 이럴 때가 아니지!"

질문을 퍼붓다 지형은 자신이 지금 희단을 차갑고 딱딱한 원목 식탁에 그냥 앉혀놓고 있다는 것을 깨달았다. 그는 그녀를 덜렁 들어 올려 안았다.

"어서 침대로 갑시다! 이렇게 풀어헤치고 앉아 있으면 안 되는데. 왜 진작 말을 하지 않고선!"

물론 지금은 춥다고는 말할 수 없는 6월 말이긴 하다. 그리고 희단의 자세가 자신에게 기댄 거나 마찬가지였으니 딱히 불편하다고도 할 수 없었지만 그래도 이런 경우에는 매사에 절대적으로 조심해야 하는 것을!

실로 조심스럽게 안방으로 희단을 안아 데려간 지형은 침대에 그녀를 고이고이 올려놓았다. 여름 누비이불을 꼭꼭 덮어준 뒤 대충 옷을 찾아 입고 희단의 곁에 앉았다. 손을 내밀어 그녀의 손을 감싸 쥐었더니 희단이 장난스럽게 웃으면서 그의 손가락을 깍지끼고 만지작거린다.

"걱정 말아요. 실은 할아버님께서 아시는 의사 선생님을 소개해주셔서 벌써 검진도 다 받은걸요."

"아, 다행이에요. 검진 결과가 어떤지 빨리 말해주……, 음?"

아무리 단속하려 해도 찢어질 듯 저절로 벌어지던 입귀가 순간 굳어졌다. 할아버님이라니? 희단에게 조부가 있었던가? 그러나 그는 곧 엷은 웃음을 지었다.

"희단 씨에게 조부님이 계신 줄 몰랐습니다. 친가 외가 다 돌아가신 걸로 아는데, 어떤 친척분입니까?"

"아니, 그게 아니라……."

찔끔하면서 슬그머니 일어나 앉은 희단의 표정이 차마 말로 못 한 모든 것을 대변해주고 있었다. 민경업 회장. 연락한 건 그녀의 조부가 아니라 자신의 조부였다. 젠장, 이 노인네가 도대체 무슨 꿍꿍이로! 지형의 얼굴이 싸늘하게 굳었다.

"언제 회장님이 연락을 해왔습니까?"

"어, 그, 그게…… 실은 저번에, 그러니까 지형 씨가 대구에서 할아버님 만나고 온 얼마 뒤에 전화를 주셨어요. 그때 말하려고 했는데 깜빡 잊어먹어서……."

잊어먹다니, 그럴 리가 없다. 지형은 눈썹을 바싹 세웠다. 의사를 소개했다느니 하는 말로 봐서는 한두 번 전화한 눈치가 아닌데 희단이 아무리 맹해도 그때마다 잊어버렸다는 건 말이 안 된다. 분명 능구렁이 같은 민 회장이 이 토끼 같은 여자를 살살 구슬렸을 것이다.

"뭐라 하시던가요? 당장 물러가라고? 아니, 분위기로 봐선 그건 아니고. 혹시 아이랑 바꾸자고 돈다발을 들이밀진 않았습니까?"

"어머! 아니에요!"

희단이 질색한 얼굴로 손을 내저었다. 하지만 그는 냉랭하게 웃었다. 이 영감, 가만두지 않을 테다. 감히 모르게 자신의 여자한테 손을 뻗다니!

"하긴 예전에 내 숙모란 여자가 와서 돈다발을 던지다가 실패했단 건 알고 있을 테니까. 그럼 백지 수표라도 준다던가요?"

"배, 백지 수표요?"

"예. 여태까지 박대하던 사생아 손자에게 재산 전체를 통째로 줄 수도 있다고 했는데 그깟 백지 수표가 무슨 문제겠습니까. 아, 참고 로 말하자면 저는 마다했습니다. 그러니 희단 씨도 다른 생각 마십 시오."

쏘아붙이듯 빠르게 말하면서도 조금은 불안했다. 그냥 거액이 아 니라 무려 저 '백화점과 1, 2십억이 아닌 부동산을 거느린 개발 업체 가 포함된 재산'이다. 자신은 그것들보다 이 여자 하나를 택했지만 이 여자는 어떻게 생각할까? 과연 그 많은 부(富) 앞에 무심할 수 있 을까? 지형의 말에 댕그래졌던 눈은 조금 그 크기가 줄어들었다. 희 단은 잘라 말했다.

"다른 생각 없어요."

그는 안도했다. 다시는 그 집안과 연결되고 싶지 않다.

"하지만, 지형 씨도 할아버님에 대해서 잘못 생각하는 게 있어 요."

그런 게 있을 턱이 없다고 생각했지만 그는 참고 물었다.

"뭡니까?"

"사생아 손자라니, 할아버님께선 지형 씨를 전혀 그렇게 생각하지 않으세요. 물론 부모님의 결혼을 반대하셨던 건 사실이고 또 지형 씨를 한때 잘 대해주지 못하셨던 것도 사실이지만요. 어린 지형 씨 를 미워하셨던 건 자꾸 아버님이 생각나셨기 때문이래요. 죽어버린 장남이 아깝고, 부모님의 생명을 대신 받아 태어난 것만 같아서 차마 아끼고 사랑할 마음이 나지 않으셨대요. 얼마나 바보 같은 생각이었냐고 몹시 후회하셨어요. 사실 파양이 빨리 진행되게 해주신 분도 할아버님이라고…."

"하! 이제 와서 무슨 말이랍니까? 희단 씨는 그 말을 믿어요?"

그런 사탕발림에 넘어가다니. 역시 태생이 초식동물이라 어쩔 수 없구나. 안타까운 마음에 지형은 손 안에 든 그녀의 손을 꼭 움켜쥐었다.

"강수가 안 먹힐 거 같으니까 동정심을 자극하는 겁니다. 민 회장님은 그렇게 마음 여린 사람 아니에요. 의사를 소개해주는 것만 해도 그래요. 이미 혼인신고도 되었겠다, 민씨 집안 자식이다 싶으니까 아이는 반드시 거두려고 그러는 거죠."

희단이 갑자기 고개를 푹 숙였다.

"나, 나는, 어…… 우리 아이에게서 할아버님을 떼어놓고 싶지 않아요!"

"뭐라고요?"

"이 애한테는 외가 친척도 별로 없고 친가 친척도 외숙부님 댁 가족들만 있잖아요. 친정아버지와 동생이 미국에 간 거야 나쁘지 않은 일이었고 또 외손자나 조카에게 잘해줄 거란 장담도 못 하지만, 직계 가족은 하나도 없는 아이니 증조할아버님이 계시면 정말 좋을 거예요."

"무슨 그런……."

어이가 없었다. 친척이 많아서 뭐가 좋단 말인가. 희단이 다시 고개를 반짝 들었다.

"할아버님의 재산이나 배경이 탐나서 그러는 거 아니에요! 이미 유언장을 다 써두셨대요. 공증도 받으시고요. 회사는 나중에 직업경영인에게 돌리시고 다른 재산들은 거의 다 사회 환원하시겠다고 했어요. 우리 아이한테도 줄 건 없으시다고, 그냥 돌잔치에만 오고 싶으시댔어요. 와서 이 애는 꼭 한번 안아주고 싶으시다고."

눈물이 그렁그렁한 눈으로 그녀는 그를 바라보았다. 아직 채 나오지도 않은 배를 내밀고 그 배를 슬슬 매만지며. 지형은 땀이 나는 손을 들어 이마를 마구 문질렀다. 이런 행동들이 잔소리나 강요보다 심한 협박이란 걸 이 여자는 알까?

"그럼, 돌잔치에만 초대하는 겁니다. 그전이나 후에도 일절 연락은 하지 말아요. 알겠죠?"

"아니, 그래도 하시는 전화를 안 받으면 어떡하라고……."

'그쪽 지방서 오는 전화면 무조건 그냥 끊으란 말입니다!'라고 소리치고 싶었다. 하지만 죄지은 것처럼 웅크리고 소심하게 웅얼대는 모습에 차마 큰소리를 낼 수가 없었다.

"……용건만 간단히 말하고 끊어요."

"네, 용건만 간단히! 꼭 그럴게요."

금세 배시시 웃는 얼굴이 꼭 호랑이 앞에 '날 잡아잡수.' 하고 목 내밀고도 좋아라 하고 있는 토깽이 새끼 같아서 절로 한숨이 났다. 온몸에 힘이 빠져 지형은 희단의 곁에 풀썩 드러누웠다.

"영화 시간이 좀 남았으니까 잠시만 쉬자고요."

눈을 감고 나니 어른어른한 기분이 드는 것이 슬슬 졸음이 밀려온다.

"응, 조금만 자요. 피곤할 텐데. 내가 깨워줄게요."

"안 잡니다. 아홈……."

자신도 모르게 하품을 해버린 그는 눈을 비비적거렸다.

"그렇지만 혹시 내가 자면…… 영화 시간에 맞춰서…… 꼭 깨워 야…… 성인 영화…… 희단 씨한테 오늘도 키스해야……."

맨 마지막으로 작게 "영화관 싫어……."라고 중얼거리던 지형은 잠에 빠져들었다. 기어이 낮은 숨소리를 규칙적으로 내뱉기 시작한 그를 보고 희단은 풀썩 웃었다.

"지형 씨, 어쩜 이렇게 귀여워요? 겉만 보면 영판 사나운 불곰인 데. 아빠 곰이 된 다음에도 이렇게 귀여우려나?"

그리고 그녀는 조용히 노래를 흥얼거리기 시작했다. '곰 세 마리가 한 집에 있어'로 시작하는 노래였다.

잠이 든 지형도 꿈결 속에서 희단의 목소리를 들었다. 어슴푸레 들려오는 노랫소리에 희단을 찾으려 주위를 두리번거리는데 어디선 가 난데없이 토끼 한 마리가 나타났다. 회색과 흰색 털이 가뭇가뭇 섞인 토끼가 두 손을 모아 잡고 앙증맞게 춤을 추며 그녀와 똑같은 목소리로 노래를 부르고 있었던 것이다.

이건 또 무슨 동물 농장 시추에이션인가 싶어 처음에는 눈살을 찌푸리며 보고 있었지만, 엉덩이가 통통하고 동그란 눈이 유독 까만 토끼의 춤은 나름 귀여운 맛이 있었다.


곰 세 마리가 한 집에 있어
아빠 곰 엄마 곰 애기 곰


하얀 토끼는 '엄마 곰'이라고 할 때 엄지손가락으로 자신을 가리

컸다. 어쩐지 우스워서 지형은 피식 실소를 날렸다. 초식동물인 토끼 주제에 맹수인 곰 흉내는 무슨. 그러자 토끼는 까만 눈을 댕그랗게 뜨고 자신을 노려보았다. 그리고 노래가 이어졌다.

아빠 곰은 너무 밝혀
엄마 곰은 피곤해

헉! 저건 또 무슨 소리래? 눈을 부릅뜨고 쳐다보고 있노라니 인형 같은 토끼의 배 부분이 문이 열리듯 딸깍 열렸다. 그리고 그 안에는 조그마한 털북숭이 갈색 곰이 들어앉아 있는 게 아닌가! 그것만 해도 엽기적인 상황인데, 이제 보니 노랫소리는 토끼가 아니라 옴죽옴죽하는 그 작은 곰의 입에서 흘러나오고 있었다.

아기 곰은 뱃속에 앉아
아빠 아빠 철 좀 들어라

뭣이!

지형은 버럭 소리를 쳤으나 입에서는 아무 소리도 나지 않았다. 어쩐지 이게 다 저 작은 갈색 곰의 초능력스러운 힘인 것만 같아서 만만치 않은 라이벌 의식이 느껴졌다. 하지만 아무리 얼굴을 굳히고 필사적으로 버둥거려도 도통 사지가 움직이질 않는다. 이게 대체 웬일이람!

그러나 그가 그렇게 꿈속에서 식은땀을 흘리며 괴로워하고 있는 동안에도 현실은 그저 고요했다. 커다랗고 하얀 침대 위에서는 노래를 부르다 말고 잠이 들어버린 희단이 그에게 꼬옥 매달려 있었을 뿐. 그리고 지형의 오른손은 그런 희단에게 꼭 잡혀 동그란 배를 감아 안고 있었다.

# Epilogue

8개월 후.

띠리리리리. 띠리리리리리.

전화벨 소리가 거실을 세게 울렸다. 두어 번 울리다 끊긴 벨 소리
는 곧 다시 조용하던 집 안을 뒤흔들어놓기 시작했다. 막 안방에서
트레이를 들고 걸어나오던 지형은 선 자리에 트레이를 내려놓고 뛰
다시피 전화기에게로 걸어가서 재빨리 수화기를 집어들었다.

"도대체 누가 산모가 누워 있는 집에 아침부터 전화질이야?"

새벽부터 깨어 울던 아들놈을 부부가 갖은 애를 쓴 후에 겨우 잠
재워놓았다. 희단도 미역국에 밥을 말아 아침을 먹고 이제 막 잠이
든 참인데 늘 잠이 모자란 모자(母子)를 하찮은 전화 따위가 깨워
놓아서는 안 될 말이었다. 중요한 일이 아니면 전화 건 사람을 단단
히 족치리라 마음먹고 지형은 잠을 설쳐 핏발이 선 눈을 번득거리며
입을 열었다.

"여보세요!"

- 아, 여보세요? 거기 한국이죠? 누나? 희단이 누나야?

수화기에서는 평소에라도 전화를 받았다면 기분이 상했을 목소리가 흘러나왔다. 이를 악무는 지형의 관자놀이에 힘줄이 섰다.

"누나는 사흘 전에 출산을 했거든. 애가 다 깰 정도로 시끄러운 전화벨 소리를 듣고서 부랴부랴 뛰어와 전화를 받기엔 좀 힘든 상태가 아닐까, 처남?"

- 아, 자형이시군요. 하하하하. 어떻게, 조카랑 누나는 잘 있죠?

수화기 속에서 희경의 어설픈 웃음소리가 흘러나왔다.

- 그런데 어째 오늘은 출근을 안 하셨네요. 휴일인가요? 어디 보자, 공휴일은 아니고…… 회사 창립 기념일?

"아니, 휴직 신청 냈어. 두 달 정도는 집사람 옆에 있어주려고."

- 예? 고작 애 낳은 걸 갖고 자형이 두 달을 쉬어요?

대뜸 튀어나온 말에 지형은 입을 다물었다. 차가운 침묵이 흐르자 수화기 저쪽에서는 당황한 모양이다. "외삼촌이 사장님이니 그런 게 참 좋군요." 하고 희경이 아부 섞인 어조로 다시 웃음을 흘렸지만 지형은 아무 말도 하지 않았다. 그 눈치를 아는지 모르는지 희경이 다른 말을 꺼냈다.

- 자형, 그런데 저도 명색이 외삼촌인데 조카 얼굴 한번 봐야죠.

"……한국에 나오려고?"

- 예! 아버지께서도 힘들어하시니 한 번만 고국 바람 좀 쐬면 좋겠다 싶어요.

목소리만으로도 희경이 반색을 하는 것이 충분히 느껴졌다. 그는 냉정하게 물었다.

"돈은 있어?"

- 예?

"참, 저번 달부터 처남 아르바이트 한다고 장인어른이 그러시던데. 두 사람 왕복 항공료 정도는 모았나 보지? 그럼 귀국해. 몇 밤 자는 거야 호텔도 있고, 오는 김에 장모님 병원에도 가서 하룻밤 정도는 지내드려야 하니까."

- 자형, 그건 좀……

"설마 누나가 몸 풀고 있는 여기 와서 지낼 생각은 아니겠지? 면역력도 약한 갓난아기도 있고, 적어도 3주는 지나야 누나도 자리에서 일어날 거라서 말이야. 지금 집안일하고 요리도 내가 하는 형편이라 와서 장인어른이랑 처남이랑 같이 거들어주고 하면 도움은 되겠지만. 참, 처남이나 장인어른이나 이제 요리나 빨래하는 솜씨는 좀 나아졌어?"

화가 나서 그런지 평소에는 짧던 말이 잘도 나왔다. 반쯤은 이죽이며 비웃고 반쯤은 냉랭하기 그지없는 건조한 어조에 희경이 죽는 소리를 했다.

- 집안일 같은 거 아버지나 저나 원래 못 하는 거 아시잖아요? 여기 애들 아르바이트는 또 얼마나 힘들다고요! 한 달 해보고 죽는 줄 알았어요. 아니, 둘도 없는 처남 장인이 고국에 한번 가고 싶다는데 비행기표 값도 못 내줘요? 자형 돈 많잖아요! 외삼촌도 그렇고, 친가는 말도 못 하게 엄청난 재산가라면서요?

"응, 그런데 나 친가에서 호적 팠어. 알지? 친가 친척들이 나 안 좋아했던 거."

- 뭐라고요?

"그것 때문에 내 조부님이라는 영감님이 화가 불같이 나서 외숙부님 회사도 힘들게 됐어. 사금융도 하시는 분이라 대진에도 자금 대셨거든. 지금 돈줄이 막혀서 상황이 좀 그래. 우리 내외도 어렵고."

- 그럴 수가…….

너무 어이가 없는 일인지 희경이 긴가민가하는 것이 전화선을 타고 전해졌다. 하지만 머나먼 타국 만리에서 기면 어쩌고 아니면 어쩌겠는가.

"그래서 생활비랑 학비 보내는 것도 많이 힘들어. 다음 달부터는 송금이 좀 줄어도 그러려니 하고 이해해줘. 아, 애가 깼나 봐. 또 운다. 가봐야겠어."

자기 할 말만 다 해놓고 끊는다고 하자 저쪽에서 희경이 기겁을 하면서 아우성을 쳤다. "자형, 자형! 끊지 말아요! 사실은 얼마 전에 아버지가 카지노에 가서서……"라며 소리치는 것을 "뭐라고? 잘 안 들려!" 하고 시치미를 떼버리고는 지형은 이렇게 말하며 수화기를 내려놓았다.

"처남, 몸 건강해. 그래야지 어디 가서든 먹고살지. 장인어른께도 건강하시라 전하고."

수화기를 내려놓는 즉시로 아예 코드를 뽑아버렸다. 속이 시원했다. 다소 편안한 표정이 된 지형은 트레이를 부엌에 들고가서 설거지며 정리를 했다. 그것이 끝나자 그는 다시 안방 문 앞으로 가 살며시 귀를 문에 가져다 대었다. 두터운 목제 문이지만 잘만 귀를 기울이면 한없이 사랑스러운 모자의 숨소리를 듀엣으로 들을 수 있다. 그러고 나서는 자신도 아침을 챙겨 먹으리라.

"응?"

색색거리며 잠자는 두 사람을 상상하며 미소를 짓던 지형의 얼굴이 서서히 굳어졌다. 그는 조심스레 문 손잡이를 잡고 돌렸다. 침대 위에 이불을 말고 앉은 희단이 휴대전화기를 들고 있었다.

"아니에요, 정말 저는 건강해요. ……네. 그럼요, 할아버님. 아니 아직 갓난아긴데 그런 선물은 필요 없어요. 정말 주셔 봤자 소용이 없다니까요."

작은 목소리였지만 대화 내용은 그의 귀에도 충분히 들렸다. 희단의 통화 상대를 알게 된 지형의 표정이 다시 험악해졌다. 눈도 제대로 못 뜨는 아들 녀석에게 선물은 무슨! 하나도 반갑지 않았다. 산모가 제대로 쉬지도 못하게 다들 무슨 짓인가 싶기만 하다.

"……네, 사진은 또 보내드릴게요. 아, 회사 말고 개인 메일로요? 예, 보내주신 옷 입히고 찍은 거 있어요. 그럼요, 목욕하는 사진도 있죠. 예. ……아뇨, 저는 하나도 안 닮고 지형 씨만 닮은 것 같아요."

지형은 더 기가 막혔다. 산모는 밤낮 합쳐서 하루의 반 정도는 자야 된다는데 저렇게 전화받고 자신 몰래 컴퓨터로 사진도 보내고 그 사이사이에 아이에게 젖도 물리고 달래기도 하면 도대체 언제 잔단 말인가. 그의 복장이 터지는 줄도 모르고 한 손으로 입을 가리듯이 하고 조심조심 얘기를 하던 희단이 갑자기 맑은 웃음소리를 터뜨렸다.

"어머, 아니에요. 지형 씨 성격이 어때서요. 저 닮으면 물러서 못써요. 저는 얘가 지형 씨 성격도 닮고 또 할아버님 성격도 좀 닮았으면 좋겠어요."

이제 도저히 못 참겠다. 아무리 희단이 자신의 아이를 낳아준 아내라도 그렇지, 왜 그의 아들 녀석 성격을 저런 식으로 아무렇게나 결정해버린단 말인가!

발소리를 죽여 성큼성큼 다가간 그는 희단의 등 뒤에서 재빨리 휴대전화를 낚아챘다. 그리고 수화기에 대고 억눌린 목소리로 경고했다.

"또 한 번만 이런 식으로 개똥이 엄마에게 전화하시면 저도 가만 못 있습니다. 사진은 말할 것도 없고, 백일이나 돌잔치가 되어도 애 코끝도 못 보실 줄 아십시오."

당황한 희단이 "어머, 어머!" 소리만 연발하다 휴대전화를 뺏으려 손을 뻗었지만 지형은 가뿐하게 그녀를 밀어냈다. 애초부터 팔길이며 힘이 비교가 안 되니, 침대에 눕히고 다시 이불로 꽁꽁 싸놓는 것은 문제도 아니었다. 곤란해하는 얼굴의 희단에게 그는 엄한 얼굴로 무언의 경고를 주고는 문 밖으로 나왔다. 그러는 사이에도 휴대전화 안에서는 민 회장이 소리를 버럭버럭 지르고 있었다.

― 아니, 이 녀석이! 내 손자 내가 보고 싶다는데 무슨 참견이야? 내가 당장이라도 못 쳐들어갈 줄 알아? 그리고 금쪽같은 내 손주에게 개똥이가 뭐냐, 개똥이가! 제대로 된 이름 불러주지 못해? 내가 항렬자 맞춘 이름만 한 서른 개 받아놓은 거 분명히 팩스로 보냈는데 거기에 대해서는 왜 아무 말도 없어? 너 자꾸 그러면……

커다란 목소리가 전화기 밖으로 새어나간다. 아들놈을 재워놓은 지 이제 겨우 한 시간 정도인데. 지형의 잘생긴 이마에 주름살이 굵게 잡혔다.

"민 회장님이야말로 이런 식으로 자꾸 희단 씨 휴식을 방해하면 뒤가 안 좋을 겁니다."

― 뭐야? 너 협박에 재미 붙였어? 흥, 아무리 그래도 소용없다. 우리

아기가 내 편이거든. ㅎㅎㅎ.

사람을 알아보지도 못하는 갓난애랑 편먹어서 좋은 게 뭐란 말인가? 자신의 조부가 말하는 '아기'가 자신의 아들 녀석인 줄 알고 잠시 어이가 벙벙했던 지형은 곧 상황을 알아차리고 분노했다. 이 주책 맞은 늙은 호랑이, 누가 자기편이라는 거냐! 그 분노는 기어이 최후통첩을 하게 만들었다.

"희단 씨가 못 쉬면 앞으론 개똥이 동생도 없습니다. 희단 씨가 뭐라고 해도 제가 파업할 겁니다. 그리 아시고 전화하지 마세요!"

- 뭐? 그건 안 돼! 절대 그러지……

질겁을 하는 민 회장의 목소리가 종료 버튼 소리와 함께 휴대전화 속으로 사라졌다. 지형은 전화기의 배터리를 잡아빼며 이를 부득부득 갈았다. 이 집이나 저 집이나 왜 이렇게 분별없는 인간만 사는지 모르겠다.

휴대전화를 거실장 서랍 속에 숨겨두고 나니 배가 쓰려왔다. 스트레스 때문일까 싶었는데 가만 생각해보니 아직 자신은 아침 전이었다. 국에라도 말아 한 술 떠야겠다 싶어 주방으로 발길을 돌리는데 안방에서 갑자기 우렁찬 울음소리가 터졌다. 우아아아앙! 어쩔 수 없이 자동반사로 움직이는 발을 따라 안방에 들어가 보니 희단이 애정이 넘치는 얼굴을 하고 침대에서 아이를 안아 올리고 있다.

"우리 개똥이가 볼일을 봤나 봐요."

"아서요. 내가 할게요."

손을 내저으며 희단의 손에서 아이를 뺏어 들자 울음을 그치고 있던 녀석이 금세 또 울먹거리다 울음을 터뜨린다. 이제는 제법 익숙해진 솜씨로 아이를 어르며 침대 위에서 바지와 기저귀 커버를 벗겨

보니, 이 녀석 한 판 잘 싸났다.

"우리 개똥이, 착하네. 똥도 잘 누고."

물티슈로 다리를 깨끗이 닦고 다른 기저귀를 채우려는 순간, 계속 바동거리며 울고 있던 아들 녀석이 철푸덕 소리가 나게 똥 싼 기저귀를 발로 찼다. 물기가 많은 초록색 변이 그의 콧등에 튀어오른 순간, 지형의 아들은 까만 눈을 빛내며 까르르 웃었다.

이놈 자식! 오만상을 찌푸리던 바로 그때, 그는 강렬한 기시감에 사로잡혔다. 분명히 저 눈을 어디서 봤는데…….

불현듯 '곰 세 마리' 노래가 왜 떠오르는지, 말도 못 하는 어린 아들이 왜 이렇게 얄밉게 보이는지 지형은 알 수 없었다.

*fin.*

# 작가 후기

　판타지가 아닌 본격 현대물(?)은 처음 써본 것 같습니다. 늘 키보드는 만지고 있지만 정작 만든 글 타래 수는 적은 사람이라 현대물이고 고전물이고 판타지고 따질 것도 별로 없지만 말입니다. 그래도 제 버릇 어디 못 준다고, 이 글 역시 비현실적인 구석이 제법 있기는 합니다. 희단과 지형의 존재나 성격도 그렇고 지형의 조부 같은 이가 분명 그 눈에 차지 않을 희단을 받아들이는 것도 그렇고요. 제일 현실적인 거라면 희단이 친정에서 하는 고생 정도일까요.

　인물의 성격 말이 나왔으니까 말인데, 희단의 성격에는 좀 모자란 것처럼 보이는 데가 있습니다. 대개 로맨스 소설에서는 주인공들은 똑똑합니다. 해피엔딩을 위해서도, 또 글에의 감정이입을 위해서도 현명하고 용기 있는 이들이 주인공이 되는 게 낫겠지요. 하지만 저는 순해서 거의 어리석다고 할 수도 있는 여자를 그려보고 싶었고 또 그런 여자가 사랑받는 상황을 만들어보고 싶었습니다. 이건 제가 꿈꾸는 판타지라고 해야겠습니다. 현대 사람들에게는 바보스러울 수밖에 없는, 그러나 오래전에는 인간에게도 아주 자연스러웠을 순수…… 지금도 어린 동물에게는 항시 존재하고 있는 어리석을 만큼의 순정함 말입니다. 세월이 하 수상하여 더 그랬는지도 모르겠습니다.

이런 제 바람을 굳이 코믹함으로 드러내야 하느냐에 대해선 문제의 여지가 좀 있습니다만 심각하게 쓰기에는 저의 글솜씨가 짧았습니다. (실은 코믹하지 않게 쓰자니 희단이 너무 고생할 것 같았어요. 제가 좀, 심하게 마음 약한 사람이라서요. 하하.)

제 의도들이 제대로 성공했는지는 모릅니다만 이 작고 소박한 얘기를 이제 여러분 앞에 내놓습니다. 곰돌이 서방과 토끼 마눌님을 만나서 즐거우셨기를, 그리고 세상에 크고 강해서 아름다운 것도 많지만 작고 여려서 아름다운 것들도 많이 있다는 것을 알아주시기를 마음속으로 빌어봅니다.

이 글을 활자로 만들어보겠다고 흔쾌히 허락해주신 도서출판 가하의 편집부, 특히 박윤아 편집장님과 이승진 씨께 깊이 감사드립니다. 애초엔 이번 책은 크게 애먹여 드리지 말아야겠다 다짐했는데…… 과연 그랬는지.

말로만 책 낸다고 질질 끌면서 마음고생 시킨 우리 꿈집 스태프님들, 죄송하고 고맙습니다. 역시 좀 있으면 책 나올 거라는 구라를(비속어라서 죄송;;) 계속 참아주신 꿈집 가족 여러분들께도 저의 죄송함과 사랑을 전해드리고 싶어요.

끝으로, 내 사랑하는 아이들 펌킨과 따롱이에게. 늘 마음속에만 품고 말은 자주 안 하지만 엄마는 세상에 태어나서 가장 잘한 일 중 하나가 너희를 낳은 거라 생각한단다. 그걸 잊지 말아주렴. 그리고 류 부장님, 당신에게도 늘 고맙게 생각해요. 나랑 살아줘서. 당신도 내가 고맙죠? 흐흐흐.

경상도 가시내라 쑥스러워 한 번도 입 밖에 내어보지 못한 말을 이번 책 말미에도 붙입니다. 어머니, 낳아주셔서 감사합니다. 늘 건강하게, 좀더 오래 제 곁에 계셔주세요.


2009년 5월
박민지

도서출판 가하는
여러분의 원고를
기다리고 있습니다.

접수방법 : 제목, 시놉시스(줄거리), 원고, 연락처
접수처 : coin@gahabooks.com
www.gahabooks.com

# 시누대 숲에 가면 바람이 보인다  이조영 지음

부모의 복수를 원하는 가원과 평온한 삶을 누리려는 유성.
그들에게 더 이상의 미래는 없었기에 아픔을 머금고 마음을 잘라내야만 했다.
대일 그룹 유일의 상속녀인 가원은 자신의 기억 속에 숨겨져 있는 유언장을 찾으려 하지만,
그녀를 노리는 검은 그림자는 서서히 가원을 옥죄어오고……
'내 인생의 이단아'의 이조영 작가가 선보이는 서스펜스 로맨스!

# 의자에 앉다  연두 지음

모든 일에 완벽한 남자 우진,
하지만 동생의 동기인 유석을 만난 후 그의 모든 것이 흔들리기 시작한다.
결국 그녀의 약점을 잡은 우진은 유석을 자신의 마음대로 움직이려 하지만,
그 누구에게도 소유당하지 않으려는 강한 유석의 마음에 결국 우진은 굴복하고 마는데……
'고슴도치 치료하기'의 작가 연두가 선보이는 격정의 로맨스!

# 헬로, 미스터 페퍼민트  Hello, Mr. Peppermint  최인정 지음

5년간의 연애 끝은 처절한 배신. 그러나 이죽거리기 좋아하는 옆방 총각은
그녀가 실연의 슬픔에 잠겨 있도록 내버려두지 않는다.
게다가 저 밉살스런 녀석이 인기 초절정의 아이돌 스타라고?
하지만 그 웃음 뒤에 숨은 상처를 본 유리는 저도 모르게 그를 감싸주고 싶어지는데……
조망떠그 작가걸음마방 10,000대 조회수에 빛나는 신인, 피라녀아의 데뷔작!

# 수면에 취하다 서야 지음

사랑했기에 결혼했다.
하지만 엇갈리는 시간 속에 남겨진 것은 상처입은 마음뿐.
윤이 숨기려고 했던 진실이 드러난 순간, 유신이 선택할 수 있는 길은 이혼뿐이었다.
하지만 그는 자신의 처음이자 마지막 사랑인 유신을 이대로 놓칠 수는 없었다!

'은행나무에 걸린 장자'의 서야 작가가 선보이는 열정적 사랑 이야기!

# 그 후 현지원 지음

사랑 대신 증오와 불신만을 안은 채 서현과 결혼한 지혁.
말없이 자신의 자리를 지키기만 하는 아내는 더 이상 그에게 아무것도 아닌 존재였다.
3년 후 결국 지혁은 서현에게 이혼을 통고하지만 여전히 그녀의 마음을 알 수 없었다.
아무 말 없이 이혼을 받아들이며 서현은 단 한 가지 요구를 제시하는데······.

가슴 시린 사랑 이야기의 대가, 현지원 작가의 신작!

# 홍분지기 紅粉知己 서미선 지음

황제의 특명을 받고 여지국(麗脂國)에 잠입한 류사국(流砂國)의 둘째 황자 사빈은
여지국의 거상 사도혁의 후계자인 사도문정과 우연히 만나게 된다. 당돌한 그녀의 언행에
혀를 차면서도 그 총명함과 굳은 의지에 감탄한 사빈은 문정과 지기를 맺고
점점 더 그녀에게 끌리지만, 결국 류사국의 황제는 여지국과의 전쟁을 선언하는데······.

'부부'의 서미선 작가가 선보이는 정통 역사 로맨스!

# 미몽 迷夢   류진 지음

황금의 눈을 가진 자가 황위를 잇는다는 율법 아래 대율국의 황제가 된 혜융.
그녀는 황권을 확립하기 위해 정체불명의 사내 무위랑과 손을 잡는다.
푸른 눈을 가진 오만한 이방인은 만남을 거듭할수록 그녀의 본능을 일깨우지만,
그녀는 한 남자의 여인으로 살아갈 수 없는 운명인데…….
'파애', '폭풍지애'의 류진 작가가 보여주는 색다른 로맨스의 시작!

# 셸 위 댄스?   Shall We Dance?   김윤희 지음

댄스 안무가 주은과 인기 탤런트 채현과의 미묘한 만남.
자기가 아무리 스타라지만 멀쩡한 사람을 스토커 취급하다니!
잘 지내보려는 주은의 의도와는 달리 그와의 시간은 점점 더 최악으로 치닫는데,
……그런데 어쩜 이렇게 몸치일 수가 있지? 저 몸매에, 저 외모에? 믿을 수 없어!
'마음을 훔치다'의 김윤희 작가가 선보이는 사랑의 판타지!

# 일월 日月   이리리 지음

그저 정혼자의 현모양처가 되고 싶었던 채연.
가족을 위해 공녀가 되고 이국땅에 와서도 조용히 살고 싶은 그녀의 소망은 바뀌지 않았다.
그러나 그녀의 앞에 나타난 두 남자는 그녀의 운명을 비틀어 놓고,
사랑과 증오로 얼룩진 인연은 세 사람을 거대한 정변의 소용돌이 속으로 휩쓸어가는데…….
'연의 바다'의 작가 이리리가 선보이는 정통 역사 로맨스!